戦時下の文学——拡大する戦争空間——

木村一信

近衛文麿内閣（第一次）が発足して一カ月余りの時。中国の盧溝橋において日本軍と中国軍との間で軍事衝突が起った。盧溝橋事件とよばれたこの出来事は、日中全面戦争の開始を告げると同時に、日本が〈戦時〉体制へと突入していく合図ともなったのである。それまでの〈非常時〉体制から〈戦時〉体制へと移り変っていく中、国民の日々の生活の領域においてはもとより、文化・芸術や思想・学問といった分野にまで国家的統制の力は強められていく。いわば、時空間（クロノトポス）あげて、〈戦時〉一色に染められ、それはアジア太平洋戦争開戦以降、否応をいわせぬ暴力とまでなって人々に襲いかかったのである。

こうした時代・社会にあって、表現・表象活動をもて己の業としていた者たちは、さまざまな形でもって戦争と関わらざることを余儀なくされた。「国策」に沿った作品の生産に邁進する者、自らの無力を思い、韜晦のうちに身を委ねる者など、表現者のとった道は幾枝にも分れた。また、国からの「徴用」を受け、東南アジア各地の戦場や統治地へと軍と共に足を運び、「宣伝・宣撫」の業務に就いた者たちも少なくはなかった。〈銃後〉においてもまた、例外ではなかった。マスメディアはこぞって戦意昂揚、戦争遂行のためのプロパガンダに励んだし、女性や子供たちもこれらの中に役割を強いられたのである。

本巻において、今からふり返れば愚かしくも見えるこうした時期の〈記憶〉を新たにし、その再検証を試みると共に、国からの強制された〈動員〉によって、老若男女が国の内外を問わず〈移動〉した時代の相を「読みかえ」てみたい。なぜなら、「愚かし」いと笑っていられない状況が、現代の我々のまわりに押し寄せてきていて、いつ何時、そうした時代・社会へと後戻りする事態が起らないとも限らないからである。あるいはすでに危機は迫っているかも知れない。文学や文化の言説を主たる武器として、飛礫を投じたい。

戦時下の文学

拡大する戦争空間

文学史を読みかえる4

隣接諸領域を読む

拡大する戦争空間

——記憶・移動・動員

黒川　創（作家・評論家）
加納実紀代（女性史）
池田浩士（ドイツ文学）
木村一信（近代日本文学）

はじめに

木村　第二次近衛文麿内閣が成立したのは、一九四〇年（昭和一五年）七月のことですが、そこで打ち出された「基本国策要綱」は重要な意味を持っていました。泥沼化していた中国との戦争を一挙に解決してしまおうとの意図があったのか、「日独伊三国同盟」の締結、「仏印」進駐の計画、対米英戦争を視野に入れた「南進攻撃」の策定など、一九四五年の敗戦へとつっ走っていく無謀な「国策」が盛り込まれていました。それが外務大臣に就任した松岡洋右の「大東亜共栄圏」というキャッチ・コピーのような言葉の使用によって、国民にわっと受け入れられてしまいます。それまでの「東亜新秩序」よりも、この「大東亜共栄圏」は、イメージ的にずい分と国民の心を捉えたのだと思います。また、「八紘一宇」も使われ始めますし、日本という国が一度にアジアや東南アジア、当時は「内南洋」と呼ばれていたミクロネシアの南洋群島あたりまで広がっていく感じを与えたようです。この年の三月には、横浜、サイパン、パラオとつなぐ定期航空路が開かれ、「南洋」が身近かになりました。一一月には、「皇紀二六〇〇年」と称して祝典が催され、「大東亜」の盟主という意識を人々に植えつける事柄が次々と出てきます。そうした中、人々はかつてない「移動」を「朝鮮」「満洲」「台湾」「南洋」といった地域を中心にして展開し、かつ、「国家総動員法」や「国民徴用金」によって大量に「動員」され、これもかつてないほどの国民すべてにわたる〈多忙な日々〉が招来されます。私たちは、いま、そうした日々の「記憶」を、あらためて文学や文化全般にわたる言説を中心として捉えようと試みているわけですが、もちろん、すべて「戦争遂行」「戦争拡大」という「国策」のもとにこれらが繰り広げられていったわけです。いったい、それらの日々は何があったのか、現代における問題意識を基軸にとらえなおしてみたい。以上が、この「拡大する戦争空間」というテーマと、柱として立てた「記憶・移動・動員」という言葉を設けた意図なのです。本日は、ゲストとして作家である黒川創さんをお招きし、池田浩士さん、加納実紀代さん共々、活発に議論を展開していきたく思います（なお、予定していました川村湊さんは、北海道大学での集中講義の帰路、当日の飛行機が遅れ、この座談会への出席が間に合わず、大変に残念です）。

加納　この「移動」と「動員」は、国家権力が直に働いたかどうかということですか？　「移動」のなかに「動員」が含まれるのではなくて。

木村　ここでは、「移動」と「動員」とは違うニュアンスを持たせているんです。「移動」の場合は国家権力も含まれますが、この時代は近代以降の日本においてはじめて、国民国家を挙げての大移動の時代だった。近代が始まって以来、これほど大規模に人々が外へ出て異文化を体験したことは、これ以降もないと思います。

加納　「動員」というのは、あきらかに徴兵なり徴用なりですよね。それは「移動」のなかに含まれないわけですか。「近代はじまって以来の大移動の時代」というときには、「動員」も入るとわたしは思ったのですけれど。

木村　「動員」には強制的なものが働いていますし、「移動」にはアジア主義とか南方志向といった自発的なものも含まれます。「動員」と「移動」がそれぞれ、もたらしたものの違いをあらわしているんです。

黒川　それは文学にとっての、ということですか？

木村　そうですね。文学を通して「移動」、「動員」の実態、意味を探りたい。「記憶」というのは、現代のわたしたちの問題意識につながるもの、という意味で立てた言葉です。

ちょうどいま手元にある、上野千鶴子さん、川村湊さん、成田龍一さんによる鼎談「戦争はどのように語られてきたか」（『小説トリッパー』一九九八年夏号所収）でも「記憶」が定義づけられています。そこでは上野千鶴子さんが、「記憶とは、共有の現在として常にその場でくりかえし再構築されるべきなにものか」であり、「記憶を語ることは過去の事実の暴露や告白でなくて、あくまで現在における語り手と聞き手との間の関係の再構築」だと言われていて、だれがだれに向かって歴史を語っていくのか、という問題を提起しています。

そのようなモティーフを前提として、ゲストとしてお招きした黒川さんの最新刊、『国境』（九八年二月、メタローグ刊）をめぐって、池田さんから問題点などがあれば指摘していただけませんか？

植民地文学としての近代日本文学？

池田　では、感想も含めて口火を切らせてもらいます。

まず黒川さんはこの本のなかで、東欧・ポーランド文学の研究者である西成彦さんの発言を引用しながら、いわゆる日本の近現代文学全体を植民地文学として捉えるべきではないか、そして植民地文学もまた特殊化するのではなくて、植民地文学が近現代文学の本質、姿そのものである、という論を立てておられますね。そこのところをもう少しくわしくお訊きしたいというのが、この本を読んだ印象のひとつです。いままでの文学史のなかでは、いわゆる「内地」と「植民地」とを対置しながら植民地を描く、ないしは植民地で作られた文学作品をひとつの特殊なジャンルとして見てくることしか、全体にはできてなかったと思います。それを日本文学の全体像のなかで捉えなおす——むろん「内地」にある植民地をも再構成していくことだと思いますが、そういう視点について、ぼくも考えてみたい。

もうひとつ、ぼくが黒川さんのこの本のなかで出色だと思うのは「風の影」という章です。とても感動して、一生懸命読みました。安重根のことはもちろん、ぼくと同姓の（笑）池田武邦という建築家の発言を、黒川さんは執拗に引用しておられて、ぼくもうなずきながら、緊張感をもって読みました。記憶、原体験、原風景——いろいろな言葉であらわすことができると思いますが、池田武邦の言葉を使うと「原風景」ですね。ふだんぼくらが自然とか環境とか呼んでいるものがどんどん変形させられるなかで、ずっと昔に歩いた道や光景と、現在の環境破壊の進行ないしは結果としてわれわれの前にある風景との間の緊張感や往復運動を、絶えず意識しつづける必要があるとぼくも思います。

それと池田武邦が行なっている批判で、これはぼくの職業的な位置によるんですけれど、大学の専門研究者は、とくに政府の側から諮問委員などに任命されると、ホイホイと乗ってしまう。それまではとても批判的な視点をもって研究していた人が、行政から「ぜひ委員になってください」と請われたときは、一応もっともらしいことを言いながら、現実は行政の意に添うように妥協してしまう人が多い。例えば住民に

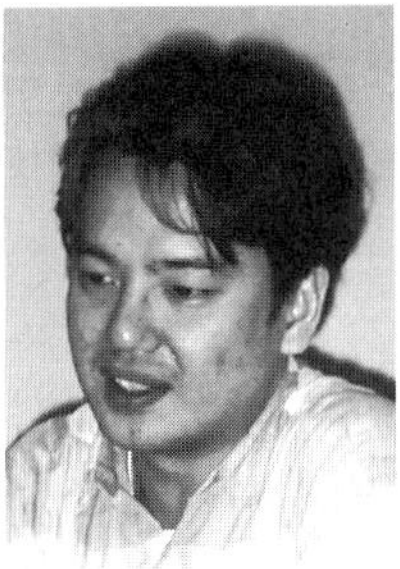
黒川創

池田浩士

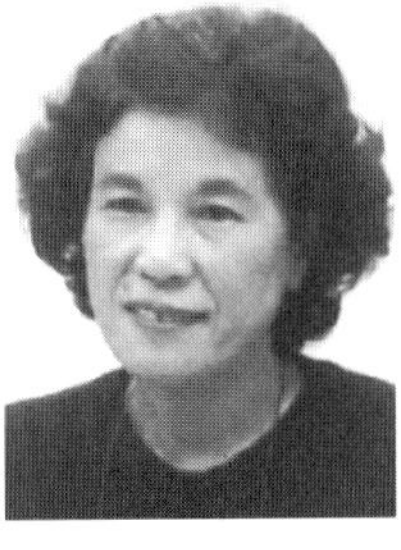
加納実紀代

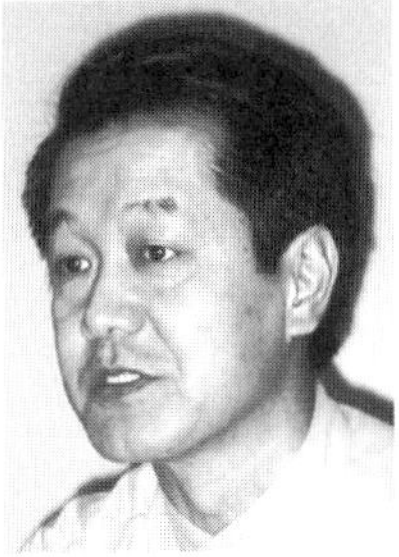
木村一信

対しても、「すでにそのプロジェクトは進行しはじめているんだから」とか、「あなたの言うことはもっともだけれども、いまからそれを言っても無理じゃないですか」とか、行政の立場からそれを擁護するようになってしまう。これはぼくの生きている位置に関わるので自己批判も含めて言うのですが、研究者、とくに大学の研究者は、行政に対して自由にものを言うべき立場に本当はいるはずなのに、非常にだらしのないことになってしまう。池田武邦が環境問題について、「まさに戦時中の戦争協力者と同じ状況である。大学の先生が何で行政に迎合しなくちゃいけないのか、信じられないですよ」と語っているのを、黒川さんが『建築ジャーナル』から引用されています。これは環境行政に関わることだけじゃなくて、歴史、とくにわれわれに関係する文学の歴史を読みかえていこうとするとき、無意識のうちにそのような位置に自分が立ってしまうこともありうる、ということも含みます。いわゆる原風景的なものと現在ある風景との往復運動を、絶えず緊張感をもって意識的にやっていくこととの関連で、文学史を読みかえるときの戒めのひとつとしてこれを読みたい。このエピソードが安重根との関連で出てくるというのが、ぼくはとても面白かったですね。どういう意図だったのか、それをもうちょっと伺いたい。

第三点めは、ぼくの感覚と黒川さんの関心ないしは感覚とのズレ、断層に関わることなんです。シャープに問題が剔抉されているし、書かれたメディアや与えられたスペース、原稿の枚数という制限は当然あるはずですが、第一部の「国境」という六つの小品から成っているエッセイにとくに感じましたけれど、もう少し掘り下げて欲しい、というところできれいにまとめられていて消化不良を起こしました。そのあとの「月に近い町にて」や「洪水の記憶」といった朝鮮と台湾を舞台にしている部分も、もうちょっと語り継いでいただきたいと思います。

この本はいわゆる文学史の研究書ではないので、さきほど池田武邦が批判していたような大学の職業的研究者、「国文学」の研究者がやるような作業を、ぼくは黒川さんに期待しているわけではないですし、むしろそれとは別の作業が黒川さんによって展開されているというのは、当然の前提です。こういう新しい領域を切り開く作業は切り口そのものが重要ですし、それについて黒川さんのお仕事はとても貴重だと思います。しかし、そのひとつの切り口が歴史の脈絡のなかでどういう意味を持っているのかが、ちょっと見えにくいまま終わっているというのが、ぼくの印象です。この三点めの印象はともかく、とくに最初の、日本の近現代の文学総体を「植民地の文学」として捉えるという点を、ぜひお話いただければと思います。

「記憶」と責任

木村　黒川さん、いまの池田さんのご意見について、いかがでしょう?

黒川　西さんの発言は、植民地文学についての語られ方として、ああなるほど、という感じで受けとめました。植民地経験ということを考えると、少なくとも文化的には、「犯すのは犯されるものである、犯されるものは犯すものである」という両義的な関係がつねにある。現実に文学がどうやって発生するかということを考えると、ここから考えなくちゃならないし、それが歴史や政治にも働きかけることがあると思います。ですから単純に、ここから植民地文学について考えていきたいと。個々の作品で「何が語られたのか」という分析的な視点ではなくて、むしろ、文学とはどうやって生まれるのか、どうやって発生するのかということに関心があった。

はじめの「国境」というエッセイについては池田さんのおっしゃるとおり、ボヤーっとしてるんですよね(笑)。ぼくはまだ三十七年しか生きていないので、最大限さかのぼっても三十七年前の記憶までしかない。その記憶さえも、思いだしてみるとボンヤリしている。例えば、いまビル街でネズミが増えたっていわれてますけど、自分の小さいころのことを考えたら、ネズミ捕り器っていっぱいあったじゃないですか、家の中とかに。ところが、いまネズミ捕り器ってあんまり見ませんよね。自分の手でネズミをつかまえて殺すなんて、いつの間にかそんなこと考えられなくなった(笑)。昔はネズミ捕り器でつかまえたら、川に浸けたりとか、熱湯かけたとか……。つまり、自分の感覚そのものが、記憶と一緒にすごく変わっていってるようなことがたくさんある。だから、ボンヤリした記憶を掘り起こせるところは掘り起こして、掘り起こせないところは掘り残していけば、もう少し深く自分のニュアンスを持つものとして、文学なり社会の歴史なりへ、自分の糸口ができていくんじゃないか。そういうところからはじめてみたんです。

木村さんのように「記憶・移動・動員」というアプローチもあるんですが、ぼくの取っ掛かりとしては、太平洋戦争、大東亜戦争までに限って言えば、ぼくには戦争の記憶はない、というところから始めるしかないと思うんです。戦争責任、戦後責任についても、ぼくはちょっと似たようなことを考えずにはおれなくて、生まれてない自分自身に第二次世界大戦までの戦争責任や社会的責任があるのかというと、ない、と考えざるを得ない。生まれていないものにさかのぼることはできない。ただ国家について考えると、戦後憲法は天皇の名によって発布されているし、それは革命法として成立しているわけでもないから、戦前・戦後の日本国家には継続性がある。したがって、現在の日本国にも、戦争への責任や戦後処理の責任がある。だからその社会で生きている人間、市民として、この国家に戦争責任なり戦後処理なりをちゃんとまっとうさせていく責務は、戦後生まれを含めて、日本市民の全てが負っていると思う。そんな三段論法みたいな形でしか考えられないですね。この媒介項をもっと打ち固めて、タフなものにしていく必要があると思います。

国家・個人・国境

黒川　日本人として恐縮したり、恥ずかしい、申し訳ないというのはひとつの言い方ではあるけれど、それだけをオートマチックに反復していくと、かえって実体が伴わないセンチメンタルなものになる。責任ということで考えるには、そのとき何を成し得て、何を成し得なかったのか、何を成すべきで、しかも失敗したのか。責任を取れる形で具体的にとりださないと、問題が実体化しないと思うんですよね。こうした問題は『国境』のテーマと離れるようですけれど、遠景としてそういう思いがあって書いている。「日本人として」というのを、媒介項をおかずに日本国家と一体化してとらえてしまうと、一番の問題点、難所をすり抜けてしまうような気がするんですよね。そこが『国境』のもつ意味と関係あるかもしれません。

ぼくも「国境」というものを、はっきり定義しきれない立場のまま書いた気がするんですよ（笑）。国境、ボーダーによって区切られた近代国家、という括りだけではとらえきれない。じゃあ言語が基準なのかというとそれだけでもない。さきほども言ったように「国家」と「自分」は違うと思うのですが、それを国際的な磁場に置いてみると、見る側の立場と見られる側の立場でも違うことがありますよね。自分は日本国家と関係なく生きているつもりで、ただちには一体化したくなくても、例えば韓国やロシアでの国際会議である種の「日本人性」をもって答えることを求められるとか。「あなたは日本人としてどう思いますか？」と聞かれて、「わたしは日本国民じゃありません」とは答えられない（笑）。だから国境には、つねに抜け出せない二重性があると思います。日系移民みたいな形で外国のコロニーへ出ても、「国境」はこれから数十年か百年かは解けきらない問題としてわれわれのなかに残りつづけるだろう、それをもうちょっと考えたいと思っています。

池田武邦さんのことはあれからさらに取材して、『AERA』にすこし書いたんです。池田武邦さんは海軍兵学校を出たあと軽巡洋艦「矢矧《やはぎ》」に乗って、マリアナ、レイテ、沖縄特攻と三回死にかけているんです。「大和」と一緒に沈没して、プカプカ浮いてるところを助けられた。そのあと、潜水学校で教官をしているとき、広島に原爆が落ちてその遺体回収に携わった。戦後はニューギニアに渡って復員輸送です。あそこは本格的な戦闘はなかったんですが、病死や餓死で十万人以上行ったうち、一割ほどしか生き残ってなかったそうです。生きて歩ける人たち二千人を、一艘だけ残った「酒匂《さかわ》」という軽巡洋艦に載せて帰ってくるのですが、その途中にもどんどん死んでいく。復員船ですから、とにかく内地まで死体を持って帰らないといけないので、製氷機を使ったりして大変な状態で帰国する。そして四六年一月ころに函館から釜山へ朝鮮人の炭坑労働者を復員輸送しています、それも載せられるだけの人を載せて。でも船内はかなりおっかない状況ですよね。押さえつけられていた反日感情が噴出している状態ですし、乗組員たちは丸腰で船に乗っているわけですから。みんな冬の嵐のなかでゲーゲー吐いて、汚物を全部垂れ流す状態。食糧もないので玉ねぎをいっぱい載せて出航したと言ってました。釜山には引き揚げ待ちの日本人がいるわけですが、かれらと同じところに降ろしたら何が起こるか分からないので、場所をずらして降ろした。「そのあと日本人を載せて帰ったんですか」と聞いたら、船内の汚れがひどくて、とても載せるどころじゃなかったと。正規の乗組総員が八〇〇～九〇〇名のところを、三〇〇名とか五〇〇名程度に減らして、そこに朝鮮人の帰還者を二千人ぐらい詰めこんでるわけですから。佐世保でいったんきれいに清掃してから横須賀に船を返したんだと言ってました。この取材では、ぼくら復員輸送とか知らないことがいっぱいあるなあと思いましたね。

次元を越えた国境と地続きの国境

木村　いま黒川さんがおっしゃった「戦争を知らない世代の戦争責任」についてはいろいろなところで発言が出ていますが、「共有の現在として常にその場でくりかえし再構築されるべきなにものか」という上野千鶴子さんの言葉もここに関わってくると思うんですね。日本という国家にとって、戦争の記憶が現在のものとして絶えず問われなければならない。

黒川　「国家にとって」というのはどういう……。

木村　われわれ、現在ここに生きているわれわれにとって、という意味です。戦争を知らない世代の戦争責任を「歴史的責任」と位置付ける人もいるんですね。日本人として、かつて国の犯したことに対する歴史的責任——日本の歴史をわれわれが背負っているというと語弊がありますが——その延長線上に生きていることも確かなんですね。だから自分自身の歴史認識の問題として過去の戦争がある。上野さんの定義なら、歴史認識というのは「共有の現在」ですよね、歴史を共有しているという意味では。それを自分はどう再構築するかという問題だと思いますけれど。

結局、戦争責任をめぐっては、自分自身の置かれている、いま生きている現在の問題として考えていこうという姿勢を、私は持っています。もちろん中国やシンガポールへ行って「すみません」と言うとか、あるいは自分は戦争のときに生まれていなかったから知らないという立場ではないし、そのどちらでもない。自分のいまやっていることで、日本の戦争責任とどう関わっていくかということは打ち出せるんじゃないか。そういう気持ちです。

「国境」についてはさまざまな定義や捉え方があると思いますが、夏目漱石の『三四郎』の冒頭の有名な場面が象徴的です。いまもいろいろな形で応用できるのではないでしょうか。三四郎が汽車に乗っていると、名古屋から乗り合わせたヒゲの男が「日本は滅びる」と言って三四郎にショックを与える場面がありますね。そのヒゲの男は「熊本より東京は広い、東京より日本は広い、日本より……」と言いかけて、「頭の中の方が広い」と言う。日本より世界の方が広いと思っていたのに、次元の違うことを言われて三四郎はショックを受ける。それは近代日本の人々が、漱石の言う「頭の中の方が広いんだ、捉われてはいけない」というメッセージを充分理解できなかったのではないかと、その後の日本の動きを見ていると思われます。国境を地続きでしか考えなかったし、地続きでしか近代化、文明開化を考えていなかったのではないか。「大東亜共栄圏」の時期まで見ていきますと、日本が侵略、植民地化していくときにいろいろなことを行いますが、言語政策や、あるいはかつての「朝鮮」で行なわれた「内鮮一体化運動」や「創氏改名」といった統治の方法にしても、全部地続きの政策でしかない。時空間を変える、次元を変えるという発想が日本人にはなかったような……。言語政策などを見ていると、すべて同じように「内地化」しようという政策でしかない。それはいまの時代にもつながっていると思いますよね。池田さんが指摘されたように大学の研究者が現実に豹変するという話で……。

黒川　文学者もですか?

木村　文学者の場合も、三好達治や高村光太郎といった詩人は、戦時下もっとも無惨な姿をさらした愛国詩をつくり、戦争詩をつくりました。欧米体験のある高村光太郎にしても、四季派の非常にナイーヴな感覚を持った三好達治にしても、いったん戦争を素材にすると、ありふれた、手垢にまみれた新聞用語を使ってしか詩を書けない。どうしてそうなるのか、さきほどの行政とのエピソードとおなじですね。草野心平の詩にも大東亜共栄圏を謳った詩があるんですけれど、やはり「地続き」の発想しかないんです。「大きな夕焼けを眺めながら」は草野心平が戦時下において自信をもってつくった詩だと思いますが、

「ながいながい闘ひ。と私はいつた／やうやくここまできて光が見える。とサハイさんはいつた／あさつてサハイさんはマニラにとぶ／間もなく私は南京にとぶ／どこかでまた会へますね／どこかでね／中国かビルマか泰か／或ひはひよつとすると印度の何処でか／本当にもう私達はここまできた／もう本当にここまできた／全東洋万歳もまぢかなところまできた」

というように、やっぱり地続きの発想ですよ。文学者たちが大東亜共栄圏をイメージしてつくったこうした詩は、草野心平ひとりの問題ではありませんし、アジア太平洋戦争下に文学者としての活動を持続した全員にこういう要素はあるわけですが、漱石が言ったような「頭の中の方が広い」という意味を受けとめた文学者はいなかったのではないでしょうか。こうした地続きの「国境」の考え方が、いまなお続いているのだと思いますね。話は飛びますが、昨年（一九九八年）の五月のインドネシアでの政変暴動に際しての日本政府の対応、それを受けた形での日本人や企業の動きもやっぱり同じような気がするんです。

「引き揚げ」の貧しさ

加納　木村さんが言われる「地続き」は、国境を越えて移動しても「日本」を背負ったままで、発想の転移になっていないということですね。それでも、黒川さんの言われる「犯すものは犯されるものである、犯されるものは犯すものである」ということはあったのではないか。どれだけ「犯した」側が「国境」を自分のなかで崩しえたのか。あの戦争体験を受けとめるとすれば、相手を犯すことによって自分も犯されたという自覚を蓄積することではないでしょうか。

川村湊さんの『戦後文学を問う』（岩波新書）の冒頭部分に「日本の戦後文学は、「帰る」ことから始まった」とありますが、敗戦のとき、「外地」に七百万人といわれる膨大な日本人がいて、かれらのほとんどは敗戦となるとにかくひたすら帰ってくるわけですよね。私の町には「引き揚げ者」住宅があったので、わたしにとって身近な戦後風景なのですが、戦中の女性史を辿ってきて、最後に、「なんで帰ってくるの？」というのが疑問だったんです。それは木村さんのいう「地続き」の当然の結果でしょうが、「敗戦」が圧倒的に「帰る」という発想につながったのは、やはり貧しかったなあと。

中国では残留孤児や残留婦人として否応なしに残されましたが、フィリッピンやほかの国で、意識的に残ったという話はあまり聞かない。ところがインドネシアではわりと残った感じがするんです。インドネシアの占領形態や民族性もありますが、そのあたりは木村さんから伺いたいですね。

「無残」な作品をどう読むか

木村　日本の近代文学研究でも戦後の戦争責任追求はずいぶんあったわけですが、戦時下の作家について、個々の作家たちについての研究だけでなくて、なぜ作家たちがああいう無惨な姿を晒さざるを得なかったのか、その究極のところの「なぜ」というのはまだ充分あきらかにされていない。

加納　それは、それだけを衝いても仕方がないと思うんです。まわりのいろいろなものを研究するなかからしか浮かび上がってこないのではないでしょうか。

木村　もちろん、おっしゃる通りです。が、これは日本近代の「文学史を読みかえる」うえで担わされている問題です。それぞれ立場が違うにしても、きっちりと、なぜ、こんな無惨な姿を晒さざるを得なかったのか、文学者とは一体なんなのかということについて、一人ひとりを見ながら——もちろん歴史や文化状況などを見ていくべきなんでしょうけれど——いま、ここであきらかにする必要がありますよ。それでさきほど漱石の例を挙げたんですが。

黒川　「無惨」にこだわってますね（笑）。

木村　あれほどデリケートな詩を書いていた三好達治の『捷報いたる』という詩集を読んでいくと、本当につまらない言葉しか使っていないんですね。「脂肪太りしたルーズベルト大統領」とか（笑）、手垢にまみれた新聞用語ですよ。新聞の見出しに書いてあったことが、そのままそっくり使われるとか……。

黒川　いまの文学も、これからはかなりそうなっていくと思いますよ。

木村　そう、現代のわれわれの問題なんですね。加藤典洋さんの場合もちょっとそういう感じがあります。

池田　木村さんがおっしゃることはすごくよく分かります。しかし、うまく言えないのですけれど、例えば、いま三好達治の『捷報いたる』に収められたような詩句を「無惨」であるというときに、その対極として、彼がそれまで書いていた表現を非常に優れた表現として対置していると思うんですね。

木村　そうですね。

池田　ぼくはそれが疑問なんです。三好達治の戦争詩以前の、一般に優れた表現とよばれるものが高く評価されて、翼賛の言葉を発したときには「無惨な」、「つまらない」、「月次な」、「新聞用語である」といわれる。それ自体はよくわかるんですけれども、そういうふうに問題を立てること自体にぼくはとても疑問がある。それはいわゆる通俗文学や大衆文学を視野にいれたときに避けることのできないテーマ、つまり、文学表現の「質」というものを相対化したい、ということと関わってくるんです。ですからいまのわれわれの眼で見れば三好達治の言葉は無惨であっても、そのとき三好達治や高村光太郎という詩人が新聞に書いたことを「よくやってくれた」と思った人がいる。言葉というものは、その言葉自体に質の善し悪しがあると捉えること自体を相対化しなければならないんじゃないか。もちろん無惨な言葉だという木村さんの捉え方はよくわかるのですが、言葉というものは状況のなかでしか生きないわけですね。ですからいまから見れば非常に無惨な言葉であったものが、そのときに無惨と捉えない読者と出会っていたことを認めないと、いわゆる翼賛文学の問題には肉迫できないんじゃないかと思うんです。戦争以前の段階の三好達治は優れた詩人であったけれども、『捷報いたる』でダメになったというのではなくて、むしろ全体として三好達治を捉える必要があるし、それをしないと「なぜ」ということも見えてこないのではないでしょうか。

木村　つまり文学者個人の側から言葉の質を問題にするのではなく、文学者が言葉を発する状況の側の視点も必要だということですか。その言葉を生み出す背景があり、支持する読者がいて、読者の気持ちを代弁する形で言葉が紡ぎだされるという側面もあるというわけですね。

池田　そうですね。それはけっして『捷報いたる』の三好達治の作品を擁護するという意味ではないんです。

それで、いま木村さんの話を伺っていて、黒川さんの『国境』でもうひとつ面白かったところを思い出した。それは森鴎外の従軍詩の分析のところです。森鴎外の詩は、黒川さんが読み解いておられるように、いろいろな読み方ができるんですね。つまり、ある状況のなかで発せられた言葉というものを、いまのわれわれの眼で見てしまうと翼賛の詩、森鴎外は心を躍らせてそれを書いているとしか読めないんですけれど、その言葉を細かくずっと掘り起こしていくと、どうも違うことが言いたかったんじゃないかと思われてしまう。もちろん三好達治にそういうものがあるということではないのですが、いまと違う状況で書かれた表現を読むときには、その現場の感性をいかに追体験するかということと非常に密接にかかわってくる。それは木村さんがおっしゃったように現在の視点から読むことと関係していますし、そうするしか追体験できないんですが、いまのわれわれが持っている尺度そのものを「御破算」にして読みたいですよね。何度も言いますが、これはけっして『捷報いたる』を擁護するという意味ではまったくないんですけれど（笑）。

木村　それは文学者が現実的な出来事に出会したときの表現の場合ですね。確かに「脂肪太りしたルーズベルト」とか、イギリスを「海賊」という言葉で表現することで向こう受けするし、読者からすれば「よく言った」ということがあります。しかしどうして内的必然性から出ない言葉を詩人がそういうふうに使っていったのか。池田さんはそれについて、使わせる側があった、使わされる側の方も見ながら詩人を相対化して、一個の文学者としてみなければいけない、とおっしゃっるわけですね。もちろん、文学者を理想化するつもりはないいんですが、ぼくは、そういう表現を簡単に出していったことによって、作家が堕落したと思うんです。

池田　原理主義的な対話になってしまうとつまらないと思いますが、いま木村さんが言われた「出していった」ということは、心にもないこととか自分の本心ではないことを表現することを、やっぱり木村さんはマイナスのベクトルで捉えられていると思うんです。

ぼくはいわゆる「国」文学の専門家でもないのに口幅ったい言い方なんですが、文学の非常に重要な要素であったにも関わらず、明治以降の国家主義のなかで失った大きなものは「戯作」の問題です。戯作者という精神がもし生きていた場合、三好達治はあんなに無惨にならなかったかもしれない。つまり、それまで木村さんがプラスで考えている「純文学」の優れた言葉を発していた三好達治が失っていたものが、やっぱり戯作の精神だと思うんです。だからこそ、ああいう状況になったときに無惨に崩壊していくことになったのではないか――原理主義的な言い方ですが。だから戦中の翼賛文学は、明治以後に日本文学が失ってきたもののうえにあった。いわゆる私小説的なものとか、「文学」というものは作家や詩人が本音をいわなければいけない、みたいな信仰が明治以降に主流になってしまったということなんです。ぼくが大衆文学に関心があるのは、じつは大衆文学のなかで意識されていないにせよ、そういうことを追求しようとした人がいたということを捉えたいからなんです。

木村　戯作が失われたというのは大切な問題だとぼくも思います。そこで黒川さんが『国境』のなかで述べておられて興味深いのは、井伏鱒二のところですね。「花の町」をはじめ、その前後の漂流民を扱ったところなどを論じておられていますが、井伏鱒二が戦時下に徴用先で書いて日本の新聞に発表していた小説には無惨さが全然ない。それどころか非常に評価できる。それでは「なぜ」、井伏鱒二に可能だったのだろうか、というのが問題ですね。

戦後民主主義が忘れた島

黒川　この前、硫黄島へ行ったんですよ。小笠原よりまだ三五〇km南なんですが、いま行くには自衛隊の輸送機にどうにかして便乗するしかない。きっかけは、小説を書く上で折口信夫のことを調べていたら、かれの養子になった藤井春洋が硫黄島で死んでいるのを知ったからなんですが。戦前は硫黄島村といって、一二〇〇人くらい住んでいたそうです。その人たちの大半は玉砕戦の前に東京に強制疎開になりましたが、青年層の男性たちは軍属として島に残され、玉砕してるんです。

戦争末期に強制疎開になった人たちは、いまも島に戻ることが許されていないわけです。かれらの土地はすべて自衛隊によってなかば強制的に借りあげられている。国のタテマエは、火山島としての土地の隆起、水がない、港がないから授産が困難、ということなんですが、実際には戦前の島民はスコールの水をためながら、農業、水産業、硫黄産業などで、かなり豊かに生活していた。だから実情としては、島は米軍政の終了後、海上自衛隊・航空自衛隊の基地として使われているので、それを旧島民に明け渡したくない、ということなんです。でも、旧島民の中には、ちょっとでも硫黄島に近いところというので小笠原まで行って暮らしている人も二十数世帯います。ぼくの場合、玉砕戦の遺族団の慰霊巡拝を取材するという名目で前後四日行ったんですが、島内をあちこち動けたのは、かれらが来ていた一日だけで、あとの三日間はNLP（夜間発着訓練）宿舎のなかでハウス・アレストになってました（笑）。

こうしたことを調べると、戦前の旧島民たちが暮らしていた歴史、それから、戦争末期のこの島で二万人玉砕という歴史——歴史がコンピュータの画面上で二回消去されているみたいになっている。つまり、太平洋戦争中の二万人玉砕の戦史を述べた資料には、それ以前の島民のことってあまり出てこない。二万人玉砕の史実についても、「戦後民主主義」の風潮のなかで、見たくないもののようにして忘れ去られた。で、実際に島に行ってみる手だてもない。自衛隊が三千メートル近い大滑走路を持っていますが、民間には使わせないわけですから。

昭和二〇年の二〜三月にかけて二万人の玉砕でしょう。硫黄島は火山島で地熱がありますから、その熱いところに十八kmも網の目に掘った蛸ツボみたいな地下壕を掘って、ちょっとでも戦闘を長びかせようとするだけの戦いだった。米軍にすれば、硫黄島には、小笠原にはない飛行場があった。マリアナから東京大空襲をやるための途中駅を、そこに確保しなくちゃならなかった。だから、戦史的に見て、硫黄島に送られた二万人の日本将兵は、完全に東京のための「捨て石」だったわけです。飛行場設営にあたらされた朝鮮人軍属、島に軍属として残ることが命じられた旧島民の青年たちを含めて。少なくとも、戦後の東京、日本の繁栄のなかにいるぼくたちは、その点でかれらに感謝しなくちゃならないし、負債を負っている。玉砕者二万人はまだあまり収容されていなくて、一万二千人ぐらい放ったらかしなんですよ。向こうで泊まったら、自衛隊の人に「昨夜は英霊と会いましたか」とか言われて（笑）。

米軍の場合七千人の死者がでましたが、一体残らず十年間現地の墓地に埋めて、それから本土に持って帰るんです。その死体処理や遺骨収集が大きい問題で、軍のプラクティスとして考えても、死んで放ったらかしだと士気が衰えるじゃないですか。米軍はベトナム戦争のときでも、掃討戦をしても絶対回収しますよね。日本軍の場合は玉砕だから放ったらかすしかなかったんだけれども、戦後の政府も遺骨収集をいいかげんにしかしていない。実際には千人くらい、偶然捕虜になった人もいるんですが、あまり証言が出てきません。遺骨収集や巡礼、慰霊が、戦後民主主義のなかで軍国主義の遺制みたいになんとなくみなされて、すごく軽んじられてきたことってあるでしょう。でも遺骨収集や慰霊って、本当はしなくちゃならない問題ですよ。生き残った人間の問題として、一番大事な肉親が死んだということを確認する経験がなかったら、うまく生きられないんじゃないかな。あるいはお参りに行って泣くとか。それは人間的、文学的にいっても根拠がある。だから、そういうことを「戦後民主主義」の陣営がちゃんとやってこなかったことに、遺族たちのある部分からも反発が生じた。ここにはそれなりの理由があることも、見ておかなくちゃならない。大事なのは、このサイクルをどう解除するかでしょう。「靖国の英霊」みたいに言いくるめるのではなく、無意味な戦争の死者として深く弔っていくために。

硫黄島は、戦後すぐには有名だけれども、六〇年代以降、一気に忘れられていますね。そこに「戦後民主主義」のいい加減さ、言い落として放ったらかした問題が象徴的に出ているのではないか。それは国境の問題と関係があって、硫黄島って自衛隊でもアルファベット表記は「ＩＷＯ」島なんですよ。そんな表記の地名ってほかにない。米軍の表記からの流用なんです通産省のＪＩＳ規格でも間違ってるんじゃないか（笑）。だからすごく変わってる、日米安保の象徴みたいな島なんですが、アメリカから見たらＤ—デイ、ノルマンディとならぶ英雄的な土地なんです。「日本解放」「日本ファシズムの崩壊」をもたらした記念的な島で、日本でよりもアメリカで　イオー・ジマ　は有名。そういう意味でもぼくはすごく考えさせられるところがあります。

こうした問題も含めて、わりとまっとうに見てきたのは、もの書きなら上坂冬子です。『硫黄島いまだ玉砕せず』もちゃんとした本ですし、ほかにもＢＣ級戦犯の話や日系移民のことなど、ぼくらがいまちゃんとやらなきゃな、ということを押さえている。保守的か革新的かなんてことは別にして、あの人は国家主義というより「明治女」みたいなもんで（笑）、まっとうじゃないことは、ちゃんとまっとうじゃないと言う。戦後的な意味のイデオロギーという「線」で押さえたら、そこが落ちてしまうし、もう少し「面」で問題を支えるような視点がいると思うんですよ。

残酷なアメリカ軍

池田　硫黄島に星条旗を立てるシーンで有名な『硫黄島の砂』というアメリカ映画は、ぼくが子どものころに観てすごく印象に残ってるんですよ。あれはアメリカ映画なので当然アメリカの視点で描かれていますが、アメリカ軍というのはなんて残忍なんだろうと子どもごころにショックを受けたことを、いまでも忘れません。要するに火炎放射機ですね。防空壕の掘られたところをブワーっと燃やしていくところを、映画では誇らしげに描いているわけです。ぼくが観て「アメリカってなんと残酷なんだろう」という印象が残っているのですが、それは日本軍が玉砕戦をやったから当然そうなる、なるんだけれども、ベトナム戦争ではっきりあきらかになりますが、やっぱりアメリカは太平洋戦争の末期に本当に残忍なことをやったと思うんですよ。大阪の砲兵工廠への八月一四日の空襲にしてもね。もっとも、そのおかげで開高健の『日本三文オペラ』や小松左京の『日本アパッチ族』、それに梁石日の作品みたいなすばらしい小説が生まれることになったわけですが……。

戦争のイメージとして、日本がアジアでやった虐殺行為や凌辱行為を自己批判的に取り上げてきたことについては、当然まだまだ足りないくらいですけれども、足元をすくわれがちなのは戦争という状況そのものの持っている残虐さです。戦後の占領時に原爆が報道規制されていたということにもあらわされているし日本が中国でやったこととも関係するんですが、戦争という「場」になったときに起こることは、どちらにもありうるわけですよね。ですから、いまさらみたいな言い方ですが、やっぱり国家の政治手段としての戦争、つまりあらゆる戦争にきっちり反対していく、ということが、基本的に大事なんだと思います。日本の責任を回避するつもりで言うわけではないんですが、アメリカのやったことの残虐さを不問にすることでしか日本の残虐行為や戦争責任を告発することができなかったのは問題だと、いまあらためて思います。本当に実感としてアメリカってひどい国だなあ、とあの映画を観て思ったんですけどね、ガキのころに（笑）。

木村　小田実の『玉砕』という小説がそのことを徹底して書いていますね。これはペリリューの玉砕の状況をモデルにしています。

加納　あれは本当に悲しいですよね。

木村　火炎放射機があまりにもひどすぎるんじゃないかと日本の兵隊が思うわけです。かれらは全部満洲から送られてきた兵隊なんですけれど、それを徹底的に描いています。そうやって死んでいく一人ひとりの死ぬ瞬間、戦争の本質、残虐さについてそれぞれどう向き合おうとしたか、それまでの「皇国のため」といった言葉が、まったくなんの実態もないことを最終的にみんな知って、アメリカ軍の圧倒的な火器の前で虫けらのように死んでいく、その様相を書いた作品です。大岡昇平も『レイテ戦記』において、戦死した兵士の一人ひとりがどこでどういうふうに死んだかを数え挙げていくわけですね。それこそ『方丈記』のなかで、地震で死んだ人びとを勘定していく鴨長明のような姿勢です。

そうすると問題になるのは言葉の陰影と重みですね。言葉を信じて死んでいった人たちがいるとすると、戦記文学やさきほど言った詩人たちの言葉はあきらかにこうした人たちの死に加担している。それはやっぱり追求しないといけないし、池田さんの発想でいえば、この兵士たちもその言葉に喝采をおくっていたわけです。では、なぜその人たちが喝采をおくったか、また喝采をおくった本人たちが死を目前にしてどう考え、どうそれを認識したかということは、現代の作品であるからこそ、いまわれわれは知ることができる。その問題だとわたしは思うんです。

文学表現とナショナリズム

黒川　ちかごろ「文学ってどういうことかなあ」なんて考えてたんです。

たとえば、上野千鶴子さんなんかが、このごろ売春も性労働としてちゃんと認めるべきだと発言している。あれは批評としてとても面白いし、いま、ぼくらが生きている時代のなかでの、ひとつの歴史的な視点を持った批評だと思うんですよね。でも一方、もっと日常的なというか、ふつうの感情として、ぼくの親しい女性の友人が「売春やってるんだけど……」ということになったとしたら、「そうか、じゃあもっと労働条件が良くなるように頑張れよ!」って励ますのも、なんか躊躇が残るじゃないですか。だから、言ってみれば歴史の視点と、もうちょっと俗な自分の人間性みたいなところの間で、なんでここにズレがあるのかなということを、中野重治の言葉でいうと「ねちねちと進み」ながら考えていこうとするような態度が、文学を支えてるんじゃないかと思うんですよね。漱石にしても、自分の明察と生理とにズレがあることを感じる感受性から、なんだろうって考えていく。そこのところが、戦時下の文学のありようについても、もうちょっとしつこく考えられないといけないと思うんですよ。

戦時下の三好達治の作品は、無惨かも知れない。でも、いまの時代の文学作品も、それと同じような意味で無惨かもしれない。当時は書く場所がないから原稿料では暮らせなくなる。では面白いものがないかというと、少数ながら、ちゃんと面白いものは書かれている。中野重治の『斉藤茂吉ノオト』で論じられているように、斉藤茂吉も翼賛的なものを書いていますね。それは無惨だ。でも中野はそこで、渡辺直己の戦争吟を取り上げて、これを見てみろと敬愛する斉藤茂吉に打ち返しているでしょう。渡辺の戦場での短歌は、いわば戦争の絶対零度で書かれていて、かんたんに揺らがない。その勁さを中野は買うわけです。『辻詩集』でも大江満雄の詩はいいものです。太宰治はあの時期に面白いものをまとめて書いている。でもそのくらいのわずかな確率のなかでしか、文学というのは書かれてこなかったんだとも思う。いま、出版業は不況で臆病になっていますから、純文学や評論の雑誌ももっと整理されていくでしょう。プロの書き手は、もっと売れるもの、商売と直結するものを書くように求められる。そのときに無惨ではない言葉で書く人間というのは、非常に変わってることになる（笑）。そう考えると無惨というのはわれわれにとても近い問題で、あまり特殊な問題ではないと思う。

池田　食える食えないというのは大事な問題だと思うんですが、もうひとつは食える職業にいてもそうなるっていうのがあるでしょう。ぼくがそれを本当に実感したのは、中曽根内閣のころにいわゆる「新京都学派」が登場したときです。中曽根が京都へ来て一緒に昼飯を食って、中曽根から「やっぱり文化を振興しないといけない」といわれると、みんな乗ってしまう。つまり虚学——文学だって日陰のものですよね。むしろ、本人たちが虚学であることに誇りを持つというか居直りをやってきた歴史がある。それが、発言力を持ったり自分の発言が世界を動かす位置に立ったりするめぐりあわせに出会うと、あるいは出会ったと思うと、あっさり迎合してしまう。戦争中の文学者にもすごくいたと思うんですよ、浅野晃をはじめ。言葉を発する人間というのは、その言葉がまともに受けとめられるものに対してはすごく弱いんですね。

加納　なぜ作家が翼賛の言葉を発してしまうのかを考えると、もちろんひとつにはナショナリズムに溺れ込む局面があるでしょうが、もうひとつは戦争が大量に死をもたらす、その中で展開される極限における人間のドラマが文学者や作家にとって持つ意味です。それからとりわけ従軍作家として前線に出ていった佐多稲子のようなプロレタリア作家の場合、「どこまで続くぬかるみぞ」みたいなところで生死を賭けて戦っている民衆兵士に対して戯作者でいるには相当大変なエネルギーが必要でしょう。プロレタリア作家であればあるだけ民衆の苦しみをわが苦しみとするだろうし、佐多稲子の戦後の自己批判はその結果戦争協力につながってしまったと。やっぱり一緒に泣いてしまったと言うんですね。でも民衆と一緒に泣けない文学者というのもちょっと困るなあ（笑）。泣いたうえでそこからどれだけ離れられるのかですが、それは滅多様な人にはできないのでしょうけれど。

黒川　泣くのはいい（笑）。なんで泣くのかな、というところから文学が生まれるわけで。

加納　泣かないんじゃしょうがない、というか、そんな人に書いて欲しくない（笑）。

戦争とセックスをめぐって

黒川　あと、セックスの問題というのはもっと広く、多面的にアプローチする必要があるんじゃないか。「結局、戦地に行って従軍慰安婦を買ったんじゃないか」というだけの「戦争と文学」の論じ方ってつまらなく感じます。『日系アメリカ・カナダ詩集』という著書がある中山容さんという人がいます。日系人の強制収容キャンプのことを調べはじめて、志なかばにして最近ガンで亡くなってしまいましたが。以前かれと話したときに、キャンプでの集団生活のいちばんのストレスは、性にまつわる事柄だったようだとおっしゃってました。性交から排泄まで含めて。でもそういうことは、のちの歴史の表面に、なかなか現われてこない。

ぼくは古山高麗雄の小説がすごく面白いし、重要だと思っています。例えば「セミの追憶」という小説はかれの兵隊時代の話です。かれは兵隊にとられるまで不良少年だったから、そのプライドにかけて、戦場では慰安婦のところには行かない。けれども、一度だけお茶っ引きの朝鮮人慰安婦から誘われて、性交する。その記憶が、戦後五十年以上たっても、ぼんやりとかれのなかに残る。そういう話なんです。ものすごく大きい慰安婦で、その人と抱き合っていると自分が電信柱のセミのように感じられたというものです。戦争の下では、支配と被支配、強制という問題がつねにあり、これは正義に反している。けれど、そこにおいてもなお、人間のエロスを認めざるを得ないことってあると思うんですよね。それは幻想かも知れない。けれど、幻想もまた歴史のなかに位置を占めている。話が簡単になってしまいますが、この辺は反省としてもう少しゆっくり考えたい。

木村さんのご専門との関連で言うと、佐藤春夫が台湾へ行って、帰ってきて関東大震災が起こる。このまえ瀬戸内寂聴さんの『つれなかりせばなかなかに』という本が出ました。佐藤春夫と谷崎潤一郎の細君譲渡事件の前後を新資料を含めて描いていますが、これを読んであらためて気が付いたことがあります。小田原事件というのが一九二一年にあって、そのとき佐藤は谷崎の細君のことで谷崎と喧嘩別れする。佐藤春夫は谷崎の妻に同情や恋心があって、傷心の気持ちで台湾へ行くんですね。もしかするとそういうことでもないと台湾へ行かないかもしれないし、同じころに「さんまの歌」、涙をポロポロ落としながら人妻を思いつつ一人ぼっちで飯を食う（笑）、という詩も書いている。反対に言えば、そういう心を持っているから、台湾の少数民族の幻想譚に取材しつつ、日本の植民地政策を批判した『魔鳥』みたいな作品も書けるんですね。だから恋愛事件も含めて、人間がどう生きていたかという空間をつかんでいくことも大事ですね。年表的な事実の背後には、さらに人間を包む空間がひろがっている。その怯えを持っていないと、自分が何かを書くときにも痩せていくなあと感じてしまう。

加納　黒川さんのいまのお話は、いわゆる「従軍慰安婦」問題に関わっている女性たちから大批判される発言だと思うんですよね、わたしはちょっとズレているんですが（笑）。

小林よしのりなんかが言うには、戦地で兵士たちのセックスへの欲求をどうするのか。強姦するか、女を買いに行くか、家に帰って女房とやるか。日本の場合は、そう頻繁に兵士を帰国させることはできないし、強姦したらものすごく反撥を受ける。女を買うと性病になる。そうするとそのなかでもっとも合理的な選択が慰安婦だったという言い方をしています。それに対して女性たちは、禁欲すればいいんでしょって話になる。わたしはそう言ってしまうことにもちょっと抵抗がある。やっぱり人間はそうすっきり割切れるものじゃないと思うし、だからといってあてがわれたシステムとしての慰安婦を選ぶというのは、もっともいやな選択だと思うんですよ。そうやって考えると、性というものを人間の権利として認めるという前提に立てば、男と女を前線銃後に引き離す戦争そのものへの批判になる。そのあいだを丁寧に考えることで、人が殺されるというだけではなく「性」というファクターを入れることであらたな反戦の論理を鍛えられるんじゃないかなと思っているんですけど。

黒川　まったくその通りですね。

ただ、ぼくにとっていまでもよくわからない問題を二つだけあげます。ひとつは、湾岸戦争のときだったか、PKOで自衛隊を派遣するとき、掃海艇の乗組員にコンドームを配ったことへの批判があったでしょう。そのときよくわからなかった、自分で考えきれなかったんですよ。コンドームなんか配るなという批判は、大人なんだからそういうものは自分で買わせろという意味なのか（笑）。たぶん、そうじゃないだろう。自衛隊員に対して、現地でセックスするなという批判なんだろうと思うんです。だけど軍としてのプラクティカルな発想からは、そういう考え方はでてこない。軍というシステムは若い男をおおぜい不自然な状態で閉じこめているわけですから、性病の蔓延の予防とか、強姦事件の発生の予防とかいった見地で、一種の性的な危機管理策として「コンドーム配付」みたいな発想がでてくる。それはどうにかしなきゃならない問題なのですが、これに対し、批判としてどういう代案が出せるのか。そこのところをどういうふうに踏まえて、この批判が出てきたのかを、もうちょっと知りたい。

もうひとつは、先日松代地下壕に行ったんですよ。数年前にも行ったことがあったんですが、そのころよりかなり整備が進んでいました。戦後もかなり長い間、放ったらかしにしてあったそうです。三ケ所あるうち、ひとつだけ公開している象山地下壕を地元の人がボランティアで案内していて、入り口でヘルメットを貸してくれるんです。あそこの工事で犠牲になった人には、朝鮮人の労働者が非常に多かったので、入り口にハングルと日本語で慰霊碑も新しく建てられていた。もうひとつ、天皇御座所になるはずだった壕は、いまは地震観測所になっていて、見学ができないことになっている。でも地震観測所の見学はできるんですよ（笑）。一種の腹芸みたいなもので、見学用の地図上には地震観測所はここまで、とか書いてあるんですけれど、よく地図を見たら天皇御座所も窓からのぞけることがわかるようになってる（笑）、どうしても見たい人は、勝手にどうぞみたいな感じで。つまり、戦跡と地域の人々との関係が、相当大人っぽいというか、成熟している。

そんな面白いところだったんですが、一般公開されている象山地下壕の前に民家が何軒かあって、そこに「慰安婦の家再建絶対反対」って大きな字で書いてある。なぜだろうと思って壕の受付のおばさんに聞いてみたら、別な場所にあった慰安所を壊さなければならなくて、いま有志が保存しているそうなんですが、壕の入り口横に確保した土地に移築してこようとしてる、っていうんです。その話を聞いて、それは反対ももっともだなと思うところもあるんですよ。現地に住んでいる人たちからすれば、日韓共同の慰霊碑も含めて、すでにいろんな取り組みを受け入れているわけです。それに、かれらの家は動かせない。よそから来た慰安所がボンと建っても逃げられない（笑）。その人たちの気持ちからすれば、朝鮮人慰安婦のことは日本全体の罪であって、たまたま壕の近くに住んでいるだけの自分たちに背負わされるようなものではないよ、ということだとぼくは思うんです。運動としても、そこにばっかりこだわると、かえって壕で行われた強制労働という焦点をぼかしてしまうところがあるかもしれない。地元の人間は生活とのバランスのなかでやれることしかやれない。むしろ、もう松代は地元の人々によってすごく成果を挙げているのだから、次の運動はもっと別の場所で、自分たちで新しくはじめようというのが、この種の運動のまっとうな考え方だと思うんですよ。

加納　沖縄の渡嘉敷島がそうですね。渡嘉敷にも慰安所があって朝鮮人慰安婦がいた。最近彼女たちの慰霊碑を建てようということになったんですけれど、地元は反対している。渡嘉敷では集団自決などがあって大きな被害を受けているのに、まるでおれたちが女を売ったみたいじゃないかって、地元のおじさんが怒ってましたけど。

「日本の女たちには貸しがある」

黒川　韓国側の運動団体にも、こっちはこっちで事情があるということを言わないとダメだと思う。元慰安婦の女性って、日本でだけではなくて、韓国社会でも孤立させられてきたところがあるでしょう。戦中は日本に痛めつけられ、戦後は韓国でさげすみの目を向けられ、というように。そういう時間のズレも含めて、様々な事情や条件の違いとか、細かいレヴェルですり合わせていかないとならない問題は、たくさんあるんじゃないかと思うんですけれど。

加納　いまのフェミニズムの「慰安婦問題」の論理でいうと、たぶん前線にいる男たちに「やるな、禁欲せよ」と言うことになると思いますが、わたしはそれにまるっきり根拠がないとも思わないんです。人間って他の動物のように春だけ発情するものじゃないですよね。性欲も文化的につくられているわけですし、レイプもそういう構造のなかでやっていいと判断できるからやるんでしょう。男は溜まってしょうがないなんて言っても、負けたときは勝った国の女を強姦しませんかられ。ある種の権力の確認みたいなことなので、それ自体否定すべきものだと考えれば、「やるな」という論理は正しいと思います。もうひとつ、銃後の女たちには圧倒的に貞操を要求しているわけでしょう、監視団をつくって。国防婦人会なんかも夫が出征している妻の「不貞」監視をやっています。男たちは前線で木の根をかじりといった話をつくり、その苦労に応えるためにこちらも我慢せよといって禁欲させる虚偽の構造になっていて、そこは問題にしなくてはいけないと思うんです。

池田　いまのお話で思いだしたんですけれど、田村泰次郎が引き揚げてきての有名な第一声で、「日本の女たちには七年間の貸しがある」と言いますね。つまりかれらにとっての慰安婦は全部中国人および朝鮮人だった。もちろん場所によっても違うけれども、高級将校は日本人の慰安婦だった。田村泰次郎はすごくマッチョな人なので慰安所制度そのものを否定することはないけれど、当然日本人の女が責任を持つべきセックスの問題に関して朝鮮人にやらせたと、かれは怒っている。そういう問題こそが本質的な問題だと思うんですよ。女性に怒られるかもしれないですが、国家を容認し、戦争を容認した以上、日本の女性が当然引き受けるべきでしょう。そこにもちろん男と女の闘いはありますが。

加納　国家の方では快楽としての性と生殖としての性を分けて、日本の女性には「生めよ殖やせよ」と生殖としての性をふり当てたわけですね。

池田　その辺は朝鮮人なり、フィリッピン人なり、インドネシア人なり、従軍慰安婦のことを考えるときに日本の女性の責任もあると思う。これは当然、戦争を容認し、男の支配を容認したという責任を含めてですけどね。もちろん男にはもっと責任があるんだけど。

加納　容認したって言われると……。たしかに「妻の座」さえ安泰ならと、男の「遊び」を容認する女性の側の問題はあります。とくに相手の女性が東南アジアや朝鮮女性だと犬っころと遊んできたくらいに考えて傷つかないということがあるようです。だけどそれを男に言われる筋合いはない（笑）。

池田　もちろん、そのとおりです。

木村　戦時下の作品では、ほとんど従軍慰安婦は出てこないですね。これは意図的に避けられたとしか考えられない。田村泰次郎は戦後になって書きますけれども。戦時下の作家は知っているはずで、例えば北原武夫なんかは、日本女性の貞節さを「ジャワ」に来てみてあらためて感じると書きながら、それなりに遊んでいる。それがどうして文学作品にならないのか。

黒川　軍隊は不自然なシステムだから性的なストレスも出てきますよね。そうしたら軍というシステムを解体させるしかない、ということに理屈としてはなるけれど、いきなりそれを言っても非現実的で、何か代案を出さなきゃならないでしょう。そのとき加納さんならどう言います？

加納　「早く帰っておいで」って言うんじゃないでしょうか（笑）。よそに垂れ流すよりは……。池田さん風に言うと、日本が戦争をするなら、さしあたり日本で始末を付けないと。

木村　これは暗黙の了解として言いますが、日中戦争のとき、兵隊たちは、俗な言い方をしますが「現地でやれる」という認識を持って戦地へ行ってる。

黒川　民間人に対して？

木村　ええ、強姦も含めて。

加納　やり放題みたいな。

木村　兵隊たちはやり放題を役得のようにして。

黒川　都市部でも、もっと奥地でも？

加納　それは勝ってる、という前提の上ですよね。

池田　火野葦平の戦後の小説には、そういう現地の女性との交渉を書いたものがありますが、もちろん勝者の一方的な強要、やり放題というケースの他、美しい恋愛として描かれているものもある。この後者のほうを取り上げて美化する必要はまったくないけれど、大西巨人ならずとも「戦争と性」はもっともっと具体的に掘り起こしていきたい問題ですね。

木村　私の父親の世代が、ちょうど一九三七年から三九年にかけて中国の戦地へ行ってるんですよ。その多くが性病になって帰ってきた、という話が戦友会などで話題になったらしいのですね。父はずい分前に亡くなっていますが。従軍体験は、もちろん厭なものであった。しかし一方では、戦争で「ちょっと得した部分」という意識があるんですよ。そこを不問に付すことはできないし……。

黒川 民間人に対してやり放題だというのと慰安所をつくるという理屈とは……。

木村 もちろん慰安所もありますよ。日本にいて平和な家庭にいる時よりは、自由になることを意識している面があった。

黒川 軍規としてはどうだったんですか？

加納 強姦は犯罪として取り締まられていましたけどね。

木村 しかし、犯罪として取り締まっていたといっても、戦闘部隊の先端の部分では看過されていたのではないでしょうか。だから作家たちが書かないということは、それをよく知っていたと思いますね。アジア太平洋戦争のときに作家が慰安所のことを書かなかったのは、日中戦争当時のことを知っていたからです。池田さんがおっしゃった戯作文学であれば書けたかもしれませんが、戯作文学は排除されていきますしね。

池田 戯作一般ではなくて、慰安所は軍規に関わることですから絶対に検閲を通らなかったでしょうね。

木村 ということは、うしろめたい、マイナスのものであるという意識は最初から、軍に携わる人も兵士たちもあったわけですね。

池田 書き手そのもののなかにありますから。

加納 自由主義史観の連中が言うみたいに、当時は公娼制度があったから男がそういうところへ行くのについて、今よりも許容度はうんと高かったわけですけれど、こと戦争というあの時期に一切情報として公になっていないというのは、やっぱり前線の苦労という虚偽の構造が崩れて銃後が保たなくなるんですよ。男が前線で慰安婦相手に好きなことやってると なれば、女だってやりたい放題やるわよってなったら、とてもじゃないけど戦時体制は破綻します。

黒川 森鴎外が日露戦争のとき、妻にあてた手紙がありますね。戦地に行く前に「おれはやらない」って（笑）。

加納 わたしは銃後対策だったと思うんですよ。子どもたちにだって「兵隊さん、ありがとう」って言わせてるのに、清く正しい皇軍兵士が戦地で女抱いてるなんてことじゃあ（笑）。石川達三の「生きている兵隊」の削除部分にはすさまじい性暴力シーンがありますが、だから削除されたんだと思います。

国境から生まれるもの

木村 きょうのテーマの一つである「移動」についてなので

すが、これはそれこそ文学だけに限定されるのではなく、日本の近代史全般にわたっての「移動」です。日清日露という二つの戦争を経てきた日本の近代化のなかで、出稼ぎ、移民問題の延長線上に、戦争以前の「移動」の問題もあります。それと植民地政策ですね。国家が植民地化していった「台湾」、「朝鮮」、「満州」、さらに「南洋諸島」、そういうところへ人々は移動していった。ですから日本の近代化の持っていたさまざまな矛盾を払いのける一つの方策としての「移動」がある。しかしその「移動」を現在のわたしたちが振り返ってみるときに、国民にとってはそれは苦難の体験でもあるし、うしろめたい体験でもあるし、罪の体験でもある。そういう結果をもたらしています。ブラジル移民にしても歴史の皮肉というか、日本で苦しくなって新天地を求めてブラジルへ行った人たちが、百年近くたって今度は向こうから移動してくる。その「移動」に対して、当時から今日までの日本の文学がどれだけ意識的であったのか、また現代のわたしたちはそれをどう受けとめるのか。この「移動」という概念は日本の近代化の一つの大きな柱のひとつになりますが、それが苦難やうしろめたさや罪の問題となって集約された形で結果として出てきたのが、この「戦時下」ではないか。それが問題設定のモティーフです。

池田　黒川さんの『国境』では、いま木村さんがおっしゃったベクトルで様々なマイナス面を見るのではなく、むしろ国境を越えるとき、国境の上になにかを見ることができる条件が与えられたと考えて、それを逆転しようとすることですよね。

木村　マイナスというのは、アジア太平洋戦争が終わった時点でマイナスとして意識されるわけで、戦争中はマイナスではなかったですね、もちろん。

池田　つまり黒川さんの場合には、結果として間違いであったというふうに総括するのでは、生きている人間が、ある意味でうかばれない。そうじゃなくて、どんな場合でも自分で状況を選べないのだから、例えば軍隊の一員として派遣されるなり、あるいは従軍作家として行くなり、植民地に儲け仕事や職務のために行くなりしたとき――向こうの人からすれば侵略者であるというのは当然だとしても――こういった条件でポンと国境を越えさせられてしまった、国境の上に立つことになってしまった人間に何が見えたのか、という捉え方が印象的なんです。そういう点で、いまの木村さんの問題提起に対して、黒川さんはどうお考えですか。

黒川　ぼくの場合は「傷」からしかつくれないものがあるということですね。その当時の状況のなかでは兵学校や士官学校へ行くのは立派なこととされていたし、兵隊さんに取られるのは瓶詰め地獄みたいなもので逃げられないことだし、戦争に行ったということ自体で人は責められない。ただ、そこで何が起こったのかを検証することが大切なんです。どういうふうに人に傷を与え、自分も傷を得たのか、それを検証することからしか意味がつくれない。マイナスを言うことがナンセンスということではないんです。

池田　それはぼくも全然思わない。

黒川　「移動」という意味では、当時満州に日本人が何人いたのかというのはわからないんですよ。

木村　黒川さんは一五五万人と書いていますね。

黒川　それは軍人を除いた数です。満洲軍が多いときで七十万、たぶんなんやかんや合わせて百万人ぐらい、その正確な数は軍事機密で、当時もいまもわからない。だから、正確な日本人の人口比も出せない。当時の『満洲年鑑』なんかには、職業別の日本人人口などがいちおう出てきますが、そこには軍関係が入っていない。だから、そういう数字の誤差は、最大で百万人ぐらいになってしまうことになる。

それから、当時の『作文』グループの青木実さん（故人）に話を聞いたことがあるんですけど、「燕人」と呼ばれる人がおおぜいいたっていうんです。春になると山東半島の方から季節労働者が何十万と出てきて、冬になったら道という道を埋めつくすように帰っていく。冬のあいだは向こうで寝つづけるように暮らしていると。一種のルンペン・プロレタリアというか、貧民労働者層の移動をあらわした言葉です。ツバメみたいに季節とともに移動するから「燕人」。『燕人街』っていう同人誌を出していた日本人グループも、当時あったように記憶します。そういうわからない余地をわからないゾーンとして見きわめようとしていくというか。数字だけでは満州のリアリティってわからないですからね。

戦時下の太宰治が優れていたわけ

黒川　人的な「移動」の話だけではなくて、このあいだ沢木耕太郎の『オリンピア』を読んでいて気が付いたんですが、太宰治が一九四〇年に書いた「走れメロス」。あれはベルリン・オリンピックだと思った。かれは三六年のベルリン・オリンピックのころに「碧眼托鉢」というエッセイで、「天にもとどろきわたるほどの、明朗きわまりなき出世美談を、一篇だけ書くこと」が、「わが終生の祈願」だと言っている。これ、四年後の「走れメロス」を思わせる。

ベルリン・オリンピックのとき情報の移動が盛んになりますよね。ファクシミリの原初形態である写真伝送もできたし、飛行機でフィルムを運んだりもした。だから、その週のうちに日本でニュースフィルムを見ることもできた。三八年にはヒトラー・ユーゲントが来日して話題になる。ベルリン・オリンピックとヒトラー・ユーゲントの美学、みたいなものを太宰はちょっと持ったと思うんです。それが「走れメロス」

という、太宰にとってのナチス経験の作品になったと、考えられなくもない。だとしたら、あのメロスのモデルは、ベルリンのマラソンで優勝した朝鮮人選手、孫基禎かもしれない(笑)。レニ・リーフェンシュタールの映画は公開がちょっと遅れますから、太宰はそれは観ていないようですが。

それと太宰で興味があるのは、「竹青」という中国の民話を題材にした作品です。あれはさきに中国語ヴァージョンが発表されていますよね。日本語版は「支那の人たちに読んでもらいたくて書いた。漢訳せられる筈である」と末尾に註記されて、四五年四月の『文藝』に掲載されていますが、その前に、まず中国語訳が、一月の『大東亜文學』に発表されているんです。内容的にもいいものです。では、なぜ太宰がこんなふうに中国のことを意識し出したかというと、その前に『惜別』を書いている。これは竹内好が一読して絶交を決意しちゃったくらいマズイものだと言われていますけれど、そのエピソードを抜きに読めばそんなに悪くないし、面白い。確かに魯迅は日本化されているし、フィクションですが、その日本化されたフィクションを通した太宰の内的対話として読めば。

そこで、なぜ『惜別』が四四年に太宰みたいなプロセスでできたのかを考えてみると、高見順の『昭和文学盛衰史』に出てくる、一九四一年十一月の陸軍の徴用検査のシーンが思い浮かぶんです。高見が白紙を受けとって、出頭場所に行ったら、太宰や井伏鱒二がいた。太宰は胸の病気があるから島木健作といっしょに落とされる。高見は転向経験があるし、日本にいるのが苦しくてしかたがない。それでインドネシアへ脱出して、帰ってくると自由主義的な揺れ戻しがあって、そこをまた尾崎士郎から叩かれたりしてますね。内面的にもボロボロ(笑)。だからかれは軍医が「大丈夫かな、この身体で……」と躊躇しているところを、むりに「大丈夫です」と言って、通してもらう。日本の社会にいるのが苦しくてしょうがないから。

四〇年に太宰は女の一人称で「きりぎりす」という作品を書いている。ある画家の妻の立場から語られているのですが、かつて夫は芸術至上主義で清貧でやってきた、そのあなたがわたしは好きだったのに、どんどん売れて俗物になっていくような人とは「お別れします」って、三くだり半を突きつける(笑)。太宰の、自虐的な心境がよく出ているんだけれども、高見順が「こんないやな小説はない」(笑)と批判する。この妻は、夫を自分の鋳型に一方的に押しこんでしまおうとするイヤな女だ、というわけなんです(笑)。この言い方には、そのときの高見の孤立感がよく出ている。この行き違いが面白い。徴用に行くか行かないかで井伏の外地での経験があり、高見のビルマでの小説の面白さが生まれた。そして、もし太宰が徴用されていたら全然違う『惜別』になっていたこともたしかでしょう。「移動」というのはそうやってすれ違いを生みながら起こるものだなあ、なんて思うことがあります。

外地体験で変わったもの

加納　生活クラブ生協のNETという政治団体の地方議員候補になった女性の経歴をみていて驚いたんですが、ものすごい率で外地生まれが多いんです。外地経験が人間形成にどれだけ関わっているのかは、それぞれ差があると思いますが、それを見たときはハッとしました。わたしは子どものころチーズだとかセロリだとかそんなものは見たことも聞いたこともなかった。それを教えてもらったのは、満洲から引き揚げてきた友達からです。移動しなければ絶対に出会うことのないような食べ物にしろ音楽にしろ空の色にしろ、七百万人もの人がいろいろなものを見たはずなのに、帰ってきて、それが戦後の日本社会にどのように生きているのかいないのかを、ちゃんと検証したいと考えてきました。

井伏鱒二や田村泰次郎が何を書いたか、というテーマの問題じゃなくて、「外地」体験による感性の変化があきらかに感じられる作品はありますか？　外地体験を経たことによって表現や感じ方があきらかにその影響だと思われる作品とか作家とか。

木村　私の目下、研究している阿部知二には戦後の作品のなかに、あきらかに戦地の体験が影をおとしているものがあります。阿部知二の享楽主義的な側面と、人間の心身の解放といったものの二側面が間違いなく作品にあらわれています。戦争中のエッセイや小説では一切書かれていませんが、戦後の作品ではそれが前面に出てきますから。南方の逸楽や至福は阿部知二が熱中したものです。

加納　それはいま下手に言うとオリエンタリズムになりませんか。

木村　オリエンタリズムとは言ってしまえないでしょう。かれはバタビヤで西洋をはじめて体験するんですね。それまでの阿部知二の外地体験というと北京くらいしかなかったんですが、かれは英語ができたので、バタビアで当時の「適性国」人であるオランダ人との仲介役のようなこともして西洋に親近感を持ち、そうすればそうするほど板挟みにあって苦しんでしまう。ものすごく興味を持って西洋的なものを享受していて、病気になって本当は帰還するところをむりやり居残るんです。

池田　帰ってくるのはいつですか？

木村　四二年三月に上陸して、十二月に帰国します。

池田　四二年の十二月に帰ってきたあと、敗戦までに書いていますよね。
木村 それはかなり書いていますが、享楽的な内容のものは一切出てきません。
池田 敗戦になって書けたということは、徴用で別のものと出会ってそれを書いたのか、それとも戦中には書けなかったことを、戦後になって享楽主義的なものとして書いたのか、区別できるわけですか。
木村 区別できます。あきらかに同じ題材を使っていて、戦時下では書いていないものを戦後に書いています。
池田 いや、戦後にいわゆる一般的な性の解放とか、そういうものがあったために戦後に書いたとは考えられないですか。四二年十二月に帰ってきたあと、いままでのものと作風が違っていても、かつてなかったようなバタビヤ体験が反映されているようなものを、戦時下でも書きはじめていたのかどうか。
木村 戦後の風潮の影響は、当然、あったと思います。しかし、阿部にとってジャワ体験というのは、徹底的に自分をゆさぶるもの、自らの立脚点を問い直さざるをえないものとしてあったと思われます。その問題意識をすでに戦時下に持っていた。ところがそれを書けないものですから、戦後に〈ジャワもの〉として一時に出てきたといえるでしょう。
高見順は戦争前にジャワ、バリへ行っていますし、戦争になってからは徴用されて「ビルマ」に行っています。外地を体験した作家はそれまでの文学と大きく変わったという感じがしますね。北原武夫は徴用された後日本の女性はきれいだとか道徳観がすごいとか、日本女性讃美の文章をジャワからいっぱい書き送るんですが、あれが果たしてどこまで本心だったか（笑）。かれがまとめた『雨期来る』を読むと、徹頭徹尾ジャワの自然讃美なんですよ。それが大きな発見だったと思いますね。自然を見ることであの人なりの現実に耐えようとしている術を手にしたという印象があります。富澤有爲男も戦争中どうしようもない文章を多く書いているんですけれど、そのなかで唯一評価するとしたら、やっぱり気候や風土についてものすごく鋭敏な文章を書いていて、それだけは思想、考え方、立場と同じレヴェルで評価できるくらい、見るべきところを感じ取っている。ですから作家の異文化体験というのは一人ひとり見ていくと大変興味深いし、戦争にどれだけ加担したとかいって十把ひとからげにせずに評価できると思います。これが「移動」ということの持つ意味ですよね。

外地から日本を見る視線

黒川 阿部知二にはスティーブンソンの翻訳がありますね。『宝島』とか。もうひとり同じようにスティーブンソンに関わったのが、『光と風と夢』を書いた中島敦ですね。かれは戦中に亡くなりますが、中島敦は朝鮮育ちというのがなければたぶん、「李陵」とか「山月記」もなかった。植民地の日本人の、孤立の経験ってあるじゃないですか。最後は南洋へ行ってスティーブンソンになるわけですが、中島が南島で暮らしたスティーブンソンのなかに見ていたのも、孤立の経験です。中島はストイックな作家だとみなされがちだけれども、かなり複雑な女性関係を転々としたり、朝鮮とか中国とか小笠原とか、一人旅をしてみたり、どうも寄る辺なさげですよね。それに、あくまでプライベートな作業だったようですが、ハクスレイやカフカも訳しているでしょう。井伏は石井桃子から頼まれて『ドリトル先生』を訳している。戦時下の翻訳というのは、文化的にも、とても重要な問題だと思います。

木村　中島敦がカフカを訳したのはまったく自分の好みからですが、『チャタレイ夫人の恋人』を知人から頼まれて下訳していますね。

黒川　あと、海外文学に書かれた日本人というのも、国境の問題としてあるわけで、たとえば二〇年代にはヤーコプの『ジャクリーヌと日本人』があります。この小説には森鷗外のずっとあと、第一次大戦後の大インフレ時代のドイツの日本人留学生が描かれていますが、モデルの一人が羽仁五郎らしい（笑）。かれらの男女関係に、関東大震災が投影されています。スティーブンソンが吉田松陰の伝記を世界で最初に書いたように、日本語以外の言葉で書かれてこちらに返ってくる日本人像や、あるいは、浮世絵や俳句が世界の美術や詩形に与えたようなインパクトってあるじゃないですか。

池田　そうですね、日本人がどう描かれたかというのは面白いですね。『ジャクリーヌと日本人』は第一次大戦後ですからともかく、侵略者として行った日本人を現地の人がどう描いたかは読んでみたい。それとぼくに関心があるのは、日本人自身が現地の人の眼で日本人を描くというスタイルをとった作品がいくつかありますね。

黒川　日系人のアメリカ文学や南米の文学、サマセット・モームの小説にも日本人が結構出てきますね。カポーティの『ティファニーで朝食を』のユニオシっていう日本人、あれは映画化されるとメガネ、出っ歯、カメラっていうステレオタイプを踏まえることになった（笑）。

木村　十五年くらい前にインドネシアで刊行されたイスマエル・マラヒミンに『そして戦争が終わった』という小説があります。戦争末期のインドネシアのある島の様子を描いているんですが、日本軍の小隊長の現地妻となったインドネシア人女性が主人公です。そこで描かれる小隊長はヒューマニスティックなんですね。しかしステロタイプなどうしようもない軍人の日本人もたくさん描かれていて、小隊長として苦悩する自分の仮の夫の内面をこの女性がたどっている。さきほどいわれた、なぜインドネシアには帰国せずに残った日本人がたくさんいたのかという疑問には、もちろん戦闘条件などいろいろな回答がありますが、女性のこの男の人に寄せる愛情も理由のひとつではないでしょうか。最初はメイドとして使っていて途中から愛情関係ができるんですが、そうなってからはジャワとか日本を越えて男を守ろうとする女性の姿が描かれています。最後は男が捕虜になって別れざるをえなくなります。そういう小説が各国にあるとしたらそれを集めて、軍人をはじめ「移動」していった人を、その土地の人々がどう見ていたかを調べてみるのも面白いですね。

話がとても多岐にわたりましたが、きょうはみなさんありがとうございました。

（一九九八年八月二日、文京区民センターにて）

海を渡った「作文」

川村湊

1

戦前、戦後を通じて実行された「生活綴り方運動」について、これを日本のプラグマティズムの実践運動であると定義したのは、一九五六年に出された『現代日本の思想』だった。久野収と鶴見俊輔の共著として岩波新書という形で出されたこの本は、一九九八年にも重版されたぐらいだから、現代の日本の教養書としては珍しく非常に息の長い本といえるのだが、その第三章が「日本のプラグマティズム——生活綴り方運動」として、鶴見俊輔によって執筆されている。

鶴見俊輔は最初にC・S・パースによって創始されたアメリカの哲学としてのプラグマティズムを、簡単に説明し、その「思想を行動とたえず交流する状態において、思想に新しい養分をあたえて内容をこやし、また思想の方法が動脈硬化におちいらぬように、毎日の生活上の応用問題をあたえて、方法をしなやかにする」という思想的な特徴をあげ、それが「生活綴り方運動」の「生活記録を書くという行動のつみかさなりがあり、すでになされた行動への反省として、『こう書こう』という提案がなされ、また行動のつみかさなりがひとしきりあって、またさらに『こう書こう』という新しい提案がなされる」という方法論とつながるものであると主張する。さらに、プラグマティズムが「行為（プラグマ）が思想に先んじることを主張する立場」だとしたら、「生活綴り方運動」は哲学としてのプラグマティズムよりも「もっと徹底的にプラグマティックな運動」だったというのである。

もちろん、戦前、戦後に、地方の師範学校出身の若い小学教師（国語科）たちを中心として実践されてきた「生活綴り方運動」が、アメリカの教育界を支配した「教育哲学」といえ（デューイなどの）、プラグマティズムの哲学をそのまま日本の教育現場に輸入したものでないことは明らかだ。鶴見俊輔も指摘しているように、「生活綴り方運動」の源流ともいえる小学教師だった芦田恵之助（一八七三〜一九五一）が「自由選題」による綴り方教育を実践的に進めてゆく思想的バックボーンとしてあったのは、岡田虎次郎による「岡田式静座法」という禅宗の方法論や東洋的な虚無思想に裏打ちされた宗教的な「修養法」であって、輸入思想としてのプラグマティズムは、芦田恵之助や、さらにその後にこの運動の中心となっていった『赤い鳥』の鈴木三重吉などにはまったく影響を与えていなかったといってもいいのである。

鶴見俊輔は、やや牽強付会にプラグマティズムと「生活綴り方運動」をむすびつけようとしているが、それは北方綴り方運動として知られる成田忠久や野村芳兵衛などの東北地方の綴り方教師たちの理論的な後ろ盾となっていたのが「教育科学研究会」であり、その会長だった城戸幡太郎が「意味についで」という〝プラグマティズム〟的な論文を書いており、アメリカのプラグマティズムの運動に影響を与えた人物であるということが根拠となっている。

だが、もともと輸入された講壇哲学や講壇教育学とは無縁なところから生み出された「生活綴り方運動」をあえて思想流派としてのアメリカの「プラグマティズム」とむすびつける必要がどれぐらいあるだろうか。「生活綴り方運動」をプラグマティズムの日本版と定義することによって、むしろ「生活綴り方運動」の抱えていた問題点が、その本質とは関わりのない枝葉末節のことであり、単なる誤謬や逸脱にしかすぎないと〝過小評価〟することになったのではないかと危ぶまれるのである。

私のいう「生活綴り方運動」の問題点とは、戦前の芦田恵之助から鈴木三重吉、北方綴り方運動までの流れと、戦後のその復活ともいえる『山びこ学校』や『詩集・山芋』などの間にある欠落の部分、すなわち「戦時中」の綴り方＝作文運動の展開ということである。北方綴り方運動が共産主義者の「人民戦線」的な活動であるとして官憲から弾圧され、獄死する犠牲者まで出したことはよく知られていることだが、そうした強権の強圧によって綴り方＝作文運動が潰滅したわけではなかった。むしろ、教育現場での「綴り方＝作文」はいっそう興隆したといってもよいのである。それはむろん、銃後の子供たちに戦地へ送る慰問文として書かせた作文であり、また戦争遂行のためにさまざまな精神運動が企てられ、それに協賛する「作文」コンクール、コンテストが実施されたのである。

「生活綴り方」の潮流は、海を越えて「外地」にまで及んだ。たとえば、日本の支配による傀儡国家だった「満洲国」では全国的規模で、「満洲国」の建国スローガンであった「五族協和」にちなみ、五族すなわち日・満・朝・漢・蒙の民族（さらに白系露人）の子供たちから大々的に作文を募集した。「生活記」コンクールと名づけられたこの催しは、協和会青少年部の主催であり、実質的に「満洲国」の国家的行事といってよかった。

「皆サンノ日頃ノ生活ノ中デ特ニ心ニ深クヒビイタ事柄ヲ正直ニ、明ラカニ綴リ、余リムヅカシスギル言葉ヲ使ツタリ、理屈バカリヲ並ベルコトハサケテ下サイ」と募集規定にあるこの作文コンクールは、各民族の「生活（風俗、習慣、宗教）」を描くことを真正面に掲げたところにその特色があった。

言語は日本語、中国語、モンゴル語、ロシア語の各言語で応募してもよく、年齢層も小学生から勤労青少年まで幅広く、一九四三年（満洲国暦＝康徳十年）の第三回のコンクールの応募総数は六千五百編（うち、日文二千五百編、満文三千編、蒙文五百編、露文千編）にのぼった。協和会で責任者として事務方を務めていた大村次信は、日文だけでも第一回の応募数三千編、第二回四千編、そして第三回が二千五百編であり、審査にあたって「正直なところ量が多いので仲々骨が折れる」といっている。なお、この「生活記」の日文の審査員には、川端康成、牛島春子、望月百合子、山田清三郎などの作家、著述家が当たった（また、紀元二千六百年を記念して一九四〇年には、在満教育会が六百編の作文を収録した『全満児童文集』が刊行された）。

2

作文コンクール、児童作文集の発刊ということをとっても、戦時中の「綴り方＝作文」の運動は隆盛だった。しかし、戦前あるいは戦後の綴り方＝作文の教育史に関する本を見ても、「戦時中」の綴り方＝作文教育について言及しているものはほとんどないといって過言ではない。戦前の輝かしき「生活綴り方」運動があり、それが強権によって弾圧、潰滅させられると、次に戦後の「生活綴り方＝作文」運動の復興がやってくるというのが作文教育史の叙述の仕方であり、戦争中、とりわけ一九三一年の満洲事変からの日中十四年戦争の期間には綴り方＝作文運動も逼塞《ひっそく》状態にあったように語られるのが戦後の常識なのだが、「生活記」の例でもわかる通り、それは歴史的な事実とはいささかの懸隔があるもののように思われるのである。

戦時中が綴り方＝作文教育の運動の沈滞期であり、暗黒期であったという記述はよく見かけるものだ。たとえば、滑川道夫は『日本作文綴方教育史』の「昭和篇Ⅰ」（一九八三年、国土社）の序で「（戦前の生活綴り方運動の）この盛況も、やがて起こる『綴方教室事件』（昭15）と呼ばれる『治安維持法』による残酷な弾圧によって、綴り方教育界は火が消えていくように沈滞していくのである」と書いた。さらに彼は本文において「『生活綴方』弾圧事件によって、日本の綴方教育界は、火の消えたように活気を喪失したばかりでなく、綴方教育実践そのものを回避する傾向さえつよめていった。これに代わって、戦地の兵隊さんへの慰問文、皇軍勝利をたたえる綴方、軍馬・軍犬をたたえる綴方、出征兵士を送る綴方が表層におし出されていった」と書いている。

しかし、弾圧された生活綴り方（＝良い作文）と、戦地慰問文・皇軍勝利をたたえる綴り方（＝悪い作文）とは、そうした二分法的な分け方で簡単に分けることができるのか。また、それは原理的にも、実践的にもそれほどの差違をはっきりと認めることができるものなのか、疑問なしとはしない。

「日本作文の会」編の『生活綴方事典』（一九五八年、明治図書出版）の「戦時の綴方教育」の項には「大正の末期から、第一次世界大戦後の好況の反動がようやく深刻化するにいたって、童心にあそぶ生活、消費的な生活、センサイな感覚に自然を観照する生活のごときものは、書くねうちの低いものとされ、土と油によごれた生産生活、親兄弟とともに貧乏に体あたりする生活が、書く素材として価値の高いものとされてきた。さらに戦時下にいたっては、父や兄を戦場に送り、老人や女手のなかで、子どもながらに生産に身をささげ、銃後のまもりにしたがうごとき生活が、国民精神を昂揚し、少国民としての性格を練りきたえるものとして、重視されるようになった」とある（筆者・林進治）。

とするならば、「生活綴り方」の一方の極としての、「生活」を重視し、プロレタリアの予備軍としての「生活指導」をモットーとする「プロレタリア綴り方」的なものが、むしろ戦時中の「少国民」としての綴り方、銃後の「皇民」としての綴り方＝作文を準備し、方向づけたものであったといっても曲解とはならないはずだ。そこでは滑川道夫の見解とは異なり、戦前と戦時とは（弾圧されたものと、奨励されたものとは）綴り方教育という現場においては連続したものといわざるをえなくなるのである。

戦後、一九四六年四月に創刊された児童雑誌『赤とんぼ』（実業之日本社）で募集した綴り方の選者は川端康成だった。「選の言葉」の中で彼はこういっている。「戦争のあひだ、児童の心もとざされ、しばられてゐたとみえて、戦争前の綴方開花期のやうな、子供特有の直観の閃めき、感覚の鋭さ、写生の自由な新しさで大人の私どもをおどろかせる作品は、まだここに出すことが出来ません。綴方のよい指導者がゐたにしても、思ふやうに働けない歳月でした。文部省の新しい国語科教科書には、児童の綴方も載せようといふ今日になりましたから、綴方のいぶきは急によみがへつて来るでせう」（『赤とんぼ』一九四六年八月号。ただし、ここでは大内善一『戦後作文教育研究』〈一九八四年、教育出版センター〉から再引用した）と。

　だが、川端康成はここで自分が三年ほど前に、「満洲国」の子供たちの「生活記」の審査をしたことなどすっかり忘れてしまっているようだ。それとも、「生活記」の二千五百編のすべてが「直観の閃き」もなく、「感覚の鋭さ」もなく、「写生の自由な新しさ」で大人をおどろかせるようなものがまったく一つもない、砂を噛むような作文ばかりを、彼は嫌々審査していたとでもいうのだろうか。大村次信の回想では審査員として川端康成はきわめて熱心であり、それらの作品が中央公論社から刊行される時にも尽力してくれたというから、「綴方のよい指導者がゐたにしても、思ふやうに働けない歳月でした」というのは、川端康成の本心の言葉だろうかと疑わざるをえないのである。

3

　滑川道夫のいう、いわゆる「綴方教室事件」とは、一九四〇年に山形の尋常小学校教師の村山俊太郎が検挙されたのを皮切りに、綴り方運動に献身していた教師たちが最終的には三百名も検挙、起訴されたというもので、「生活綴り方」を「生活主義綴り方」として、「人民戦線的教育運動」であると決め付け、治安維持法を適用した特高警察のフレームアップ事件だった。起訴され裁判で実刑判決を受けたのは一名にしかすぎなかったが、十余名が獄死したり、獄中で発病して出獄後病死したりするという多数の犠牲者を生み出した。

　秋田、山形、青森、岩手、北海道などのいわゆる「北方教育」の現場を蹂躙したこの弾圧事件とその背景の北方での生活綴り方運動は、小説の形であるが、高井有一の『真実の学校』（一九八〇年、新潮社）に詳しく描かれている。この小説は秋田の豆腐屋で生活綴り方運動に邁進した成田忠久の生涯を追った作品だが、そこで「綴方教室事件」が歴史の一コマとして描かれている。

　この事件の起きた翌年、日本の教育の世界に一つの改革がもたらされた。一九四一年三月三十一日に「国民学校令」が公布され、日本の小学校は「国民学校」と名前を変えることになった。「国民学校ハ皇国ノ道ニ則リテ初等普通教育ヲ施シ国民ノ基礎的錬成ヲ為スヲ以テ目的トス」というのがその第一条である（参照・野地潤家編『作文・綴り方教育資料』一九七六年、桜楓社。以後資料は同書による）。同時的に「国民学校令施行規則」も定められ、そこで綴り方という科目については「綴リ方ニ於テハ児童ノ生活ヲ中心トシテ事物現象ノ見方考ヘ方ニ付適正ナル指導ヲ為シ平明ニ表現スルノ能ヲ得シムルト共ニ創造力ヲ養フベシ」となっている。

これに基づく文部省の「綴り方指導要項」には「『綴り方』は大体に於いて児童生活に終始する国語指導である。いはゆる国語に於ける生活指導は、『読み方』よりも寧ろ『綴り方』に於いていひ得ることである。そこで『綴り方』に於いては、児童生活そのものを適正に指導することが大切になつて来る。換言すればその生活に即して物の見方、考へ方を適正に指導することが大切なのである。この方面の指導が在来教育的に考慮されなかつたために、綴り方指導は或程度の発達を遂げながらも、不幸にして不健全な思想を醸成しないでもなかつた。殊に文学の自然主義的な傾向から、物の真を描かしめようとして道を逸脱し、生活の物的方面に捕はれて理想を失ひ、甚だしきは現実生活の欠陥さへ児童の眼を向けさせようとした」（傍点引用者）とある。

これは「生活綴り方運動」に対する批判だろうか、それとも修正意見、評価の言葉だろうか。もちろん、文部省が現実暴露的、プロレタリア文学につながるような「自然主義リアリズム」の綴り方を認めるわけにはいかないことは当然だろう。だが、この「綴り方指導要項」は、それまでの生活綴り方の原理や実践に対する、ある意味では文部省側の「認定」であり、「承認」ということではないか。

しかも「綴り方」は、国語による生活の表現であるが故に、そこには絶え間なき創造の営みがあることを忘れてはならない。国民学校の教育は児童の創造力を育成することを念とするものであり、この観点からすれば、国民科に於いてこれを担当するものは国語を措いて外になく、しかもその最も積極的なのが「綴り方」である。即ち児童の見方、考へ方の指導は、常に新しいものを創造して行くことに努力せしめ、創造力を培ふことが大切である。

「綴り方」によって「児童の見方、考え方」を指導するというこの文部省の「綴り方」科目に対する考え方が、「生活綴り方運動」の理念を換骨奪胎したものであることは、これまでにすでに指摘されている。『作文講座・第一巻　作文教育の展望』（一九六八年、明治書院）に収録されている中内敏夫執筆部分の「大正から昭和へ」の章節には、「当時よくよまれた『国民学校——その意義と解説』などには、反官運動という点ではもっとも徹底していた生活綴り方運動の考え方がそのまま反映しているかのように読めるくだりさえある」と書かれている。

現在の「教育」においても、児童の「見方、考え方」を実践的な作文という形で指導し、創造力を培養させようというこの「文部省」の指導要項は歓迎されるものではなかっただろうか。物の見方、考え方を適正に指導し、創造力を育成する。生活綴り方の運動が目指した目標点もまたそこにあるのであり、当時の文部省はこの時点において生活綴り方運動の正当さ、適正さを認め、それを正規の日本の国民教育、国民科、国語科、綴り方科目の中に導入することを決意したのではないか。

つまり、日本のファシズム的政権は、一方では「綴方教室事件」、より正確には北方教育の綴り方運動の担い手の教師たちに対する弾圧、フレームアップ事件を引き起こしながら、もう一方では、「生活綴り方」という理念そのものや、その方法論を「国民学校」教育に取り込み、「生活綴り方」的な「生活指導」を教育の前面に打ち出そうとしたのではないだろうか。それは教育政策的には生活綴り方運動が「人民戦線的教育運動」へと転化することへの予防拘束的な意味を持っていたのであり、生活綴り方運動の本質を皇国民教育の方向へと転換する舵《かじ》を切らせる役割を果たしたのである。

4

ここで改めて、戦時中の文部省が「国民学校」の生徒たちのために示した「綴り方指導要項」の「指導の発展段階」を見てみよう。

第一期　児童の生活を言語によつて発表することになれさせ、次第に素朴簡易な文章表現に進め、綴り方の基礎的態度を養ふ。

第二期　児童の見聞する事象、日常の行動などに就き、見方、考へ方を指導して生活を豊富にし、表現の意欲を旺盛ならしめる。

第三期　文の目的と用途とを明らかにして表現を的確多様ならしめ、次第に国民生活の実際に応ずる表現の力を養ふ。

第四期　第三期に準じてこれを発展せしめ、国民的自覚を喚起して国語の豊かな表現になれしめる。なほ実務的文章にも習熟せしめる。

これと比較するために、次のような文章を掲げてみよう。

（a）全教育に奉仕するうえでの目的

（イ）自然や社会や人間の事物についての、ひとりひとりの子どもの見方・考え方・感じ方を正しくゆたかにしていくこと。（見解・信念・意志・行動、世界観の基礎の形成）

（ロ）子ども主体の認識能力（観察力・想起力・記憶力・表象力・思考力・創造力など）を発達させること。

（b）国語教育に奉仕するうえでの目的

（イ）日本の文字、日本語の発音・単語（語いの拡充をふくむ）・文法・文・文章の部分・文章の段落・文法（形体）などについての知識を正確豊富にし、それを真に子どものものとして肉体化すること。

（ロ）コトバ（日本語・国語）を手段とする言語活動の能力のひとつとしての「ひとまとまりの正確な文章を書く能力」を、すべての子どものものにすること。

後者は、戦後に出された「日本作文の会」編の『講座生活綴方』の第一巻「生活綴方概論」の最初の論文「生活綴方の本質」（国分一太郎・滑川道夫）から引用したものである（一九六二年初版、百合出版）。文部省の「指導要項」と較べて、その内容のあまりにも共通していることに一驚しないだろうか。私には、この戦時中の綴り方の指導要項と、戦後の「民主的＝民族的＝実践的」と称する「生活綴り方」観とが似通っていることに驚きを禁じ得ない。もっとも、戦前＝戦中＝戦後という時代において「生活綴り方」は一貫して〝変わっていない〟と考えれば、このことは別段驚くに価しない。戦前と戦中、戦中と戦後との間に大きな断絶があり、戦後の生活綴り方運動が、戦前のそれの復興、再生と考えるから驚きがあるのであって、それが連続していたと考えれば、似通っているのはごく当然のことなのだ。

問題は、こうした生活綴り方の理論、原理が持っていた「正しさ」が、戦前の皇国主義、戦中の軍国主義においても、そして戦後の民主主義においても、それぞれの「正しさ」を発揮してしまうということにあるのではないだろうか。「児童の見聞する事象、日常の行動などに就き、見方、考へ方を指導して生活を豊富にし、表現の意欲を旺盛ならしめる」ことと、「自然や社会や人間の事物についての、ひとりひとりの子どもの見方・考え方・感じ方を正しくゆたかにしていくこと」とは、私にはほとんど同じことを言い表わしていると思われる。

しかし、こうした似たような「綴り方＝作文」の指導原理の下で書かれた綴り方＝作文は「皇国主義・軍国主義」と「民主主義」ほどの差違と懸隔がある。同じ方法論を用いた綴り方＝作文教育が、右と左にはっきりと分かれるような実作品を生み出したのである。それは「生活綴り方」というプラグマティックな方法が、時代のイデオロギーや、風潮に実にあっさりと揺れ動いてしまうことを意味しているのではないか。そういう意味では、戦時中の慰問文や戦争翼賛や必勝の決意の綴り方といったものも、「生活綴り方」の一つの帰結点だということができる。このことを確認することから、戦時中の「生活綴り方」に対する再考を行いたいというのが、この論考のさしあたりの目的なのである。

5

けふはかあちやんが、とうちやんのこつをもらひに、みやこのじやうにいくのです。のうさんにおあかりをつけて、みんなでおがむ時かあちやんが、

「とうちやんが、もどつてきやつで、うれしな。」

となみだをながせながらいひました。私はなきたくなりました。とうちやんは、五月三日にどうほうで、しなのたまがあたつてしんでしまひました。かあちやんは、くろいもんつきをきて、くろいおびをしめて、をぢさんときしやでいきました。二時になつた時、ばあちやんと、ていしやばにいきました。かあちやんが、むねに白いはこをだいて、おりて来ました。私はあれが、とうちやんだと思ひました。ばあちやんが、

「かねもつが、もどつたもどつた。」

といつてなみだをだせながら、かあちやんのところへいつて、なきさうなかほで、なにかいひました。かあちやんもなきさうなかほでした。かあちやんは、やつぱりだまつて、私にもなんともいひませんでした。私はなきたくなつたけれども、やつぱりきばつてゐました。うちにかへつた時、とうちやんの前に、私もチヨ子ちやんもまさちやんも、みんなとうちやんをおがみました。その時とうちやんの、しやしんは、やつぱりだまつて、私を見てゐました。私は、

「とうちやん。」

と小さいこゑでよんだけれども、とうちやんは、やつぱりだまつて、私を見てゐました。むねのところを見ると、あそこにたまがあたつたのだ、と思ひます。とうちやんが、せんししたから、うちは四人にひんなりました。とぜんねけれども、私はきばつてゐます。

「とうちやんは神さまになつて、やすくにじんじやにゐる。」

とかあちやんがいひます。私はとうちやんもきつとうれしいと思ひます。私はかあちやんと、いつか、とうきやうにいつて、とうちやんにあふのです。

鹿児島県囎唹郡北尋常高等小学校二年生の本村妙子の「とうちやんのこつむかへ」という作文である。坪田譲治編『銃

後綴方集　父は戦《いくさ》に』（一九四〇年、新潮社）に収録された一編だ。「銃後綴方集」ということからもわかる通り、これは銃後のけなげな少年少女の決意を作文として披瀝して、前線の「父」や「兄」に安んじて戦いに励んでもらいたいという意図を孕んだ「綴方集」だった。しかし、現実に編まれた各作品を読めば、本村妙子の作文のように、決して勇ましくも、雄々しくもなく、夫、息子、父を亡くした一家の悲しみばかりが測々として伝わる内容となっている。編者の坪田譲治はそのことについてこう語っている。

校正を終るにあたつて、私はもう一言あとがきをつけ加へたいと思ひます。それはこれ等の綴方が吾国銃後児童の明朗闊達なる姿と、その勇壮なる心意を表現するには足りないといふ批評を受けはしないかと思ふからであります。実は集りました綴方中そのやうなものは沢山あつたのでありります。以て前線の勇士を安心させ、銃後の精神を振起さするに足るもの、それはほんとうに多かつたのであります。そのやうな綴方ばかりでこの本を編輯することも出来たのであります。

それならば、何故さうしなかつたのか。

私はこの本を以て、銃後精神の自粛自戒の力としたかつたからであります。買溜め、売り惜しみ、闇取引、華美贅沢と、銃後には国策に反《そむ》くもの少くありません。私はこれらの綴方の中から、それら国策背反の人心に対する血に染む怒りの声を聞いたのであります。それを私は世の人々に伝へたかつたのです。そのため、この文集は幾分暗い感じを読者に与えるかも知れませんが、以上の編纂者の心持もおくみ取り下さい。

本村妙子の作文は、こうした坪田譲治の文章がなくても、ある意味では「厭戦的」なものであり、「反戦的」な気分さえ漂っているといっても大袈裟でないかもしれない。文章にたどたどしさはあっても、彼女は母親や祖母の悲しみの深さやその悲哀をじっと観察し、それを描き出している。「私」が「きばつてゐる」のは、言葉にならない言葉が母親や祖母、そして「私たち」みんなの心の中から溢れようとしているのであり、それを口に出してしまったら、「銃後綴方」という範疇を超えてしまうことを彼女が知っているからである。

「ばあちゃん」が「かあちゃん」に言った「なにか」。そして「かあちゃん」が「私」に言いたくて、言わなかった「なにか」。戦前の「生活綴り方」の教育は、実はこうした「決して言ってはいけない」言葉を作文の表現の背後に隠すという技法を子供たちに教えた。子供たちは、自分が見たこと、考えたこと、感じたことをそのまま文として作ることが作文であり、綴り方であるとは思わなかった。なぜなら「生活綴り方」の本質は「生活指導」なのであり、子供たちの見方、考え方を「適正」に導いてゆく全人格的な教育であって、その「適正」さは大人たちの都合、時代の要請によっていくらでも変わりうるものだったからである。

　坪田譲治の文章は、「生活綴り方」が、その特徴である「暗い感じ」を持っていながら、それが「銃後綴方」として通用するということを示している。「銃後児童の明朗闊達なる姿と、その勇壮なる心意」を表現するものよりも、こうした「暗い感じ」の作文のほうが、実は「銃後」の家族たちの心根を知るという意味において、前線の「父」や「兄」たちを慰め、励ますものとなったのである。それは戦時の軍歌や軍国歌謡が、外国人の耳にはまるで「反戦」や「厭戦」の歌のように聞こえたということとも重なっている。『一等兵と子どもたち』（一九四三年、聖紀書房）という本を書いた釘本久春（文部省図書監修官、日本語教育振興会常任理事）は、慰問文を受け取る「兵隊さん」の立場から、その本の「慰問文と慰問袋」という章の中でこう書いている。

　ありがたう。ありがたう。いつしやうけんめいに書いてくださつて、ありがたう。だけど、君たち、そんなに骨を折らなくたつていゝんだぜ。どんな話だつて、きかせてくれればいゝんだ。先生に二重丸・三重丸をいたゞいた時の話だの、なにかいゝことをして、お父さんにほめていたゞいたことだの、近所の人たちのお話だの、なんだつていいんだ。兄弟げんくわをして、お母さんに叱られた話だつていゝんだ。なんでもいゝんだ。なんでもうれしいんだ。

　前線の「兵隊さん」たちにとって、日本の銃後の子供たちから来る「慰問文」は、「児童の明朗闊達なる姿と、その勇壮なる心意を表現する」ものでなくてもよかった。彼らが渇えていたのは、むしろ「日常的」なものであり、「家庭的」なものであり、家族が痛いほどに自分のことを思っていてくれるという信頼だった。かけがえのない日本の「家族」を守るという召命感こそ「兵隊さん」たちを戦場へと縛り付けていたものなのである。

　「ヘイタイサンアリガタウゴザイマス。ヘイタイサンガヲラナイト、ボクラハココニヲラレマセン。コロンデモオキテハシルヘイタイサンデス。私モ大キクナツテヘイタイサントオナジクハタラキマセウ。ヘイタイサン、ワタクシモヒカウキノ『シヤウキ』ヤグンカンノ『ムツ』ヤ『ナガト』ニノツタライイナトオモヒマス。（交井公立国民学校一年・田村照視）」といった典型的なものよりも、むしろ戦場にはない銃後の日本の日常生活を思い起こさせるような兄弟喧嘩や母親に叱られる話のほうが、「兵隊さん」たちにとってはその使命感を駆り立てるものであったはずだ。「良い」生活綴り方は、「良い」慰問文に通ずる。戦前の生活綴り方運動は、戦時中の銃後からの慰問文運動と直接的に連続しているといえるのである。

6

私の兄さんは今年明治大学二年生です。この前兵隊さんになるための検査をいたしました。私の家ではみんな兄さんが検査に通ればどんなによいだらうかと朝飯のときにいひあいました。

検査がいよいよ終つた或日、兄さんはうれしさうな顔でかへつて来ました。私が

「兄さん通つたの」

とききました。すると兄さんは

「ぶじに通つた」

とおつしやいました。私はさつそくおかあさんのところへとんで行きました。

「おかあさん、兄さんが兵隊さんになる検査に通つたさうよ」

と申し上げました。おかあさんもさもうれしさうに、すぐにしごとをやめて、「それはそれは」いひながらえんがはへ出ていらつしやいました。

兄さんが「おかあさん、ぶじに通りました」

といひますと、

「栄一、よくやつてくれたね。いくらごほうこうしようと思つても、こんどの検査に通らなければだめだからね」

とにこにこしながらおつしやいました。

一月二十日ころは、いよいよ入営なので、おかあさんはいろいろとよういをなさつていらつしやいます。又「其の時はお正月の餅米をのこしてお餅をこしらへて、お別れのお祝いをしよう」とお父さんが一番先にいはれましたので家中さんせいしました。

兄さんが出発する時は、本町の人々もみな旗をもつて見送りをなさるさうです。私も其の時旗を持つて兄さんの後について行きます。

「兄さん、しつかり米英を一日も早くうちやぶつて下さい」と大声で言ふつもりです。私も早く大きくなつて、兵隊さんになつて行きたいなあと思ひます。

全州相生公立国民学校二年生の「石川栄厚君」の「兄さんの入営」という作文である（緑旗連盟編『徴兵の兄さんへ』一九四四年十二月、興亜文化出版。なお、前節の田村照視の作文も出典

は同書）。「石川」というのはむろん朝鮮人の創氏名に違いなく、彼はそれ以前は「金」とか「朴」とか「李」といった名前であっただろう。日本支配下の朝鮮では一九四三年八月一日に兵役法を施行し、四四年四月から七月にかけて徴兵検査が行われた。「栄厚君」の兄さんは、この兵役法の対象となり、徴兵検査を受け、一月（四四年？）に入営ということになったのだろうか。

「児童の見聞する事象、日常の行動などに就き、見方、考へ方を指導して生活を豊富にし、表現の意欲を旺盛ならしめる」という文部省の国民学校生徒への綴り方指導要項に従えば、「兄さんの徴兵検査」「合格」「入営」という一連の出来事についての「見方」「考え方」は、当時の朝鮮人の少国民として一つしかない。「兄さん、しつかり米英を一日も早くうちやぶつて下さい」「私も早く大きくなつて、兵隊さんになつて行きたいなあと思ひます」という結論でしか、その作文を締めくくることは出来ないからである。

この作文中の「うれしさうな」とか「にこにこしながら」というのは、その逆の感情に置き換えることで、より真実の感情を表現し、現実の「石川家」の中での重苦しい感情を表現していることになるだろう。「内鮮一体」「一視同仁」などというスローガンを掲げながら、四三年まで志願兵制度を採用し、徴兵の義務を朝鮮半島住民の「皇国臣民」を除外していたのは、決して「半島人」に対する仁政などではまったくなく、皇軍の兵士とするほどには「半島人」を信頼していなかったのであり、朝鮮半島における志願兵、徴兵の実施は、戦争に耐えうる壮丁の不足によって、単に背に腹を変えられなくなったからだ。こうした状況下で「うれしさうに」「にこにこしながら」息子を兵隊に出す朝鮮人の母親がいるはずがない。おそらく、心の中では「アイゴヤァ！」という悲痛な悲哀の声を上げていたに違いないのである。

日本人の少女の作文が、「なにか」について沈黙することによって、その表現を完結させているとしたら、朝鮮人の少年の作文は、表層の意味とは逆接する言葉によって作品を完成させている。「兄さん」や「おかあさん」が「かなしげ」にものを言ったり、「涙ながらに」「つらく」「苦しい」思いで徴兵検査の合格や入営を受け止めているということ、無邪気を装った少年の言葉として表現させることさえも、当時の社会（学校、世間）は決して許そうとはしなかった。それはもちろん、朝鮮は日本の植民地だったから、日本では許容されるような表現であっても、植民地朝鮮ではより過酷な弾圧や禁圧を受けるということがあったからだ。

植民地の子供たちは、綴り方＝作文の教室で、自分の見方、考え方、感じ方とは常に逆の形として日本語の文章を書けば、それで高い得点、評価をもらえることを経験則的に知ったのである。だからこそ、そこでは達者な日本語文と、不自然で、紋切り型の内容とテーマとが並列するのである。

国語ト言ヒマスト、私達皆ンナ一生懸命ニ習ハナケレバナリマセン。私達ハ、昔、山奥ニ住ンデ居タ頃ハ、タイヤル語ヲ使ツテ話ヲシテヰマシタガ、此ノ平地ニ移住シテ来テ教育所ニ入リ、親切ナ先生カラ、「アイウエオ」カラ色々話方ノ勉強ヲ教ヘテイタダキ、コンナニ綴方マデ書クコトガ出来ル様ニナリマシタ。最初ハ、教育所ニ通学スルノハ恐シイ様ニ思ヒマシタガ、色々面白イオ話ヲシテ下サルヤサシイ先生ノ御心ヲ知リ、毎日休マズ通学シテヰマス。今デハ先生ノオ話ハドンナ事デモワカル様ニナリマシタ。私ハ或ル日、蘇澳ニ出テ見マシタガ、店ニツテ品物ヲ買ハウト思ヒマスト、ソレガ国語ノ解ラナイ店ノ人デ非常ニ困ツタコトガアリマシタ。コノ時初メテ、国語ヲ知ラヌト一番困ルトワカリマシタ。何時モ先生カラオ話ノアル度ニ、早ク国語ヲ習ヒナサイト申サレマスガ、其ノ時ハ別ニ何トモ思ヒマセンデシタガ、此ノ時ニ、先生ノ教ヘテ下サル事ハ何デモ習ハナケレバナラナイト思ヒマシタ。

ソレカラ家ニ帰リマストオ父サンヤオ母サンニモ国語ヲ教ヘテアゲマス。又オ父サンヤオ母サンモ夜学ニ行ツテ国語ヲ習ヒマスノデ、此頃大変国語ヲ使フ様ニナリマシタ。シカシマダマダムツカシイ国語ガアルト先生ガ申サレテヰマスカラ、一生懸命、先生ノオ話ヲ聞イテ、一ツデモ知ル様ニ心掛ケテ居リマス。今マデ私達ハタイヤル語ハ一ツモ知ラナイ様ニナツテ、気持良ク先生トオ話出来ル様ニナリマシタ。内地観行ニ行ツタ青年ノ人々モ国語ヲ知ラナイト面白ク見物出来ナイト言ツテヰマシタカラ、一生懸命勉強シテ立派ナ国語ヲ使フ内地人ニナリタイト毎日思ツテヰマス。

蘇澳郡蕃地大濁水教育所農業科二学年の「武内和子」さんの「国語」という作文である。「武内和子」は文中にもあるように、「高砂族」と呼ばれた台湾先住民族のタイヤル族の少女である。この作文は『(高砂族児童綴方選集) 拓け行く皇民』（一九四四年、南方圏社）に収録されている。これらの植民地の子供たちの作文は、それまでの「朝鮮人」とか「タイヤル族」という民族的な立場からの「見方」や「考え方」「感じ方」を変革し、「日本人」「内地人」としての「生活」に自分の「生活」を変化させようとして悪戦苦闘している。「一生懸命」に、先生の言うことを聞き、勉強し、努力すること。そのことによって「武内和子」は「タイヤル語ヲ一ツモ知ラナイ様ニナツテ」、「内地人」になろうとするのである。家庭や夜学での父母の「国語（日本語）」学習、買い物の不便、「内地観行」の期待。「武内和子」は「生活改善」のための「国語」の学習を強調している。それは物の「見方」や「考え方」を変えることによって、「生活」の変革や改善を求めようとした「生活綴り方」の本質を実践しようとしたものだといえるだろう。その実践は、「国語」という〝外国語〟で文章を書くということ自体で実現されている。海の向こうから届いた日本語の「作文」は、戦時中の生活綴り方の模範として推奨するに足る、「立派ナ国語」による模範文例だったのである。

〔川村湊（かわむらみなと）一九五一年、北海道生まれ。八二年から八六年まで釜山の東亜大学で日本語・日本文学を教える。現在、法政大学国際文化学部教授。著書に『異郷の昭和文学』『戦後文学を問う』（岩波書店）、『満洲崩壊』（文藝春秋）、『満洲鉄道まぼろし旅行』（ネスコ）、『生まれたらそこがふるさと――在日朝鮮人文学論』（平凡社）など多数。〕

丹羽文雄の前線と銃後

池田浩士

1 助走

たとえば普通列車を乗り継いで東海道を往来すると、乗降客の言葉のわずかな違いが印象的である。鮮烈な方言と出逢う好運は、ことにこの沿線ではもはやほとんど望めないものの、いわゆる関西弁、関東弁などという一枚岩の地域ことばがあるわけではなく、もっと微細な差異が生きていることを、ほとんど数駅ごとに思い知らされる。

とはいえ、では関東弁と関西弁というような大まかな区分がまったく現実に即していないかといえば、必ずしもそうではない。アクセントとイントネーション、それに終助詞や間投助詞の最大公約数的な特徴によって、二つのグループの歴然たる違いを確認することはできる。そうした意味でのいわゆる関西弁と関東弁の境界は、大垣駅で降りる人びとと、そこから乗り込んでくる人びとによって、体現されている。

なぜ大垣が境界なのか?——そこが境界であることをずっと以前からくりかえし経験的に確かめつづけながら、この疑問にたいする答えには永く思い当らずに来てしまった。ところが、たまたま、一九五六年十二月から五七年八月にかけて刊行された角川書店版「丹羽文雄作品集」（全八巻・別巻一）の第一巻（第七回配本、五七年六月刊）の付録月報を読み返していたところ、同郷の田村泰次郎が「丹羽文雄の風土」と題する文章で、つぎのようなことを書いているのにぶつかったのである。

丹羽さんの小説には、よく郷里の四日市が出る。その意味では、郷土作家といつていいくらいに、郷里の地理や人情風俗を、一頃はよく描いた。［……］彼自身の言葉も、いまもつて、アクセントや、言葉尻まで、郷里言葉である。［……］それは純粋な関西弁というのとは、ちよつとちがう。私たちの郷里の言葉は、アクセントは関西弁に近いが、文章として表現する場合には、大阪弁のように、一つの出来あがつた、それはそれなりに完成したものとしてあらわすことがむずかしい。東京弁に近いアクセントは名古屋から北伊勢にはいつて、私たちの郷里から二里ぐらいの距離にある揖斐川の対岸まできている。揖斐川という大きな河の一つをへだてて、東京弁系統のアクセントの言葉と、関西弁系統のアクセントの言葉にわかれている。／そんな地域は、珍しいにちがいない。私たちは、そこに育つたのである。揖斐川のむこうから通学してくる学生の言葉は、同じ中学のなかでも、はつきりとわかつた。自然少年の心も、言葉というものに、敏感にならざるを得なかつた。丹羽さんも、言葉には、相当に敏感のはずである。

［／は原文の改行を表わす］

地図を見ればわかるとおり、揖斐川は、河口に近い下流で長良川と合流したのち、四日市市の中心部から一〇キロほど北東、桑名市の南端で伊勢湾に注ぐ。岐阜県西端を南下してくるその上流は、大垣駅の五キロほど東で東海道線と交差している。名古屋を出て尾張一宮を過ぎた下り列車が、短いあいだに渡る長い三本の鉄橋が、木曽川、長良川、そして揖斐川である。つまり、鉄道の乗客としては大垣がその線上にあると感じた言語の境界は、揖斐川だったのだ。しばしば大氾濫をくりかえしては付近一帯を水没させてきたこの河が、きわめて顕著な言葉の違いの張本人だったというのは、うなづけることである。

そして、丹羽文雄が（また田村泰次郎が）、大きな違いと微細な差異とを交錯させているこうした地域で言葉と向き合わねばならなかった表現者だったということも、なるほどうなづけるのである。

2 進発

一九三八年八月二十三日午後、前日に届いた菊池寛からの速達ハガキに従って、首相官邸裏の内閣情報部へ他の十一人の同業者とともに出頭したとき、丹羽文雄は、おりから計五つの新聞・雑誌に小説を連載中の人気作家だった。文壇第一作の「鮎」（三二年四月号『文藝春秋』）以来、わずか六年余のうちに、かれは、「海面」（三四年四月号『世紀』）、「贅肉」（同

「明治神宮参拝」

年七月号『中央公論』)、「自分の鶏」(三五年六月号『改造』)、「菜の花時まで」(三六年四月号『日本評論』)、「愛慾の位置」(三七年六月号『改造』)などをはじめとして、すでに百五十篇にも及ぶ短篇小説と、十篇以上の連載長篇とを発表し、十七冊の単行本を公にしていた。これらによって、丹羽文雄は、志賀直哉に私淑する私小説作家から、のちに中村光夫の批判を触発することになる「風俗小説」の確立者へと、短いがしかし急勾配の道を登ってきたのだった。

　内閣情報部での会合が、軍部の思惑どおり、中国戦線へのいわゆる「ペン部隊」の派遣となったこと、そしてそれによって、火野葦平の場合には偶然だった従軍作家の誕生が、やがて「大東亜戦争」における陸海軍の報道班員徴用へと制度化されていくこと——これについては、ここであらためて論じる必要はあるまい。丹羽文雄は、久米正雄、林芙美子、白井喬二らとともに陸軍班に加えられ、九月十一日、東京を発って、十五日に福岡から空路、上海に向かった。出発に先立って行なわれた明治神宮参拝のスナップ写真には、軍服と戦闘帽と将校用の長靴に身をかためた陸軍班作家たち一行のなかで、ただひとり背広に中折れ帽の丹羽文雄の姿が残されている。中国現地に着いて、中支那派遣軍司令官・畑俊六大将と会見したときの記念写真でもなお、かれひとりは背広にネクタイだった。風俗小説作家にもしもユニフォームというものがあるとすれば、それは軍服ではなくcivil(セヴィロ)clothesである、とでもいうように。

　丹羽文雄が参加したこの第一次「ペン部隊」の文学的成果については、櫻本富雄の『文化人たちの大東亜戦争——PK部隊が行く』(一九九三年七月、青木書店)や、都築久義の『戦時下の文学』(八五年九月、和泉書院)にくわしい。それらのうちには、林芙美子の『北岸部隊』(三九年一月、中央公論社)をはじめ、白井喬二の『従軍作家より国民へ捧ぐ』(三八年十一月、平凡社)、岸田国士の『従軍五十日』(三九年五月、創元社)、さらには海軍班に加わった杉山平助の『揚子江艦隊従軍記』(三八年十二月、第一出版社)や佐藤春夫の『戦線詩集——附江上日記其他』(三九年二月、新潮社)など、日本軍による武漢攻略戦のひとこまに関する歴史的資料として、あるいはまた作家たち自身の意識や感性のありかたを物語る証言として、それなりに価値を持っているものもないわけではない。けれども、作家たちにとってまさに驚天動地の、きわめて稀有な体験であったはずのこの従軍が、日本の文学表現にどれほどの新しい成果をもたらしたかといえば、描かれた対象や状況はともかく、表現主体の視線の自己変革や表現方法上の革新と呼べるものなど、ほとんど皆無に近かったのである。

畑司令官とともに

　従軍とは称されていても、じっさいには呉淞《ウースン》クリークや杭州、徐州など、今回の事変で有名になった「戦跡」の見学に少なからぬ時日が充てられ、また戦地の各部隊に振り分けられて将兵たちと起居をともにしたとはいえ、最前線の激闘とは程遠い安全圏で取材するという形態から、迫真力をそなえた切実な表現が生まれるはずもなかった。戦場の実体験から生まれたものにしてはどれも弛緩した従軍作家たちの文章には、勝ち戦《いくさ》におごるものの傲慢さと鈍感さが、随所に顔をのぞかせている。あるいはそれは、かれらが同行する日本軍部隊の将兵たちから伝染したものだったかもしれない。——それらのなかで、ただひとつ、文学的成果として評価に耐えうる作品が、丹羽文雄の『還らぬ中隊』なのだ。

　雑誌『中央公論』は、「ペン部隊」がまだ中国に滞在している時期に発売された三八年十月号の社告で、早くも丹羽文雄の従軍作品の掲載を予告していた。それによれば、「文芸部隊中の俊秀三氏」に嘱して「最高級の記事を独占」した同誌は、十一月号に富澤有爲男と丹羽文雄の「従軍記」を、十二月号に尾崎士郎の「従軍記」と丹羽文雄の「創作」とを、それぞれ発表することになっていた。「徒らに文学の貧困を歎ずる勿れ、日本的感性の再建は期して待つべし！明日の文学は戦場からだ」と、予告記事は述べていた。じっさいには、十一月号の予定だった二篇の作品は、いずれも一ヵ月遅れて、尾崎士郎の「揚子江の秋」とともに十二月号に発表された。富沢有爲男の「中支戦線」と、丹羽文雄の「還らぬ中隊」がそれである。前者は、尾崎のものと同じく、予告どおりの従軍記、つまりルポルタージュ作品だったが、丹羽のものは、表紙と目次で「従軍小説」と銘打たれ、鉄道部隊の下士官として従軍中だった上田廣の「陣中小説」たる「帰順」と並んで、創作欄に掲載された。作品の末尾に付した「断書」で、作者は、十月号の予告に反して二ヵ月も約束を破っているのが心苦しいので、小説の発端の一部をここに活字にし、新年号に残りを一度に発表する、と記している。続篇は、その約束どおり、次号の三九年一月号に一挙掲載された。同じ号には、「ペン部隊」とは別に中央公論社が独自に従軍記者として派遣した石川達三の長篇作品、「武漢作戦」（のちに四〇年九月、中央公論社刊）も発表されている。

同時代の文学者としてはもっとも的確な鑑識眼をそなえたひとり、板垣直子は、『現代日本の戦争文学』（四三年五月、六興商会出版部）の「ペン部隊」に関する一章で、「従軍記者二十数名の中から、とにかく、まともな作品としては、「還らぬ中隊」一つをえた」と書いて丹羽の小説を評価した。だが、これが「まともな作品」であるのは、「ペン部隊」の他の作家たちの諸作品と比べてのことにとどまらない。「還らぬ中隊」は、いま読み返してもなお、十五年戦争と総称される一連の侵略戦争の全時期に日本の文学表現が生み出した無数の戦記や戦争体験作品のうちで、もっともすぐれた所産のひとつである。

それがすぐれているのは、作者が、従軍作家として自分自身で実見し体験した戦地の現実をありのままに描く、などということをしなかったからにほかならない。この基本姿勢は、作者が、ひいてはまた読者が、戦争とかかわるさいの媒介役となる人物の設定のなかに、すでに現われている。この作品で終始一貫して戦争の現実を見る視線の主《ぬし》は、ＹＡ新聞という中小紙の特派員として中国の戦場に派遣された酒井という記者であって、「私」でもなく、作者のような従軍小説家でもない。酒井は、戦場後方の占領地に置かれた支局の命を受けて、鍵木部隊と呼ばれる陸軍歩兵大隊のうち、井上大尉に指揮される一中隊の作戦行動を追いながら、刻々の戦況を報ずる記事を後方に送りつづけている。中隊を構成する数箇小隊のなかでも、とりわけかれが注目しているのは、三宅少尉の率いるひとつの小隊である。ある戦闘での三宅少尉の大胆不敵な戦功について聞かされたのが、そのきっかけだったが、三宅と初めて出会った十月初旬からわずか一ヵ月たらずのあいだに、酒井は、この将校とかれの部下たちに密着することで、至近距離から最前線の中隊を凝視しつづけ、この戦争の実像の一端を網膜に焼き付けていく。

酒井が体験したそれらのことがらのうちには、たとえば、瀕死の重傷を負って息絶える兵士が、かすかな声で「お母さん」と言う場面がある。「酒井は自分の耳をうたがつた」と、そこでわざわざ作者は書いている――


「いま何か言ひましたね」

「言ひました」

看護兵も最後の一と言はたしかに聞いてしまつたのだ。酒井は唾をのみこんだ。

「盲貫銃創だから、所詮はたすからなかつたのですが」

看護兵はさう言つて、煙草を吸ひはじめた。酒井も煙草をくはへた。が、そんな何気ない仕種でごまかさうとしても、酒井の気持はごまかすことができなかつた。


かれは胸のなかで、「母のことは呼んでも、めつたに妻のことは口に出さないものだといふ、何故だらうか」と、「白ばつくれて」自分の驚きに別の意味付けを与えようとしてみたが、「兵隊のかすかな一と声が耳にやきついて」しまって いるのを、どうすることもできない。――あらためて言うまでもなく、日本の兵隊が死にさいして必ず叫ぶとされているのは、そんな言葉ではなかったはずだからだ。もちろん酒井も作者も、それが何かを明示しはしない。

あるいはまた、捕虜になって一晩中ずっと寒い野外の樹に立ったままで縛りつけられていた「支那兵」を訊問する場面がある。「その目は何とも言へない、やさしい色を湛へてゐるのが、酒井は意外だつた」のだが、通訳を頼まれたかれが、「生きたいかと訊いてみて下さいよ」という日本兵の問いを捕虜に伝えたとき、「捕虜の顔にひらりと翳るものがあつた。思ひなしかその形のいい唇が笑つたやうであつた。酒井は支那語をまちがへたのではないかと、ひるんだ」。日本兵たちがいらだつのをよそに、捕虜は頑強に口をつぐんでいたが、その静かな姿に「訳なく感心していく自分を気まり悪く思つた」酒井が、重ねて答えをうながすと、「捕虜は酒井の目を正しく見た。目を避けたのは酒井の方であつた」。


「図太い奴だ、何とか早く返事しないか」

兵隊は怒鳴つた。いつか十人近い兵隊があつまつてゐたが、酒井は兵隊の退屈紛らしの訊問ごつこの騒々しさにくらべて、捕虜の水を打つたやうな静かな態度を比較しないではゐられなかつた。

「殺せば死ぬ、生かしておけば生きてゐる」

捕虜がひとり言のやうに言つた。酒井はぐつと喉をつまらせた。

「何といひましたか」

「・・・・」

「こいつ、いま何と言ひましたか」

酒井は正直に翻訳するわけにいかなかつた。退屈しのぎの訊問とはいへ、発火点はどこにもころがつてゐるのだ。

［中略］

酒井は捕虜の口に、自分の吸ひさしの煙草をくはへさせたが、相手は三四度煙をはいてから、ぺつと吐きすてた。

「捕はれた以上は、どうせ生きてゐようとは思つてゐないといつてゐますよ」

「ほほう！」

兵隊のあひだで、平凡な感慨がおこつた。

「斥候にくるだけの値打はあるんだな。敵ながら天晴れな奴だ」

酒井はその場にゐたた《（ママ）》まらなくなつたが、耐へてゐた。顔が赧くなつた。


おそらく、これらの体験は、酒井記者が支局に送った記事には、少なくともこのままのかたちでは決して書かれなかったに違いない。これらきわめてくっきりした場面以外にも、酒井が目にし耳にしながら恐らくそのまま記事にはしなかったであろう出来事を、作者はいくつも記録していく。「自分たちは毎日従順に、人殺しをやつてゐます」という三宅少尉のセリフ。「この戦場で鍛へられ、体験したものは、内地へかへればきつと暴風のやうな力をまきちらすにちがひない。戦争からかへつて、ぐつたり疲れ、崩れて、もともこもなくしてしまふには彼等は若い。その若さの力に暴風のやうな戦争の経験が加はつたとしたなら、果してどんなことになるか」というかれの危惧。「しかし戦線といふところは、容易に人命を奪ふところであつた。その奪ひ方が近代的に多種多様であり、数も多いのである。せつかくに予約をもちながら、予約に辿りつくこともなく兵隊は死んでいくのだ」という酒井自身の感懐。もちろん、それらはいずれも、この日本の戦争の意義を否定する文脈で書かれているのではない。戦争の意義を全体として否定的に描くことなど、もともと不可能なのだ。この不可能を前提とする以上、三宅少尉をはじめ日本軍将兵たちのきわめて具象的な姿も、前線の凄絶な描写も、読者の感動をこの戦争の意義の再確認へと導いていくのに、なんら妨げとはならないだろう。酒井が記事に書かなかったようなことがらは、日本兵の勇敢さや、中国の抗日勢力にたいする非難や、中国兵たちが同胞に加える暴虐無惨な仕打ちについての伝聞や、この戦争の正義を確信している人物たちのセリフのなかに、いわば埋め込まれてしか読者に伝えられない。

――だからこそ、細部の描写や叙述の一言一句が、それらにこめられた微細な言葉のニュアンスが、決定的に重要なのである。「還らぬ中隊」は、東と西とを交錯させ混在させて描くことで、東のなかにも西のなかにもあるわずかなアクセントや言葉尻の違いを読者に聴き取らせながら、西と東との本質的な差異を発見させるような、少なくともそういう読者を待っているような、ひとつの文学表現なのだ。

3 長駆

「還らぬ中隊」は、従軍作家ではなく新聞記者の目を通して描かれている、という一点でのみ、作者の実体験との距離をとっているのではない。同行した他の従軍作家たちの諸作品とは違って、この小説は、作者自身の戦地での体験を直接の素材としたものではなく、本質的には虚構《フィクション》だったのである。

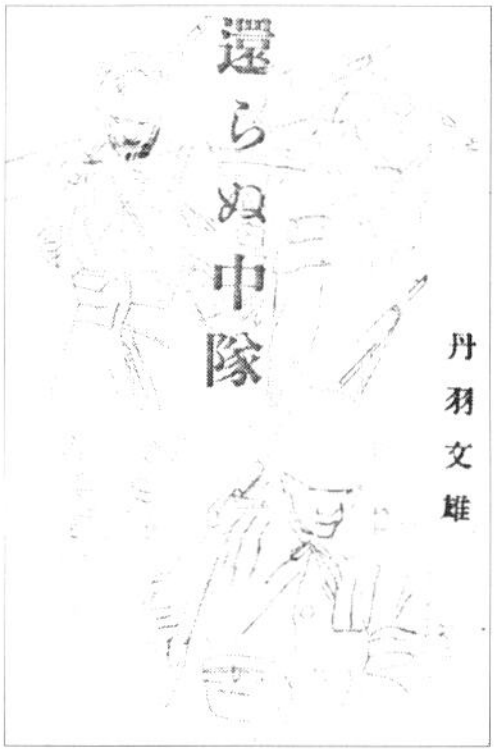

小泉譲の『評伝 丹羽文雄』（七七年十二月、講談社）によれば、丹羽文雄は、漢口攻略の前哨戦のひとつである武穴の戦線で、チブスの疑いをもたれるほど激しい下痢にかかり、行程の途中で後送されたのだった。この体験は、小説中で酒井記者がコレラを思わせる下痢にかかるという設定に生かされたが、小説の酒井は後送されるまでもなく持ちなおし、戦場での取材をつづける。中隊長以下の部隊幹部全員が戦死した終幕の戦闘場面をはじめ、この小説をすぐれた戦争文学作品たらしめている要因のひとつである息づまるような迫真力をもつ前線の描写は、その大半が酒井の回復以後のものなのだ。作者自身の病気もさいわい単なる下痢で、生命にかかわるものではなかったが、戦場を去ることになったかれは、他の「ペン部隊」作家たちと比べてもそれだけ現場に立ち会い自分で体験する機会を減らしてしまった。これはしかし、まったく別の機会をかれに与えることになったのである。九江から南京へ病院船で送られる途上、内地に送還される二人の少尉と知り合いになったのだ。かれらから聞いた話を骨子にし、それに自分自身の戦場での体験を加えて構想したのが、「還らぬ中隊」だったという。丹羽文雄自身、「大陸の思ひ出」と題するエッセイ（随筆集『秋冷抄』＝四〇年九月、砂子屋書房＝所収）のなかで、「九江からは病院船によつて、私は南京に戻つた。船中で二人の少尉と知合になり、『還らぬ中隊』を書くヒントを与へられた。二人とも脚気で、内地帰還の少尉であつた」と記している。

「「還らぬ中隊」は、情痴作家の丹羽文雄のはじめて描いた戦場小説である。流石のベテラン作家といえども女性に無関係な殺ばつたる世界である。相当に戸惑ったことだろうと思う」と小泉譲も評伝のなかで書いているように、戦争を題材にした小説は、作者にとって初めての試みだった。けれども、それまでの「情痴」的な作品とこの戦争小説とをもっぱら対極に位置づける小泉の理解は、「還らぬ中隊」を的確に評価しているとは言いがたい。むしろ、この小説は、それまでの丹羽文雄の諸作品の基盤のうえにのみ生まれることができたのであり、また、この小説での飛躍にもとづいてのみ、かれを単なる「情痴作家」の範疇にとどめておかないようなすぐれた表現を、すぐそのあとの一時期に、丹羽文雄は生み出すことになるのである。

よく知られているように、丹羽文雄の初期の諸作品は、そのほとんどが、二人の女性にたいする作者自身の関係をそれぞれモデルにして展開されていた。女性のひとりは、旅役者を追って満六歳のかれを捨てたまま家を出た生母である。もうひとりは、生家で僧侶を継ぐ気にいったんはなったかれが、二十七歳のときついに東京へ出奔して、生活をともにする片桐とみ子という女性である。早稲田大学の学生時代に恋人だったかの女とは、卒業して帰郷する以前にすでに結婚していたのだが、その後かれが寺にもどったため、別居状態になっていたのだった。上京をうながすかの女からの手紙に応じて再会したとき、かの女は、銀座の酒場の経営者として羽振りをきかせており、かれは生活費のい、っ、さ、いをこの妻に頼ることになる。と同時に、妻の飽くなき不倫に苦しみつづけなければならなかったのである。

いわゆる「マダムもの」のモデルとなったかの女は、作品中では、直江、淑子、昇子、顯子などさまざまな名前を与えられている。だがそのいずれにおいても、相手の女性にたいする主人公男性の態度は、不倫を黙視しているばかりか、むしろ踏み付けにされるのを喜んでさえいるかのように、煮え切らない。「コキュー小説」という世評を呼んだこれら一連の作品における主人公のありかた、消極的で受動的なその態度は、「生母もの」の諸作品でもまた顕著な特徴をなしている。成人した息子は、母が生家の寺を、養子である夫と幼い子もろとも捨てたことが、いまでは理解できる。そのうえで、しかし、中年を過ぎようとしている母が現在なお男との関係に溺れ、自分で自分を処理できずにいるのを、まったく突き放して見ていることはできない。かといって、生母の痴態をきびしく批判する気迫を示すわけでもない。イニシアティヴをとるのは、ほとんどつねに、むしろ母のほうである。「たとえば、滋子にたいする門治の態度は、愛するというよりもむしろ愛される位置に坐している。しかも、無意識のうちにそのように振舞つているのである。女から手紙が来なければ自分が出すというような積極さはまったく見られず、また女を雨の中へ帰らせても送ってゆこうとはしない。」（角川書店版「丹羽文雄作品集」別巻「解説」）――この十返肇の評言は、初恋を題材にした中篇小説「藍染めて」（三七年一―十二月号『新女苑』）の主人公と恋人との関係を述べたものだが、この言葉は、作者が「マダムもの」から訣別するちょうどその時期に書きつづけられていたこの中篇だけに当てはまるものではないのである。

だが、主人公の積極性の欠如に関するこうした評価は、じつは、丹羽文雄の初期作品を「私小説」として読むところから生じるものなのではあるまいか。たしかに、それらの作品は、作者の実体験をもとにしたものである。しかもそれらが、作者自身も言うように志賀直哉の決定的影響を受けており、構成のうえからも自然主義的私小説の系譜のうえにあることは、否定しきれるものではない。けれども、自己の体験を素材としながら、丹羽文雄の初期の小説は、火野葦平や寺崎浩、中山省三郎、田畑修一郎らの学生同人誌『街』に発表された第一作、「秋」（二六年十月号）からしてすでに、多くの私小説とは逆のヴェクトルをおびた視線によって描かれているのである。見つめられているのは、ある人間関係のなかの自分自身ではない。主人公が「無意識のうちに」とる消極的態度は、自分自身にではなく対象に意識を集中し、自分をではなく対象を凝視するかれのありかたから来ている。「秋」の場合であれば、主人公と目される敬七の自己凝視が、作品の主題ではないのだ。ある男の世話になっている生母と、芸者だったのを敬七が妻にした絢子との、二人の女性のそれぞれが、そして二人の感情のからみあいが、敬七によって凝視されるのである。この凝視は、老いてなお男狂いをやめない生母の痴態と、水商売の痕跡を引きずっている妻の屈折した感情という設定によって、風俗小説への傾斜を強めている。「生母もの」と「マダムもの」との両方向を併せもつこの第一作以来、「ペン部隊」従軍にいたるまで、丹羽文雄の小説のこうした基本構造は、本質的には変わっていない。

「還らぬ中隊」は、生母と愛人とにたいする主人公のこの凝視を、戦場の兵隊たちや現地の中国人たちにたいする酒井記者の凝視へと拡大させ深化させた作品なのだ。ここで、一般には「私小説」の範疇で語られる丹羽文雄の作品世界のうち、風俗小説的な要素が、重要な役割を演じながら前面に出てくる。戦場の凄惨な情景や、日本兵の勇敢さ、聖戦の正義など、世間に流通するイメージが、この作品においても上塗りされている点を指して、風俗小説的要素と呼ぶのではない。そうではなく、最前線の戦闘に身を投じている兵隊たちのなかに、かれらの姿婆における、銃後における生活のありさまを描き、この戦争がどういう社会的日常を基盤として遂行されているかを、あたかも職場における「マダム」の姿態にアパートでの生活を重ねあわせるように、「生母」の母としての感情に男への痴情を重ねあわせるように、描き出している点こそが、この戦争文学作品の風俗小説的特質なのである。

評伝の著者、小泉譲は、戦争責任の追及から丹羽文雄を擁護する論拠のひとつという意味もこめながら、丹羽は「戦闘」については描いたが「戦争」については書いていない、と指摘している。「「還らぬ中隊」を含めていえることは、丹羽は「戦争」については書いていないということである。〔……〕飽くまでも彼が主眼とした対象はバットルであり、バットル・フィールドであり、ライン・オブ・バットルにおけるさまざまな情景と人間の在り方であって、国家政策としての政治的経済的構想を含む所謂総力戦争を意味するワアとはほとんど無縁である。あるいはそこに丹羽の戦争文学の特徴があるのかもしれない。」――つまり、赤紙一枚でかりだされる兵士は「戦闘要員」ではあっても、戦争の企図や実行には関知しえないように、一介の従軍作家にすぎない丹羽文雄も「戦争」について書くことなどできなかった、というのが、小泉の主張なのだ。

この主張のすべてを否定しさる必要はないが、しかし小泉は重要なことを看過している、と言わざるをえない。「還らぬ中隊」がすぐれた文学作品たりえているのは、まさに、それが前線での局部的な戦闘を描きながら、戦争の現実を描いてしまっているからである。

号令をかけるのがうまく、考えられないような捨身の果敢な行動によって何度も殊勲を立てている三宅少尉――かれは十月一日付けで中尉に昇進しているのに、十月下旬になってもまだ自分でそれを忘れてしまっているほど、戦闘に没入しきっている――は、これ以上ないくらい模範的な帝国軍人である。そのような軍人としてかれを描きながら、しかし作者は、そのかれが郷里では「実直な銀行員」であり、「毎朝きまつた時間に出勤をする。かへりもきまつた時間であつた」ことを書きとめる。かれは旧家に育ち、鷹揚で、いつもやさしくにこにこしていた。結婚の噂も立っていたが、素封家の見識から選り好みがきびしく、いつもまとまらなかった。縁談はすべて母親にまかせられていた。「それが、一度少尉の軍服をつけると、別人のやうに精悍な軍人とかはるのである。〔……〕人間の神経といふものは、それほど巧妙に、すばやく異常な環境や条件になれてしまふものであらうか。軍規といふものが、果してさやうな魔術を施すものであらうか。」

「毎日従順に、人殺しをやつてゐ」る前線の兵隊たちは、郷里にいたときのかれらと、別の人間ではない。そのかれらが、ひとたび軍服をつけると、別人のようになるのである。三宅の場合にはそれは、「町内での平常の心易い扱ひに、三宅はよくよく腹をたててゐたのだといふ風な変化であった」と、作者は註釈を加えている。三宅少尉ばかりでなく、三宅の部下たちの郷里での生活や境遇についても、作者は、三宅と部下との対話や、酒井記者に語る三宅の口を通して、さまざまに描いていく。杉村一等兵の姉は、早く両親に死に別れて杉村を親代わりになって育てたため、婚期を逸してしまったこと。小磯忍敬伍長は西本願寺派の寺の住職で、戦死者の弔いには欠かせないので、最後まで生きていてもらわないと困ること。前川一等兵には父が中途で残して死んだ稲刈機の改良発明の仕事が残っており、しかも小さい弟妹があるので、責任が大きいこと。市川上等兵は結婚後二ヵ月で召集され、成川上等兵には結婚の話が九分九厘まで決まっていたこと。畑本伍長には子供が二人あり、志波伍長の細君は病身で別居しており、家業の八百屋には家政婦のような女が入り込んできているので、町内の評判も悪く、人間は素直だが家庭内の悶えがあること。石崎伍長の兄は三宅の小学校からの友達だったが、石崎はとなりの八百屋の志波伍長と、一軒おいた左どなりの雑貨商の畑本伍長とは年令も同じで、伍長を三人一時に出したというので、町内は歯が抜けたようになっていること……。つまり、三宅小隊は、町内部隊といってもいいくらいに、同じ町内の出身者が多かったのだ。「九江で新しく編成した時には同町出身者が二十六名だつた。今日までの戦ひで負傷二、戦死三です」と、初めて親しく語りあったとき三宅少尉は言ったのだった。小説「還らぬ中隊」は、その戦死者が戦闘のたびに増えていき、生存者がやがて八名となり六名となり、僧侶の小磯伍長も戦死して、ついには三宅少尉ただひとりが生き残ることになるその過程を、行を追って緊張の度を加えながら、描いていく。当初の二十六名という人数からすれば、小隊の半分が同じ町内の出身だったことになる。日本の陸軍は本籍地を部隊編成の基本としていたので、同一府県の出身者が同じ聯隊に属するのは当然だったが、それにしても五十名ほどの一小隊の半数が同一町内であるというのは、めずらしい例なのだろう。

作者は、このような部隊構成を選ぶことによって、前線の兵隊たちの銃後に於ける姿を点描し、戦場での戦闘がだれによって行なわれているかを示したのである。火野葦平や棟田博の戦記小説が、読者のこころをとらえ、前線と銃後を結ぶことができたのも、つまりそれらが「国民」を戦争としっかり結びつけることができたのも、前線将兵たちの銃後での生活を描き込んだからにほかならない。丹羽文雄もまた、こうした叙述によって、戦闘の実行者たちの姿だけでなく、かれらを戦場に送り出している銃後の姿を、そして、まさにこのような銃後を基盤とする総力戦争としての戦争の姿を、描いたのである。

これを丹羽文雄が描くことができたのは、まずひとつには、私小説と目されるかれの作品が、自分自身に向けるきびしい視線にもまして、対象と、その対象の社会的な位置やその対象をめぐる社会的関係に、執拗な視線を向けてきたからこそなのだ。だがもうひとつ、かれがこの小説ではじめて、自己の体験の枠を越えて、虚構の領域に大きく踏み込んだことを、見逃すわけにはいかない。圧倒的な体験に身をゆだねてしまった他の従軍作家とは対照的に、丹羽文雄は、病院船で聞いた将校たちの物語を小説の骨子にせざるをえなかった。かれよりも長く戦地にとどまり、かれよりも多くのことを体験したはずの「ペン部隊」の作家たちの弛緩した作品群と比べて、「還らぬ中隊」が決定的にすぐれていることのなかに体現されているのは、実体験にたいする虚構の勝利にほかならなかった。

4 転進

「武田麟太郎の死は、「私の散文精神」の上から云つても、かへすがへすも残念なのである。同時代の、誰に一番自分の小説を読んでもらひたいかと言はれれば、私は武田麟太郎ただ一人を挙げる。」——敗戦の翌々年からいくつかの雑誌に断続的に連載されたエッセイ「西窪日記」(『私は小説家である』=四七年十一月、銀座出版社=所収)の一章に、丹羽文雄はこう記した。

「散文精神」にたいするこうした心情の吐露は、文学表現によって深く戦争にかかわった丹羽文雄が、この精神を体現した武田麟太郎の死にことよせて試みた便宜的な自己弁明、と解されるべきではない。「還らぬ中隊」の完結後、それが三九年三月に中央公論社から単行本として刊行されたちょうどそのころ、短篇「南国抄」(三九年四月号『日本評論』)に、かれはすでにこう書いていたのである、

[……]油絵、盆栽、俳句に凝り出したのは、その頃からであり、俳句など柄に会つた。俳句は所詮散文ではないので、卯之介はいくら俳句に打ちこまうと、不自然は感じないのである。俳句は言はば天上の芸術であつた。心境を一途に純粋に澄ませていくことに、何の障碍も覚えない。これが散文であつたならば、随分をかしなものになつたであらう。散文精神は地獄の道ともいひ、絶えまない烈しい自己検討、容赦のない自己分析が繰返されるのが散文の道であり、卯之介は暢気に盆栽弄りは出来なかつた筈だつた。

「南国抄」は、四国宇和島の近在、吉田のあたりをモデルにしていると思われる淀橋町という小さな旧城下町に住む初老の兄弟を主人公にした小説である。兄の瀧田剛平は高利貸

しで、町一番の金持ちであり、町の三分の二がかれから金を借りている。かれにはまた、それぞれ一風変わった妾が四人いる。弟の卯之介は小学校の教員をしていたが、妻と三人の子供がありながら、肺病やみの未亡人に迷って入り婿になる寸前まで行き、世間の笑い物になって辞職した。物語は、この両人のなんとも陳腐で滑稽な俗物的日常を追いながら展開されていく。「散文精神」は、この俗物性の対蹠者として位置づけられているのである。

作者は、盆栽や俳句にうつつをぬかす主人公を批判しながら、作品自体の基本精神が散文精神であることを読者に伝えたわけだが、この「南国抄」では、私小説的な要素は影をひそめ、風俗小説のおもむちがくっきりと前面に出ている。その翌年に書かれ、戦後になってから「小説ノート」の題名で『私は小説家である』に収められたエッセイのなかで、丹羽文雄は、「短篇小説を沢山書かうとするには、勢ひ風俗小説にたよらなければならないのではないかと、近頃考へてゐる」と述べ、「私の口からこんなことを言ひ出しては、自己弁護に解釈される危険がある。しかし風俗小説によるといふことは自嘲ではない。むしろ捷径の意味である」と説明を加えた。この形式が早道としてのみ考えられていたかどうかはさておき、かれ自身がきわめて意識的に風俗小説を自己の表現形式として選択していたことがわかるのだ。

だが、ここでは風俗小説は、「生母もの」や「マダムもの」のそれとは、まったく別の相貌を獲得している。むしろ、武田麟太郎の言葉を使うなら、「市井事もの」の色彩を強めているのだ。「還らぬ中隊」の直後に発表された「人生案内」(三九年二月号『改造』)、「継子と顯良」(同年六月号『文藝春秋』)、それに「南国抄」の三佳作は、従軍以前の作品世界を丹羽文雄が超えて歩みはじめたことを、明瞭に示している。物語の舞台が、東京や作者の郷里から、「南国抄」の西四国へと、「人生案内」の大阪へと、そしてさらに「継子と顯良」の京城と奉天と北京へと、拡大されたばかりではない。作品のテーマと人物そのものが、私小説と訣別して、虚構の度合を決定的に強めている。とりわけ「人生案内」は、大阪の時計店の丁稚として住み込みで働く十代半ばの少年を、一貫して醒めたまなざしで描き通しており、作者が自己の体験世界とはまったく別の世界に生きる人間の生態に肉薄しようとする姿勢が、全篇をきわめて密度の高い作品にしている。このような著しい変化が、「還らぬ中隊」を一種のバネにしてなしとげられたことは、その前後の時期の丹羽文雄の作品を読めば、はっきりとわかるのである。そして、「還らぬ中隊」がバネとなりえたのは、従軍の前年に書かれた「藍染めて」で、妻の不倫や生母との関係をくりかえし素材としてきたそれまでの私小説的作品の連鎖を、断ち切っていたからにほかならない。この初恋小説は、学生時代の素人下宿での作者自身の実体験を題材の一部としながらも、主人公の土岐門治を愛するがゆえに電撃的に別の男性に嫁いでしまう滋子という人物を創造することによって、虚構として作者の「私」から自立しえたのである。のちに「中間小説」と呼ばれるようになるジャンルの先駆的作品と見なされているこの恋愛物語は、鮮烈なロマンティシズムの背後に、市井事ものと紙一重の環境描写や人物像のリアリズムを、虚構となんら背反するものではないこうした特性を、潜めている。

支那事変が大東亜戦争となったとき、丹羽文雄の文学表現は、つまり、このような地平に立っていたのだった。対米英開戦の半年前に刊行された短篇集『怒濤』(四一年六月、改造社)の三つの作品――「書翰の人」(初出は四一年二月号『文藝』)、「九年目の土」(同月号『知性』)、「怒濤」(同年六月号『改造』)にも、もちろん私小説的要素がまったくないわけではないにせよ、情景描写や物語の設定には、すでに五年目に入った戦争の銃後の風俗が、いたるところに顔を見せている。それのみか、翌四三年三月には、初めての歴史小説、『勤王届出』(大観堂、長篇歴史文学叢書第三回配本)が書き下ろしで刊行され、作品としての成否はともかく、この作家がさらに一歩、新しい領域に足を踏み入れたことを示したのだった。「丹羽文雄が、バルザックに惹かれると漏した時、意外さに眼をみはる者が多かつたが、しかし図らずも両者に一致する熾烈な散文精神に思至すならば、それは決して偶然ではない。内憂外患同時に来る動乱の夜明け前、波風立騒ぐ北辺の一角に蹶起せる青年志士東七郎の革新の情熱は如何に爆発するか。けだし本篇こそは丹羽文学、ひいては現代文学に清新なる一線を鮮かに劃す問題作だ。」――『勤王届出』の帯には、こういう宣伝文句が記されている。

対米英開戦に先立ち、他の作家たちに徴用令状が届いたとき、丹羽文雄にはそれが来なかった。『還らぬ中隊』が戦意昂揚に役立たなかったので、陸軍が二度と使う気にならないのだろう、と考えながら、やはり淋しかった――と、戦後の回想記『告白』(四九年三月、六興出版部)は、丹羽自身である主人公の紋多に語らせている。じつは、東京市役所が住所を間違えていたため、徴用令状が届かなかったのである。三木清や柴田賢次郎らとともに陸軍報道班員としてフィリッピンへ送られるはずだったのが、この事故で間に合わなくなり、丹羽は海軍に回されることになった。巡洋艦「鳥海」を旗艦とする艦隊とともに、かれは、赤道以南、ビスマルク諸島のラバウルへ赴いた。

丹羽文雄の戦争文学作品のうちもっとも広く読まれた長篇『海戦』は、四二年十一月号の『中央公論』に発表され、十二月に中央公論社から単行本として刊行された。テーマとな

『海戦』カバー（中村研一装）

っているのは、ラバウル到着の一週間後に行なわれたツラギ海戦である。一九四二年八月七日、ソロモン群島のツラギ島に反攻上陸した米英軍を叩くために、ラバウルから艦隊が出動することになった。丹羽文雄も、ここへ来るときと同じ旗艦「鳥海」に乗り組んだ。同行する報道班員は、ただひとりの作家であるかれを除いて、新聞記者たちとカメラマンだった。艦隊は敵の偵察機や艦船に察知されることなくツラギ島に接近し、八月八日深夜、二十三時四十分を期して攻撃を開始、わずか三十六分の戦いで、島に碇泊する敵艦船に壊滅的な損害を与えたのだった。ガダルカナル島のすぐかたわらに浮かぶ小島の海戦は、「ツラギ夜戦」とも呼ばれたが、大本営発表で「ソロモン海戦」と命名され、以後再三くりかえされることになったこの近海での海戦と区別して「第一次ソロモン海戦」と称されている。全四冊で興亜日本社から刊行された大本営海軍報道部編纂『大東亜戦争海軍戦記』——ただし、第一巻のみは初め『大東亜戦争と帝国戦争』の表題で刊行されたのち、あらためて第二巻以下と同じ題名で新装版が出た——の第三巻（四三年五月）や、大本営海軍報道部監修の「海軍報道班員現地報告」シリーズ第四巻、『ソロモン海戦』（四三年六月、文藝春秋社）には、八月九日の「大本営発表」が全文引用されているが、それによれば、この海戦で撃沈された敵艦は十二隻以上、輸送船は十隻以上に及び、撃破艦船も六隻以上に上ったが、日本側の損害はきわめて軽微だった。この戦果は、五日後の発表では二倍以上の数字に修正されている。いずれにせよ、戦後の文献である高木惣吉著『太平洋海戦史』改訂版（五九年十月、岩波新書）でも「聯合国の巡洋艦八隻、駆逐艦八隻の大半が僅か三十五分の戦闘で壊滅したのである」と記されていることから、戦果の大きさ自体は偽りでなかったのだろう。

八月八日、第八回目の「大詔奉戴日」、それに日本側の艦隊が八隻で編成されていること——八という「末広がり」の数字が四つも重なったのを幸先よい前兆として、将兵たちがこの作戦の成功を確信したというエピソードは、小説『海戦』にも描かれている。ちなみに、大詔奉戴日とは、対米英開戦の「大詔」が「渙発」された十二月八日を銘記するため、毎月八日がそういう日とされていたのである。海戦の結果は、縁起をかついだものたちの思い通りになったが、丹羽文雄は、旗艦の甲板に命中した砲弾の破片で、右上膊部に全治二ヵ月の重傷を負い、顔面のあちこちにも軽い傷を受けた。『海戦』の単行本には、負傷のときの汚れた作業着のまま腕に包帯を巻いた艦上の作者の姿が、口絵写真として添えられている。

　中央公論社賞を受賞することになる『海戦』は、しかし、作者がもはや『還らぬ中隊』に比肩しうるような作品を書くことができなかったという事実を、無惨にも物語っているのである。戦後にしばしば指摘されたように、わずか四年の推移が、『還らぬ中隊』の随所に埋め込まれたような戦争にたいする一定の見地を、もはや許されぬものにしてしまった、ということはもちろんあるだろう。『海戦』には、将兵にたいする、いやほとんどもっぱら士官たちにたいする、敬虔とさえいえるような讃嘆の念はいたるところに書かれていても、かれらがたずさわる戦闘と、ひいてはまたその背後にある戦争についての、表面的ではない凝視の片鱗も存在しない。

　だが、『海戦』が文学表現として無惨であるのは、そのなかに戦争にたいするいわゆる批判がないからではないのだ。作中の「私」を通して描かれている作者の視線が、『還らぬ中隊』以前の私小説のそれに逆もどりしてしまっているからである。それどころか、初期の丹羽文雄の諸作品にあった、凡百の私小説とは反対のヴェクトル、つまり自分自身よりはむしろ対象を執拗に凝視する視線のヴェクトルが、ここでは失われようとしている。たとえば、激闘のさなかにある軍艦のうえで自分ひとりだけが無用の人間であることを「私」が痛感する場面に、それは集約的に表われている。

　私の頭のなかは、音響の汎濫でかき乱されて、すでに常態を失つてゐた。頭のうごきがにぶくなつてゐるのが判つた。［……］激闘の中で観戦し、ノートを取るといふことが、先ずまちがつてゐたのに気がついた。私も戦ひの中にはいるべきであつた。弾はこびをするか、負傷者を介抱する役を命ぜられてゐるか、命令の伝達をするか、何か戦争遂行にかかはりのある仕事が与へられてゐたならば、私はもつと自分をはつきりと持つてゐることが出来たのである。自分をそれにうちこむ熱意と部署が残されてゐたならば、私はこれほど途方もなく疲れることもなかつたのであらう。自分ひとりぽつちに心を噛まれることもなかつたのだ。報道の使命は軍人同様に献身的であるといふ、その理屈はわかる。またそれにちがひないのであらうが、私のこの場合は、弾はこびをしてゐても、或る程度観察はできるのだ。負傷者をはこんでゐても、見るだけに《（ママ）》ものは見てしまへるのである。是非報道班員でなければならないといふのつぴきならぬ役割のないことが私をこのやうに心細くさせるのであらうか。戦ひの最中には、一人として無駄な見物人は許されない。私はもつと直接的なことがしたかつた。報道といふ間接的なことでは、がまん出来なくなつた。じりじりとしてきた。そして私は風圧をうけては、よろめいてゐた。私は自分のしてゐることに意味を失つてしまふ瀬戸際であつた。

報道班員という自分の位置について絶望的な疑念をいだかずにはいられなかった気持は、偽りではあるまい。それを率直に記したことは、作家のひとつの誠実さを示してもいる。このくだりを、逆説的に報道班員の役割に居直る作者の表白として読むことさえ、まったく不可能ではないかもしれない。しかし、その含意を忖度する以前に、こうした自省、自己を凝視するこうした視線が、自分の周囲で起こっている出来事や、周囲の人物たちの言動に向けられる執拗な視線をさえぎってしまっていることの問題性を、看過するわけにいかないのだ。地獄の道である散文精神が、ここでは、天上の芸術の美しさに座をゆずろうとしている。

「海戦」と同月の四二年十一月号『改造』に発表されたもうひとつの従軍記、「報道班員の手記」（単行本は四三年四月、改造社）は、同じツラギ海戦を、報道班員を中心にすえて描いたものである。この作品が発禁となったことは、この作品の文学表現としての価値を裏書きするものでは決してない。すでに四一年夏、萩須高徳による瀟洒な装幀の書き下ろし長篇『中年』（四一年七月、河出書房）を発禁に処していた当局は、『逢い初めて』と改題して四一年六月に有光社から刊行されていた旧作「藍染めて」を、さかのぼって発禁にし、出版社からその紙型を押収したほか、さらに数冊の発禁と、雑誌連載中止の圧力で丹羽文雄を責めつづけていた。「この戦争中に、これほど度々やられるのは、おそらく僕一人ぐらいぢやないかしら。情報局の目のとどかないところでも、同業者で、僕を憎んでゐる奴が、こつそりと教へるらしいから、たまつたものぢやない。しかし、もはや何としても情報局は心証をよくしてくれないのだから、さはらぬ神に祟なしだらう。卑屈だが、この上に発禁をくらつちや僕も困る。執筆禁止でがまんしよう。」――のちに丹羽自身が、『婦人倶楽部』に四三年九月号から連載していた「晴一点」への圧力に屈して三回目で中止したときのことをふりかえりながら、『告白』の主人公・紋多にこう言わせている。『報道班員の手記』単行本の発禁は、こうした脈絡のなかでとらえられるべきであって、作品の名誉としてこれを云々するのは妥当ではない。

文学表現そのものとして読むとき、この作品は、『海戦』にもましていっそうはっきりと、実体験にたいする虚構の敗北を、散文精神の決定的な喪失を、示している。そしてこの喪失は、敗色がようやく銃後にも感じとられるようになりはじめたころ、前年の『怒濤』や『勤王届出』とは比べものにならない粗末な紙に印刷された長篇、『現代史――第一篇・運命の配役』(四四年一月、改造社)では、もはや取り返しがつかないまでに深刻化する。題名のとおり現代史のひとこまを叙述する歴史小説の形式をとっているものの、『告白』の紋多が前作『勤王届出』と併せて、「とたんに匿名批評が、紋多も時局に伝染して、歴史小説を書いたと嘲笑した。三分はあたつてゐた」と回想するとおり、散文精神の喪失は、時局追随の翼賛文学のかたちをとって露呈されたのである。この時代の日本文学が、歴史小説をいわば現実から逃避する場として繁茂させたこと、その点で、ナチス時代のドイツ文学や、社会主義リアリズムを標榜するソ連その他の文学と共通する様相を呈したことが、想起されなければならない。

5 破局

けれども、翼賛文学への頽落を指摘することで丹羽文雄の戦争文学作品にたいする肉薄を打ち切ってしまうとしたら、大きなものを逸することになるだろう。かれは、戦争末期に近いころ、これまでほとんど問題にされることのなかった二冊の重要な作品を上梓したのだった。ひとつは長篇小説『水焔』(四四年三月、新潮社)であり、もうひとつは短篇集『春の山かぜ』(四四年十一月、春陽堂)である。前者は初め前年の五月から『毎日新聞』に連載されたもので、後者については敗戦直前の四五年六月十日に再版五千部が出ていることが確認できる。

『春の山かぜ』に収められた八つの短篇は、いずれも一九四三年の八月から十一月までのあいだに雑誌に発表されたものだった。四三年十一月号の『改造』に掲載された表題作をはじめとして、海軍報道班員である語り手が、あるいは従軍のさいに知り合った士官たちと内地で再会し、あるいは戦死した士官の遺族と出会うエピソードを軸にして物語が展開されていく。占領地で現地人の娘と結婚した日本人軍属を描く「基地の花」(十一月号『文藝読物』)や、南洋植民地での日本

人と現地人との混血児をテーマにした「混血児」（十月号『文藝』）など、外地を舞台とするものも含まれているが、基本的には銃後の日常のなかで語り手が際会する出来事が、見つめられている。「海戦余滴」（九月号『新太陽』）、「呉の宿」（八月号『日の出』）、「知られざる夏」（十一月号『太陽』）は、ツラギ海戦をもう一度銃後からふりかえり、それが銃後にとっては何だったのか問う試みとして、『海戦』および『報道班員の手記』をいわば裏打ちする作品でもある。

　だが、この一冊の短篇集が重要なのは、なによりもまず、丹羽文雄が報道班員の目で銃後を描いた、という事実にほかならない。『海戦』のひとこまで報道班員たる自己の役割について絶望的な疑念にとらえられた「私」の思いは、たとえば「春の山かぜ」でも、江間報道班員が軍人と自分とのあいだに距離をとることにきわめて意識的である、という設定のなかに生きつづけている。けれどもこの意識は、だからせめて軍人たちの補助をする役目を与えられたい、という方向に導かれていくのではなく、軍人たちと自分との距離そのものをも含めて、現実をしっかり書きとめておこうとする江間の気迫として、読者に語りかけるのである。これら諸作品で丹羽文雄は、かつて「人生案内」において人物そのものに密着するリアルな現実描写をなしとげたように、「南国抄」で田舎町の風俗を、俗物たちが呼吸する現実の空気として活写したように、銃後の日常を、前線の英雄たちと意図的に結びながら、描き出していく。

　とはいえ、ここで描き出される銃後の日常は、「人生案内」や「南国抄」や「繼子と顯良」でのような醒めた視線を人物たちにも作者にも許さなかった。「靖国のことば」（四三年十月号『日の出』）が如実に物語っているように、台湾から靖国神社へ団体で参拝にやってくる英霊の遺児たちを描くためには、たとえば台湾がどういう土地であるかという現実や、戦死が無惨なものでしかないという現実を見すえる散文精神ではなく、遺児たちの「立派」さや「清らか」さに感動するロマンティシズムが必要だったからだ。銃後の風俗を風俗として描こうとすれば、散文精神を鈍麻させざるをえなかったのだ。

　銃後の風俗に向けた丹羽文雄の目を安手な感動でうるませた時局の力は、戦争末期のもうひとつの重要な作品、『水焔』にたいして、いっそう容赦なくふるわれた。この長篇小説は、瀬戸内のある小さな島の軍需工場で働く少年工たちを主人公とし、かれらの日常を通して戦時下のひとこまを描いている。

あるいはいわゆる「生産文学」の系譜のなかで論じることもできる作品だが、それ以上に、丹羽文雄の風俗小説のひとつの到達点を示すものとして、注目に値する。

——物語は、不良グループの一員と目されて警察に捕まり、中学校を中退して島の造船所で働くことになった洋という少年と、母ひとり子ひとりの少年工、正二とを二筋の糸として展開されていく。洋の父は、かつて造船所が不況で事実上閉鎖されたとき、それが再開されるまで十七年ものあいだ単独で留守をまもり通した人物である。その経歴ゆえに息子の洋は、造船所の社長や、その右腕である労務課長・木堂老人の庇護を受けることができたのだが、かれ自身は、学校をやめて職工たちと一緒に働かなければならない運命に、どうしても納得が行かない。『水焔』は、つまり、そのかれがさまざまな出来事や体験と、周囲の人物たちの感化とによって、戦争を勝ち抜かねばならないこの国のための労働に従事することの意義を、発見していく過程を描く小説なのである。ごくありきたりの教養小説であり、また、同じ工場で働く洋の姉、リエと、島の臨海実験所の技師、森駿太郎との恋愛とその破綻とを織り込んでいる点では、ひとつのメロドラマでもある。結婚寸前まで進んでいた姉と森技師との関係が、自分の不良事件で破談になったことを知った洋は、対岸の町から連絡船で通っている森を、甲板から海へ突き落とす。「水焔」という題名は、結末に近いこの一場面からとられているのだが、それはもちろん、前線における海戦の情景を連想させずにはいない言葉でもあるだろう。

この長篇小説を発表当時の読者がどう読んだにせよ、いまの視線でこれを読むなら、安直なこしらえもの、という印象はぬぐいがたい。なるほど、たとえば作中できわめて大きなスペースを費やして描かれる「移動劇団」の慰問公演の場面などは、戦時下の銃後の風俗のひとつの証言としても、文化史のひとこまの一資料としても、興味深いものである。だが、人物たちはだれひとりとして、具体的な現実を生きる人間の具体的な生彩をおびていない。舞台となっている銃後の「現実」そのものが、まるで学芸会の劇の書き割りのように、紋切型であり、非現実的である。新即物主義を思わせるような乾いた筆致でなされる叙述は、対象のはるか手前で叙述を放棄し、そのぶんだけ、月次な精神主義とロマンティシズムがストーリーを支えなければならない。母子家庭の雰囲気も、不良と呼ばれる少年たちの立ち居ふるまいも、頑固一徹を至上のモラルとする大人の男たちの陳腐さも、この精神主義とロマンティシズムの道具でしかない。

のちに戦後文学の歴史において「風俗小説論争」と呼ばれることになる論議のひとこまで、福田恆存は、中村光夫の批判にたいして居直りともとれるような反撥を示す丹羽文雄を、

それを支持する井上友一郎もろとも、こう評した、「僕は丹羽文雄論とか井上友一郎論をやりたいですよ。雑誌は非常に買つてくれるわけですからね。ところで、風俗小説論は出来ても、丹羽文雄論は出来ない。どういふわけかといふと例へば丹羽さんが「哭壁」を書くでせう。それから短篇をいろいろ書いてる。それから「日本敗れたり」を書く。どれを読んでも丹羽さんが、生涯を賭けて追求してる主題が何かといふことは判らない。どれも材料は実に整頓されて、うまく書かれて、なるほど、世相だ、日本の一時期の姿だ、と思ふんだけど、それに対し丹羽さんがどう反応してるかといふ共通なものはない。それは何も観念的に作品の中に浮いて出なくたつていいけれども、今までどんな作家だつて生涯を通じて一つのものしか追求してないと思ふんだ。人間一人が生涯で判ることは一つしかない。そんなにいろんなことが判りつこないですよ。それが、どれを読んでもその一つのものが見付からないと、僕たちは批評家として非常に困つちやふ。」（座談会「批評家と作家の溝」、一九四九年十二月号『文藝』）

ここで言及されている二つの作品は、いずれも戦後のものだが、これらに即して福田が述べていることは、敗戦前に関するかぎり『水焔』にもっともよく当てはまる。もちろん、ひとりの作家には生涯を通じてひとつのものしか追求しえないかどうかについては、異論もありうるだろう。また、批評の視点が福田のいうようなものに限られるとも思えない。しかし、丹羽文雄の場合は、ほかならぬ風俗小説というかれなりの目標の実現としての作品を、かれ自身はおそらく散文精神の実践と考えていたであろう作品を、この『水焔』のようなものとしてしか書けなかったのである。「世相」を、「日本の一時期の姿」を、たしかに描いていながら、その世相や日本の一時期の姿を見る読者の目を、そして作者自身の目を、もっと別の、もっと鋭く深いものにしていくだけの衝撃力を、かれの文学表現は持ちえなかった。『春の山かぜ』と『水焔』とで、視線を前線から銃後に向け、しかも前線とのかかわりのなかで銃後の現実をとらえ、こうしてまさに、戦闘をではなく戦争を描くはずだったかれの試みは、風俗小説の要素がこの時局を追認する機能を発揮することによって、ひとつの終局を迎えたのだった。

ではしかし、時局を追認するのではない文学表現を、発禁と執筆禁止に身をさらしながら模索することが、丹羽文雄にとって、いや丹羽文雄以外の表現者にとっても、はたして可能だったのだろうか。たとえば侵略戦争にたいする批判の言辞を作中人物に語らせることで玉砕の道を選べば、同時代の読者との通路は断たれても、いずれ未来の歴史が正しさを証明してくれる、というのだろうか。丹羽文雄の実践は、もちろん、こうした道とはもっとも遠いところにあった。とはいえ、そのかれの実践のなかには、この道との決定的な遠さだけがあったわけではないのである。

丹羽文雄の戦争責任が問題になったとき、判断の材料として『還らぬ中隊』や、『海戦』および『報道班員の手記』がもっぱら取りあげられた。銃後を描くかれの作品の役割を看過したままでなされた責任追及は、文学表現の戦争責任をめぐる論議の問題性、いわばその戦後責任を、暗示している。なぜなら、丹羽文雄に表現者としての責任があるとすれば、それは、前線の将兵たちを美化する作品を書いたことではないからだ。銃後の風俗を描くさいにこそ重要だったはずの、微細な差異と大きな違いとをともにとらえる感性を、そしてその二つの区分の交錯と混在を、丹羽文雄は、戦時下の風俗小説に生かすことができなかった。地獄の道である散文精神こそがなしえたはずのこの交錯と混在の表現を模索しつづけることをせずに、そのための虚構を試みつづけることをせずに、かれは、時局の風俗という体験的現実と馴染んでしまったのである。——だがしかし、かれの戦争責任を論じた戦後そのものもまた、そのような模索と試みを戦後文学の問題として自己に提起する感性を、持ちあわせてはいなかった。

〔池田浩士（いけだひろし）京都大学。著書に『ファシズムと文学——ヒトラーを支えた作家たち』（白水社、一九七八年）、『抵抗者たち——反ナチ運動の記録』（新版・軌跡社、一九九一年）、『大衆小説の世界と反世界』（現代書館、一九八三年）、『権力を笑う表現？』（社会評論社、一九九三年）、『死刑の［昭和］史』（インパクト出版会、一九九二年）、『［海外進出文学］論・序説』（インパクト出版会、一九九七年）などが、編著に『カンナニ——湯淺克衛植民地小説集』などがある。近刊として『火野葦平論』（インパクト出版会）が準備されている。〕

〈卒業写真と教師の位置〉の教育思想

橋本淳治

隣接諸領域を読む（思想）

1．はじめに

まずは写真を見てください。これは、『富栄小学校百年誌』（一九七五年）に載っている卒業写真です。一九二三（大正12年）の卒業写真は〈教師が後ろや横に立っている写真＝卒業生中心の卒業写真〉、一九三三（昭和8）年のものは〈教師が前列中央の目立つ位置に立っている写真＝教師中心の卒業写真〉です。

私は以前、『たのしい授業』一六四号（仮説社、一九九六年2月号、入手可）に井藤伸比古・板倉聖宣の両氏と共著で「卒業写真にご注目を！――卒業写真に見る教育思想の変遷」という文章を発表しました。この文章では、〈いわゆる「大正デモクラシー」の時期には「教育の主役は教師ではなく、子どもたちだ」という考え方があって、教師は卒業写真の中央の位置をはずれて後ろに下がったのに、「大正デモクラシーの運動が弾圧されると、再び教師の位置が一番目立つところに戻った」と言えるのではないか〉という仮説をその文章で提示したのです。

ところで、私はふとしたきっかけで、〈県立図書館の郷土資料室には学校史誌が開架されている〉〈学校史誌には1枚や2枚は卒業写真が収録されている〉ということに気付きました。そこで、〈数校の卒業写真を集めてみれば、教師の位置の変遷についての仮説を、もっと確かなものにできるのではないか〉と予想しました。そして手始めに、大阪市立中央図書館に開架されている小学校の学校史誌を悉皆《しっかい》調査してみることにしました。

1923（大正12）年の卒業写真

1933（昭和8）年の卒業写真

[問題1]

現在の大阪市域にある小学校の学校史誌を調べたところ、一九〇七〜一八（一九一八年は第一次世界大戦の終戦の年）のいわゆる「大正デモクラシー期」の卒業写真は15校のべ28枚ありました。（ただし、1つの学校で2クラス分以上の卒業写真がある場合には全部で1枚と数えます。以下同じ）

それでは、これらの卒業写真のうち、教師が後ろや横に立っているものは、何枚くらいあると思いますか。

予想

ア．8割以上（20枚以上、□が圧倒的に多い）

イ．半分くらい（10〜19枚、□と■は半分ずつくらい）

ウ．少しはある（9枚以下、■が圧倒的に多い）

（□＝教師が最後列または左右に立っているもの

■＝教師が前列中央または2列目中央など目立つ位置に立っているもの）

2．卒業写真は、もともと〈卒業生中心〉であった？

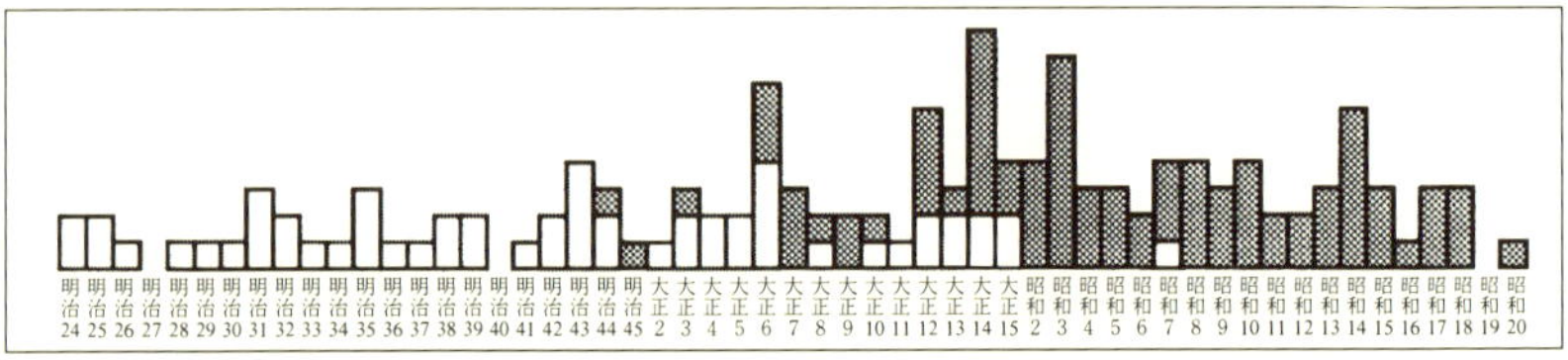

現在の大阪市域の小学校の卒業写真に見られる教師の位置の変遷グラフ

グラフをみて下さい。検証結果はアが正解です。そして一九三〇年代になると■ばかりになってしまいます。このグラフを見るかぎり、「卒業写真というものは、もともと〈卒業生中心〉であった」と言いたくなるではありませんか。

しかし、これは〈大阪市域といった都市部の特徴〉だったのかもしれません。そこで、大阪府の隣の隣に位置する滋賀県の県立図書館郷土資料室に開架されている学校史誌をもとに、滋賀県の場合を実験・検証することにしました。

[問題2]

滋賀県下の小学校の学校史誌を調べたところ、明治40年3月卒業以前からの卒業写真を収録している学校が10校ありました。この10校が収録しているそれぞれ最も古い卒業写真では、〈卒業生中心〉だったのでしょうか。それとも〈教師中心〉だったのでしょうか。あなたは、どう思いますか。

予想

ア．ほとんどの学校で〈卒業生中心の卒業写真〉から始まる。

イ．ほとんどの学校で〈教師中心の卒業写真〉から始まる。

ウ．〈卒業生中心の卒業写真〉から始まる学校もあれば、〈教師中心の卒業写真〉から始まる学校もある。

3．〈卒業生の増加〉と〈卒業写真に見られる教師の位置〉

明治40年3月卒業以前からの卒業写真を収録している滋賀県の小学校10校は、すべてが〈卒業生中心の卒業写真〉から始まり、一九三〇年代には〈教師中心の卒業写真〉が圧倒的になります。この傾向は、兵庫県・京都府・高知県すべてに当てはまります。

1971（昭和46）年の卒業写真

＊

明治五（一八七二）年に「学制」が制定され、すべての子どもが小学校へ通うことが義務づけられました。しかし、実際には就学率が5割を越えるようになるのは明治25年頃であり、明治30年に小学校（4年制尋常科）を卒業した人は〈同じ年に生まれた人の半分〉しかいなかったのです。

そこで、卒業生が少なかった明治30〜40年頃の卒業写真では、まさにその卒業を記念して〈卒業生を中心とした卒業写真〉を撮影したのでしょう。そしてその後「〈小学校を卒業するのが当然〉となって以降、〈教師が中心に写る卒業写真〉が増えていったのだ」と言えるのかもしれません。それでも、遅くとも「大正デモクラシー」の時期には、「教育の主役は教師ではなく、子どもたちだ」という考えに共鳴して、各地で〈卒業生を中心とした卒業写真〉が撮影されるようになったのでしょう。

4．敗戦後の卒業写真と教師の位置

それなら、「大正デモクラシー」よりもずっと民主主義が叫ばれた〈第二次世界大戦敗戦後〉の卒業写真では、教師はどの位置に写っているのでしょうか。敗戦後には、教師の位置は再び後ろに下がっているのでしょうか？　じつは、戦時中と同様に、敗戦後の卒業写真でも〈教師が中心に写っている卒業写真〉が圧倒的に多いのです。

先の「卒業写真にご注目を！」の中で、私たちは〈敗戦後の民主主義は、大正デモクラシーに対して「真の民主主義」などと呼ばれるけれども、それは「押しつけられた民主主義」とも言われるように、教師たちに心底から受け入れられなかったのではないか〉という仮説を提示しています。それなら、敗戦後の公立小学校の卒業写真では、どの学校でもずっと教師は前列中央に位置しつづけたのでしょうか？

じつは、敗戦後にも卒業写真の中の教師の位置が変化している小学校もあるのです。たとえば、大阪府吹田市の豊津第一小学校の創立百周年記念誌『豊津』（一九七五）に載っている卒業写真の場合、一九七一（昭和46）年と七三〜七四年のものだけは、教師が子どもたちの横に立って写っています。一九七一〜七四年といえば、いわゆる「大学闘争」が盛んで、教育における学生・生徒の主権の問題を根源的に議論していた人たちが、教員として就職していった時期なのです。

5．卒業写真の教師の位置、考え直してみませんか？

〈卒業写真の教師の位置〉は、変えようと思えば簡単に変えられそうな気もします。しかし、実際には「卒業写真の主人公は卒業生自身ですから、教師は後ろにさがることにしましょう」と提案してみても、簡単に提案を受け入れられるわけでもなさそうです。某大学では、〈卒業写真の前列中央に座る予定の人物〉に私たちの研究について話をされたところ、「それは困ったなあ」とは言いながらも後ろには下がらずじまいであったとのことです。大学と小学校とでは同じように議論できないかもしれませんが、その程度には変更のきかないことでもあるのです。

卒業写真は「学校に子どもの主権がどれだけ貫徹しているか」という一つの指標に過ぎないので、「これさえちゃんとしていればいい」というものではありません。それに〈卒業写真の教師の位置〉は、あまり意識的に決められたのではないのかもしれません。それならそれで、校長や教師の無意識のうちの教育観を反映していることにもなります。ごく自然に「教師が学校の主役」と思って、「ごく自然に」教師が一番目立つところに位置している学校が、今でもあるかもしれません。

あなたの「学校」の「卒業写真」、誰が主人公なのか、考え直してみませんか？

［**橋本淳治**（はしもとじゅんじ）］

喪失された〈遥かな〉南方

少国民向け南方案内書を中心に

竹松良明

1

日本陸軍の外地に対する基本的戦略方針が、明治以来の伝統的な「南守北進」から「北守南進」へと急速に転換されたのは昭和一五年の秋であった。言うまでもなくドイツ軍の侵攻によるヨーロッパ情勢の紛糾と、それに伴う東南アジア各地の植民地における動揺を見定めてのことであり、また一方には日ソ不可侵条約による北進の制約という事情が組み込まれていた。当初は仏領印度支那とタイ国がその対象とされたが、さらに蘭領東印度とフィリピンがその構想圏内に加えられ、やがて昭和一六年一二月の太平洋戦争開始と同時にマレー、ビルマ、ジャワ、フィリピンの各方面派遣軍の進撃によって、日本の南進政策はまさに未曾有の様相と規模のもとに、国家の命運を賭けた企てとなっていく。

　こうした情勢を反映して昭和一五年前後から南方関係の解説書・案内書・旅行記の類の出版物が飛躍的に増大する。それは太平洋戦争以後に激減する欧米関係の書と対照的な位置にあるといってよいが、ともかくも日本の民族と歴史にとって古来から不即不離の関係にあった「南方」が、従来の茫漠として掴みどころのない海彼の異国ではなく、まったく新たな目前の対象物として明確に輪郭づけられてきたことの意味は大きい。そして外交的、軍事的な意味での新たな「南方」の位置づけに従って、国内一般における「南方」のイメージにも当然の変化が生じてくる。昭和一五年前後の幾つかの南方関係書によってその状況に触れていくことが本論の目論見である。日本軍の南方侵攻作戦以後には当然ながら圧倒的な量の戦記ルポルタージュおよび平定後の現地報告書の類が氾濫するが、戦時下の国策宣揚的、戦意昂揚的文調を持ったそれらの文献はここではあまり有益な示唆とはならない。おそらくそこには戦前の日本人が持っていたはずの、南方に振り向ける遥かな眼差しがすでに失われていると思われるからである。戦局の悪化に伴ってそこには熾烈な現実だけが先に立ち、もはや南方の風物や自然に眼を投じるだけの一片のゆとりすら認められないのが一般であろう。

端的に見て取れば日本軍の南方侵攻によって、日本人の南方観はそれまでの茫洋とした憧憬の境地から、一変して切実な野望へと変貌を遂げたと考えることができよう。国家の赴くところに従って国民の意識が大きく変化する激動の時代である。南方はそれまでの太陽と緑の恵みに包まれた南国情緒の別天地から、日本の戦争と経済を支える資源の宝庫として、まったく現実的な食指をそそる存在となった。そこには本来認めるべき意識の大変革があるはずだが、しかし明治以降の日本の東南アジアに対する経済進出の歴史を参観すれば、そこには表立つどのような不自然もなく、不条理もない。そして大東亜共栄圏構想という巨大な侵攻理論によってその意識の変革は国家的上昇の感覚として国民の中に浸透していく。もはや南国情緒に対するとりとめもない憧れなどは昔日の感傷に過ぎないかのようである。戦争の理論に従って解釈すればそこには何の疑義も差し挟む余地はない。しかし、一点何か落ち着きの悪い不自然な感覚がそこに残存してはいないだろうか。南方に対する漠然とした憧憬の本質、民族の血の根底にまで流れ込んでいるようなその遥かな遠望の感覚、それは帝国主義の理論によってにわかに説明のつくようなものではない。従って大東亜という概念規定には、従来の素朴で自然な南方憧憬感覚を過去のものとして封じ込める意識変革が無言のうちに組み込まれていたと考えられよう。

2

言わば喪失を余儀なくされた素朴な南方憧憬、そこに生じた感覚のズレを読み取るために太平洋開戦前後期の南方紀行書が一つの目安となるが、ここで特に注目しておきたい対象は成人向けのものよりもいわゆる少国民としての年少者のために書かれたものである。外交・軍事・経済という現実的要因から距離をおくほど、喪失された南方憧憬の本来の感覚に近いものに触れていける可能性が大きい。戦前の少年少女の脳裏に描かれていたであろう南方のイメージには、たとえそれが実状からはかけ離れた他愛のない幻想に満ちたものであれ、あるいはそうであればあるほど、かつて日本人の内部に暖められていたはずの未だ見ぬ遥かな南方に寄せる思いが集約されていそうである。そこには遠く欧米に向けられた憧憬、明治以来の先進文明国への思いとはやはり別種のものが根底に備わっていたように思われる。明治以降の少年たちの空想世界の中で、南方はまず冒険と自由の天地であり、アフリカや南米の大自然のもつ神秘と驚異に通底した野性の王国であったはずである。文明国には失われた荒々しい生命力と闘争の世界であり、それは矮小な日本の近代化社会に生きる少年たちからは彼岸の距離にあるものであった。冒険と秘密に満ちた少年読み物の世界に息づいていたはずの南方への距離が、国策の方針によって一挙に縮小されるという事態がここに生じたのである。アジアの盟主としての日本が暖め続けてきた南進の夢は、それが夢であるうちは少年たちの思い描く南方に大きくは抵触せず、むしろそれを培養する効能を持っていたと思われるが、それは侵略という形での国家の夢の実現において少年たちの夢に本質的な変革を強いる結果となった。

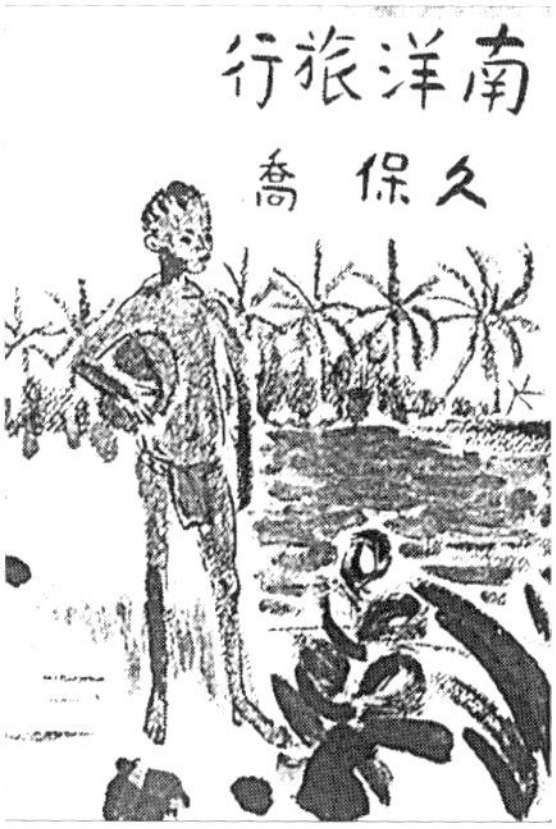

『南洋旅行』
（1942年1月　金の星社）

ここで久保喬の『南洋旅行』（改訂四版、昭和一七年一一月、金の星社）の「あとがき」に触れよう。これは児童文学者の久保がいわゆる内南洋の諸島であるサイパン・テニアン・ヤップ・パラオその他を巡った紀行だが、初版は同年一月であるから開戦前の執筆であろう。

一たい筆者は、かやうにして、児童の為の科学的読物といふものは、単に或る知識だけを伝へるものでなく、考へ方、「考へる態度」といつたやうなものを、示し続けるといふ事が肝要だと思ふものであります。で、その為には、この種の書によく見られるやうに読者の児童を軽視して、「調子を下げた」態度で書く事などは最も誤れるものであり、児童の理解力といふ事を顧慮する事は必要ですが、それはあくまでも表現方法等に関する事に止まり、作者の根本態度に於ては、大人の読者に対するそれと、本質的な相違等があるべきではないと思はれます。

筆者の意図するところの細部までは判然としないが、ここにはやはり時局的な啓蒙の姿勢が感触できるはずである。大人の読者に通じる児童書という主張は端的には子どもの世界の奔放な広がりの可能性を制約するもののように感じられるのであり、大人の世界の事情を如何にして子どもに理解させるかという困難な課題がそこに要請されていると思われる。それはこの紀行が植民地問題や異民族融和問題などの、当面もっとも深刻な事態の認識を主眼においているからである。第一次大戦以後日本の委任統治となったこれらの旧ドイツ領南洋群島は本格的南方侵攻に先立つ橋頭堡の位置にあり、その先端部を占めるパラオに南洋庁を設けたことには重大な意味があり、それはまさにその下に広がる大南洋に向けて突き出した日本の槍の穂先であった。

海岸の大きな椰子の幹に、落書が彫ってありました。「トマス・マサオ」と、片仮名の文字。その下に、ゆがんだ目鼻の人の顔も彫られています。島民の子供が悪戯に、山刀で彫りつけたものらしい。マサオは「正男」といふのでせう。島民の子供たちでも、近頃は、カマチ、エラカル、メルセデス、などといふやうな島民語の名前の代りに、日本語の、勇、太郎、花子、きよ子といふやうな、名をつけられてゐる子が多いのです。

これだけの記述によっても、委任統治下の南方がすでに大きく変貌している事実は歴然としている。その変貌の意味をいかに望ましい形で本国の子供たちに伝えるかが、上記引用の「作者の根本態度」に関わるものと考えられる。

空のどこかで爆音が聞えはじめました。「ヒコーキ、ヒコーキ」島民の子供たちは歌をやめて、黒い澄んだ目を大きく見開きながら、一せいにまつ青な空を振り仰ぎます。近づく爆音、鳥のやうな機体――東京南洋間の定期旅客機でせう――ふしぎな文明の世界への驚きと、あこがれの色が、走つてゆく貨車の上のどの子の顔にも浮かんでゐます。

東京南洋を往復する定期旅客機は文明の威力によって仮借なく遥かな南方の「遥かさ」を粉砕する。かつて文明の対局にあるものを誇示する立場にあったはずの南方の勇姿の、これは何という零落した姿であろうか。そこに漂っていたはずの哀切を通り越して残酷に近い感覚に対して、この紀行書はまったく関知する気配を見せようとしない。それが筆者のいう「調子を」下げない児童書のあり方かと思われる。

3

次に小出正吾『椰子の樹かげ』（昭和一六年一二月、教養社）を見てみよう。小出は青年時代に南洋開拓の先駆者堤林数衛の下で働きジャワ、ボルネオ、スマトラ、セレベスなどに通じた児童文学者であるが、ジャワの風物と民情の紹介のために書かれたこの本には筆者のジャワに寄せる思い入れが全編に満ち渡り、詩情溢れるばかりの作品となっている。ここには時局的なものの一切に対する完璧な捨象の配慮がなされている。何十年となく変わることのない悠長な素材だけが吟味された観があり、そのために現実のもつ辛辣な肌触りを欠いている点がむしろ憂慮されるような筆致であるが、メルヘンに徹したその姿勢によって読者に存分の南方憧憬を満喫させることは間違いない。

月夜になると、よく風琴が響いてきました。風琴を先導に、若い男女の一団が歌ひながら練つて来るのでした。オランダの若い人達は、月の道を風琴に合せて歌ひながら、当てもなく歩き巡るのです。白服の男女が足音高く、合唱しながらやつて来ると、あつちからもこつちからも、月に浮かれた人々がぞろぞろ往来へさ迷い出ます。風琴を先導に、若い人々はどこまで歩いてゆくものやら、月の光のある限り、歌の終りもなささうでした。

『椰子の樹かげ』
（1941年12月　教養社）

これは最も抒情的な部分の引用ではあるが、およそ筆者にとってのジャワが見果てぬ夢のような永遠の南国情緒で横溢されたものであることは疑うべくもない。太平の逸民にとっての桃源郷を思わせるこのような酔生夢死の浮生感覚が、案外に根強く南方憧憬の一郭を占めていたであろうこともほぼ確かである。勤勉な日本人の体質にとってそれがやや理解を超えた、同時に無意識の羨望を誘う人世の一姿形であり、そしてそのような生き方のもつ意味を厳しく駆逐し矯正しようとする大なる力として、日本人による指導教育が現地人の間に浸透していったことも事実である。文字どおりおぼろな影絵芝居のようなこの一幅の情景の中にはどのような争闘も野心もあり得ず、支配者としてのオランダ人を描くに当たってそこに毫末の抵抗をも感じさせないことはその何よりの証左である。南国の異国情緒を前面に押し出すことで日本からの感覚的距離が大きくなり、その結果日本の侵略構想などはどこに吹く風かと思いたくなる。ともかくもここには戦前の日本人の内部に抜きがたく抱懐された〈絵〉のように美しい淡彩の南国が見事に定着されている。それだけに、同じ小出の『東印度諸島物語』（昭和一九年一一月、冨山房）を開けば、その描きかたの落差の大きさが痛感されよう。これは「少国民読物」としてこの地域の地理的案内を主眼としたものであるが、その「はしがき」には次のような言葉がある。

諸君にとつてはもう南方は夢のやうなお伽噺の国でもなければ、不思議な秘密国でもないはずです。こんな珍しい果物がなつてゐるとか、こんな奇妙な人間がすんでゐるとかといつて、ただ驚いて見たり、面白がつて見たりで、満足の出来る時期ではなくなつたはずです。そこは皇軍必死の血戦場であり、諸君の将来の活動地であります。従つてその地方がどういふ土地であるかといふ知識をつかんでゐることが大事な土台となるのです。私は諸君に思ふ存分大きな美しい夢を抱いていただきたいと思ひます。諸君の大きな美しい夢からこそ次の時代は生れてくるのです。

少年たちから素朴な南方の夢を剥奪し、その代替物として大東亜共栄圏構想という「大きな美しい夢」が紡がれようとしている。新しい夢の美しさに比べれば、かつて夢想のうちにたなびいていた遥かな憧憬などは過ぎ去った感傷以外の何ものでもない。かくして『東印度諸島物語』によって、かつての『椰子の樹かげ』の美は完膚なきまでに清算されなければならない。『椰子の樹かげ』のこの受難の様相に、国家のために余儀なく喪失された南方憧憬の一典型が浮かび上がるはずである。

4

次に開戦期の著作ではないが、小山嘉寿栄『南方見学』(昭和一九年三月、アルス)について述べよう。付記略歴によれば著者は昭和一八年東京高等師範学校地理学部卒業、昭和一二年東京府より外南洋における日本人の経済的発展の地理的研究を命じられて各地を視察、現在東京都視学とある。内容は年少向けで、父親に連れられて日本による平定以後の南方各地を見学する一少年を視座としている。戦時下の皇国少年であるだけに妙に素直で物分かりのいいところがあり、見るもの聞くものすべてについて順当に反応し、どこにも抵抗感覚が見当たらずおよそ感慨に起伏というものがない。もとより文学的な著作ではないので主人公の輪郭について問うことには無理もあろうが、しかし視点を変えればこうした印象を生み出しているものは、実は多分にこの旅のとても戦時下とは思われない快適さにあるのかもしれない。約五〇日をかけて南方のほとんどを見学するが、船・汽車・飛行機を駆使したその移動は速やかで、何の苦労もなく南方の風景がパノラマのように眼前に展ける仕掛けになっている。そしてまさにツーリズムの醍醐味を満喫させるこの旅の快適さを保証し後見するものが日本の国威であることも見やすい道理である。

「さうだ。ここは今では日本の昭南島なのだ。市長さんも、守備の兵隊さんも、あの傲慢な碧目玉のイギリス人ではなくて、みな日本人なのだ。ありつぱな洋館もみな日本のものなのだ。百二十余年間もかかつてきづきあげたイギリスの東洋侵略の根拠地シンガポールが、十二月八日のあの感激の日からわづかに七十日で、あへなく潰へてしまつたのだ。ああ、ほんたうに日本の国はありがたい国だよ。」と、お父さんはしみじみと話されました。僕は新しい占領地をこの眼で見、この脚で歩き、またお父さんのこのお言葉をきいて、ほんたうに心の底から日本人としてのありがたさを深く感じました。

戦時下ならではの類型的筆致は言わずもがなであるが、この旅の快適さの秘密がかつての南方には望むべくもない、言わば日本化された南方に求められていることはほぼ自明であろう。そしてそれは南方そのものの変質を指す言葉ではなく、正確には国威という色眼鏡を通して眺める迷妄の色調を本質とするものであろう。シンガポールが昭南島と改称されたことで、シンガポール全島の何がどこまで変質したのか、しないのか、という問題である。軍事と政治における変化と、自然と風物における不変とはどこまでも平行線のままであろう。しかしともかくもこの主人公たちの意識の中ではそれは百八十度の大転換でなければならない。彼らは行く先々の都市で侵攻時に攻撃され、あるいは撤退する敵軍の手で自ら破壊された施設が皇軍兵士によって復旧されていく情景に深い感慨を覚える。「マニラの町にはほんたうの平和がおとづれたのだと、しみじみ思いました。」という類のこの感慨ほど侵攻側の論理に満ちたものはない。あたかも皇軍の勝利の結果以外には、世界に「ほんたうの平和」は実現しないかの口吻がある。敵軍が破壊した施設の復旧に流される兵士の汗は尊く、その尊さの余勢を駆って皇軍の実体を何か不幸な災害に駆けつけた善意の建設者として描き上げようとする。この善意に満ちた侵略者によって統括された南方ほど明るく住みよい世界はどこにもあるまい、という確信に支えられてこそ主人公たちの旅は快適であり、窓外に展開する南方全土は大東亜の薔薇色の可能性に溢れている。しかも驚くべきことに、緒戦の勝利によって生まれたこの可能性の薔薇の造花は決して色褪せることなく、戦局急な時期にもかかわらずここに描かれた南方は皇軍勝利による幻の〈戦後〉感覚で充溢され、晴れた地平のどこにも戦雲の影がない。まるで影をもたない光だけのお伽の国のような不気味な明るさだけがそこにある。

5

続いて国分正三『ビルマめぐり』（昭和一九年三月、三省堂）

を見ておきたい。これも著者略歴によれば、大正三年海軍兵学校卒業、海軍大尉退役後ビルマに赴き一八年間国情を調査、現在ビルマ協会会長とある。これは特に年少向けではないが少年から大人まで読める平易な書きぶりの本である。「恐らく、日本人で、私ほど、ビルマの地理をよく知つてゐるものはなからう。」という著者がビルマの全貌を伝えようとする真摯な態度が感じられる好著であるが、特に注目されるのはビルマ巡歴の主要な目的が当地の地下資源の研究にあったことである。筆者はビルマを支配するイギリスの老獪な鉱山政策に立腹して、石油・石炭・ウオルフラム・ニッケル・錫などを無尽蔵にもつビルマの地下資源を探索しようと決意し、ビルマ随一の鉱山通とされる老人の教えを乞う。老人は次のように語る。

「ビルマの鉱山は、みんなイギリスの資本でやつてゐるので、イギリスが独占してゐるのです。これは、断じて許されぬことです。将来は、日本とビルマとが手を握つて、ビルマの地下資源を開発するやうにしたいものです。そんな日がきて私の知識と経験とが、いくらかでも、お役にたつたら、こんな、うれしいことはありません。」

肝心のこの探索の成果については触れられていないが、しかしこの探索のために筆者はイギリス官憲に睨まれ、退去命令を出されて送還された経験もあり、また「私には、いまも、多くのビルマ人の同志がゐる。私は、なんとかして、ビルマを英国の圧政から脱却せしめたいと思つて、ビルマの愛国の志士と日夜、連絡をとつて活動してゐた。」と、「はしがき」にある。当然これらの話は太平洋開戦以前の内容になるが、老人が筆者の探索の決意を喜んだとき、そこに語られた「日本とビルマが手を」握ることの意味は、決して日本がイギリスを追い出して支配者の位置に居直ることではなかったはずである。この事情は筆者の独立運動との関わりに即してもまったく同様である。つまりここには資源探索と運動荷担を通して、筆者の行為の目的および意味が日本の侵攻の事実によってほとんど表から裏へと反転してしまうような皮肉な明暗の感覚が付きまとっている。もちろんそれは侵攻以前の筆者の真意が、衷心からのビルマへの愛情に基づいていたと判断される限りのことである。しかし、およそこのような事情に対する正確な判定ほど困難なものはない。末尾に近く、ビルマ独立に際して筆者はこう記している。

ビルマの政治家たちも、一所懸命になつて、日本軍と協力して、新しいビルマの建設に努力してゐたが、先頃、日本の協力を得て、つひにビルマは独立した。私は、ビルマ政府の代表者、バー・モウ博士とは、前々から、ごく親しくしてゐた。バー・モウ博士は、「生命のつづく限り日本軍と力を合はせて、立派なビルマ国を建設するのだ。（略）」といつて、心から感謝もし、努力もしてゐる。今やビルマは、すつかり日本色になつてゐる。私は、夢にさへ、よく見たビルマが、たうたう日本の力によつて、新しく独立したので、涙が、にじみでるほど、うれしい。

疑わしい感触も払拭できないが、これ以上筆者の黒白を占うのも無益であろう。というよりも、ここで問われるべきことは筆者の真意いかんにあるのではなく、ビルマと日本との接点に立たされた筆者のような位置が、日本の侵攻によってどれだけ厄介で剣呑なものに見えてしまうか、という疑心暗鬼の重苦しさである。こうした状況において憂き目を見たであろう日本人は恐らく枚挙に暇がない。南方を愛するということの意味そのものが、根本から問い直されなければならない事態がここに厳しく現前している。

6

次にこれは成人向けの本であるが、木村彩子『仏印・泰・印象記』（昭和一八年八月、愛読社）を挙げておきたい。著者は作家の木村荘太の娘で、著者略歴には大正一〇年生まれ、アテネ・フランセでフランス語を学んで外務省に入り、昭和一六年七月仏印・泰国境画定委員に随行して現地に赴き、一七年夏帰国とある。約一年の滞在のほとんどはサイゴンであり、都会暮らしである。この本に対する興味は、フランスの植民都市として発達したサイゴンの都会的洗練を当時の若い日本女性がどのように受け止めたかに尽きている。例えば次のような場面である。

私たちがサイゴンに到着した翌る夕に、海岸に面したこのホテルのテラスに、若い官補のW氏が通訳のS氏と私を誘つて、海が月あかりにほのかに見える海面に、汽船や安南のジャンクなどが浮んでゐるのなどを眺めながら、あたりでフランス人ばかりが和やかに談笑してゐる中で、甘いおいしいポルトを飲みながら、ともにパリから近く帰られた両氏が盛んに、フランスを思ひ出して、「コロニーだが、このサイゴンの感じはパリに似て

『仏印・泰・印象記』
（1943年8月　愛読社）

いるね。」などと話してゐるのを脇で聞きながら、いかにもここは小パリといはれてゐるが、本国の大パリはどんなところだらうと想像したりしながら過したマジェスティックのテラス

まるで模様のような文章であるが、外交筋という上流社会に隣接した職業にある当時の先端的女性の感性の一端を窺うことができよう。舞台は南方の中の西欧、あるいは南方と西欧との奇妙な混血地帯といってもよい。そして著者の眼差しはやはりサイゴンの華やかな側面、つまり西欧的センスの方に多く牽引されがちである。確かにそこには当時の日本にはない西欧の論理性・合理性に基づいた世界が開けている。しかし同時にそこは日本の南方進出に対する最も大きな抵抗要因の所在でもあったはずである。またそこは日本人の見る南方と、西欧人の見る南方との異質と同質とを見極めるには格好の素材でもあろう。植民地という概念を一つの試金石とすることによって、両者それぞれの南方への誘惑のより具体的な輪郭が見えてくる可能性もある。しかし植民地社会という特異な侵略生態の実質に接触しながら、著者の意識はまったくそこに拘泥する気配もない。洗練された優雅な文明社会を座標の原点に据えることで初めて認識される南方の魅力、それが恐らくは著者の見た南方の実質であり、甘く心をくすぐるような植民地の夜景以上のものではない。

最後に中島健蔵『緑のマライ』（昭和一九年五月、同光社）について簡単に触れておこう。これは少国民南方読本のうちの一冊であり、マレー全般にわたる紹介的内容そのものには特に着目すべきものはないが、南方の魅力を説いて年少者の心を惹起しようとする手口に極めて老獪なものが感じられ、そのしたたかな描きぶりには脱帽させられる。文章は的確で力強く、いたずらな詠嘆に流れることもなく頭脳明晰を思わせるが、例えば次に紹介する二つの文章は見事にこの種の本の目的に適っていると思われる。

『緑のマライ』
（1944年5月　同光社）

どこまでも続くジャングルを眺めてゐますと、ふしぎな幻想が起こつてきました。このジャングルが、やがて少しづつ消えて行くのです。どこまでも延びて行く日本のいとなみの手が、広大なジャングルをどんどん拓いて行きます。（略）やがて、ついこの間まで作戦中の日本の兵隊さんだ

けが通れたジャングルに代つて、どこまでも白く延びて行つたりつぱな道の上を、恐れげもなく小さな子どもが、たつた一人で、楽しげに日の丸を持ち、日本の歌を歌ひながら歩いて行くのです。

マライ半島は、一面に草木の緑におほわれてゐますが、その下には、やはり土があり岩があつて、その中には、大東亜の建設のために必要な鉱物がたくさん隠れてゐることをよく覚えておきませう。マライ半島だけではなく、南の島々は、まだ十分に探検されてゐないので、今にもつといろいろな鉱物がゆたかに発見されることでせう。今までさへ、南方は鉱物の宝蔵でした。皆さんの中からも、やがてこの宝蔵を探検して世の中の役に立つ鉱物を見つけ出す人が出ることを望みます。

多くの説明は不要であろうが、ジャングルの制覇と鉱物の宝捜しというこの二つの内容は、国策の食指と少年の嗜好とを的確に癒着させることに見事に成功している。密林と探検とはいずれも少年にとっての南方イメージの中枢に位置するものである。中島のこの文章を少年の南方憧憬に対する冒涜と見るか、それとも中島自身の内部に残存する少年の日の夢の名残香と見るか、恐らくはその両者のせめぎ合いの中に見るべき実相がありそうである。

〔竹松良明（たけまつよしあき）一九四九年生まれ。大阪学院大学短大。著書に『阿部知二　道は晴れてあり』（神戸新聞総合出版センター、一九九三年）、編著に『阿部知二』（白地社、一九九六年）などがある。〕

「大東亜共栄圏」の女たち

『写真週報』に見るジェンダー

加納実紀代

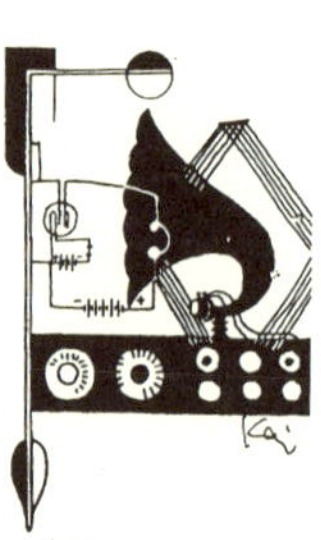

写真という権力装置

〈見る・見られる〉。ここには権力関係がある。〈書く・書かれる〉、〈描く・描かれる〉も同様だ。そしてそれは、これまでのところおおむねジェンダー関係にかさなる。強者としての男が見、書き、描き、弱者である女は見られ、書かれ、描かれる。

写真の場合はもっとそれが強い。現在でも圧倒的に撮るのは男で、撮られるのは女。プロの女性写真家は、女性作家や女性画家よりもかなり少ない。とりわけ日本ではそうである。

まして戦前、カメラをもつのは男だった。一九二〇年代から都市ではアマチュア写真ブームが起こったが、女はもっぱら撮られる側だった。三〇年代に起こった「新興写真」「前衛写真」などの写真芸術運動のなかに女性の名前は見あたらない(1)。その背景にはおそらく、機械操作の訓練機会と経済力におけるジェンダーの問題がある。

もちろん、女が〈撮られる〉存在であったことは、必ずしもその受動性、没主体性をだけ意味するものではない。〈主体的〉に撮られることを選び、自らの写真によって自己確認する、あるいは他人に〈見られる〉ことに快感を覚える女たちも多かったろう。しかし、戦争宣伝の材料として使われるとなると、どうだろうか。

一九三〇年代後半、戦争の拡大とともにフィルムや資材の供給を制限され、アマチュア写真は息の根を止められる。かわって登場したのが戦争宣伝のための報道写真である。名取洋之助の「日本工房」、山名文夫を会長とする「報道技術研究会」など活発な活動を展開する。しかしなんといっても戦争宣伝写真報道の中心は、三八年二月、内閣情報部により創刊された『写真週報』である。用紙不足等により他の雑誌がぞくぞく廃刊に追い込まれていくなかで、敗戦間際までほぼ毎週、A４判のグラビア雑誌として刊行されている(2)。

そこにはおびただしい女の姿がある。撮ったのはもちろん男、しかも特権的な男である。彼らは「大日本帝国」を背負って、その眼差しを体して〈女〉を見、写真に撮った。戦争拡大にともなって、それは「大東亜共栄圏」の各地に広がった。『写真週報』の誌面には、日本だけでなく中国や東南アジアの女たちの姿が数多くとどめられている。

写真１　創刊号（1938年2月26日）

彼女たちは日本軍という権力装置のもとで、カメラという権力装置にとらえられ、『写真週報』という権力装置の誌面を飾った。そして「大東亜共栄圏」という権力装置を維持・拡大するために使われたのだ。

「大日本帝国」は彼女たちをどう見たのか。そこで何が報道されたのか。そして、報道《カヴァー》することによってぎゃくに隠蔽《カヴァー》されたものは何だったのか。旧「大東亜共栄圏」の各地の女たちから日本軍による性暴力告発の声が上がっているいま、それについてかんがえてみたい。

そのまえに、『写真週報』について概説しておく。

戦争プロパガンダと『写真週報』

プロパガンダという発想が日本政府に根付いたのは、「満州事変」から2・26事件にいたる時期である。この時期、日本の情報統制政策はひとつの転機を迎えた。取締り中心の〈消極的〉情報統制から〈積極的〉プロパガンダ路線への転換である。三四年一〇月陸軍省がだした『国防の本義と其強化の提唱』、通称『陸軍パンフ』は、その転換にかかわりがある。そこでは総力戦の要素として、武力戦・経済戦・外交戦と並んで思想宣伝戦の重要性が強調されていた。

「思想宣伝戦は刃に血塗らずして対手を圧倒し、国家を崩壊し、敵軍を壊滅せしむる戦争方式である。」

そして第一次世界大戦におけるドイツの敗北は英仏の宣伝に圧倒されたためであり、「満州事変」に対する国際的非難は「我が宣伝の拙劣なりし為」という。もちろん国内的な「精神統制すなわち思想戦」も重視される。「正義の維持遂行に対する熱烈なる意識と、必勝の信念」をもった国民づくりである。そのために、内川芳美のことばをかりれば、マスメディアの「同調造出装置化」がはかられた(3)。日中戦争開戦以後、この延長線上に多くの文学者が「従軍作家」として前線に動員されていくことになる(4)。

『陸軍パンフ』ではそのための中枢機関として「宣伝省又は情報局のごとき国家機関」の設置が提起されていたが、三六年六月、その具体化として内閣に情報委員会が設置された。それは翌三七年、内閣情報部となり、四〇年には情報局に格上げされる。そこから国家のプロパガンダ・メディアとして発刊されたのが『週報』(三六年一〇月一四日創刊)であり、『写真週報』(三八年二月一六日創刊)だった。

『写真週報』発刊は、「情報局ノ組織ト機能」によれば「カメラを通じて国策をわかりやすく国民に知らせようという趣旨」による。

「週報が官報に次ぐ政府の発表機関的要素を多分に有するのに引き換へ、写真週報は多分に国民啓発的要素を持ち、且つ直接に大衆に喰い入らうとするものである点は、大きな相違点である。写真という大衆に親しみやすく、また感情を引きつけやすい宣伝媒体を武器に、文字と相まって国策をわかりやすく理解させ、時局常識を植えつけることを主眼に置いている。」(5)

「上意下達」的な『週報』に対して、『写真週報』はより〈内発的〉同調を引き出すことを目的としたわけだ。「創刊の言葉」は高らかに「写真報国」をうたっている。

「最近文章報国、音楽報国などといふ言葉があります。これらと同じ意味に於て写真報国といふことが当然考えられるべきです。(略)

私等は写真による啓発宣伝の極めて強力なるを想ひ、写真関係のものが、官庁も民間も、作家団体も個人の工房もあらゆるものが動員されて、カメラに依りレンズを通じて対外、対内の啓発宣伝に資し、写真報国の実が挙ることを希望してやまぬ次第です。」(創刊号 38年2月16日)

写真撮影は財団法人写真協会に委嘱したが、テーマによっては地方庁や地方新聞社、陸軍情報部、満州国通信社、台湾総督府などの写真を使っている。表紙写真は名のあるプロ写真家のものもけっこうある。創刊号は木村伊兵衛による「愛国行進曲」をうたう少年少女の写真である。(写真1)

読者からの写真募集もおこなっている。その募集の言葉がすさまじい。

「映画を宣伝戦の機関銃とするならば、写真は短刀よく人の心に直入する銃剣でもあり、何十万何百万と印刷されて散布される毒瓦斯でもある。」（2号「写真募集規定」）

写真は、映画のように大量同報性はないが、じっくり時間をかけて無意識に働きかける、ということだろうか。

部数については、さきの「情報局ノ組織ト機能」によれば、四一年三月段階で『週報』六〇万に対して『写真週報』は約二〇万、「グラフ誌で最も多いアサヒ・グラフでも数万にすぎないといはれるから、写真週報が断然東洋一」という。「大東亜戦争」開戦にともなってさらに部数は伸び、四二年四月一日発行の二一四号巻末には次のように書かれている。

「最近情報局又は内閣印刷局へ週報、写真週報の購読を直接申込まれる向きが多くなりましたが、用紙その他の関係で現在のところ希望に添へない実情にあります。毎週、週報百数万、写真週報三〇万余を配布しておりますから、新規購読の方は最寄りの官報販売所又は取次店にご相談下さい。なほ一冊の写真週報でも、なるべく多くの人に利用されるようにして下さい。」（「購読申込について」　傍点引用者）

四一年七月の「読者調査」によれば、一冊の『写真週報』の読者数は平均一〇・六人。発行部数三〇万に対して三〇〇万余の読者がいることになる。櫻本富雄『文化人たちの大東亜戦争』には、「真偽のほどは不明であるが、『写真週報は一五〇万部発行したといわれている」とある。読者の男女別は男六二％、女三八％。読者の学歴は小学校卒業程度が六一・八％を占め、高等専門学校以上は七・八％にすぎない（6）。

表紙にみるジェンダー

表紙は雑誌の顔といわれる。そこにはふつう雑誌の性格や読者にアピールしたいことが象徴的にあらわれている。『写真週報』の一号から三七四・三七五合併号までの表紙を眺めて、すぐ気がつくのは人物写真の多さである。全三七〇冊のうち二九〇冊、率にすれば七八％が人物写真である。大衆の〈内発的〉同調を促すには人物の方が有効ということだろう。

その人物には歴然たるジェンダーがある。表1にみられるように男女がともに写っている例は、傷痍軍人に看護婦や妻らしい女性が配される例や子ども、街頭スナップ的なものにわずかにみられるだけで、たいていは男の写真、女の写真にはっきり分かれている（7）。

その男女比は、戦争宣伝メディアである以上とうぜん男性優位である。日本人についてみれば、男を一〇〇とした場合、女は一九三八年四七、三九年八〇、四〇年六三、四一年五六、四二年一〇、四三年三〇、四四年五〇、四五年六〇という割合になる。戦線が膠着していた三九、四〇年は女性が表紙に登場することが多く、「大東亜戦争」開戦によって一気に戦線拡大した四二年は男が圧倒的、そして敗色とともに女の登場が増えるというわけだ。

表1『写真週報』表紙人物男女別数

	年	1938	1939	1940	1941	1942	1943	1944	1945	計
	全冊数	45	51	52	53	51	50	49	19	370
女性	日本女性	8	10	10	7	3	6	13	6	63
	日本母と子		2	1	2		1			6
	アジア女性	2	4	3	1	1	1	1		13
	ヨーロッパ女性	1	1	2	1					5
	日本とアジア女性		1	1		1				3
	日独伊			1						1
	計	11	18	18	11	4	8	24	6	(91)
男性	日本男性	15	15	16	16	29	23	26	10	150
	日本父と子	2								2
	アジア男性	1	3	3	3	4	8	1		23
	ヨーロッパ男性		2	1		1	1			6
	日独伊				1					1
	計	18	20	20	20	34	32	27	10	(182)
	日本女性指数（男＝100）	47	80	63	56	10	30	50	60	45
男女・こども	日本人こども	1			2	2		1	1	7
	日本人男女	1	1		1	1	2			5
	アジア男女		1	2	1		2			6

（人物計290）

表2　1939年『写真週報』表紙の日本人男女別コンセプト（数字は号数）

女性		男性		男女	
かっぽう着の母と子	51	戦車隊	48	傷痍軍人と看護婦	24
黒潮の香（漁村の娘）	52	雪の練兵	55		
白衣の天使とひな祭	54	雪上演習	57		
健康優良児審査会（母と子）	63	幼年学校生徒	58		
聖火伝達の使者（女優）	66	故斉藤大使の葬列	62		
女学生の勤労奉仕	74	東京帝大生	67		
女性工員のハイキング	76	十銭貯金部隊	69		
草取りする若妻	79	北洋の漁夫	78		
北京郊外の日本娘	89	陸軍航空士官学校	81		
りんごを食べる女性	91	起床ラッパ	83		
りんご摘みとり	94	新南群島の正覚坊	85		
みかん摘みの乙女	96	江南野を行く勇士	86		
		内火艇の学帽部隊	88		
		明治神宮国民体育大会	90		
		満蒙開拓少年義勇軍	93		

写真のコンセプトにも大きな変化がある。**表1**にみられるように、三八年の場合日本女性の表紙は八回ある。そのうち〈はたらく女〉は漁村の娘、市民農園の少女、赤十字看護婦の三回にすぎない。それが三九年は母子を含めて一二回のうち七回が〈はたらく女〉である。しかしその労働は一次産業中心（表2参照）。それに対して四四年は一三回のうち一二回が〈はたらく女〉であり、しかも圧倒的に工場労働が多い。

男性写真のコンセプトも、戦争拡大とともに変化している。三八年段階では帰還した父が赤ん坊を抱き上げて笑っている姿や談笑する兵士たちのなごやかな写真がある。それが三九年になると表紙の男から笑顔は消え、四四年秋からは悲壮な決意をみなぎらせた特攻隊員の写真が大半をしめる。

男女のコンセプトの違いをみるために、女性度がもっとも高い三九年の表紙の内容を男女別に検討してみた（表2）。〈男は前線・女は銃後〉のジェンダー役割がはっきり見えるが、この段階の〈銃後の女〉の役割は、「生めよ・殖やせよ」と「食糧増産」であることがわかる。

全巻を通じて、表紙写真の女たちに固有名詞はない。例外は六六号（39年5月24日）の振袖姿の女性と二一六号の中国女性である。表紙解説によると、六六号の女性は四〇年に予定されていた東京オリンピックの「聖火伝達の使者」に選ばれた女優・月本英子。二一六号の方は中華映画女優・利麗華と表紙説明にある。それ以外は「乙女」とか「少女」とよばれ、固有名詞はない。男の場合、近衛・米内・東条ら総理大臣や軍人の山下奉文・阿部信行ら、固有名詞をもった存在が何人も表紙に取り上げられているのとは大きな違いである。

佐久間りかは、明治初めに出まわった江藤新平・西郷隆盛らの英雄写真と芸者の美人写真を比較し、「被写体が名士・英雄であるとき、その肖像はその人物がいかに重要であるかを見る者に改めて認識させる効果を持つ」が、美人写真の場合はイメージが消費されるだけとしている(8)。それは『写真週報』の表紙の場合にもあてはまる。固有名詞をもつ女性がイメージを売る女優だけ、というのは、明治初めより女性蔑視はつよいというべきかもしれない。

〈ほほえむ女〉――中国女性

「大東亜共栄圏」の人びとは、『写真週報』表紙ではどのようにとらえられているだろうか。それをみたのが表3である。

ここにもあきらかにジェンダーがある。女性が登場するのは一六回だが、うち八回は中国女性で（満州・内蒙古を入れると一〇回）、しかも三九、四〇年に集中している。東南アジアの女性は、二三〇号（42年7月22日）の日本人看護婦といっしょに写っているジョホールバルのマレー人少女、二六八号（43年4月21日）の振袖姿のマレー人とインド人の女の子（写真2）、三五〇号（44年12月6日）の北ボルネオ女性の三回だけである。

それに対して男は、「大東亜戦争」開始以後、とりわけ大東亜会議が開かれた四三年に集中している。そして日本の場合と同様に、女性が「姑娘」とか「マライ娘」、「インド娘」であるのに、男たちの多くはタイのピブン首相、ビルマのバーモ長官、チャンドラ・ボースなど名のあるアジアのリーダーたちである。「アジア解放の聖戦」をアピールするためであるのはいうまでもない。

では三九、四〇年に集中している中国女性たちは、何をアピールしているのか。『写真週報』が創刊された一九三八年二月といえば、前年一二月の「南京陥落」から二か月。「南京虐殺事件」研究の第一人者笠原十九司は、事件終息を中支那派遣軍の工作により南京に中華民国維新政府が樹立された三八年三月二八日としている(9)。だとすれば『写真週報』は事件の最中に創刊されたことになる。

しかしもちろんそれについての写真はない。三七年九月、陸軍省が出した規定には「左ニ列記スルモノハ掲載ヲ許可セス」としてつぎのような項目がある。

「12　我軍ニ不利ナル記事写真

13　支那兵又ハ支那人逮捕尋問等ノ記事写真中虐待ノ感ヲ与フル虞アルモノ

14　惨虐ナル写真但シ支那兵又ハ支那人ノ惨虐性ニ関スル記事ハ差支ナシ」(10)

この規定は以後生き続けるので、南京事件に限らず「我軍ニ不利ナル記事写真」や「惨虐ナル写真」が『写真週報』に載ることはない。

それでいえば五号（38年3月9日）の「文壇従軍写真展」はおもしろい。さきに『写真週報』の写真は〈男の眼〉といったが、この記事にはじつは女性によって撮影された（と考えられる）写真が載っている。タイトルにあるように、西条

表3『写真週報』表紙にみる「大東亜共栄圏」のジェンダー（数字は号数）

	女性		男性		男女・群衆	
1938	盛装の内蒙古女性 満州国大使のお嬢さん	20 31	盛装した台湾蛮社の頭目	41		
1939	鳩笛を持つ北京の少女 北京での日本と中国の娘 南京中山陵の姑娘 廈門の姑娘 半島にひらめく日の丸	46 47 56 73 80	カナカの青年 日満技術工養成所の少年 日本で修行中の支那僧	59 64 70	農作業中の中国家族	72
1940	日本人形を持つ小姐 北京郊外の姑娘 鶏林号と内鮮二少女 ハノイの花売娘	109 115 131 134	南京の卵売り少年 王精衛 麦を運ぶ半島少年	98 107 124	愛路列車に群がる中国人 在京支那小学生	118 123
1941	中国の元旦風景	149	新国民政府初代大使 満州協和会少年団員 満州国務大臣・張景恵	156 157 185	日満華三国学生	196
1942	中華映画女優 ジョホールの日本人看護婦とマライ少女	216 230	タイ・ピブン首相 インド砲兵隊 中国軍の猛訓練 昭南原住民の訓練	226 234 248 250		
1943	振袖姿のマライ娘とインド娘	248	凧揚げする中国少年 ビルマ防衛軍兵士 バーモ・ビルマ長官 フィリピン、ホルヘ・バルガス長官 オンサン　ビルマ国防相 ラウレル　フィリピン大統領 チャンドラ・ボース	254 259 265 272 286 295 298	昭南の人々 マニラの感激 昭南のこども	258 263 281
1944	北ボルネオの女性	350	チャンドラ・ボース	309		

写真2　マライ娘とインド娘の振袖姿　268号（43年4月21日）

八十・木村毅・大宅壮一など一六人の「文壇人」が撮ったという写真をコメント付きで並べたものだが、そのなかに吉屋信子・林芙美子・山岸多嘉子[11]・鈴木紀子[12]の写真がある。

情報部がペン部隊として正式に作家たちを駆り出したのは三八年八月、吉屋・林もその一員としての従軍するが、この『写真週報』五号には吉屋は『主婦之友』、林は『東京日日新聞』から、山岸は『婦人公論』の特派員として従軍したおりの写真を提供したものだろう。「大場鎮風景」と題する林の写真は無惨な瓦礫の街だが、あとはおおむね〈平和回復〉をアピールするものだ。なかでも鈴木は病院船の甲板で看護婦に爪を切ってもらう傷痍軍人ののどかな姿をとらえている。

しかしこのときの旅の見聞を書いた『輝ク』の鈴木の文章は凄惨である。

「くづれた煉瓦の下に藍衣の支那人の××××××××残って、ころがってゐた。真昼だといふのに、人影はなく町全体ひっそりして、私たちの靴音が不気味に響くだけである。ある四ツ辻へ出た時、一匹の野犬が何かを引きずって来るのを見たが、犬の方で私たちを見るとすぐ逃げ出してしまった。喰はえて引きずって来たのは支那人の骸骨で不思議にも手も足もついてゐる小学校の標本室にある骨格の標本と変りはなかった。道を歩き乍ら注意して下を見ると、点々と血痕のあとが黒いしみになって、どこまでもつづいてゐる。」[13]

上海戦が終わって一か月以上経っている時期だが、まだこんな状況だったのだ。それは新聞社の「不許可写真」をみてもあきらかだ[14]。以後も徐州、武漢、広東と、日本軍の向かうところつねに血なまぐさい死体がある。

しかしもちろんそれらは『写真週報』からはみえない。ぎゃくに〈平和回復〉を喜ぶ姿ばかりがつたえられる。創刊号では「慶祝中国更生」の横断幕、ひるがえる五色旗である。五色旗とは、三七年一二月一四日、つまり「南京陥落」の翌日、北京に日本のカイライとして建てられた中華民国臨時政府の旗である。それが日の丸と交叉してへんぽんとひるがえっている。

そして女性である。日の丸が〈占領〉の表象なら女は〈平定〉の表象といえる。表紙にかぎらず『写真週報』の誌面には数多くの中国女性の姿がある。彼女たちは「姑娘」と呼ばれ、たいていい笑顔を見せている。「姑娘《クーニャン》」というのは当時日

写真3　「占領地ところどころ」30号（9月7日）

本の男たちが好んで使った呼称だが、エロチックな異国情緒を喚起するものだったようだ。

三〇号（38年9月7日）の「占領地ところどころ」ではチャイナドレスに日傘の三人の「姑娘」が笑顔を見せ（写真3）、五七号（39年3月22日）の「水ぬるむ蘇州の春」、七〇号（同7月5日）「鉄路・バスは伸びる」でも女性たちは美しくほほ笑んでいる（写真4）。一一五号（40年5月8日）の表紙は北京郊外で撮られたと説明にあるが、花の中の女性は美しい。

写真4　「鉄路・バスは伸びる」70号（39年7月5日）。キャプションに以下のようにある。「中支には昨年11月華中都市公共汽車公司が設立され、上海、南京等八都市にバスが開通した。支那で汽車といふのは自動車のこと車站（停留所）にバスを待つ姑娘も、日本式にカバンを前にさげてサーヴィスする姑娘のバスガールもにこやかに新支那を點綴する。

なぜ彼女たちは笑顔なのか。同じ「大東亜共栄圏」でも、男たちは少年以外は笑わない。同じ女性でも、日本の〈はたらく女〉は笑わない（写真5）。なぜ中国女性は笑うのか。

「南京虐殺」は「レイプ・オブ・南京」でもあった。『写真週報』創刊は、日本兵による強姦対策として従軍慰安婦制度が定着拡大していく時期に重なる。不許可写真の中には、三八年一月に上海に開設された軍直営慰安所の内部写真や、性病検診に向かう朝鮮女性の姿もある。ことさら中国女性に笑顔が多いのは、それらを隠蔽するためにほかなるまい。結果として彼女たちは〈清く正しい皇軍〉の表象として使われているのだ。二一号（38年7月6日）にはこんなことが書かれている。

「思へば支那の民衆は、永い間国民政府の圧制と支那軍閥の搾取に堪へ忍んできたものである。内乱の度毎に親兄弟を戦場に奪はれ、略奪、放火等の暴虐の限りがつくされる。（略）過去幾度かの戦争の経験から軍隊の略奪、暴行を覚悟したであらう支那民衆は今事変にはあまりにも異った姿を見た。入場する皇軍から与へられたものは、暴虐に代るに、温い憐みと慈みと救ひの手であった。（略）『日本軍は無辜の民衆を敵とするものではない。我々を解放するために戦っているのだ。救世主だ』との叫びがどこからともなく人々の心からこみ上げるやうに上って来た」（「北京婦女宣撫班」）。

五六号（同三月一五日）表紙は「南京郊外中山陵」を背景にほほえむ女性の写真だが、その横にはなんと「日本の懐に抱かれて」と書かれている（写真6）。

〈ささげる女〉〈ひらかれる女〉――朝鮮と満州

朝鮮女性が表紙に登場するのは二回だけである。八〇号（39年8月30日）でチマチョゴリの女性が日の丸を手に笑顔を見せ（写真7）、一三一号（40年8月28日）では少女が日本人少女とともに汽車の前に立っている。いずれも「内鮮一体」をアピールするものだが、誌面にはもっと具体的に「皇国臣民」として立ち働く朝鮮女性の姿がある。それは一言で言えば、〈ささげる女〉である。

八〇号「内鮮挙って日の丸のもと」ではチマチョゴリの女性が慰問袋を作成、献納するために荷車で運んでおり（写真8）、一二七号（同7月31日）では国防婦人会のたすきを掛け

写真5　333号（44年8月9日）

写真6　56号（39年3月15日）

写真7　80号（39年8月30日）

写真8　80号（39年8月30日）、「内鮮挙つて日の丸とともに」「慰問袋を送ろう。今日も亦明日も——私たちの手で」

た「半島婦人」が軍に献納した飛行機「愛国四六五号朝燕」を見上げている。二一四号（42年4月1日）には「半島婦人も金属回収に大童」と題する写真が載っている。

そして四三年八月の徴兵令施行により、ついに大事な息子までささげることになる。二一四号（43年8月11日）には徴兵された息子のために千人針を求める母の姿がある。しかし多くの娘たちが「慰安婦」として「大東亜共栄圏」のすみずみにまで連れられていたことは、もちろん『写真週報』からは見えない。

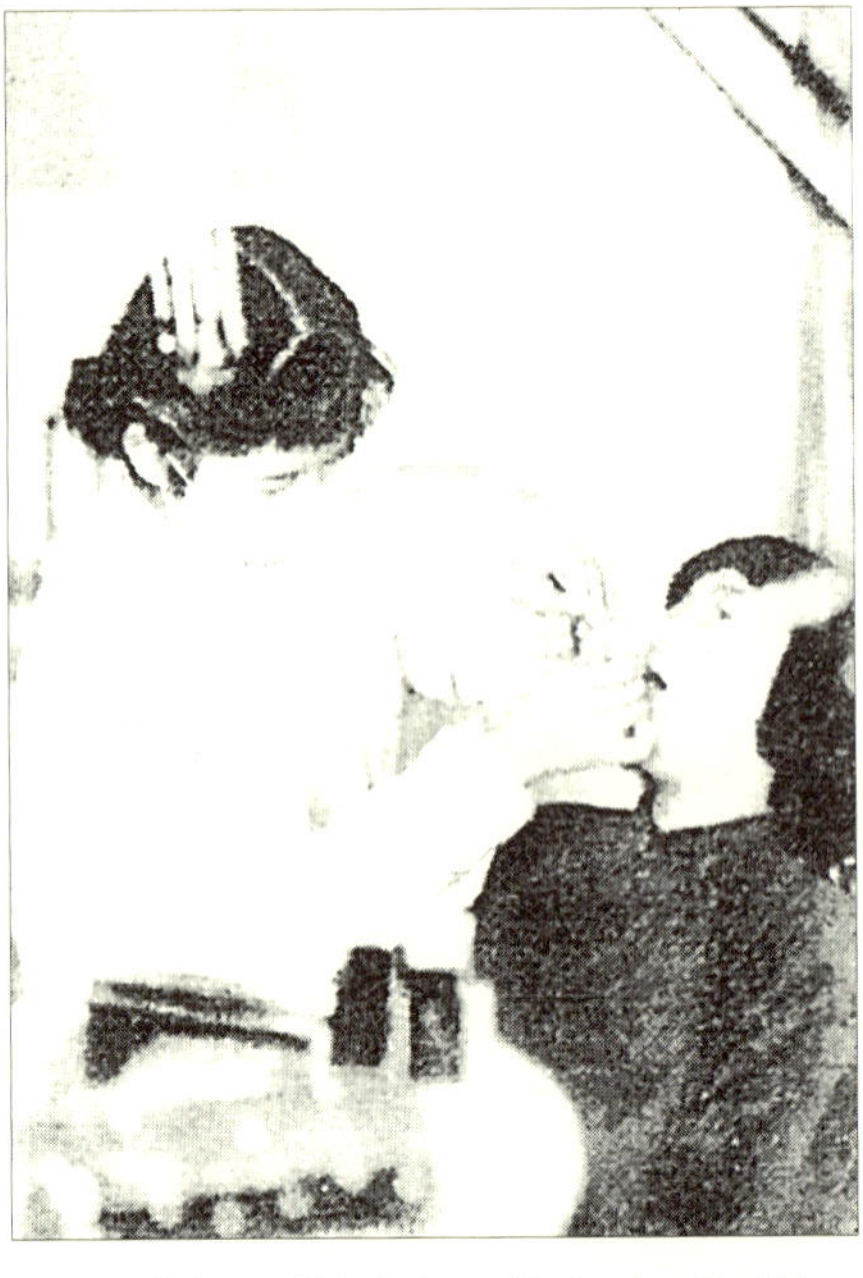

写真9「建国の娘たち」158号（41年3月5日）

「満州」の女性は表紙には三一号（38年9月14日）の一回しか登場しない。しかし誌面にはけっこう取り上げられている。彼女たちは「ひらかれる満州」の表象として〈近代化〉イメージを付与されている。八二号（39年9月13日）の「近代満州娘」ではタイピストやデパートガールとして働いており、一五八号（41年3月5日）「建国の娘たち」では看護婦や歯科医まで登場する（写真9）。そこにはこんなことが書かれている。

「纏足や耳輪の娘、自分の運命に屈して黙って売られて行く女性、そんな古い姿の女性はもう殆ど見当りません。

満州国は建国と同時に今迄の女性の無理解な束縛から女性を解放すること、女性にも正しい教育を授けることに努力してきましたので、婦人たちも自分たちの立場を自覚しまた将

写真10 「佳節を寿ぐ」223号（42年6月3日）。右は「ブラス・バサ街広場には全市三千余の国民学校生が集まり、日章旗を振りふり市内を練り歩いた。」

来に希望も持ち、生活態度にも職業にも目覚ましい転向ぶりを示すようになったのです。」

〈学ぶ女〉――解放と開発

「大東亜戦争」開戦後、『写真週報』には東南アジアの写真が圧倒的に増える。ここでも日の丸で〈占領〉して〈女〉で〈平定〉するというパターンがみえるが、中国とちがうのは日の丸が日本軍よりも現地住民の手に握られていることだ。日本軍は〈占領軍〉ではなく、植民地支配からの〈解放軍〉だったからだ。

二一八号（42年4月29日）の「黒い手で振る赤い日の丸」では、インドネシア・パレンバンの子どもたちが陸軍記念日（3月10日）を祝して日の丸行列をし、二二三号（同6月3日）ではシンガポールにおける「天長節」祝賀の日の丸行進が長蛇の列となってつづく（写真10）。二一八号の文章はこうだ。

「三月九日、蘭印軍が全面的に降伏してから早くも二か月近くなった。（略）何といふ明るさであらう。この間まで居丈高になって彼等を見下した米英蘭人たちの天地では最早ないのである。彼等は強いしかもやさしい日本の兵隊さんたちを迎へた。彼等は日本人を兄として慣れ親しんだ。」

これはあながちウソではない。シンガポールでは占領直後に日本軍による五〇〇〇人といわれる中国系住民の虐殺があ

写真11　「ニッポンゴで埋め尽くす」230号（42年7月22日）

ったので事情は違うが、インドネシア・フィリピン・ビルマなどでは日本軍は〈解放軍〉として歓迎され、住民は友好的だった。すくなくとも初期の段階ではそうだ。

したがって女性は、中国大陸でのように虐殺を隠蔽するための〈ほほえむ女〉である必要はない。ここで目立つのは〈学ぶ女〉、とりわけ日本語を〈学ぶ女〉である。

南方各地に文化人を派遣して日本語普及につとめたことは川村湊『海を渡った日本語』（青土社　一九九四年）にくわしい。四二年九月には「南方派遣日本語教育要員養成所」を開設し、三か月の訓練ののちフィリピンへ一五〇人、ビルマに二〇〇人ほどが派遣されたという。このなかには女性もいる。こうした日本側の姿勢に、ある段階までは現地もよくこたえたようだ。『写真週報』にも日本語学習風景が何度も取り上げられているが、女性の姿が多い。二三〇号（42年7月22日）「ニッポンゴで埋め尽す」には「昭南日本語学園」の門をくぐる娘たちの姿が（写真11）、二三七号（同9月9日）「日本語講習会は超満員」では熱心に日本語を学ぶマニラの若い女性たちの姿がある。二四七号（同11月18日）「サイゴンの日語講

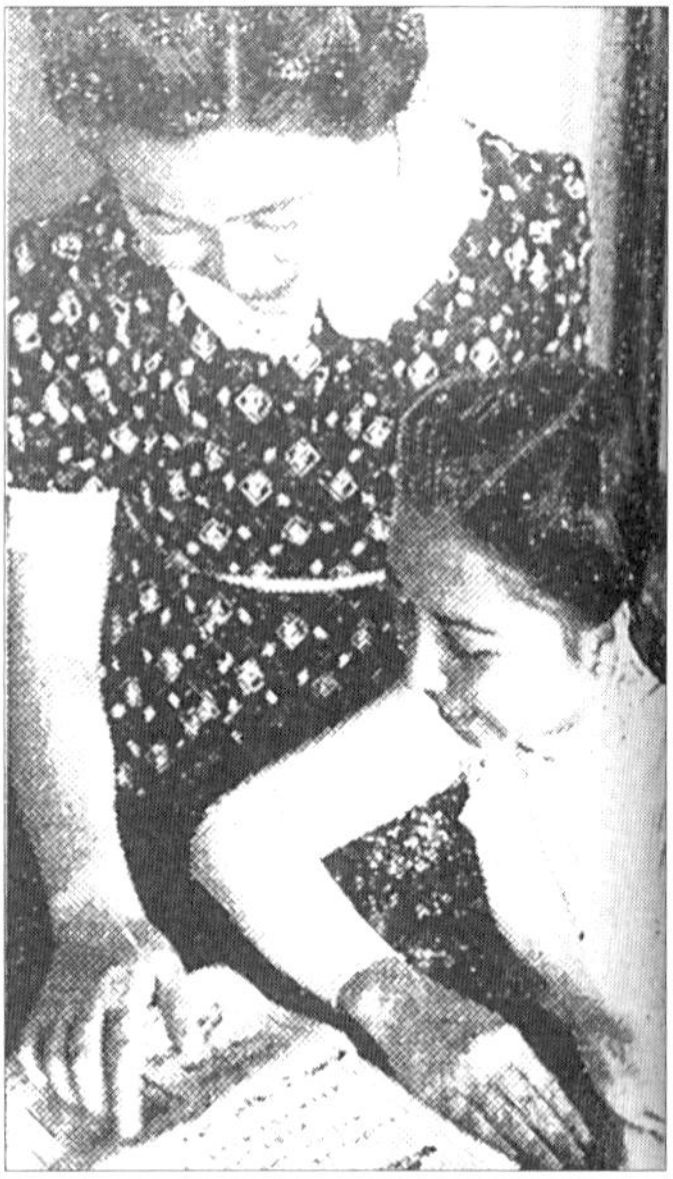

写真12　「サイゴンの日本語講習」247号（42年11月18日）

習」では、日本語教科書を前にしたベトナム女性に日本女性が教えている（写真12）。日本語だけでなく、ジョホールバルの家政女学校では少女たちがラジオ体操をし、ミシン掛けを習っている（二八一号　43年7月21日）。

こうした〈学ぶ女〉は、「満州」同様に〈ひらかれる〉〈開発〉の表象である。日本は欧米帝国主義国の愚民政策と搾取からアジアを解放し、女性にまで教育を施しているというわけだ。ことさら日本語教育がアピールされるのは、欧米への劣等感の裏返しだろう。欧米の植民地支配から〈解放〉されて「アイウエオ」を〈学ぶ女〉は、「明治」以来欧米の言語・文化輸入に四苦八苦してきた日本国民の劣等感を解消する。

写真13　「安南娘とわが戦傷兵士」224号（42年6月10日）

したがって日本女性が誌面に登場する場合、彼女たちはすべて〈指導する女〉である。仕事は教師と看護婦。教師が〈指導する女〉であるのはもちろんだが、看護婦の場合も指導者である。二二四号（42年6月10日）では、サイゴンの陸軍病院で「約一〇人の安南娘」が日本人看護婦の下で働いていることが紹介され（写真13）、二三三号（同8月12日）では、マニラで日本人看護婦の指導の下に約二〇〇人のフィリピン女性が「簡単な注射から兵隊さんの身の回りの世話など一日立ち働いてゐる」という。その能力は日本人看護婦にくらべてかなり劣り、「安南娘」の場合「仕事の能率は五人かかっても日本人の看護婦さん一人に及びません」（前出　二二四号）。

＊

〈ほほえむ女〉、〈ささげる女〉、〈ひらかれる女〉、〈学ぶ女〉――。彼女たちは、ジェンダーと民族の二重の権力構造のなかで『写真週報』という権力装置にとらえられた。そして日本を「盟主」とする「大東亜共栄圏」をアピールするために使われた。

その「大東亜共栄圏」では、中国にかぎらず日本軍兵士による性暴力が日常茶飯事だったことはさまざまな資料や証言であきらかになっている。その対策として膨大な数の「慰安婦」が朝鮮半島や日本国内から送り出されたこともわかっている。『写真週報』でインパール作戦に従軍する兵士を見れば、彼らのその後の悲運をおもっていたましい。しかし一方、アメリカ公文書館から発見されたビルマ国境で「玉砕」した朝鮮人慰安婦の死体写真をみると、絶句してしまう。よくもよくもこんな山奥にまで「慰安婦」を連れていったものだ(15)。

『写真週報』に集積された「大東亜共栄圏」の女たちは、それらを隠蔽する役割を担わされたといえる。日本の銃後の女たちの多くが前線の男たちの性暴力を知らず、「聖戦」を信じていたということは、その隠蔽がかなり成功したということだろう。日本占領下のアジアの女たちは性暴力の被害者でありながら、さらにそれを隠蔽するという二重の被害を強いられたのだ。そして『写真週報』という権力装置における美しい笑顔ゆえに、解放後彼女たちが「親日派」「漢奸」として同胞の冷たい眼差しに刺されることがなかったかどうかも気になるところだ。あるいはひょっとすれば彼女たちは日本女性による扮装だったのかもしれない。山口淑子が「李香蘭」として「姑娘」を表象したように。

いずれにしろ日本の女たちは、特権的な存在である。彼女たちは〈はたらく女〉〈指導する女〉として表象されているが、これはジェンダーが規定する〈女性性〉を超える。〈はたらく〉、それも工場ではたらくことは男の役割であり、〈指導する〉ももちろんそうだ。『写真週報』のなかで日本の女は〈男性性〉を付与され、そのぶん〈女性性〉は他のアジア諸国の女に転嫁されている。とりわけ〈ほほえむ女〉中国女性は、〈女性性〉の権化といえる。それだけ中国民衆の抵抗が熾烈・果敢であったということだろう。

しかし日本の女もまた、戦時体制という権力装置にとらえられ、その布陣にしたがって一翼を担わされたにすぎないと言えばいえる。

『写真週報』からは、はからずもジェンダーと民族のおりなす権力構造がよくみえる。

(1) 飯沢耕太郎「写真――アマチュアとジャーナリズム」『昭和文化１９２５～１９４５』勁草書房　一九八七年

(2) 国会図書館には四五年七月一一日発刊の三七四・三七五号合併号まで所蔵。事実上これで廃刊のようだ。合併号が五回あるので七年五か月間に三七〇冊出たことになる。四四年四月五日発行の三一五号から四五年三月二八日の三六五号の一年間はA３判の大判になっている。ページ数は通常二〇～二四ページ、A３判のときは八ページ

(3) 内川芳美『現代史資料』40「マス・メディア統制　1」解説　みすず書房　一九七三年

(4) 高崎隆治『戦時下文学の周辺』(風媒社　一九八一年)、櫻本富雄『文化人たちの大東亜戦争』(青木書店　一九九三年)によれば、一九三八年九月、中国戦線へ尾崎士郎、横光利一、佐藤春夫、林芙美子ら二二人、「大東亜戦争」開戦後南方へは、マレー方面へ井

伏鱒二、神保光太郎ら十一人、ビルマ方面へ高見順、清水幾太郎ら八人、ジャワ・ボルネオ方面へ阿部知二、大宅壮一ら十人、フィリピン方面へ火野葦平、三木清ら六人が派遣されている。

(5) 内閣情報局「情報局ノ組織ト機能」一九四一年四月 『現代史資料』41「マス・メディア統制 2」みすず書房 一九七五年所収

(6)「写真週報 一冊を何人で読むでせう 『読者調査』の結果」『写真週報』一九三号 四一年一一月五日

(7) 男女の判断は最終ページの表紙の説明、および視覚的〈常識〉にしたがった。

(8) 佐久間「写真と女性――新しい視角メディアの登場『見る/見られる』自分の出現」『女と男の時空』V 藤原書店 一九九五年

(9)『南京事件』岩波新書 一九九七年 二二四ページ

(10)「新聞掲載事項拒否判定要領」陸軍省報道検閲係 三七年九月九日

(11) 5・15事件を起こした青年将校の一人、山岸大尉の姉。一九三七年五月、単身満州旅行に旅立ち、七月、盧溝橋事件が起こると華北の日本軍に従って従軍、『婦人公論』にルポを送った。三八年八月、それをまとめて『婦人従軍記』を中央公論社から刊行。『写真週報』九八号(40年1月10日)「浦東の楊先生」によれば、三八年末、楊嘉香と中国名を名乗って上海に「中国婦女協進会」を開設した。

(12) 櫻本富雄氏の御教示によると、鈴木は一九〇九年生まれ。帝国女子専門学校卒業後東宝に入社した劇作家。

(13) 鈴木「南市の薔薇――上海帰報」『輝ク』五九号 三八年一一月一七日

(14)『不許可写真』1、2 毎日新聞社 一九九七年

(15) 浅野豊美「雲南・ビルマ最前線における慰安婦達」『慰安婦問題調査報告』一九九九年

〔**加納実紀代**(かのうみきよ)女性史研究。著書に『女たちの〈銃後〉』(筑摩書房、一九八七年、増補新版・インパクト出版会、一九九五年)、『越えられなかった海峡―女性飛行士・朴敬元の生涯』(時事通信社、一九九四年)、『まだ「フェミニズム」がなかったころ』(インパクト出版会、一九九四年)、編著に『母性ファシズム』(学陽書房、一九九五年)、『性と家族』(社会評論社、一九九五年)など多数。近刊として『天皇制とジェンダー』(インパクト出版会)を準備中。〕

声の総力戦へ

平井玄

隣接諸領域を読む（音楽）

1　クーデターの夏から

「君が代ばかりに気をとられていてはまずいな」――。

というのが、今年の夏の〝クーデター〟の中で考えていたことだった。「君が代」という奇怪な詞の意味や成立の由来についての批判はもちろん必要である。そしてそれが一九九九年の八月にむりやりに国家制度化されたことの疚しく卑しい意図についてのさらに強力な批判が必要なことも言うまでもない。

だが同時に、それが書かれた言葉ではなく、具体的な一個の身体によって歌われる時の肉体的な意味作用について語ることが、今決定的に必要なのではないか。

ある意味で「君が代」は人間の歌ではない。「場」が歌うのである。中華帝国の辺境諸島に棲む一部族の長によるたまさかの統治の永生を、他ならぬ帝国の中枢からやって来たメロディ（雅楽）の紛い物によって大げさに謳い寿ぐという「奴隷の歌」。びくびくとした自信のない旋律が硬直した上半身、肺の上部付近から立ち上がり、ようやく第二小節で血の上った頭蓋骨に上昇しあるいは下降し、さらにカデンツァ（終止形）で頭上一メートルくらいの所に、どんよりとした「悠久」と「崇高」の薄い雲を漂わせて終わっていく。――というあたりが、おそらく一人の人間がこの歌を歌う時の気流の流れだろう。校庭からサッカー場まで集団で歌われる時、一人一人の体から立ち昇る蒸気が仄白い層雲となって上空低く垂れこめているのが眼に見えるようだ。むしろこの何ともぼんやりとした「頼りなさ」と「儚《はかな》さ」こそが、この歌が人を組織する力となってきたと言っていいだろう。

「君が代」を国歌一般の問題として考えてもあまり意味がない。むしろ、宗教性を色濃く帯びた近代王権国家の歌という、奇妙に矛盾した存在として聴くべきだろう。その宗教歌としての側面を、ラテン・カトリック教会のグレゴリオ聖歌やイスラム・モスクでのクルアーン（聖典）朗唱と較べてみると、人を天上に吊り上げていく力においてこの歌は全くお話にならないことがわかるだろう。ゴシック・カテドラルの大空間を地の底から湧き起こるように上昇していく聖歌のポリフォニーや、ひときわ高く聳えるモスクの光塔から大群衆の中庭へ響きわたり、スーク（市場）の路地一本一本にまで浸みわたっていくアザーン（朗唱者）によるアラビックなこぶしの効いた声。二つの世界宗教の声はどちらも、「君が代」など較ぶべくもない人を垂直に組織していく強靭な力を持っている。

さらにもう一方で、近代のネイション形成に深く関わる闘争歌としての側面においても、「ラ・マルセイエーズ」や「ホルスト・ヴェッセルの歌」や「スター・スパングルド・バナー」などと対比して、人々を闘う隊列として水平に組織していく力において比較にもならないことは誰の耳にも明らかである。実際、あんなリズムとメロディで街頭闘争に勝ち抜こうというのは無理な話だろう。

要するにこの歌には人を魅了し主体化する目的などもともとなかったのである。人を心の底から歌わせないために歌う曲というものがありうる。「場」が歌う、とはその意味である。そして、その「場」を維持することに歌わせる側は血道を上げる。だから二十年前にはジャズ・アレンジすら絶対に許されず、現在もロック・ヴァージョンで歌われることに異常なまでに慎重で、もう一歩踏み込めない。ギターに火を点けたジミ・ヘンドリックスのようにノイズでズタズタに演られたら、あの限りなく無内容な「儚さ」が消え失せてしまうのではないか——と。日米衝突を想定するナショナリストなら、そう考えざるをえないだろう。その意味で今ここで必要とされているのは、むしろ「君が代」をサポートするような新たな形のポリフォニックな「声の総力戦態勢」なのである。ちょうど五八年前がそうであったように。

2　声の総力戦態勢

この国は初めて「世界戦争」へ突入しようとしていた。それまでの戦争はすべて近代化以前の社会への一方的な侵略だったといっていい。第一次大戦末期のドイツへの参戦は、まだ小さなエピソードにすぎない。アメリカ、イギリス、オランダ、後にはソ連と、一つの世界観ないしは世界宗教をバックボーンにした近代国家と正面からぶつかる全面戦争としては間違いなく歴史上初めての経験だったのである。ここから、これまでに経験したことのないスケールの「声の戦争態勢」が要請されてくる。

アメリカ合州国はとりわけ強大な「声」を持つ国家になろうとしていた。一九三〇年代に入ってドイツからやって来る大量のユダヤ系音楽家たちを受け入れることによって、それは飛躍的に強化される。ベルリンやウィーンにあったヨーロッパ音楽の最前線は丸ごとニューヨークやハリウッドに移動したと言っていい。その上、第一次大戦をきっかけとして黒人ジャズが急速に世界音楽の地平に姿を現してくる。この結果、二十世紀初頭にはヨーロッパ音楽にとって素朴で広大な辺境の地にすぎなかったアメリカは、ユダヤ系とアフリカ系というヨーロッパ世界の内と外の「他者なる声」を吸い込んで、世紀後半を制覇する「音楽国家」になろうとしていたのである。これに対して、十八世紀に始まり十九世紀全体から今世紀前半にかけて世界に君臨したもう一つの「音楽国家」ドイツは、ナチ総統ヒトラーのヴァーンフリート館（ワーグナー家の居館）通いに見られるように、ワーグナー楽劇の聖地バイロイトに立籠っていたと言っていいだろう。

孤独な営為としての音楽創造を国民国家や民族単位に封じ込めて語ってしまうことが、何かしら社会有機体論や民族エッセンシャリズムめいた方向に道を拓きかねない危険は充分に承知している。だが、音楽だけがこの「戦争と革命の世紀」を真空の中で生き延びることなどありえなかった。根底的に個的であるが故に、根底的に共同的なるもの——。おそらくここに、音楽の気高さと悍《おそ》ましさを一気に貫く基底がある。一九一〇年代から三〇年代にかけてのドイツ諸都市で、左右諸勢力の陣取り合戦のように争われた市立歌劇場での演奏をめぐる闘い。さらに一九四〇年代から七〇年代にかけての黒人解放運動とジャズの生成過程の深く激烈な同時進行。二十世紀におきたこの二つの出来事を自らのものとして追体験し同時体験してきた筆者のような者にとって、「個的であるが故に共同的なるもの」への受感力は、音楽を聴く際のほとんど絶対条件だったのである。今も私たちの声と耳がその拘束力を免れているとは到底思えない。かえってコンピュータによる音楽創造とインターネットによるその流通が無数の「個が個を聴く」状況を現実化したからこそ、「共同的なるもの」が考えられないような怪物的な姿をとって、この地平に迫り上がってくる可能性を否定できないのである。

第二次大戦は歴史上初めての「音楽戦争」だったと言えるだろう。少なくともヨーロッパ戦線においては。

「音楽と悲劇的神話は同じように一民族のディオニュソス的能力の表現であって、たがいに切り離すことはできない」と、ワーグナー音楽劇に捧げられた『悲劇の誕生』の最終章でニーチェは記している。ニーチェを反ユダヤ主義者に仕立て上げたのが妹のエリーザベトだったとしても、そしてワーグナーをナチの音楽的聖者にしたのが、長男の嫁ウィニフレドだったとしても、次の言葉の無気味な響きは消え去らない。――「しかし、我々すべての者にとって一番苦痛なことは――ドイツの精霊が、家と故郷から遠ざけられ、腹黒い小人たち（キリスト教司祭――筆者注）に仕えて暮してきたあの長い間の屈辱である」「いつの日かドイツ精神は、巨大な眠りの後のすばらしい朝の爽やかさの中で目覚めた自分を見出すであろう」。つまり、危機に際して第三帝国の昏いガイストは、単に「ドイツ的」なクラシック音楽を超えて、キリスト教化以前のヨーロッパの異教的な音のざわめきの中にその民族的イマジネーションの源泉を求めようとしていたのである。ワーグナーの不協和音はその最も研ぎ澄まされた顕れだった。

他方、合州国でも一九四二年十二月の参戦以降、急速に音楽の総力戦態勢が形成されていく。ハリウッドやブロードウェイを中心に亡命してきた数多くのユダヤ系ドイツ人作家、脚本家、映画監督、演劇人たちによってたくさんの反ヒトラー映画や演劇が製作され、そこに様々な音楽家たちも関わっていく。アイスラーやヴァイルをはじめとする彼らの多くが、ベルリンの都市大衆を対象とした前衛的手法を引き継ぎ、新大陸のより巨大なエンターテインメント産業の中で政府の反独プロパガンダの許す限界ぎりぎりまで、自らの声を拡張していったのである。さらに、多くのジャズマンたちがビッグバンドによる戦地慰問ツアーに参加し、前線の将兵にリクリエーション用に送られるVディスクと呼ばれる30センチSP盤の録音に加わっている。バンドごと大輸送機に載せられて各地を飛び回ったベニー・グッドマンやグレン・ミラーの活躍は映画にもなってよく知られていたが、それぞれ二十枚にもなるエリントンやベイシーやアームストロングたちのVディスク・オリジナルの演奏も質の高いものだった。絶頂期のビリー・ホリディの吹き込みさえ聴ける。最前線には大量の黒人兵士がいたのである。

要するにこれは、ベル・カント唱法やロマン派にいたるキリスト教的ヨーロッパ音楽が練成してきた声の質をどう超えるかという、その方向性をめぐるヘゲモニー闘争だったと言えるだろう。「アーリア人」の帝国は古層のゲルマニア、地下の王国深く鳴り響いたより純正な声の層を求め、アメリカという多民族帝国はユダヤ人や黒人たちを前面に立てて、多民族軍兵士たちのポリフォニックな声を吸い上げようとする。もちろんそれは帝国主義の生存の方向をめぐる深い所での闘争だった。ただし注意しておかなければならないことは、それぞれが内部に葛藤と闘争を抱え込んでいたことである。

例えば、戦時にバイロイト楽劇の表象が身に纏った古代的でスペクタキュラーな深層主義は、実はむしろ、ナチのインダストリアリズムを剥き出しに表したレニ・リーフェンシュタール映画のニヒリスティックなまでの表層主義と表裏一体のものだったのである。それは最初のノイズ音楽家ともいえるワーグナーのもう一つの可能性を消し去ろうとする意図を持っていた。事実、ブルックナーらナチ御用のワグネリアンたちはその道を歩む。あるいはユダヤ人と黒人の接点からはニューヨークのバップ革命や、後にオーネット・コールマンを見出して多民族のポリフォニーを帝国の意図を超えて推し進めることになった、映画プロデューサーでありシェーンベルクの友人レスター・ケーニッグのような人物も現れてくる。そして、ベルリンからロスへいたる旅の過程でアイスラーやアドルノやシェーンベルクが追求してきたのは、まさにワーグナー以降の無調音楽の新たな可能性だったのである。つまり既に戦時中から、声や音を国家や民族の呪縛から解き放とうとする闘いが内側から始まっていたといっていい。

3　新たな音楽戦争へ

とはいえ、天皇の帝国の文化官僚や音楽官僚たちがこうした事態を理解していた形跡はまったくなかった。何しろヨーロッパ音楽を生んだ国々は真っ二つに分かれ、そのうえ味方であるはずの枢軸国ドイツの音楽家にはあまりに多くのユダヤ人たちが含まれ判別し難かったのである。といって、北方ゲルマン文化と言われても身体感覚的なリアリティは少しも感じられない。「アジアの音楽」と叫んでみたところで、照応するような音感文化の連続性も一向に浮かんでこない。有色人種のジャズは敵なのかそれとも味方なのか。「日本音楽」に至っては、「アメリカン・ミュージック」ほどの凝集力も伴わない骨だらけの音楽の骸骨にすぎなかった。まして江戸音楽こそ素晴しい「頽廃音楽」そのものである。

音楽美の規範形成が世界宗教の統合力と千年を超える時間の中で密接に結びつき、つまり音楽が「神の声」となり、それがそのまま世界観闘争の舞台に乗り移ったヨーロッパ／アメリカ世界における「音楽戦争」の衝迫力を、この国の国家官僚たちが感じとれなかったとしても少しも不思議はない。しかし、敵は世界観国家であり、一神教国家だったのである。より強い声の統合力や求心力が要求されたことは間違いない。あの儚い「君が代」を補佐し下から支えるために、もちろんあらゆる種類の音楽が動員された。その中で今特に注目すべきなのは、浪花節による下方の「語り」の組織力と、フィリピン人ジャズマンたちを含んだ「謀略ジャズ放送」の経験だろう。

一九三〇年代後半に始まった愛国浪曲のブームは、大量の地方出身下層兵士たちを、天皇を家長とする「家」の危急に花吹雪の中を立ち上がる義士のストーリーへと誘い、その血湧き肉踊るライム（詞）の語りに乗せて戦場へと送り込んでいく。草の根の声によって帝国主義戦争は「忠臣蔵」の討ち入りと化していた。人が死地に赴くためにはそれなりの「物語」が必要なのである。

一方同じ頃、ジャズ的な身体感覚は、大連、上海、東京、大阪、マニラといった東アジア各都市の中産階級青年層を中心に確実に内面化されつつあった。租界や植民地としてより深く欧米文化と絡み合った中国人やフィリピーノたちの方が、この点で先んじていたのは当然といえる。むしろジャズ的なフロウ感覚を日本人プレイヤーに教えたのはフィリピン・ジャズメンである。彼らを含めた演奏に替え歌の反米ソングを託して、直接アメリカ本土へ向けて放送するというプランが、参謀本部の肝入りでNHK国際局によって一九四三年から一年ほど実行されている。軍の意向はナチの手法をまねた思いつきに近く、ミュージシャンたちも単に音の出せる仕事が欲しかったにすぎない。アメリカ軍兵士への効果は全くなかった。だがその意図を超えて、ブラックの揺れる身体感、その浸透力や振動力によって「天皇の音楽」を補強するという方策のヒントが垣間見えていたと思う。

これらは現在のナショナリスト的なラップの萌芽やジャズ小説を若き日に書いた右翼作家の都知事登場、そしてアキヒト在位十周年皇居前集会に動員されたミュージシャンたちの姿を思わせるものがある。ラップやジャズがそう簡単に飼い慣らせるものかどうかは別の問題である。それは音楽の気高くも悍ましい力への問いなどでは全くない。むしろ音楽への嘲りである。とはいえ今、一つの場の空気を一瞬にしてつかむ力、物語形成力としての「声」をめぐるきわどい微妙な闘争が進行しているのは確かである。その中で、支配の狡智と奴隷の本能が無意識のうちに半世紀前の経験を呼び寄せているのである。

［平井玄（ひらいげん）音楽批評］

戦争と女性

太平洋戦争前半期の吉屋信子を視座として

渡邊澄子

一九九九年の夏は暑く長かった。この間に開かれた第百四十五通常国会は、問われなければならないことを問い尽くされないままに、「新日米防衛協力のための指針（ガイドライン）関連法」「通信傍受法（盗聴法）案」「国旗（日の丸）＝国歌（君が代）法案」「憲法調査会設置法案」その他の重要法案を次々と通過させてしまった。早口で言ってしまえば、これらの法案の通過によって戦争への路線の礎石が打ち込まれてしまったと言えるだろう。近くか遠くか、将来、一九九九年夏に立ち合った人々（もちろん、私も）はその責任を問われることになるだろう。これまでの戦争は男たちによって始められている。女たちはいわば被害者である。被害者は容易に加害者に転換する。その転換装置のボタンは根深いジェンダーである。

本稿は太平洋戦争前半期における戦争と女性の問題を、専属契約を結んでいた吉屋信子の『主婦之友』誌上の活動を中心に据えて眺めてみたものである（吉屋は毎日新聞社とも専属契約を結んでいた）。『主婦之友』は、戦争の進展過程のなかで、当局による、発行者の思想傾向から発行停止命令を受け、あるいは内容が忌諱に触れたり雑誌統合政策などから廃刊や発行不能、または休刊に追いこまれた数多くの婦人雑誌の中で最後まで発行を許可されていた三誌（他に『婦人倶楽部』『新女苑』――『日本婦人問題資料集成』第十巻によるが、『新女苑』は『女苑』となっている）のひとつで、しかも一九四五年八月号まで、四一年の本文三九〇頁が次第に用紙割当減少によって頁減を余儀なくされ、四四年五月号以降は需要部数の発行が困難となり、隣組や職場、あるいは友人知人同士で班を作って回し読みすることを要請するようになり、その上で、四四年九月号は六二頁、同十二月号は五〇頁、四五年六月号は三六頁、七・八月号が三二頁と無惨な姿に変わってはいるが、一号も休刊せずに発行し続けた唯一の婦人雑誌である。ちなみに言いそえると、一九二〇（大9）年創刊の『婦人倶楽部』は四五年に四、五、六月号が休刊、七・八月は合併号となっていて、一九三七（昭12）年創刊の『新女苑』は四五年に入ると表紙もない十頁余のパンフレットとなり、七・八月は合併号である。『主婦之友』は一九一七年三月の創刊当時、婦人雑誌の多くが中流以上の女性層を読者対象にしたのに対して一般家庭の主婦およびその予備層を読者層とし、時流に即した良妻賢母主義をスタンスとした修養性・実利性に重点をおいた日常生活に役立つ雑誌としたことで成功し、四一年には一六〇万部を記録した女性大衆雑誌の代表である。なお、この雑誌の飛躍的発展を援けたのは長編小説の連載で、このことが一般家庭の婦人層に大衆小説とはいえ文学を身近なものにさせることになったということがある。それは例えば、久米正雄の『破船』、山本有三の『真実一路』・『新篇路傍の石』、戦後では獅子文六の『娘と私』、平林たい子の『砂漠の花』、井上靖の『しろばんば』などが好評を博し、そのほか菊池寛や谷崎潤一郎、武者小路実篤、大仏次郎、林芙美子なども執筆している。わけても圧倒的な人気を得ていたのは吉屋信子である。吉屋は十五年戦争下にこの雑誌に「一つの貞操」「男の償い」「妻の場合」「未亡人」「永遠の良人」「月から来た男」を立て続けに連載している。満州事変（31・9）は支那事変（32・1）へと進み、さらに拡大の一途を辿って蘆溝橋の銃声にはじまった日中戦争（37・7）へと泥沼化し、そして太平洋戦争へ突入（41・12）することになる過程で、三六年頃から父や夫や息子を「名誉の戦死者」とした女性の生き方、わけても社会問題化してきた未亡人問題がこの雑誌の誌面を賑わすようになってくる。この状況に対応して意識的に未亡人の生き方を描いた（「作者の御挨拶」）作品「未亡人」を連載し、完結後、すぐに吉屋は「永遠の良人」（41・1〜42・4）の連載を始める。

（家庭小説）「永遠の良人」は次のような物語である。

ゆきとみちの姉妹は早くに父を亡くし、今また母を失って途方に暮れる。幸い、母の仕立物の得意先だった中津川夫人の好意で、夫が専務の軍需品関連会社のエレベーター係にゆきは採用してもらえる。小学校しか出ていないゆきは勉強好きで文才もある妹を女学校に進ませたいと思っている。新入りの美しいエレベーター係は社員たちの評判の的となる。僅かな日給をさいて買った花の一輪をエレベーター内に飾るゆきに中津川専務は優しいが、この専務付き秘書の磯村はゆきに好色の目を絶えず注ぎ、あわよくば弄びの相手にしようとしている。ゆきはいつしか大勢の社員のなかから水上を意識し始めるようになっていく。姉妹二人の生活がどうやら軌道にのった頃、夜間女学校に通うようになっていたみちが発病し、ゆきの必死の看病も甲斐なく、「お姉さんのやうなひとを妻にするひとは、ほんとに幸福な男性の一人だもの。だから、そのひとは、お姉さんを愛して、よく守つてかばつて、一生仲よく変らず愛しつゞけて下さる永遠の良人であつてほしい」と書かれた日記を遺して死んでしまう。独りぼっちになって働く気力を失ったゆきが倒れたところを偶然に通りかかった水上が助けてくれるが、それが機縁となって、女学校出でも良家の娘でもないことで反対する水上の母を説得して二人は結婚する。専務の急逝後、水上は第二工場勤務となる。新しい職場で親しくなった若い技師の加能との交流もあって幸せだった新婚生活に水上の妹百代が同居することになって漣が立つ。百代は彼女と浮薄さを共有する磯村と隠れて付きあい、危うく彼の毒牙にかかるところを気づいたゆきに救われる。邪魔されて逆襲に出た磯村が、ゆきを中津川の妾であったと百代に告げたことから夫婦間にそれとない罅割れが生じる。ゆきは妹の入院費を専務から援助された事実のあったことから身の潔白を証明できず苦悩する。個人的問題に拘泥すべき時代ではないのに辛いと苦悶を加能に訴えながら、水上は召集令状がきて入隊する。女としてゆきの苦悩が身にしみてわかるばかりか亡父の人格問題でもあると考えた中津川の娘桂子の努力によって、亡父の日記からゆきにも父にも一点の汚濁もないことが証明される。そのことをまだ知らない夫から「余は汝の永遠の良人なり。…御身のその過去にいかなる傷痕ありとも、余は敢て許す。そは良人の愛なり。」と書かれた手紙が届く。水上の母はゆきの潔白が証明されたことで妊娠しているゆきの側で息子の帰りを待つことにし、磯村の悪意に満ちた讒言を信じた自分を恥じて、生まれてくる甥か姪かのために産着を縫う優しい娘になった百代と加能の結婚が暗示されて小説は終わる。

通俗小説の常道として人物像の奥行きが浅く、登場人物の絡みも安易な作品であるが、注目されるのは前作の「未亡人」よりも戦争臭の少ないことである。作中に「去年の秋、漢口は陥落したが」とあり、三八年十月の武漢三鎮占領の翌年が作品世界であることが知られる。そこでその三九年以後、作品の世界および連載中の情勢が重なるこの作品と次作品「月から来た男」（42・5〜43・7）の連載されていた期間の時代状況について、女性に関連する事柄を中心に要点のみを以下に列挙しておきたい。

三九年　大陸開拓文芸懇話会結成（2）、国民精神総動員強化策決定、内閣に委員会――吉岡弥生理事・竹内茂代委員・市川房枝幹事（3）、大陸開拓国策ペン部隊出発（4）、パーマネント廃止、生活刷新案決定（6）、自由主義的図書・言論の取締強化（7）、国民徴用令（7）、女性芸術家の銃後奉仕「輝ク部隊」発足（7）、第二次世界大戦（9）、「労務動員計画実施に伴う女子労務者の就職に関する件」――応召者による欠員や軍需産業拡大で労働力不足を女子で充当（10）、女子の常服をもんぺとする（10）

四〇年　生活綴方関係教員検挙（2）、南京国民政府（汪兆銘）成立（3）、米・味噌・塩・砂糖他切符制（4）、国民優生法公布――産児制限防止規定（5）、中等学校教科書を指定制、婦選獲得同盟解散決定、日本軍の仏印進駐、日独伊三国同盟調印（9）、紀元二六〇〇年記念式典、女流文学者会結成、厚生省――優良多子家庭表彰、以後毎年（11）、文化統制強化を狙った内閣情報局発足、大政翼賛会宣伝部、婦人雑誌に「母たる自覚を鼓吹する」ことを要望（12）、この年、文芸銃後運動起こり、文学者が日本各地・大陸で講演会開催。

四一年　長谷川時雨・円地文子ら「輝ク部隊」、海軍文芸慰問団の一員として南支・海南島・仏印に出発、文部省による女学生の制服統一、結婚の早期化・出産奨励のための人口政策確立要綱を閣議決定（1）、内閣情報局――総合雑誌編集部に執筆禁止者のリスト示す（2）、国民学校令公布、予防拘禁制追加の治安維持法改正公布（3）、生活必需物資統制令公布、米通帳制・外食券制実施（4）、月二回の肉なし日、産業組合婦人大会で「皇国女性の自覚」「生産の増加」「季節保育所・共同炊事の促進」決議（5）、文部省「臣民の道」配布（7）、女子勤労動員の拡充強化を重要項目とした労務動員計画を閣議決定（9）、「男子青少年使用を制限し女子を使用すべき職種に関する件」を厚生省が通牒、16歳以上25歳未満の未婚女子に登録義務の「国民職業能力申告令」、大学・高等師範・専門学校・実業学校などの修業年限短縮、厚生省が各地長官宛に男子25歳女子21歳までに結婚するよう結婚奨励の次官通牒（10）、丙種合格も召集とする兵役法施行令改正、（男子14～40歳、未婚女子14～25歳に年間三〇日の勤労奉仕法制化）国民勤労報国協力令公布（11）、太平洋戦争勃発、言論・出版・集会・結社等臨時取締法公布、文学者愛国大会開催、報道班員として文学者の外地行き盛行（12）、この年、防空ずきん・もんぺ・ゲートルの非常時服着用促進。

四二年　厚生省人口局に結婚報国懇話会、東京市総動員部主唱の「陸軍女子挺身隊」発足、政府主催で大日本婦人会発起人会開催――会長等役員を政府が推薦（1）、20歳未満の未婚者を除く女子二千万を組織の大日本婦人会発会、味噌・醤油切符制配給と衣料点数切符制を実施、女子青年団員に傷痍軍人との結婚奨励（2）、戦時下日常生活向けに「高等女学校教授要目改正」、大本営が真珠湾攻撃の特別攻撃隊を〃軍神九勇士〃と発表、海軍報道部課長が〈九勇士の精神は母の感化〉と放送、日本出版文化協会が用紙統制により出版企画の承認制を決定、文部省「母の戦陣訓」発表（3）、大日本婦人会・東京市共催「ハワイ海戦特別攻撃隊将士とその母を讃える会」、東京・名古屋・神戸などに初空襲（4）、防空訓練開始（10）、大日本婦人会「皇国のための奉公・勤労・日本婦道の光輝発揚」綱領発表（11）、この年の標語「欲しがりません勝つまでは」「産めよ殖やせよ」

四三年　陸軍報道部、雑誌表紙に「撃ちてし已まむ」を要求（1）、大日本婦人会、竹槍訓練を展開（2）、女学校の修業年限短縮（3）、警視庁〃有閑令嬢〃一掃（5）、大日本婦人会、「戦士を捧げませう」「決戦生産に参加協力しませう」他総蹶起申合せ、同婦人会土浦支部、25歳以上の男子と23歳以上の女子未婚者一掃決議、女子を含む学徒勤労動員体制確立要領閣議決定（6）、大政翼賛会中央協力会議で決戦精神・決戦生活の徹底が議題、山高しげりの「政府は女子徴用を断行せよ」発言、河盛好蔵『新釈女大学』（7）

戦争に女が利用しつくされる状況は以後急速に加速されるが、十五年戦争下、戦局の進展につれての、国の対女性位相の変容は興味深い。狭い家の中に密封して〈良妻賢母〉からはみ出すことを厳禁していた当事者が、女を力づくで駆り出して男が独占していた職場におしこめることで、女も立派な労働力たり得ることを皮肉にも証明することになった。しかし、同時に、女に残されていたぎりぎりの自由も剥奪され、労働も結婚も出産までも管理されるようになっていく。男の性欲処理と人的資源保充のための子産み器にされた傷痍軍人との結婚奨励・斡旋など、目を覆う状況が常態となっている。このような時代が「永遠の良人」「月から来た男」の背景である。この背景が『主婦之友』の誌面にどのように反映していたか、主要なものだけ挙げてみると、「昭和の軍神西住戦車長の母堂訪問記」（39・1）、「新婚の戦傷勇士夫妻の職場と新家庭の体験発表会」（同5）、「物資統制の強化と主婦の責任を語る座談会」（8）、「戦時の模範的な家庭経営の実験」「銃後の産業婦人戦士の愛国座談会」「靖国の遺児たちの愛国座談会」（9）、「母よ御国の楯となれ」（12）、「建国二千六百年の女性を語る菊池寛・吉川英治両先生の対談会」（40・2）、家庭愛国機献納運動、「皇紀二千六百年奉頌歌・靖国神社の歌　懸賞当選」（同10）、「国防国家建設と主婦の責任を語る」壷井栄他（12）、「傷痍軍人の妻表彰」（41・2）、「空襲に直面して主婦はどうすればよいか　座談会」（同9）、「空襲下の家庭生活」(10)、「家庭の臨戦経済・防空・職場の守りは斯くすべし――陸軍中佐指導」(11)、「日米問題と婦人の覚悟平出大佐と一問一答」(12)、「東条首相夫人を囲む若い主婦の生活建設相談会」(42・1)、「大東亜長期戦必勝の生活――岸商相と主婦代表の一問一答」(同3)、「決戦下の娘教育」(7)、「軍国の母」表彰(国債百円)情報局・陸軍・海軍・文部省・軍事保護院・軍人援護会・大日本婦人会後援、「大東亜戦争一周年を迎へて」東条英機、「勝ち抜く生活―賀屋蔵相と主婦代表の一問一答」(12)などが見られ、吉屋がこの雑誌から姿を消した四三年後半以後になると「日本精神講座――母・妻・娘の道――」連載、「昭和婦道の光――草莽の母は強し」「これが敵だ!野獣民族アメリカ」「神州護持――高村光太郎」「本土決戦　勝利の防衛生活」「勝利の特攻生活」などと神がかってくるが、総じて特徴的なことは、前掲の時代状況からも顕示されるが政府要人、そして特に軍人が常に指導者・命令者として、教えてやる、こうせよ的な居丈高な態度で登場していて、それに対して婦人会の幹部や上級軍人の妻たちが彼らを権威として服従の姿勢を取っていることである。ということはこの雑誌が、表紙絵や挿入写真・挿絵など視覚効果も加味して、求められた国策を積極的・主体的に担う意識涵養を忠実に果たしていたことを明示する。

ところが「永遠の良人」には時局的様相は片鱗を見せるだけで、挿絵にももんぺやゲートル姿はない。それは、吉屋が戦争に批判的であったからなのか。そうではあるまい。彼女は前作「未亡人」執筆時から既に精力的に戦争協力行動にでていた。それは、三七年八月、日中戦争開始後すぐに「主婦之友皇軍慰問特派員」の肩書きで北支から上海へ、三八年四月に「婦人愛国の歌」の選者を勤め、八月には「皇軍慰問使」の肩書きで満ソ国境へ、九月には情報局派遣従軍文士海軍班(団長菊池寛)の一員として揚子江溯江艦隊の旗艦安宅に乗って漢口へ、四〇年九月には、また特派員として満州開拓団を慰問訪問、年末から翌年二月まで蘭印(インドシナ)へ、帰国したその年の十月、仏印(現ベトナム)・タイに行っている。文学者が報道班員として頻繁に外地に渡るようになるのは太平洋戦争勃発後であるが、吉屋の外地行きはきわめて早い。

そのあたりを、『主婦之友』誌上に眺めてみよう。飛行機を背にして立つ姿が見開きで飾られる「戦禍の北支現地を行く」(37・10)、「第一信　呉淞沖の一夜」「第八信　敵前上陸の跡」「第九信　君が代の喇叭の音」「第十一信　航空隊の活躍」と第十五信まで続く四〇頁に亙る「戦火の上海決死行」(38・10)(同12)、「問題の満ソ国境、戦火の張鼓峯一番乗り」には、軍部や地方官民から多大の便宜を得たことの感謝と、吉屋の慰問が将兵たちを感銘させ士気を高めたことへの感謝状が現地から届いたとの社告が付されている。吉屋と菊池寛の鉄甲姿の写真で始まる、田家鎮要塞攻撃を見ることになった「漢口攻略戦従軍記」（同12）には、「皇国のくろがねの、みいくさぶねに、女性の身をもつて、泊めて戴けるのは、破格の恩典で——絶えて、その例なかりしよし——たゞ謹みて、われこの光栄を空しくせぬやう、心せん」の一句もみられる。六人の軍人に菊池寛が加わった「海軍殊勲部隊長の感激座談会」（39・2）の司会、末尾に「こゝに海軍兵学校、ならびに潜水学校参観記を終るに際し、私は謹んで唱へる——／輝く日本帝国海軍萬歳」が付された「若き海の勇者と生活する記——江田島海軍兵学校を訪ねて」（5）、「汪兆銘に会つて来ました」（同11）、大陸建設村訪問記「満洲大陸の土に生くる人々」（40・11）には、青年義勇隊の人々の「未来の夢の実現を祈って「熱い涙」を流したこと、「波騒ぐ太平洋を語る海軍将校の座談会」の司会（同12）、読者に吉屋の熱意が伝わってくる長文の〈問題の蘭印、日本女性最初の現地報告〉（41・4、5）「蘭印」「驟雨」、そしてやはり長文の〈南方基地仏印現地報告〉「仏印に来りて—ハノイにて」（42・1）、〈十二月八日の仏印〉「仏印・泰国従軍記」（同2）が書かれている。

「月から来た男」は吉屋の南方体験から生まれた作品である。「永遠の良人」最終回に作者による次作予告として、シンガポール陥落のニュースを聞いてノートに、「日本人は、もはや日本だけの日本人ではない、広大な大東亜のアジア民族の新に興る鍵を握る国民、その国民感情と生活を示す文学こそ、げにおろそかならず、太刀佩かぬをみななれども筆持ちて国にまことを尽さざらめや——」と書いたがこの気持で書くとある。

すでに女性の常服がもんぺとされていた時代であったことを気づかせない、華やかで賑やかな女学校の同窓会場面が幕開けとなる。結婚後間もなくカリエスになり鎌倉に転地保養中の瀧川優子をもう二年も献身的に看病する夫の健は彼女らの賞賛の的となる。健は東洋製糸の技師である。京都に出張したとき偶然出会った幼友達の陽子に誘われて彼女の家に泊めてもらい、健の亡父と同業の株屋だった陽子の父が今は京都で漆器商売によって成功していたことを知る。陽子は幼時から結婚の相手を健と決めていた。健の結婚を知ってからは独身を通すつもりになっている近代的な美しい女性である。陽子の家が仏印との交易によるという贅の限りを尽くした豪勢さであるのに驚き、また陽子の自分への思いを聞かされたことで居たたまらず急ぎ帰宅するが優子は既に息を引き取っていた。悲嘆に暮れた健は、会社が国の南進政策に応じて仏印に拠点を作ることになったのに、自ら希望して仏印に渡り、そこに「援蒋行為、対日圧迫、東洋民族屈服の現実」を見て義憤を感じる。彼は「日本の直面する危機を現実として体験し東亜の指導者として日本の擔ふべき使命を実感」して奮い立つが熱病に倒れ、言葉も通じぬ異郷で臥床の人となる。その彼を安南娘の鄭鶯が手厚く看護してくれたお蔭で病癒え、是非にと頼む鄭鶯を家政婦として雇うことにする。親のない鄭鶯はただ一人の兄が安南独立運動のために獄死してのち、アジアを救うのは日本だと知り日本人の力になることを唯一の念願としている女性だった。

昭和十五年九月、仏印北部に「皇軍」の進駐が始まり在留邦人は多く引き上げたが、健は社命に背いて応じない。サイゴンに日本軍が進駐してきた十六年夏、優秀な日本の商品を輸出して日本の国威を輝かせる「南進女性」として陽子が健の安否を気遣う母たちの思いを携えて訪ねてくる。健が帰国できなかったのは鄭鶯と深い関係になっていて子どもまで生まれていたからだった。しかも鄭鶯は病床にあった。健は子どもに「亜細亜は一なり」から一雄と名づけ、今は細々と安南人相手の雑貨屋をやっていた。鄭鶯は陽子に、安南にはフランス人や英米人にひどい捨てられ方をして父のいない子を抱えて泣いている沢山の女性がいるが、私は立派な日本人の心を持った健に救われた、私たちは日本を「高い天に輝く清らかに美しい月の世界のやうに思つてゐ」た、泥の中で苦しんでいる私たちをいつかきっと月から来た人が助けてくれると信じていた、健はまさしく「月から來た男」です。ハノイに日本軍が進駐したとき、安南人はみな日の丸を振って迎えに行った、それは月から来た強い立派な軍隊が安南人を助けに来てくれたと思ったからですと、喘ぎながら話す。陽子は、彼女を尋ねてきた軍医の召集を受けて当地に来たという優子の弟栄一を健の家に案内し、日本の軍医の手による注射で鄭鶯を感激させる。十二月二日朝、陽子は新聞で事態の急変を知る。泰国への入国は差し止めになった。京都の父から帰国を急げと言ってきたが、ここで健気に働いている日本の女性を見て、自分もこの南方で国のために役立ちたいと思う。そこに栄一が出動命令で明日去ることを告げに来る。そのことを伝えに健を訪ねた陽子は鄭鶯が昨夜亡くなったことを知らされる。

その日「紀元二千六百一年十二月八日」も南国の太陽の照る朝だった。安南人のボーイに渡されたビラを見た陽子の瞳はかっと見開き、身体中の血が沸き立つ思いでチップをはずんで日本人の心意気を示した後、健と共に日本からの海外放送で大本営発表を聞く。二人は言葉もなくただ濡れた目を見合わせていたが、突然、猛然と立ち上がった健が、僕はいったい何をしていたんだろう、もう一度生まれ変わりこれからは国と共に生きる、日本のために、東亜の共栄圏のために。

この南方の天地に生じる一大転機に本社はここで事業を開始するべきですと、ものにとり憑かれたように熱い息を吐く。鄭鶯の言葉「月から来た男」にこそ、いま彼はなり得る奇跡を握ったのだ。「今日以来この誓ひに伴ふ南方民族の解放と発展のため、日本から彼等の言ふ『月から来た男』の神兵とも思ほゆる皇軍の精鋭が海に陸に米英の外寇を撃ちつゝある――そして健もまたこゝに銃こそ取らね、月から来た男として、この南海の天地に再生しようとするか、いま。」陽子は深い感慨に捉えられながら、一度帰国して健の母にこのことを報告してから、またここへ来たいと涙ぐんで健に言い、小説は終る。

近年、吉屋信子評価の気運が盛り上がっている。この動向は喜ばしい。少女小説『花物語』で名を挙げた後、『良人の貞操』『鬼火』『安宅家の人々』『徳川の夫人たち』『女人平家』などで女性読者の人気を集め、映画・演劇化されたものも数知れぬ程多いミリオンセラー作家であるが、大衆小説作家ということで研究対象から除外されてきていた。フェミニズムの視点が導入されるようになって門馬千代との私生活からラジカルにシスター・フッドを生きた人として注目され、大衆通俗小説がえてして抱えている旧弊の世界から脱した新しさが着目されての評価である。駒尺喜美は吉屋を「女の階級意識を明確にも」った「女の眼で女をいとおしむ立場から」一貫して描いている「生粋のフェミニスト」であり、「彼女は生まれながらのフェミニズム文学者である」と述べている（『吉屋信子』94・12　リブロポート）。いささか過褒とは思うが首肯される評価である。しかし、戦時下についての駒尺の発言、人気作家が「従軍を拒否することは相当に覚悟がいったことだろう」「吉屋信子の行動は派手な報道になったであろうし、戦争へ国民感情をかり立てる役割をになったと思うが、そのために彼女の一切を否定しようとは思わない。当時の従軍文士は山程いるわけだし、大衆作家としてその動員数を多くもてばもつ程、そうした所へ押し出されるという力学に抗するにはよほどの思想、精神をもたぬ限り難しかったであろう。」高見順のように「戦争を批判する思想をもち得た人ですら、それを堅持することは、それほどに難しいことであった」のだから。「私には体制側とか反体制とか、秩序肯定とか否定とか一口にはいい難いのである」をそのままには受け入れられない、と。吉武輝子（『女人　吉屋信子』文芸春秋 82・12）も田辺聖子（『ゆめはるか吉屋信子』上下　朝日新聞社 99・9）も吉屋の戦争下は省筆している。

そこへの深入りを避けた理由は理解できるが、今日が冒頭に述べたような時節であればこそ、「戦争協力」の事実はやはり見据えておかなければならないがこの問題は難しい。かつて転向問題についてこのことを批判し得るのは抵抗者たちである、という正当な発言があったが、戦争協力の犯罪性について言うことは自らは犯さないという確固たる在り方がなければならないだろう。戦後、この問題が結局うやむやになったのもそこにある。第九条が形骸化してしまっている現在を招来させてしまっている者（私を含めて）に、本当は吉屋の戦争下を批判する資格はないだろう。だが、己に刃を突きつけながらやはり目を見開いて見ておかなければならない。駒尺の言うように「従軍文士は山程」いたが、「山」の多くは、否応なしに戦争への参加を余儀なくされた「徴用」によるだろう。そのある部分は『南方徴用作家――戦争と文学――』（96・3 世界思想社）が明らかにしている。南方徴用は一九四一年十月になってからで、実際には十一月中旬に第一次徴用が発令され、マレー方面は十二月二日、ジャワ方面は翌四二年一月三日にそれぞれ出発していて、徴用は第三次の四四年まで続いたという。吉屋の南方行きは徴用ではない。主婦之友社特派員として蘭印に神戸港から日蘭丸で出港したのは一九四〇年師走だった。出発に際して吉屋は、強い関心事となっている蘭印問題の急という国策に文学者として添い、その役割を首尾よく果たしたいと抱負を述べ、海軍省海軍軍事普及部委員長海軍大佐伊藤賢三の、「東亜共栄圏の確立を目指す日本にとつて、南太平洋の宝庫蘭領印度と提携の実を挙げることとは、国防上、経済上の喫緊事であり、随つて我が一般の蘭印への認識を深めることこそ、刻下の急務である。（略）その具さなる視察報告が一般家庭に与へる成果こそは、期待すべきものがあらう」と言い、陸軍省情報部長松村秀逸・外務省情報部長須磨弥吉郎からも同様の激励を受けてその「任務に胸をどらせ」て出発した。ジャワ島各地とバリ島を歓待されながらくまなく周った彼女は、「日本女性の一人として、蘭印をこの眼この心で見て、日蘭の交渉がやがて文化的平和の解決を見るならば、正に人類文化の勝利の栄誉を日蘭人の手で近代史にとゞめることが出来ると信じた」と述べ、さらに、娘子軍に売られた日本人女性と、極貧から脱出の方途を求めてジャワに渡った日本人男性との哀話を絡めて、祖国に帰ることなく苦節三〇年を経て花栽培で自立できたいま、南進日本のために一本の杭になる覚悟と語る人物を感動を滲ませて描いてもいる。

前掲書に吉屋は軍人も講演も嫌いだったとあるが、常に高級軍人と行を共にし数々の便宜や贅沢な接待を受けていて、帰国後、東京・名古屋・大阪で催された「報告講演会」は、「時局認識に燃える熱心な」聴衆に「心から感銘を与へ」て「空前の大盛況」であったこと、各会場で海軍少将の賛助講演があったことのほかに東京では「東条陸相夫人初め名士夫人の特別御来聴」、大阪では「白衣の勇士五十余名の来会」

があって意義と成果を高められたことが写真入りで報じられていて、一般婦人の新体制下の南方政策への認識が高まったと軍人たちに評価されている。成果の事実性を問題にする必要はないだろう。

疲れを癒した吉屋は十月二十日未明に羽田を機名「神威」でハノイに向かい、ハイフォン、サイゴン、プノンペン各地の部隊を周り、変わらぬ盛んな歓待を受けてアンコールワットを見物してサイゴンに戻って十二月八日を迎えている。泰行きは危険と帰国を促されたが、強く希望して部隊長の車に同乗してバンコックへ「国境走破」しバッタバンで将校たちの宴会に招かれ、市内に掲げられた日の丸に感動しながらバンコックに戻り、「マニラ、シンガポールを眼前に控へた仏印の空を悠々と飛んで、翌日は今や皇軍総攻撃中の香港に近い廣東を、こともなくけろりと経て、台北へ、そのあけの日は上海へ」、そして無事に羽田にとは「そも何んのおかげぞ！　よくぞ日本に生れし！」と感動を正直に吐露している。蘭印・仏印での吉屋の「眼」「心」が見たもの、感じたことを詳しく紹介する紙幅のないのは残念だが、例えば日本軍の進駐に胸せまり、「日本帝国のアジア民族の解放への南方前進の雄々しい第一線はこゝではなからうか！思ふと瞼が熱くなり、言ひ知れぬ昂奮をさへ、女性の私も感じる」といった表現が随所にあり、私たちは日本人として「わが帝国の国力武力を信じ、われらが子孫のために、大なる聖戦のこの意義を認め、強い勇気と冷静と日本文化の教養の魂とを保持して、やがて来らん輝かしいアジアの盟主たる日本の美しく荘厳なる勝利を心から心から祈《ママ》る」と言い、「これから謙譲に身をつゝしんで、わが愛するかたじけない祖国に、身も心もさゝげて、一億中の一民として、女性ながら一兵の決心で国を守らん！たゞこの思ひで胸いっぱいである」とも述べている。

このような戦争協力は吉屋一人ではもちろんない。例えば、先見性に富んだ鋭い感覚の保持者だった與謝野晶子は一九三四年二月に『優勝者となれ』によって、あえて激しいことばを使えば戦争への指嗾をおこなっている。今は場ではないので踏み込まないが、男性作家のほうがむしろ先んじて行なっている。

吉屋信子にとどまらず、一般女性の戦争協力いや主体者になったことについて詳述する紙幅を持たぬまま、結論的に荒っぽく言えば、男性中心社会で女性が認められるためには男性に評価されなければならない。男性と対等の人間としての自立思想が確立されていない段階では、ジェンダーによって作られた婦徳こそが功を奏する。愛国婦人会と国防婦人会が競い合って、後には軍部の指導によって統合された大日本婦人会が軍部＝戦争の進路に遅れをとってはならじと献身的「ご奉公」に鎬を削ったそこに多くの女性がわれもわれもと従った状況がうみだされたことであり、この進み方に批判的・懐疑的であった者も踏ん張りがきかなくなり、急流・濁流となったこの情勢に呑み込まれていったということであろうか。だが吉屋はその促進に積極的に手を添えたといえる。『主婦之友』掲載の蘭印の現地報告の更に詳細な『最近私の見て来た蘭印』（主婦之友社 41）を刊行し、その初版印税七百円（当時、岩波文庫二十銭、ゴールデンバット十銭）を、大本営海軍報道部の吉屋が深い交流をもつ平出海軍大佐を通じて海軍に献金している。また、自作戯曲の上演を自ら懸命に頼み込んだという「十二月八日の西貢《サイゴン》」（東劇、新生新派 42・2・1初日）は国民感情にアピールしたというが、これは「月から来た男」に通う内容らしい。小説の連載は始まるが、「皇軍」や銃後の士気の昂揚に十分に寄与した吉屋の華やかな活動は「仏印・泰国従軍記」を最後として『主婦之友』誌面から姿を消し、代わって登場するのは堤千代と岡田禎子である。吉屋はなぜ退去したのか、『少女の友』に連載した「小さき花々」が「戦時下の少女が読むにふさわしくない」と内務省にクレームをつけられたり、『毎日新聞』に連載した（42・4～8）「新しき日」の出版が「内容が自由主義的すぎる」として不許可になったことで嫌気したからともいわれている。四四年五月以降ペンを折って鎌倉に蟄居した吉屋は戦後、戦争協力に精励したことを慚愧したのだろうか。どうもその気配は無く、戦後の仕事は少女小説から始まるが「妻の部屋」（毎日新聞夕刊連載）を経て、吉屋信子の名を不動のものにした生涯の代表作「安宅家の人々」へと書き進められていくことになる。そして、六七年十一月、吉屋が情報局派遣従軍文士海軍班の一員として漢口に出かけたときの団長であり、戦時中の『主婦之友』にもしばしば登場して時局推進に大きな役割を果たした菊池寛による菊池寛賞を、「半世紀にわたる読者と共に歩んだ衰えざる文学活動」によって受賞した。この受賞を吉屋は喜んだが「読者と共に歩」んだその内実が本当は問われなければならないだろう。戦争が苛烈さを増すプロセスの軍部主導に先を争って追随した女たちを、吉屋には励ました一面のあったことを消し去ってはならない。時流に乗り遅れまいとし、男に献身して評価されることを喜びとする女たちが戦争を支えてもいたのだ。

記　二〇〇〇年三月刊行予定の『大東文化大学紀要』第三八号発表の「戦争と女性――日中戦争期の吉屋信子を視座として――」に論の展開上、一部重複するところのあることをことわっておきたい。

〔**渡邊澄子**（わたなべすみこ）大東文化大学教授。著書に『野上彌生子研究』（八木書店）、『野上彌生子の文学』（櫻楓社）、『女々しい漱石、雄々しい鷗外』（世界思想社）、『日本近代女性文学論』（世界思想社）、『評伝与謝野晶子』（新典社）他。〕

戦時下の「マンガ」について

櫻本富雄

隣接諸領域を読む（漫画）

一九四〇年八月三一日に設立された「新日本漫画家協会」は、第二次近衛内閣が推進した「新体制運動」に呼応し、現役マンガ家たちを動員一本化した組織であった。

「新漫畫派集団」「漫画協団」「三光漫画スタジオ」「新鋭漫画グループ」「国防漫画連盟」「東京漫画社」「新漫画隊」などに所属して、てんでんばらばらに活躍していた若手のマンガ家たちや、組織に所属せずフリーで活躍していたマンガ家たちが、「新体制のバスに乗りおくれるな」を合言葉に結集したのであった。

この協会は、機関誌『漫画』を「新しい国民雑誌」と自称し、第一号は一〇月に「新体制号」として発行された。日独伊三国同盟を祝して三国の外相が乾杯しているマンガ（近藤日出造画）が表紙になっている。

当時の資料には、協会の委員として近藤日出造、横山隆一、小野佐世男、松下井知夫、小川武、池田三郎、利根義夫、大野鯛三、永井保、小川哲男、杉柾夫などの名前が記録されている。

発足した協会は、軍の「献艦献金運動」に協力して似顔絵展を開催したり、「翼賛一家のキャラクターマンガ」を創案したり、機関誌が大政翼賛会宣伝部の推薦誌となったりして大日本帝国の侵略政策に便乗した御用集団になった。

会員たちの作品は『漫画』（一九四〇～五一年）をとおして見ることができる。

「翼賛一家のキャラクターマンガ」は、当時の雑誌や新聞に、いくつも発表されているが、まとまったものとしては『翼賛漫畫進メ大和一家』（矢崎茂四、山本一郎、松下井知夫、長谷川町子・一九四二年）がある。

協会の中心的な存在であったのは「新漫畫派集団」に所属していたマンガ家たちであったが、会の運営に感情的な対立をした加藤悦郎、安本亮一などが、一九四一年の夏頃に脱会して「建設漫画会」を結成した。建設漫画会は大政翼賛会宣伝部監修の『勝利への道』（一九四二年）を発行している。

建設漫画会の中心的人物だった加藤悦郎やその仲間たちは『新理念漫画の技法』（加藤悦郎著・一九四二年）『勤労青年が描いた増産漫画集』（加藤ほか・一九四四年）『新体制漫画読本』（加藤ほか・一九四〇年）『太平洋漫画読本』（加藤ほか・一九四一年）などを上梓している。

戦時下の日本のマンガ界は、ごたぶんに漏れず、いくつもの師弟グループの割拠する世界であった。いわゆる大家といわれた北沢楽天、岡本一平、田中比左良、堤寒三、下川凹天などの下に、弟子と称する若手マンガ家たちが集結していたのである。新日本漫画家協会は、この大家を除外した若手マンガ家たちの集団であった。

一九四一年一二月、アジア・太平洋戦争が勃発、マンガ家たちは従来より強力な戦争翼賛態勢を構えようと立ち上がり新日本漫画家協会を解散して「日本漫画奉公会」を一九四二年五月一日に結成した。これには一部のマンガ家たちが軍の宣伝隊員として徴用されるといった状況が関与していた。

日本漫画奉公会は大家を含めた日本マンガ家の総動員組織で会長・北沢楽天、副会長・田中比左良、顧問・岡本一平、監事・細木原青起の総勢九〇名であった。

そして「聖戦必勝態勢昂揚肉筆漫画」の展示会を開催したり「決戦漫画展」の全国主要都市巡回を主催して戦争推進に翼賛した。それらの運動の一端を収録した『決戦漫画輯』(一九四四年)が発行されている。

大日本帝国を擁立していた軍隊は海軍、陸軍で、両者は表面的には協力態勢を保ちながら、その実、ことごとに反撥しあっていた。戦局が悪化しはじめると、その反撥は顕著になり戦争遂行には無意味な競争に走った。そんな結果に誕生したのが大東亜漫画研究所と報道漫画研究会である。一九四三年の夏頃である。前者は海軍、後者は陸軍の要請で設立された。

どちらも近藤日出造が中心になって結成されたものだ。この近藤日出造の戦争翼賛の姿勢を、峯島正行(一九二五〜・『週刊漫画サンデー』の編集長などを努めている)は、暇な老人たちのお先棒になって献金運動や国防漫画展覧会を開くことだけがマンガ家の国家への奉公ではないだろう。マンガ家の本当の仕事は他にあると考え近藤日出造は軍を利用して暇な大家たちの目が届かない組織を結成したのである、と好意的な解釈している。

大東亜漫画研究所には近藤日出造、横山隆一、秋好馨、清水崑、杉浦幸雄、那須良輔、横井福次郎、松下井知夫、塩田英二郎、荻原賢次、小泉貞雄などをはじめとする二八名の現役マンガ家たちが参画した。

いっぽうの報道漫画研究会は会長が岡本一平で、メンバーは大東亜漫画研究所と同じであった。

残されている両者の作品や岡本一平を会長に擁するなどの事実からは、峯島正行のような好意的解釈は引き出せない。

当時の国家権力がマンガ家たちに何を要請したのか。その要請にマンガ家たちはどう応えたのか。この疑問に答えている資料を紹介しよう。

一つは横山隆一の『ジャカルタ記』(一九四四年)に寄せたジャワ派遣軍宣伝報道部長陸軍中佐町田敬二の序文。『ジャカルタ記』は、横山隆一が宣伝部隊の任務を果たし帰還してから上梓された戦争体験記である。

この陸軍中佐は、その文で端的に「こんな日では漫畫も戦力であり画家もむろん戦士である」とのべている。

もう一つは建設漫画会の加藤悦郎(一八九九〜一九五九年)の文。加藤悦郎は函館出身だが、日本プロレタリア美術家連盟のシンパで左翼マンガを描いた。その後、転向して日本の侵略戦争を積極的に翼賛した。戦後は再度転向して日本共産党に入党し『アカハタ』などに権力批判のマンガを描いた。変わり身の早い人物である。別の表現をすれば世渡りの上手な無節操マンガ家だが、戦時下は政治マンガを描いて、日本の遂行する戦争の正当性を世界に説いていた。長文であるから要約引用である。

日本漫画家の理念――此の心構こそ其の根底をなす――（要約）

世界は今、輝かしい黎明をむかえようとしている。世界の吸血鬼たる米、英の魔手に握られた支配と搾取の鉄鎖を寸断し、彼等の心臓に、最後の止めを刺さんとするのが、即ち、大東亜戦争である。

このような大聖戦を最後まで戦い抜くためには強大優秀な武力を必要とする。しかし、武力以外の国家力がこれにともなわなくては折角の武力も、その実効を十分に発揮する事は不可能であり、したがって聖戦の完遂もまた断じて期し難い。

あらゆる国家力が、一つの国家目的に結集、整備され、真に国家の血となり、肉となり、骨となり得る完全な態勢をもつ国家が「高度国防国家」なのである。高度国防国家確立への献身的な協力を通じて、大東亜戦争の完遂を期すること、これが一億国民の光輝ある義務であり絶対的な国民的理念である。文化戦線の一翼に立つ漫画家にとっても、この真理は断じて例外であってはならぬと信ずる。

過去十数年間におけるわが漫画界は商業主義的ジャーナリズムへの迎合と阿諛をこととする職人的、商人的漫画家の続出を見たのみで、漫画そのものも、愚劣低劣なナンセンス物か、さも無くば、国際共産党の御用漫画でしかない若干のプロ漫画を見るに過ぎなかったのである。今や、わが一億国民は、真に大和民族としての誇りと伝統にめざめ、わが祖国をして真に大東亜の盟主たらしむべく敢然として起ったのだ。われら日本国民は、もはやなにものにも依存する事をゆるされぬ。たのむのは、わが力のみ。芸術またしかりである。日本の漫画芸術を真にわが国民の芸術たらしめるために、また、その国民的芸術を通じて、最後まで大東亜戦争を戦いぬくために、即ち、戦いつつ建設し、建設しつつ戦うために、断然、欠くことのできないものなのだ。

（加藤悦郎『新理念漫画の技法』）

転向を繰り返す人は基本的に信用できないが、彼のことを「戦争への協力者だったという反省の心から漫画を捨てずに漫画に再び挑戦した」マンガ家で「日本の漫画家の一典型を示した人といえる」とする評価もある。人の評価には、その立場や視点によって全く逆転するような結論になる事例がある。それぞれの評価が絶対ではないことを認識して偏狭にならないことが大切であろう。

戦時下のマンガ家たちの主な活躍の場は、前述した『漫画』や掲示した資料などのほかに、朝日新聞社が発行していた『アサヒグラフ』、情報局が発行した『寫眞週報』、商業月刊誌の『漫画日本』、「東京新聞」などであった。これらのほかに、子どもむけのマンガ、マンガ映画、マンガ紙芝居などがある。

子ども向けのマンガは、当時の少年倶楽部や少女倶楽部といった商業月刊誌、毎日新聞社が発行した「少國民新聞」、朝日新聞社の『週刊少國民』などで知ることができる。

最後の『週刊少國民』には戦時下唯一の大河マンガ「ナマリン王城物語」（松下井知夫作）が連載されていた。マンガ映画やマンガ紙芝居は、あまり残っていないが、松竹動画研究所が製作した「桃太郎　海の神兵」（一九四五年）が保存されていて鑑賞できる。

戦時下の日本マンガをめぐる詳細な具体例は拙著『戦争とマンガ』（二〇〇〇年・創土社）を参照されたい。

漫画家（画家）の戦争体験
〈ジャワ〉の小野佐世男

木村一信

1

一九三〇年代の初め頃に生まれた人たちが、その学齢期の体験としてしばしば語る一つに、次のような事柄が挙げられる。例として、三〇年（昭五）生まれの評論家渡辺京二の文章を引いてみよう。

……それはたとえば「露営の歌」の流行とともに小学校へ入り、ともにマレーやフィリピンの南方地図に日の丸のマークを記入し、ともに「君は鍬とれわれは槌」と歌って工場へ通い、ともに敗戦後の廃墟の中で中学後半期をすごした……（傍点・木村）（「おそまきながらの脱帽」『熊本風土記』12号、所載、一九六六・一二刊）

表紙の見返しに、『画報躍進之日本』掲載（第七巻第七輯、一九四二・七刊から再掲したのであろう）の「大東亜戦争図」を使用し、渡辺とほぼ同時代の主人公「秋間誠」のアジア太平洋戦争時の体験を中心に綴った小林信彦著『ぼくたちの好きな戦争』（新潮社、一九八六・五刊）の中にも、同様の記述がある。

……年が変って昭和十七年一月二日、日本軍はマニラを占領した。開戦後、ほぼ三週間でこの戦果だ。戦争の名称は〈大東亜戦争〉に決定されていた。／教室では、教科書の地図の頁をひろげ、日本軍が占領した場所を赤鉛筆で塗りつぶすのに忙しかった。二月十五日にはシンガポールが落ち、昭南島と命名された。三月一日にはジャワ島に上陸

し、三月八日にビルマのラングーンが陥落した。（傍点・木村）

一九四二年（昭一七）初頭、日本の各地の小学校では、いま右に挙げ、傍点を付した箇所のような光景が繰り広げられていたことがわかる。小林の『ぼくたちの好きな戦争』は、敗戦後に多く見られた「被害者小説、敗者小説」といったタイプの戦争小説ではなく、開戦から半年余りの間、日本中を席捲していた捷報に浮かれ、「たのしさ」に酔っている様子を描き出す意図をもっている。教室で、アジア・東南アジアの各地域を赤色で塗ったり、日の丸を書いたりすることは、子供たちの心を高揚させる作業であったのは間違いない。火野葦平の「小国民」向けの作品、『ヘイタイノウタ』（成徳書院、一九四三・七刊）にあるような、「きたは、アリユーシヤンから、みなみは、ソロモンのはてまでも、日本のゆうかんなへいたいさんは、大君のおんために、いのちをおしまず、たたかつてゐます」という表現からも、領土の拡大がとりもなおさず、アジアの解放を謳った「大東亜戦争」の「聖戦」視と重なりあうものとして教育されていたことがわかるであろう。

こうした雰囲気は、子供の世界のみならず、日本国内のいたるところを、老若男女を問わず覆っていたものではないだろうか。小林作品には、喜劇の劇団「永井均一座」というものが登場し、「均ちゃんの南進日本」という出し物が紹介されたり、「皇軍慰問団」としてシンガポール、ジャワへと渡っていく場面が記されている。ある詩人が表現したように、「あさつてサハイさんはマニラにとぶ。間もなく私は南京にとぶ。どこかでまた会へますね。どこかでね。中国かビルマか泰か。或ひはひよつとすると印度の何処でか」（草野心平「大きな夕焼けを眺めながら」『新亜細亜』一九四三・一二所載）といった、ちょうど小学生たちが日の丸をアジア・東南アジアの各地に描いていっているのと同様の感性がこの詩にもうかがえる。ほんの一瞬の間ではあったが、国民全体が「大東亜共栄圏」という言葉のもつ幻想に陶酔し、一種の浮かれた気分に支配されていた時代でもあった。アジア太平洋戦争開戦当初は、長期にわたって泥沼化していた中国戦線での暗雲を吹き払うかの思いが人々に抱かれ、「国民総動員」「挙国一致」のスローガンの下、国民の気分的統一が醸成されたと言えよう。文化や芸術に携わっていた人たちも、そうした〈気分〉の中で、東南アジア各地へと軍靴を運んだのである。

ここで、流行の漫画家として知られ、また画家でもあった一人の人物をとりあげて、彼の戦争への関わりがいかなるものであったかを眺めてみたい。彼、すなわち小野佐世男は、将兵としてではなく漫画家として戦地に赴き、宣伝・宣撫活動という「文化工作」に従事し、開戦から敗戦、そして捕虜となって抑留されるといった体験までを味わっている。つまり、身分は兵士の埒外にある「軍属」であるものの、行動は敵地への上陸作戦から、占領、軍政、そして捕虜へという具合に、つねに軍と共にあった。一方、与えられた仕事は「文化工作」であるから、比較的、行動と時間の自由に恵まれ、検閲はあるものの、表現という手段は与えられていたのである。

『ぼくたちの好きな戦争』の中に、秋間誠の叔父にあたる「秋間公次」という漫画家が登場していて、やはりジャワへと派遣されている。単行本巻末の「主要参考資料」欄に小野佐世男関連の記述はないが、作者がこの「公次」を造型する際、小野をイメージしていたのではないかと思われもする。ジャワ派遣組のいわゆる「文化人」グループの中で漫画家は、この小野ともう一人、漫画「フクちゃん」で知られた横山隆一の二人のみであった。のちに述べるが、次のような作中の記述は、小野佐世男の風貌にそぐっている。

「諷刺」の副編集長格の存在になった公次は、内閣情報局や大政翼賛会文化部との折衝を一手に引き受けていた。美術学校出身という肩書と知識人めかした会話のうまさは、他の漫画家の持たぬものであり、情報蒐集能力も抜群であった。白紙と呼ばれる徴用令がきたときも、一瞬は狼狽したものの、大本営陸軍報道部に交渉して、外地での行動はすべて飛行機を使えること、そのためには大佐待遇の軍属になることを条件にしたのである。こうして、報道班中のエリートともいうべき特殊な立場ができ、行動の自由さは、他の報道班員たちの比ではなかった。（傍点・原文）

アジア太平洋戦争時、ナチス・ドイツの「宣伝中隊（P・K隊）」に倣って作られた「宣伝班」（報道班）について、作品ではいささかの事実誤認と誇張とが見られるものの「文化人」たちはかくあったであろうと思わせる記述となっている。まだ対米英蘭との開戦が一般には知られていない時期の一九四一年（昭一六）一一月、「文化人」たちのもとに「徴用令書」が届けられた。その折の、受け取った者たちの反応は、今日出海の『比島従軍』（創元社、一九四四・一一刊）をはじめ、幾人かの文章に如実にうかがえる。途惑いと疑念とで、多くの者が不安に駆られたという。「身体検査」を受け、幾組かに分けられた「文化人」たちは、開戦前に、あるいは開戦後ほどなくして、輸送船に乗せられ、東南アジアの各地域へと送られていったのである。日本の戦史上、初めての大量の文化・芸術等に携わる人達の〈戦地行〉であった。その携わっていた分野を列挙しておくと、思想、文学、絵画（漫画、商業デザインを含む）、音楽、映画、報道（新聞記者、カメラマン）などである。具体的に一人の人物を取りあげて、その戦争の総体、すなわち、戦地（のち、統治地）での仕事や生活ぶり、戦争への思惑などを瞥見してみることにしよう。

2

「ジヤカルタ・パツサル・ターナバン」
『小野佐世男画集』東郷青児編1954.8

　まず、簡単に小野佐世男の人となりについて、記しておきたい。今では、忘れられたという形容を付しても間違いでないこの人物は、きわめて人を魅きつけるものを持っていたのである。

　一九五四年（昭和二九年）二月一日、小野は、この日来日するアメリカの女優マリリン・モンローとのインタビューのために羽田飛行場に向かった。マリリンたちを乗せた飛行機の到着が遅れると知った小野は、時間をつぶすため日劇ミュージックホールに入った。が、そこで心臓発作をおこし、急逝してしまう。あと五日で四九歳の誕生日を迎えるという、今から思えばきわめて若年での死であった。

　小野について、その略歴を引くとすれば赤塚行雄の文章が要を得ている。

　漫画家。明治三十八年二月六日横浜生まれ。赤坂中学を経て大正十四年（一九二五）東京美術学校洋画科に入学。在学中から『東京パック』の表紙などにエロチックな風俗漫画を描き、そのみごとなデッサン力と新鮮さで注目された。卒業後報知新聞社に入社、主に『日曜報知』の漫画を担当。昭和十六年（一九四一）から陸軍報道班員としてジャワに従軍。戦後帰還して、二科会漫画部の創設に参加。漫画というより絵の意識が強い女性を盛んに描き、ジャーナリズムの人気を集めた。（以下略）――『日本人名大事典・現代』（平凡社、一九七九・七刊）より。

　小野佐世男は、漫画家として名を挙げたが、赤塚の記しているように、「絵の意識が強い」作品を世に遺している。東郷青児は、小野の逝った半年後に、「二科会の小野に対する友情」のしるしとして『小野佐世男画集』（一九五四・八刊）

をまとめている。そこに寄せられた東郷の文章には、次のように語られている。

洋画家志望だったのが、何時の間にか漫画家になって了ったと云うことで、時々小野は煩悶していた。／わたしの顔を見ると、今年こそを、今年こそはと云いながら、なかなか絵が出来ないらしくて、そのたびに情けなそうな顔をしていた。／戦後再出発の二科に始めて油絵を出品した時は、よほど嬉しかったと見えて、「これをおふくろに見せたかった」としみじみ私に云った。（中略）二科の漫画部会員になって活躍したことは世間周知のことだが、本人はあくまで純粋絵画の面で一旗あげたかったのだらう、……

とある。事実、小野の「純粋絵画」作品は、子息である小野耕世氏所蔵のものが多数あるとのことだ。漫画のみならず、「小野佐世男絵画展」の企画があってもよいように思う。

また、小野は文筆の才にも恵まれ、多くのエッセイを世に残している。エッセイ集としてまとめられたものに、『女体戯語』（東和社、一九五三・四刊）、『猿々合戦』（要書房、同・九刊）、『美神の繪本』（四季社、一九五四・八刊）などがあり、その軽妙洒脱な文章と、「小野空談」として人々に愛された語りとは、現代の読者をも魅きつけるものがあるだろう。アジア太平洋戦争の敗戦からほどなくして、『週刊朝日』が「漫画家自叙伝」の連載をした折、小野は漫画と短文とからなる「僕の自笑伝」をその欄に寄せた（一九四九年六月一九日号）。そこには、一七コマにわたって漫画が描かれており、一コマ目は赤ん坊が産湯をつかっている小野佐世男誕生の絵がある。それに、「たらいが間に合わなかったので丁度あった一斗樽で……この時から酒との宿命」といった文が付されている。いかにも小野らしい味わいのある自伝である。一七コマのうちの五コマも費やして、戦争時「徴用」を受けてジャワへ行った時の体験を描いている。小野にとっては、それほどジャワでの体験が人生における大きな比重を占めていた、という推測ができるようだ。

小野が亡くなった折、新聞社の求めに応じて横山隆一（漫画集団同人）は「小野佐世男君の急逝」と題した追悼文を書いた（『毎日新聞』一九五四・二・二）。そこには、

ぼくと小野君は徴用でジャワ作戦に従軍した。彼は、はずかしがり屋で、弱虫の正義漢で力が強くて、美食家で、人好きである。

と記されてあった。

アジア太平洋戦争下、日本軍によって軍政が施行されていたジャワでは、朝日新聞社を母胎とするジャワ新聞社が設置され、『ジャワ新聞』（発行期間、一九四二・一二・八～一九四五・九・二八）が刊行された。その記者としてジャワに赴いていた鈴木敏夫は、小野の「親友」といった人物であるが、

その手記の一節に次のような下りがある。

「ジャワで一番こわいもの、デング、マラリア、小野佐世男」とうたわれるほど、彼は腕っぷしも強かった。飛ぶ鳥落とす勢いの、柔剣道何段かの参謀と、まっ昼間はでなぐりあいもする、ケンカっ早い小野だったが、根はものすごくやさしい男だった。（『新聞記者が語りつぐ戦争＝6』所収、「報道班員」、読売新聞大阪社会部編、読売新聞社、一九七八・七刊）

また、玉川一郎は次のようなエピソードを伝えている。少し長くなるが興味深いので引くことにしよう。

バタビアに十日ばかり居て、志村君（志村立美――引用者・注）とジヨクジヤに行き、グランド・ホテルに泊り、食堂で飯を食つていると、同じテーブルの司政官が、『あなたのうしろのテーブルにいるのは日本人でしようかね、大変な格好をしていますぜ』と言うので振りかえると、小野ちやんと翠声氏（松井翠声――引用者・注）だつた。カーキ色か白の防暑服ばつかりの中に、ブルーに大きな白のチエツクの柄のワイシヤツを着てニコニコしているではないか……。

あとで司政官が私に小声で言つた。

『大した度胸ですね、憲兵がコワクないんですかねえ』（故小野佐世男言行録――小野ちやんの一週忌近い日に――」、『漫画読本』、文芸春秋、一九五五・二刊）

小野の文才が縦横に発揮され、その人となりの面目躍如とした、虚実とりまぜられた小説「ジャワの鞍馬天狗」（『女体戯語』所収、前掲書）の世界を地でいくようなエピソードと言えよう。玉川は、「小野ちやんは死んでから日が経つほど、みんなの胸の中に蘇つて来る男だつた」とその回想の文章を締めくくっている。

このように、いくつかの小野について書かれた文章を並べてみると、自ずとその風貌が浮かんでくるようだ。親分肌で反権威的、人に対してやさしく、かつ思いやりが深く、それに機知やユーモアに富んだその話ぶりなど、人をひきつけてやまない人柄であったと言えよう。

それを証明するかのように、阿部知二の〈ジャワもの〉とよばれる小説群〈「死の花」――一九四六・七から「山霧」――一九五六・一〇までの一三篇〉の中に、この小野をモデルとしたと思われる人物の登場する作品が五篇もあり、右に記したような人柄を彷彿とさせている。たとえば、「死の花」では主人公として「比延」という作家が設定され、彼は戦争開始と同時にジャワに徴用されて宣伝活動に従事させられる。ところが、ジャワにて胸の病が再発し、空気の澄んだ高原の避暑地へと転地療養せざるをえなくなる。その「比延」をいたわり、種々の世話をする役として「吉備」という名の画家が登場する。すなわち、「吉備」は、「持前の侠気」から、「人並はずれて体力が弱く、動作が鈍く不器用で、起居にも行動にも過失ばかりを犯し」ている「比延」を、たえず「助け庇って」いる。「上下の軍人に好かれていた吉備」は、「胸の病気」になった「比延」のために奔走し、「規則外のこととして山間に三カ月間療養する許可を得てくれ」るのである。すでに、阿部知二研究者からの指摘があるが（水上勲）、この「吉備」の設定に小野の風貌の投影のあることは、いま引いた「死の花」の表現からも明らかであろう（詳細については、拙稿「阿部知二の徴用体験――『死の花』の背景」、『昭和文学研究』第25集、一九九二・九、を参照していただければ幸いである）。

いずれにしても、ジャワ徴用の生活を共に送ったり、その人物に触れた人たちは、共通して小野の人柄について、好ましさと信頼と親近感を抱いていたことは、いままでに挙げてきたさまざまなエピソードから十分に理解されるであろう。

3

さて、小野たちを含むジャワ派遣の宣伝班とはどのような組織であったのか、公的な記述を引いて眺めておくことにしよう（『蘭印攻略作戦』防衛庁防衛研究所戦史室著、朝雲新聞社、一九六七・一刊）。

第一六軍宣伝班は、参謀部第一課の監督指導を受ける機関として編成され、（中略）その任務は、対敵宣伝、敵戦意の破砕を主任務とし、あわせて蘭印の特殊性に応じ資源破壊の防止、皇軍将兵の士気の鼓舞、内地への報道、占領直後の民心の安定を図る宣撫工作などを行なう（中略）。班は、町田敬二中佐を班長とする将校一一、下士官二六、兵七三、徴用員八七、雇員四八名編制であり、徴用員中には、大宅壮一、松井翠声、阿部知二、武田麟太郎、大木惇夫、浅野晃、小野佐世男、横山隆一、飯田信夫、石本統吉、倉田文人、河野鷹思、大智浩、南政善、清水斉などが含まれており、文士、画家、音楽家、映画監督、印刷業者、速記者、アドバルーン業者など各種各様の者からなっていた。徴用員に対しては約十日間軍事訓練が行なわれ、画家や印刷業者は、ポスター、伝単などを作り、文士は文案を練るなど、それぞれ宣伝戦準備を整えつつあった。

こうして見てみると、宣伝班は、きわめて立派な任務を背負った重要なグループに思われるであろう。しかしながら、北原武夫が戦時下に刊行した従軍記『雨期来る』（文体社、一九四三・九刊）に記している次のような情景が一つの真実ではなかっただろうか。すなわち、北原と小野とはジャワ島に上陸したものの、宣伝班の集結地への道がわからず途方にくれてしまう。他の部隊の兵隊たちはそれぞれの任務に忙しく、迷子のような二人には目もくれない。ある所で憲兵の曹長に、何をうろうろしているのかと、咎められる。小野は、ふと呟く。「駄目だよ、俺達は、かうはつきり戦争になると、てんで格好がつかないね。――宣伝班なんてのはまるでおまけみてえなもんだ……」と。

高見順は、右の小野の言葉を引き、

――全く私たちは「おまけ」みたいなものだった。何をしに、そんな戦地へ連れられて行ったのか、私たちもわからなかったが、私たちを連れて行った将校（職業軍人）の方でも、何をさせたらいいのかわからなかったようである。その曖昧さは、私たちがあるときは宣伝班と呼ばれ、あるときは報道班と呼ばれていたところからも分かるのだった。（中略）その結果は、私たちを生命がけの戦争見物に連れ出しただけのようであった。（『昭和文学盛衰史』二、文藝春秋新社、一九五八・一一刊）

と回想している。これは、小野らと同じく「徴用」によってビルマ（いまのミャンマー）に送られた体験をもつ高見の実感でもあっただろう。小野も、自分たちの置かれた「曖昧」な立場、つまり戦闘にさいしての宣伝班の無力さを痛感したと言えよう。

一九四二年（昭一七）二月五日に、当時、〈南進〉の前線基地であった台湾の高雄港から出航した第一六軍「ジャワ方面上陸作戦」船団五四隻のうちの第三船団（三二隻）に組み入れられていた宣伝班は、さらに、いくつかの輸送船に分乗させられていた。町田班長他、阿部、大宅、大木、富沢ら主力メンバーは佐倉丸に、北原、小野は瑞穂丸に乗船。途中、インドシナ半島のカムラン湾を経て、三月一日未明、西部ジャワのバンテン湾やメラク地点から敵前上陸が行なわれた。今村均軍司令官の乗った龍城丸や佐倉丸などは魚雷を被弾して擱座もしくは沈没したが、小野らの船は無事であった。上陸用舟艇に乗り換えて「ポジョネゴロ村」付近に足を下した。この戦史上「バタビア沖海戦」とよばれる米英蘭との戦闘と上陸時の模様については、「徴用」された文学者たちのほとんどがその体験を混えてそれぞれの著作の中に書き記している。小野については、前引の北原の文章がその様子を伝えてくれる。

一日の夕暮れ時、「ラグサウーラン」という村に辿り着いた小野らは、そこで宣伝班の他のメンバーたちと再会を果たす。阿部や大宅、それに同業の横山らはみな、重油の浮かぶ海を救命具をつけて漂流し、やがて僚船に救助されて上陸してきていた。彼らは携行の荷物をすべてなくし、北原、小野たちのみが日本から持参のトランクを携えて合流した。三日には、古い都であった「セラン」へ行軍し、小野は、七日には命を受けてバンドンへと向かっている。そして、三月九日の蘭印軍の無条件降伏申し入れの場に、富沢有為男らの宣伝班員らと共に立ちあった。その後、バタビア（一九四二年一二月から、ジャカルタというオランダ統治以前の名に変えられる）に戻り、宣伝班本部と定められた旧英国領事館（現在のインドネシア大統領官邸の隣にあった建物）にて勤務ということになる。住居は、横山隆一と共に、接収したクブン・シリー通りにある家屋に住み、横山の帰国後も小野は敗戦までそこに居着いていた。同じ通りには、阿部と北原との同居する家があり、敗戦間際には、ジャワ新聞の記者であった安田満（元朝日新聞社記者、現在、小説家・評論家）が隣に住んでいた。

さて、これまで見て来たような小野佐世男についての人物評やその行動などからは、享楽主義者的なイメージが思い浮かぶかもしれない。が、この「徴用」時代に小野が残した作品を数え上げ、軍政の下、従事していた仕事の内容を思い合わせると、きわめて勤勉に仕事に邁進している一人の男の像が結ばれるのである。以下、ジャワ在住時の小野の仕事を中心に、その意義と果たした役割などについて述べていくことにしよう。

4

小野の宣伝班員としての仕事を確かめてみると、命令を受け、いわば強制的に携わったものと、自ら興味を覚え、自発的に絵筆を執って従事したものとに区分し得るであろう。とは言うものの、その境界線をどこに引くかについては判断がむずかしい。横山隆一が記すように（『でんすけ随筆』、四季社、一九五一・七刊）、台湾の高雄での輸送船集結を待つ約一カ月の間、対敵宣伝のためのポスターや伝単作りに従事したことは、当然、命令によるものであった。また、ジャワ行の船中、ガリ版刷りの『赤道報』が発行され、横山などは「特輯マンガ号」などを担当して発行していたが（現在、その第一八号、一九四二・二・二一（土）発刊のコピーを、論者（木村）は、横山氏から貰い受け、所蔵している。横山氏の乗っていた船が沈められたことを思えば、よく日本に持ち帰れたものと驚かざるを得ない）、小野は違う船に乗っていたし、そこには「徴用」の宣伝班員は僅か三名であったので、このような仕事はなかったかも知れない。しかし、船中から輸送船団の進んで行くさまや、上陸地点での兵士たちの様子、また集結地へと行軍していく折りの風景など、ダイナミックなタッチのスケッチ画を多く描いている。のちに、『小野佐世男　ジャワ従軍画譜』（ジャワ新聞社、一九四五・三刊、以下、『画譜』と略記する）に収められた作品を見ると、小野は、行動するにつれ、目に映った場面や情景を描出していることがわかる。このような仕事は、半ば自発的なものと言えるだろう。

おそらくジャワ占領当初は、横山と共に民衆宣撫活動として壁などに絵や文字を書きつける仕事もしたかと思われる。

横山の戦時中に出された本には、そのことが記されている（『ジャカルタ記』、東栄社、一九四四・三刊）。また、三月九日から宣伝部より発刊されはじめた『赤道報』（のち、『赤道報壁新聞』、さらに『うなばら』と改題される）を舞台として、小野は多くの絵と短文とを発表する。なかでも、四月二一日から六月四日まで、二三回にわたって断続的に連載された「ジャバの細道」（のち、「ジャワの細道」）は兵士たちに好評で、多くの激励が小野のもとに寄せられたと、自身述べている（「『ジャワの細道』の憶ひ出」、『画譜』所収）。実際、この「ジャワの細道」は、現代の私達にとっても興味をそそられる絵と文とから成っている。オランダとインドネシアの「混血」の娘さんが、さっそうと自転車に乗る姿や人々の水浴を楽しむ様子、ジャワの農村風景、バンドンの街のにぎわいなどといった絵は、どこに戦争があったのかと一瞬、錯覚をおこさせるようなのどかさがある。ジャワにあって、小野の目がインドネシアの人々の暮らす姿や日々の生活、風俗、風物詩、自然などに向いていたことがわかる。そのことを証明する一文を引いてみよう。「ジヤワの美しさ」（『画譜』所収）と題されている文章である。

上陸第一日の朝が明けそめて、私の眼は初めてジヤワの色彩を見た。／ジヤワの色――深く、透明な紺碧の空、眼に滲みるやうな生の青さを持った樹々の色、まつ赤な或はまつ黄色の大輪の花、その間を飛びかふ極彩色の綺麗な鳥、すべて、生の原色をいきなりカンバスに叩きつけたやうな、色と色の交錯であつた。眼が痛くなるやうに強烈だつた。……「凄エや」私は唸つてしまつた。ゴーギヤンに何の惜気もなく「花のパリ」を棄てさせた色、それがこの色だ。俺もこの色にとり憑かれるかも知れんぞ……前夜の激しい海戦で麻痺したやうになつてゐる私の心のどこかを、そんな気持がチラツと過ぎた。

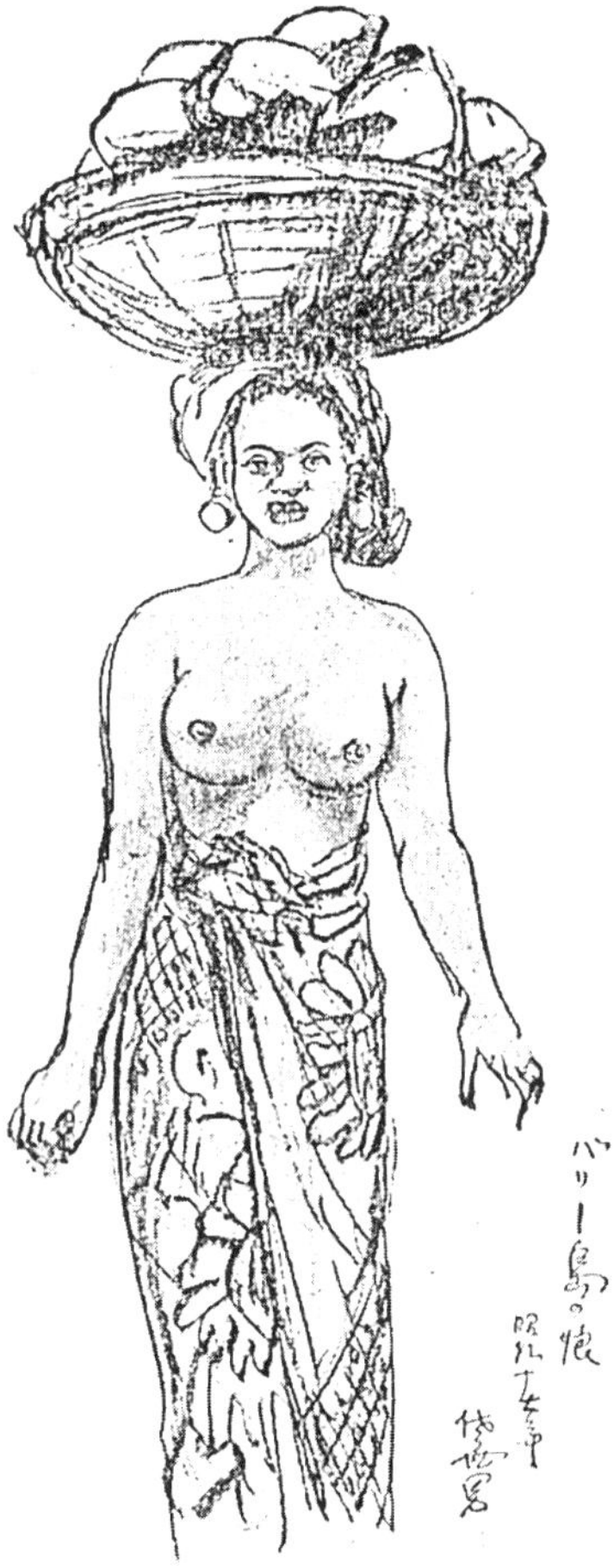

『うなばら』第124号（1942年8月2日）

引用が長くなったが、もう少し小野のジャワに魅せられているさまを確かめてみたい。

稲、稲、稲、涯しなく金色に波うつてゐる。見はるかす金色に輝く地平線の彼方がサツと翳つたかと思ふと、見る間に銀色の飛沫をあげて、スコールが近づいてくる。豪壮だつた。／余りの素晴しさに見とれて、逃げ遅れた私はぶづ濡れになつてしまつた。

また、別のところでも、「ジャワの色……ジャワは色彩の島だ。花、鳥、土、砂、絵具箱をぶちまけた如く、まばゆいほどの色彩だ」（「ジャワの色」、『うなばら』、一九四二年一一月一日）と述べているほど、小野のジャワの色彩にとり憑かれた様子がよくわかる。「ジャワの美しさ」は、まだ続けられているが、この他、樹々、花々、果物、さらには女性たちの衣装といった具合に、小野を魅了した数々が取りあげられていく。

こうした、第一印象としてのジャワの風土、自然への好ましさは、小野をしてその画題の選択を人間味の感じられる、温かいものにしたようだ。兵士たちが銃をもって敵に向かう戦闘場面や、行軍時の情景、さらに日常の生活ぶりを描いた絵もあるが、いずれも一人一人の人物の顔がクローズ・アップで描き出され、その個性が明確にされている。つまり、人間が生きて捉えられているのだ。「面会日」と題されたスケッチは、おそらく「ペタ（郷土防衛義勇軍）」とよばれたインドネシア人の兵士を描いているが、家族に取り囲まれ、赤ん坊を抱く兵の姿からは、見る者をほのぼのとさせるものが伝わってくる。

ほどなくして、一九四三年四月、軍政監部によって、「芸術文化の面から民衆の啓蒙自覚を促す」目的をもって「啓民文化指導所」が設立され、小野は美術工芸部の指導委員に就任する。その小野の元で助手を務めたアグス・ジャヤ氏は、数年前に亡くなったが、現代インドネシア美術界を代表する画家の一人であった。一九九一年に、インドネシア現代史研究者の倉沢愛子氏（慶応義塾大学教授）と共に、論者は、アグス氏へのインタビューを試みたが（九月六日、ジャカルタ市のアグス氏の自宅にて）、氏は小野から教えられたこととして次のような事柄を挙げていた。すなわち、絵をかくことは自由さが大切であり、軍隊や兵士だけに題材を限定しなくともよい。また、花や女性など、自分の関心のある画題を選べばよい、とも言っていたらしい。ついでながら、小野についての思い出としては、日本軍人の肖像画を描かされていたこと、しばしば旅をしていたこと、そして、いかにも芸術家そのものといった性格の人だったことをアグス氏は語っていた。肖像画についてのエピソードは、阿部知二の「死の花」中の「吉備」にも記されていて、おそらく事実であったろうことが推定される。いずれにしても、小野のジャワにおける絵を描く際の姿勢が、よく理解される証言であろう。

小野の活躍の場は、先に挙げた陣中新聞『赤道報・うなばら』（四二年三月～一二月）をはじめ、『ジャワ新聞』（同年一二月～四五年九月）、『ジヤワ・バルー』（四三年一月～四五年八月）、『新ジヤワ』（四四年一〇月～四五年八月）といったジャカルタで発行、出版された新聞や雑誌、それに「内地」の諸紙誌など多岐にわたっており、それ以外にまた、「啓民文化指導所」主催で開かれた指導委員の作品展への出品や個展の開催など と旺盛な制作ぶりを示している。それら活動の一部をまとめて出版されたのが『画譜』なのである。が、この『画譜』の奥付は、日本軍のジャワ島上陸を記念して一九四五年（昭二〇）の「三月一日」となっているが、実際には、敗戦直前の七月に刊行されたことが、当時の『ジャワ新聞』の記事からわかる（一九四五年七月一〇日、第九一五号）。この刊行時期と、その直後の敗戦による邦人の日本への引き揚げの状況を考え合わせると、『画譜』が日本国内に持ち込まれている部数は、おそらく一〇部にも満たないかと思われる。子息小野耕世氏（作家・評論家）のもとにもないとのことだ。論者は、京都大学東南アジア研究センター教授加藤剛氏が、ジャカルタ在住のあるインドネシア人から譲り受けたものをコピーさせて貰い、その全内容を知ることができた。

また一方、「戡定」後まもなくの一九四二年五月中旬から約一カ月にわたってのジャワ島、バリ島をめぐる調査の旅は、小野にジャワの魅力を堪能させるに十分であったようだ。この折の同行者は、阿部知二、松井翠声、南政善、それに「内地」から来た画家の小磯良平、吉岡堅二であった。スラバヤから大江賢次も加わった。ジャワ島で訪れた所は、ボイテンゾルフ（現在のボゴール）、バンドン、ジョクジャカルタ、スラバヤ、マラン、スマラン、チェリボンなど、ほぼ全域に及び、また、ボロブドゥールやディエンの遺跡など、名所旧跡の多くもまわっている。バリ島では、女性の美しさ、ことに乳房を露わにしたバリ女性の肉体の均整美に、やはり魅了されてしまっている。

あくなき好奇心の持ち主で、屈託ということを知らず、人好きのする人物小野佐世男は、戦地（占領地）での三年半に及ぶ生活と、捕虜としての一年余りの生活を終えて、一九四六年（昭二一）五月に帰国する。その漫画家、画家としての戦争体験を眺めてみると、阿部知二が、その体験から己れの文学上のテーマとした「苦渋」や「後ろめたさ」はあまり感じられない。その点からは、小野もまた、小論の冒頭に見たような「『たのしさ』に酔っていた」開戦当初の日本国民に近いと言えるかも知れない。しかしながら、『画譜』に収められているプロパガンダ的要素の濃い絵を見てみると、小野

「ついに、捕虜となりぬ。これで敵前上陸から、プリゾナーまで、ワンセットで又楽しからずや。」漫画家自叙伝「僕の自笑伝」『週刊朝日』1949年6月19日号

の印象は一変する。これまで例示してきたようなジャワの風物や自然、人々を描いた筆致に比べて、明らかに絵としてのトーンは落ちている。『ジャワ新聞』に連載した対敵宣撫漫画である「敵の内幕」や「政治漫画」の場合には、これまで見て来たような小野の心躍るような色彩とタッチとは見出し難いのである。文学者に比べて言葉での表現は少ないのは当然であるが、絵を通して、やはり阿部がかかえこんだような問題意識がほの見えなくもない。

軍政監部に属し、命令にせよ、自発的にせよ、宣伝班員としての枠内に敗戦までとどまって絵筆を揮った小野であるから限界があるのはやむをえない。捕虜収容所、「ロームシャ」、米の強制供出、さらには「慰安婦」たちなどといった日本軍政の恥部に関わるような題材は、もちろん避けられている。しかしながら、総体として、小野の描き出したジャワの人々の暮らしぶり、風俗、自然など——具体例を挙げれば、「パッサール・マラム（夜市）」に興じる人々のさま、魚採りに興じる人々の姿、農村を駆け回る鶏、バリ女性の頭の上に物を乗せて運ぶさまなどがある——は、歴史の貴重な一コマを写し出したものとなっているし、異文化を生々と捉えた芸術的資料とも言えよう。庶民的正義感にとどまるものではあっても、支配・被支配によって人間をわけへだてしないリベラルさ、自由さが、小野のそれらの絵の中からは感じとれるのである。戦後、ジャワより帰国してから急逝するまでの間に書かれた三冊の書物におさめられた文章を繙くと、いかにこの画家がジャワに愛着を持ち続けていたかがよくわかる。そのことの意味を問うのは別の機会に譲らねばならないが、いままで述べてきたような戦争体験を一人の漫画家・画家が持ったということが、わが国の文化史の上でまだ正当な意味と位置づけとが与えられていないことに、あらためて注意を喚起したい。問題を提起するべく小文を草したことを記して、擱筆する。

〔木村一信（きむらかずあき）一九四六年生まれ。立命館大学文学部教授。『南方徴用作家叢書』全60巻（龍渓書舎）を編集刊行中〕

『現代猟奇先端図鑑』に現れた時代の意識

30年代を考えるキーワード……エロ・グロ・ナンセンス・キッチュ・モダン

馬場伸彦

隣接諸領域を読む（デザイン）

現代猟奇先端図鑑

一九三一年（昭和六年）新潮社より発行された『現代猟奇尖端図鑑』には、当時の尖端的、猟奇的なるものが網羅されている。

内容を覗けば、まず「エロチック」の項目があり、トップを飾るのは西洋女性の裸体写真。続いて伊東深水の美人画、ジョセフィンベーカーのポートレイト、健康的な水着姿の女性、むき出しのマネキン人形、レビューダンサーの楽屋の光景、外国映画のキスシーンなどが続く。次に「グロテスク」は、ワーナーブラザーズ映画『逃走の島』のワンシーン、にしき蛇の皮をまとった白人女性、大平洋に浮かぶ島に住む人食い人種、全身に入れ墨を施した白人男性、昆虫や爬虫類のクローズアップ写真など。「ナンセンス」は、水着姿で交差点に立って交通整理を行う婦人警官、テニスラケットを持って球が飛んでくるのを待ち構えるオーストラリア先住民、眼鏡をかけネクタイを締めてタイプライターを打つ犬、接吻する恋人の興奮度を測定する技師など、思わず吹き出しそうになる珍妙な写真が連続する。

なるほど、これらが当時の「尖端」的感覚、「猟奇」的感覚に符合するものなのかと感心していたら、「尖端」と意識されたものはそればかりではなく、ミースやコルビュジェの近代建築、ロシア・アバンギャルドの構成主義風ポスターなども同等に扱われていることに驚いた。

この本を積極的に評価するならば、あらゆる事象を相対化したところにある。それにより事象は、各々の文化的コンテクストや歴史的連続性から切り離されると同時に、引用や組み合わせの自由が保証され、「混在」を「混迷」と感じさせない一冊の本としてまとめあげることができた。

いずれかに価値の重きを置く意図はなく、いわば趣味で集めたコレクションのスクラップ帖をそのまま誌面展開したようなものだが、一見、連関のない独立した事象も、こうして同位相に並べられると、不思議なことに、何らかの時代意識が全体性と共に浮かび上がってくるかのような気分にさせられる。

では、この本に滞留する時代意識とは何だろうか。またこの脈絡のない感覚は、戦時下（三〇年代）の表現様式（デザイン）とどのような共通項があるのだろうか。

民衆が何を最も好むや

社会学者である赤神良譲は巻末に『尖端の心理學』という小論を寄稿せ、「『尖端』といふ流行語の發生によつてあらゆる方面に於いて、『尖端』的意識がより明確にされ來つて、尖端に立つことなくしては、現代人の特質に缺くる所があるかの如く観念され、それを追求するに狂奔し出し來た」と分析する。そして現代人を常に「尖端」に対して焦っている人々だと位置づけ、それは消費社会の発達がもたらした近代人の態度であると結論する。「尖端的現象の強烈なる刺戟によつて、人々の注視を惹く、そして時としてその尖端人は英雄視され、崇拝されてファンを持ち出して來る、だから彼はその廣告的価値に於いて既に百パーセント」だと彼はいう。

　ここでいう「人々」とは、大衆の別称としての「民衆」をさす。(『変態社会の理論的考察』) 赤神によれば、「元来民衆の多くは野鄙であり、野蛮であり、粗野であり、淫蕩である」とされ、エロ・グロ・ナンセンス風潮の蔓延する民衆主体の「頽廃社会」においては、芸術も詩も哲学も、エロ、イット、ジャズと同様に営利化すると赤神は述べる。そして尖端人並びに尖端的事象は、「如何にして社会して、自己をその価値以上に評価せしめ」ることに価値を見出そうとするのであり、表現および芸術の最終目標は「民衆が何を最も好むや」という前提の上に成立することになる。

大衆消費社会においては、事物・事象の背景や構造が問題ではなく、表層が「意識されて」浮上する。『現代猟奇尖端図鑑』において、新しく、珍しく、不思議で、奇妙なものを読者に提示し、びっくり仰天させてやろうと目論む編集者の思惑はそのあらわれであり、その反対側には好奇心を肥大化させて刺激物を摂取しようと待ち構える読者の姿がある。「民衆の好むもの」を提示することを目的とする大衆的な文化現象において、全ては密接に結びついている。ようするに、「尖端」的なものが広告的価値を有する時代とは、視覚的な差異(装飾)が重要視される時代のことである。また既成概念からの逸脱が新しい価値を生む時代ともいえる。

　差異や逸脱に価値が見出される以上、人々の心理は永遠に満たされることのない飢餓状態に置かれることになる。三〇年代は、消費の主役となった大衆が、欲望の充足のために必要な交換価値を求めた時代であり、「尖端」と称された視覚的刺激にあふれた事象の数々は、「エロ・グロ・ナンセンス」というキーワードに収斂されたといえなくはないか。

　こうした風潮は一九三二年(昭和七年)あたりをピークとし、その後日中戦争に突入する一九三七年以降になると姿を消してしまう。個人が全体性のなかへ埋没せざるを得ない国家主義へと移行したとき、尖端的刺激は無価値と化す。もはや漠然とした不安ではなく、確実に対峙しなければならない現実となったとき、深層の欲望や表層の装飾性は戦争という巨大な猟奇性によって、いとも容易く消滅してしまうのである。

ハイカラと大衆文化

　「エロ・グロ・ナンセンス」の時代は、その前史を含めば、概ね二つ世界大戦に挟まれた時代区分(一九一四年〜一九三九年)を範疇に収めることになる。鈴木貞美は「エロ・グロ・ナンセンス」は昭和初年代の低俗な大衆文化の異名として一面的に捉えるのではなく、我々日本人の「都市大衆文化の原点」とするべきだという。そして、その起源は、明治〜大正のハイカラ文化にあるとし、「明治末から大正にかけてつくられた新中間層を基盤にする文化が、モダン都市を背景にして変容したのが、昭和初年代の大衆文化」なのだと指摘した。(『乱歩の時代』別冊太陽一九九

五年一月）

この「ハイカラ」という言葉の誕生は明治三十年代の半ばあたりだと見当づけられている。本来は英語のhigh collarの訛であるから、洋服のカラー、つまり「つけ襟」を意味していた。『明治事物起源』（石井研堂）には毎日新聞記者石川半山が「ハイカラー」という言葉を度々使い洋行帰りの人々を冷笑したとあり、襟の高い洋服を着て、これ見よがしに帰朝をほのめかす気障な様子をからかったことが「ハイカラ」の始まりだとある。

明治維新を契機とし、それに続く文明開化は、長い間鎖国状態にあった日本人にとって物質と精神の両側面において根底からの変革を余儀なくさせた革命的出来事であった。国策によって進められる西欧文明、並びに西欧人との接触は、日本人が西欧人とは異なる人間であり、西欧文明の歴史的発展と断絶した島国で暮らしていたことを否応なく意識させる結果となった。文明文化のみならず体格の面においても日本人が劣っているという認識は、訪日した西洋人の多くが外交官や技術者、学者といった知性と教養を兼ね備えたエリートであったがために一層加速され定説化した。そして日本人の西欧人に対する劣等意識はその反動として強固な「西洋崇拝」と「白人コンプレックス」を生んだのである。

軽佻浮薄なものを揶揄する言葉として流行した「ハイカラ」は、その後ニュアンスが少しづつ変容して「洒落者」や「新しい」という意味を含めた言葉となり、「粋」や「ダンディズム」といった肯定的な意味でも使われるようになる。明治後期における「ハイカラ」の流行はそうした意識が官僚や知識人の間だけでなく広く一般にも浸透していったことを物語っており、つまり欧化主義が通俗化した大衆版が「ハイカラ」趣味なのであろう。

近代都市の多重性

それにしてもこれほどにまで捉えどころがなく、煩雑で、屈折し、奇妙な様相を呈した時代はないのではないか。大正時代はじめの経済状況は第一次世界大戦による軍需品の注文が舞い込んだことで日本の重工業や化学工業は未曾有の好景気に見舞われる。とりわけ造船業の伸長は著しく、大戦前の造船高と比較して対戦末期には七倍にも増え、世界第三位に躍進した。日本は戦争を契機にアジア最大の工業国へと移行する。工業化を支える労働力は主に農村から供給された。農業人口は減少傾向を示し、変わって第二次、第三次産業に従事している人口が著しく伸びる。つまり「エロ・グロ・ナンセンス」は、農業型社会から産業型社会に移行し、都市に大量に人口が流入した「都市の時代」と共に登場したことになる。

大正期は日本人がはじめて経験する大衆消費社会である。都市には自動車が走りはじめ、電灯や電飾が夜空を照らし、ラジオや新聞・雑誌、映画が大量に情報を発信した。カフェやバアにはジャズが流れ、酒と女給のエロサービスが享楽気分を盛り上げる。

急速な消費社会の発達は、都市に流入した中産階級の生活に利便さと豊かさをもたらすかのような幻想を与えていた。また、この時代は詩人や芸術家たちによって様々な「イズム」が宣言された時代でもあった。しかしそれらは歴史の必然から誕生した、或いは伝統性との絶縁から産み落とされた思想ではなく、ほとんどが西欧文化の模倣にすぎない移入文化であった。ここにもまたコンテクストからの分断がある。新居格によれば、「あらゆる社会思想が存在する。そしてそれらが国際的気流の上に交錯する。文学、絵画のエコールだつてほぼ同様にそれが存在し、劇壇、詩壇の傾向もまた同様の姿勢を取りつつある。風俗が、流行が、生活様式が、時代の好尚がほぼ同じ動向を執つて流れる」という、国際的混和の「カクテル時代」だったのである。こうした傾向は、とりわけ商業美術の分野や飲食店などの仮設的商業建築において顕著に現われ、国際様式風、アールヌーヴォ風、アールデコ風、構成主義風、ドイツ表現主義風、未来派風、新古典主義風など、「イズム」と同様、多種多様な「風」を都市空間に散りばめた。

けれども、その後の昭和初年代における慢性的な不景気と、忍び寄る戦争への重苦しい影は、そんな人々の気持を灰色に変え、期待を裏切ることとなった。昭和初期の社会情勢は、震災復興気分に沸き返る都市の表面的な華やかさとは裏腹に、映画『大学はでたけれど』(一九二九年・昭和四年)で小津安二郎が描いたように、大学出の学士であっても就職先がないという不景気な状況下にあった。一九二九年(昭和四年)一〇月、ウォール街で株価の大暴落に端を発する世界恐慌は、日本経済にも大きなの打撃をもたらした。大恐慌は三〇年春に日本に波及するが、時の浜口内閣は既に金解禁声明を発表しており、三〇年一月十一日から金解禁を実施していた。その結果、巨額の金が流出することになり、恐慌の打撃がいっそう加重され、三一年には最悪の事態を迎えたのである。企業は生産制限を行い、休業や倒産が続出し、失業者が増大した。労働者は、人員整理、賃金の切り下げによって深刻な生活難におちいり、月収額六〇円以下の「細民」を急増させた。

あらゆる社会思想が混在するカクテル時代の上に、先行きがどうなるのか分からないという不安が重なる。表層的な都市の繁栄と人間精神の深層における荒廃が亀裂を作って断絶し、二重構造となって同時進行する。刹那的、享楽的な風潮をいっそう加速化させ、尖端的、感覚的刺激が価値を持つようになるのはそういう状況下に置かれているから故であろう。人々は、「今」にしか生きておらず、「将来」に対する責任や希望を抱くことを放棄する。戦時下の時代意識としてあらわれた悪趣味やキッチュは、そうした「頽廃社会」の亀裂から沸き上がってきた社会現象といえる。

ナショナリズムとキッチュ

三〇年代の時代意識を語る上でもうひとつ忘れてはならないのは、「帝冠様式」とよばれる西洋建築の躯体に日本屋根を載せた公共建築の登場である。名古屋市庁舎(一九三三年)と愛知県庁舎(一九三八年)は、共に「帝冠様式」と呼ばれる建築様式の代表として知られている。

「帝冠様式」の形態的特徴は、基本的には「洋風(西洋)建築」であり、部分ないし全体に「和風」の意匠を加えたものである。城郭や社寺のモチーフを屋根等に引用したため「木に竹をつないだ」と揶揄されたこともある。こうした意匠上の試みは、戦時下の右傾化した思潮が「日本的なる」様式を求めたからだとする意見もあるが、井上らが指摘するように、帝冠様式をファシズム建築と結びつけるのは、建築にプロパガンダ性を求めなかった軍部の要望からすると、やはり無理があることを否めない。帝冠様式に現われた日本趣味の意匠は、むしろモダニズムの受容過程において顕在化した意匠上の「矛盾」として捉えたのが理解しやすい。

井上は膨大な資料と社会背景を緻密に照らし合わせながら、「時代を律すべき統一的な様式が姿を消」し、「さまざまな様式が混在する時代」であっからこそ「西洋の歴史建築様式に和風の瓦屋根を組み合わせるというような珍奇な現象がおこりえた」と論証する。恐らくそこには、無装飾なモダン建築が都市空間に増えたことへの反発や、欧化風俗の隆盛に対する反動、つまり土着的な伝統回帰があったのだろう。これはナショナリズムの台頭ではなく、急速な近代化に対する「ゆれ」の顕在化である。

屋根に代表される日本趣味の引用は、日本という固有性を象徴する記号にちがいないが、ここで表現されたナショナリズムは抽象性を重んじた日本の伝統的美意識とは異なる具象表現であり、イデオロギーというよりも「民衆が何を最も好むや」を目的としたキッチュであり、「郷愁」にも似た「土着的」な表現であった。

こうした和と洋を融合させながら独自の解釈によって日本化させるプロセスは、伝統的和風住宅の玄関脇に接客用の間に合わせの洋館、「応接間」という奇妙な住空間を新中間層が設けたことと根本的に変わらない意識が働いている。重要なのは、西洋建築の躯体に和風屋根をのせたり、玄関の土間脇に応接間という軽便な小部屋をつくったりして、それを目で視覚的に確認できる形式にしたことである。一見、意味が全く個となる行為の行為のように思えるが、日本趣味を貼りつけた帝冠様式にしても、土間脇の応接間にしても、新しい主体である新中間層（大衆・民衆）にとって、理解しやすく、馴染みやすく、引用しやすい象徴記号だったのである。

近代は視覚化への欲望が拡大した時代といわれる。その意味において、帝冠様式に見られる装飾は、大衆の願望を吸収したひとつの解答であり、それは「エロ・グロ・ナンセンス」に収束される悪趣味やキッチュと同様に、大衆の生活感覚と同じ地平に並べられた尖端的かつ感覚的な刺激だったのではないだろうか。

［**馬場伸彦**（ばばのぶひこ）都市文化批評。編集者・愛知淑徳短大非常勤講師］

戦時下のサブカルチャー

永井荷風と高見順の日記を手がかりに

中西昭雄

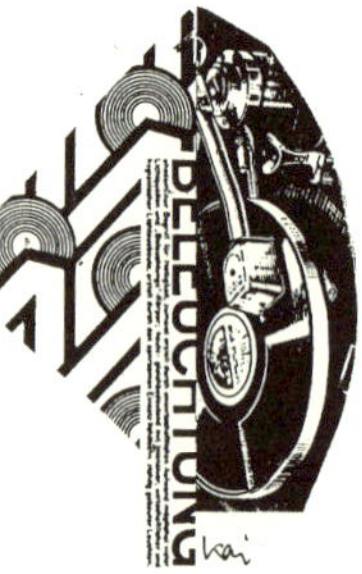

1

一九四一年（昭和一六）一二月八日。永井荷風の日記「断腸亭日乗」の記述はこうだ。

「褥中小説浮沈第一回起草。晡下土州橋に至る。日米開戦の号外出づ。帰途銀座食堂にて食事中灯火管制となる。街頭商店の灯は追々に消え行きしが電車自動車は灯を消さず、省線は如何にや。余が乗りたる電車乗客雑踏せるが中に黄いろい声を張上げて演舌をなすものあり」

高見順は、この日、海軍に徴用され、報道班員としてインドシナに向かう輸送船の船中にいた。その日の日記。

「朝食を取ろうとしていると、ラジオが日米間の交戦をつたえる。折から香港の沖合いを航行中。一同厳粛な表情。」

荷風はこのとき、六二歳、高見順は三三歳。ともに長年にわたって日記を書きつづけてきていた。親子ほども年が違うふたりだから、小説家としての境遇もちがい、時代を記録する視点も自らちがう。ただ、このふたりに共通することは、ともに浅草と銀座を好んで歩き、そこでの見聞や観察を日記に記録していることだ。戦時下での社会や風俗の変化を、荷風は時勢に背を向けて軍国の時代風潮を冷やかに見つつ、高見順は権力と距離を置きたいと願いながらも、特高による要監視の状況のなかで、結果は順応してたつきをもとめざるをえない苦衷をからめて記述していく。今日ではよく知られているように、荷風と高見順は血縁関係にあった。高見は、荷風の叔父の庶子にあたる。

このふたりの作家の日記を手がかりに、戦時下のサブカルチャーを考察してみようと思う。

2

永井荷風は、日米開戦から四日後の一二月一二日に書く。

「開戦布告と共に街上電車其他到る処に掲示せられし広告文を見るに、屠れ英米我等の敵だ進め一億火の玉だとあり。或人戯にこれをもじりむかし英米我等の師困る億兆火の車とかきて路傍の共同便所内に貼りしと云ふ。現代人のつくる広告文には鉄だ力だ国力だ何だかだとダの字にて調子を取るくせあり。実に是駄句駄字と謂ふ可し。」この時期の国策宣伝の標語は、全国の盛り場やターミナルなどに立て看板として置かれて広められた。前年、一九四〇年（昭和一五）八月一日に国民精神総動員（精動）本部がつくった「日本人ならぜいたくは出来ない筈だ！」や「ぜいたくは敵だ！」の立て看板は、東京市内の繁華街一五〇〇カ所に置かれたといわれている。これは、奢侈贅沢品の製造販売を禁じた「七・七禁令」（同年七月七日施行）の徹底をはかろうとするものだった。

荷風が町で目にした看板やポスターは、日米開戦に際し、情報局が製作して流した戦意昂揚標語で、正式には、荷風が記録したものと前後が逆の「進め一億火の玉だ、屠れ英米我等の敵だ」だ。荷風が揶揄している「駄句駄字」は、「ぜいたくは敵だ！」以後、国策スローガンで多用される「だ！」で終わる文体をさしている。この時期、国語協会の口語化運動の影響もあってか、裁判所の文書などにも口語が使われることが多くなってきていた。標語の口語体もその反映といっていい。

日本近代の国策標語をみると、明治期の「文明開化」「富国強兵」「殖産興業」から、昭和初期の「五族協和」「王道楽土」「暴支膺懲」に連なる四文字熟語が主流だった。そこへ、登場した「だ！」調の標語は、たしかに新しい言語感覚といっていい。庶民の意識までの浸透をはかり、庶民ひとりひとりを根こそぎすくいとろうとする国家の政策――それをファッシズムといってもいい――の、計算を超えた意図があるといっていいかもしれない。反発や反感をもちながらも、こうした口語調の標語は、庶民社会にじわじわと浸透していったことは、「ぜいたくは敵だ！」が戦後においても口の端にのぼるのをみてもわかる。七〇年代のオイルショック後の省エネ宣伝時代には、「ぜいたくは素敵だ！」とパロディ化されたことは、記憶に新しい。

戦時下に於ける国策宣伝の次ぎなる言語転換は、四二年（昭和一七）一一月の「欲しがりません勝つまでは」の採用と流布だ。

太平洋戦争開戦一周年にあたって、大政翼賛会と読売、東京日日（現在の毎日）、朝日の三紙が主催しておこなった「国民決意の標語募集」の入選作一〇のうちの一つが、「欲しがりません勝つまでは」だった。この作者が、東京・麻布区の国民学校五年生の女子生徒で、新聞の格好の話題づくりのネタになったこともあって、この標語がもっとも広く知れわたった（戦後になって、実際の作者はこの女生徒の四〇歳の父親が娘の名前で応募したことが判明した）。

このときに入選した他の九標語を羅列してみる。

「さあ二年目も勝ち抜くぞ」「たった今！笑って散った友もある」「ここも戦場だ」「頑張れ！敵も必死だ」「すべてを戦争へ」「その手ゆるめば戦力にぶる」「今日も決戦明日も決戦」「理屈言ふ間に一仕事」「『足らぬ足らぬ』は工夫が足らぬ」

このなかで、口調といい、言語センスといい、「欲しがりません勝つまでは」が一頭地を抜いていることは、だれの目にもあきらかであろう。また、諧謔さの点からは、「『足らぬ足らぬ』は工夫が足らぬ」が、抜群に優れているといっていい。あとの八標語が人口に膾炙されることなく消えていったなかで、この二標語が今日まで、ただ単に戦時下の記憶や回想の域を超えて、生き延びていることは注目されていい。

これらの標語にみられる言語感覚は、ひと口でいえば、話し言葉や日常語の採用といっていい。口語体への変化は、「だ！」調にみられるように、決意や意気を強調するもので、そこには上からの、あるいはお上と一体になった小リーダーのかけ声の匂いが強かった。そうした押しつけがましさは語調の強い分だけ余計に反感を呼ぶ。言語をさらに日常性、庶民性に転換し、もっとふつうの言葉で民心を把握できないものか。「欲しがりません勝つまでは」や「『足らぬ足らぬ』は工夫が足らぬ」には、そうした巧まざる宣伝意図が秘められている。戦時下の傑作といっていいものだ。

大政翼賛会を唾棄した荷風は、四三年（昭和一八）三月二八日の条に銀座で耳にした「流言」を書き記している。

「一昨年翼賛会成立の後日々街頭に掲示せらるるポスタの意匠文案をなすものはもと奈良の筆墨商古梅園の家に生まれたる一青年なりと云。古梅園は世に知られたる富豪にて大正の末世の家業を歇め実業界に投資をなし其家は益々富み栄へつつあり。其家の息子某なるもの二科の洋画家なりしが如何なるつてを求め得たりしにや、翼賛会に入り込みポスター文案の責任者となれり。昭和十五年二千六百年祭のころ町の辻々に立てられし「祭は終ったさア働かう」といふ掲示、また「贅沢は敵だ。」「進め一億火の玉だ」といひしたぐひのもの此れ皆古梅園の息子が案出せしものなりと云。年齢は四十がらみにて色がはりのきざな洋服を着し一見活動写真俳優の如き風采の男なりと云」

大政翼賛会がうんだ、こうした「傑作」標語は、戦後のある時期まで花森安治がつくった、との風評がかなりの範囲で一般化した。大政翼賛会時代について、花森本人は語らないまま死亡したから、今日まで事実ははっきりしない。が、その後、大政翼賛会で宣伝活動にたずさわった人々の回想がでてきて、花森の関与の仕方がそれなりに分かってきた。

まず、荷風の耳にした「流言」を検証しておこう。

荷風は、どうも、花森と画家、佐野繁次郎を混同しているように思える。東大在学中に、『帝大新聞』で余白を活用した紙面構成やカットで才能を発揮していた花森は、化粧品会社、伊東胡蝶園（その後のパピリオ）宣伝部に入社し、そこのトータル意匠を引き受けていた洋画家、佐野繁次郎の薫陶をうける。戦後のパピリオの宣伝物を知っている人は、佐野のクレヨンタッチの手書き文字を思い出すことだろう。それと、『暮しの手帖』のレタリングやカットのセンスの親近性をみれば、花森が戦後になっても佐野から学んだセンスを保っていたことがわかる。

その佐野繁次郎は、荷風がこの頃、毎日のように夕食をとっていた新橋駅近くの小料理屋「金兵衛」の常連で、そこで荷風と馴染みだったのだ（『カラー版日本文学全集13　永井荷風』の挟み込みの「しおり」参照）。

二科会所属の画家、佐野が「金兵衛」で語った大政翼賛会のことを、荷風が「流言」として記録した、と判断していいのではなかろうか。胡蝶園宣伝部時代の教え子、花森の、評判になった現在の仕事を、佐野が「オレがやらせたのだ」といったとしてもおかしくない。佐野はこのとき四三歳で、横光利一の『機械』や『旅愁』の装幀を手がけてもいた。

大政翼賛会宣伝部に在籍した花森安治は、実際には何をしたのか。多くの人の証言を総合すると、花森は同宣伝部が手がけた国策宣伝のポスター、移動展示、新聞広告などすべてにわたって実際の仕事のまとめ役であった、といっていいようだ。今日の言葉でいえば、プロデューサー兼アートディレクターといっていい。

満州へ出征した花森は戦傷して帰国し、大政翼賛会設立の翌年、四二年（昭和一六）春に同宣伝部に入った。宣伝部長の久富達夫が『帝大新聞』の先輩だった縁による、といわれている。東京日々新聞の政治部記者あがりの久富をはじめ、宣伝部の幹部は毎日、朝日、読売新聞の出身者でかためられていた。彼らは、官庁や大企業からの出向者や天下りの幹部連中と同様に、実務には精を出さなかったから、仕事の実権はいきおい宣伝部員が握ることになった、といっていいようだ。部員には、花森のほかに岩堀喜之助、清水達夫らがいた（岩堀と清水は、戦後、雑誌『平凡』を創刊し、現在のマガジンハウス社をつくる）。

「国民決意の標語募集」には、応募標語が三二万余あった。その中から、前記の一〇作が入選したが、なかでも「欲しがりません勝つまでは」を強力に推したのが、花森だったといわれてきた。花森の生涯と仕事をふりかえる著作をまとめた酒井寛が、岩堀の談話を紹介している。

「自分も清水も仕事らしい仕事をしなかったと言ったあと、『その翼賛会でもね、どういうわけか、花森だけは働くんだ。もうね、一所懸命だ。朝から晩まで、……オレはムダなことだと思って見てたんだがね』。／宣伝くさい宣伝は、決して人の心にしみ通らないと言ったあと、岩堀はさいごに、こう語っている。『翼賛会でも、そういうことを知ってるやつがやっていた組だけは、よかったね。新井（静一郎）さんなんかはそうで、情報局の軍人をごまかし、ごまかしね、そういうほうへもっていった。それから、花森ね。要するに、大衆感覚を持った連中がやったものだけが残ってるし、よかったんじゃないかなあ』」（『花森安治の仕事』）

朝から晩まで働いていた、大衆感覚をもった男――翼賛会のヒット作が花森の作と擬せられる理由は、ここにあるのだろう。

3

戦時下の広告宣伝をみるとき、報道技術研究会（略称、報研）のはたした役割を見逃すわけにはいかない。前出の岩堀の回想に出ている「情報局の軍人をごまかし、ごまかし」て宣伝をしたという新井静一郎が音頭をとってつくった広告マンの組織だ。「報研」については、難波功士が解説書（『「撃ちてし止まむ」――太平洋戦争と広告の技術者たち――』）を著しているので、それにもとづいて記述する。

新井は、慶大を卒業して、三二年（昭和七）に森永製菓宣伝部に入社したコピーライターだった。そこには先輩デザイナーとして今泉武治がいた。

戦時下になると、国家による新聞・雑誌の用紙割当てがきびしくなり、当然のことながら、新聞・雑誌の広告スペースも少なくなっていく。三八年（昭和一三）に新聞広告の段数制限がはじまり、四〇年に用紙割当権が商工省から内閣情報部にうつり、割当てが一層強化される。四二年には広告税が新設され、新聞広告は三七年に比して四割弱までに落ち込む。そんななかで考案されたのが、献納広告や協力広告だ。

献納広告は、「広告主・新聞・雑誌社或いは法人、個人が国策宣伝に協力援助する趣旨から精動（国民精神総動員）本部へ無償で提供した広告媒体を使用して行う一切の広告宣伝」で、協力広告は、「商品や営業の宣伝広告を目的として、同時に国策宣伝に協力援助することを目標とするもの」（とともに『昭和一六年　広告年鑑』による）。最初の献納広告は、四〇年八月一日朝刊に載った明治製菓のものだった、といわれている。

森永製菓の献納広告や協力広告で内閣情報部や国民精神総動員本部（一九四〇年に大政翼賛会に包摂される）に頻繁に通っていた新井は、今泉などと「手弁当でも公的な仕事に奉仕しよう」と考えて、四〇年一二月に結成したのが、「報研」だった。委員長には、資生堂のデザインポリシーをつくってきた山名文夫がついた。その趣意書にいう。

「……このように主体と客体、世界観と意志、理想と実践という対立概念を報道の立場において統一するということは、非常に広汎な技術を要することになるのでありまして、今までの個人的制作だけでは、どうしても包み切れぬ大きなものとなるのであります。／この統一された技術的理念を、具体的に造形的に形成するものが、報道技術者なのであります。われわれが今まで商業美術・産業美術と呼称して来たものは、自由主義的経済価値の要求によって生まれたものであります。これを今は国家・社会的な立場から、国家的機能・社会的機能として見直さなければならなくなったのであります。」

商業美術家というあり方を「報道技術者」へ転換する——ここには、冷たくいえば、戦時下で権力へすり寄っていく広告マンたちの姿勢がみてとれる。スポンサーを企業から国家に変えていくことに、彼らは抵抗がない。この時代、表現者たちは、生活のためになしくずしに、あるいはしぶしぶながらに国策へ協力していったが、こういう趣意をみると、広告マンたちは屈託なく協力していったといわざるをえない。また、それを可能にしたのは、自らを「技術者」としてとらえ直す視点だった。

大政翼賛会が発注した壁新聞（ポスターのこと）「おねがひです。隊長殿、あの旗を射《い》たせて下さいッ！」は、「報研」の仕事のなかで、代表作といっていいだろう。日米開戦一周年の時点で製作された「あの旗を射《い》て！」は、その後（一九四四年）、映画のタイトル（「あの旗を撃て」）に利用されたこともあって、広く浸透した。当時、朝日新聞記者だった扇谷正造の回想や読売新聞運動部記者から大政翼賛会宣伝部副部長なっていた川本信正の回顧談で、「あの旗を撃て！」でなく、「射て」の語感を花森が自慢していた、とあるから、このキャッチフレーズとコピーは花森が手がけたとみていいだろう。

どんなメッセージであれ技術的にこなしてみせる、という自信はゆるぎがなく、戦後のマスセールス時代になると、同じ顔ぶれで商業広告を大きく開拓していくことになる。花森ひとりが、国や企業から離れた雑誌づくりに、その技術を生かしていく。

戦争は技術を発達させる、といわれるが、科学技術だけでなく、広告技術も戦時下で発達したのだった。

4

海軍に徴用され、宣伝班の所属になっていた高見順は、四一年一二月二日、大阪から輸送船に乗ってサイゴンに向かい、四三年一月までタイとビルマに滞在していた。日記には、タイやビルマの歴史や民族を懸命に学んでいる記述が多く、個人的な心情の表白はそれほど多くない。

そんな生活のなかで、時折、望郷の心を誘うような単語が、ポツンポツンと書き留められている。

「(四一年)一一月二五日(このときは大阪で出航を待っている――引用者注)。(略)少憩ののち、豊田君(作家、豊田三郎――引用者注)と酒保へ行き、レモン湯とコーヒーを飲む。酒保が何かこいしいところ、どうもこの生活に今はすっかりなれたらしい。/兵士が柿をたくましくかじっている。たくましくコーヒーをのんでいる。ラウドスピーカーから『支那の夜』がガンガンひびいてくる。」

「(四二年)一月一日(バンコク――引用者注)。(略)ニュー・バーに行く。ミックスド(高見註=混血)ならんもきれいな女給仕(高見註=当時は英語排撃で、女ボーイというこれも奇妙な呼び名が女給仕と改められていた)がいる。/日本人の顔があちこちのテーブルに見える。/ピアノとヴァイオリンの楽士が『支那の夜』などをやる。」

歌謡曲「支那の夜」(西条八十作詞、竹岡信幸作曲)は、三八年(昭和一三)につくられ、ヒット曲になった。その歌を使った、東宝映画「支那の夜」(監督・伏水修、主演・長谷川一夫、李香蘭)が封切られたのは四〇年(昭和一五年)六月。同時期のヒット曲に、「湖畔の宿」(佐藤惣之介作詞、服部良一作曲、高峰三枝子歌)や「蘇州夜曲」(西条八十作詞、服部良一作曲、霧島昇・渡辺はま子歌)がある。これらの流行歌は、ともに哀愁をおびたメロディーで戦時下の民衆に親しまれ、中国への侵略戦争を背景にした「支那」や「蘇州」といった歌詞でありながら、戦後になっても、その響きは忘れがたい時代の記憶になっている。

「支那の夜」と「蘇州夜曲」を歌った歌手は、レコードでは渡辺はま子、映画(ともに映画「支那の夜」の主題歌)では李香蘭だ。数奇な運命をたどった李香蘭、山口淑子は、その自伝(『李香蘭 私の半生』藤原作弥との共著)で書いている。

「長谷川さんとのコンビによる大陸三部作(「白蘭の歌」「支那の夜」「熱砂の誓ひ」のこと)は、いずれも日満青年男女の恋に抗日分子がからみ、波瀾万丈の大活劇の末に二人はめでたく結ばれるという大陸進出を正当化したお定まりのメロドラマだったが、興行的には大当たりした。(略)『支那の夜』は中国でも公開されたが、(引用者略――映画の中で、中国人娘が日本人青年に殴られるシーンがあり、）殴られたのに相手に惚れこんでいくのは、中国人にとっては二重の屈辱と映った。そして、その行動様式を、侵略者対被侵略者の日中関係におきかえてみた一般の中国人観客は、日本人のように一種の愛情表現とみなして感動するどころか、日本人に対する日ごろの憎悪と反撥がさらに刺激された。映画の教宣目的は全くの逆効果で、抗日意識をいっそうあおる結果となったのである。」

国策をメロドラマに仕立てた、こうした映画は今後も再評価されることはないだろう。しかし、この時代の流行歌を顧みるとき、侵略を背景にした歌詞は忌避されても、服部良一の作曲したメロディは確実に残っている。服部は、大阪中央放送局のサキソフォン奏者で、ガーシュイン風のクラシック・ジャズを体得していた。「別れのブルース」（藤浦洸作詞、淡谷のり子歌）を、三七年（昭和一二）に作曲した服部は、たてつづけに数々のヒット曲をつくり、戦争末期には、ジャズの余韻ののこる上海で作曲活動をし、戦後のポピュラーミュージックの準備をしていた。

高見順が、バンコクの正月に聞いた「支那の夜」は、日本人の郷愁をさそうメロディにすでになっていた、といっていい。

5

一九四三年（昭和一八）に入っての初日（一月一日）の日記に、荷風は、「町の噂」を箇条書きしている。その一つに、こんなのがある。

「浅草公園の道化役者清水金一公園内の飲食店にて殴打せられ一時舞台を休みし由。猶又エノケン緑波などいふ道化役者の見物を笑せる芝居は不面目《ふまじめ》なれば芸風を改むべき由其筋より命令ありしと云う。」

清水金一、通称シミキンが、浅草の喜劇王と呼ばれるようになったのは、一九四二年（昭和一七）ごろからだった。このころまでに浅草喜劇の主役たちは、活動の中心を浅草から他の盛り場に移していたからでもあった。

昭和期に入って、浅草では、レビューと軽演劇が全盛期をむかえる。一九二九年（昭和四）、カジノ・フォーリーでデビューしたエノケン（榎本健一）は、「エテ公踊り」でまたたく間に人気者になった。この年、川端康成がカジノを舞台にした小説「浅草紅団」を新聞連載し、レビューガールたちのエロチシズムを描写したことが、さらに客を呼んだ。エノケンはカジノを脱退し、いくつかの劇団をつくったあと、三二年に松竹専属、三八年には東宝と専属契約をむすび、活動の場を有楽町の日本劇場や東京宝塚劇場に移していった。

他人の物まねを「声帯模写」と命名して評判を呼んできたロッパ（古川緑波）が、徳川夢声、大辻司郎らと「笑いの王国」を浅草で旗揚げしたのは、三三年（昭和八）だった。これは、あきらかに浅草の笑いを独占する勢いのあったエノケンに対抗するもので、ロッパ作・演出の凸凹シリーズのとぼけた味のナンセンス・ギャグはインテリ層に受けた。そのロッパも、二年後には東宝と専属契約をむすび、浅草から有楽町に活動の場を移していく。「笑いの王国」文芸部には、菊田一夫が加入し、戦後の大衆演劇の笑いの準備をしていくことになる。

一六歳のときから、浅草オペラやエノケン、ロッパの周辺で修業をつんできたシミキンが、堺駿二などと新生喜劇座を結成したのが、四二年（昭和一七）だった。エノケンやロッパが去った浅草で、またたく間に人気者になり、浅草の喜劇王と呼ばれるようになった。シミキンはエノケンやロッパと芸風がおおいにちがっていた。エノケンやロッパの喜劇には、それなりの台本があり、ギャグや得意の芸は計算されていたが、シミキンのギャグやアドリブは八方破れの出たとこ勝負の感があった。

「シミキンほど検閲当局から迫害された喜劇人はいなかったという。台本はあらかじめ当局に提出して許可を得たうえ、その通り演じなければならないのを、アドリブが身上で、おまけにセリフをおぼえないシミキンは、たいてい脱線したため、大目玉のくらい通しだった。」（雑喉潤『浅草はいつもモダンだった』）

得意の決まり文句（セリフギャグ）は、「ミッタァナクテショーガネェ」と「ハッタオスゾ」。つまり、「みっともなくてしょうがない」と「張り倒すぞ」。このセリフをシミキンが口にして決めると、観客はただただ大笑いをした。国民学校の生徒までがマネをし、学校からは苦情が殺到した、といわれている（シミキンは、戦後の混乱期にも活躍したから、このセリフギャグを覚えている人も多いはずだ）。

ところで、戦時下の喜劇やレビューの内容はどんなものだったのだろうか。記録に乏しい、この世界の内容を知ることは容易ではない。しかし、富士正晴の小説（「帝国軍隊に於ける学習・序」）の一節から想像することはできる。

「……黒襟の服をつけた警防団員の役人風はつのるばかりであり、日々の暮らしは警察や警防団や町会や隣組でがんじがらめにされているようであり、新聞雑誌ラジオ、見るもの聞くもの、いやみたらしい東条英機たちの御真影や、やにっこい軍国美談、米英に対する敵がい心の強制で一杯であり、映画もそれ、場末の小屋のレビューすらが鉄砲かついだレビューガールの行進や、肩から赤帯をかけたレビューガールの兵士やら赤十字看護婦やらで満ち満ちた。もっともレビューはまだましなのだ。肩にかついだ鉄砲を上下にうち振るような行進をするマジメくさったレビューガールに微笑することが出来たから。漫才小屋では漫才師が高いところからお客に説教をした。」

こういう国策便乗のお説教くさい大衆芸能が全盛のなかで、破れかぶれの笑いで人気を呼んだシミキンを、「時局」の取り締まりに目を光らす警視庁が敵視したことは、当然といえば当然のことだったかもしれない。

ロッパは、日記魔と呼ばれるほどに克明に日々の記録を書き続けてきた。その「ロッパ日記」で、シミキンの受難をみると――。

「昭和一九年九月十六日（土曜）（略）今日、清水金一々座の石井敏が来ての話に、シミ金は目下技芸証を警視庁で取上げられて休んでいるといふ。而も、新宿松竹座二日目に、見に来た警視庁の元吉といふ役人（保安課検閲係）が、清水金一を、座の表へ呼び、脚本をまるめて、それで顔を打ちたる由。義憤を感ず。小役人ども、のぼせてやがるな、しゃくにさはる。何とかならぬものか。」

お上が「進め一億火の玉だ」とか「鬼畜米英」と号令をかけている脇で、「ハッタオスゾ」との野次が聞こえる。そうかと思うと、「欲しがりません勝つまでは」や「足らぬ足らぬは工夫が足らぬ」との隣組の必死のかけ声が、「ミッタァナクテショーガネェ」とのつぶやきで切り替えされる――シミキンのナンセンスは、こんな鬱憤ばらしやカタルシスの作用を民衆にもたらしたのではなかろうか。すくなくとも、取締当局にとっては、民が腹の中にためている不平を代弁するものと聞こえた、といっていいだろう。

シミキンの、長い髪をオールバックにしたキザなスタイルが当局の反感をかった、ともいわれている。男は丸坊主に国民服、女はパーマ自粛のひっつめで、筒袖にもんぺ姿が称揚された時代であった。

シミキンのべらんめぇ調に対抗するかのように、国家とマスメディアは、古事記や万葉集を動員して、荘厳さや悲壮感の演出を試みる。

四三年（昭和一八）になると、陸軍省は、決戦標語「撃ちてし止まむ」（古事記にある神武東征時の歌の一節）のポスター五万枚を全国に掲示し、三月一〇日の陸軍記念日の直前には、この標語と突撃する一兵士の写真（金丸重嶺撮影）をつかった、畳百畳敷きの巨大写真パネルを日劇に貼りだした。スローガンは大政翼賛会選定、パネルは陸軍省報道部指導、朝日新聞社企画であった。大阪では、難波の高島屋正面に大パネルが掲示された。

信時潔作曲の「海行かば」を、文部省と大政翼賛会が儀式用の曲に選定したのは、四三年一二月だった。万葉集の大伴家持の長歌の一節を歌詞にした「海行かば」は、その後、玉砕を伝えるラジオ放送時のテーマ曲となって、記憶に残ることになる。荷風が、「蝿叩き撃ちてし止まむ構へかな」という狂句を日記に記すのは、四四年九月六日である。

6

高見順は、四三年一月にビルマから帰国した。帰国してからの高見は、雑誌への小説や新聞への随筆の執筆、放送原稿の執筆、戦地報告の講演と多忙な日々を送っている。「文学報国会というのは、存在する以上、一応支持するのが作家の任務だとおもう。」（四三年四月八日）と日記にあるように、文学報国会など国策協力の文学者会議への律儀な参加も多忙の一因となっていた。

そんななかで、高見は「東京新聞」から連載小説を依頼される。

「ビルマ戦線より帰還後約一年、決戦段階に入った銃後国民生活への真の精神の糧、戦闘配置への血となり肉となるべき文学報国に専念し来った氏が、茲に漸く構想成って読者に相見える力篇である。」（「東京新聞」一〇月二六日付）と予告が出た、新聞連載小説「東橋新誌」は、四三年一〇月三〇日からはじまった。

「東京新聞の連載、浅草を背景にしようと思う」（一〇月一四日）。「金竜館に稽古を見に行く。（略）真面目な演出だった。以前の浅草のアチャラカ芝居の空気とは、まるで違う。（略）浅草の話を聞く。戦時下の浅草を是非書いて貰いたいと大町君がいう。前のふざけた空気と、すっかり違っているという」（一〇月一五日）――と、連日のように浅草に足を運び、若き日の出世作「如何なる星の下に」時代からの馴染み連中の話しを聞き歩いて、高見は小説の想をねる。

そして、一〇月二二日の日記に、「『東橋』第一回書く。快心の出来なり。」と書くのだ。ところが、今日、この小説を読むと、まったく無惨で、読むに耐えないのだ。なぜなのか。

和綴じ風で装幀された『東橋新誌』（六興出版部、一九四四年一一月発行）で、この小説を吟味してみる。

――従軍から帰った「私」は、ある製靴会社から講演を頼まれる。以前、この製靴会社の創業者に興味をもち、小説に書こうとしたことがあった。創業者の銅像が、墨堤（成島柳北の「柳橋新誌」から小説の題名を思いついたので、隅田川堤をこう書く）にあったが、出かけてみると、銅像は「応召」（金属の供出）されていた。大きな待合は改築中で、「産業戦士」の寄宿舎になるのだ。

といったのが、この小説の導入。

――こんな町の横町で、靴店の職人と軽演劇の作者が出くわす。聞けば、職人は「転業」して、航空機部品製造の軍需工場の「産業戦士」になっていた。その会社に行ってみると、社長はなんと義太夫の「語り連」。——「私」の分身である軽演劇の作者は、これは小説のネタになる、と思う。——互いに、旧知の仲を隠して、元職人は、機械に付きたいと思ったが、未熟のため、工具係になる。そこに登場するのが、社長と創業以来、苦労してきた熟練の工員と大学中退の新入りの工員。熟練工は無愛想な男で、元職人は偏屈で嫌な野郎だ、と初めは思うが、しだいにこの熟練工の一徹さが「お国」のために役立っていることを理解するようになる。

作者の女房は、レビューの元踊り子で、その妹は今も踊り子。産業報国会と提携しての「歓喜奉公隊」に属して、開演前に工場に慰問に出かける毎日。新入りの工員と踊り子は浅草で出会って、互いを意識する仲に。

同じ横町に、元「支那浪人」とおぼしき老人が娘と隠れ住んでいる。そこへ、出馬を促す使者が来て——。娘は、中国人の革命家の忘れ形見であったらしい。——これは、作者のアジア主義を展開する伏線になりそうだ。

軽演劇の作者に、「徴用」の「白紙」が来る。「滑稽芝居から足を洗ってほんたうの仕事に打ち込む、その転機にこれが成るのだ。これを転機として生かさなくてはうそだ。その為に先づ過去の生活に終止符を打つて、それへの執念を絶ち、それにまつはる一切を忘れて、これから与えられるであらう国への献身の生活に心身を没入せしめることだ。さうして新しい自分をそこにもう一度生み出すことだ。——」

この感慨は、作者、高見順の戦時下でのオモテの場での信条であった、とみていい。日記の独白部分をみると、面従腹背の処世と見れないこともないが、執筆活動を継続しようとする「面従」がつづくと、「腹」もが「従」っていくことを、この小説は示している。

「東橋新誌」は、戦時下で浅草の庶民がどう生きていたかを伝える生活記録の側面はあるものの、作者の時代への迎合が強すぎる小説でもある。無慘、と言わざるを得ない駄作である。

四四年（昭和一九年）三月七日の高見順の日記。

「東橋一回。／東京新聞へ行く。／都合により、今月いっぱいで『東橋』をやめて貰えないかという。夕刊がやめになった。読売の丹羽の『今日菊』なども、そのため中止。気の毒なことだと同情していたら、昨日のひとの身、今日はわが身、——紙面が窮屈になったので、短編で行くことにして、一新の方針らしい。／承知しましたよといって社をでたが、さすがに打撃は大きかった。／かきにくいなかを、力いっぱい書いて来た。幸い、好評である。それに力を得て、一生懸命だった。二百回位頑張ろうと、筋も用意し、新人物も出してきて、これからという所だった。——苦しみながら、全心をうちこんできた仕事だった。／人生はすべて此の如きものなのであろう！／落胆の余り、夕食をとると、そのまま寝てしまった。」

7

永井荷風は、一九四四年（昭和一九）三月二四日に浅草のオペラ館を訪ねている。六区の芝居小屋が閉鎖になる、と聞いたからだ。

このオペラ館は、荷風にとって思い出の小屋だった。浅草レビューの踊り子の楽屋を訪ねるようになった荷風は、脚本の執筆を頼まれ、三八年（昭和一三）五月に、ここで、新喜劇「葛飾情話」を上演したことがあったからだ。それから六年。戦時下の総動員態勢の時代になっても、浅草は「産業戦士」たちの娯楽の場として賑わいをみせていた。が、戦争の劣勢が伝えられるなかで、四四年三月に「決戦非常措置要綱」が出され、高級料理店、待合、酒場・バーの閉鎖とともに、多くの劇場が閉鎖に追い込まれた。三月四日の宝塚歌劇団の最終公演には阪神地方のヅカファンが殺到し、抜刀した警官が出動した、と伝えられた。そんななかで、浅草では国際劇場の閉鎖につづいて、オペラ館など一〇館が強制疎開のために取り壊されたのだった。それでも浅草では、東京空襲の被害を受けながらも、一四館が敗戦まで営業をつづけた。

ところが、空襲がつづき、敗色が濃くなった四五年二月になると、「お上」の方針が変わってきた。浅草の空襲跡を見に行った高見順は、この町で聞いた話を日記に書き連ねている。そのなかに、こんな一節がある。「清金その他軽演劇の役者が、以前は叱られてばかりいたが、こんどは、大いに滑稽にやれといわれた。」（二月一三日）と。同じ日に警視庁保安課検閲係を訪ね、次の公演企画の許可を求めにいったロッパは、係員に聞いている。「先日来、シミ金等浅草芸人たちに話しがあった由だが、それは如何にときくと、まあ一口に言へば、ビクビクせずに一つ朗かにやれといふことさ、国策々々で堅くならずに、陽気にやって呉れ、と言ふ。然らば、恋愛ものなど如何です、ときくと、清潔な恋愛ならそれもいいよといふ話。」（『ロッパ日記』）あきらかに、国民の不平不満をなだめるために、大衆演劇の本来の娯楽性を利用しようとしたのだ。シミキンの「ミッタァナクテショーガネェ」と「ハッタオスゾ」は、今度はおおっぴらに連発することができたのだ。

荷風が小説「踊子」を完成させたのは、一九四四年二月一一日のことだった。この日の日記に、「灯下小説踊子の稿を脱す。添刪暁の四時に至る。数年来浅草公園六区を背景として一編を草せんと思居ひいたりし宿望、今夜始めて遂ぐるを得たり。欣喜擱くべからず。」と書いた。荷風は三七年に

「濹東綺譚」を朝日新聞に連載してから、小説を発表することなく過ごしてきた。太平洋戦争が始まってからは、谷崎潤一郎の「細雪」が軍部の圧力で連載中止になったように、荷風の小説発表の場はなくなっていた。

しかし、面白いことに荷風の旧作の「腕くらべ」や「おかめ笹」は、出征将兵の慰問用に増刷をゆるされていた。四四年九月二〇日の日記には、「三時過岩波書店編輯局員佐藤佐太郎氏来り軍部よりの注文あり岩波文庫中数種の重版をなすにつき拙著腕くらべ五千部印行の承諾を得たしと言ふ。政府は今年の春より歌舞伎芝居と花柳界の営業を禁止しながら半年を出でずして花柳小説と銘を打ちたる拙著の重版をなさしめこれを出征軍の兵士に贈ることを許可す。何等の滑稽ぞや。」と書いている。笑いやエロへの規制を緩めなければならないほどに、時局はお先真っ暗になってきた。

そうした時局のもとで、ひとり、こつこつと書きつづけた荷風の小説は、戦後になって、すぐさま続々と発表され、小説らしい小説に飢えていた人びとに歓迎されたといえるだろう。が、荷風の小説のなかで、「踊子」はそれほど優れたものではない。戦時色が色濃くなる頃の浅草の風俗や人情を、荷風好みのストーリーで仕立てあげているものの、傑作「濹東綺譚」に比べれば、描写や構成が淡泊で、完成度に欠けている。ともあれ、浅草通いをしてきた荷風自身には、念願の小説の完成だったのだろう。

荷風が「踊子」の脱稿を日記に記した約二カ月後、高見順の日記（四月一四日）に、「湯川氏より荷風の長編『踊り子』の噂を聞く。発表ということを考えずに悠々と仕事をする荷風を想う。」とある。荷風が浅草の知人に洩らしたのであろう話が、いち早く、高見に伝わっているのだ。浅草は、町がひとつのメディアになっていたといっていいようだ。「東京新聞」の連載小説が打ち切りになって意気消沈していた高見順にとって、カネや発表媒体にあくせくしないですんだ荷風は、うらやましい存在だったにちがいない。高見は、このあとすぐに、今度は陸軍報道班員として中国行きをもちかけられ、「かねてシナへは勉強に行きたいとおもっていたので快諾する」のだ。六月二九日に南京に入り、北京、満州、朝鮮を経由して一二月一〇日に帰国している。

8

ところで、大阪の漫才は戦時下でどう変化したのか。正直言って、この検討は私の手にあまる。手元にある、いくつかの著作で、感じたことだけを記しておく。

インテリ漫才作者、秋田実が、この時代の体験を書いている。

まず、鶴見俊輔は『太夫才蔵伝』で、秋田実の『ユーモア辞典』（文春文庫、一九七八年）から一五年戦争下のひとつの漫才の型を引用している。

兄「戦争はこわいぞ」

弟「どうして、こわいの？」

兄「敵に殺されるからさ」

弟「じゃ、ボクは敵になろう」

これなぞ、戦争に対する庶民の臆病な気持ちを大胆に表していて面白いと思うのだが、大阪漫才はこういうウィットの方向には発展していかない。

戦争が深刻化するなかで、大阪漫才が編み出したのが、「修正漫才」だった。これは、過去の得意ネタを時局に合わせて修正し、国策の一端をお笑いで担おうとするものだった。当時の売れっ子、ワカナ・一郎は得意ネタ「白井権八」の鈴ケ森をこう修正して演じた。

「小紫、しょせんのがれぬわれらが命。覚悟はよいか」

「あいなァ」

「お二人さん、お待ちなせえ」

「おお、こりゃ長兵衛親分……」

「この非常時に心中なんてもってのほかだ。喜びなせえ、権八さんお前さんにゃこの通り召集令状がきましたぜ」

「何？　拙者に召集令状とな。かたじけない。これ小紫、そなたも軍人の妻として、るす中は銃後の守りをかたく頼んだぞ」

「うれしゅうありんす。あけくれ神願のかいありて、めでたくぬしはご出征、わちきも大和撫子じゃもの、看護婦なりと志願してお国のためにつくしますぞえ」

秋田は『大阪笑話史』で、こう紹介したあと、「しゃべり漫才は、戦争が深まって行ったときにユーモアに新たにナンセンスが加わり、ふたつの質の違う笑いがあざなえるナワのように努力して、今日の漫才の笑いの基礎をつくることになったのである」と、自賛めいた総括をしている。

しかし、先に引用した「修正漫才」でひとは笑っても、それは、笑うつもりで花月劇場に通ってきたから、笑わにゃソンで笑ったまでで、一歩外に出れば、その類の笑いはすぐに消えていたはずだ。大阪の吉本興業を中心とするお笑いが、笑わせる技には長けていても、その中味がうすら寒いのは、その後、今日までのテレビ芸でも証明されてつづけている。技、技術で戦後に花を咲かせた点でいえば、先にみたデザイナー、コピーライターなどの広告マンたちと同類のあり方だったといっていい。

「特高月報」でみる、庶民の流言飛語はもっと辛辣に時代を批評している。一九四四年三月に、「静岡県清水警察署管内各中等学校、国民学校生徒間に流布されつつある」と探知された「反戦不穏歌詞」の一つ。

昨日生まれた豚の子が
蜂にさされて名誉の戦死
豚の遺骨は何時帰る
四月八日の朝帰る
豚の母さん悲しかろ

この同類の厭戦歌は、全国のほかのところでもひそやかに歌われたであろう。注目したいのは、浅草ではせいぜい、シミキンが「ミッタァナクテショーガネェ」といって庶民の鬱憤ばらしの笑いをとっていたとき、大阪では漫才が「何？拙者に召集令状とな。かたじけない」と自虐的な笑いをつくっていたときに、国民学校生徒、つまり小学校の生徒間で、「昨日生まれた豚の子が」が歌われていたということだ。

この時代の笑いの落差を身近で体験し、戦後になってその落差を埋めようとしたのが、一九四七年生まれのビートたけしではなかろうか。

参考文献（引用、参照順）

永井荷風『断腸亭日乗』全七冊（岩波書店、一九八一年。引用の漢字は新字に改めた）
カラー版日本文学全集13『永井荷風』（河出書房新社、一九七〇年）
高見順『高見順日記』全九巻（勁草書房、一九六四年）
『昭和全日録』四〜七巻（講談社、一九八八年）
『近代日本総合年表』（岩波書店、一九六八年）
三國一朗『戦中用語集』（岩波新書、一九八五年）
酒井寛『花森安治の仕事』（朝日新聞社、一九八八年）
朝日新聞社編『現代人物辞典』（朝日新聞社、一九九〇年）
中井幸一『日本広告表現技術史』（玄光社、一九九一年）
難波功士『撃ちてし止まむ——太平洋戦争と広告の技術者たち』（講談社選書メチエ、一九九八年）
山名文夫ほか『戦争と宣伝技術者——報道技術研究会の記録』（ダヴィッド社、一九七八年）
塩澤実信『昭和のすたるじい流行歌』（第三文明社、一九九一年）
山口淑子、藤原作弥『李香蘭　私の半生』（新潮社、一九八七年）
雑喉潤『浅草六区はいつもモダンだった』（朝日新聞社、一九八四年）
木俣尭喬『浅草で春だった』（晩聲社、一九八五年）
堀和久『浅草人名録2　芸能人』（ぱる出版、一九八五年）
富士正晴『帝国陸軍に於ける学習・序』（六興出版、一九八一年）
『古川ロッパ昭和日記　戦中編（昭和一六年—昭和二〇年）』（晶文社、一九八七年）
荒俣宏『決戦下のユートピア』（文藝春秋、一九九六年）
高見順『東橋新誌』（六興出版部、一九四四年）
鶴見俊輔『太夫才蔵伝』（平凡社選書、一九七九年）
秋田実『大阪笑話史』（編集工房ノア、一九八四年）
明石博隆・松浦総三編『昭和特高弾圧史5——庶民にたいする弾圧』（太平出版社、一九七五年）

〔**中西昭雄**（なかにしてるお）著書に、『名取洋之助の時代』、編著に『Photo Guide イスタンブル』などがある。〕

戦時下の画家とその思想
須田国太郎の場合
隣接諸領域を読む（美術）

乾由紀子

「我国が幕末に於いて急激なる西洋文化の浸潤にあい、直ちにこれとの文化的交流に於いてその影響をうけつつこれを日本化しようとしたことは極めて自然であって、我が芸術進展の常道に外ならない。ここに於いてこそ初めて世界の日本としての芸術に生き得られるのである。日本芸術から西洋芸術へ、或いは自余の他邦芸術へ向うのも、またその逆方向をとるのも、日本芸術精神の旺盛なる限り、その目的は二にはならぬのである。今日の日本芸術の建設はあらゆる芸術に通達して悖らざるものでなければならぬところにある。この偉大なる融合は、実に我が日本に課せられたる一大芸術的使命である。大東亜戦によってこの方向が如何に結実するか、それは我が芸術家達の芸術的戦力に俟たねばならない。」（傍点・乾）（「新日本美術の確立」一九四四年八月）

京都帝大哲学科（美学美術史）に学び、ヨーロッパ留学後、約十年を経た一九三二年、東京銀座・資生堂画廊での初個展で画壇にデビュー。その四十代から五十代前半の最も盛んな作画期をほとんど十五年戦争と抱きあうように過ごした画家・須田国太郎（一八九一―一九六一）の戦争末期の言葉である。傍点をふった箇所の表現をはじめとし、その印象は、知識人の戦争協力という文脈で捉えられることの多い、京都学派の「世界史の哲学」と重なる。それは、国際的でありつつも、戦争遂行のための大いなる理論的後ろ盾として、当時一部の日本人の心をとらえずにはおかなかった。暗く強い情念の込められた一連の風景画が象徴するごとく、戦争を自らの芸術の糧としたともいえるこの画家の感性とは別に、その好戦的な制作理念をここに明らかにしたい。

移植文化としての油絵は、江戸末期の本格的な輸入当初から、高橋油一、浅井忠、岸田劉生、梅原龍三郎、安井曾太郎ら主要な画家に見られるように、土着化に向けての試行錯誤が繰り広げられてきていたが、一九三〇年代に至り、戦争へと傾斜する世相と相まって、他の領域と同様、表現の「日本化」が中心的テーマとなっていった。風景、静物、動物、人物―擦れたような筆致の奥から、薄暗い霧の中に鈍く光るような色彩を放ちながら立ち現れるモチーフ。美術史上ではヴェネチア派やマニエリスム、バロックの影響が指摘される傍ら、デビュー当時から現代まで、評価が高まる一方の須田作品には、必ずと言っていいほど「日本的油絵」という一言が纏わされるようである。

そうした最初期の評者のひとりが、須田の

京大での後輩で、後にマルクス主義に傾倒した中井正一であったことは案外知られていない。三〇年代の初め、須田は中井と親しかったらしく、尾道の実家に須田が訪ねた折に描かれた、内海の風景画（図1）が残っている。また、中井が編集した同人雑誌『美・批評』の創刊記念で依頼されて須田が講演したりもしている。「氏が東洋人として洋画の世界に広く融入りつゝある姿は、何人もの注視に値すると思はれ」、「多くの山、海、静物の凡てが洋画よりする日本の血への融合の上に注がれている」とは、日本主義を標榜し、戦時下洋画壇の代表格となった独立美術協会に須田が入会して間もない頃の『みづゑ』（一九三五年一月）に寄せられた中井の須田評である。たしかに中井が、一九三二年から、『美・批評』で、「日本美術の総合研究」という特集を組み、随筆「日本的なるもの」を執筆し、三〇年代の国体論的「日本」把握に先駆けて、芸術批評に「土着性」指向をもちこんだ点に注目すれば、先の須田評に合点がいく。しかし、一方で雑誌『美・批評』『世界文化』『土曜日』などで国家主義的な学問文化に強く反対し、特高に検挙されるという周知の中井の経験を鑑みるとき、戦時における表現の「日本」をめぐるイデオロギーの、複雑な様相を垣間見ずにはいられない。

図1、「尾道内海」

　一九四三年五月、大政翼賛会文化部、情報局、文部省の指導により、横山大観を頂点とする「日本美術報国会」が結成され、同時に「日本美術及び工芸統制協会」が創立されて、戦局は日本に不利になり始めたにもかかわらず、美術界における統制はかえって強化されつつあった。日記によれば須田は、この時それぞれの結成式、発会式に出席するため上京し、関連の仕事として傷痍軍人の慰問肖像画制作を引き受けている。太平洋戦争が始まった頃には、須田は国家総動員体制下における美術界内外の最も信頼できる洋画家として一部から注目される立場にあった。雑誌の対談において、「新体制下の芸術制作を遂行すべき橋本新文相の最高芸術顧問」として名前が挙がったり、一九四二年夏の満州国美術展覧会や、翌年秋の文展の審査員に選出されたりしている。独立美術協会の中心的会員となり、以前から美学・美術史関連の小論、随筆で優れたものを発表し続けてきた須田が、ここにきて美術界の指導的役割を果たすべく、「芸術統制に応じて」（一九四一年六月）、「代用品を創造へ導け」（一九四三年四月）、「美術統制（時局新想）」、「皇国芸術観の確立」（一九四三年六月）、などを新聞、雑誌において活発に発表しているのが目立っていたせいかもしれない。

　一方、画家の戦争協力の最も直接的な方法

と見做されたはずのいわゆる「戦争画」については、京大の総長室に現在も架けられている〈学徒出陣壮行の図〉（一九四四年）（図2）

図2、「学徒出陣壮行の図」

一作しか見当たらない（何故この種の作品が、現在もこの場所に置かれているかは大きな問題であることはいうまでもない）。須田が日本人の描く戦争画に対して、また戦争画制作そのものに対して大変冷ややかな態度をとっていたことはいくつかの随筆によって知られるが、その根拠はいかにも美的見地に根ざしたものであろう。というのは、例えば第一次世界大戦終盤に現れたダダイズムに触れて、「戦時の醸し出す一種の非常時的気分」、つまり、「この大戦からの不安、一切破棄、自滅等の傾向が、芸術の動向にあらわれたとみるべきで」、「むしろ空虚な、作為的な戦争画よりも、はるかな一つのカムフラージュの色彩交錯に近代戦の息吹を感ずるのである」と言っているように、ファシスト的な美的感覚の断片も拾い上げることができるのである。

須田の戦争と絵画についての理念は、冒頭の引用部分を含んだ随筆「新日本美術の確立」に集約されているように思われる。二度目の美術雑誌統合後唯一の雑誌となった『美術』に発表されたものである。それまでに発表した文章中でも使用されていた「芸術の時代性」という言葉をキーワードに、伝統から現代へ、その連続性の上に芸術が成立するとし、やはり大戦が芸術上の一大転機となると強調する。「只今の聖戦は実に亜細亜の解放であり新亜細亜の建設でもあるのである。大東亜の民族的自覚の自らの高まらんとしつつあるのは当然で、我々は我等の芸術の根本を究めて新たなる発足をなすべき時に遭遇しているのである」など、戦時の紋切り型の文句がエコーしている。興味深いのはギリシャ芸術に注意を促しているくだりである。偉大なギリシャの芸術は幾多の先進諸国から強い影響を受けた結果であり、特に、ペルシャとの戦争を契機として大成したことに留意すべきで、日本美術も発端においてギリシャと似た成立過程を経ているばかりか、その淵源を辿れば、ギリシャ芸術そのものにゆきあたる、だから、大東亜戦も美術家の一使命だという。日記やその他の資料から、須田のギリシャへの強い関心は、京大哲学科時代からとわかる。初期の作品のひとつ、丁寧に仕上げられた〈深田康算先生像〉（一九二〇年）（図3）の茫漠とした砂漠の背景に、ギリシャ神殿の列柱が一本描かれているのは、日本における美学の創始者のひとり、深田教授と西洋美学の原点ギリシャのイメージを重ね、恩師に対するオマージュを込めたものだろう。第一次大戦直後に渡欧してすぐ、建築史専門の京大の関野貞教授に案内されて大英博物館を見学し、ギリシャ・ローマの遺品の多さに注目したことが日記に記され、四年間の滞欧期には、博物館のギリシャ・ローマの古代彫刻や建築を大量に写真撮影したのが残っている。

図3、「深田先生像」

　法隆寺に纏わる、明治以来の知識人のギリシャ熱の浮き沈みに、彼らの西洋に対する遠近感の変遷を観た井上章一の『法隆寺への精神史』によれば、西洋文化の総体として捉えられたギリシャ文明の東漸説は、太平洋戦争期に後退したという。しかし、その反面、戦争以前に西洋文化に対して追随的だった知識人が日本回帰してゆく転向段階に、奈良とギリシャを重ねる言説が盛況だったという。（因みに、須田を案内した「堅実な学風で知られる」関野教授も、法隆寺のエンタシスや伽藍配置の起源をめぐる議論で、二〇年代後半から日本イデオロギーに巻き込まれていく経過が、井上の研究によって明らかにされている。）こうした論旨に沿えば、戦時下の須田の発想は明らかに後者に近いものである。西洋と日本、アジアと日本の文化的融合を謳いながら、大東亜共栄圏の理想を奏でるという、戦争期知識人のひとつの理念枠にぴたりとはまっているといえるだろう。こうした須田の理念的側面は、日中戦争開始以前の一九三七年一月、京大新聞に発表した「東西二大派の融合が重大な英雄的な課題」と題されたエッセイに既に明確である。

　冒頭の引用は、日本美術と諸外国の美術との融合を目標とし、その重要な契機として戦争を扇動する須田の端的な言葉ととれるが、これは「東西両文化の併存・対立の止揚統一」「世界史的な統一の理念」などのキーワードで、「世界史の哲学」を掲げた京都学派を彷彿とさせる。彼らは太平洋戦争を「近代精神」の問題とかかわる「思想戦」とみなし、ヨーロッパ近代を相対化し、その行き詰まりを日本民族の道徳的エネルギーで突破して、大東亜の新秩序を建設すべきとした。先にも少し触れたが、戦時下の洋画壇における表現上の実際的な焦点のひとつに、その「日本化」の方法ということがあった。一九三五年には、美術雑誌『アトリエ』が「洋画壇に動く『日本』的傾向の検討」という特集を組んでいる。ここでは主として、岸田劉生とも親交のあった木村荘八が、日本的なものを追求することが改めてひとつの主義というものではなく、「静かに仕事の中に寄存すればそれで充分」であり、須田も所属していた独立美術協会の標榜する「新日本主義」に対し、さしたる関心をもたない、としているのに注目してよいだろう。独立会員の児島善三郎らは、三〇年代半ば頃から、南画や琳派などの装飾的な古典様式を風景画にそのまま模倣的に取り入れた「日本的フォーヴ」と呼ばれる主観性の強い表現様式でもって、「民族の血と伝統と国土の特異な美しさ」を豪語した。会員の多くが、二〇年代にエコール・ド・パリの影響を本場で受けていたため、民族的なものを重視する下地が早くからできあがっていた。一方、須田はこのような「日本化」の方法に対し、過去の芸術形式にのみこだわる「狭義の日本古典主義」であるとして、木村荘八同様、常に距離を置いている。古典の形式にそのまま「復帰」するのではなく、諸外国の芸術を取り入れることこそ重要だとし、「日本的たることを目企せずして生まれたるものが自ら日本的たることこそ望みたいのである」と言う。戦時にあって、このように積極的に外国の芸術をとりいれることを望んだのは、やはり京都学派の理念的影響もあろうか。確かに、須田の作品に何らかの古典的様式がそのまま抜けて見えるとは思われない。ただその素描的な表面の処理や陰影の深い全体に、水墨画を思わせる風情を感じ取ることができるとしても。

戦時下の表現の「日本化」に対するこうした相容れない議論―「諸外国との融合」路線と「日本主義」路線―は、絵画以外の表現メディアにおいてもなされたのではないか。例えば、雑誌『文学界』で企画された座談会「近代の超克」（一九四二年七月）で、古典回帰指向を示した小林秀雄が、西谷啓治ら京都学派による日本文学の古典軽視を指摘した場面はこのことを推測させるに足る。あるいはこれに乗じて、須田の立場をまさしく洋画壇における京都学派と呼ぶことも可能なのだろうか。須田も京大哲学科の出身であった訳で、そうするとこれは厳密な「哲学」の観点からの基準はさておいて、京都学派の範囲がどこまでなのかという次の議論を呼ぶことになるのではないか。画壇において須田国太郎ほど、「日本人にとって油彩画とは何か」という問題に対し、高い視座からの論理展開と実践を試みた人物は希である。このことを美術の枠組みの中でのみ見つめていたのでは戦時下の絵画の有り様はみえてこない。皮肉にも、この優れた油絵画家の存在自体、戦争という時代的なものが産んだ一個の果実だったという現実の前に、改めて複雑な思いにかられる。

［**乾由紀子**（いぬいゆきこ）日本近代絵画・写真］

ラジオフォビアからラジオマニアへ

戦争とメディアと詩と

坪井秀人

1

海野十三の探偵小説で『ラヂオ殺人事件』（『改造』一九三二・四）という一風変わった短篇がある。放送局に局長宛でラジオの電波による被害妄想の手紙が幾つも届けられている。そのうちの一つ、《吾妻操》という差出人の手紙は、受信機がないにも関わらず夜になると電波が部屋に押し寄せてきて、様々な声が時には大集団にもなって脅かすのだと訴える。

　彼等は私を殺すと云ふとります。それで惨酷にも放送の途中で何回となく、私の××を吸ひとるのであります。（中略）まことに御恥ずかしい話でありますが、これを毎日少くとも三回多いときには十何回も続けますので、為めに睡ることもできず、心身は衰弱し来り、既に今朝明け方までに、六百八十三回の××をいたしました次第であります。このまま続けば、彼等の餌食となり貴重なる生命を奪はれてしまひます。どうか、生命に関することですから、明日と云はず直ちに、かかる電波を放送してゐる者共を取押へ、監禁なし下されたく、座敷牢では駄目です。どうぞどうぞ、生命に関することですから、局長様の御取調べを願ひます。

　これを読んだある局員が差出人の《吾妻操》を探しあてる。それは官能的な媚態に溢れた《気の狂った少女》だった。彼は少女に欲望を差し向けるのだが、その現場を《キの君》と呼ばれる《気狂ひ》の男に見つけられ、囃されて、逃げ出してしまう。その後、局長が行方不明となり、最後には彼の穴埋め死体が発見されるのだが、その事件を解明する過程で意外な事実が浮かび上がる。《吾妻操》とは実は《キの君》のことであり、《気の狂った少女》とは局長の娘で事件前に突然亡くなっていた。そして二人とも《ラヂオ恐怖症》者で……。

エロ・グロ・ナンセンスに狂気、そしてセクシュアリティ――。これらのモチーフを科学仕立てで綯い合わせる手法は日本におけるSF作家の草分けである海野十三の身上とするところであり、ここにはお馴染みの帆村探偵も登場する。奇抜な筋を余りに性急に展開させたため構成が甘く、お世辞にも傑作とは言えない作品だが、ラジオ、性、狂気、犯罪を組み合わせたごった煮の作りは破天荒でユニーク。今日の目から見れば少々滑稽なところもあるのだが、最後まで飽きさせない。海野の場合、電気工学を学んで電気畑を歩んだ彼自身の経歴がその小説にも反映されていて、物語の結末ではたいてい科学的合理性が事件の謎を解明するという結構が用意されている。SFのご多分に漏れず、科学はそこで非合理＝謎の創出としてまずは機能しているのだが、同じ科学の合理性によってその非合理性はきれいさっぱり洗い流されてしまう。こういうところがこの小説をフィクションとしては底の浅いものにしているのだが、ラジオという新しいメディアを犯罪の道具立てとしたところから、図らずもメディアが内包する暴力的で権力的な一方通行性が浮かび上がってくる。

大正期にエーテル、ラジウム光線といった光学的な認識や発見、そしてもちろん写真や映画といった視覚メディアの定着が文学テクストの表象のあり方を変容させたことを想起すれば、こうした科学〈風俗〉の活用は何も目新しいことではなかった。エーテルもラジウム光線も非合理的な不可解さを近代の合理的空間から期待されて描かれたのだし、写真や映画に顕れた映像も文字どおり〈幽霊的《スペクトラル》〉なイメージを構成していたからだ。ラジオというメディアがそれらと決定的に異なっていたのは言うまでもなく、十九世紀的な視覚主義に対して聴覚空間・音像の表象をはじめて人工的《フィクショナル》に行ったところにある（ラジオが登場する一九二〇年代後半まで映画はそれ自体では音を持ち得なかった）。もちろん音声メディアとしては他に電話と蓄音機の存在があるわけだが、ラジオは電話のようなコミュニケーション・ツールとして発達はしなかったし、蓄音機におけるように聴者が主体的・選択的に動かせる道具にもならなかった。ラジオは最初から聴者を客体化―周縁化する〈主体〉あるいは〈中心〉としてあらわれたのである。だがその登場の仕方は必ずしも自然で必然的なものではなかった。次のような指摘はそうしたラジオ初発期の問題を端的に捉えていると思われる。

ラジオのマスメディア化は、一般市民を受け手という立場に限定していく動きを伴っていた。この傾向に対して、アマチュア、あるいはマニアと呼ばれる少数の人々は、大いに憤慨するとともに失望していたらしい。本来メッセージを送りもすれば受けもするのがワイヤレスの理想であるはずなのに、なぜ、市民が受け手の立場に甘んじなければならないのか。この種の声が世界各地であがった。しかし、人数の上で彼らをはるかに上回る大衆（マス）は、自らが受け手であることを積極的に受け入れ、簡単に操作ができるラジオ受信器から流れてくる、音楽やコメディ、ニュースに熱狂することになったのである[1]。

ラジオのこうした一方通行的な機能の限定がこのメディアを効率的な権力装置に仕立てていくことは歴史が証明するとおりだが、考えてみれば、新聞・雑誌などの活字ジャーナリズムも（投稿という形で読者の声の吸収を行いつつも）こうした一方通行性を原則としてきた。にもかかわらずラジオの音声は、声というものが本来担っているはずの〈対話〉機能を捨象した後にもなお（欠如として）想定させるという喚起力を内蔵しているために、むしろそれらの活字媒体に比してはるかに強力に一方通行的な圧力を備えるにいたったのである。問い返しを拒んで発せられてくる言葉たち。しかも聴者は活字を辿ることを中断するように聴取を一時中断するような主体的な選択からも疎外されているのであり、聴者は絶えず〈いま―ここ〉という強迫観念に支配される。

海野十三の『ラヂオ殺人事件』はまさしくラジオのこうした発信―受信の権力関係をモチーフにしているわけであり、受信者の主体的な像も放送局への抗議の投書というかたちで描いている。もちろんその受信者は《ラヂオ恐怖症》という狂気の発症者として異常視されており、その投書には局がいちいち返答することもなく、電波だけが流され続ける。つまりそこでも受信者とメディアとの間には対話は拒否されているわけだが、《毎日のやうに》送られてくる彼らの手紙はともかくもラジオの電波の一方通行的な暴力性を告発する役割を果たしており、この小説の物語自体がラジオというメディアへの復讐劇となっていると見なすことが出来る（ラジオに殺されかけた犯人がラジオの放送局長を殺す）。投書の中の《六百八十三回の××をいたしました》等々の伏字が性的なことがらを指示していることは読者には一目瞭然で、右引用の伏字についてはマスターベーションが暗示されている。差出人《吾妻操》を探した放送局員が最初その吾妻操を少女（実は局長の娘）と思い込み、《あんな病的現象は、男に限るものと思つてゐた》と自らの性規範を揺るがされる（そして亢奮を味わう）仕儀ともなるのだが、ラジオの電波が彼

（女）に加える暴力が他者との交渉を欠いた性的な営み、自己を受け手とする一方通行の快楽に帰結するのは象徴的である。

2

ところで無線電信の開発の延長上に登場したラジオは当初は軍事利用に結びつけて考えるという向きがあった。例えば日本での放送事業の開始を目前に控えて刊行された山口巌『ラヂオと飛行機』（大明堂書店一九二四）という本は、誰もが放送を自由に受信できる放送先進国アメリカ合州国のような無制限なあり方とは違った聴取の方向を日本における将来の放送に思い描いている点で興味深い。《最近に於ける米国の無線電話（ラジオ放送のこと——引用者）の流行は少し度を過した傾があり、中には奇抜を好む米国人としても余りに物好きな応用が数多見受けられて、なる程これでは一国の外交、軍機の機密等は保たれないであらうと想像するに難くないものがある。》　著者の山口はこのように述べて日本での《真のラヂオの行くべき道》としては、通信用・軍事用・通商用・家庭用・汽車汽船用・飛行機旅行用・廃兵傷病者慰安用・警察用・天気予報用・標準時報知用を発達させねばならないと説いた。これらはその後の、そして現在の放送利用の実際と重なるところも多く含んでいるが、震災後《帝都復興》の時局下に防空・無線の充実などの《国民的自覚を喚起する》ために筆を執った著者の立場が強くあらわれた構想と見ることが出来る。彼がラジオと飛行機という取り合わせで一書を成すにいたった動機も同じ根に発している。この両者がほぼ同時期に発明され、通信・交通が空中に《平面的《ツーディメンション》から立体的《スリーディメンション》へと》拡大され高速化される二十世紀の文明の《双璧》であることを考えればこの取り合わせは必ずしも奇異とするには当たらないのだが、飛行機を扱う際に軍事的観点（空襲・防空・空中戦等）を強調する同書の立場からすればラジオにおいても国策利用が大きな前提として考えられていると見て大過ない。一九二五年の放送開始、翌年の日本放送協会発足といったかたちで始動していく日本のラジオ放送の草創期は、放送内容的には娯楽性への期待が高かったのだが、津金澤聰廣が指摘する通りラジオは当初より国策的な《国民教化メディア》[2]としての性格を担って登場した。津金澤が詳しく論じているように、それは放送における〈公共性〉の位置づけと連動する問題でもある。この論点を煎じ詰めれば大衆化を押し進めるマス・メディアとしての市民的公共性の方向と、大衆操作（国民化）を目的とした公共性＝公器性の方向とに大別できる。もちろんこのように二項対立的に捉えること自体が問題で、それは公共性なるものを本質的に支えている両者の共犯関係を覆い隠してしまうことにもなるのだが、とりあえず表層の上では草創期のラジオが後者の面をいち早く強めていった事実が指摘できるだろう。『ラヂオ殺人事件』で発信／受信の不可逆性を突き破る主体が狂気を被せられる理由はこうした歴史的経緯とも無関係ではないのである。

日本では放送開始当時、ラジオが好奇のまなざしにまして異和感や反発をむしろ招いていたことが色々な証言からうかがえる。先の津金澤や吉見俊哉(3)の論考におけるように永井荷風のラジオ嫌いはよく引き合いに出されるところで、とりわけ『濹東綺譚』は主人公が《ラディオからの逃走》を主たる目的として玉の井に通うところに成立した小説であった。荷風のような《鄰家のラディオ》の騒音に対する不快感は同時代のその他の反応にも見られるところで、一九二五年、『中央公論』の一一月号が前月号の特集「マイクロフォンの前に立ちて」に引き続いて掲載した特集「受話器を耳にして」も、ラジオは《こわれた蓄音機》だとする萩原朔太郎から、雑音の中からダイヤルを上海の放送にチューニングして感動する長田秀雄まで、その反応は様々だが、概ねは戸惑いの色を隠さない。《何しろその竹竿を伝はつて、J―O―A―Kなんてえのが闖入して来る。のだと思ふと、噫実に我が人生は侮辱されたものである》(水島爾保布)というように。また『中央公論』の同号にはその特集に並んで吉村冬彦の「路傍の草」というエッセイが載っており、そこにはその名も「ラディオフオビア」なる一文が含まれている。吉村も水島と同様ここかしこで《ジエーエ、オーオ、エーエ、ケーエイツ》という押しつけがましくどなる声に不快を感じて、海野十三の小説の作中人物と似たラジオ恐怖症《フォビア》に陥ったことを告白しているのだ。水島と吉村はともにラジオに対する聴取者の側からの《逆襲装置》への夢を語っているのだが、それもラジオの一方通行的な暴力性に対する当時のきわめて自然な反応であったことが推測できるのであり、こうした市民感覚としての〈ラジオフォビア〉をデフォルメしていけば海野十三の小説のような世界になるというわけである。

水島と吉村はひょろひょろと竹竿のように林立するアンテナの風景への嫌悪についても共有するところがあるが、彼らの不快感はつまるところ、ラジオがもたらした新たな音場《サウンドスケイプ》によって、彼らが同化してきたところの空間の公共性が侵犯されたところに起因している。こうした公共性の侵犯の感覚は、最近の例では公共の場で姿の見えない相手と携帯電話で会話する風景への戸惑いがあるように、絶えず別の媒体によって更新され続けるものだが(携帯電話の場合は音場的テリトリーの侵犯が《鄰家》の次元から個人単位に縮まってきているというわけだ)、ラジオが音声と公共性の関係を変革する突破口を切り開いたことはまず疑いない。ある程度は個別―選択―自律的に聴取するものとして受けとめられてきた音声というものが、均質的・他律的なそれへと大きく変質し始める。当初は受信状態（機器）の劣悪さという条件も重なって、音声は静寂や自然音との調和からはみ出して、個人の空間に容赦なく踏み込んでくる闖入者へと変容する。個人が公共性をかき乱すのでなく、公共性が個人の領域に侵入しかき乱すという逆転現象が是認されるにいたるのだ。家庭や地域を舞台にして局在的な受容にとどまっていた電話電信・蓄音機などの音声メディアがラジオによって一気に集権化される変化も大きい。そして加うるに、放送開始とほとんど同時に刊行開始される改造社の円本全集などによって空前の活字ジャーナリズムの盛況が迎えられるように、活字と音声それぞれのメディアの変質・成熟の同時性という事態が持っている意味も無視できない。

第一次世界大戦以後の出版資本主義の成熟に伴う文学の大衆化＝国民化の運動。その一つの極点であり象徴的な出来事であった円本全集刊行とラジオ放送の開始がほぼ同時であったというこの連関には偶然とは言い切れない面があるように思われる。前掲『中央公論』特集で三宅周太郎がラジオを《近頃流行の大衆文芸》に重ね合わせていたが、このことも少しく関わってくるだろう。序でに言えばラジオを毛嫌いしていた永井荷風が同時に円本全集への自作の収録にも反発していたことが想起されるところだ。印刷技術の拡張と活字文化の浸透が近世から明治まで浸潤していた音読文化を後景に追いやり黙読文化を完成させ、写真や映画などの視覚文化に接合するかたちで、〈国民化〉を〈国際化〉に架橋していくという図は、ラジオという音声メディアの登場とは一見すると方向が捻れているように見えるかも知れないが、基本は同じ潮流の中にあるだろう。ここに言う捻れとは黙読文化の中でのラジオの音声の位置に関わるが、演劇はもとより文学においても曖昧に統合されていた視覚性と聴覚性とがここで相互に（協働的に）自立していくと考えるべきではないだろうか。視覚／聴覚がメディアの上であらためて統合されるにはトーキー映画の登場を待たねばならなかったが、それにも大して時間を要しなかったわけである。

ところで、津金澤や吉見らの近代日本のメディア史の中でも取り上げられているものだが、放送開始当時のラジオ論として室伏高信の「ラヂオ文明の原理」（『改造』一九二五・七）を挙げないわけにはいかない。室伏は第一次世界大戦以後を《ラヂオ文明の時代》と名づけ、《人々は今や悉くラヂオ・マニアである》というような《世界のラヂオ化》が進行していくさまをヴィヴィッドな視線で描き出す。室伏がラジオと対比する材料として持ち出すのは新聞であり、新聞が時間的空間的能率の限界において地方的たらざるを得ぬために《毎日新聞》ではなく《昨日新聞》に甘んじなければならないのに対して、ラジオはモメンタリーな媒体として《今日の新聞》の地位を築くのだと高らかに宣言する。《世界のラヂオ化であり、人間のラヂオ化であり、凡てのもののラヂオ化である。》だが、ラジオ発達の動因を世界大戦に見出してもいる室伏のラジオ論は、この《ラヂオ化》の背景と本質を正確に分析し、それが実現していくであろうものを鋭く予見する。ラジオの集権性は一個の中心しか必要としない。中心《センター》の局在と多様化を排除する。《たゞ一つの哲学、たゞ一つの政治、たゞ一つの教育、（……）たゞ一つの頭》——聴取者はそれを《如何なる選択もな》く《たゞ耳を傾けなければならぬ》。こうした《統一と一般化》の行き着く先は《独裁》であり、《機械化》である。《ラヂオの官僚化》＝国有化において《民衆の奴隷化》は完成される。室伏のこの評論が優れているのはとりもなおさずこうした予見の確度の高さにあるのだが、それだけではない。ラジオが《大衆的》であると同時に《独裁的》であることの両義的（？）な意味を次のように的確に捉えているからである。

> 独裁的であることと、大衆的であることとは、しば／＼矛盾する二つの観念のごとくいはれてゐる。それは、けれど、最も見易きの誤謬である。独裁は大衆的である場合において可能である。大衆的であるものはまた常に独裁的である。（……）ラヂオにおける機械化の完成は実にこの二つの原理の作用にほかならないのである。

ラジオという新興のメディアがその一方通行性・集権性その他の特性（＝機能の限定）において大衆操作（民衆の教化統合＝国民化）の中心的な媒体になっていく過程の確認はことあらためて反復するまでもない。それよりも重要なことは室伏がここで〈独裁を支える大衆〉という構造について考察を加えていることである。メディアを独占する官僚（《ラヂオ階級》）とメディアを奪われた民衆（《非ラヂオ階級》）という室伏の二項対立の階級図式じたいに、〈大衆〉を言説化＝差異化し疎外する論理が潜んでいることを見逃すわけにはいかないとしても、少なくとも彼の同時代者のベンヤミンなどが両義的な語り口で描いてみせたメディアの未来への幻想はここでは破られている。それではこの破れ目からはどのような風景が見えてきたのだろうか。

3

永井荷風が同時期にスタートした円本全集とラジオ放送の両方に対して不快の念を差し向けたことについては先に述べた。円本全集が《文学の民衆化》[4]のかけ声の下に文学作品の大衆化と商品化を一挙に押し進めること、そのことはすなわち文学が経済の流通過程や報道・写真・映画等のメディア、複製技術といった公共的なシステムに組み込まれていくことを意味しており、ラジオも同じ次元で文学に圧力を加える役割を帯びつつあった。『濹東綺譚』の二年後、一九二八年に出された『一方通行路』の中にヴァルター・ベンヤミンは次のように書きとめる。

印刷された本のなかに避難所を見出し、そこで自立的な生を営んできた文字は、広告によって、情容赦もなく街頭に引きずり出され、経済的混沌という野獣のごとき他律の足下に引き据えられる。これが、文字の新しい形態にあてがわれた苛酷な教育課程である(5)。

ここでの〈文字〉に〈文学〉の意味も潜ませて同時代の日本の文学の再生産の状況に当てはめてみるといいだろう。ベンヤミンはこの文章をマラルメの『骰子一擲』なども横目に見ながら書いているのだが、日本においても円本全集に代表される活字ジャーナリズムの文学支配の体制の確立は、散文における新感覚派、詩における『詩と詩論』などの一九二〇年代後半期のモダニズム運動の活性化と平行している。それらの運動が美術・写真・映画など隣接ジャンルとの連携によって専ら表象の視覚的側面を肥大させていったことの背景に印刷技術や活字メディアの高度化と成熟という条件の整備があったことは言うまでもない。それは裏を返せばモダニズムが経済システムに組み込まれること、自らが消費される商品として流通することの自覚の上に成立していたことをも意味しており、複製技術が高速化され精巧になればなるほど、それによって伝達・売買されるテクストは、一面で永遠的価値を褪色させ、モメンタリーな記号として使い捨てされていくという危機に直面することを予覚しなければならなかった。

このことにはラジオというメディアの参入も少なからず関与している。すでに拙著(6)でも取り上げて言及したが、一九三〇年代に入ると大宅壮一・長谷川如是閑・大熊信行といった批評家たちによって文学の近未来を他ジャンルやメディアとの相関性の中から批判的に考察されるという局面があらわれる。彼らより少し早く片上伸が「文学の読者の問題」(『改造』一九二六・四)という評論を書いていて、表題の通り文学生産とその歴史において《読者公衆》という要素を欠いてはそれを考えることは出来ないことを主張しているのだが、こうした読者の志向を軸に立てて文学を《社会的現象》として見ていこうとする視点が上記の評家たちのメディア－論を用意していく。例えば大熊信行などは小説テクストが備えている反復可能性や再演の柔軟性といったエクリチュールとしての特性などはほとんど顧みることなく、小説を読者によってその場その場で消費されていく商品として捉えてみせた。ここには映画やラジオなどの映像・音声のメディアが文学とその周囲に与えた衝撃がいくぶん過剰に、そしてやはり深刻に受けとめられていると見ることが出来る。大宅も長谷川も大態も、作品が流通する過程の中での読者の占める比重の増大を前にして、作者（文壇）中心の文学の体制は解体を余儀なくされ、他のメディアの伸長に対しても無力であると考える。文学は映画やラジオに題材を提供するだけの下請けに転落するという図が描かれるのだ。彼らのこうした言説は〈書くこと〉におけるモダニズムの実験に対して彼らが比較的冷淡であったことにも関係している。つまり一九二〇年代から三〇年代にかけてモダニズムの表現の実験が活字ジャーナリズムや映像などのメディアにリンクすることで持続され得たと見えるその裏面で、メディアの側からは大衆化に逆行するような実験を抑圧し、あるいは実験の精神を〈公共性〉の中に解消していく方向性がしたたかに作られ続けていたと考えられる。二〇年代から三〇年代にかけての時代のメディアと文学との関係にはこうした一筋縄では行かないところがあって要注意なのである。

4

さて、ラジオ－ドラマといったジャンルを作り出すことになる演劇は別として、小説などの散文の表現がラジオの登場によってどのように影響を蒙ったかは測定の難しいことがらだが、詩歌、とりわけ近代詩においてはこのメディアの介入が大きな反響を及ぼしていることは間違いのないところだろう。近代詩の歴史の中で一九二〇年代が〈朗読〉の成立とともに詩の音声性への（再）評価が高まったこと、そのことにラジオ放送の開始が重なり、詩人たちと放送メディアの一部とがいち早く連繋するという事態が生じたことなどを問題として挙げねばならない。もちろん詩を音読するという行為じたいは、新体詩の時代はむしろ黙読に対して優勢であったと見なしてよいだろうし、『明星』が企画した大がかりな朗読会の記録もある。それらを音声資料で辿ることは不可能なので朗読の実態は不明だが、少なくともしかし、現在私たちの耳に馴染んだ朗読とは大きくかけ離れたものであったことは同時代の証言が明らかにしている。二〇年代以降の近代詩朗読を主導し、そのラジオ放送にも中心的な役割を果たした照井瓔三の『詩の朗読――その由来・理論・実際――』（白水社一九三六）もそうした証言が含まれた貴重な一書だ。詩の朗読が右の『明星』時代のような従来の《新体詩朗詠調》から脱して《上手な朗読とは自然的に話すことだ》という意味での明瞭で《自然的》な次元に達することを目指し、それまで等閑にふされてきた詩の朗読の技術論を構築しようとしたという同書のモチベーションは再検討しておく価値が充分にある。照井の言う《自然的》とは次のような朗読のあり方を指していよう――音楽や演劇から（その成果に学びながらも）朗読が一応は自立する、具体的には余分な演劇的身振りや朗詠のような節回しをそぎ落とす、つまり音と意味との亀裂を補塡して、意味が音にぴたり貼り付いたような両者の睦びを前提とすることによって、言葉それ自体を透明・平易に聴者に伝達する……。朗読者と聴者との間に想定されたこのような《自然的》なコミュニケーションのモデルは当然朗読に相応しいテクストの選択をも規定してくるわけで、照井は《朗読には、調をもたない詩（よしんば有調の詩であつても、それが、きはめて日常的であるとか、あるひは諧謔的であるとか、または全然、物語詩の場合）が、いちばん適してゐる。とりわけ、散文詩、口語で書かれた自由詩等に於て、朗読が最も効果的であり、かつ、最も適切であると謂はざるを得ない》と記している。

照井の著書で引用された詩や後半に集められた「例題詩」のテクストもこうした選択の幅の中にあり、その大半は口語自由詩であり、吉田一穂や菱山修三らの散文詩も数篇収められている。この選択は同時代の詩のテクストを優先するという意識からもたらされているだけではなく、〈口語〉という新しい日本語（詩語）と、定型の音調を免れ得たと信じられた〈自由詩〉という形態とが照井の言う《自然的》な伝達を可能にするという考えに基づいていたはずだ。同時代ということで言えば、照井は当時の実験的なモダニズム詩は一切採用していない。二篇以上採られているのは北原白秋・高村光太郎・萩原朔太郎・宮沢賢治・西条八十・深尾須磨子。この他で目に付くのは賢治をも含めて草野心平・高橋新吉・中原中也それに菱山修三といった照井の著書の前年に創刊されたばかりの『歴程』の詩人たち。数篇の訳詩も含めて内容・方法的にもおおむね穏健な口語自由詩が主体である。

右に挙がった白秋・光太郎・朔太郎らと民衆詩派によって大正期に素早い定着を見た口語自由詩というジャンルは、その口語体においては日常現実の話し言葉と通底しているかのような保証を獲得し、自由詩形においては定型詩における規格化された音調への依存から、あるいは理解を困難にさせる詰屈な音律形式の意味に対する優勢化（例えば蒲原有明の詩に代表されるような）からの脱却を果たして、ともに日常現実を表象しうるという幻想の上に構築された。日常現実を透明に再現前できるかのように捉えるこの幻想は、日常現実を詩的に調律する表象的な基準器としても作用し、童謡・民謡運動をも派生させながら大正期の民衆的アイデンティティに訴えることで〈詩的なるもの〉の大衆化を促進した。これらの経路を通して口語自由詩は、第一次世界大戦前後を一つのメルクマールとして進行した〈国民化〉の装置としての〈国語―国詩〉イデオロギー[7]の主部を形成していったと考えられる。前者の口語体について言えば、例えば《「あゝ淋しい」を「あな淋し」と言はねば満足されぬ心には、無用の手続があり、回避があり、胡麻化しがある》(8)という石川啄木の評言に見られるように、表現の透明性に対する強迫観念的な執着が基本としてある。もちろん中には萩原朔太郎が行なったように《ネバネバした、退屈で歯切れの悪い》(9)口語の欠点を逆用する意識によって口語詩表現の可能性を拡げていくというイロニカルな道筋もあり得たのだが、結句、大正期の口語自由詩はこの透明性への意志を純粋培養して、白秋と民衆詩派を両極として代表されるようなプレーンな詩的空間を築いていった。照井瓔三が詩の朗読に求めたのもこうしたプレーンネス（平明・無作為）に他ならないが、一方、彼が《全体の詩の一音節一音節を一つびとつ拾ふやうに、ゆつくりと明確に音読》する等時拍的な音読を基礎に据えていることは、後者の自由詩形に関わる。白秋の「落葉松」が例示されているが、《素読練習》は《カ・ラ・マ・ツ・ノ・ハ・ヤ・シ・ヲ・ス・ギ・テ・カ・ラ・マ・ツ・ヲ……》という具合に音節を切り離して全てにアクセントを付して読むところから始めるよう勧められる。「落葉松」は定型詩だが、予見的な音数律に縛られない自由詩形は、こうした音節単位の平坦《プレーン》な等時拍の感覚により相応しかったと言えるだろう。《明確》な音節の発音に基づく《明瞭》なテクストの音読。これをベースに《きばり》《態とらしさ》を排して素直で自然な朗読を成熟させていくこと。このことが演劇や音楽から朗読を自立させていくことになる。自身声楽家でもあったゆえに照井のこの朗読観は必然だったが、反面で、音読において求められたこれらの意味的なプレーンネスや等時拍的音律感覚と齟齬を来すモダニズムの非聴覚的な視覚詩や観念詩は、当然排除される。照井がこのように構想した日本の近代詩の朗読のモデルは（照井自身も当事者として加わりながら）そのままラジオ放送の企画に反映されていくのである。ラジオが（先述の通りノイズによって阻害されたにせよ）透明で平易な伝達を当時もっとも要求されるメディアであったことを考えれば、照井の構想した朗読のこのモデルがそこに取り込まれていく条件は十分に整備されていたと見なしてよいだろう。

朗読会のレヴェルでは、音楽が付帯し、あるいは節づけされた歌曲として詩が発表されるというような音楽との共存、あるいは初期の大がかりな朗読会である詩話会の朗読会が小山内薫の築地小劇場の主催で実現したといういきさつにあるような演劇との濃い紐帯は戦後まで持続されていったし、最初期の朗読放送では音楽の伴奏を伴うのが通例であり、当初は〈朗詠調〉が多かったようだけれども、照井の構想は次第に放送界や朗読に関心を示す詩人たちに浸透していったものと考えられる。

5

日本の詩の朗読放送の端緒は一九二七年四月に大阪中央放送局（JOBK）が放送した富田砕花による「詩の朗詠」だが、それに続く二九年四月の同じくJOBKからの「詩の夕」（外国詩朗読）には照井瓔三も参加。三三年十月から三五年十二月までJOBKで数カ月おきに計十一回放送された「詩の朗読」のプログラムではその推進役を果たした。見られるように初期の詩の朗読放送は大阪（JOBK）が主導的に行ったのであって、途中からそれを全国中継する形をとった。詩の朗読運動の歴史において大阪という土地が果たした役割は陰に陽に大きい。JOBK文芸課長だった奥屋熊郎と補佐役の南江二郎（詩人としても活躍）による働きかけによって実現したこの企画は、放送自体は頻繁ではなかったとはいえ、この三年の間に詩の朗読を放送開始されてまだ数年しか経たないラジオのプログラムの定位置に押し上げていった。近代詩は他の文芸に先んずるかたちでラジオというメディアの中にある種特権的に地歩を築いたことになる。

　この「詩の朗読」の一つと思しき放送に対して三好達治などは《聴くに耐へない、非芸術的な、醜陋な》[10]と罵言を浴びせているのだが、こうした反応に関わりなく、放送側としては印刷文化爛熟の落とし子たる視覚偏重の同時代詩に対する反措定と〈聴覚詩〉という新しいジャンルの創出という文化変革をねらった明確な意図があった。番組を担当した奥屋熊郎が《ラヂオ自らがその本来の特質たる同時性、同所性の故に、全国民の言葉を標準化してゆくことに絶大な機能を働かしつゝある点》[11]を放送動機の一つに挙げているのだが、数年後の大東亜戦争時局下の詩と愛国詩放送の企画のコンセプトの柱となっていく〈国語醇化〉〈国民統合〉のイデオロギーがすでにこの時点で明確に主張され、なおかつそれが〈同時性〉〈同所性〉といったメディアの特性の上に自覚されている点は無視することが出来ない。大熊信行らのメディア論が〈国語醇化〉論の次元に陥っていった経過も思い合わされるところだ。

　この「詩の朗読」の企画と同じ時期に、自身が勤務していた出版社・厚生閣をバックにつけた春山行夫がモダニズム詩の牙城となる雑誌『詩と詩論』や「現代の芸術と批評叢書」等を次々に刊行するという動向も横に睨まれているはずだが、印刷文化の高度化（エリート化）に依拠した視覚中心主義に対する批判がこうして放送メディアの側からいち早く対抗的に打ち出されたことには、近代詩（詩壇）内部での〈モダニズム批判〉という文脈がリンクしている。いや、より正確にはモダニズム内部でのヘゲモニーをめぐる対立関係と言い換えるべきかも知れない。例えば照井瓔三が前掲書で朗読詩テクストとして例示していたような『歴程』に集まった詩人たち（中原中也から菱山修三までもちろん様々だが）の作品も〈モダニズム〉という広い集合体の中に包括されてしまうものだったし、『四季』の抒情詩が『詩と詩論』の一部を継承して現れていること、あるいは芸術派モダニズムと対峙したプロレタリア詩が二〇年代前半のアナーキズムを引き継いだその言語実験においてモダニズム詩と方法論を共有するというように、日本モダニズムはある意味では翼賛的ともいえる包摂性をまとっていたからだ。

そうしたモダニズムの中でもちろん前景化していたのは『詩と詩論』系を中心とし、プロレタリア詩の一部をも含めた言葉の視覚性・造形性を基礎としてテクストを構成するという方法論である。『亜』や『マヴォ』などの美術や前衛芸術への親和やコラボレーションの試みももちろん重要な先駆例である。この系列の方法の具体例は幾らでも挙げることが出来る。だが、より重要なことは翼賛的な包摂性のゆえにモダニズムはかえって一枚岩ではなかったという事実であり、意味の世界と穏健に調停した大衆化したモダニズムが太い流れを作っていたという点である。そこでは視覚への偏向が調整され、音律の快楽を仲立ちにして大衆化していくという局面が見られた。『四季』と『歴程』の一部はこの系列に属する。

だが、こうした音律・音声の許容にもかかわらず、日本モダニズムは、その運動の発火点を負うているイタリア未来派のマリネッティの実験、あるいはまたヨーロッパの同時代に見られたような〈視覚詩〉と〈音声詩〉との共犯関係（声や音響の視覚化＝視覚主義の音声への依存）という方向性も稀薄にしか持ち合わせなかったと言えよう。『詩と詩論』のモダニズム詩の系統を一九三〇年代後半から引き継いでいった『新領土』は音声的実験や朗読にも関心を示す方向を多少とも持っていたが、その創刊号で春山行夫は安易な感性の範型に依存した（萩原朔太郎的？）抒情詩の反動傾向を批判し、抒情詩の本質が個性の喪失であり、それが音声や音楽との濃い絆とリンクしており、ラジオによる詩の放送の試みが（他人の声＝朗読者の個性によって相殺されるがために）詩の〈非個性化〉を招来していると皮肉っていた[12]。ここには先ほどの大衆化（抒情詩・音声中心主義）型モダニズムに対する牽制が強く働いていると見なしてよいのだが、逆に、この時代はまさにその〈個性〉偏向のゆえに春山らのエリート的なモダニズムが厳しい批判に晒されるに至るのである。

こうした〈個性〉批判の動向は、唐突だが、西中村浩が紹介しているローザノフによる近代ロシアにおける文学の危機の認識と無関係ではないように思われる。すなわちローザノフが問題化した現象は、《印刷文化（グーテンベルク）によって発達したインテリゲンツィヤの言葉と民衆の言葉との距離が回復不可能なほどに大きくなってしまったこと、そして書き言葉が印刷を介することで作者と読者の直接的なつながりを断ち切ってしまったこと、さらには書き言葉で捉えられたインテリゲンツィヤの「我」が生との直接の繋がりを失ったこと》であり、それゆえに《イントネーションを伴った肉声としての「話し言葉」》がそれらの断絶から繋がりを回復させるものとして考えられたというのである(13)。印刷文化とエクリチュールとによって知識人と民衆、作者と読者あるいは知識人作者と彼自身の生との間に亀裂が入り、文学の伝統に危機が訪れる——このような危機の認識は、朗読や音声に関心を寄せていくロシア・フォルマリズムの志向性よりもむしろ、一九三〇年代から大東亜戦時下にかけて放送メディアと詩人たちが連繋して構築していった〈声の復権〉と〈文字の抑圧〉の運動を構成する共通認識にうまく符合する。戦時期の国民詩運動の一角を成す朗読運動とその放送については文字どおり翼賛的に遂行されたわけだが、問題をいま一度確認しておくなら、その運動の根源は輪郭を膨張させた二〇年代のモダニズム内部における〈モダニズム=視覚中心主義〉批判の内側にあったのではないかということなのである。加うるに、転向を〈大衆からの孤立〉というモチーフから捉え、〈マルクス主義=日本的モダニズム〉の非転向に対置させた吉本隆明の「転向論」(『現代批評』一九五八・一一)の枠組みをそこに重ね合わせてみれば、複雑に捻れているとはいえ、日本のモダニズム固有の興味深い構図が透かし見えてくるはずだ。

ところで、「詩の朗読」のプログラムの後の一九三〇年代後半については、どのような朗読詩放送が行われたのか(あるいは行われなかったのか)はまだ確認が出来ていない。少なくとも東京(JOAK)はまだそれほど熱心ではなかったと察せられる。一九四〇年代に入っても最初の一、二年は大阪主導の傾向が見られる。これを変化させたのは言うまでもなく四一年十二月の米英への宣戦である。「愛国詩」の朗読放送がJOAKのプログラムにレギュラー化され、開戦直後の十四日から年末までは未確認の二十一日を除いてほとんど毎日、それ以後も四三年いっぱいまではほぼ三日に一回以上の割合で放送されるようになるわけである。このこともすでに拙著にて当時の番組表をもとに詳しく紹介してあることがらだが、ともかくこの転換はラジオと詩(愛国詩)朗読放送とが国策の傘下に完全に移行したことを意味している。

十二月八日、米英に対して畏くも宣戦の大詔が渙発せられ、つぎつぎに挙がる輝く大戦果は、国民の感激をいやが上にも湧き立たせ、国民各層を通じて、なにかしらその昂まる愛国の熱情を、また殉国の至誠を、力強く歌ふ詩をもとめたのである。

愛国詩は、この国民の希求に応じて生まれいでたものであって、詩人の詩を通じての国民の赤誠の発露であるといってよい。

日本放送協会では、昭和十六年十二月十二日より、愛国詩の朗読を開始したのであるが、この愛国詩の朗読が、赫々たる皇軍の戦果の報道や、軍事発表、その他の放送と相俟つて、国民の士気の昂揚に寄与する所、尠からざりしことを確信するものである。

大東亜戦争開始後に朗読がラジオ放送された詩を集めた日本放送協会編『愛国詩集』（日本放送出版協会一九四二）の序文から。執筆は日本放送協会業務局長の関正雄。ここで強調されているのは、戦果に接した感激と愛国の情を歌う媒体を国民が求め、それに応じるかたちで愛国詩が生まれたという順序。一方的に詩人やメディアが愛国詩やその放送を供給しているのではないということを確認しているのだ。ラジオはこうした国民的ニーズに則って、国民の耳に彼らの《感激》《熱情》《至誠》《赤誠》を代弁する声としての愛国詩を送り届ける、いわば〈公器〉として振る舞うことになる。右の序文に従って戦争の情報とそれへの反応の代行＝表象としての詩表現の流通過程をモデル化すれば次のようになるだろう。

戦果→報道（新聞・ラジオ）→国民の感激→愛国詩の創作（専門詩人）＝感激の記録→（愛国詩の活字化・掲載）→愛国詩朗読の放送→国民の聴取＝感激の再現

ラジオや新聞などのメディアが伝える戦争の情報。内地にいる国民にとって空襲や沖縄戦その他が始まる戦争末期まではその情報が戦争そのものであった。戦局の展開に伴い、玉砕の報道や戦死者に関する感情の共有によって、右のモデルでの〈感激〉は〈哀悼〉〈鎮魂〉や死の礼賛などへと転調されていくだろう。いずれにしてもメディアにとっては情報の受信者、客体であるはずの国民が、愛国詩という媒体を通して戦争情報と戦争そのものに対して主体化されるという主客の倒錯的な一体化が幻想されているわけである。一戸一受信機を目指す受信契約者増加運動が一九三八年から日本放送協会によって進められているように、放送メディアは〈ラジオフォビア〉ならぬ〈ラジオマニア（ラジオ中毒・依存症）〉を国民的規模で創出しようとしていくのである。あの十二月八日の《どうぞラヂオの前にお集まり下さい》という呼びかけを境にしてラジオマニアを強制するメディアの権力性ははっきりと前景化されていく。もちろん、大政翼賛会の〈朗読研究会〉などに始まる文壇の朗読詩運動と連繫しながら、文部省や放送局の中に〈学校放送研究会〉〈国語放送研究会〉など、国語教育のような広範な領域で朗読と国策とが結びついていく面も見逃せない[14]。そこでは当然〈国語醇化〉の使命がより露骨に朗読に要請されることになる。百田宗治（『歴史　少国民のために』その他）や竹中郁（『中等学生のための朗読詩集』）らのように詩人の側からも朗読詩運動を教育的な立場で進めるという局面も少なからず見られた。そういう意味でもラジオの中に特権的に食い込んだ戦争詩という領域は文学と教育と放送メディアの三者の協同関係の中枢に押し出されてきたと考えていいだろう。こうしたラジオを介して愛国詩は戦果の情報への反応を表象するのみならず、送られる情報本体の言うなればレトリック、ひいては情報の代替物としてメディアの回路の定位置に組み込まれていくのである。

戦時下の詩の朗読放送の具体的な諸相に関しては拙著『声の祝祭』を参照していただきたいが、右の『愛国詩集』こそはそうした朗読放送の代表的な記録の一つである。計七十四篇。うち半数の三十六篇が日本放送協会からの委嘱作である。高村光太郎「彼等を撃つ」、野口米次郎「全亜細亜民族に叫ぶ」、西条八十「戦勝のラジオの前で」……これら委嘱作を集めた前半に対し後半には新聞などの活字メディアに掲載された（そして朗読が放送された）戦争詩のスタンダード・ナンバーが並ぶ。「大詔奉戴」、高村光太郎「必死の時」、山本和「その母」、蔵原伸二郎「み軍に従ひ奉らん」……。最後に委嘱作の中から長田恒雄の「声」という詩の最後の連を紹介しておく。

声を出して見たまへ／声を出して見たまへ／その声こそ／誰の声でもない／この国の土のなかに生れ育ち／この国の自然とともに繁茂し／この国をゆたかにし／またこの国のために／義《ただ》しい盾となる／君の血の声だ／僕たちの血液の声だ／日本の声だ

この詩は中村伸郎によって朗読されたものの録音が残されているが（前掲拙著付録CDに収録）、野口米次郎や神保光太郎らの絶叫調の戦意昂揚詩とはやや一線を画した作品の趣が中村の抑制された朗読でうまく表現されている。だが、その抑制の裏側で、このテクストは実に巧妙に放送メディアの中で機能する側面を持ち合わしてもいる。「声」と題された詩の声が《声を出して見たまへ》と聴者に呼びかける。《全亜細亜民族》のような茫漠とした対象ではない。ラジオにじっと耳を澄ますひとりひとりの国民聴者にむかってだ。ラジオの声から声を出してみろと呼びかけられる。そしてその（聴者に期待された発声を即時的に代行しつつある）ラジオの声は、聴者から送り返される声を《誰の声でもない》と規定し、生まれ育った《この国》に尽くし、その盾となる声であることを自明のこととして要請していく。《君》の個別の声をラジオの前に集め、束ね、血液（民族を繋ぎ止め、民族のために流される）を通して、それは《僕たち》の声、すなわち《日本の声》へと統合されていく。国民をラジオの音声に対して帝国日本を構成する《僕たち》として主体化させる。ラジオの〈声〉を仲立ちとする統合の力学を象徴するような詩だが、こうした力学の下で「ラジオ殺人事件」はどのような規模で進行していったのか。――けれども私たちが考えなければならないのは、そうした力学が及ぼした効果を客観的に計測することだけではないはずだ。まさにその力学そのものの正体を捕縛すること。この仕事を避けることは出来ない。

注

（1）水越伸「ソシオ・メディア論の歴史的構図　情報技術・メディア・20世紀社会」（水越伸編『20世紀のメディア①　エレクトリック・メディアの近代』ジャストシステム一九九六）

（2）津金澤聰廣『現代日本メディア史の研究』（ミネルヴァ書房一九九八）

（3）吉見俊哉『「声」の資本主義　電話・ラジオ・蓄音機の社会史』（講談社一九九五）

（4）『改造』広告「世界一の『現代日本文学全集』出づ」（同誌一九二六・一二）

（5）ヴァルター・ベンヤミン「公認会計検査官」（『一方通行路』原著一九二八、晶文社一九七九、山本雅昭・幅健志訳）

（6）坪井『声の祝祭　日本近代詩と戦争』（名古屋大学出版会一九九七）

（7）この点については坪井「国語・国詩・国民詩人――北原白秋と萩原朔太郎――」（『文学』一九九八秋季号）なども参照していただければ幸いである。

（8）石川啄木「弓町より（食ふべき詩）」（『東京毎日新聞』一九〇九・一二・四）

（9）萩原朔太郎「『氷島』の詩語に就いて」（『四季』一九三六・七）

（10）三好達治「燈下言」（『四季』一九三五・一〇）

（11）奥屋熊郎「『詩の朗読』放送覚え書」上（『放送』一九三五・一〇）

（12）春山行夫「抒情詩の本質」（『新領土』一九三七・五）

（13）西中村浩「革命と「文学の自律」――ザミャーチンとロシア未来主義」（『モダニズム研究』思潮社一九九四）

（14）松田武夫『朗読と放送』（越後屋書房一九四四）参照

［**坪井秀人**（つぼいひでと）一九五九年名古屋生まれ。一九八七年名古屋大学・大学院博士課程修了。現在名古屋大学情報文化学部助教授（文学博士）。主著『萩原朔太郎論　詩をひらく』和泉書院、一九八九年、『萩原朔太郎　感情の詩学』（編著）有精堂、一九八八年、『声の祝祭・日本近代詩と戦争』名古屋大学出版会、一九九七年］

「国民」統合の〈声〉の中で〈書く〉こと

雑誌「放送」に見る戦時放送と文芸

黒田大河

1　ラジオの〈声〉の「記憶」と〈書く〉こと

「ラジオ文明とわれ〳〵が呼びなすべきところの時代がきた。／それは一つの革命である。一つの世界革命である」(1)。室伏高信がこのように高らかに宣言したのは一九二五年、三月二三日に東京放送局（ＪＯＡＫ）から試験放送が始まって間もなくのことである。当時東京放送局の聴取者はわずか五千人程度。聴取料が月二円、受信機が八十円から百二十円(2)の時代でもあり、放送開始当初のラジオ放送は未だ大衆とは縁遠いメディアであった。だが、居ながらにして音楽を、講談を、落語を、スポーツの実況を聴くことが出来るこの新しいメディアは、モダニズム風俗の象徴となってゆく。翌一九二六年、東京・大阪・名古屋の各放送局が統合され、日本放送協会が設立される。ラジオ放送開始後わずか一年で聴取者は三三万八千人と膨れ上がっている。横光利一が〈声音の奇形物〉(3)と名付けたラジオ放送は、関東大震災後の都市空間の成立と切り離すことの出来ないメディアである。円本ブームに始まる大量印刷による活字メディアの大衆化と並行して、空間を超えて〈声音〉をもたらすラジオ放送は共同体意識を変容させる力となった。ベネディクト・アンダーソン(4)の言う「出版資本主義」による〈国民〉意識の形成にも比すことが出来るような、〈大衆〉意識の形成がラジオによって行われつつあったと言えよう。津金澤聰廣は全国中継網の完成によってもたらされた同時性の感覚が「全国」意識を作り出し、全国的「文化」形成の媒介となった、[5]と指摘している。都市を中心として析出された〈個人〉が、ラジオというメディアを通じて共時的な場に結び合い、〈大衆〉として再統合される過程が、「ラジオ文明」と室伏の呼ぶところの「革命」であったと言えよう。

ラジオによる〈大衆〉の統合はやがて何をもたらすのか。室伏は予言者のごとく宣言する。

> 欲するも欲せざるもそこに声がある。その声は一方的である。凡ての命令者のそれのごとくに一方的である。ラヂオの前には凡ての人々は聴手である。大衆は聴手である。個人々々としての聴手ではない。演説会場における聴手のごとくに一団としての聴手である。しかもその聴手は何時にても脱退することのできる任意的聴手ではない。ナポレオンの命令を奉ずるところの佛蘭西軍隊のごとくに、聴従か自滅かの二つを撰まなければならないところの聴手なのである。

ラジオから一方的にもたらされる〈声〉は、「欲するも欲せざるも」〈大衆〉を聴取者という単一の集団として、しかも命令者に服従せざるを得ない集団として統合していく。単一の〈声〉に「聴従」する〈大衆〉を生み出すメディアとしてのラジオは、「知的統一者」であり「時代のGeist」である、と室伏は言う。しかもそれが「近代文明の最高の発展過程」なのである。「ラジオ文明」のもたらすこのような未来図は、直ちに次のようなラジオ放送を我々に想起させる。

> いよいよその時が来ました。国民総進軍のときが来ました。
>
> 政府と国民ががつちりと一つになり、一億の国民が互に手をとり、互に助け合つて進まなければなりません。政府は放送によりまして国民の方々に対し、国家の赴くところ、国民の進むべきところを、はつきりとお伝へ致します。国民の方々はどうぞラジオの前にお集まり下さい。放送は毎日毎時間に戦況をお報せ致し、また、政府の国民に望むところ、国民に御留意願ひたい事柄をお伝へ致します。（略）
>
> 一つの声を中心として国民のすべてが相結びますところ、必らず一億一心の実があがるのであります[6]。

「昭和十六年」一二月八日、「帝国陸海軍は本八日未明西太平洋においてアメリカ、イギリス軍と戦闘状態に入れり」という臨時ニュースに始まる、「大東亜戦争」開戦の日である。「真珠湾」奇襲攻撃のニュースの後、「宣戦の大詔」が発表され、人々はラジオに耳を傾けたのであった。ラジオは終日戦果を伝え続けた。櫻本富雄の言葉を借りれば、「戦争はラジオにのって」(7)もたらされたのだ。その日の午後六時、内閣情報局の宮本吉夫が首相官邸から「ラジオの前にお集まり下さい」と放送したのである。ラジオという〈一つの声〉を中心に「一億の国民」が「一心」となり「総進軍」するのだと言う。ここでラジオは、総力戦体制下における「国民」統合の装置として位置づけられている。「国民」とは即ちラジオを通じて国家の「望むところ」を受容すべき存在であり、「国家の赴くところ」と「国民の進むべきところ」は明確に重ね合わされている。〈一つの声〉に服わぬものは「国民」とは見なされない、という回路がここにはある。

一九二五年に室伏が、ラジオという「知的統一者」へ「聴従」する〈大衆〉を語ったとき、逆説的にそこにはラジオによって〈大衆化〉する文化もまた語られていた。「ラジオ的であるものは大衆的である」。「大衆的であるもののみラジオ的である」というトートロジーによって室伏は、ラジオというマスメディアによって〈大衆〉を捉え得るのは〈大衆化〉した文化のみであることを言う。ラジオによる〈大衆〉形成とは〈大衆化〉の意味でもあったのだ。それから一六年後、聴取者が六百万人を超え(8)、名実ともに〈大衆〉のメディアとなったラジオは「国家」の〈声〉として語りかけたのだ。そこには〈大衆〉が「国民」化される過程があったと言えよう。

ラジオというメディアが当時持ったこのような力は、ラジオの〈声〉が人々を捉えたその力は、現代に生きる者にはもはや想像することが難しいものでもある。現実を映像として対象化して捉える視覚文化のただ中に生きる現代の我々には、映像と切り離された音声はリアリティを持たない。街にあふれる音声は雑音として聞き流すことの出来るものだ。そしてテレビの登場以来ラジオはより個的なメディアとして生き残っている。それ故に、圧倒的な求心力を持った単一の〈声〉に「聴従」する聴覚の在りようは追体験出来ない性質のものだ。視覚的経験に対して、対象化の難しい〈耳〉の経験は、記憶の底に沈んでいる。それは対象化の困難な記憶であるが故に、却って思わぬ形でよみがえって来もする。(ふと口をついて出た歌の一節が記憶に結び付いた経験はなかっただろうか。)対象化されないが故、その記憶はいつも甘悲しいものである(9)。特に戦時下のラジオに熱中した記憶には、何らかのバイアスがかかっている。手懸かりとなるのはラジオの〈声〉そのものではなく、書き残されたものだけである(10)。しかし、W・J・オングは、メディアの発達と共に生まれた「二次的な声の文化」が「書かれたものと印刷の使用のうえにたえず基礎をおいている」(11)ことを指摘している。それ故、書かれたものを通じてラジオの〈声〉を再現しようと試みることは、活字文化の中で生きるわれわれにとっての音声の意味を改めて考察するという問題意識と結び合うはずである。

先駆的な試みとして我々の前には、坪井秀人の仕事がある。『声の祝祭——日本近代詩と戦争——』(12)に於いて坪井は、「音声」と「活字」、「朗読」と「黙読」という対称性を鍵とし、日本近代詩の表現史を「声とエクリチュールとの相克」として読み直す作業を行っている。新体詩の成立以降、活字として享受される詩の形態によってしだいに黙読性が前景化し、視覚性を強調するモダニズムの試みの中で詩の朗読性がなおざりにされてゆく。そのようなエクリチュールの支配に対して、その反動として〈音声中心主義〉が立ち現れるのが、ラジオというメディアと結び付いた〈声の祝祭〉としての「愛国詩」「国民詩」の朗読である、と坪井は分析する。「不幸な時代」に於ける〈例外〉として文学史上空白化されてきた戦争詩を、表現の問題として位置づけた試みは評価されるべきであろうし、戦時下の朗読詩放送と詩朗読運動の実態を資料を博捜して明らかにした功績は動かないだろう。

〈書くこと〉は「戦時下、音声中心主義の下に主体性を放棄し、メディアに無抵抗に回収される」と坪井は言う。「十二月八日」、対米英開戦を告げるラジオの〈声〉の前で詩人は表現を促され、「宣戦の大詔」の〈声〉によって〈声の祝祭〉へと誘われる。〈声の祝祭〉とは「大本営（そして天皇）と詩人たちの間に無媒介にネットワークが敷設され」る情況である。ラジオの〈声〉に突き動かされた詩人たちの「愛国詩」はラジオで朗読され、読者（聴取者）をまた〈声の祝祭〉に誘っていく。「〈放送〉というメディアが作者／読者の垣根を取り払って、詩の言葉を〈文字〉ではなく〈声〉として功利的な集団兵器に構成していくのである」と坪井は断ずる。このようにラジオの〈声〉によって増幅された〈声の祝祭〉に参加していく詩人と読者（聴取者）の熱狂を坪井はあぶり出して見せる。それは〈音声中心主義〉によって〈書くこと〉を置き去りにした〈祝祭〉である。

坪井は言う、「『愛国詩』は戦争に乗じて詩人にラジオ放送という〈公器〉を与えた。しかし、戦争という現実に依存し続けたそれは戦局のグラフをなぞった残骸をしか私たちに残していない」と。〈声の祝祭〉の終わった現在、書かれたテクストとしての「愛国詩」は生命のない「残骸」に過ぎない。だが、その「残骸」が何故に〈声の祝祭〉の中では力を持ち得たのだろうか。〈祝祭〉の外部にいる我々にはその力を追体験することは難しいのである。

戦争詩論の前提として坪井は、大熊信行の「ラジオ文学の根本問題」(13)という考察を取り上げている。坪井も参照している前田愛の読者論の立場から見れば、大熊はラジオ・ドラマの特殊性について、すべてが耳からの享受であることが逆に「聴手の想像力に自由な活動をあたへる」ことになるとしており、「想像力といふ一つの大きな人間的能力に依頼する形式」としてラジオ・ドラマの可能性を示唆しているという。前田は朗読から黙読への過程で「近代文学では失われてしまった言葉の感覚性」(14)を読者の想像力によって復権させる試みとして、大熊のラジオ・ドラマ論に注目していると言えよう。

同じ大熊の論を坪井は次のように捉えている。

> 《目で読む文学》から《耳で聴く文学》へ――このヴィジョンは《印刷あそび》に堕した《近代散文の黙読性》をもはや《止揚》させずにはおかない。大熊のこの志向は、『放送』各論考にも通有する活字文化批判と音響性の回復をうたう大きな潮流、詩人たちを朗読用テクストを携えて朗読会とマイクに赴かせた〈転向〉のうねりに同調していかざるを得なくなるであろう。

ここでは《耳で聴く文学》の享受者が如何にそこに引き込まれて行ったかというファクターが過小評価されてはいないだろうか。例えば、ラジオの戦捷放送を聴いた聴取者が〈声の祝祭〉へと誘われるためには、〈日本〉という「幻想の共同体」と同化していく彼自身の想像力もそこに働いていたはずなのだ。坪井の優れた仕事から漏れ落ちるもの、それは〈声の祝祭〉に「積極的」に参加していった詩人／読者の側の「主体性」の内実ではないだろうか。

室伏の言う「聴従」する〈大衆〉の形成が「ラジオ文明」自体の〈大衆化〉でもあるという逆説が生きる余地は、ラジオという「国家」の〈声〉に「一心」となる「国民」という総力戦体制下に求められた「国民」イメージの中には残されてはいなかった。「国民」を統合する〈声の祝祭〉の呪縛はそれだけ強いものであったと言える。だからこそ、〈大衆〉が「国民」へと「主体」的に成り行く過程にこだわる必要があるのではないか。

2　ラジオは如何にして「国民」統合の〈声〉となったか

「国民」統合の装置としてのラジオが成立する過程を検証してみたい。先に触れたように、東京・大阪・名古屋の各放送局が統合され社団法人日本放送協会が設立されたのは一九二六年八月のことである。現在のような民放の概念はなく、ラジオは半ば国家管理の下に出発したのである。一九三一年、転向以前の村山知義は次のように批判していた。

> 社団法人日本放送協会は（略）独占事業として莫大な利

益を得、目下、東京、大阪、名古屋、広島、仙台、札幌、熊本、金沢の八局の他に、福岡を始め五局が増設され、更に昭和十年迄には三十余局が新設される予定だといふ（。）政府はこの影響力の偉大なアヂプロ機関を公益法人たらしめると共に、放送局の要職から財閥的勢力を徐々に駆逐して逓信官吏で占領しつ、ある。（略）半官半民とは云ひ條放送事業に於ける逓信省の勢力は益々圧倒的なものとなりつつある[15]。

村山の言うとおり、放送事業の国家管理はその後も次第に強化されていく。一九三四年五月、逓信省の指導の下、日本放送協会の組織は大きく改組される。組織の中央集権化と放送審議会の設立による番組内容の管理がその主な内容である。竹山昭子はこの改組に大きな影響を与えたのが、ナチス・ドイツの放送政策であったことを指摘している[16]。ドイツでは一九三二年七月にナチスが第一党となると同時に、ラジオのナチ化が進行する。国有化されたラジオの番組制作規則によれば、「ラジオはドイツ人を国家的国民に作り上げ、聴取者の国家的思考と意志を形成し、強化するという偉大な課題に参与している」のである、という[17]。このような、聴取者を「国民」化する国家の〈声〉としてのラジオという認識は、日本のラジオ政策にも共有されていくと言えよう。ただし、レニ・リーフェンシュタールの『意志の勝利』（'35）に観られるヒトラーの演説のように、熱狂的な反復と断定の繰り返しによって聴衆を陶酔状態に導くプロパガンダの方法は、日本の放送には受け継がれてはいない。むしろ、ヒトラーのような中心を持たないまま、〈大衆〉の情緒的な共鳴を演出する方向で、ラジオ放送は構成されていくことになる[18]。

翌一九三五年は放送開始十周年記念、加入者二百万人突破記念、海外放送開始など、改組後の日本放送協会にとって体制を強固にするための意図的な節目であったが[19]、その翌年には、〈大衆〉動員に於ける放送の重要性を再認識させるメルクマールとなる事件が起きる。二・二六事件である。日本放送協会の雑誌である「放送」[20]を繙けば、多くの論者が二・二六事件をラジオ放送の重要性を認識せしめた事件としてあげている。早くは小山栄三が事件の翌月号で「今度の不祥事件に於てラヂオは其の社会統一力に対する力性の強度なることの如何に大なるかを自ら実証した」[21]と言う。また、後に「ラジオの前にお集まりください」を放送することになる宮本吉夫も次のように述べている。

我国に於て放送が真に国家的利益に直接し、その利用が国家の危急を救うことを教へたものは二・二六事件の彼の「兵に告ぐ」の放送であらう。この事件を契機として萌芽した強力政治への発足は国家の意志を国民に直接伝へることの必要を痛感せしめ、これを果たすには放送が最も有力であることが、認識されるに至つた(22)。

二・二六事件に於ける「兵に告ぐ」という放送はどのような力を持ったのか。一年後の「放送」に当事者であるアナウンサー中村茂の手記が掲載されている(23)。一九三六年二月二六日午前五時、皇道派の青年将校が決起、首相官邸などを占拠する。報道管制が行われ、市民に事件の概要の報道が許可されたのは午後八時一五分になってからのことであった(八時三五分に放送)。翌二七日、午前二時五〇分東京に戒厳令が敷かれる。二八日から放送室は戒厳司令部に移される。事態の推移に従って迅速に当局の発表を放送するためである。前夜から一睡もせず迎えた二九日午前八時四八分、中村アナウンサーは「大久保少佐」が叛乱軍に向けて「直接彼等の耳・心に訴へる」決意で起草した「兵に告ぐ」を朗読する。

「兵に告ぐ、勅命が発せられたのである。既に天皇陛下の御命令が発せられたのである。お前たちは上官の命令を正しいものと信じて絶対服従をして来たのであらうが、既に天皇陛下の御命令によつてお前たちは皆復帰せよと仰せられたのである」

こゝまで読み来つて慈父の如き香椎司令官の、あの温顔にたゝへる苦衷を察して私は声がふるへてきた。

「……此上お前たちが飽く迄も抵抗したならば夫は勅命に反抗する事となり逆賊とならねばならない。正しい事をして居ると信じてゐたのに、それが間違つて居たと知つたならば徒に今迄の行懸りや義理上から何時までも反抗的態度を取つて天皇陛下に叛き奉り逆賊としての汚名を永久に受けるやうなことがあつてはならない。」

叛徒となり終る！　天皇陛下に叛き奉る！　嗚呼、兵よ君等も亦陛下に忠誠なる赤子ではないか！

「……今からでも決して遅くはないから直ちに抵抗をやめて軍旗の下に復帰する様にせよ、さうしたら今までの罪も許されるのである、お前たちの父兄は勿論のこと国民全体もそれを心から祈つて居るのである。速かに現在の位置を棄てゝ帰つて来い。戒厳司令官香椎浩平。」

一回、二回、三回、繰り返し〳〵。私は一言一言に全力を傾注して読んでいく内に、完全に没我の境に入っていく様であつた。

顔を廻らすと、逓信局の人も、放送局の人も、厳めしい格好をした将校たちも、皆泣いてゐる。

私もグツタリとマイクロフォンの前にうつ伏して終つたのである。

「兵士達は聞いてくれたかどうか？　聞いたのであれば、もう万事は解決する、日本人でこの気持ちが分らない者はない」と言ふ考へが、胸中を去来して去らなかつた。

朗読しながら香椎司令官（戒厳司令部）の思いに同調して「声がふるへ」る。「君等も亦陛下に忠誠なる赤子ではないか」と兵士達に感情移入する。読み終わって中村アナウンサーは「日本人でこの気持ちが分らない者はない」と実感する。放送する自分の〈声〉が、司令官の〈声〉となり、天皇の〈声〉となり、周囲の人々もみなそれに同調して涙を流す。まさに一つの〈声〉に「国民全体」が一体となる情況を中村は「憶ひ出」として書き残している。事実としてそれがありえたのかどうかは問題ではない、むしろ、この書かれたテクストが「兵に告ぐ」というラジオ放送の理想的な享受の仕方を方向づけているということが重要なのである。このような〈大衆〉の情緒的な共鳴を誘う〈声〉の在り方が日本的な〈大衆〉動員の方法の一つの典型である。後に布留武郎はこう分析している。

かの二・二六事件の「兵に告ぐ」の放送はラジオが真に国家的利害と結付き、その利用が国家の危機を救ふことを教へたといはれるものであるが、「今からでもおそくはない」と悲痛にふるへる放送員の声は直ちに兵士や兵士の家族に対する思ひやりとなり（類似性）、事件の経過に対する緊張感（利害の一致）は国家存亡の危機と結付いて高度の現実性をもつて我に迫り、これをきく全国民を真に一体感の中に呼吸せしめた一瞬であつた(24)。

例えば講演会場での群集心理とは異なり、本来個別の存在であるラジオの聴取者が如何にして一体となり得るのか、二・二六事件を好例とし、「米国の社会心理学」(25)を援用しながら、布留は聴取者の置かれた立場の「類似性」と、事件に対する「利害の一致」が聴取者に一体感を持たせ得ると分析する。布留は他に、同年のベルリンオリンピックの中継放送(26)と、一九四〇年一一月の「紀元二千六百年奉祝会」(27)の中継を例に挙げ、同胞意識（類似性）と民族の歓喜（利害の一致）とが聴取者を「一体の意識に結晶」させると言う。ラジオの聴取者である〈大衆〉が「国民」として統合されるメカニズムはこのような国家的イベントを通じて準備されていくのである。

先の引用に続けて宮本吉夫は、一九三七年六月から政府の重要放送に関して政府が直接統制する体制が作られたことを指摘している。「情報委員会後の内閣情報部（一九三七年九月に改組——引用者注）、逓信省、放送協会間に於ける緊密なる

「體位向上」古平廣光
「放送」(’39.3) より

連絡の下に従来の政府の放送の方向の転換を開始したがその直後図らずも今次の支那事変の発生を見」たのだと、宮本は言う。一九三七年七月七日の盧溝橋事件に始まる「日支事変」に先立って、放送の戦時体制が準備されていたことが分かる。その後、内閣情報部は国民精神総動員運動を実施し、ラジオでも「国民朝礼の時間」(28)、「国民唱歌」(29)の放送などが行われる。四月に国家総動員法が施行される一九三八年には、二月から「政府の時間」が設けられ、政府当局が国民に直接国策を訴えかける。一九三九年七月には時局放送企画協議会が設立され、内閣情報部による監督が強化される。一九四〇年一二月の内閣情報局設立以降は、情報局が放送番組の監督指導を直接行うこととなる。このような国家によるラジオ放送の管理強化の動きによって、〈大衆〉を「国民」へと統合する体制が整っていくのである。

ここで、放送協会の雑誌「放送」に於ける〈大衆〉と「国民」統合に関連する論考を振り返ってみる。「日支事変」以前には、聴取者としての〈大衆〉に如何にラジオが対応するべきかという議論があった。例えば長谷川如是閑は「社会一般の慰安が芸術的性質を帯びれば帯びるほど、又その芸術的性質が向上すればするほど、その社会は浄化される」(30)という前提から、ラジオの「社会的に表現されてゐる文化的感覚を普遍的に感受せしめ、融合せしめる機能」を利用することを提起する。ここでは〈大衆〉を文化的に教化する意味での「指導性」と、通俗化という意味での「大衆性」とは対峙する概念であった。二・二六事件がラジオの「社会統一力」を実証したとする小山栄三は「ラヂオの与へる同一な而も多様な感覚的内容は社会意識に統一を与へるところの普遍的契機になる」(31)としていた。ここで小山は長谷川の言う文化面での「指導性」を社会的な意味に拡大していると言えよう。「日支事変」の後、小山はラジオ放送が「国民の国家意識の結晶過程に積極的に参加する任務を有する」と説く。何故ならラジオは「時間的瞬敏性と空間的拡散性と直接耳に訴へる言葉としての理解容易性と感情性によつて民衆の内部に浸潤し、全国民をして同時に同一の『口』から同一の言葉を聞くことを可能ならしめる」(32)という特徴を持つからである。小山は「近代戦の特徴は国民全体の戦争」だという前提から、〈大衆〉を「国家意識」を持った「国民」として統合する装置としてラジオを位置づけている。「大衆性」か「指導性」かという議論は、「日支事変」後には〈大衆〉を一つの〈声〉に呼応する「国民」へ統合するという問題意識に吸収されている。さらに一九四〇年、近衛新体制運動下の論を見ると、喜多壮一郎が「ラヂオは耳を通しての国民の学校」であるという前提から、「ラヂオは何か外部から或ひは上部から与へられてゐるものではなくて、国民の内部から、国民的意欲から出来るもので、国民共有の生きた財産になつてゐる。それは国民の聞く声であると同時に、国民自身の声なのである」(33)としている。ここでは、ラジオの〈声〉の作り上げた「学校」に「国民」が「意欲」的に参加することで、ラジオという「国民共有」の財産が「国民」自身の〈声〉となる、とされている。「放送」＝「国家」＝「国民」の〈声〉という図式がここに完成している。この〈声〉に参加しない〈大衆〉の可能性はもはや論者の意識には上っていないのである。

ある意味でこれらの議論は一九二〇年代末の芸術大衆化論争(34)と同じ過程をたどっていたと言えよう。プロレタリア文学における芸術大衆化論争では、文学作品の「大衆化」＝通俗化か、政治意識による「指導性」かという議論から、〈大衆〉のプロレタリア化という目的意識論に収斂してゆく過程で、〈大衆〉像が見失われていった。同様に、〈大衆〉が「国民」化される過程で〈大衆〉像は抹消されたのだ。だが、プロレタリア文学が〈大衆〉からの遊離の末に〈大衆〉のプロレタリア化に失敗しているのに対して、総力戦体制下のメディアは〈大衆〉の「国民」化、戦争への動員に成功した、と言わざるを得ないのである。

3 〈外地〉の「国民」と「国民」の〈外地〉イメージ

ある意味で、総力戦体制に向けて〈大衆〉を「国民」へと統合する最大の国家的イベントは、戦争それ自体であったと言える。「日支事変」以降、前線と銃後を結ぶ放送が様々に試みられる。一九三七年八月一日、天津の陣中から香月司令官が放送した(35)のを嚆矢として、前線からの報道は戦地の家族を思いやる人々の心を捉えていく。戦況をリアルタイムに報道し得るラジオの速報性が〈大衆〉を動員したのである。また、戦地に於いても〈内地〉からのラジオ放送は兵士達の心を強く引き付ける。金丸重嶺は「私の僅かな従軍による見聞にとつても、征野にある将士が闘ひの間にあつて、国を偲び、故郷を思ふ心は僅かに電波によつて結ばれた一つのニュースによつて充たされることを知ることができた」(36)と証言する。〈内地〉から前線将士への慰問放送を聞く兵士達は「殆どきれぎれになる声の断片をも貪るやうに耳を傾けたのである。しかも内地の人々と同時に耳に入るといふ、ラヂオの同時性の魅力がひしひしと迫つて、故国と戦場の距離感を著るしく近よらしめて仕舞ふのである」という。前線と銃後が一つになって同じ放送を聞いているという「同時性」が、距離を超えた共感性を生むのである。二・二六事件に於ける「兵に告ぐ」の放送が、それが向けられた叛乱軍兵士達と同時に、兵士達に感情移入する聴取者にも一体感を生み出したのと同様、前線向けの放送には銃後の「国民」の一体感をも生み出す効果があったと推測される。また金丸は、前線でラジオを聴取出来る兵士は通信兵など作戦上限られた範囲であるが、ラジオニュースを再録した謄写版刷の壁新聞や回覧誌が兵士全体を引き付けていることを指摘する。「〇〇部隊ニュース（AK放送ニュース）と書かれたニュースの断片に見入るあの兵隊の輝く眼」に兵士たちの故国のニュースへの渇望を感じた、と金丸は回想する。同時に、敵側の「傳単」によって生じた疑念を、回覧誌に記された「〇〇放送ニュース」の文字は「故国の人々と共に聞いた処のものであるといふニュースの真実性」によって一掃するのだという。ラジオの〈声〉の力が、書かれた文字によって補完されるという情況の指摘としても注目すべきだろう。「放送」の同号には、一九三九年一月五日放送の慰問放送、「前線将士に送る夕」を聞いた前線の兵士からの手紙が抄録されている。

> 荒町小学校の生徒の慰問文、聞いてゐる私達は本当に嬉しく、又自然に涙の出るのを禁じ得ませんでした。
> 海山遠き故郷から電波に乗つて来たあの言葉、私達は益々銃後の皆様の赤誠に答へ国家の為、より以上に働く覚悟です。感激のあまり、すぐペンを取つて一気に書きなぐりました[37]。

この手紙を「ローソクの燈火を頼りに」書いた前線の「軍曹」は、遠い距離を越えて銃後から響くラジオの〈声〉によって励まされ、「国家」への忠誠を誓うのである。また、この手紙を誌面に読む聴取者（読者）もまた、前線の兵士への共感性によって「国民」としての銃後の守りを決意させられたであろう。実際にはこの「軍曹」の手紙は創作されたものであるのかもしれない。だが、銃後から前線への慰問放送がいかに前線で受け取られているか、その一つの典型としての手紙が、銃後をまた「国民」として統合していくのである。

「闘ふラジオ」
時局雑誌「放送」（'41.11）より

銃後からの放送が前線の兵士の士

気を高め、その兵士への聴取者の共感性が再び銃後を統合するという往復運動。同じ構造が海外放送、外地放送にも期待されていたと言える。一九三五年六月に始まった海外放送は、短波を用いて日本語と英語で放送され、海外への日本文化の紹介と共に「海外同胞の活躍の原動力となる」(38)ことを目的とした。当初は日にわずか一時間の放送であった。「日支事変」後、海外放送は「戦時乃至事変時にあたつては、敵国を攻撃する最も強力な武器である」(39)とされる。海外への宣伝戦の武器として海外放送は位置づけられたのである。この時、放送時間は午前五時から午後一一時、「日、英、佛、獨、支、西」の六ケ国語で行われている。「大東亜戦争」下、海外放送の目的は「一人でも皇軍将兵の犠牲を少くするために」「一人でも多く東亜の被圧迫民族をして我に同調せしめるために」(40)であるとされる。海外への宣伝戦と同時に、未だ戦闘中の、そして占領下の「大東亜」各国の諸民族への「解放」の呼びかけに海外放送は携わるのである。この時、放送時間は延べ五二時間三〇分、ヒンズー、タイ、マレー、タガログ語などを含む一八ケ国語で放送が行われている(41)。澤田信之丞は、戦捷のニュースの度に「比島人もビルマ人も印度人も泰人も——、すべてが我事のやうに一つに溶け合つて肩を叩き合ひながら歓び合つてゐる」(42)というスタジオ風景を伝える。その様子がそのまま「大東亜共栄圏」全体での歓びの縮図となっている、というイメージが海外放送を通じて作られていくと言えよう(43)。

朝鮮放送協会本部（京城市貞洞町）
「放送」（'38.2）より

　外地放送は、朝鮮と台湾で始まった。日本放送協会設立と同年には早くも京城放送局が設立され、二年後には台湾総督府からの試験放送が開始されている。

　京城放送局は当初四千人程度の聴取加入者で出発したが、一九三三年には「内鮮語二重放送」を開始し聴取者は三万人弱となる。一九三七年には体制を強化し朝鮮放送協会へと改組、その直後の「日支事変」を契機として一〇万人を突破、一九四〇年には約一八万人に達している。「内地人」「朝鮮人」はほぼ同数の内訳である。（ただし、普及率で見ると一九四〇年五月には「内地人」世帯の五七・四％に対し、「朝鮮人」世帯では二・一％に過ぎない。）「明けゆくアジア、導くラヂオ」のスローガンの下、「半島の人々の完全なる皇民化」を進めるのが朝鮮に於ける外地放送の目的だという(44)。

　台湾放送は聴取料無料の試験放送であったが、一九三一年の台湾放送協会の設立と共に有料となり聴取者が四千七百人に半減する。放送内容も大部分は「内地人」を対象としてい

台湾放送局「放送」（'38.2）より

た為でもある。しかし、「日支事変」後には、南支南洋方面をも対象とし、福建語、北京語及び英語でニュース放送が行われ、「本放送は時局柄全島的に嵐の如き大歓迎と潮の如き感謝を受けて居る」(45)という。一九三八年には広東語、マレー語、一九三九年には「安南」語の放送も行われ、台湾放送協会は日本の「南進基地」の様相を呈する。台湾の聴取加入者は一九四〇年三月時点で約五万二千人（「内地人」三万五千人、「本島人」一万七千人）であった。（一九四〇年五月の普及率、「内地人」世帯の六六・六％「本島人」世帯の一・八％。）

この他に「満州」、占領下の「支那」(46)、南洋群島パラオでも外地放送が行われ、「大東亜戦争」下には東南アジアの占領地放送も含め「大東亜放送圏」として認識されていくのである。

各外地放送局は〈内地〉を中心として短波で結ばれている。〈内地〉からの放送を中継するだけではなく、〈外地〉からの放送を〈内地〉に中継もする。このようにして日本の版図にそって広がる放送網を東亜中継放送と言った。時局雑誌である「放送」の記事は次のように語る。

東亜中継放送は、北は満州から南は南洋の占領地域まで延びて、つひには文字通り大東亜共栄圏全体を包んでしまふことゝなりました。この電波を通じて、東亜共栄圏内同胞は一致団結し、一体となつて、新秩序の完遂に力めねばなりません。この、放送を通じて全アジヤ十億の民族をして、一様に御稜威の光に浴させねばなりません。かくてこそ黎明アジヤが訪れるのであります。東亜中継放送はこの重い使命を持つてゐるのであります(47)。

このように外地放送＝東亜中継放送は、総力戦体制の下「大東亜放送圏」として位置づけられていくのである。〈外地〉の「国民」と占領下の「新皇民」を含みながら、ラジオによる「国民」統合はその外延を広げていくのである。

だが、その内包はどうであったのか。先に触れたように、朝鮮、台湾での聴取者の内実は、人口の割合から言うとわずかなものなのである。直接聴取者として「国民」統合の中に取り込まれるという効果よりも、むしろ〈内地〉から見た「大東亜共栄圏」のイメージ形成の装置として、「大東亜放送圏」の概念はより多く機能したのではなかったか。「かくて皆さんは、内地にゐながらにして赤道直下の有様を直接聴かれると同時に、内地、満州からの放送が、南十字星輝く澄み切つた青空の下の皇軍将士、同胞やアジヤ民族に、刻々伝へられること丶なる」のだ、というようなイメージ形成こそがラジオの戦略であったと言えよう（それにしても「南十字星輝く」「青空」とは何か?）。

時局雑誌「放送」を繙けば、「大東亜放送圏」という各地からの報告コーナーが設けられている他、現地に赴いた放送局員や軍宣伝班員、徴用作家の手記が掲げられ、読者（聴取者）のイメージを増幅している。フィリピンに従軍した木村毅は放送宣伝班の活動を記す。(48)東京からのニュースを受信して前線の兵士や在留同胞に放送する、バタアン戦線での戦闘を録音する、敵陣へ謀略放送を行うなどの活躍である。フィリピン人向けの占領地放送では、「哲学者の三木清君が、神武天皇についてといふ放送をする。石坂洋次郎君が日本の女性についてといふ放送をやる」ということで原稿を用意し、英訳して放送されたという。対敵宣伝、対占領地宣伝を語る木村は「アメリカの宣伝は嘘ばかりつかなければならぬから非常に具合がわるい。しかるにわれ〴〵日本の宣伝班の方は、本当のことをそのまゝに放送すればいゝのであるから、つまらぬ骨を折らんでよい」と一文を締めくくる。決して皮肉ではないこの一節が現在ではアイロニカルに読める(49)。

木村と同行していた放送局員松内則三もフィリピンでの占領地放送について証言する(50)。マニラ放送局では英語、日本語以外にタガログ語、ビサヤン語、スペイン語が用いられたという。ニュースの他「読書の時間」では青年層の知識欲に訴え「民族精神を喚起して、真に目覚めた興亜の青年を訓育しよう」としたという。また、ラジオ体操も行われたが、その「隠れた目的」は「日本人の体操をフィリピン人もやつてゐるうちに日本精神がわかつて行くのではないか」、「純日本式のラジオ体操によつてフィリピン人を結合さして引ずつて行くといふこと」であるという。戦時下、〈内地〉でも「国民」を動員したラジオ体操である(51)が、〈外地〉のラジオ体操にも「大東亜共栄圏」への統合という目的があったのだ。

このように、総力戦体制下「大東亜放送圏」の概念が「国民」の外延を広げる統合の装置として位置づけられていた。たとえその内包が実際には危ういものであったにしろ、〈内地〉の「国民」は「大東亜共栄圏」イメージによってより強く統合されていったと言えるのである。

4　読者（聴取者）参加の装置としての時局雑誌「放送」

時局雑誌としての「放送」は、一九四一年一〇月に「ラジオ講演講座」が統合され刊行された雑誌である。（同時に従来の「放送」は「放送研究」と改題されている。）「改刊の辞」に次のように言う。

時局いよ〳〵緊迫を加へる折から、放送事業の重要性は語るまでもありませんが、本誌は主要放送講演及び当月聴取上参考となるべき諸種の記事を収載して、国策の普及徹底に資すると共に聴取者各位と放送局の紐帯として、斯業の使命達成に役立つことを念願としてをります。大方の御利用を切に期待する次第であります。

改刊第一号の目次を見ると、「今ぞ帝国興亡の一大危局」「これぞ防空必勝の構へ」といった講演、「海の航空戦を語る」座談会、「戦時下の母と娘におくる」随筆、「臨戦下の家庭婦人特輯」として「秋の食品貯蔵法」「乾燥野菜」といったハウツーものや「傷痍勇士の隣組長と語る」という銃後生活のノンフィクション、こういった記事が並ぶ。放送業務の部内報的な「放送」／「放送研究」とは異なり、明確に銃後の「国民」へと向けられた「時局雑誌」としての色彩が看取される。テキストとして聴取者のラジオ聴取の枠組みを構成する役割と、講演放送の採録によって聴取者に放送内容を定着させる効果。それによって聴取者と放送局の「紐帯」となり、「国策の普及徹底」を計るという目的を掲げる「放送」の改刊には、「大東亜戦争」開戦を目前にして、総力戦体制を準備するという意味合いもあったのではないか。

「十二月八日」以降、時局雑誌「放送」は「国民」統合の装置としての機能を本格的に果たし始める。前章で触れたように、聴取者の「大東亜共栄圏」イメージを形成する効果がその一つである。さきに触れた以外にも多くの〈外地〉からの報告が掲載されている。その中心となったのがいわゆる南方徴用作家の現地報告、帰還報告である。陸軍報道班員としてジャワ・ボルネオ方面に派遣された阿部知二、大江賢次、大木惇夫、郡司次郎正、武田麟太郎、富澤有為男。フィリピン方面の上田廣、尾崎士郎、木村毅、今日出海、火野葦平。ビルマ方面の倉島竹二郎、高見順、山本和夫。マレー方面では里村欣三。海軍報道班員として石川達三、海野十三、北村小松、木村荘十、濱本浩、間宮茂輔、村上元三。臨時徴用の形式で派遣された真杉静枝、美川きよ、水木洋子、吉屋信子。その他に画家藤田嗣治、向井潤吉。漫画家小野佐世男、横山隆一。南方慰問団として松井翠聲、徳川夢聲。帰還作家日比野士朗、棟田博などの名前が誌面に確認できる。一例として、「大東亜戦争」開戦時に「仏印」を訪れていた吉屋信子による「十二月八日の西貢」(52)を見てみよう。

一二月八日の朝、ホテルの壁新聞で日米英開戦を知った吉屋は、大毎新聞社支局で内地からの放送を待つ。君が代、宣戦の詔勅、東條首相の演説などの録音放送。続く戦況ニュースを聴くうちに吉屋達日本人は「よろこびと驚きに打たれ」「胸につかへてゐたもやく〳〵が晴れて、明るい前途の開かれた気持」となっていったという。「なんといふ、うれしいだしぬかれ方であらう」、「なんといふ立派な国に生れた私であらう」と感情は高ぶり、次のような決意へと至る。

たゞこの上は、この国の国民の一人として、もの丶かずならぬ私も、みくにのために、なんなりと役立てば立たさせ給へ、いかなる困苦もいとはじ、この十二月八日、新なる生涯を我は開きて、わが生れし国に、一身の運命もいのちも生涯も捧げまつりて、安心立命、みくにを愛し、つ丶ましく生きる日の限りみ国に身も心もさゝげまつらん
——涙ながれてやまず
大日本帝国万歳！

ここには、海外宣伝放送の効果を余す所なく体現して見せる吉屋の「十二月八日」のふるまいが記されている。「大東亜戦争」開戦一周年を記念する「放送」一九四二年一二月号でも「サイゴンの、旅先きで、わが放送をキャッチした吉屋信子女史は、感激のあまり、『十二月八日のサイゴン』といふ作を発表されたが、その在留同胞の歓喜ぶりは、けだし、何十何百万の、海外同胞の姿であらう」(53)と振り返り、放送の効果を自画自賛している。宣戦の詔勅と戦況ニュースによってラジオの前の聴取者が一体となる姿、それが外地へと瞬く間に広がっていく情況を吉屋は表現したのである。個人としての「よろこび」が「立派な国」への感謝へと変わり、「国民の一人として」の決意へと普遍化されてゆく様子が、口語文から「み国に身も心もさゝげまつらん」という文語による定型へと変貌する文体によって強調される。この書かれたテクストは、「国民」としての理想的なラジオ聴取の規範を形成する働きを持っていたと言えるだろう。

このように時局雑誌「放送」は、徴用作家を動員し、聴取者の「大東亜共栄圏」イメージを形成する装置として働く。書かれたテクストがラジオ聴取の規範を示し、放送された音声テクストが採録されることで定着するという、放送メディアと活字メディアの往復運動による相乗効果がそこに生み出されていくのである。編集後記を見れば「一度聞き一度読んだからそれでよしとすべきものではなく」「再読三読をいただきた」(一九四三年六月号)いと、活字による放送内容の定着を呼びかけ、「御一読後は隣組回覧を御励行」と銃後の共同聴取を活字によって補うことをねらい、さらに「内地の放送を聴けぬ前線へは特に本誌をお送り下さるやう」(一九四四

年一月号）と、ラジオ聴取の困難な前線で、いわば目で読むラジオとして機能することを企図する。このような時局雑誌「放送」の姿勢は改刊以来一貫しており、特に紙配給制による雑誌の統廃合によって一九四四年二月、国策放送の採録を専らとして来た雑誌「国策放送」と統合されてからも、「右にペンを持ち、左に電波を翳す最も尖端的な異色ある時局雑誌である」(54)との姿勢を持ち続けるのである(55)。

吉屋信子の「十二月八日の西貢」のように寄稿され活字化されたものもあったが、徴用作家のテクストの多くは先ず放送されたものの採録であった。特にラジオ放送の特質を見ることが出来るのは、現地からの短波を利用した中継放送である。例えば富澤有為男の「ジャバ作戦の九日間」(56)は、朝日新聞縮刷版のラジオ欄によれば、一九四二年七月二日午後一〇時からと一六日午後八時から、軍事発表に続いて、（バタビヤより）という番組枠で放送されたものである。停戦後間もないジャカルタから、バンタム湾沖海戦を生々しく語り、三月七日の蘭印軍無条件後に放送局の接収を行った宣伝班の活躍を語る富澤の肉声は、緊張感を以て聴取者に届いただろう。同じ放送枠からは武田麟太郎、横山隆一、小野佐世男、郡司次郎正、司会松井翠聲らが現地で催した座談会「ジャバ従軍座談会」(57)、東京の菊池寛とジャカルタの阿部知二、以下同様に堀内敬三（音楽評論家）と飯田信夫（作曲家）、高田

時局雑誌「放送」（'42.9）より

保（劇作家）と松井翠聲が対談した「南方建設の鼓動を聴く」(58)が採録されている。また、火野葦平「バタアン戦線従軍行」(59)には「本稿は現地録音放送を速記収録せるもの」と付記され、フィリピンの現地放送で放送されたものと推測される。聴取者の記憶に徴用作家達の肉声を回帰させ、また想像させるこれらのテクストは、電波によって「大東亜共栄圏」が結ばれ行くというイメージを形成したと言えよう。他に徴用作家の帰還後のラジオ講演の採録も多い。藤田嗣治「ブキテマ戦線を巡りて」、石川達三「海を護る心」、尾崎士郎「バタアンの思ひ出」、今日出海「比島より還りて」、阿部知二「ジャワの文化とわれら」、里村欣三「戦線で見た皇軍魂」、倉島竹二郎「ビルマ戦線の思ひ出」などがそれである(60)。これらは愛国詩(61)のテクストの採録と同様に、ラジオ放送の一回性、拡散性を活字によって補完するという役割を担ったと考えられる。個別の作家の〈語る〉言

葉と〈書く〉言葉の距離も興味深い問題を孕んでいる。

時局雑誌「放送」の構成上の特徴として、「放送文芸」という枠組みに注目したい。総合雑誌の文芸欄に相当するこのコーナーには、いわゆるラジオ・ドラマ（放送劇）やラジオ小説・物語（朗読文学）というジャンルだけではなく、先の吉屋信子の「十二月八日の西貢」や、これも「大東亜戦争」開戦一周年にその日を回想する木村毅の「十二月八日」(62)などエッセイに近いもの、ラジオ講演であった火野葦平「バタアン戦線従軍行」なども掲載されている。つまり、実際に放送されたか（またはされるか）否かにかかわらず、聴取者と放送メディアの「紐帯」を形成する効果が期待し得るテクストが「放送文芸」として選ばれているのではないか。即ち、「放送文芸」とは聴取者のラジオ受容の地平を準備するテクストの謂なのである。その意味で、改刊直後から始まった「放送文芸原稿募集」は聴取者に「放送文芸」という枠組みを与える試みとして興味深い。良き読者（聴取者）こそが良き書き手となり得るのである。募集要項はその「内容」について次のように規定している。

国民演芸として国民生活を指導し国民の士気を高揚するもの、あるひは、日本固有の情操を讃へ健康で明朗な慰安を与え、且つ我が国民の思想感情にぴつたりするやうな作品を望みます。

ラジオを聞くことによって「国民」感情を形成された聴取者の中から、「国民の士気を高揚」し「日本固有の情操を讃へ」る「国民演芸」の作者が登場することが期待されている。作者としての聴取者は、想像力によって〈声〉を受容する読者参加から、主体的に〈書く〉ことによる読者参加へと成長することによって、「国民」として主体化することが企図されていたと言えよう。

このような〈書く〉ことによる読者参加の先鞭をつけたのは、「大詔奉戴の感激」を綴る感想文の募集である(63)。一九四二年一月二三、二四両日の放送によって募集され、三〇日の締切までに一千六百篇の応募があったという。その中から四篇が選ばれ二月八日の「大詔奉戴日」に放送された。「満州国」の一学生は「大詔は自分一人に下されたのだとさへ思はれて来た」と決意し、大分の教師は「我らの一挙手一投足に筆をとる我らのこの指に、国がある、故国の安危が繋つてゐる」と学童に語りかけ、徳島の農家の母親は「お前たちも大きく成つたら、今戦地で働いて居る兵隊さんのやうに、海に陸に空にお国の為に働くのだよ」と子供に言い聞かせる。愛知の若い母親もまた決意する。

女に生れた甲斐なさを、この日ほど強く、この日ほどみじめに感じたことは、ございません。けれどもか弱い力も、相寄り相助けて、うち進みますならば、また完き滅私奉公の道もございませうか。産み育て、逞しく成人した子等を、幾山河の果に、醜の御楯とおくる母の尊さは、今こそ燦として輝きわたる、この晴れがましさ。

銃後の母親として、やがて兵士となる子供を「立派に育てあげ」る。そのことで「世紀の進軍の赴く處、私共も、又その最後尾に、幼児の手をひいて加はりませう」という決意は、戦時下の「国民」としての〈女性〉の位置をあぶり出す。学生が、教師が、母親が、それぞれに銃後の「職域奉公」にめざめる姿は、「国民」としての規範を映し出す。暗黙の規範にそって添削されたと予想されるとは言え、紛れも無く聴取者（読者）自身が〈書く〉ことによって「国民」として主体化していく情況がここに読み取れる。

読者（聴取者）参加の装置として見逃せないもう一つの企画は、「前線と銃後を電波に結ぶ」放送(64)である。出征した兵士と、銃後の家族が短波中継を用いて会話し、それが放送されるという、徴用作家の対談と同様の企画である。当事者のみならず兵士とその家族への共感性が聴取者を「国民」意識に統合する効果が期待されていたのである。誌上に採録されたテクストについて竹山昭子は「戦時の日本人は、こういう場合にはこのように表現すべきだという、一つの型ができていた」のであり「自然の会話ではなくあらかじめ書いた作文を読むような、しかもタテマエのみの内容」(65)だと指摘している。ラジオを含む戦時下のメディアに氾濫する「国民」の規範として定型化した表現が、内面化されていたと考えることが出来るだろう。ラジオを通じて前線と銃後を結ぶ〈声〉を響かせることは、「大詔奉戴」の感想文を〈書く〉ことと同様であった。

それにもかかわらず、「放送文芸原稿募集」の結果ははかばかしくはなかったようだ。月平均で「放送劇七、八十篇、物語四、五十篇、短編劇三、四十篇」という数の応募作から選ばれたのは、管見では一九四二年から一九四三年の二年間で入選作四篇、選外佳作八篇に過ぎない。募集側は「大東亜戦争勃発以来の国民的感激があまりに大き過ぎて、端的な表現が困難であること」、また、応募数が多い割りに「執筆態度があまりに安易過ぎる」ということを原因と考えている(66)。「大東亜戦争」下の「国民」感情のうねりを背景に、〈書く〉ことを通して「国民」としてふるまうことと、「国民」感情そのものを対象として〈書く〉ことの間には距離があったのではないか。ドイツファシズムを対象としたヴァルター・ベンヤミンの次のような分析は示唆に富んでいる。

ファシズムは、所有関係には手を触れずに、大衆を組織しようとしている。そのさいファシズムは、大衆に（権利を、ではけっしてなくて）表現の機会を与えることを、好都合と見なす。所有関係を変革する権利をもつ大衆にたいして、ファシズムは、所有関係を保守しつつ、ある種の〈表現〉をさせようとするわけだ。（略）戦争が、そして戦争だけが、在来の所有関係を保存しつつ、最大規模の大衆運動にひとつの目標を与えることができる[67]。

アウラを剥ぎ取られ、〈大衆〉の欲望を反映する複製時代の芸術を論じるこの一文の中で、ファシズムの〈大衆〉動員に触れたこの一節は、ファシズムが〈大衆〉の組織化の契機として〈大衆〉自身の〈表現〉を利用することを指摘する。自注によれば「複製の普及は、大衆を複製することに、とりわけ好都合なのである」。つまり、〈大衆〉の〈表現〉とはある種の定型を模倣する「複製」であり、その〈表現〉によって〈大衆〉自身が「複製」されるというのである。「放送文芸」応募作に於ける表現もまた、「国民」として統合された〈大衆〉の「複製」であったと言えよう。

「放送」誌上に採録された作品を見れば、そこに描かれているのは、一人息子の部隊が偶然故郷に演習で訪れ、息子の吹く喇叭の音に家族が涙ぐむという逸話[68]であり、また初めて郵便局ができるという寒村で、右足を失った傷痍軍人の息子が局長となって社会復帰し、村長の娘と婚約するという喜び[69]である。銃後の「国民」感情は、つつましく、しかし明るく表現されている。「作中の人物がちゃんとした時局認識を持つてゐて、しかも作品が時局便乗的な安易さを持たない」という後者への評は、銃後のささやかな幸福に満足する、優れた「国民」としての作者への評価でもあった。

入選作の中で、潜水艦を舞台にする「魂の魚雷」[70]は、銃後の「国民生活」をモチーフにした他作品と比べて、異色である。病に冒された一人の魚雷発射兵が、念願の魚雷発射とともに絶命するという美談である。興味深いことに、前号に掲載された石川達三のラジオ講演「海を護る心」でも「レキシントンを撃沈した潜水艦」の艦長の談話として、兵曹長が壊血病で命を失ったが、最期の瞬間まで魚雷の調節を繰り返したという逸話を紹介して居る。敵艦に遭遇出来たのは「かの兵曹の魂が艦を導いてゐたのではないか」というのである。生鮮食品に飢えた艦員達が、病気の兵に玉ねぎをゆずる逸話まで共通している。石川の講演の放送日と締切の関係から影響関係はありえないのだ[71]が、戦時下の美談としてこのストーリーが流通して居たことを窺わせるのである。つまり、この作品は軍国美談を脚色し、「複製」したに留まるとも言える。「国民」にとって戦争そのものを〈書く〉ことは困難であった。このことは、徴用作家の作品で、現地報告、帰還報告に留まらず、体験を虚構化したものが少ないこととも通じ合う。「国民」としての「複製」を超え出て〈書く〉ことの困難さを感じさせる事実である。

5 作家は放送メディアの中で〈書く〉ことを意識し得たか

一九四二年二月一五日、日本軍の前にシンガポールのイギリス軍は無条件降伏する。ついに最後の砦シンガポールが陥落した、という熱狂的な戦勝ムードが銃後に作り出される。メディアを動員したそのキャンペーンは「十二月八日」に負けないものだったという(72)。二月一六、一七両日のラジオからは、高村光太郎、野口米次郎、稲川忠一らの愛国詩、谷崎潤一郎、志賀直哉の感懐の朗読などが放送された。志賀直哉は次のように語っている。

日本軍が精神的に、技術的に嶄然すぐれてゐる事は、開戦以来、日本人自身すら驚ろいてゐるが、日日応接にいとまなき戦果のうちには天佑によるものも数ある事を知ると、吾々は謙譲な気持にならないではゐられない。天吾れと共に在り、と言ふ信念は吾々を一層謙譲にする。

一億一心は期せずして実現した。今の日本には親英米などいふ思想はあり得ない。吾吾は互に謙譲な気持を持ち続け、国内よく和して、光輝ある戦果を少しでも穢すやうな事があつてはならない。天に見はなされた不遜なる米英がよき見せしめである。

若い人々に希望の生れた事も実に喜ばしい。吾々の気持は明るく、非常に落ちついて来た。

謹んで英霊に額づく(73)。

「小説の神様」が「英霊に額づく」決意を語るこの〈声〉は、人々を「吾々」として束ねたことだろう。「愛国詩」の朗読もまた「声の祝祭」を現出したことは間違いない。時局雑誌「放送」にも室生犀星の愛国詩「シンガポール陥落す」が掲載されている。次にその一節を引用する。

この日
日本はしんとして
その父と母とはうち寄り
すめらみくにのみいづを説く、
こどもらよ
兄よ
妹よ
ゆめにはあらず

シンガポールは陥ちたり
ことほぎまつれ
つはものを讃へよ
歴史にもかがやけ
シンガポールの燈火は消えたり
シンガポールは陥ちたり
シンガポールに日のみ旗立てり。
百年の魔の都
シンガポールは陥落せり(74)。

シンガポール陥落の日に父と母が身を寄せ合い、こどもたちに「すめらみくにのみいづ」を語る風景。静かな日常の中に戦捷の喜びが染み入り、「ことほぎ」「讃へよ」との絶叫に至るこの詩は、イギリス植民地支配の象徴「百年の魔の都」シンガポール陥落を歌い上げるのである。犀星はこの詩が創作された情況を「詩の世界にも」(75)という小説として発表している。櫻本富雄は文学者の戦争協力を検証する立場からこれを紹介し、坪井秀人は「戦争詩の時代の充足と陶酔の感」を伝える資料として次の箇所を引用している。

> 日本の詩人がこれほど揃つて詩を国のために書き出したことも初めてなら、大衆のなかに愛国にもえる魂をはだかにして見せたことも初めてであつた。彼らは砲列の詩をかき、飛行機の詩をかき、そして芋を畑につくつた詩を書き、いのちをすててもいいといふ詩を書き、同胞ともろともに手をつなぐ詩を書いた。甚吉もいくつかの詩を書いてその詩が人びとの前にうたはれるごとに役に立つたといふ国民としての、一つの努めをなし得た気持であつた。

自身をモデルとした「甚吉」に託して、犀星は詩への思いを描く。「詩よ、もし君が我を忘れないなら今すこしちからを藉せ、そしてせめて人びとによつて歌はれるやうな豪壮優遠のしらべを今一度我に与へよ」と甚吉は願う。詩人達が大本営発表に呼応して戦捷を歌い上げる情況の中で、自分の中の詩を探り当てた犀星もまた、一人の「国民」としてその愛国詩を書き上げた、ということなのである。この作品はシンガポール陥落の興奮を背景に、「大東亜戦争」下における愛国詩、国民詩の隆盛と、「人びとの前にうたはれる」こと、つまりラジオ放送による「国民」への浸透を描き出していると言えよう。

ただし、ここにはあるねじれが存在している。「うたはれる」ことを想定された犀星の詩は、二月一六、一七日に放送されてはいないのである。櫻本富雄によれば、すでに一月三一日、日本放送協会に作詞を依頼された室生犀星から作曲者山田耕筰へ歌詞が渡されているが、それが完成して放送されたか否かは不明であるという[76]。反対に「詩の世界にも」は三月二八日午後一時から朗読放送されている。つまり、〈声〉を前提とした詩は書かれたテクストとして残り、書かれた小説が朗読され〈声〉として享受されたのである。〈声〉として〈書く〉ことと、〈声〉の中で〈書く〉ことの二重性、小説家であり詩人でもある犀星の直面した困難がここに窺われる。シンガポール陥落の大本営発表の興奮の中で歌うのではなく、陥落の喜びを前もって想定して創作された詩であるという事実もここに重なり合ってくる。「国民」の「務め」として詩を書いた「甚吉」と、表現者としての犀星自身の狭間にあるものは何だったのだろうか。

「詩の世界にも」の後半部には、甚吉がある少女雑誌の投稿詩の選をしている様が描かれている。日本全国から集まる投稿は遠く「満州」からも寄せられる。「哈爾濱《ハルピン》、大連、奉天、安東県、もつとも遠いのは齊々哈爾《チチハル》であつたが、甚吉は齊々哈爾《チチハル》の消印のあるのを見て、詩といふものはその作者が一人あれば、どこにも、詩の世界が展げられるものだと思つた」という。少女たちの詩は「美しいもの、清いもの、すなほなもの、光つてゐるもの」を好んで歌い「罪悪的なもの」「欺瞞的なもの」には触れようともしないものだ。そのような詩の世界にも、戦争が歌われている。

> かういふ少女のあひだにも出征兵士をおくる詩が毎月何十枚かゞあり、そして銃後生活をうたつた詩が毎月何十枚もまじつてゐたが、一様にそれらを引くるめた感じはそれぞれ個人の場合でも、つねにはたらくといふ言葉がもちひられ、何かの意味でわたくしらははたらかねばならないといふことが、いまの彼女らの標準になつてゐることが著しく感じられた。

甚吉は、選に漏れた多数の原稿を焼きながら、「一人づゝが熱烈な思ひでかゝれた原稿がしだいにたかれてゆくのを見ると、一応は勿体ないものに思はれ」て来るのである。ここには「満州」をも含めた日本の領域を包み込む「国民」意識の中で、少女雑誌の読者達が戦争を「罪悪的なもの」「欺瞞的なもの」ではなく「美しいもの」として捉え、銃後の自分たちも「はたらく」べきだと表現していく情況が描かれている。甚吉の「国民」としての「務め」は、メディアを通じた「国民」統合を反映しながら行われるのである。小説家室生犀星の試みは、このような情況におかれた詩人としての自己を〈書く〉ことに向けられていたのではなかったか。

放送というメディアの中に置かれた小説家が、如何に〈書く〉ことを意識し得たのか、三人のケースを取り上げてみる。

例えば、高見順はラジオ講演に関わった記録を次のように残している。一九四三年五月一九日の日記である。

朝食を取るとただちに家を出る。放送のためである。車中で「ププタン悲史」を読み、原稿追加の部分を考える。放送は午後一時から。一時間前についた。休憩室で原稿に手を入れる。いそいで書きとばしたものなので、あとから読むと、ひどさが目立つ。やがて時間がきて、金田君に放送室に案内される。アナウンサーは女だった。

前は時間を二十分かっきりと制限され、終りの方をはしょったりしたが、こんどはのびてもかまわない、三十分位になってもいいといわれる。しかし、なんだか急いで、二十分で終った。ひどく拙劣の感じ(77)。

旧作「ププタン悲史」(78)をリライトして放送原稿を仕上げた高見は、自らのラジオ講演を「ひどく拙劣」なものと捉えている。すでに一度講演を行った経験を持つ高見(79)ではあったが、〈声〉を如何に操るか、また〈声〉に如何なる力があるかについては無頓着だったのではないだろうか。小説としての語りの構造を講演として書き直した「バリ島王族滅亡物語」は次のように結ばれている。

さて大東亜戦争がはじまると、私はビルマの方へ行つたのであるが、このバリー島へわが皇軍が進駐した時、バリー人は怨み重なる和蘭を日本軍が追ひ払つてくれるといふので、大変な喜びやうで、皇軍はバリー人から大変な歓迎を受けたといふ話である。その話を私はビルマの前線で聞いたが、その時、わたしはこの「ププタン」の物語を思ひ出して、この物語を私にしてくれたバリーの老人も、わが皇軍を熱狂的に喜び迎へたなかに加はつてゐたのであらうと、まことに感慨無量であつた(80)。

ここで高見は「文学非力説」の契機ともなった蘭印体験を、無造作に徴用作家として訪れたビルマ体験と接続する。その時蘭印での異民族体験は、大東亜戦争の前史として位置づけられてしまう。「ププタン悲史」ではバリ在住の日本人であった語り手を、バリ人の古老に置き換えてしまってもいる。一方で『ビルマ記』(一九四四、二、協力出版社)に結実する文章を〈書き〉続けながら、ラジオで語ることの意味を軽視した高見は、自らの蘭印体験の複雑な陰影をぬぐってしまっている。「身は売っても芸は売らぬ」という高見の戦争への関わりは、〈書く〉という芸のために〈声〉を売る報国となったと言わざるを得ないのではないか。

一九四二年六月の時局雑誌「放送」に掲載された火野葦平

の「バタアン戦線従軍行」(81)は、先にもふれたように、「現地録音放送」が採録されたものである。「放送文芸」として発表されてはいるが、火野が先ず講演放送したものである。

「私は今南方の新しい戦場に来て、私の経て来た支那の戦場と著しく異つた景観を凝視してゐる」と語り出されるこのテクストは、〈声〉によって語られ、聴取者に〈耳〉の想像力を働かさせた痕跡を留めている。バタアン半島の戦場を凝視する火野の眼には美しい南国の風景が広がっている。しかし、その耳はその中に敵意に満ちて潜んでいる敵を捉えている。「敵陣と味方の陣地は三十米位しか離れてゐない。さういふ場所では時折敵陣地から籾つきの音が聞えた」という。四月三日の総攻撃が開始される。砲煙と火災によって視界が失われた情況下で砲声と機関銃の音だけが聴こえる。敵陣からの砲弾は「そこゝに凄い轟音を発して炸裂する」。

部隊長は耳を澄せてゐる。私達も耳を澄した。やがてカポツト山の左側からワーッといふ突撃の声が起つた。右の方からも起つた。銃剣を閃かせてカポツト山に登つて行く兵隊の姿が見えた。

聴覚を奪われた戦場の緊張感の中で、勇ましく進軍する戦友達の姿。聴取者は実際には眼にしていない光景を、耳から追体験し得ただろう。そして、次のような体験も。

この時始めて私は三人の米人の捕虜を見た。(中略)私達は米兵の捕虜を見たばかりで感動した。私達のこれまでの戦の意義がうづくばかりに痛感される。私は支那の戦場で支那兵の捕虜を見たが、その度ごとに困惑した気持を未だに忘れることができない。同じ皮膚の色をした、同じ顔付をした捕虜は少なからず我々を当惑させた。或はまた比島兵も同じである。その時の米兵の捕虜はいづれも下士官であつたが、日本の兵隊が銃剣を擬すとすぐ両手をあげて降参した。

何といふダラシのない兵隊であらうか、これがかつてわれ〳〵の祖国の存立を脅やかさんとした米兵なのである。私はその陽にやけてトマトのやうに赤ちやけた彼らの顔を見て極めて不潔のものを見たやうに感じた。それと、もに大和民族として、日本人としてどのやうに崇高の位置に置かれてゐるかといふことをこの時ほどハッキリ感じたことはない。

「現地放送」を聞いた聴取者だけではなく、時局雑誌「放送」の読者、未だアメリカ兵を見たことのない銃後の「国民」も、「ダラシのない」「不潔」なアメリカ兵を追体験する。アジア人として「同じ皮膚の色」を持つ敵兵への「当惑」が、異質な存在としてのアメリカ兵を際立たせる。〈耳〉の想像力に訴える実感が、視覚の印象をも共通体験とするのである。「バタアン戦線従軍行」は、台湾から動員された「高砂族」の「哀調をおびた蕃歌」の点描を含め、外地・戦地のイメージを形成するテクストなのである。

また、「バタアン戦線従軍行」は後に『比島戦記』(82)に収録された「バタアン半島総攻撃　東岸部隊」の原型となったものでもある。両者を比較すれば、一九四二年四月三日の総攻撃から間もない前者から、回想的に綴られる後者への距離はほとんど無い。「新しい戦場」から「古戦場」への語り手の位置の変化はあるが、その距離もすぐ戦闘の現場へと置き直されるのである。「バタアン戦線従軍行」という語られたテクストは既に書かれたものとして完成していた。と言うよりむしろ火野のテクストは、『麦と兵隊』の初めから〈語る〉ことと〈書く〉ことが相即していたのではないか。読者との距離を感じさせないその文体は、ラジオの〈声〉として読者／聴取者を想像上の「戦場」へと動員するのである(83)。

「捕虜の群」『比島戦記』（'43.3文藝春秋社）より

「バタアン戦線従軍行」から「バタアン半島総攻撃　東岸部隊」へと唯一内容的に改稿された箇所がある。後者では敵陣への突撃の最中、傷つき倒れた兵隊の「かすかな君が代をうたふ声」が聞こえて来る場面である。前者では同じ場面が次のように表現されていた。

この時いづくともなく微かな君ケ代が聞えた。少し離れたところで中隊のラッパ手が血みどろになつて息も絶え〴〵になりながらラッパを口にあてゝゐるのである。三浦行松といふ上等兵である。中隊長がかけつけた時には既にこと切れてラッパを握ったまゝ仆れてゐた。三浦ラッパ手は突撃の直前のどを貫通された。一旦仆れたが自分の任務の重大さに渾身の勇気をふるひ起して血のふき出るのどを押へた。

突撃ラッパを吹いたが調子はみだれその響きは弱く低くなつた（〇）弾丸の中を縫つて三回目に突撃ラッパを吹かふと新たに勇気を鼓舞した。戦友に遅れまいと焦つたが及ばないので彼は形を改めて坐りなほした。さうして君ケ代を吹奏したのである。このやうにしてクマク山北方高地の敵陣地は突破された。

喉に貫通銃創を負ったラッパ手が、その最期の任務を果たそうとして果たせず、「君ケ代」を吹奏しながらこときれる。戦捷のかげに斃れた兵士の姿が強調される。だが、この場面ほどリアリティーのない箇所はない。喉を貫通されてラッパが吹けるのか、そもそも突撃ラッパでは「君ケ代」のメロディーは奏でられないのではないか。戦場の現場にこだわる火野のテクストとしてあまりに奇妙な場面である。恐らくは、このテクストが採録される際に、軍の意向によって加筆されていたのではないか。そこには使い古された木口小平のイメージがあったように思われる。

火野葦平と同じく、中国戦線からの帰還作家であり、徴用されフィリピンに従軍した上田廣は、ラジオ小説（朗読文学）の作者として「放送文芸」欄に登場する。徴用作家の中でも、体験をフィクションとして表現し得た数少ない作家である。時局雑誌「放送」の一九四三年一〇月号に採録された「密林」[84]を取り上げて見る。舞台はバタアン半島最南端、アメリカ最後の砦マリベレス。斥候に出た上等兵と一等兵は、敵陣の最中で息を殺し、「すべての神経を耳にあつめて」、味方の陣地に帰還するところである。

マリベレスの敵陣地内にはいつて十時間にもなる。高い梢の葉の隙間から、さしこんでゐた陽の光も、樹間にうまれる宵闇にさえぎられ、いたるところをねぐらにしてゐる鳥の声がひとしきりきかれる。踏みわけてすゝむ雑草の中に、ち、ちと鳴く虫の音も、耳にしみいるやうな韻律をもたらす。味方の陣地できゝ慣れてゐる蜥蜴の声が、堪へがたいまでの切迫感できかれるのは、どうしたことであろう。

「密林」挿絵　小川真吉画
時局雑誌「放送」（'43.10）より

密林の中で視野を奪われ、鳥や虫、蜥蜴の声にも神経をとがらせる「切迫感」は、ラジオの〈声〉に耳を傾ける聴取者の想像力を刺激したことだろう。敵に先に発見されれば終わりなのである。こちらから発見したとしても、無事に帰還して報告をもたらすことが優先する。アメリカ兵への敵愾心を押し殺して二人は慎重に行動する。だが、たとえ「その足が、猫のやうに運ばれてゐても、二十米あとの鈴木一等兵の耳につく。鈴木一等兵が自分の足音を気にし出したのもそれからである」という緊迫感の中、二人はついに敵と遭遇する。

敵の弾丸に傷付いた西田上等兵と鈴木一等兵の決死の挟み撃ちに、五人のアメリカ兵は降伏する。戦友を痛め付けられ敵愾心に燃える鈴木は銃剣でアメリカ兵を突き殺そうとする。だが、すでに降伏し捕虜となった兵士を殺すことは出来ない。血まみれの西田上等兵も立ち上がり、銃剣を構える。

「かうしてやる」と西田上等兵は、全身的に銃剣をつきだした。しかし、銃剣は鈴木一等兵の場合と同じやうに、もう一寸と云ふところでとまってしまつた。

「ちくしやう!」と彼は呶鳴つた。アメリカ兵を睨み据ゑてゐる瞳が、熱病患者のやうに燃え、あやしくうるんできた。泣いてゐるのではない。ぢだんだ踏めないくやしさが、涙を誘つてとまらないのである。

聴取者の〈耳〉の想像力に働きかける密林という設定は緊迫感を生み、それが後半のアメリカ兵への敵愾心へと結び付いてゆく。だが、冷静に考えればこれはリアルな戦闘場面とは言えないだろう。すくなくとも文字のテクストを客観的に読めば、である。だが、対象化し得ない〈声〉のリアリティーがそれを救う。上田はそこまで計算づくだったのだろうか。「密林」を朗読した島田正吾は次のように証言する。

物語は舞台劇や放送劇のやうに台詞のやりとりの中に、事件や性格や思想や雰囲気などを表現するのとは全く違つて、地の文章が何処までも主となつてゐるので、その点勝手も違つてをり、少し技巧に走り過ぎると作品の味を失ひ、と云つて感情を圧へて了ふとこれ又平板無味となり、この辺の呼吸が中々苦心の存するところだと思ひます(85)。

ラジオ・ドラマが声優の台詞回しに依存するのに対して、物語=ラジオ小説がその文体そのものから情況を作り上げるという難しさを島田は言う。しかし、「この内容なら自分でこなせると確信出来る」放送だけを引き受けて来たという島田にとって、上田の文体は信頼し得るものだったのである。火野とは対照的に、上田は〈声〉を想定して〈書く〉ことの出来る表現者であったと言えよう。ただし、戦況がすでに敗色を深めていた一九四三年の情況を反映し、「密林」の戦闘場面はもはやリアリティーを失っていた。だが、上田は聴取者からそれを隠蔽するだけの〈声〉を持ち得たのだった。それが、中国戦線に於いて「銃を取つて国に盡すことと、国のためにペンを握ることが完全に一致した心境にゐます」(86)と決意した上田にとっての〈書く〉ことであったと言えよう。

最後にもう一度犀星に戻ろう。一九四三年二月一五日午後八時、シンガポール陥落一周年を記念する特集の中で、犀星の「向日葵」(87)が朗読された。「私はシンガポールが陥落したら、その陥落の詩をかくべく前からたのまれてゐて、その日のうちに書き上げなければならなかつた」という「二月十五日」の情況を犀星は描き出す。「ラジオで陥落のしらせを聞いてゐるうちに、もう、詩はあたまの中に出来上つてゐて、こまかい活字は散弾のやうにぱちぱち火をはせて飛び出した」という。すべての「国民」が「二月十五日の歓喜」に浸る中、詩は生まれた。この創作情況が、虚構であったことは先に触れたが、犀星はそのような「国民」の一人である詩人として自身を描き出して見せるのである。そして一年が過ぎる。

再びけふは二月一五日、町といふ町々や、野といふ野べには間もなくやつてくる春の気はひが、毎日あたたかい日本といふ大きな褥の中にはぐぐまれて、野の花もひらく用意をしてゐる。そのなかでわれわれのこれから今までより十倍したあたらしい心を砥ぎすまさなければならぬ覚悟が、けふの日に約束され、われわれの頭の上に何が来るかも分らない、何が来てもわれわれがそれを迎へ討つ心の用意がとうに出来上つてゐるのである。

春の季節の到来に重なり合うように、「日本といふ褥」から生まれ出るアジアの「春」を迎えて、「われわれ」が如何に心を緊張させて戦争に対峙しなければならないか、ラジオの〈声〉に託して、犀星は「国民」に語りかける。このテクストは「シンガポール陥落す」以上の力で、銃後の「国民」意識の形成に働きかけただろう。ここで犀星は〈声〉のために〈書く〉ことを、あまりにも見事に行っている。ここでは詩人も、小説家も、もはや「われわれ」の内にある。

中野重治は戦時下の室生犀星について次のように評価していた。

犀星はどこまでも生活派であり、いわば生活派として職人的でさえあつた。その点彼は全く普通人であり、国民主義の教説とは全く別のところで文字どおり一人の国民であつた。こういう人間が、五十歳から五十五六歳までの時期にかけてどんな具合に戦争に引きよせられて行つたかは、真面目で勤勉、その点でほとんど職人的でさえあつたほとんどすべての普通の日本人が、人を政治的にたぶらかそうという面からでなくて我から戦争に引きよせられて行つた日本の事情をいわば素直に反映しているといえると私は思う(88)。

中野は政治的イデオローグとしてではなく一人の「国民」として戦争に協力した犀星を見る。表現者として何らの観念にも惑わされない犀星は「普通人」であり、「職人的」に生きたのである。それは「普通の日本人」が「我から戦争に引きよせられて行つた」戦時下の情況の「素直な反映」なのだ、と中野は捉えている。確かに犀星は「職人的」だったと言えよう。しかし、それは「国民」が「我から」戦争に参加していったこととは異なる。「国民」が「国民」として主体化することと、表現者として「国民」感情を〈書く〉こととは、別のことなのだ。確かに犀星は「人を政治的にたぶらかそう」とはしなかっただろう。しかし、言葉の「職人」として〈声〉の中で〈書く〉犀星は、「われ〳〵」の〈声〉の代弁者となっていたのだ。

犀星に「ペンと剣」という詩がある。「このペンをまもることは／己をまもりつづけることに外ならない」、「最後の最後まで持ちつづけ／まもり続けるものはペンより外にない」(89)と犀星は歌う。ペンを剣から守るのではなく、ペンで剣を助けるのでもない。書き続けることだけが生きることと同義であった犀星にとって、ただペンによって〈書く〉ことだけが、剣を持つことと同義なのだった。

「国民」を統合する戦時下のメディアの中で、〈声〉とは別の場所で〈書く〉ことに賭けた高見順、現場からの〈声〉を〈語る〉ことが〈書く〉ことと相即していた火野葦平、現場に身を置きながらも〈声〉を想定して〈書く〉ことの出来た上田廣。表現者たちはそれぞれの「主体性」を〈声〉との緊張関係の中で〈書く〉ことに費やしていった。だが、言葉の「職人」として〈書く〉ことだけが生きることであった犀星にとっては、「国民」の〈声〉そのものとなって悔いることはなかったのである。

註

(1) 室伏高信「ラヂオ文明の原理」(『改造』一九二五、七) 批評家としての室伏の評価については池田浩士「〈二流〉のアクチュアリティ——室伏高信の批判スタイルをめぐって——」(池田浩士、天野恵一共編『検証［昭和の思想］Ⅴ——思想としての運動体験』一九九四、二、社会評論社) 参照。

(2) 吉見俊哉『「声」の資本主義』(一九九五、五、講談社)

(3) 横光利一は『三代名作全集横光利一集』(一九四一、一〇) の自作解説の中で震災を次のように回想している。

眼にする大都会が茫茫として信ずべからざる焼野原となつて周囲に拡つてゐる中を、自動車といふ速力の変化物が初めて世の中にうろうろとし始め、直ちにラヂオといふ声音の奇形物が顕れ、飛行機といふ鳥類の模型が実用物として空中を飛び始めた。

（4）ベネディクト・アンダーソン著、白石さや・白石隆訳、増補版『想像の共同体――ナショナリズムの起源と流行』（一九九七、五、NTT出版、原著一九八三、増補版一九九一）
（5）津金澤聰廣「初期普及段階における放送統制とラジオ論」（『現代日本メディア史の研究』一九九八、六、ミネルヴァ書房）
（6）宮本吉夫「ラジオの前にお集まり下さい」（時局雑誌「放送」一九四二、一）（20）参照。
（7）櫻本富雄『戦争はラジオにのって』（一九八五、一二、マルジュ社）櫻本の調査によれば、開戦を告げる臨時ニュースは午前七時に放送された。午前六時、又は午前六時二〇分とする資料も存在し、開戦ニュースの衝撃を語っているという。
（8）『昭和十七年ラジオ年鑑』（一九四一、一二、日本放送出版協会）及び『昭和十八年ラジオ年鑑』（一九四三、一、同協会）によれば、放送開始七年後の一九三二年二月に百万人を突破した聴取加入者数は、一九三五年四月に二百万人、一九三七年五月に三百万人、一九三九年一月に四百万人、一九四〇年五月に五百万人と増加の一途をたどり、一九四一年八月四日を以て六百万人を突破したという。
（9）尾嶋義之『志村正順のラジオ・デイズ』（一九九八、八、洋泉社）に語られるように、ラジオ聴取の経験は、ノスタルジックなものとして蘇る。
（10）例えば、坪井秀人がラジオ朗読詩放送の録音をCD化して著作『声の祝祭――日本近代詩と戦争』一九九七、八、名古屋大学出版会）の付録としているが、それは〈声〉そのものではなくあくまでも対象化された資料でしかない。
（11）W・J・オング著、桜井直文他訳『声の文化と文字の文化』（一九九一、一〇、藤原書店、原著一九八二）ただし、オングは「一次的な声の文化」に於ける「集団意識」を、個人の内面から社会性へという方向で評価し、その危険性には言及しない。〈声の文化〉の発見によって〈文字の文化〉＝「近代」を批判するスタンスはここに限界を見せている。
（12）坪井秀人前掲書（10）に同じ。以下引用は同書。
（13）大熊信行「ラジオ文学の根本問題」（「放送」一九三六、一〇）後に『文芸の日本的形態』（一九三七、一〇、三省堂）に「文学の黙読性とラジオ文学」と改題され、収められた。
（14）前田愛「読者論小史」（『近代読者の成立』一九七三、一一、有精堂、後『前田愛著作集』第二巻、一九八九、五）
（15）村山知義「ラジオ戦術」（「中央公論」一九三一、六）
（16）竹山昭子『戦争と放送――史料が語る戦時下情報操作とプロパガンダ』（一九九四、三、社会思想社）竹山は「国家の時間」と「政府の時間」「国民に告ぐ」、「国防軍向けお望みコンサート」（**Wunschkonzert für die Wehrmacht**）と「前線へ送る夕」など番組内容の影響についても指摘している。
（17）平井正『20世紀の権力とメディア――ナチ・統制・プロパガンダ――』（一九九五、一、雄山閣出版）
（18）天皇の〈声〉が「玉音放送」に至るまでは、空白（無音）として表現され、そのことによって聖化されていたことは、竹山昭子『玉音放送』（一九八九、晩聲社、前掲書（16）に一部採録）、吉見俊哉前掲書（2）などが指摘している。
(19) 一九三五年五月一四日、「聴取者加入二百万並に放送開始十周年記念日」に於ける放送「ラヂオの使命愈々重し」（「放送」一九三五、六）で、逓信大臣床次竹二郎はヒトラー政権の放送政策に言及し「軒毎にラヂオ」のスローガンを称賛している。
(20) 日本放送協会の雑誌「放送」には二系統が存在する。一つは「日本放送協会調査月報」（一九二八年五月〜）及び「日本放送協会調査時報」（一九三一年五月〜）を引き継ぐもので、一九三四年四月から一九四一年九月まで刊行された部内報的性格のもの。後に、「放送調査資料」と合併し「放送研究」（一九四一年一〇月〜一九四三年一二月）と改題された。もう一つは聴取者向け「ラジオ講演講座」を統合した時局雑誌であり、一九四一年一〇月に創刊され、一九四五年四月（もしくは五月）まで発行された。本稿では便宜上前者を単に「放送」、後者を時局雑誌「放送」とし区別するが、発行年月日に注意されたい。
(21) 小山栄三「文化感覚の契機としてのラヂオ」（「放送」一九三六、三）
(22) 宮本吉夫「現下の放送政策（三）」（「放送」一九四〇、一一）
(23) 中村茂「二・二六放送の憶ひ出」（「放送」一九三七、二）放送時間など事実関係については澤田進之丞「二・二六事件と放送陣」（「放送」一九三六、三）から補った。
(24) 布留武郎「ラジオによる国民的場の形成について」（「放送研究」一九四三、六）
(25) ハドリー・カントリル、ゴードン・W・オールポート著、調査部訳「ラジオ聴取の心理学」（「放送研究」一九四一、一一）に次のような一節があり、布留はその説を援用していると推測できる。ラジオの聴取者といふものは共通な活動に自分も参加してゐると想像する感覚を具へてゐる。彼は他の人も一緒に聴いてゐるのだといふ事を自覚し、この方法により自分の家庭以外の人々と興味を共にする共通社会を感覚する。印刷された文字は漠然とした意味に於てしか社会刺激剤であり得ない。一方ラジオは我々を「種族の自覚」で充し、之は往々にして巨大な統一社会の印象にまで成長するものである。ラジオが印刷文字よりも一致した意見や行動をひき起すのに効果的であるといふのは此の理由に基くのである。
(26) 沢木耕太郎は『オリンピア――ナチスの森で』（一九九八、五、集英社）に於いて、ベルリンオリンピックがオリンピックとして初めての実況中継であったこと（一九三六年のロスアンゼルス五輪では苦肉の策として、取材したアナウンサーがあたかも現場にいるかのように伝える「実感放送」が行われた）、九千キロの距離を越えた「即時性、速報性」が新聞報道を凌駕したことを指摘し、水泳の前畑勝利の実況放送を再現しながら「放送メディアが国民感情の形成に強い影響力を持つに至る、その先駆的な例だった」とする。当時の「放送」（一九三六、九）には「オリンピック放送批判」の記事があり、河西三省アナウンサーの実況中継については賛否両論があった。飯田耕太郎が「近着のニュース映画によると前畑が確実に抑へて勝つてゐて、放送から得た感じと大分違つてゐるさうだ。之では実況放送が実況放送にならない」と冷静に批判するのに対し、鈴木良徳は「あの一人の日本人としての感情、あれこそアナウンス芸術としての極致である。（略）若し万一あれはアナウンスではなくて応援だと云ふやうな者があつたら、恐らく感情と云ふものを、或は日本人の魂を母の胎内に忘れて生れた人であらう」と称賛する。同号のアンケート「オリンピック放送を聴いて」によると、東郷青児、北村小松などがオリンピック放送は「兵に告ぐ」以来の感激だったとしている。なお、同号には「前畑優勝熱閧譜」として当の実況中継が活字化されており反響の大きさが窺える。

(27) 布留は「紀元二千六百年奉祝会」に於いて「高松宮殿下の御声を中心に一億国民が聖寿万歳を唱和し奉つた一瞬、ラジオをかこむ全国民は一体の意識に結晶した」と言う。天皇の〈声〉が空白として聖化される一方、その他の皇族は繰り返しラジオに登場したのである。初めて皇族の肉声が放送されたのは一九三八年四月一〇日「紀元二千六百年奉祝会総裁奉戴式並祝賀会」に於いて、奉祝会総裁に就任した秩父宮による令旨朗読であった。古川隆久「紀元二千六百年奉祝会開催イベントと三大新聞社」（津金澤聰廣、有山輝雄編『戦時期日本のメディア・イベント』一九九八、九、世界思想社）参照。

(28) 片岡直道「国民精神総動員と放送」（「放送」一九三七、一〇）によれば、「国民朝礼の時間」とは一九三七年一〇月一三日から一九日に至る「国民精神総動員運動強調週間」に行われた放送である。午前八時から二〇分間、音楽サイン、国歌「君ケ代」斉唱、宮城遥拝、訓話、ラヂオ体操、唱歌の順で実施され、従来の学校向けラジオ体操の時間を利用して「国民」の参加を促すものであった。

(29) 内閣情報部は国民歌「愛国行進曲」を公募し、一九三七年一二月に発表演奏会（於：日比谷公会堂）を催す。その様子は全国にラジオ放送された。「国民唱歌」放送は「愛国行進曲」の募集と並行して始まり、第一回放送は「海行かば」であった（参考『昭和二万日の全記録』第四巻、一九八九、一〇、講談社）。なお、一九三八年一月号の「文学界」が石川淳「マルスの歌」の「反軍又ハ反戦思想ヲ醸成セシムル虞」（復刻版「出版警察報」第百拾号、一九八二、二、不二出版）によって発売禁止処分を受けているが、これは「マルスの歌」が軍歌の流行に飲み込まれる〈大衆〉の情況を鋭く描いていたからにほかならない。ラジオ放送の〈大衆〉動員力が裏面から証されている作品と言える。

(30) 長谷川如是閑「慰安放送の指導性と大衆性」（「放送」一九三五、一〇）

(31) 小山、前掲論文(21)に同じ。

(32) 小山栄三「戦時宣伝の国家的意義と放送」（「放送」一九三七、一二）

(33) 喜多壮一郎「国民生活新体制と放送」（「放送」一九四〇、一一）

(34) 芸術大衆化論争については池田浩士及び栗原幸夫の論考（共に『大衆の登場――文学史を読みかえる2』一九九八、一、インパクト出版会）参照。

(35) 香月清司「戦線より祖国へ」（「放送」一九三七、七）

(36) 金丸重嶺「戦線・ラヂオ・銃後」（「放送」一九三九、三）

(37)「戦線から感激の手紙」(「放送」一九三九、三)
(38) 中山龍次「『海外放送』一周年記念に際して」(「放送」一九三六、六)
(39) 河相達夫「我が国策と海外放送」(「放送」一九三七、一一)
(40) 澤田信之丞「大東亜戦争と海外放送」(「放送研究」一九四二、一一)
(41)『昭和十八年ラジオ年鑑』(8) に同じ。
(42) 澤田 (40) に同じ。
(43) 海外放送に関しては、海外放送研究グループ編『NHK戦時海外放送』(一九八二、原書房)、北山節郎『ラジオ・トウキョウ』Ⅰ～Ⅲ (一九八七～一九八八、田畑書店) 等の資料がある。
(44)「最近朝鮮の放送事業」(「放送」一九三八、二) および「新東亜建設と朝鮮放送」(「放送」一九四〇、七)
(45)「最近台湾の放送事業」(「放送」一九三八、二) および「新東亜建設と台湾放送」(「放送」一九四〇、七)
(46) 占領下の中国でのラジオ放送については、福田数之『姿なき尖兵――日中ラジオ戦史――』(一九九三、丸山学芸図書) がある。
(47)「大東亜戦と東亜放送」(時局雑誌「放送」一九四二、三)
(48) 木村毅「比島第一線の放送陣」(時局雑誌「放送」一九四二、七)
(49) 海軍報道班員としてパプアニューギニアに従軍した海野十三は、現地で聴取したアメリカ側の対敵宣伝について「欺瞞ニュースであるか、さもなければ針小棒大の誇示であるに過ぎない」(「わが従軍手帳より」、時局雑誌「放送」一九四二、六) とする。だが、逓信省の技師「佐野昌一」としての彼は、その放送を聴いて「わが放送技術について反省させられた」と記す。「聴取者を一度つかまへたら決して目盛盤を他へ動かせない仕組みが、敵の放送ではたくみに行はれてゐる」(佐野昌一「南太平洋科学風土記」第七回、「科学知識」一九四四、七) という。
(50) 松内則三「比島放送の十カ月」(時局雑誌「放送」一九四三、一)
(51) 一九二八年一一月、JOAKでラジオ体操の放送が始まった。一九三〇年東京神田泉町での「ラジオ体操の会」を皮切りに、集団聴取によるラジオ体操は一九三一年の東京地区のラジオ体操会、翌年の全国夏季ラジオ体操の会と参加者を増やし組織化されて行く。一九三五年には「内地及び朝鮮、台湾、樺太を併せて」、「参加延人員は七千六百二十万人」(「挙国一致ラジオ体操の会」、「放送」一九三五、一一) となる。「国民は先づ健康を保持し、協力一致して国家に御奉公する」ためにラジオ体操に参加すべきだという。「日支事変」後には、「挙国一致、国民精神総動員、精神作興等の国家的非常事態を整備する」(「事変下のラジオ体操の会」、「放送」一九三九、一) ためにラジオ体操の会は利用され、一九三八年度には「延総数一億三千七十三万八千百六十六人」となったという。「国民」動員の身体的装置としてのラジオ体操は、〈外地〉から「大東亜共栄圏」にまで持ち込まれて行ったと言えよう。ラジオ体操については黒田勇「時間と身体の近代化」(京都大学新聞社編『口笛と軍歌』一九八五、一二、社会評論社)、及び「ラジオ体操と健康キャンペーン」(津金澤聰廣編『近代日本のメディア・

イベント』一九九六、七、同文館）参照。ただし、私見ではラジオ体操が「ファシズムへの熱狂や強制的な動員ではなく、健康、合理性、能率、家庭といったキーワードに彩られた、近代なるものへの自発的な努力として、個々の身体を社会へと動員していく」（「ラジオ体操と健康キャンペーン」）という黒田勇の立場は、〈外地〉のラジオ体操には適用できないのではないか。

（52）吉屋信子「十二月八日の西貢」（時局雑誌「放送」一九四二、一二）

（53）「昭和十六年十二月八日――『放送局日誌』より」（時局雑誌「放送」一九四二、一二）

（54）「新行進の日に」（時局雑誌「放送」一九四四、四）巻頭言にあたるもの。

（55）放送メディアを活字で補強するという時局雑誌「放送」の姿勢は、総力戦体制下行われた電波管制（放送電力の低下と周波数一元化による相互干渉）による聴取困難な地域への浸透という実際的な理由もあったと考えられる。

（56）「ジャバ作戦の九日間」（一）（二）（時局雑誌「放送」一九四二、八、九）

（57）「ジャバ従軍座談会」（時局雑誌「放送」一九四二、九）編集後記によれば、七月三〇日に放送されたとあるが、朝日新聞縮刷版のラジオ欄では二九日午後九時のニュースに続いて放送されたとある。予定変更があったか。

（58）「南方建設の鼓動を聴く」（時局雑誌「放送」一九四二、一〇）八月二〇日午後九時のニュースに続いて放送された。

（59）火野葦平「バタアン戦線従軍行」（時局雑誌「放送」一九四二、六）

（60）藤田嗣治「ブキテマ戦線を巡りて」（時局雑誌「放送」一九四二、八）六月二六日午後八時より放送。
石川達三「海を護る心」（時局雑誌「放送」一九四二、九）七月二〇日「海の記念日」に放送（編集後記による）。

尾崎士郎「バタアンの思ひ出」（時局雑誌「放送」一九四三、一）一九四二年一一月一二日午前七時より放送。

今日出海「比島より還りて」（時局雑誌「放送」同右）一九四二年一一月一八日午後六時三〇分より放送。

阿部知二「ジャワの文化とわれら」（時局雑誌「放送」一九四三、三）一月八日午後六時三〇分より放送。

里村欣三「戦線で見た皇軍魂」（時局雑誌「放送」同右）一月八日午前九時三〇分より放送。

倉島竹二郎「ビルマ戦線の思ひ出」（時局雑誌「放送」同右）一月二六日午後一時より放送。

（61）愛国詩の朗読に関しては坪井秀人前掲書（9）に詳細な放送リストが挙げられているので参照されたい。時局雑誌「放送」には、特に徴用作家のテクストが増える以前、一九四二年前半に多くの愛国詩が採録されている。それらは、国民唱歌がその詞、楽譜共に採録され、ラジオ聴取の「テキスト」として機能したのと同様の効果があったと考えられる。

（62）木村毅「十二月八日」（時局雑誌「放送」一九四二、一二）編集後記には「作家としてその日の感激を特に寄せられたもの」とである。
(63)「大詔奉戴の感激」(時局雑誌「放送」一九四二、三)
(64)「前線と銃後を電波に結ぶ」(時局雑誌「放送」一九四二、一〇)
(65)竹山前掲書。(16)に同じ。
(66)「応募される皆様に」(時局雑誌「放送」一九四二、七)
(67)ヴァルター・ベンヤミン著、野村修訳「複製技術の時代における芸術作品」(『ボードレール他五篇』一九九四、三、岩波文庫、原著一九三六)
(68)「喇叭」(時局雑誌「放送」一九四二、一〇)
(69)「村は星月夜」(時局雑誌「放送」一九四三、一〇)
(70)平楽太郎「魂の魚雷」(時局雑誌「放送」一九四二、一〇)
(71)前述のように「海を護る心」のは放送は一九四二年七月二〇日だが、「魂の魚雷」の締め切りは七月一〇日であった。
(72)櫻本富雄『【大本営発表】シンガポールは陥落せり』(一九八六、七、青木書店)は「十二月八日」の「文化人たちの言動」を明らめた前掲書(7)に続いて、「著名人たちの言動を再考する」試みである。
(73)志賀直哉「シンガポール陥落」(「文芸」一九四二、三)同号には谷崎潤一郎の「シンガポール陥落に際して」、対重慶の謀略放送である草野心平「重慶の同窓へ」も採録されている。
(74)室生犀星「シンガポール陥落す」(時局雑誌「放送」一九四二、三)
(75)室生犀星「詩の世界にも」(時局雑誌「放送」一九四二、四)
(76)櫻本富雄前掲書(72)によれば「朝日新聞」一九四二年二月三日号に「電波にのる大合唱〝シ港陥落〟の記念歌を作曲」の記事が掲載されており、歌詞もまた採録されている。(ただし、「放送」に採録されたものとは一部異同がある。)
(77)『高見順日記』第二巻の下(一九六六、五、勁草書房)
(78)「ププタン悲史」(一九四一、一〇、「サンデー毎日」)後『諸民族』(一九四二、二、新潮社)所収
(79)一九四三年三月一八日午後六時三〇分より「ラングーンの諸民族」を自ら放送している。それ以前には、ビルマ従軍中の一九四二年三月一七日午後九時のニュースの中で「ヴィクトリアポイント見聞記」が、同年八月一七、一八日には「ビルマ戦場の草木」が朗読されている。またその後の放送としては一九四三年六月一五日午後六時からの少国民向けニュースに続けて「ビルマの少年」の朗読。実際の放送日は確認できなかったが、「七月一六日」の日記に次のような記述もある。
　放送原稿を大急ぎで書いて、放送局にとどける。こういう仕事はしたくない。時間がもったいない気がするが、何事も御奉公と、「勤労奉仕」の覚悟でやる。
(80)「バリ島王族滅亡物語」(時局雑誌「放送」一九四三、八)
(81)火野葦平(59)に同じ。
(82)比島派遣軍報道部編『比島戦記』(一九四三、三、文芸春秋社)火野以外に尾崎士郎、上田廣、三木清、石坂洋次郎、今日出海らの作家が執筆している。
(83)和田博文は、すでに一九三八年『麦と兵隊』『土と兵隊』が放送されており、それを聴いた土岐善麿が「書かれた文章といふこ

とを離れて耳で聴く文学として」「時代としては良い代表的な文章」（放送座談会「国語と現代人の言葉」、「放送」一九三九、一）と評価していると指摘する。『テクストのモダン都市』（一九九九、六、風媒社）参照。

（84）上田廣「密林」は一九四三年九月一日午後八時より放送された。時局雑誌「放送」に採録されたものは他に「早春――或失明軍人の手紙」（一九四二、一）、「兵魚」（一九四三、三）があり、後者は一九四三年二月一七日午後八時より放送された。また採録されていないものに、一九四三年二月六日午前七時より放送の「東海の真珠」、二月九日午後一時より朗読「失明寮にて」、八月八日午後一時より物語「地の聲」がある。

（85）島田正吾「『密林』の放送者として」（時局雑誌「放送」一九四三、一〇）

（86）上田廣「後記、作者から夫人への手紙」（『黄塵』一九三八、一一、改造社）

（87）室生犀星「向日葵」（時局雑誌「放送」一九四二、三）

（88）中野重治「戦争の五年間」（『室生犀星全集』第八巻、一九六七、五、新潮社）

（89）室生犀星「ペンと剣」（『日本美論』一九四三、一二、昭森社）

〔**黒田大河**（くろだたいが）一九六四年生まれ。近畿大学教養部非常勤講師。論文に「『微笑』論――横光利一の戦中・戦後――」（日本文学研究論文集成38『横光利一』、一九九九年、若草書房）、「アジアへの旅愁――横光利一の〈外地〉体験――」（「日本近代文学」第60集、一九九九、五）他がある。〕

大東亜博物館の地平

犬塚康博

隣接諸領域を読む（博物館）

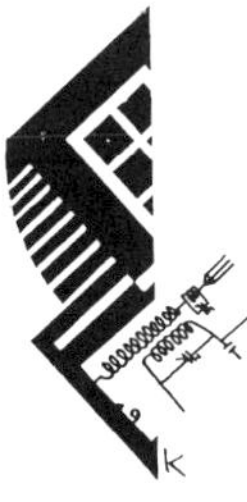

戦時下、新しい官立博物館の設立が企てられていた。大東亜博物館である。

一九四二年七月、昭和一八年度予算の編成途上にあった文部省は、東京に本館、大阪・昭南港・バタビア等に分館を置き、自然・人文科学を総合する大東亜博物館の計画を新聞発表した。昭和一八年度文部省予算に大東亜博物館創設準備諸費が計上され、一九四二年一一月新設の文部省科学局がこれを所管した。一九四四年一二月に大東亜博物館設立準備委員会官制を施行し、委員・幹事を任命するが、敗戦を迎え、一九四五年一〇月の委員会廃止により終焉した。

●

大東亜博物館が文部省の所管事項になるまでには、複数の経緯があった。その主たるものが、自然科学者による自然科学博物館設立運動である。

自然科学者は、明治・大正・昭和と断続的に、自然科学博物館の設立を求める運動をおこしていた。そして、一九三八・一九三九年の二度、国会に対して国立自然博物館設立請願をおこなう。この後、「博物館という名称はえてして展示館のイメージが強い」という理由から、国立自然博物館は国立天然資源研究所に改称されるが、「ロンドンノブリティシュミュウジヤム自然科学部・ワシントンノ国立スミソニアン・インスチチュウション・ニューヨークノアメリカンミュウジヤムノ如キソノ好例」としたように、自然科学者が求めたのは研究機能をあわせもつ博物館であった。一九四〇年、国立天然資源研究所設立の事業が文部省の所管になると、〈博物館〉から〈研究所〉への傾斜はさらに進み、再び資源科学研究所に改称されて、一九四一年一二月に資源科学研究所官制が施行される。

ところで、満洲国国立中央博物館学芸官だった小林義雄（植物分類学）は、師である東京帝国大学教授中井猛之進（植物分類学）を次のように回想した。「当時陸軍政務次官であった土岐章氏（植物学科出身）とともに大東亜博物館計画を進めておられた最中で、これを実現すれば小林をこれに呼び戻すから、それまで満州にいて活躍せよ、その活動範囲はバイカル以東、揚子江以北というまことに大きな構想であった」。小林が、東京文理科大学講師を辞して渡満する一九四一年とその前年頃のことである。

小林は、中井・土岐らが構想していた博物館を大東亜博物館と記しているが、厳密にいうと、この時期にこの名称は登場していない。しかし、先の国会請願が東亜を視野におさめるものであったのみならず、内閣に設置された教育審議会の一九四一年六月答申でも「東亜ニ関スル綜合博物館ヲ設置スルコト」が明記され、大東亜博物館の端緒は切られていた。

したがってこの頃、自然科学者の間で、自然科学博物館を大東亜博物館と呼ぶことがあったのかもしれない。荒俣宏が、『大東亜科学綺譚』で資源科学研究所を大東亜博物館としたのも、これに由来するようだ。しかし、大東亜博物館の物語は資源科学研究所の後へと続く。

●

文部省の大東亜博物館計画は、直接には、博物館関係者で組織する日本博物館協会が策定した計画を継承するものであった。

その日本博物館協会は、一九三八年九月、文部大臣の諮問に対し「東亜の認識強化に資するため大自然科学博物館を創設されたきこと」と答申した。そして、一九四二年二月、協会に大東亜博物館建設調査委員会を設け、建設案をまとめる。しかし、協会のこの動向は主体的でない。一九三八年の答申は、国立自然博物館設立請願が第七三回議会で採択された後であり、一九四二年の委員会設置も資源科学研究所の誕生直後であった。もちろん、協会と自然科学者は従前より没交渉ではないため、何らかの分業もあったはずだが、大東亜博物館に連なる自然科学博物館設立運動は、自然科学者が一貫して領導していた印象が強い。

現に、日本博物館協会常務理事の棚橋源太郎は、大東亜博物館建設を促進する一方で、博物館令制定と中央博物館―地方博物館―郷土博物館というシステムの確立を主要に求めていた。これからすれば、大東亜博物館は変則と映ったに違いない。こうした博物館関係者の泰然自若ともいえるありようは、一九四一年の教育審議会答申「社会教育ニ関スル件」での博物館に関する事項が、「東亜ニ関スル綜合博物館」に触れたこと以外は一般・原則論に終始し、同年の科学振興調査会答申「科学教育ノ振興ニ関スル件」の博物館関連事項も同様であったことにあらわれていた。

●

一九四三年から大東亜博物館建設準備に着手した文部省は、同年一一月一〇日付で、満洲国国立中央博物館学芸官の木場一夫に「大東亜博物館建設ニ関スル調査」を嘱託し、木場も同年一二月四日付で博物館を依頼退職する。木場の調査は机上作業となることを強いられたが、外国の博物館に関する成果は、一九四四年八月、科学局総務課発行の『各国主要博物館の概況』にまとめられた。アメリカの博物館を、近代的な博物館として評価する点が注目される。また木場の資料によると、大東亜博物館は、総務部、調査研究部（自然・人文・産業）、展示教育部（展示・教育・工作）、図書印刷部（図書館・印刷・出版）の四部から成り、評議員会と協賛会をもつものとして考えられていたことがわかる。

総じて大東亜博物館は、モデルをアメリカの博物館に採り、教育・研究の両機能をそなえながら、機能分化された近代的な総合博物館として構想されていた。

実は、博物館のこうした傾向は、仙台に斎藤報恩会博物館が開館した一九三三年以後、散見できるようになっていたことも事実である。一九三九年一月に官制施行された満洲国国立中央博物館は、自然・人文科学を総合し、教育と研究の両機能をそなえた博物館で、アメリカの博物館を範としていた。学芸官をキュレーターと英訳した、日本人初の博物館であったことは記憶されてよいだろう。

東京科学博物館は、その経緯から教育の展示場という性格が強く、自然科学者からは長らく軽視されていた。しかし、陸軍大将荒木貞夫が文部大臣だった一九三九年八月、東京帝国大学教授坪井誠太郎（岩石学）に館長兼務が発令されると、研究重視の博物館に向けた諸改革がおこなわれる。それは、自らの範を、理工学系のドイツ博物館から、自然科学系の大英博物館自然科学部やアメリカ国立自然史博物館へと転換することでもあった。

●

これらに共通するのは、博物館に対する自然科学者の積極的な関与である。斎藤報恩会博物館は、東北帝国大学教授畑井新喜司（動物生理学）を初代館長に迎え、彼のアメリカ留学経験を反映した。満洲国国立中央博物館には、東北帝国大学で地質・古生物学を学び、さらにアメリカ国立スミソニアン協会留学の経験をもつ遠藤隆次がいた。

遠藤は、満鉄教育研究所、同附属教育参考館を経た人だが、満洲で遠藤と職場を同じくしていたのが、東京高等師範学校・東京文理科大学で動物学を学んだ木場一夫である。その彼が、大東亜博物館建設準備のためとはいえ、高等官たる学芸官から嘱託に転じたのは、一般には降格ともいうべき異例の事態であった。この背景には、これを可能にするような自然科学者たちの〈共同の意志〉――中井猛之進と小林義雄との間に見られたような――があったのではないかと思えるのである。

ちなみに木場は、在満中の一九四一年に、資源科学諸学会聯盟動物学部委員を委嘱されていた。日本の自然科学博物館設立運動に関わる地点にいたわけだが、この意味は、木場の東京高等師範学校在学時代の師、岡田弥一郎（動物分類学）の動向によって具体的となる。岡田は、自然博物館設立委員会委員（一九三九年）、資源科学諸学会聯盟常務理事（一九四一年）と、自然科学博物館設立運動に一貫して関わっていた。資源科学研究所設立後はその所員となり、一九四二年には日本博物館協会の大東亜博物館建設調査委員会委員に就任、一九四五年二月一日付で大東亜博物館設立準備委員会幹事に任命される。一九四四年、木場もまた資源科学研究所の嘱託になっていた。

このように、木場と岡田は不可分であり、加えて自然科学博物館設立運動の〈実務〉が、岡田―木場ラインで担われていたらしいこともわかるのである。

●

科学振興・科学動員の戦時下、博物館をめぐる自然科学者の運動は、日本の博物館の概念を近代化・合理化しながら、大東亜博物館構想に至った。そして、そこで獲得された質は、木場一夫の一九四九年の著書『新しい博物館　その機能と教育活動』を規定し、戦後の博物館理論を基礎づけることになる。満洲国国立中央博物館と大東亜博物館建設準備での木場のプラクティスは、戦後のためにあったかのようだ。

この木場の作業は、さらに、東京高等師範学校・東京文理科大学で動物生態学を学び、敗戦後、文部省科学教育局に入って木場と職務をともにした鶴田総一郎によって一九五六年に完成される。それは、昭和期自然科学者の運動の、ひとつのクライマクスでもあった。

［**犬塚康博**（いぬづかやすひろ）一九五六年生まれ。名古屋市博物館。］

元皇国少年櫻本富雄に訊く

聞き手　吉川麻里

はじめに

吉川　櫻本さんが最初の評論『詩人と戦争』『詩人と責任』を出版されたのは一九七八年のことでした。それから二十年、一貫して「文化人」の表現責任を追及する仕事を持続してこられました。その著作は小説も含めて二十冊になります。現在評価されている「文化人」が、「大東亜戦争」下に書いた戦争への協力を示す文章を発掘し提示する、その仕事を支えるものとして、膨大な数の戦時下の文献の蒐集があります。『探書遍歴』（'94、新評論）によると「勇ましい皇軍の武談や美談」を読むことで櫻本さんは軍国少年になるのですが、それらの本は、敗戦後消えていきます。「私が夢中になって読んだそれらの文章は敗戦を契機に著者自身に否定されて、その存在すらアイマイになってしまったのである。わがアイデンティティは消失した」。ここから探書遍歴が始まるわけです。失われた自分探しという内的な必然性が櫻本さんを仕事に駆り立てるのです。けれども、戦時下の作品が持っていた力というのは現在からはなかなか見えてこないというのが私の実感です。そのような小説によってアイデンティティを形成された櫻本さんに、どのようにそれらの小説に引き込まれていったのかを具体的に教えて頂けたら幸いです。まずは、読書に目覚めたきっかけから伺えないでしょうか。

櫻本　『探書遍歴』は、僕自身の執筆姿勢から言いますと邪道なんですよ。詩集は別として、十七冊目の本ですが、あれ

櫻本富雄

までは自分のコメントとかポリシーは、ほとんど表面に出さないようにして、資料に語らせるという姿勢をずっと貫いてきました。それはどういうことかって言うと、とにかく戦時下の資料をお偉いさんたちが知らなさ過ぎるんだよね。評論家だとか、学者だっていう人たちが、あまりにも知らないんで、戦時下についてこれだけの資料があるんですよって提示する必要があるんじゃないかと。それをどのように著者に結び付けて評価して解釈するかっていうことは二の次で、それは読者にやってもらえばいいことであって、僕の仕事はいろいろな資料を提示すること。そういう姿勢で始まったことなんですよ。『探書遍歴』の時に、編集者から少しこの辺で櫻本さんの意見なり考え方なりを提示した方がいいって言われたわけですよ。そこで、僕自身に関わることも付け加えて、読者サービスのつもりで書き始めたのが『探書遍歴』でね。

極端にはっきり申し上げますと、僕は、はっきり断罪するつもりでいるんです。戦時下に戦争翼賛的なものを書いた文学者を基本的に認めない。僕はそういう姿勢です。それじゃ十把ひとからげになるじゃないかってよく言われますけど、じゃあ妥協してどこまでを許してどこまでを評価したらいいかっていう区別が際限なく広がって、結局、まあまあっていう日本の伝統的な解決法に結びついちゃうんだよ。僕が意見を出さないというのはそういうこと。切り捨てちゃう。だけど、金子光晴は、実に好きな詩人なんですよ。だから、金子光晴そのものは最初そんなにけちょんぱに貶していないんです。書いた時は一番最初に金子光晴に送っているんだから。なしの礫でしたけども。僕は死者に鞭打つっていうのは大嫌いだったから、亡くなった方は後回しにして、生きている人を先にやったわけです。でもご本人は結局黙殺でしょ。金子の場合は周りが反戦詩人と持ちあげちゃっているわけ。だから周りは絶対に譲らないわけですよ。その姿勢は今でも変わってませんからね。僕はそういう連中を槍玉に挙げているんです。

吉川　それはよくわかります。

櫻本　それがよくわかんないんだよね、他の人には。

乱歩との出会い

櫻本　僕は村野四郎という詩人に中学生の時から師事してい

吉川麻里

たんですが、村野さんがよく「櫻本君、書いたりするのは五十過ぎてからでいいから、それまでは一生懸命本読みなさい。」と言われていたんです。僕はそれを忠実に守ってね。五十過ぎたら推理小説の傑作を一つ書いてやろうと思って、トリックいっぱい集めてあるんだよ。

事務局　何で推理小説なんですか。

櫻本　推理小説が好きなんですよ。一番最初に読んだのは乱歩だったんだから。乱歩の「孤島の鬼」。あれは半ページくらいの伏せ字がいくつもあったんだよ。何で江戸川乱歩かというと、とにかく図書館にあった、『全集』（'31〜'32、平凡社）が。いつでもそれが、あまり貸し出されていなかった。他の読みたい本はないわけ。すぐに返す出る返す出るの繰り返しだから。久米正雄の『青空に微笑む』（'35）なんかも後半の三ページか四ページはなくなっちゃっているんだよ。『少年賛歌』（'30）とか『ああ玉杯に花うけて』（'28）とかは表紙がない。そんな図書館で、乱歩だけは唯一ちゃんとあったんですよ。僕には発禁になったとか伏せ字になったとか、そういうものを書いている作家だという意識はぜんぜんなくてね。だから読んだんだけども。それが常時あったということはおそらく、大人の感覚として、人前で大仰に読める本ではないというのがあったんじゃないでしょうかね。

吉川　おいくつの時に読まれたのですか。

櫻本　最初に読んだのは三年生です。面白かったね。とにかく、今で言うと漫画本を読むみたいな感覚で手当たり次第に読んでいたんです。『死線を越えて』（'20）の賀川豊彦の本は図書館にいっぱいありましたが、あの辺は読んでみたけど面白くなかった。それから『少国民版　海軍』（'43）とか『空の軍神――加藤少将伝』（'43）などを読むようになったのは五年生になってからです。これは裁縫室で読みました。この加藤軍神は僕と誕生日が同じなんですよ。

「クラス八分」と軍神もの

吉川　四年生の三学期に「クラス八分」になって、校長室や裁縫室に隔離されるわけですね。

櫻本　しかしクラス八分というのはよくやったと思うよ、先生も。

吉川　どうしてクラス八分になったのですか。

櫻本　一番の原因は、とにかく悪かったことは間違いないよ。いろいろいたずらしたから。何かあるともう僕のせいになっちゃう。僕がやったことでなくともね。要するに、先生に憎まれてたんだよ。「明治節」（一一月三日）の時だったかな、朝、先生の出勤と一緒になっちゃって、子供ってのは先生が煙ったいんだな、追い越すと挨拶しなきゃならないんで、ちょっとゆっくり行こうとうしろから行くわけ、そうすると先に登校した連中が校門の所で僕たちを待ってるんだね、そこに来たもんだからワーとなっちゃって、先生は自分の教え子たちが迎えてくれると思ったんだな、それが先生通り越して僕の所に来たもんだから、先生は頭に来たと思うよ。あれは怒られたねー。それで、すっかり憎まれたんでしょう。先生の権威よりね、こっちの方が権威があった。ガキ大将だったから。先生のひいきの子をいじめたりしたこともあって、あの櫻本は何とかしなくちゃいけないということになったんだと思うよ。

事務局　クラス八分の当時、軍国教育は厳しかったのですか。

櫻本　厳しかったよ。僕は「紀元二千六百年」の年に小学校に入学したんだけど、その一、二年の時の担任の先生が何を教えたかって言うと、けんかをしたら絶対負けちゃいけない。けんかに負けたら自分は死ぬ、そういう心構えですれば絶対負けない。そういう教育をされたんだ。それを僕たちは真に受けたわけ。本当に死ぬ気でやると負けないですよ。それから三年生で担任が代わって、その先生が一年間、僕に軌道修正をしたんだよ。腕力だけじゃだめだよっていうことをそれとなく教えてくれた先生だった。本を読むというきっかけを与えてくれたのはその先生かもしれない。だけど一年じゃ効かなかったな。とにかく僕は自分の世界が絶対で、相手の立場になって考えるということなどしなかったから。だから恐ろしいもんですよ、教育っていうのは。

本を本格的に読み出したのは四年生の時のクラス八分になってからです。『海軍』を読んだのは五年生の時です。夢中になりました。今度は動機が大分変わってくるんですよ。こんな不名誉な状態にいたんじゃしょうがない、みんなを見返してやろう、それには立派な勲章をもらわなくちゃいけないと思ったんだよ。天皇陛下のために、偉い兵隊さんになればみんなを見返してやれるんじゃないか、そんな意識が多分にありました。「軍神」の物語もずいぶん読みましたよ。

吉川　この岩田富雄の『少国民版　海軍』には、海軍に入って後に「九軍神」の一人となる真人と、体

格検査ではねられてしまい、海軍を忘れるために画家への道を歩み出す親友の隆夫が出てきますが、どちらの登場人物に感情移入されたのですか。

櫻本　僕は真人の方ですよ。それから妹が出てくるんだよね。

吉川　隆夫の妹が真人に恋愛感情を持っているんですよね。一九三一年生まれの山中恒は、朝日新聞連載の初出の「海軍」で描かれていた恋愛小説的な要素が、少国民版では省かれていて失望したという感想を記していました（山中恒・山本明編『勝ち抜く僕ら少国民』'85）。櫻本さんは少国民版に思い入れがあるそうですが、どういうところに作品の魅力があったのですか。

櫻本　やはり最後に「軍神」になるところかな。とにかく天皇のために大手柄を立てることが、一番の方法じゃないかと。だってかなり劣等意識に悩まされるよ、学校へ行ったたって全然相手にされないんだから。

吉川　軍神ものと言えば、菊池寛『空の軍神』を『戦時下の古本探訪』（'97、インパクト出版会）で取り上げられています。戦中に初めて読まれた時は「ずしりと心にこたえた」そうですが、そのことをもう少し具体的に聞かせていただけませんか。

櫻本　あれは後書きだったか序文にだったか、コチンとくることが書いてあるんだよ。ああ、俺はこんなことやってちゃだめだなと思ったな。「現代の英雄は真面目で勉強家で、よく規則を守り、一歩一歩偉くなっていっています」なんて書いてある。これはこたえたな。

吉川　「クラス八分」の身にはこたえたということですね。『古本探訪』で「軍神」の兄の手紙と小説の末尾を引用されていますが、こういう部分を当時、どのような思いで読まれたのでしょうか。

櫻本　感情移入して読んでましたね、僕は。加藤少将の本はいっぱいあるけど、これが一番よくできているんじゃないかなあ。子供にわかるように書いてある。教訓なんだけれども、表に出してないんだよね。天皇陛下のためだとか一生懸命書いてあるけれど、ストレートに、先生のお説教みたいには感情に入らないで、ストーリーとして入って来る。やっぱりこれは菊池寛の筆力じゃないでしょうか。当時そんなことは全然わからないけどもね。

「少国民」と立志小説、科学小説

事務局　そういう感想は、今読み返しても全然変わらないものですか?

櫻本 それはちょっと違うね。例えば『青空に微笑む』なんか戦後になってからもう一度読みましたが、全然だめ。お話にならない。でも最初に船でお金を取られちゃうところなんかは面白かったんだよ。

吉川 船で泥棒と間違われたり、サーカスに売られそうになったり、悪党に脅迫されたりと、次から次へとピンチが訪れますが、偶然の連続によって危機を脱しますね。現在の目で読むと、かなりご都合主義的ですよね。

櫻本 そうそう、ご都合主義なんだよ。話がうま過ぎるんだよね。

吉川 少年時代に読まれた時は、また違ったわけですよね。

櫻本 そうです。感動して読みました。あれは、「少年倶楽部」に連載されていたんだけれどね、傑作でね。読者から一番評判よかったんじゃないかな。

吉川 三三年、三四年に連載されていますね。

櫻本 リアルタイムで読んでたら大変だよ、いま七十代八十代の人じゃないかな。僕達の時は単行本で読んだんですけど。戦後、久米正雄が持っていた資料が古書界に出たことがあるんですよ。それに講談社から回送された読者のハガキがいっぱいありました。ミカン箱いっぱいぐらいあったかな。それで一部だったみたい。おおかたの読者ハガキは原作者に渡ったみたい。実際は久米正雄が書いたんじゃないんだよ。岩脇鉄という無名の人らしいが——。

吉川 『青空に微笑む』は、『海軍』より十年ぐらい前にかかれた小説で、まだ戦場とか軍神は出てこない。その手前の話ですね。

櫻本 立志小説だよね。あのころ、『一直線』('31)だとか『少年賛歌』だとか『あゝ玉杯に花うけて』とか、佐藤紅緑だよね、『青空に微笑む』もそういう一連のものとして読んだんですよ。だから『海軍』や『空の軍神』とかの読書姿勢と比べたら、こっちの方がはるかに文学的だよな。立志小説は今では通用しないけど、僕なんか田舎で育ったから、東京へ出てくるということは一旗揚げようという意識が多分にあったわけですよ。

吉川 この少年も三宅島から上京しますよね。それにご自分の姿を重ね合わせて読むわけですね。

櫻本 そうそう、夢中になって読んだよ。

吉川 話が戻りますが、「三〇年後に『空の軍神』をデパートの古書展で入手して再読し、しばらくぼんやりした。あの頃のことが、昨日のことのようにはっきり思い出せたからである。」(『戦時下の古本探訪』)と書かれていますが、三十年前の自分を客観的に振り返って、どのような思いを抱かれましたか。

櫻本　うーん……。とにかく、懐かしかったからね。一番最初に頭の中に去来したのは、こういう風にして教育されたんだなという感慨が大きかったですね。『ハワイ・マレー沖海戦』（'42）という、原節子が出ている映画があるんですけどね。それを戦後に何度か見直した時にもつくづく感じましたが、ああ、こういう風に映画を作ったら観る子供達はその気になっちゃうと思いましたよ。それと全く同じ感想ね。

吉川　それは小説の巧みさということですか。

櫻本　そう。菊池寛の筆力。

吉川　海野十三のようにイデオロギーが出ているのでない小説ということですね。イデオロギーでなく、小説のリアリティや細部の面白さというものですね。

櫻本　そうそう、でも海野十三っていうのはイデオロギー一辺倒じゃないと思うよ。これは、昭和一八年の「少国民新聞」なんだけど。

吉川　「黒人島」ですね。これは読んでみて面白さがわからなかったんですけど。その面白さを教えて頂きたいのですが。

櫻本　これ、すごく面白かったよ。まず、エキゾチックで魅力があるん

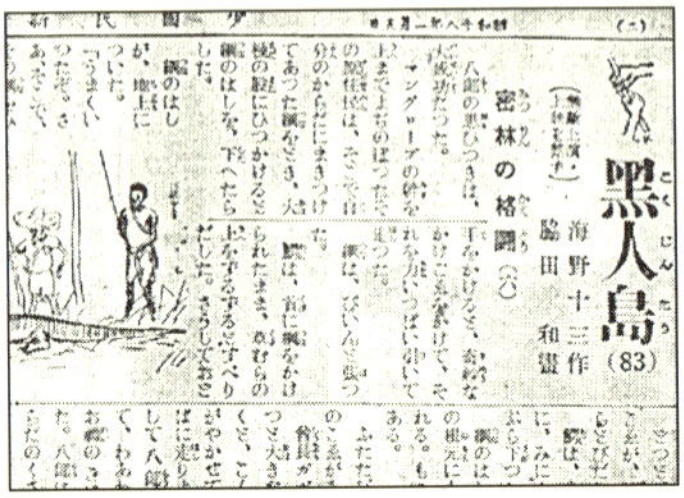

『黒人島』（'43・偕成社）

だよ。黒人なんて見たことないもん。第一、キリンもゾウもワニも見たことないんだから。だから、南洋一郎の作品と同じ。海野十三にしてみれば「黒人島」はちょっと変わっているんじゃないですか、彼の本領は科学小説だから。南洋一郎を意識して書いたんじゃないかな。残念なことに、尻切れとんぼになっちゃったけど。

吉川　「少国民新聞」には子供の投書がいろいろ載せられていますね、新兵器の発明だとか。櫻本さんも一緒になって考えられたのですか。

櫻本　そうそう、海野十三は特にそんな作家だよね。だって『怪塔王』（'39）なんてテープレコーダーが出てくるんだよ。テープレコーダーなんて考えられなかった。今だったら笑ってるけど。テレビなんて今の人当たり前だけど、テープレコーダーショックはあれ以上だったよ。研究室を訪ねると「ああ、うるさい。わしは今研究中じゃ。誰が来ても会わんぞ。帰れ。帰れ。」って中から言うんだよ。そしたらね、それテープレコーダーだったんだよ。アリバイつくりね。

吉川　そうした未来科学的なものが面白かったわけですか。

櫻本　そうそう、だって塔そのものがロケットなんだもの。

吉川　それにしてもよく覚えてらっしゃいますね。

櫻本　今その話をする時に、同時に、僕の頭の中には挿絵が出てくる。

吉川　挿絵によって想像がふくらむわけですね。

櫻本　この挿絵っていうのは誰も問題にしないけれども、罪が深いよ。この「八太郎将軍」という漫画は面白かったね。それで「少国民新聞」は売れたんですよ。これは本当に面白かった。こういうのを毎日読んでいたんだから、これはもう天皇陛下万歳になるよ。本当に罪は深いよ。

櫻本少年の「愛国作文」

櫻本　あ、そうだ、愛国作文見せなきゃな。あんまり見せたくないんだけれども。朝日新聞の長野版に出たんだ。昭和一八年の六月六日の。

事務局　書き換えられてはいないんですか。

櫻本　書き換えられたよ。先生が書き加えたところもあるしさ。

吉川　どういう状況で書かれたのですか。

櫻本　朝日新聞社の長野支局から県下の小学生に山本元帥の国葬にちなんで作文を書かせてくれっていう依頼が学校へきたんですよ。先生が各学年から選んで、四人ずつだったかな、四、五、六年生に書かせたんです。

吉川　櫻本さんが愛国作文を書かれたのは、役割が回ってきただけで、進んで書いたのではないんですね。

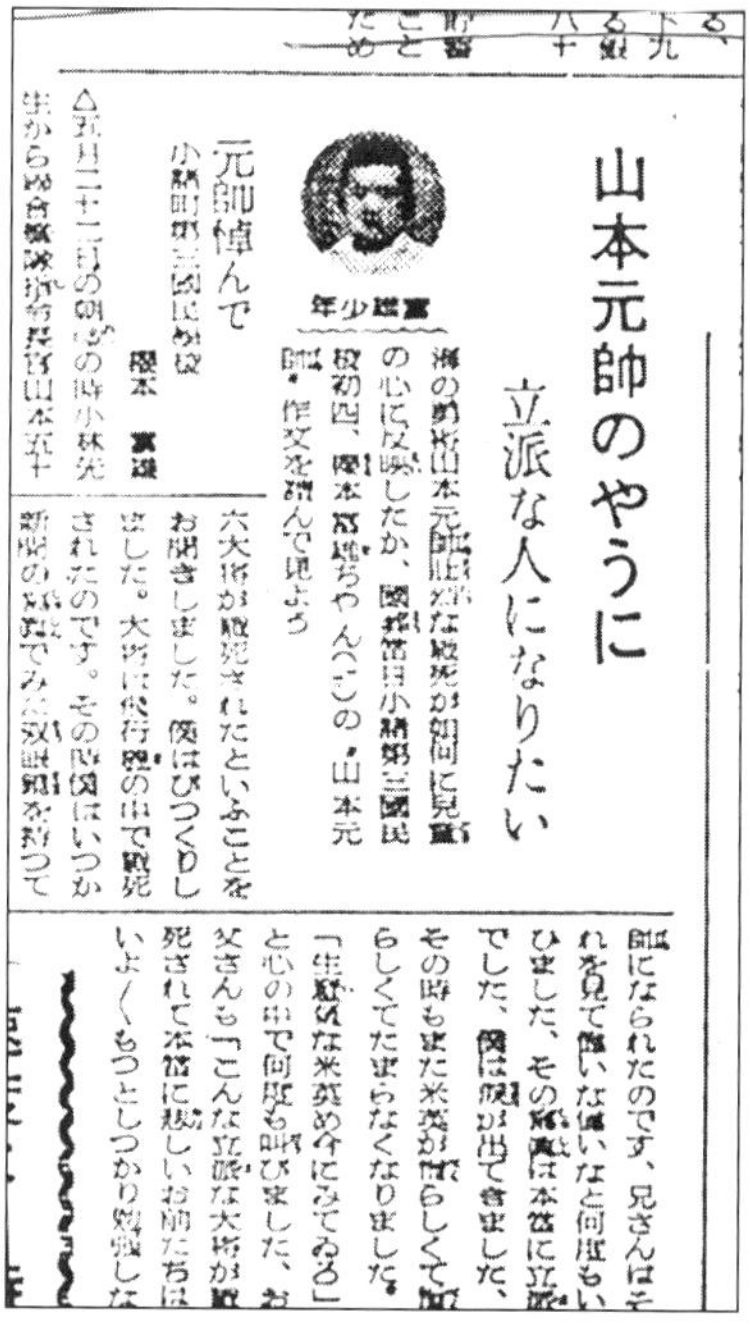

山本元帥のやうに
立派な人になりたい

富雄少年

元帥悼んで
櫻本　富雄

六大将が戦死されたといふことをお聞きしました。僕はびつくりしました。大将は飛行機の中で戦死されたのです。その時僕はいつか

師になられたのです、兄さんはそれを見て偉いな偉いなと何度もいひました、その写真は本当に立派でした、僕は涙が出てきました、その時もまた米英が憎らしくて憎らしくてたまらなくなりました。「生意気な米英め今にみてゐろ」と心の中で何度も叫びました、お父さんも「こんな立派な大将が戦死されて本当に悲しいお前たちはいよいよもつとしつかり勉強しな

櫻本　指名されて書いたんだから。指名されたと話したら家のやつらは大騒ぎしたんだよね。これは名誉のことだから一生懸命いい文章を書かなきゃなんないということで。それで添削が始まったわけですよ。

事務局　「涙が出てきた」というのは本当なんですか。

櫻本　そんなに覚えてないなあ。その辺はもう違うと思うよ。米英を撃滅してやるという気持ちはありました。確かワシントンへ行って爆弾を落とすって書いたんだよな。それは削られちゃった。ばかみたい。これで褒美もらっちゃった。

吉川　この愛国作文は、軍神ものや軍国美談を読むことによって、櫻本さん自身が「皇国少年」になられたことを証明するものと考えていいでしょうか。

櫻本　そうですね。でも、そういう内的なことよりも、僕が読書から学んだのはテクニック、レトリックですね。なるほどこういう風に書けばよいのかと。だから、かなり冷めて読んだね、最後は。僕の「六年生になって」という作文があるの。あれは傑作だったんだよ。それ読んで教師が感動しちゃって、即「クラス八分」解消になっちゃった。でも肚の中でバカヤローって思ってた。先生を完全に意識して書いたの。先生だましてやろうと思って。そういうレトリックは本から学びました。

吉川　「転向声明文」みたいなものですか。

櫻本　そうそう、「転向声明文」だ。

吉川　天皇に命を捧げるというのは、本音の部分もあったのですか。

櫻本　それはほとんど本音です。決まり文句で書いたけれども、それは決まり文句ということだけじゃなくて、実際にそう考えていたから書いたんだよ。僕は本当に天皇陛下のために死ぬつもりでいたもんね。

吉川　それは教育の力ですか。

櫻本　そうだと思います。そういう教育を受けたから。それが不思議に思わない。とにかく戦争一色でした。（四五年の「朝日グラフ」を見ながら）こういうのを毎日見せられていれば、もう死ぬなんてことは当たり前のことなんだよ。現に毎日毎日そういう歌を唄わせられて。「勝ち抜く僕等少国民、天皇陛下の御為に死ねと教えた父母の……」なんてね。

事務局　敗戦とか終戦が想像できましたか、その時に。

櫻本　いや、ぜんぜんできない。最後に神風が吹くと思っていたもの。負けるわけないと思っていた。だからよく戦後になってアメリカとやって勝てるわけないとかいう人がいるでしょ。ちゃんちゃらおかしいですよ、僕たちに言わせれば。文化人の中にはわかっていた人もいるかもしれないけど大多数の人間はそんなことぜんぜん。しかも一九四一年、四二年あたりは景気がよかったからね。難攻不落のシンガポールまで落としちゃったから、絶対勝つと思っていたね。本当に鬼畜米英だと思っていた。このすぐそばに水元ってところがあるんだけど、そこの小学生が「大東亜戦争」が始まってすぐにアメリカに殺されているんだよ。四月一八日に。

吉川　最初の空襲による犠牲者ですね。

櫻本　アメリカ人はそういう小学生まで殺すって宣伝するような教育を受けちゃっているからね。今になって冷静に考えてみれば、一九四二年の小学生の正式な服装はゲートル巻いたし、学制帽じゃなく戦闘帽なんだから。それに学校は二階建てで、グランドがあるから、兵舎に見えるわけ。アメリカ人の意識の中に日本人はちびというのがあるから、空から見りゃ子供だか兵隊だかわかんないですよ。だから誤射したって僕は当たり前だと思うけれど、その頃は、子供だとわかって殺したと思っていたよ。

吉川　ご自身の愛国作文について「私自身が戦争に加担したことを証明する、まぎれもない証文である。その罪責は、どのような反省をもっても、清算できるものではない。」(『日の丸は見ていた』'82、マルジュ社)と書かれていますが、この作文のどういうところが、読者を戦争に動員するような役割を果たしたのでしょうか。

櫻本　ははは。そりゃあもう全文そうだよ。

吉川　この作文を読んだ読者に影響を与えたということですね。

櫻本　そう。僕は「戦争責任」という言い方が好きじゃなくて「表現責任」って言いますが。これが単なる学校の作文で終われば、先生や友達の目には触れるとしても、大多数の人の目には触れないわけでしょ。ところがこういう風に活字になっちゃうと不特定多数の人が読むわけです。僕のこの記事を読んで、ああ、こんな子供がいたら安心して戦争へ行けるって言って出征した兵隊さんがいるかもしれない。そういう意識は常に表現する者は持ってなくちゃだめでしょ。これは小学四年生の作文だからそんなこと言うと大げさだって言われるかもしれないけど。兵隊さんだけじゃなくて同世代の少国民を励ましたかもわかんないですしね。

吉川　櫻本さん自身は同世代の作文を読んで励まされたことはありますか。

櫻本　ありますよ。模範作文なんかを読んだりして。これはすごい作文だなっていうのは随分あります。そのころ、模範愛国作文集みたいなのがいっぱい出たんですよ。文部省がコンクールして文部大臣賞を貰った作文を筆頭にした作文集を僕も幾つか持ってますけど、そういうのを読んでみんな随分励まされて。要するにそれも一つの教材になっているわけ。だから、教育っていうのは恐ろしいよ。

敗戦体験

吉川　敗戦は、どういう状況で迎えられたのですか。

櫻本　それがもうまるっきり、純粋には思い出せないね。いろんな知識が入り込んじゃって混乱しちゃってる。覚えているのは、講堂に正座してね、校長先生始めみんなの先生が泣いているんだよ。それで、誰が二番目に腹を切るかという話をしてね。一番に腹を切るの校長に決まってるから、二番目に腹切るのは誰か、そういうことが生徒仲間の間で話題になっていた。僕はもうその時は連帯していなかったから冷ややかな目で見てたんですけど。それは八月一五日じゃなくて一週間ぐらいずれてたんじゃないかな、一五日はちょうどお盆休みじゃなかったかと思うんです。

吉川　ラジオで「玉音放送」を聴いたとかいうのは。

櫻本　ラジオも聴いたと思いますよ。それは家で聴いたような気もするけどはっきりしないですね。今でも完全にありありと思い出すのは、夜、電気がこうこうと部屋を照らしたということ、これは強烈に覚えてるね。それ以外は、八月一五日前後の記憶は、色んなこと見たり聞いたりしてわかんなくなってます。実際どこまでが僕たちの本当のその時の体験だ

愛国作文集

ったかは正直に言って思い出せないですね。

吉川　敗戦後しばらくすると文化人たちが次々に戦中の言と反対のことを言い出すわけですが、それまでに「真空地帯」があるそうですね。

櫻本　新聞記事やなんかがどっちつかずの状態ということですね。ありましたね。でも、それは僕の戦後の感想です。八月一五日からマッカーサーが来るぐらいの間に、日本がどうなるかということがまだはっきりしていなかった時に、八月一五日から月末までの一五日と九月も入りますけどね、その間の新聞の記事なんかを見ると、依然として変わっていない。吉川英治の「英霊に詫びる」という文章なんか見ても、市川房枝にしても、みんな天皇陛下に対して申し訳ないっていう気持ちが基本にある。それが天皇制批判になってくるのは随分と後になって占領軍の方針が決まってからです。それまでの間は悪くいえばどっちつかずの状態だけれども、そのどっちつかずも限りなく戦前に近いような姿勢でみんな発言していました。その辺のことを「真空地帯」と言ったんじゃなかったかな。

仕事のモチーフ

吉川　そのような敗戦体験を経て、この仕事を始められたきっかけについて伺いたいのですが。

櫻本　友人の金井直（詩人）に言われて、金子光晴のことを書いたのがそもそものきっかけでした。金子光晴だけでなく石川逸子という詩人についても書きました。彼女は「南京虐殺」とか「広島原爆」といった詩を書いているんですが、自分が実際に体験もしないことを知識だけを元にして書いている。批判の対象として書くとしても、そういう姿勢はおかしい。いくら詩であったとしても。見てきたようなウソを書いているんじゃないか。そういう姿勢は金子光晴をただ反戦詩人とやみ雲に祭り上げる姿勢と全く同じじゃないか、という取り上げ方で論じたんだけどさ。それでこれを書いた時に金子のファンから反論があったんですよ。櫻本に時代状況がわかるか、全く時代状況がわからないのによくもあんなことが書けるな、という主旨の批判文です。それで僕はコチンと来たんだよ。敗戦後すぐから、いろんな資料を集めるようにして、僕は僕なりにあの時代の状況をもう一度勉強するつもりでかなりやってきたつもりなのに、それが時代状況がわからないなんて言われてコチンと来てね、『日の丸は見ていた』（'82、マルジュ社）を書き出したんだ。本当に時代状況がわかっていないのか調べてもらおうじゃないかってね。

吉川　詩人を対象にされたのはなぜですか。

櫻本　僕自身詩を書いてましたからね。だから詩集はいっぱい集めてましたから、詩人を一番最初に表現責任として取り上げたんですよ。僕はそれだけでやめるつもりでいたんです。ところが文化人にまで広がっちゃった。

吉川　どのような意図でですか。

櫻本　目を転じてみると詩人だけじゃないんだよ、戦時下のことを知らされていないのは。一番頭に来たのは黒沢明とか今井正という映画監督が反戦映画監督みたいに騒がれているんだよね。ところが彼らは戦時下にすごい好戦的な映画を作っている。それはおかしいんじゃないかと思うのに、誰も映画界で言わないんだよ。それだったらこっちも映画については素人だけれども憎まれ口きいてやろうかなっていう気になるわけ。そうなると今度は小説家や評論家って言われている人たちも槍玉に挙がってくる。それで際限もなく広がっていっちゃっているんですけど。流行歌手もやりたいし、紙芝居ももう一度やりたいと思っています。（今野敏彦との共著『紙芝居と戦争』'85、マルジュ社がある。）

「カラス」の意味

吉川　本当に幅の広いお仕事をされていますね。櫻本さんは表現責任をテーマにした推理小説も書かれています。「太平洋戦争下に、軍やファシズムに屈せず、文学者の良心を守り抜いた希有の作家」という秋月俊成の神話が「特攻隊の意義」と題する戦中の秋月自身の文章の出現によって崩れてしまうというものです。タイトルの『夜明けに啼くカラス』（'91、新評論）は秋月俊成の神話を崩すような真実を告げる、秋月にとって不吉なもののメタファーだと思うのですが、この小説を読んだ時に櫻本さんのお仕事に結び付けて、櫻本さんは「カラス」なんだと直感的に思いました。住井すゑのインタヴューにも「外ではやかましくカラスが鳴いていた」とあり、『満蒙開拓青少年義勇軍』（'87、青木書店）のあとがきの最後にも「カラスの声を聞きながら」とあります。櫻本さんは「カラス」にどのような思いを込めていらっしゃるのですか。

櫻本　「カラス」には実にいろいろな意味を込めています。僕が一番最初に「カラス」についてのイメージを膨らませたというのは、偉くなってみんなを見返してやろう、国民の鑑になってやろう、靖国神社の一番上の祭壇に祭られるようになろうと決心すると、そのために一番安易にできることというのは少年航空兵になることだったんですよ。少年航空兵になることは海軍の予科練に入ることなんだよ。陸軍にもあったけどね。海軍の土浦航空隊が霞ケ浦に一つあったでしょう。古川ロッパが主演の映画（「敵は幾萬ありとても」'44）があって、一生懸命少年航空兵を養成する教育者が主人公の映画なんですけれど。その舞台が三重県の香良洲《からす》というところなんです。そこにもう一つ、三重海軍航空隊というのがあったんです。霞ケ浦の予科練が満杯になったために急きょ海軍が作ったたんですよ。僕が海軍の予科練に入るとすればそこのはずだったので戦争中に行ったことがあるんです。一人で無銭旅行して。そうすると香良洲っていうところは、街全体が海軍になっているんだよ。その地名があの「カラス」という言葉にかなり強烈に残ってます。戦後も一番最初に香良洲の海岸へ行きました。そこで一人、少年航空兵が腹切っているんだよ。三重海軍航空隊の森崎湊が八月一六日未明、天皇陛下に申し訳ないって、腹を切るんだよ。その死んだ場所が一九四六年まで香良洲の海岸に残っていたんです。そんなことがあって、香良洲という名前にはかなりの思い入れがあります。だから僕が「カラスの声を聞きながら」って言う時には、その香良洲の風景がずっと浮かんでいるわけ。そういう意味を込めているんですよ。

吉川　それに加えて「カラス」には不吉な、という意味もあるんですね。

櫻本　もちろん、それが一番ですよ。それがたまたま僕の思い入れがあった三重海軍航空隊と重なったということです。

吉川　今「平和的」文化人と認められている人たちに対して、不吉なカラスが迫っていくというようなイメージがあるわけですね。

櫻本　そうそう、そういうイメージです。

吉川　櫻本さんはご自分のことをそういう意味での「カラス」と意識されていて、悪役に徹していらっしゃるような印象を受けるのですが。

櫻本　そりゃあもう、悪役に徹しているよ。僕は開き直っているからね。僕は、十把ひとからげに、戦時下の文化人をターゲットにしている。吉川さんもそう書いているよな、そんなことしてたらまた新たな空白を作ることになるってね。よく言われるけど、僕はあえてその批判は受けるつもりでいます。僕の一番の動機は、知られていない資料を僕が集めたものの中からどんどん公表して、とにかく皆さんに考えてもらおうということなんです。『日の丸は見ていた』の次の『少国民は忘れない』（'94、マルジュ社）ぐらいからかな、若い人たちからの読者カードが来るようになりました。彼らは受け取り方が全然違うんだよ。僕たちみたいにその当時を知っている人間は、そんなこと言うけれどもあの時代はしようがなかったよという、多分に一億総懺悔みたいなムードがあるんですよ。僕自身もそういうムードはあるわけ。こういう作文書いているんだから。多かれ少なかれリアルタイムで戦時下にいた者は、やみ雲に批判なんかできないですよ。僕はそういうムードがあっても、仕方ないと思ってたけれども、どっこい大学生の読者たちから、ぜんぜんこんなことは知らなかったけれども、こういうものはどんどん公表して教えるべきだ、というカードがいっぱい来て、それで僕はかなり意を強くしましたね。

五十歩と百歩の距離

吉川　それでは、櫻本さんの仕事の姿勢について具体的にお伺いしたいと思います。戦中詩の質に関して「欣然と飛び出した弾丸も、いやいやながら発射させられた弾丸も、心臓に命中すれば、その心臓の持ち主を、あの世へ送る結果になる点で差異はない。」（『空白と責任』'83、未来社）とおっしゃっていますます。それが櫻本さんの立場ですね。

櫻本　沈黙以外にないわけですよ、引き金さえ引かなければいいんだから。偉そうなこと言うんだったらなぜ黙ってなかったのか。一般人がそういうことになったということは僕は決して咎めないんだけれども、仮にも文化人と言われた人間がそんなことやっちゃいけないと僕は思います。こと文学に関して、もっと広げて芸術に関して、そのくらい理想的なものになっていて欲しい。この世の中なんてあらかたはでたらめでしょう。まああとか、なれあいでもってますよね。きれい事だけでは絶対に済まないでしょう。せめてそういう世界の中でも文学の表現ということについては、やっぱりきちんとしたきれい事であって欲しいという、そういう願いが人一倍強いと思いますよ。青くさいですか。それだけにたとえ一行でも翼賛的なこと書いたということについては、もうきちんと決着つけないと、現状は変えられないよ。例えば、作家のいい部分、ああ、金子光晴だっていい詩はあるよー、その分は認めて戦争中の分は要らないって言い出したら切りがなくなっちゃう。僕は詩人の場合は詩人と考えない。言葉の職人と思っているから。戦時下の日本の詩人はみんなそうですよ。たしかにうまい詩を書くけれども、それはレトリックがうまいということであって、芸術ではないと思います。そのくらい考えなくちゃケリがつかないと思う。

吉川　高崎隆治は「あの、戦争下での五十歩と百歩の距離はけっして大同小異と言ったようなものではなく、少なくとも十五年戦争下を生きた者なら、それが実は天と地ほどの隔たりであることを知っているはずである。」（『戦争と戦争文学と』'86）と言っています。ここが櫻本さんと高崎隆治の姿勢の一番の相違点だと思いますが。

櫻本　五十歩と百歩の差については鶴見俊輔さんも言ってますね。この五十歩の差は実に大きいということをね。あの戦時下の状況を知っていれば知っているほど差は大きいと言うんだけど、僕はそれは詭弁だと思います。それが解釈の話と結びついてくるんだけれどね。だけど、それを言い出すと、五十人殺すのと一人殺すのでは一人の方が罪が軽いかということになっちゃう。同じでしょ、だって。

吉川　櫻本さんのおっしゃる通りだと思います。五十歩も百歩も協力した点では、みんな、表現責任は免れないと思います。それを前提にした上で、作品のどんな面で協力したとか、作品の質の違いは見ないといけないのではありませんか。

櫻本　その辺が僕、他の人と違うところなんだよな。頑迷なところだね。僕は質も認めないんだから。質もあえて認めない。確かにそれは吉川さんのおっしゃる通りなんです。近藤日出造の漫画と横山隆一の漫画を比較した時に、近藤日出造の方がむき出しの協力なんですよ。横山隆一は、庶民的なユーモアのベールがある程度かかっているんだよね。その辺のところは確かに質の違いと言えば言えるから、じゃあ横山隆一の戦争協力と近藤日出造の戦争協力とを比較した時に、近藤日出造の方が罪が重くて、横山隆一の方は変わってくるんじゃないかと、質の違いと言うのはそういうことでしょ。

近藤日出造画

「赤道報壁新聞」16号より

吉川　「質」と言うのは、例えばスローガン的なものを全面に出した小説と、櫻本さんがおっしゃったような『海軍』や菊池寛の小説など、表に出さずにうまくストーリーの中に入れてあるというような質のものとがありますよね。そのような、今読んでも通じるような作品、ある意味で質の良い作品の方が、スローガン的なものよりもかえって読者に読まれて、彼らを動かすような力を持っていたのではないでしょうか。そういう意味で、個々の作品の「翼賛」の質を見極めないと、読者を動かした当時の作品の力が見えてこないと思うんですけれども。

櫻本　そりゃあ、まったくその通りだと思いますが、僕はそこまで踏み込む必要はないと実際のところは思っています。僕は、最初に断ったようにあくまでも資料提供で、それをもとに皆さんに考えてもらえばいい、そういう姿勢なんですよね。

「当時の読み」について

吉川　作品の質と言えば、「金子光晴論の虚妄地帯」（「文芸展望」12号、'76）をめぐる論争を思い出します。戦中詩を読む場合、研究者にとって大事なのは作家であり「作者の真意」であるのに対し、櫻本さんは当時の読者がどう読んだかを問題にしているという立脚点の違いから、結局論争はかみ合いませんでしたね。ここでは読者の存在を顧みないという日本文学研究者の盲点を櫻本さんが衝かれたわけです。ただ、櫻本さんに対する疑問もあります。それは、櫻本さんが戦争に協力した作品の技術批評などする気にならないと、作品の分析を放棄してしまっているところです。櫻本さんは当時の読者がどう読んだかを問題にされているのに、それでいいのでしょうか。作品の字面だけを追って作品の世界をイメージしないという読み方が実際に「当時の読み」だったのでしょうか。

櫻本　読者っていう言葉が問題であって、僕は「当時の読み」と確かに表現していますが、その作品を当時発表できたということはどういうことかというのがまずあるわけ。絶対に反天皇制のものじゃないわけですよ。そうだとしたら絶対に発表できないんだから。発表できたということはとりもなおさず迎合的な文章なんです。だから「読者」って、そういう意味で言っているわけ。ただその本を読んだだけでなく、それが社会的に発表できたっていうレベルの、編集者の目というか、検閲の目というか、社会の目というか、とにかくそれを社会が許すというムードがあるわけです。逆に言えば、発表できたっていうことは発表させたっていうことだよ。そのムードで文章を評価しなくちゃいけないのではないか。さらにどの程度まで質があるかということは、僕は少国民のレベルで考えるんだけれども、そんなことまで忖度してこっちには批判精神があったんじゃないかとか、反戦の思想が中に込められているんじゃないかとかそんな姿勢で読んでいる読者は一人もいなかったと思いますよ。もう全部そんなことは論外で、とにかく一億総天皇制で読んでいたんだから。

吉川　発表されたものには、反戦などあり得なかったということですね。読む人にはわかるというのはないんですか。

櫻本　僕はそんなものはなかったと思うね。あったとしたら、それは戦後の猿知恵だと思う。書くっていう行為が持続されたってことは、当局に迎合したことを書いているから持続しているんだよ。

吉川　そういう意味で責任があるのはその通りなんですが、自分の意図をもって書き続けた姿勢というのは見ないといけないんじゃないですか。

死んだ人は何も言えない

櫻本　見なくちゃいけないかも知れないけど、それは生き残った者の奢りだよ。死んじゃった者はそんなこと言えないぞ。

吉川　そりゃあ、そうですが。

櫻本　生き残りの奢りというのは文学的な表現ですが、もっと言うとそれは平和ボケな頭ですよ、そんなこと言えるのは。だったらそれ信じて死んじゃった人はどうなるの。金子光晴の「勝たねばならない、信念のために」（「湾」、「文芸」'37・10）

なんて詩を読んで、「支那」へ行って死んじゃった兵隊さんがいたとして、あれはウソだったなんて、生き返ったら言えるけど死んじゃったら仕方ないでしょ。

吉川　櫻本さんの立場としては、作家は筆を折るべきだということですね。

櫻本　それが僕の、一番はっきりした結論です。表現者として、文化人としてみんなから尊敬される立場にいた人だったら、その人の意にそぐわないことは絶対書かない。最後は沈黙だよ。だって、沈黙して死刑になった人は一人もいないんだよ。逆に言えば、なぜ沈黙しなかったか。たまたま発言しなかったのは、当時は無名の人たちです。田村隆一は海軍少尉です。鮎川信夫も中桐だって無名ですよ。無名だったからきれいな白い手で生き永らえたんだよね。要するに沈黙に近いことがやれたわけ。家永三郎さんだってそうですよ。まだ歴史学者として無名だったから、書かされなかった。ところが、吉川英治だとか高村光太郎、佐藤春夫なんていう人たちは盛んに書かされたわけでしょう。それを本当に非協力だったなら、書くなって言うの。軍に指名されて、報道班員としてビルマへ行ってこい、ハイといって従軍する。高見順なんかそうですね。阿部知二はジャワへ行って来いと言われた時に、行かなくてもいいんだから。行かなけりゃ殺されるって言うけど、殺された人間はいないんだよ。あれは戦後の詭弁です。現にサトウ・ハチローは病名挙げて医者の診断書を付けて結局逃げちゃった。彼は翼賛歌を作ったりして協力したけど、従軍しなかったことは、程度のいい沈黙だよね。

なぜ沈黙をしなかったのかということは、八月一五日以降なぜ書いたかということでもあるんだよ。戦争中は沈黙しなかったとしても八月一五日以降すればいいじゃない。自由な表現ができるようになった時に、自分の戦時下の姿勢を反省して。そういう文化人が、何人いると思う？　著名な人で僕の知っている人は音楽家の信時潔ぐらいだよ。あとは古関裕而なんていうのは、甲子園の歌作ったり……。古関裕而の戦時下の歌は全部短調なんだって。だから反戦の意味があるんだってさ。リサイタルする時に古関裕而の軍歌唄う現代の女性歌手がいるんだって。「ああ紅の血は燃ゆる」とかを必ず唄うんだって。唄って聞かせないと、あの歌に込められた古関裕而の反戦の思想が伝わらないって言うの。短調だから反戦思想ですって言われてもこっちは困っちゃうんだよ。現に行進曲であれ唄ったんだもの。だからその辺のところはすごく難しい。これは僕の強がり、逃げ口上って言われるかわからないけどね、じゃあそういうこと言うけども、実際に空襲で死んじゃった人、戦争で死んじゃった人はどうなるのっていうことを言いたいわけですよ。「空席通信」を自費出版でやったのも、その「空席」という言葉には戦争で死んだ人と

いう意味が多分にあるわけです。戦争で死んだ人は何にも言えないんだから。

　金子の詩を「ルビンの杯」と言ったけどね、それは僕に言わせればばかなり好意的な表現ですよ。どちらにも読めるっていう意味でね。問題の彼の作品はどちらにもは読めない、戦争詩だよ。（『僕等の愛国寶典』を見ながら）実際にこういうの書いているのに反戦詩があったなんて信じられないよ。なぜ書いたのか。本当に反戦詩人だったらこんなの書かないと僕は思いますよ。「ヒトラーユーゲントに倣え」なんてね。「見よ、不屈のドイツ魂」（金子光晴「見よ、不屈のドイツ魂」『僕等の愛国寶典・實用ものしりダイヤ集』所収、「少年倶楽部」'38・10、別冊付録）なんていうのは。武藤貞一とよくぞ並んで書いたと思うよ、これ。だから五十歩百歩の違いなんていう問題を進めていくと難しいと思います。五十歩の違いに文学的な質とか、その内容の程度、レトリックだとかいろいろな問題を絡ませて作品を読み取るというのは僕に言わせれば勝手な深読みだと思うけどね。

作品の力

吉川　そうですね。私も読み方や解釈の仕方で、作者を救おうという意図はぜんぜんないんです。私が「質」というのは、表現責任はあるという前提で、作品のどういうところが読者を動かしたかということなんです。字面だけでなく、構成や内容と言ったところでの、現代にも通じてしまうような作品の力を見ないといけないと思うんですよ。

櫻本　そういう面を見てどうなるの。

吉川　例えば、具体例で言いますと、ここに『海軍』がありますこれは一九八三年に原書房からリバイバルされたものです。

櫻本　ええっ、これ初めて見た。（『海軍』を手に取って）ああ、これ軍記ものの出版社ですね。

吉川　それは、戦中を対象化するといった目的ではなく、帯に「爽やかな青春像」とあるように、ある種のノスタルジーを持ってリバイバルされているようです。あの頃はよかったなあみたいな。河盛好蔵が「解説」を書いてます。

櫻本　河盛好蔵ね。フランス文学者ね。これもひどい文化人だよ。

吉川　私もひどいと思ったんですけど。その「解説」で「この小説に描かれている日本海軍の伝統精神は、今日から見てもまことに立派なものである。この規律、この訓練、この信義、この自己犠牲、この勇気、これらは民主主義の社会においても依然として尊重さるべき徳目である。」と述べています。

櫻本　天野貞祐が喜びそうなことだな。

吉川　このように、現代においても評価されるということについてどう思われますか。

櫻本　これはもう話にならないな。だけど、こんなの知らなかったよ、僕は。実際に読まれているのかな。これは七十の爺さん連中が読んでるんじゃないかな。若い人は読まないと思うよ。

事務局　この手の作品は戦後に結構出てますよ。例えば光人社からは火野葦平や、棟田博の戦争小説集とか。

櫻本　これは完全に懐メロだよね。しかもそういうこと……あのね、教育勅語が否定されたのは一九四七年でしたね。マッカーサーからはっきり教育勅語とか青少年に賜りたる勅語だとかいったものが、学校において国家神道に結びつくものだから廃止するようにって通達が出る。あの直後に、時の文部大臣天野貞祐が、今までの教育勅語に書かれていた徳目のものを作らなくちゃいけないということで、「国民実践要領」(51)を発表するでしょう。国会でみんなに追及されて結局白紙に戻すんだけど、あの中に教育勅語は全部否定されるべきものじゃない、「父母ニ孝ニ兄弟ニ友ニ」といったところは現在も通じる日本人の徳目だということが書いてあるけど。今の河盛好蔵の解説も全くそれに似てるね。

吉川　櫻本さんは、『海軍』を今現在ご覧になってどうですか。少国民の時は夢中になられたそうですが。今の評価はどうですか。

櫻本　書かれている内容そのもの、要するにプロパガンダ的なことについては絶対認められないけど、小説としてはこれは優れているよ。

吉川　そこなんですよ。

櫻本　実によくできているよ。

吉川　櫻本さんが『海軍』の価値を否定されるというのはイデオロギー的な面からですよね。まぎれもなく戦争に協力した作品であるからです。ところが、小説としての面白さがあったために戦争中は櫻本さんもそれを夢中になって読まれたんですよね。それを戦後になって、イデオロギー的な理由によって分析の対象にさえしないと言って、作品を斬ってしまうということでは、実は作品の面白さは否定されていないことになるのではないでしょうか。イデオロギーだけで斬っているので、作品の面白さ自体は今も否定されていないわけでしょう。そういう、この作品が当時持った力は現在の視点での善悪では割り切れないんじゃないでしょうか。

櫻本　吉川さんの言う「質」っていうのはそういうこと？

吉川　そうです。イデオロギー性ではなくて小説の持つ作品の面白さ、リアリティとか構造とか方法とか、そういうところが当時の櫻本さんを動かしたのだし、こういう風に今読んでも読めるという人もいるわけじゃないですか。そういうところでの批判をしないとやはり作品の否定にはならないんじゃないでしょうか。

櫻本　それは言えるかもしれない。だけど、吉川さんはこれ読んで面白かった？

吉川　うーん……。

櫻本　僕が聞きたいのはそれだよな。僕が小説として優れていると言ったのは、多分に懐メロ的な要素が加味されていると思いますよ。果たしてこれが本当に小説として優れているかとなると、ちょっと別だと思うけどな。

吉川　この小説は確かにうまく作ってあるとは思いました。後に軍神になる真人を天才的な人物ではなく好感の持てる努力家に設定しているところとか、後半になって視点が親友の隆夫に移り、この人は海軍に入れなかったのですが、隆夫の視点で軍神の活躍が描かれるところとか。

櫻本　確かに吉川さんが言った問題で、一番好適なのはね岩田豊雄じゃなくて、吉川英治だよ。戦争中に書いたものが戦後にも読まれているんだよね。

吉川　『宮本武蔵』なんかそうですね。そういう意味で、櫻本さんの批判は河盛好蔵にとっては痛くも痒くもないと思うんですよ。作品は優れているんだからって言うでしょう。だからこの人にも届く批判をしないといけないと思うんです。

櫻本　そうねー、それは言えるな。（『海軍』の奥付を見ながら）一九八三年に出てるのかー。とにかく戦時中のものと比較する必要はあるでしょうね。直してないかな。『宮本武蔵』は完全に直してありますよ。皇室関係のところなんか。南北朝の。これも書き換えてあるんじゃないかな。

吉川　さっきの質問に戻りますが、そういう意味での「質」なんですよ。作品の面白さとか。だから櫻本さんも現在でもこの小説は優れているとおっしゃるじゃないですか。そういうことを全然分析されないでこれはイデオロギー的にバツだというような姿勢ではその作品が持った力を芯から否定できていないと思います。

櫻本　それは言えるね。芯から否定できていないね。僕の否定は今までそういう否定だからね。ただそういう否定だからね。もうそれから先は若い人にやってもらうよりしようがないよ。

吉川　でも櫻本さんは、戦時中に読まれて心を動かされたわけですから、心を動かした魅力を一番知っているわけじゃないですか。その辺のところをもっと。

櫻本　あのね、その辺が、僕の個人的な理由かどうか知らないけど、僕ら昭和一ケタの少国民世代は八月一五日の敗戦以後まるっきり価値観がぐらりと変わっちゃったわけでしょ。その頭の中の混乱ていうのは、きちんと整理されていないと思いますよ。ガン細胞じゃないけどかなりあちこちに転移しているんじゃないかな。だからこういうのを当時どういうところに心をうたれたとか、どういう風に読み取ったかという、そういう視点を今の時点で展開しろって言っても、完全には復刻出来ないですね。多分に混乱した戦後の価値が頭の中に入ってきちゃっているから。あっちこっち転移しちゃっているから、ガン細胞みたいに。だからもしそういうことをやったとしても、それは多分に戦後的な発言になっちゃうよ。それに書き直し――改ざんといってもいいが――の提起する問題、「優れている」という言葉の概念問題など「質」をめぐっては、いくつかの問題があると思います。

吉川　櫻本さんは「住井すゑにみる『反戦』の虚構」（「論座」1－5、'95）で、「私は敗戦直後から、戦時中の諸雑誌や単行本を収集してきた。天皇に命を捧げることが生きがいの軍国少年に、なぜ私はなってしまったのか。それを究明したくてのことであった。」と書かれています。今のお仕事はそういうことにつながっていますか。

櫻本　いや、まだそこまではつながってないですね。今僕が一番頭を悩ましてるのは、集めた資料をどういう風に記録して残しておかなくちゃいけないかということの方が大きいね。死蔵だけはさけたいよ。

「満州」――「思いやり」と深読み

吉川　櫻本さんはご自分の著書のことを資料集と言って、あえて作品を深読みせず、資料の提示を中心にやってこられましたが、『満蒙開拓青少年義勇軍』（'87、青木書店）だけは他と違うように思えます。そこでは島木健作『満洲紀行』（'40）を評価されていますね。『満洲紀行』は戦後に読まれたのですか。

櫻本　そうです。島木健作だけですよ、『学習資料』について書いたのは。満州のことであれだけ書いてある、今でも読める満州ものというのは島木の『満洲紀行』だけじゃ

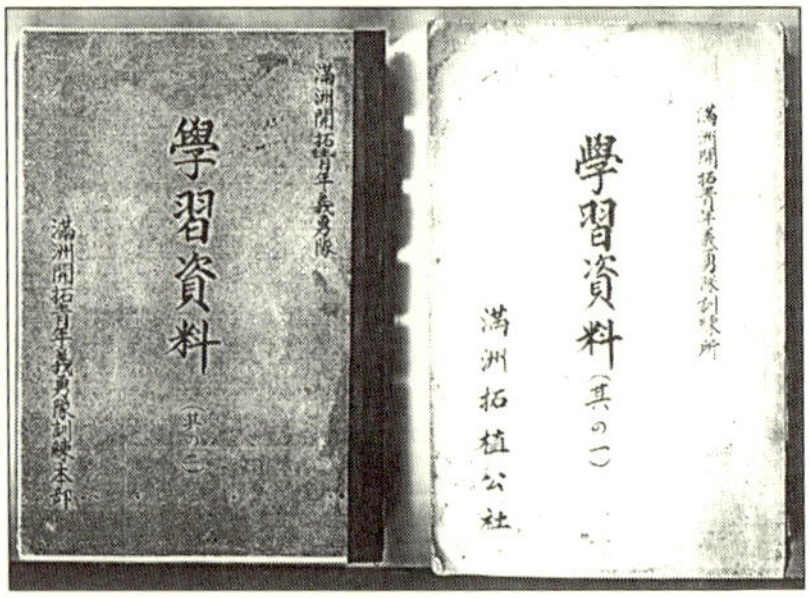

ないですか。島木は書くべきことは書いている。少年たちがどんなにひどい状況に置かれているかってことを本当にさりげなく書いているんですよ。

吉川　同じように菅野正男『土と戦ふ』（'40）についても「本の内容が満蒙開拓青少年義勇軍の推進に役立つもの、と判断された上で出版されたことは否定できない」としながらも「深読みすれば」「立ち遅れている義勇軍対策の解決を当局に迫っている書とも思えるのである」と評価されています。ここでは作品の内容に踏み込んだ「深読み」をされていますよね。それはどうしてですか。

櫻本　あのね、長野県人というのは、満州への思いは、マイナスの意識を持っているんだよ。借金があるんですよ。僕の場合、お袋の方の大日向村のことだとか、僕の好きだった、満州に行ったおじのことだとかね。このおじはすごいんだよ。ソ連軍に捕まってシベリアに抑留されて脱走してくるんだよ。大連まで来てね、そうしたらかねて決めておいた所に長男がいないんですよ。娘と次男とおばさんはいち早く日本へ送り返しちゃったわけです、一九四六年に。脱走して帰ってきてみると、長男がまだシベリアにいるというのがわかって、もう一度シベリアへ行くんだよ。収容所を転々として探して長男に会って、二人で脱走してくるんだ。そういうおじきなんだよ。それでね、最初におばさんと娘と次男坊が、次男坊は僕と同じ歳なんだけど、帰ってきた時に一番最初に家へ来たんだよね。小諸が小海線の乗りかえ駅だったから。いとこたちの手が、震えているんだよ。今でも覚えているけど。そういう思いやりがあったから、満州についてはかなり深読みしましたね。

吉川　手が震えているといった、身ぶりや表情などの身体的なものから、語りきれないような記憶がいとこたちにはあるのだと感じられたのですね。今「思いやり」とおっしゃいましたが、櫻本さんは『土と戦ふ』を読む時も、このいとこたちへの「思いやり」を切り離すことはできなかったはずです。つまり、この記憶への想像力を持って読まれたと思います。ですから満州に関しての本は内容に踏み込んで「深読み」せざるをえなかったんだと思います。だから、その……

櫻本　同じようなことが、他の文化人には向けられないかということですか？

吉川　そうなんですよ。

櫻本　そりゃあ、そうなんだよな。よく言われるよな。だけど僕は金子はかなり深読みしているつもりですけどね。あとは、深読みする前に頭に来ちゃうんだよ。例えば、中桐雅夫なんてね「Lost generationの告白」（'47）ってあるんですけれど、頭に来るよ。あれ読んで『山本五十六元帥』（'43）を読んでご覧なさい。これは白神鉱一っていう本名で書いてます。戦後、彼は山本五十六の「や」の字も触れていないんだよ。中桐雅夫の名で発表してないんですよ。だから知らない人は全然知らないんですね。彼がくろがね会に入ってあんなこと書いていたなんて知らない人の方が多いでしょう。

吉川　櫻本さんが満州については深読みされるのは、ご身内のこともあり事情がよくわかっていたからですよね。でも、満州と同じように戦時下の状況や作家の立場なども十分にご存知ですよね。それなのに詩人や作家に対してはやっぱり深読みされないですか。

櫻本　うん、してないね。何でかなあ。ただもう、なくなって空白とされている資料をきちんとまとめておけばなんとかなるだろうっていう、そもそもの動機が単純なもんですからね。それについて、書いた人も何も言わないんだから、何かひとこと言ってもらわないとオチが来ないな、そういう気分があってのことですから。そもそもの出発が。

今でこそいろんな人たちが注目したり関心を持ったりしてくれているけど、最初の頃は全然誰も関心を持っていなかったんだよ。だから何やってるんだろうと思ったもの。憎まれ口書いてさ、しかも出版社たらい回しになって原稿がボツになったりしてさ、本は出せないでしょ、それであんな資料の山で、こんなに集めちゃって一体何やって来たかって、そう思いましたよ。そう思った時期あったもん。ぜんぜん何にも反応がないんだから。要するに黙殺だからね。

吉川　変な仮定ですが、戦時中櫻本さんが少国民でなしに詩人として過ごしていたら、どうなっていたでしょう。

櫻本　それはもう、すごい、こんなもんじゃないよ。もっといい詩をいっぱい書いていたと思うよ。高村光太郎よりもっとうまい詩をね。読者を鼓舞したと思いますよ。本当にそう思っていたんだもの。人生わずか五十年とか言うけど、僕たちの頃は二十年まで生きたらいいと思っていたんだ。十七、十八で予科練に行って飛行機に乗って落っこちるというのは、当たり前のことだと思っていたんだから。それについて疑問も何も感じなかった。そういう緊張はなんたって今の人には伝えられないよ。完全に異常ですから。そういう異常な状態に日本中が仕立てられていたんだから。それは紛れもない事実だよ。それを戦後になって冷ややかに見てたとかさ、批判したとかなんとか言っても信用できないよね。そういう話は伝わらないね。

（一九九八・一一・一、櫻本氏宅にて）

インタヴューを終えて

このインタビューは拙論「櫻本富雄を読む」（『〈大衆〉の登場　文学史を読みかえる　2』）において示した櫻本富雄氏の仕事に対する疑問点を直接質す目的で行った。戦時下文学は不毛であり「空白」であった、とする既成の文学史に異議を唱えるのが、櫻本氏の仕事である。しかし、既成の文学史から「隠蔽」されていた作品群を「翼賛」文学として断罪することに終始しているのではないか。そのような姿勢は、まさにその「翼賛」文学に夢中になった「少国民」としての自己のあり方をなおざりにする、つまり「空白」化することではないか、という疑問である。

　インタヴューでは櫻本氏自身の「空白」部分、「少国民」としての在り方を知ることができたように思う。「記憶」を美化したり絶対化したりせず、むしろ戦後の記憶のフィルターを意識しつつ回想に努める態度。そこから、断罪的に見える櫻本さんの仕事の核心には、戦中の自己を対象化する試みがあることが窺えた。戦争体験の「記憶」に頼るのでなく、むしろその「記憶」を対象化するために、資料を繰る。そのような在り方に、戦争体験のない私は励まされた。戦中を対象化する試みは体験者であることに還元されるものではないはずである。共有する問題意識を持ちつつ、戦時下文学の「空白」を埋める作業に加わりたい。

　インタヴューは五時間に及ぶものであったが、紙幅の関係で割愛せざるを得ない個所も多かった。最後に、三階の書庫まで何度も往復しながら、弾劾的な質問にも誠実に答えて下さった櫻本富雄氏に感謝する。

櫻本富雄（さくらもととみお）　一九三三年生まれ。詩人。インタヴューで取りあげたもの以外の著書に『戦争はラジオにのって』（'85、マルジュ社）、『燃える大空の果てに』（'86、日本図書センター）、『文化人たちの大東亜戦争』（'93、青木書店）、『大東亜戦争と日本映画』（'93、青木書店）、『日本文学報国会』（'95、青木書店）、詩集『沈黙の領野』（'73）などがある。最新刊に『ぼくは皇国少年だった』（'99、インパクト出版会）がある。

吉川麻里（よしかわまり）　一九六九年生まれ。日本近代文学。「海野十三の南方徴用体験」（神谷忠孝・木村一信編『南方徴用作家』'96、世界思想社）など。

この時代を読みかえるために

必読文献ガイド

ピーター・B・ハーイ『帝国の銀幕――十五年戦争と日本映画』

中川成美

この書評を個人的な回想から始めることをお許し願いたい。今から二十年以上も前、ロンドンの小さな映画館で、ナチス映画の回顧特集があった。私が見たその一本は、ナチス時代に何百本と制作されたに違いない凡俗な恋愛映画であった。そして私は、手もなく籠絡されてしまったのだ。凛々しいナチス将校と彼を慕う美しいドイツ娘、彼らの恋を妨害する野卑な地下組織運動のユダヤ人。この公式的な図式の露骨さにも関わらず、映画の時間の進行に合わせて、私は主人公たちの恋の成就を望んでいたことに気づいたのは、映画が終わり場内が明るくなった時だった。観客は誰も声を発さない。気まずさを通りこした重苦しい沈黙が、劇場の小さな空間を支配した。この雰囲気をありありと想い出す。

本書を読了して、滲み出るように私に蘇ったこの体験の記憶は、ようやくその体験の全体が見通せたという安堵などをもたらす筈もなく、何故私はこのことを二十年余りも想い出すことすら放棄してきたのかという悔恨を呼び覚ました。つまりは、自らの歴史認識が直接的視覚によって簡単に裏切られ事実を、自らの身体をもって思い知ったのである。そして、その身体すらも長い教化と教育の訓練によって日常的反応を形成されてきたのかも知れないという恐怖があらわになっていった。本書の私という読者へのこの「促《うなが》し」こそが、この本を他の戦時下研究とは異質の「現在性」を持たせることとなったのだと思う。ハーイ氏が十五年戦争下での映画に関する膨大な資料の渉猟から探索しようとしたのは、エピローグに氏が書いた一節で明らかだ。

どのような経過をへて、正義と人間性に対する正常な感覚を備えた才能ある個人が、全体主義体制の積極的な支持にまわるようになったのか？　この点についてのもっと深い研究がなされる必要がある。（四七〇頁）

ハーイ氏にとって重要なのは、映画、またそれに携った映画人、批評家たちの戦争責任追求ではなく、それが作られていった「経過」であり、それを受け入れていった「経過」であり、それを身体的な視覚反応へと定着させていった「経過」である。それは「正常な感覚を備えた才能ある個人」という知識人がその役割認識を読み替えて体制に順応し、その上にその体制が恰かも過去からずっと連続して生きている規範かのように加工する「経過」のうちに達成されたのである。

戦争は日常性に対置する絶対悪として糾弾される。戦時下責任への厳しい断罪はこの原則から為される。しかし一方に、戦争の非日常性、戦争時の表現に従えば「非常時」であったのだから仕方がなかったのだと擁護して救済をはかろうとする方向が戦争責任論にはつきまとう。しかし、「非常時」のなかの日常性とは一体どういうものを指すのだろうか。日々の生命が保証されるという最低限の規準を満たしていない（それは戦争に赴く、弾圧で投獄される、空襲で死ぬ、奉仕活動で事故にあうというあらゆる可能性を内包している）ところに、人間の日常的生活や慣習が規定され得るであろうか。この論理は戦争を「絶対悪」としながらも、その「絶対悪」の存在を容認し、その内実への探求を遅延させてしまう。本書でハーイ氏は、この断罪と救済という二極的分析では解明されない戦争の絶対的優位性という言説の構造そのものを映画を通して問題としたのである。

その結果浮上したのは、そうした「非常時」の日常を各個々人の身体に浸透させた「才能ある個人」、即ち知識人であり、彼らが本書の主人公である。が、この知識人は自由主義的、進歩的文化人のみを指すのではない。戦時下、「文化」を構築しようと情熱を燃やした文官という名の国家官僚が、「どのような経過」で知識人役割を果たしていったかについてを知った時、国家機構というものは「才能ある個人」の一人一人によって構成されていくことが良くわかる。その象徴的なものが一九三九年四月五日に公布された「映画法」である。

法律にはその運用の実際として施行規則が通達されるが、本書に附載された資料からその一部を引いてみよう。

映画法第十四条

映画ハ命令ノ定ムル所ニ依リ行政官庁ノ検閲ヲ受ケ合格シタルモノニ非サレハ公衆ノ観覧ニ供スル為之ヲ上映スルコトヲ得ス

映画法施行規則第二十七条（一九三九年九月二十七日）

映画法第十四条第一項ノ規定ニ依リ検閲シタル映画ニシテ左ノ各号ノ一ニ該当スルトキハ之ヲ不合格トス

一　皇室ノ尊厳ヲ冒瀆シ又ハ帝国ノ威信ヲ損スル虞アルモノ
二　朝憲紊乱ノ思想ヲ鼓吹スル虞アルモノ
三　政治上、軍事上、外交上、経済上其ノ他公益上支障ノ虞アルモノ
四　善良ナル風俗ヲ紊リ国民道義ヲ頽廃セシムル虞アルモノ
五　国語ノ醇正ヲ著シク害スル虞アルモノ
六　製作技術著シク拙劣ナルモノ

七　其ノ他国民文化ノ進展ヲ阻害スル虞アルモノ

内務省、文部省、厚生省が共同で発令したこの規則を適応させればあらゆる映画は、彼ら官僚の意のまゝに操作出来る。この施行の中心となったのは一九三〇年代半ばに武断派を押さえて登場した「(革) 新官僚」と呼ばれた文化的知識人である。近衛内閣の外面的な進歩的、文化的装いは彼らによって担われ、一九三七年七月の日中全面戦争へと国民を誘った。

その直前中野重治は「文学における新官僚主義」(一九三七年三月『新潮』) で「日本で今いちばんいやなものの一つが例の新官僚主義とかいわれるやつ」と時代の不安を表面化しているが、確たる実証は出来ないものの統制派の一見文化的法治国家の見せかけに殆ど生理的忌避感を感じた彼の直感は正しかった。ここで批判されているように、小林秀雄も、横光利一も新官僚が巧妙に押しすすめる排外的民族主義に則った精神主義、日本文化中心主義に懐手することもなく汚染されていくことへの中野の危惧は、やがて現実となっていく。民衆が最も好んだ恋愛映画や時代劇映画は、中国人女性李香蘭が善意の日本人長谷川一夫に平手打ちを喰って愛に目覚めたり(『支那の夜』一九四〇)、生麦事件を扱った時代劇に醜悪なメーキャップを施した上山草人のイギリス人船長が登場(『海賊旗吹っ飛ぶ』一九四三) したりするようになる。この劇映画には必ず文化映画(このネーミングの皮肉さはどうだろう) が併映されることが「映画法」で定められたが、ドキュメンタリーすらもそのリアリティーをある意図のもとに切り貼りして、教化・教育の具としていった。

ハーイ氏はこうした原型の読み替えがやがて固定化し、「リアリティー」として機能していく「経過」をヒューマニズム的戦争映画から死をも莞爾として受け入れる軍人を描く精神主義的戦争映画への推移のなかに叙述する。死生観すらも文化的伝統の脈絡にこじつけたこの経緯が決して「狂的」でも「自滅的」でもなかった証拠に、これを日常的慣習として肯首した少年特攻兵がいたではないか。そして、彼らを励ますのは、田中絹代や入江たか子が演じた「軍国の母」であり、原節子が演じた「優しい姉」である。彼女らの「美貌」と「寛容」、そしてヒューマニズムを貫く気弱い兵士上原謙の「誠実」や藤田進の「武骨」がスクリーンの上に輝き、そこに確かな「リアリティー」を出現させたことを、著者は徹底的に私たちの前に曝した。それでは、それは何のためにか。ハーイ氏はこの大著の結語をこう記した。

自分たちを、国民と国民によって選ばれた政治家を超越する存在と考えている官僚たちによって、支配され操られ続けている日本の現状は、戦前と何ら変わるところがない。その意味において、私がこの本で追求した十五年の歴史は、今日の日本社会の序章とも言うべきものであると思う。(四七二頁)

つまりはこういうことだろう。かつて虚構的な「国民精神」という日本文化を形成しようと欲望した新官僚という「文化的知識人」がおり、状況(「非常時」) を理由に加担した映画人、批評家という知識人がいた。それはいつのまにか日常的慣習としての視覚性《ヴィジュアリティー》を民衆の身体に付帯させ捕縛した。そして何よりも問題なのは、彼らが口を拭うこともなく、同じ方法をもって、この国民身体の持続と連鎖を謀ってきたことなのだ。自己の依拠する日常のささいな慣習や考え方、感じ方がこのような長い時間をかけて構築され、その出自を問うことすらしなくなってしまったことは、一方にその出自を如何にして隠蔽、忘却してきたかを想像させる。実際に著者が本書に呼び寄せた五〇三本の映画の全部を通覧するのは不可能である。敗戦時の映画会社によるネガ、プリントの焼却、占領軍による没収などによって失わしめられた映画をハーイ氏は丹念に当時の映画雑誌、シナリオ、批評、証言などから再生させた。この営為によって蘇った風景は、現在私たちが見るそれとは全く別の相貌を備えている。だからこそ、著者が引用した伊丹万作の言葉、「だまされたとさえいえば、一切の責任から解放され、無条件で正義派になれるように勘違いしている人は、もう一度顔を洗い直さなければならぬ」は痛烈な自己批判と国家構造批判の鉾先を明確に指示している。その意味で本書は本来の正しい知識人のあり方をも示すことになった。また、もっと大きく眼を転ずれば、この視覚性《ヴィジュアリティー》の創成が、ドイツでも、アメリカでも、ロシアでも、殆ど地球上のあらゆる場所でおこなわれてきたこと、またおこなわれていることを気づかせ、そのタフな持続力が世界システムと化した資本論理にのっかって、ひたすらに拡大化、強大化している現状への深い危惧を呼び起こすのだ。

　本書は映画研究として優れているばかりでなく、これまで戦時下研究が陥りがちなアポリアを解放した。それは身体領域にはめこまれた連鎖の輪を断ち切る勇気を読者に与える。これは学問・研究の可能性への信頼を回復する書なのだ。広く播読を勧める理由は、ここにある。

（名古屋大学出版会、一九九五年八月、四八〇〇円）

【竹山昭子『戦争と放送』・清水晶『戦争と映画』】

土屋忍

一台のテレビをみんなで囲む。あるいは同一の番組を知らない者どうしが視聴する。電波共同体が形成され、統合的な世界イメージが紡がれてゆく。そのような関係性が生成する場所を、マクルーハンは「地球村《グローバル・ヴィレッジ》」と呼んだ。その後オングは、電話・ラジオ・テレビ等が生成する電波環境に着目し、「文字の文化《リテラシー》」を経由した二次的な「声の文化《オラリティ》」（文字にもとづく声の文化）を見出した。

　テレビがネットワークを組んで全国メディアとして普及しはじめたのは、第二次世界大戦終結後（日本は一九五三年）である。テレビが登場する以前、マス・メディアの主役はラジオであり、映画であった。それらは新聞・雑誌・書籍をはじめとする「文字の文化」と交錯しつつ併存する「声の文化」であった。「大東亜戦争（太平洋戦争）」をいち早く伝えたのは、上意下達の電波情報であり、戦闘場面を含めた「戦時下の日本（人）」の風景を感覚に訴え続けていたのは、検閲下のスクリーンであった。「戦争」という共通のフィルターを通して見えてくるのは、ラジオや映画が、イメージとしての「日本村」を実体化する視聴覚メディアだったということである。

　竹山昭子氏の『戦争と放送』は、〈太平洋戦争下の放送の実体を原史料に語ってもらうことを目的として編まれたもの〉（「まえがき」）である。本書は、一九二五年の放送開始時からすでに〈ジャーナリズムたり得なかった〉ラジオ(放送)が、戦時色が濃くなるにつれて〈国家の宣伝機関〉と化し、戦争空間の拡大に積極的に参与する様を描いている。そもそも多くの人々に「開戦」を認識させたのは、一九四一(昭和一六)年一二月八日午前七時に大本営発表(同日午前六時)を告げたラジオの臨時ニュースであった(注)。本書によれば、当日の放送で情報局の役人が次のように呼びかけたという。〈いよいよその時が来ました。(略)政府は放送によりまして国民の方々に対し、国民の赴くところ、国民の進むべきところを、はっきりとお伝え致します。国民の方々はどうぞラジオの前にお集まり下さい〉。「ラジオの前」に「国民」を集めて繰り広げられたのは、戦局経緯の伝達とその拝聴という儀式だけではなかったようだ。番組と番組の間には、あたかもCMのように軍歌や行進曲が挿入され、軍人や役人、政治家による「講演放送」が定着していった。「講演放送」は出版・レコード化(メディア・ミックス)され、「勝利の記録」と題する番組は、負けても負けても続行された。「原爆投下」情報は伏せられ(ディスインフォメーション)、公表の遅れは被害を余計に大きくした。無論「玉音放送」は、周到に仕掛けとして準備された(メディア・イベント)。それらはすべて「国民の進むべきところ」を指示するための演出であった。ラジオが多様な形式で伝えていたのは、ひとつの方向へと導く特定の内容だったのである。ラジオが志向していたのは、「耳のメディア」からはじまる「身体のメディア」であり、立体的な祝祭空間の形成であった。「ラジオの前」で居住まいを正し、ほとんど解読不能であった「玉音放送」を賜る聴取者たちの姿は、今日から見ればあたかもリアルな演技者のようである。信の体系の外にいる者にとっては、まるで映画のワンシーンである。放送を媒介にした映画的空間の創出は、「玉音放送」の日まで周到に隠されていた天皇の肉声が、ラジオの向こう側で持ち続けていた信じがたいほどの力によるものであった。

　戦争という時空間の中では、映画も放送と同様の状態であった。もちろん映画は放送よりも古く、都市部に限られた存在ではあるが反体制を表現する歴史もあわせもっていた。「映画法」に反対した岩崎昶、『戦ふ兵隊』(東宝、一九三九年、非公開)や『小林一茶』(東宝、一九四一年)を監督した亀井文夫は、治安維持法違反で逮捕された。治安維持法とともに始まり、もっぱら一局のみの公的機関が広範な地域をカバーしていた放送と映画とを安易にひと括りにすることはできない。清水晶氏の『戦争と映画』にも、そうした映画ならではの表現史上の振幅が具体的に描かれている。しかし、基本的にこの書は、著者自身が述べているように、〈まだテレビのない時代に、映画という視覚的な具体性を持ったマスメディアが、戦争という〃大きな国策〃の中で、どのように対応し、どのように操られたか〉を、世相史や著者自身の体験をまじえて記録している。ある程度自立した媒体であった映画もまた、「操られた」のであった。当時〈我が国最初の文化立法〉と謳われた「映画法」に保護・干渉されながら、映画のもつ力は〃大きな国策〃に利用された。「時事映画」(ニュース映画)・「文化映画」(記録映画及び教育映画)・「劇映画」といった形式が、「戦争」という出来事を編集し、宣伝し、共同体の記憶を創造したのである。現在のテレビになぞらえて言えば、「劇映画」を上映する合間に流された「時事映画」、「文化映画」は、「現実」を編集したニュース、ドキュメンタリーであり、

『ハワイ・マレー沖海戦』（東宝、山本嘉次郎監督、一九四二年）をはじめとする劇映画の多くは、ニュースやドキュメンタリーからの知識を前提とした再現映像であった。当時の映画は、放送ニュースを視覚化する報道機関でもあったのだ。

「大日本帝国」は、「聖戦」を遂行するために「国民」を統合し、「日本村」を建設《イメージ》しようとした。「地球村」がそうであるように、「日本村」も半面はユートピアであった。ユートピアとしての「日本村」を根底で支えていたのは、天皇制と軍制である。放送と映画は、いわばその尖兵であった。尖兵に求められていたのは宣伝力である。さまざまな方法でなされた戦争報道は、つまるところ軍の強さ、軍の権威を宣伝していた。「聖旨」・「大詔」・「御稜威」・「国体」・「大御心」・「皇恩」・「天祐」・「玉砕」・「聖戦」といった決まり文句（キー・シンボル）は、天皇崇拝を表現し、暗に天皇を宣伝し、権威の創造を果たしたものと思われる。権威あるものを持ち出して、人々の気をひき信用を得ることだけが宣伝技術（プロパガンダ・テクニック）なのではない。むしろ、権威そのものの生成・再編成・擁護・強化に向けて、複眼的な仕掛けを用意するところに、その真骨頂はある。権威が宣伝を利用しているのではない。宣伝が権威を生み出すのだ。そして、電波共同体の多数派の無意識がその力を支えているのである。『戦争と放送』・『戦争と映画』という二冊の書物が示す具体的な事例は、こうしたことをあらためて想起させてくれる。さらに、「声の文化」・「文字の文化」という垣根を越えて、表現と宣伝ののっぴきならない関係へと想いを誘うのである。

「開戦」直前に誕生した「南方徴用作家」の多くは、「宣伝班員」であった。その背景には、「文字の文化」を代表する文学（者）に宣伝力が内在するとの認識があったと考えざるをえない。文学者を文学者として戦地に派遣し、宣伝業務にあたらせるという発想は、一九三三年にはじまるナチス・ドイツのプロパガンダ戦略に端を発している。放送や映画を文化機関とみなし、国策に活用するという発想も同様である。文芸誌の『新潮』（一九三九・一二）では、「文化機関としての新聞・ラジオ・雑誌」というテーマが組まれ、新聞、ラジオ、雑誌の欄をそれぞれ津久井龍雄、板垣直子、青野季吉が担当している。しかし、メディアの宣伝力を文学表現上の問題として危機的に捉えた者はいなかった。すでに小林秀雄は、「宣伝について」（初出不明、新潮社版『全集』の推定にしたがえば一九三七年末に発表）において、「眞の文學が宣傳と戦はねばならなくなつている」という現状認識を示し、「宣傳と文學との相違」を「歴史の動きを創り出す力」の有無に求めていた。しかし、

そうした危機意識が広く受け継がれることはなかった。そして危機感を自覚していた小林にしても、宣伝の創造性にまではその想像力を届かせることができなかったのである。

注：「開戦」の年、昭和一六（一九四一）年に受信契約数はすでに六〇〇万に達している。総世帯数約一四〇〇万のうちの六〇〇万であるから、「日本村」建設のためには充分な普及率であったといえる。

〔『戦争と放送』社会思想社、一九九四年三月、二二三六円／『戦争と映画』社会思想社、一九九四年一二月、一七四八円〕

坪井秀人『声の祝祭・日本近代詩と戦争』

阿毛久芳

本書は副題にもあるように日本の近代詩が戦争と深く関わったその実態と、そこに表れて来る近代詩が抱えていた問題を意欲的に解析した。論究の射程は広く、また相互に関連してもいる。〈新体詩—自然主義—民衆詩派〉と連関しスタンダードを形成する系譜、〈音声／書記〉の対立軸（声とエクリチュールとの相克）、詩のテクストが流通していくシステムをメディア論として展開した一九三〇年代の消費文化成立における文学の位相、戦争詩の音声性が視覚性を駆逐していく過程、近藤東のモダニズム詩から愛国詩、国鉄勤労詩運動へとつながる位相、「詩を書く」ことの特権性対生活的意味という、「荒地」とサークル詩・ネットワーキングの中心にあった「列島」の二つの系譜、湾岸戦争詩論争によって迫られた戦争という大状況を前にして発せられた詩の言葉の検証とそこに現れた戦後詩における〈難解〉への閉塞状況と第二芸術的な安易な開放状況への二極分解の構造など——これらの問題は積み残されたまま現在もあるという認識が、この書の根底に貫かれているように思えた。

戦時中活発にラジオ放送された朗読詩の〈声の祝祭〉としての実態調査やそのバックボーンとしての朗読の理論をはじめ、従来の近代詩研究で論究の及ばなかった闇に果敢に光をあてたのが本書の功績といえるであろう。それは戦争期の詩を論じることの徒労感と無意味であるという思い込みやタブーへの挑戦であり、「詩のテクストを味わい、その表現の達成（あるいは詩人のポエジー？）を頌えるという〈鑑賞〉の水準はここでは役にたたない」とする戦争詩を論じる批評基準そのものへの問題提起ともなっている。本書によって戦争詩・愛国詩・朗読詩を論じることが、詩の近代そのものを問い直すことになるという切り口は鮮かに開かれている。

本書を読み終えた時、私に気になるものとして蘇ってきたのは三好行雄著『近代の抒情』（塙書房、一九九〇・九）である。三好氏は「戦争と詩人」で、白秋の戦時中の『躍進日本の歌』を「白秋の才華がそれなりに生かされている」とするが、「しかし、総じて、実体のない観念を言葉でなぞりながら、常套に徹した紋切り型の美辞を連ねたという印象をまぬがれない」ともいう。さらに翻って「しかし、これらの死語、つまり現代におけるコード性の稀薄な言語群は逆に、当時にあってはもっとも可塑性のゆたかな言葉であり、時代の気流によって独特の色彩に染めあげられていた。ことばの周縁に、虚構のイメージが光暈のようにまつわり、いまになって、そのことへの嫌悪感が、作品への反発をより強める結果になっている。」と論じていた。「詩人としての良心や主体性の放棄、作品の自立性の崩壊などの論点をもちだして咎めることはたやすい。しかし、『全国民』の意思や感情を志向した共同体の歌を、個の芸術の評価軸であげつらってみても無意味である。いや、無意味ではないにしても白秋の国民歌謡のもっとも重要な固有の意味（個の意識や情念に閉鎖されつづけてきた『詩の近代』に対する批評としての正と負）を見うしなうことになる。

さもなければ、われわれは『国民詩人』たろうとした意志そのものを裁かねばならない。」と屈折ある心情を示している。〈しかし……しかし……というより……いや……しかし……〉といったこの屈折に私はこだわりたいと思ってきた。

　坪井氏自身、音楽のパトス、声のパトスの魅惑に過敏であることを体験として記している。また「主体的な戦争の首尾を言葉（言責）において（開戦から降伏まで）統帥した空虚な記号としての一人の男の死」として昭和の終焉を裁断する批評性は、モダニスティックな感応の在処をやはり鮮かに感じさせる。

　「内面の空虚を受け入れるところから、ほんとうの詩の〈近代〉は始まる。内面の空虚、それはエクリチュールそのものである。」という近代像、「ヒエラルヒッシュな二項対立的パラダイム」と評される萩原朔太郎の『詩の原理』については、二項対立の形に収まりきらないところに『詩の原理』のおもしろさがあるのであり、〈内面の空虚〉に収まりきらないところに「詩の〈近代〉」はあるのかもしれないと思ったりして、坪井氏の論旨が、逆に違う方向の可能性を示唆することがあるのではないか、と考えさせもする。〈書記／音声〉の対立も具体的に詩を作り、読み、聞くそれぞれの行為においては、結果として交接する場として機能してもいるだろう。

　立原道造には「〈書く〉創作原理を手放さない水準での非在の〈超越〉との〈対話〉の詩」を可能性として指示し、また藤井貞和の詩の試みには「情況をうたえぬ自己拘束とメディアの包囲網、その禁制に対する詩の言語の自律。あるいは〈声〉とエクリチュールとの間に夢みられる交差点」「短歌でも俳句でもない現代詩というアモルフで非口誦的な様式によって〈声〉を演ずる巫女」と評し、〈書記／音声〉のそれぞれの延長上にあるべき詩の姿を氏は想定する。氏の想定に詩が追いつくかどうか、その情況が訪れるものであるかどうか、やはりそれはわからない。

　最近の論文である「郷愁の視覚」（『現代詩手帖』一九九九・二）においては萩原朔太郎の著書の表紙画・挿絵や撮影した写真の分析により視覚の像を分析し、虚実皮膜の断層を郷愁により実質化したことによって大正期の時代的な限界を持ってしまったと結論づけた。また「近代の詩と歌謡と」（『文学』一九九九・四）では中原中也の詩の歌謡性・音象性を中心に、その背後にある民衆詩派や白秋の民謡、歌謡創作活動を全般的に問題にしている。視覚と聴覚の表現の場を考察する上で、自著を強力なスプリングボードとしているのである。近代詩現代詩研究の挑戦的な必読文献であることは、疑問の余地がない。

［名古屋大学出版会、一九九七年八月、三八四頁。人名・書名索引、雑誌名・団体名索引、付録「朗読詩放送の記録」四二頁。付録ＣＤ「戦争詩朗読放送の記録」七六〇〇円］

井上章一
『戦時下日本の建築家――アート・キッチュ・ジャパネスク』

布野修司

本書のもとになったのは、「ファシズムの空間と象徴」と題された論文（『人文学報』、第五一号（一九八二年）、第五五号（一九八三年）である。その二本の論文をもとに『アート・キッチュ・ジャパネスク――大東亜のポストモダン』（青土社、一九八七年）がまとめられ、さらにタイトルと装いを変えて出版された（一九九五年）のが本書である。

実は、この一連の出版に評者は深く?·関わっている、らしい。最初の二本の論文を送ってもらい、「国家とポスト・モダニズム建築」（『建築文化』、一九八四年五月号）で井上論文に言及したのがきっかけである。この言及はいたく井上氏を刺激したらしい。その経緯と反批判は長々と「あとがき」に記されている。その「あとがき」に依れば、この間、布野論文を除けば本書に対するほとんど表立った批評がないのだという。

筆者の文章は、磯崎新の「つくばセンタービル」、大江宏の「国立能楽堂」などが相次いで完成し、建築のポストモダニズムが跳梁跋扈する中で、「国家と様式」をめぐるテーマが浮上しつつあることを指摘するために井上論文に触れたにすぎない。文章全体が一般の眼に触れることはなかったから、反批判のみが流布する奇妙な感じであった。幸い『国家・様式・テクノロジー』（布野修司建築論集Ⅲ、一九九八年）に再録することができたから、本書をめぐる数少ない批判の構図は明らかになることになった。

争点は「帝冠様式」の評価をめぐっている。「帝冠様式」あるいは「帝冠併合様式」とは、下田菊太郎という興味深い建築家によって「帝国議事堂」（現国会議事堂）のデザインをめぐって提唱されるのであるが、簡単に言えば、鉄筋コンクリートの躯体に日本古来の神社仏閣の屋根を載せた折衷様式をいう。具体的には、九段会館（旧軍人会館）、東京帝室博物館など、戦時体制下にいくつかの実例が残されている。

「帝冠様式」は日本のファシズム建築様式だというのがこれまでの通説であるが、「帝冠様式」は日本のファシズム建築様式ではない（さらに、日本にファシズム建築はない）」というのが本書の主張である。もちろん、本書は「帝冠様式」のみを扱うわけではない。「忠霊塔」コンペ（設計競技）、「大東亜建築様式」の問題など全体は四章から構成され、一五年戦争期における「建築家」の「言説」を丹念に追う中で、建築界が抱えた問題に光を当てようとしている。しかし、全体としてテーマとされるのは以上のような「通説」の転倒である。

それに対して、布野が指摘したのは、何故、そうした通説が転倒されなければならないのか、という本書が担う政治的立場である。本書には随所に「どんな（建築）イデオロギーも、意匠のための修辞にすぎない」「モダニズムが「日本ファシズム」と徹底的に戦ったことなど、一度もない」「〝大東亜建設記念営造計画〟が社会的にになった役割は、戦争協力という点から考えれば、無視しえるものだ」といった挑発的な断言を含んでおり、大きな違和感をもったのである。「ファシズム期における建築様式についての戦後の評価を転倒させようとする意識が先行するあまり、ファシズム思想との無縁性のみを強調するバランスを欠いたものといっていい。また、そのことにおいて、露骨なイデオロギーのみを浮かび上がらせるにとどまっている。」と書いた。いたくお気に召さなかったらしい。

ファシズム期の日本の建築家をめぐっては、「建築様式史上の造形の自立的変遷」にのみ焦点を当てる本書を得ても、なお検討すべき問題がある。新興建築家連盟の結成即解散（一九三〇年）から建築新体制の確立（一九四〇年）への過程は、建築家の活動を大きく規定するものであった。その体制全体の孕む問題は、拙著『戦後建築の終焉』（れんが書房新社、一九九五年）でも触れるように、建築技術、建築組織、建築学の編成、植民地の都市計画など、単に「帝冠様式」だけの問題ではないのである。

それ以前に、「帝冠様式」の問題が残されている。戦時体制下において開催された設計競技の多くは「日本趣味」「東洋趣味」を規定するものであった。この強制力は、果たしてとるにたらないものなのか。具体的に、今日、公共建築の設計競技や景観条例において勾配屋根が求められたりする。これは景観ファシズムというべきではないのか。「帝冠様式」の位相とどう異なるのか。

「帝冠様式」をキッチュとして捉えるのは慧眼である。「帝冠様式を日本のファシズム建築様式ととらえる通俗的な見方を否定して、上から与えられた、あるいは強制された様式としてではなく、大衆レベルによって支えられ、下から生み出された様式としてとらえる視点」は興味深い。なぜなら「国民へ向かって下降するベクトルが逆転して国家へ向けられるそうした眼差しの転換をこそファシズムの構造が本質的に孕んでいたとすれば、そうした視点から、大衆的な建築様式と国家的な建築様式との関連をとらえ直す契機とはなるはず」だからである。

屋根のシンボリズムについてはその力（強制力）をもう少し注意深く評価すべきであろう。民族や国民国家のアイデンティティあるいは地域なるもののアイデンティティが問われる度に、「帝冠様式」なるものは世界中で生み出されるのである。また、建築における「日本的なるもの」、についてももう少し掘り下げられるべきであろう。本書の「あとがき」には、井上氏も、植民地における帝冠様式など残された課題を列挙するところである。

一五年戦争期における日本回帰の諸現象と建築における日本趣味とは果たして関係なかったのか。「モダニズムが日本ファシズムと結託した」という命題はもう少し具体的に検証されるべきではないか。問題にすべきは、「日本的なるもの」のなかに合理性をみるというかたちで、近代建築の理念との共鳴を見る転倒ではないか。日本建築の本質と近代建築の本質を同じと見なすところに屈折はない。その屈折のなさが、科学技術新体制下における建設活動を支えたのではないか。本書に対する未だに解けない違和感は、数々の断言によって、例えば以上のような多くの問いを封じるからである。

［朝日新聞社、一九九五年七月、一五五三円］

【安田敏朗『帝国日本の言語編制』】

花田俊典

世界の初めにことばがあった（ヨハネ伝）というなら、この世界を問う試みは、どのみちことばを問う作業に向かうほかないだろう。一九九〇年代に入って、〈想像の共同体〉とか〈国民国家〉という概念を用いて近代史を再検証する作業がさかんだが、ここから近代日本の言語政策史の再検証という作業が連動して登場してきたのも理由のないことではない。川村湊やイ・ヨンスクらの仕事とともにこの大著『帝国日本の言語編制』も、それぞれ同時並行的に進められてきた成果がほぼ同時期に提出されたものと見てよい。いわゆる時代思潮のうねりがそう促したのであろうが、しかし国家あるいは民族のことばを問う試みは、この九〇年代がはじめてなのではない。わりきって図式化すれば、一世代（三〇年）前の六〇年代にも、このうねりはあった。たとえば大部の資料集『国語国字教育資料総覧』（国語教育研究会、一九六九）の編纂発行、あるいは帝国日本のアジア支配的言語政策を追った豊田国夫の大著『民族と言語の問題』（錦正社、一九六四）他、すこし七〇年代にまたがるが尾崎秀樹『旧植民地文学の研究』（勁草書房、一九七一）、さらには谷川雁を中心とする筑豊炭鉱地帯での「サークル村」に集まった人たち、たとえば森崎和江や石牟礼道子や上野英信らが国家制度外の声なき女たちや坑夫らのことばをオーラル・ヒストリーとして「記録」（翻訳）していったのも、この時期のことに属する。わたしたちの九〇年代はこの六〇年代に試掘された鉱脈を本格的に掘進しつつあるとも見えるが、この国家・民族と言語の問題は、じつはこの百年の間、ほぼ三〇年（一世代）おきにピークを迎えているのだ。すなわち一九三〇年代は戦時下における激烈な国語／日本語の問題が沸騰した時期であったし、これをさかのぼる一九〇〇年代は、上田万年の『国語のため』（一八九五）『同　第二』（一九〇三）を受けて近代日本の「国語」意識が立ち上げられていった時期であり、ついでにいえば一八七〇年代には森有礼がホイットニーに宛てた書簡などが登場している。ただし、一九四五年をはさんで前半は国家・民族の伸張期の言説として、後半はその縮小期のそれとして。後半期の事後的な言説が前半期のそれに対して批判的に

なるのはやむをえないにしても、このことの困難はたとえばイ・ヨンスクの仕事がよく示しているように、その（いかがわしい）イデオロギーを撃つためには、おのずからこちらも（正当な！）イデオロギーで武装するしかないことである。戦前の膨張日本は「国民の精神的血液」（上田万年）としての「国語」の必要と効用を説き、これを国内外に敷衍していったのであったが、これを異言語国家／民族への〈侵略〉と見なすためには、じつは同じコードを用いなければ被侵略国家／民族の言語的アイデンティティを擁立し、それへの不当な加害を撃てないということでもある。この困難から本書とてまったく無縁であるようには見えない。けれども、イ・ヨンスクや川村湊の仕事と比較するなら、この逆説の弊は格段に抑制されているといえるだろう。

なにしろ近代日本の言語政策を追跡する作業にあって、本書ほど膨大な資料を満載した書物は皆無であったろう。従来の先行論文をほぼ網羅し、おそらく入手困難であったろう諸雑誌や新聞などのバックナンバーを丹念に追い、日本はもとより旧朝鮮や台湾や旧満洲国の当時の政治的・文化的状況を把握し、そのなかに帝国日本の言語政策の軌跡を詳しく組み込んでいく作業は、労作でもあり鮮やかでもある。それにしてもわたしたちはとんでもなく膨大なデータ・ベースを提供されたものだ。

本書は全体が六部で構成されている。「序論　帝国日本の言語編制」、「第1部　「国語」の論理」、「第2部　植民地における「国語」の展開：主に朝鮮」、「第3部　「満洲国」における言語政策の展開」、「第4部　「東亜共通語」としての日本語」、「結論　今日的問題を考えるために」。また著者には、これ以前に同じテーマで『植民地のなかの「国語学」――時枝誠記と京城帝国大学をめぐって』（三元社、一九九七）があり、著者のモチーフは本書の末尾に、こう語られている。

「国語」を「国家の制度を担い、国民の統一を感じさせる手段」として再定義し、その具体相として「標準語」を制定しようとして明治国家はその過程で日本の言語的多様性を隠蔽していった。しかし、その過程で大きな犠牲を強いられた地域があったことは忘れるべきではないだろう。のみならず、この公式を近代国家の枠組が整う過程で組み込んだ植民地にも適応（適用？――引用者）していったのである。（略）／本書を終えるにあたり、問いたいことは、「国語」や「東亜共通語」としての日本語に踏みつけにされてきた人々に、敗戦後五十数年間、思いを馳せてきたのであろうか、ということである。

こういう著者の思い自体はそう挑発的には映らないが、しかし本書の五百ページ近くに及ぶ、その逐一の課題に関する気の遠くなるほどの作業の累積を思うと、これが通りいっぺんのモチーフではないことが想像されてくる。索引と年表が欲しいと思ってしまうほどに人名・事項は多く、この目配りのひろさと地を這うような事実認定の作業は、ときに柄谷行人の時枝誠記讃美（「日本精神分析再考」）を一蹴してしまうほどのリアリティと迫力をも披露してくれる。

本書の最後では著者みずから、「本書の抱える限界・問題点」と「今後の課題」を計八点にわたって語っている。その第八番目は、「国語をめぐる通時性と共時性に基づいた二つの言語観のせめぎあい（歴史的伝統派と同時代的利便派――引用者）を指摘したが、敗戦後これらがいかような運命をたどったかについての記述ができなかった点」。ことの核心は、どうやらこのあたりにひそんでいよう。すなわち今日から見ればあまりに荒唐無稽で無謀な当時の言説が、しかし当時においてはなぜに相応の説得力を持ち得たかということ。これを当時から見ると、今日のわたしたちの言説は、さてどう映るのだろう。百年前を問う今日の視線は、同時に百年前の過去と百年後の未来の視線からも見すくめられている必要があろう。今日から過去を撃つ視線は、いつしか不動のものになってしまいがちだ。この百年間を撃つ視線が、わたしたちの今日の良心をでなく、その良心の基盤をもゆるがしてしまうとき、たぶん過去がもっと立体的に見えてくるのでもあろう。

［世織書房　一九九七年一二月、五〇〇〇円］

後藤乾一『近代日本と東南アジア・南進の「衝撃」と「遺産」』

田村修一

本書は一九九五年一月、岩波書店より刊行された。この年は戦後五〇年にあたる年として様々な催し物がおこなわれ、出版界においても戦後五〇年、あるいは十五年戦争をテーマとした書物が、書店の新刊コーナーを賑わせていたように思う（またこの年は阪神・淡路大震災、オウム真理教の事件が起こった年でもあった。「文学史を読みかえる」研究会が発足した年でもあったが）。著者の後藤自身、時期的なことについて、「あとがき」の中で次のように述べる。「一九九五年（平成七年）は、日本にとって「大東亜戦争」敗戦五〇年、多くの近隣アジア諸国にとっては「光復」五〇年の節目の年にあたる」。そしてまたこのあとがきの一文からは、後藤の「近代日本と東アジア」という問題へのスタンスもうかがうことができるのである。

一つは戦争の呼称に、括弧つきの「大東亜戦争」を使っていること。後藤自身の考えは第四章で明確に述べられているが、戦時中一般的に使われていた「大東亜戦争」（括弧なしで）という呼称は、GHQによりその理念とともに否定され、変わって「太平洋戦争」という呼称が一般的となった。しかしこの呼称は、この戦争を日本対アメリカ合州国という帝国主義国同士の（というよりは「一等国」同士の）戦争という側面を大きくクローズ・アップするという巨大な害毒を流し続けたと思われる。「日本はアメリカに負けた（中国には負けていない）」と思っている日本人は相当多いのではないだろうか。近年では「太平洋戦争」と言う呼称のほか、「十五年戦争」あるいは「アジア・太平洋戦争」という呼称も広まっているが、震災を「兵庫県南部地震」と言ってしまうような白々しさもあり、また戦争の主役であった「軍国日本」を相対的な地位に薄めてしまう効果もあると思われる。「大東亜共栄圏」というスローガンが欺瞞であったとは言え、そのスローガンが人々に「夢」と「ロマン」を与え、全体が動いていったという実態はあったわけで、その内実を生き生きととらえるためにも、「大東亜戦争」の呼称は、それを批判する人間によっても括弧つきで使用されることの意義を認めることができるのである。そしてもう一つは、日本の敗戦がすなわちアジア諸国の「光復」であったと、きちんと踏まえていることである。周知のように、日本が加害者でアジア諸国が被害者であったという自明のことが、どういうわけか、日本がアジアを西洋の植民地から解放したという物語にすりかわってしまうことがよくある。本書の帯には第七章より次の一文が明記されている。

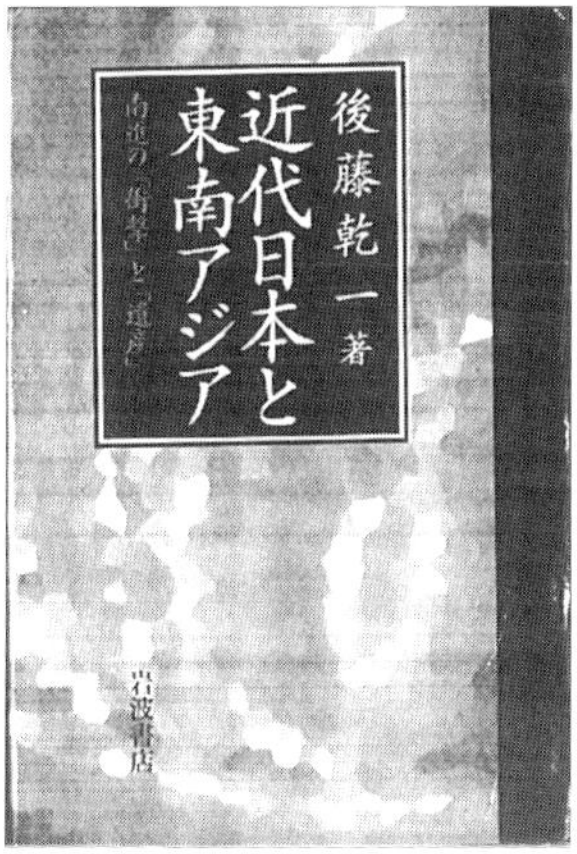

「東南アジアの独立は「大東亜戦争」の理念の実現であるとか、日本の占領なしには独立は不可能であったとか、あるいは日本は「殺身成仁」という見方は、極めて単純化された形の因果混同論でしかなく、一方の当事者である東南アジア諸民族の歴史認識とは決して両立するものではないであろう」。この一文は本書の主要なモチーフであり、それはすなわち本書が「大東亜戦争」＝「解放戦争」史観を撃とうとする仕事であることを示しているのである。

本書は序章及び七つの章からなり、序章を除けば単行本や雑誌に発表したものを集成したものである。序章「近代日本と東南アジア像の変容」は、近代日本のアジア観がいかに形成されたか、「明治期」にさかのぼって検証する。福沢諭吉の「脱亜論」を引き、それまで「師」と仰いできた中国・朝鮮を「処分」の対象とすることにより、もともと「外夷」と見られてきた東南アジアを、さらに「夷の中の夷」ともいうべき地位に転落させた経緯から掘り起こし、「アジアからの「異化」、欧米への「同化」＝脱亜入欧を目指して苦闘した明治日本のいじましい精神の軌跡」を、たどっていく。それは欧米へのコンプレックス解消願望と他のアジア諸国への蔑視とが表裏一体であったかの印象を受けるものである。

本論に入り、第一章は「沖縄・南進・漁業」、第二章は「台湾と南洋」というテーマが論じられる。「南進」の問題を論じるのに、「沖縄」・「台湾」と丹念にステップアップさせていく意図が明らかであるが、「南進」の切口で「沖縄」・「台湾」が論じられていく過程は新鮮であり、その重要性を納得させられるものであった。

第三章は「濠亜地中海」の国際関係――ポルトガル領ティモールをめぐって――、と題され、「南進」のもう一つのルートの存在が明らかにされる。すなわち、第一次世界大戦で火事場泥棒的にドイツからかっさらった南洋群島から、ポルトガル領ティモールを経て濠州へ抜けるルートである。日本のこのルート開拓の企てと、イギリスおよびポルトガルとの駆引き、オーストラリアのナーバスな反応などが示され、興味深い。ここに来てようやく日本のマスコミもさかんにとりあげ始めた（ただし多くは対岸の火事的に）東ティモールの問題が、実は日本と深くかかわりを持っていることが突き付けられているのである。

第四章は「大東亜戦争」と東南アジア、と題され、戦争の呼称の問題のほか、「大東亜共栄圏」と特にインドネシアとの関連にスポットが当てられる。日本のアジア蔑視に裏付けられた「盟主」志向と、スカルノやハッタの民族自決への信念との落差が示されている。第五章はインドネシアにおける「従軍慰安婦」問題の政治社会学、と題され、「労務者」や「慰安婦」など非戦闘員の動員・移動の問題が取り上げられる。多くの女性が「慰安婦」として徴用されたにもかかわらず、インドネシアでは今のところ、韓国ほどには「慰安婦」の問題で日本は非難されていないが、そこには援助問題と戦争責任問題との「バーター取引」の駆引きがあり、そのことが「政治社会学」という標題ともなっている。ほか、「南方」の地で数万人の人々が「労務者」として強制労働に徴用された問題も取り上げられる。「ロームシャ」という言葉が、日本軍政期の暗黒面を象徴する言葉として今もってそのまま使用されていることを、どれだけの日本人が知っているのだろうか。

第六章は「対日協力」と抗日運動の諸相、第七章は日本軍政の「衝撃」と「遺産」、と題され、本書の核心となっているところである。第六章では、日本という強大な軍事国家と対峙して、いかに「協力」・「妥協」しながら民族自決の道を探るかの東南アジア各国の指導者たちの苦労や、抗日運動の「諸相」が検証されている。本書の帯に「支配された側の視座から問い返す」と記されている通り、このアプローチは、アジア蔑視の空気の中にいつの間にか安住し、アジア諸国の主体的な営みなどなかなか考えてみようともしない我々日本人には、特に新鮮な「視座」であると言えよう。第七章では日本の敗戦後、米軍を解放軍として迎えたフィリピンと、オランダから独立を勝ち取ったインドネシアを対極に据えて、特にインドネシアの戦前戦後の経緯が論じられる。インドネシアのその劇的な変化の中に、日本軍政の「衝撃」と「遺産」を見るわけであるが、もちろん「大東亜戦争」＝「解放戦争」史観とは明確な一線を画した、インドネシア側の「視座」から丹念に検証したものとなっている。現在インドネシアとビルマ（「ミャンマー」）で最も軍部優位の体制が存在することと、かつてこの両国において日本指導下に現地軍が創設されたこととの関連性の指摘など、現在のアジア情勢にかかわる刺激的な示唆にも富んでいる。

以上、ごく概略を見たに過ぎないが、本書が丹念な実証に基づく良心的な仕事であることは間違いなく、日本のアジア蔑視を客観的にみつめ、「日本」を相対化し「アジア諸国」の視座から、より客観的に問題をとらえようとしたところに新鮮さを認めることができるであろう。今後も「大東亜共栄圏」の欺瞞性と日本の対外侵略の実態がますます客観的に明らかにされることが期待されるが、その問題と、「皇軍」の進撃や「大東亜共栄圏」のスローガンに当時の日本人が熱狂したということとの問題は、また別の問題としてとらえるべきであり、そういう人間や社会や文化の実相を明らかにしていくことも、今後は重要な課題となっていくであろう。その責は当然文学に携わる者も多く負うべきである。そしてその仕事は、誰それが「戦争に協力した、戦争を賛美した」云々と断罪し、民衆は「一部の軍国主義者に騙された」と免罪して事足れり、とするものでないことは確かである。

［岩波書店、一九九五年一月、二六〇〇円］

鈴木裕子『フェミニズムと戦争』 加納実紀代『女たちの〈銃後〉』 若桑みどり『戦争がつくる女性像』

天野恵一

三冊をまとめてという注文である。『フェミニズムと戦争――婦人運動家の戦争協力』（一九八六年、新版が一九九七年・マルジュ社）も『女たちの〈銃後〉』（一九八七年・増補新版が一九九五年〈筑摩書房からインパクト出版会へ出版社が変わっている〉）も『戦争がつくる女性像――第二次世界大戦下の日本女性動員の視覚的プロパガンダ』（一九九五年・筑摩書房）も、出版された時にすぐ読んでいる。

三冊まとめて読みなおしてみること、重ねてみることで、新しい発見がなにかあるか。そう考えつつあらためて三冊を手にした。もう一つ、上野千鶴子の加納実紀代をもちあげての鈴木裕子非難に、少しは根拠があるのか否かを確認してみようとも考えた。

私は鈴木の『フェミニズムと戦争』を出版された直後書評している。そこで私は、高良とみ、羽仁説子、市川房枝、山高しげり、奥むめお、といった高名な婦人運動家たちが女性解放を求める気持から天皇制ファシズムの戦争体制に翼賛していってしまった思想的根拠を批判的に掘り下げた貴重な作業と論じている（『インパクション』一九八六年十一月〈44〉号）。

翼賛の事実を本人やまわりの人々が隠蔽してしまい、ファシズムや戦争体制の被害者としてのみ語り分析してしまう、戦後につくられ続けてきた「隠蔽＝被害者意識共同体」のイデオロギーを実証的かつ思想的に突き崩すことの必要を、私は強く感じていた。女性運動史という領域で、やっとこの作業が本格的に開始されたことを告げるこの本の登場を積極的に評価したのである。

「あとがき」で鈴木は「それにしても、およそ一〇年間にわたって、『銃後史ノート』を発行し、昨年休刊した加納実紀代氏らの『女たちの現在《いま》を問う会』の仕事には、随分、触発され、励まされてきた。加納氏らの仕事がなかったら、本書は、たぶん生まれなかった、と思う」と書いている。私も当時、鈴木の仕事に加納の「銃後史研究」と響き合うものを感じていた。

ところが最近、上野が鈴木のこうした仕事は「十五年戦争＝天皇制＝悪」という戦後のパラダイムを自明の前提として過去を裁断する「告発史観」だと加納の言葉に依拠しつつ非難してみせ、話題になった。直接に鈴木を論ずるために書かれたものではない加納の主張を、文脈を無視して引用し使う、上野の論法についてのあたりまえの批判を、すでに田浪亜央江が書いている（「『母との対話』は抵抗の力を作れるか」『レヴィジョン〔再審〕』2号）。鈴木は新版の「あとがき」で自分は「告発型」とも「告発」史観とも思っていないと書いているが、今度、読みなおしてみて、上野の評価は論法ももちろん、やはり具体的内容についても、ほとんど根拠のないものであることが、私に確認できた。

鈴木の女性運動家の転向・翼賛を論ずる手つきは、「あんなにガンバッていたのに、どうして」とでもいった、思い入れの強いものであり、それなりに、直線的な告発調になってしまわない自覚的な配慮（自分をもその時代の条件の中において考える姿勢）に支えられている。その点は『フェミニズムと戦争』に連続する『女性史を拓く1〔母と女〕、2〔翼賛と抵抗〕』（未来社）の発言に眼をやれば、より鮮明だ（鈴木の「従軍慰安婦問題」をめぐって書き続けている「男権主義文化」への激しい告発調の主張と比較して、それはずいぶん優しい批判である）。

加納の『女たちの〈銃後〉』は、鈴木のエリート運動家中心の分析よりも、対象を広く論じており、庶民の女の戦時下の日常の暮らしの内側をくぐって銃後が分析されている点が魅力的である。「銃後の時代」が厚みをもって批判的につかまえられているのだ（増補版には「銃後のくらし」の章がプラスされている）。

あらためて、私には「生きつづける天皇幻想」という終章に収められた論文が強く心に残った。軍隊・警察の暴力的支配という被弾圧体験の方からイメージするコミニストの天皇制理解と、平和的で慈悲深い「国民の宗家」としての天皇という、民衆の日常の内側に幻想《イメージ》として定義してしまっている支配者のイデオロギーとのズレの問題。この幻想（民衆の支配的意識）の内側をくぐって天皇制を批判できなければ、という主張は、戦後の象徴天皇制（延命した天皇制）批判の論理としても重要なものである。

若桑の『戦争がつくる女性像』も、女性の総力戦という国策への、「母性主義」をテコとする自発的な動員という心理構造の、シャープな歴史的分析である。若桑の雑誌の表紙や中に挿入された大量の図像の分析をも媒介にした「視覚的プロパガンダ」分析は、具体的で説得的だ。

「チアリーダー。闘う男たちを観客席で見守り、囃し立て、応援し、歓呼し、涙を流す女たち。これこそ、歴史に残る限りの遠い昔から、戦争において女たちが果たしてきたもっとも普遍的な任務ではなかったか。ナンシー・ヒューストンは、いみじくもこう言っている。『（ホメーロスの）イーリアスにあっては、女性たちの哀しみ、涙、嘆きは〔戦争の目的の一つ〕である』。つまり、彼女らの『涙』は意図されない結果ではない、というのだ。／戦争で戦いかつ死ぬ戦士たちにとって、最高の褒賞は『名誉』であるが、その名誉は記憶によって語り継がれ、記録されなければならない。母親や妻の『涙』はロコス（合唱団）の呼びのように戦士を栄光化する。これは戦争にとって非常に大事な事業である。次章でわれわれは、実に多くの母や妻の亡き戦士への『鎮魂』のイメージを目にするだろう。軍国主義は、『泣き女』を社会心理的に必要としている」。

「男性中心主義」文化が「母性像崇拝」をフルに利用する。戦う男と泣く女のくみあわせ。「男性＝戦争」、「女性＝平和」という二元論的な対立項（固定的な図式）による思想（イメージ）こそが戦争を支える。フェミニズムの理論の成果を駆使しつつ彼女はそのように論ずる。

そして、「戦争は平年の事態を極端に鮮明に浮かび上がらせるスクリーンである」と語る彼女は、そのスクリーンを通して、女性がなぜ戦争協力にあれほど「熱狂的」であったかの根拠をこう示す。新しく発見した女性の社会的アイデンティティーへの興奮であり、「戦争ゲーム」へのチアリーダーという役割への熱狂であったのだと。

ナチス・ドイツあるいはイギリス、フランスなどとの比較の視点もおりこまれており、論理は読んでいて不安になるほど澱みがなく、すこぶる明快で、テンポも早い。

さて、三つの著作を重ねて、何が見えたか。

「……彼女らは、いつも心から私に言うのだった。／『こんな信じられないほどばかなこと

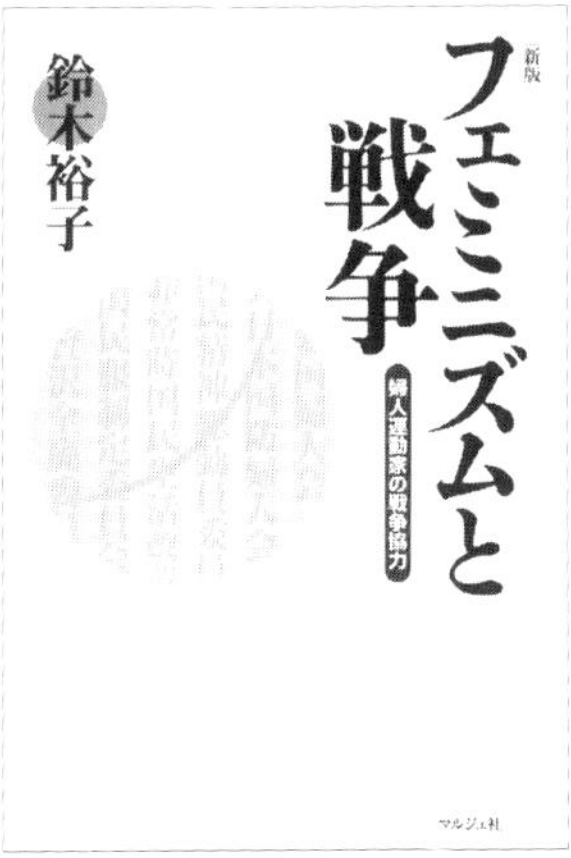

が私たちの親の時代にはあったのですね！』／そうです。こんなばかなことがあったのですよ。母親である女たちに母親となる女たちに、否、すべての女性たちに、世代を越えて伝えなければならないことがあるのですよ。だから私は書いたのです」（若桑の「あとがき」の言葉）。

「女性であるわたしには、『女性と戦争』のテーマは切実である。だが、このテーマは大きい。本書では、取り敢えず、婦人運動家や婦人指導者の『戦争協力』に絞って論述したが、多面的なアプローチが必要であろう。／わたしたちの祖母や母たち、いうならば庶民の女たちが、銃後の女として、戦争体制にどう組みこまれ、かわっていったのか、をもあわせてみなくては、ほんとうのところはよくわからないであろう。

これからの課題としたい。（鈴木の「あとがき」）。

「その母も死んだ。そして白い骨壺におさまり、はるばる旅をして、いま父の傍らに眠ろうとしている。彼女の骨壺は父の三倍はあろうかという大きさで、二つ並べると母子のように見える。母は享年七七歳。父の二倍生きたことになる。その骨はもろくはかなく、背負ってきたものの重さを語っているようだった」（加納の増補版「あとがき」）。

　天皇制ファシズムと侵略戦争に翼賛した女たちの加害性を批判する若者たちに共通しているのは、その母性主義批判が、自分たちの母（そして祖母）への肉感的な思いを通して成立しているという点である。考えてみれば、あたりまえのことなのかもしれないが、ジェンダーへの

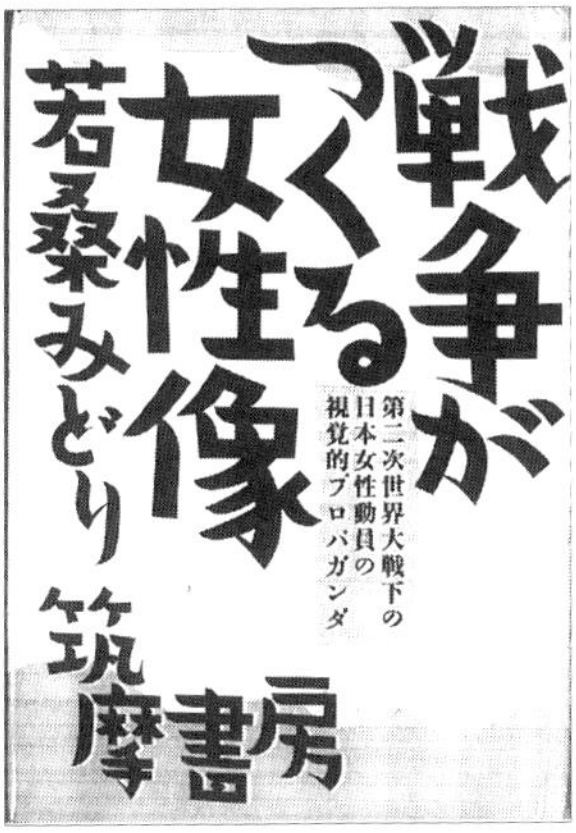

こだわりへの具体的通路が、共通してそうであることに、はじめて気づかされた。

　〝母（その世代）〟への断罪のトーンは若桑・鈴木・加納の順で高い（断罪一本やりにはならないあらかじめのブレーキとしての〝母〟）。

　若桑は、戦争の進展・拡大が女性にも「雄々しさ」の性格を要求せざるをえなくさせたことに言及している。そうした問題と天皇制の問題を重ねて考えると、天皇に「雄々しさ」のイメージをそして皇后に「女らしさ」のイメージをという、あたりまえの役割をこえて、もっともクローズアップされる天皇（男）自身に反対に「慈母」のごときイメージをも持たせることがなされたとはいえないか。「母」のイメージについて若桑はこう書いている。

「戦時において女性のなすべきこと、人的資源を生み育て、男性の戦争を助け、応援することを教えた。また死者のために神に祈り、魂を鎮めることを教えた」。

これは「現人神」天皇の担った役割のイメージに重なる。象徴（戦後）天皇制にまで連続する、天皇の「母性」のイメージについての、あるいは「父性」と「母性」を行き来した天皇（制）のイメージの批判的解読というテーマが、そこに浮上してくるように思う。

母性主義の批判は、そうした天皇制（イメージ操作）の批判にまで徹底されるべきではないのか。

生き延びたヒロヒト天皇も「代替り」したアキヒト天皇も、「平和天皇」であることをアッピールし続けてきた。「平和」のシンボルとして機能し続けてきたわけである。「平和」は「女性」のイメージであるはずだ。加納の天皇制論は、すでにその問題に踏み込んでいる。

ミチコ・キコ・マサコという民間女性を吸収した皇室。彼女らのマスコミのイメージを活用して再編された戦後皇室は、天皇自身をも「母性」のイメージで押し出し続けた部分が、まちがいなくある。

この「ジェンダー」と天皇制の関連を批判的に解読する作業は、「女性天皇制」が呼ばれだしている今、切実な問題といえるはずである。

〔『フェミニズムと戦争』マルジュ社　一九八六年、新版一九九七年八月、一八〇〇円／『女たちの〈銃後〉』筑摩書房　一九八七年一月、増補新版　インパクト出版会　一九九五年八月、二五〇〇円／『戦争がつくる女性像』筑摩書房　一九九五年九月、二二三六円〕

●読みかえる視座

川村湊を「読む」

嶋田直哉

「日の丸」「君が代」の法制化、コソボ空爆と軌を一にしてのガイドライン法案の成立。半世紀前の反省は完全に忘れ去られてしまった。

「国民」もまた昨年（一九九八）の長野五輪、ワールドカップ・サッカーといった祝祭――「日の丸」を涙目で見つめながら「君が代」を誇らしく斉唱したあの祝祭空間――を愛国心という半ば死語と化した言葉と同義に捉えた時、「日本人」であること「国民」であることを自明のものとして疑わなくなってしまった。そして世紀末の今、国民国家形成の回路をかくも鮮やかに炙り出すこれらの出来事を前にして、我々は何を考えるべきなのだろうか。

※

国民国家論。近年の日本近代文学研究の流行のテーマである（あった、というべきか）。一頃の雑誌紀要論文の末尾には、おきまりのようにベネディクト・アンダーソン（白石隆・さや訳）『想像の共同体』（一九八三　リブロポート　一九八七・一二）が引用されていた。資本主義と印刷技術の収斂によって国民国家が誕生したことはもはや常識であり前提となってしまった。しかし、そのような共同体がどのような過程を辿り拡大していったのか、あるいはその過程においてどのような表象が生産されたのかということに関しては未だ触れられていない分野は数多くある。このような状況において川村湊の一連の評論活動は重要な位置を与えられることだろう。

川村の仕事を一瞥しておこう。川村の評論活動は幅広い射程を持つ。『異様の領域』（一九八三・三　国文社）に始まる古典文学論、近世文学論。『音は幻』（一九八七・五　国文社）に収録された近代文学論。『戦後文学を問う』（一九九五・一　岩波新書）、『戦後批評論』（一九九八・三　講談社）などの戦後文学論………。一言でまとめるにはあまりにも多岐にわたる活動に今更ながら驚かされる。

これらの幅広い活動のうち今現在川村の中心的な評論活動は「満洲」を中心とする旧植民地を対象としたものだろう。『「酔いどれ船」の青春』（一九八六・一二　講談社）に始まるその系譜は『アジアという鏡』（一九八九・五　思潮社）、『異郷の昭和文学』（一九九〇・一〇　岩波新書）『海を渡った日本語』（一九九四・一二　青土社）、『南洋・樺太の日本文学』（一九九四・一二　筑摩書房）『「大東亜民俗学」の虚実』（一九九六・七　講談社）、『満洲崩壊』（一九九七・八　文芸春秋）、『文学から見る「満洲」』（一九九八・一二　吉川弘文館）と今現在までに八冊を数える。またこの他にも案内記仕立ての『満洲鉄道まぼろし旅行』（一九九八・九　ネスコ）やアジア文化を論じる諏訪春雄との共著も多数ある。

川村をここまで多岐にわたる評論活動へと

突き動かしたもの、特に「満洲」を中心とする旧植民地の文学・文化研究へと突き動かしたものは何だったのだろうか。『満洲崩壊』の「あとがき」を見てみよう。

これらの旧植民地文学・文化の研究は私が韓国に日本語教師として数年間赴任したという体験から始まっている。既にいくどか書いたことだが、韓国の大学図書館の書庫で見慣れない著作名の日本語の文学作品に出会ったことにその端を発している。戦前・戦中の日本の植民地において「日本語文学」があったという発見（むろんそれは再発見だ）が、私を半世紀前の日本帝国主義の「落とし子」の研究へと向かわせたのである。この十年間、私は興味と関心が広がるままに、朝鮮半島から中国大陸、台湾、樺太、南洋諸島、東南アジアとその対象地域を拡大し、また、日本語教育、民俗学、民間信仰といいうようにその研究対象の領域を広げた。それは私の中の必然でもあったが、ポストコロニアリズムとかカルチュラル・スタディーズといった「流行思想」が現れ、いつの間にか私もそうした「広い」グラウンドに入り込んでいたことに途中で気がついたからである。

ここには、彼が一九八二から八六年までの四年間、韓国の釜山へ日本語教師として赴任したこと、そこで日本帝国主義の「落とし子」と出会ったことが記されている。また自己の分析方法を近年の流行であるポストコロニアリズム、カルチュラルスタディーズと理解している点は注目するべきであろう。それでは、彼はそれら数多くの「落とし子」かたちから何を発見し、どのように語ってきたのだろうか。

川村の分析方法は一言でまとめるならば、表象空間の〈歴史〉を辿ることにある。その対象があるときは「満洲」であり、またあるときは「南洋」「樺太」である。ここで私が敢えて括弧付きの「満洲」「南洋」「樺太」と記すのは、川村の著作においては実際的なそれらの地方がほとんど問題にはなっていないからだ。実際にどのような統治、植民地支配が行われ、そして人々はどのような生活をしていたのか。このことについてはこれまで多くの体験談、回想談が記され、また語られてきたことだろう。注意したいのは彼が分析する対象は実際的な政策なのではなく、「満洲」「南洋」「樺太」をめぐる表象であるということだ。その分析方法は結果的にではあれ、エドワード・W・サイード『オリエンタリズム』（一九七八　今沢紀子訳　平凡社　一九八六・一〇）の手法が色濃く投影されている。例えば『オリエンタリズム』の以下の箇所はそのまま川村の分析方法を物語っているだろう。

すなわちオリエンタリズムは、この内なる構成部分としてのオリエントを、文化的にも、イデオロギー的にもひとつの様態をもった言説として、しかも諸制度、語彙、学識、形象、信条、さらには植民地官僚制と植民地的様式とに支えられたものとして、表現し、表象する。

川村自身も「注」として引用したこともあるこの箇所は、「オリエンタリズム」あるいは「オリエント」という語を「満洲」「南洋」「樺太」と変更すれば、そのまま彼の分析方法を明らかにしているだろう。つまり一つの言説から「諸制度、語彙、学識、形象、信条、さらには植民地官僚制と植民地的様式」を暴き出すこと。逆をいえば植民地支配における様々な権力構造の結節点として一つの言説を分析し、その交錯の様態を検証すること。このサイードの一節は事後的ではあれ川村の分析方法と見事に合致する。川村の場合、ここで分析の対象とされるのは「満洲」「南洋」「樺太」を表象するもの――「文学」作品はもとより「漫画」、「作文」など――である。それはこれまでの制度的な「文学」研究においては気にもとめられなかった資料である。

具体的に例を挙げて考察してみよう。「コロニアリズムとオリエンタリズム」(『南洋・樺太の日本文学』所収)の冒頭には、島田啓三「冒険ダン吉」(一九三三～三九　「少年倶楽部」)という「漫画」作品が挙げられている。川村は「オリエンタリズム」の概念を援用しながら「南方、南洋、熱帯についての日本人のオリエンタリズム」を抽出する。ここでは「冒険ダン吉」のモデルや舞台などはほとんど問題にはなっていない。問題は当時「日本」がどのように「南方」「南洋」「熱帯」のイメージを形成したいたのか、どのように「南洋」が表象されたのかという点に絞られている。

そこで明らかにされるのは当時「日本」が「南洋」へ投げかけていた〈まなざし〉そのものである。川村はまさにこの〈まなざし〉をこそ分析の俎上に載せているのだ。

同様のことは「満洲」についてもいえる。「五族協和」と満洲国」(『文学から見る「満洲」』所収)で分析の中心となるのは「生活記コンクール」と題されて募集された生徒児童の作文である。作文教育はその時、その時の国家のイデオローグを端的に示すものである。川村はこれらの作文から「五族協和」という概念がただ他民族にとっては強圧的な存在に他ならなかったことを明確に指摘し、イデオローグそのものの欺瞞を暴いてゆく。しかし、ここで重要なことは、「五族協和」という概念を根底から覆したことばかりではなく、一女学生の作文をその根拠としたことである。公的な資料、事後的に語られる体験談回想文からではなく、その時、その場にリアルタイムで生きた無名の生徒児童たちが綴った作文を当時のイデオローグと対比させたことが決定的に重要なのである。「満洲」という国家がいったいどのように成立していったのか。そして「五族協和」という理念がどのように眺められ、実践されていたのか。このような〈まなざし〉を抽出するには公的な資料や事後的に物事を見つめ直す体験談、回想文ではなく、〈今・ここ〉に密着した資料こそが求められるのである。そこには既に忘れ去られた〈歴史〉が、当時そのままの形で存在している。

このように「文学」という領域に留まることなく博引傍証される資料に、我々はただただ圧倒される他はない。そこからは「文学」研究という自閉的、制度的な領域からは見出されることのなかった〈まなざし〉が析出されている。川村の著作の魅力の一つはこのような〈まなざし〉を赤裸々な形で突きつけられるその瞬間にあるといえるだろう。その意味において『満洲崩壊』は今現在における川村の到達点であるといえる。冒頭「一九四二年(昭和十七年)十一月三日午前十時、東京の帝国劇場において、」(「序章」)といった書き出しは、これまでの川村の著作いずれにも見ることが出来なかった全く新しい文体である。自身「小説、伝記、紀行文仕立てというようにスタイルを工夫してみた。」と述べているように、ここに収録されたいずれの論考(特に「花豚正伝」「林和別伝」「小林勝外伝」)

もこれまでの研究方法を保持しながら、全く新しい語られ方がなされている。私にはグリーン・ブラットに代表される「新歴史主義」との近接が感じられるのであるが、いかがなものであろうか。確かにこれまでの、そして今現在の「文学」研究、評論といった枠組みに収まることのない文体であることは誰もが認めることだろう。

※

川村が一連の著作においてわれわれに突きつけるもの。それはある自明なものを問い直すということだろう。「満洲」「南洋」といったイメージと表象は、翻っていえば「日本」「日本人」といった国民国家の形成過程を逆に投影している。「冒険ダン吉」が、一女生徒の作文が、我々がこれまで信じて疑うことのなかった「国民」を「国家」を疑うべき存在として投げ返してくれる。また川村が『満洲崩壊』で試みた文体はわれわれが自明とする「文学」という境界を快いほどの大胆さで崩壊してくれた。ある一つの表象があまりにも偶然に「文学」と触れ合ってしまう瞬間、我々は今まで信じて疑うことのなかった制度について考える他はない。川村湊の著作を読む快楽はまさにそこに存している。

川村湊を「読む」こと。それは我々が自明とする「国民」「国家」ひいては「文学」〈研究〉という制度を問い直すことに他ならない。そこにこそ手垢にまみれて捉え返された〈歴史〉ではなく、忘れ去られ発見されるべき〈歴史〉があるのだから。

●読みかえる視座

錯綜する民族とジェンダー

――「淪陥区」の女性作家

秋山洋子

大東亜文学者大会に参加した中国人作家の中には、毎回「紅一点」が含まれていた。一九四二年の第一回には「満洲国」からの呉瑛、四三年の第二回には上海からの関露、四四年の第三回には北京からの梅娘である。（ただし第三回は南京で開かれたので、ほかにも現地での参加者がいたかもしれない）。

彼女たちの文学活動の場は、中国語で「淪陥区」と呼ばれる日本の支配地域であった。淪陥区における文学活動は、中国では長年にわたって文学史から抹殺され、彼女たちの名前も埋もれたままだった。この時期の文学にふたたび光が当たったのは、八〇年代の改革開放の時代になってからである。東北作家の作品や日本占領下の上海・北京で書かれた作品が復刊され、上海の女性作家張愛玲などはブームを引き起こしたほどだった。

八〇年代の中国ではまた、女性作家の新たな活躍が見られ、つづいてフェミニズム批評が芽を吹いた。フェミニズム批評の視点から文学史の書き直しを試みた孟悦・戴錦華による『歴史の地表に浮かび出る』（河南人民出版社、一九八九）は、淪陥区における女性作家の活躍に注目し、政治的空白状態が女性作家に活動の余地を与えた逆説的な意味をこう考察している。

　淪陥区の人々がみな前途がわからぬという生命の無常観を抱いているとすれば、女性はさらに女性の運命についての無常観を抱いている。これもまさに淪陥区女性文学が発展し得た重要な原因のひとつである。三〇年代以来ずっと周縁におかれ、抗戦の勃発後またもや次第に沈黙の中に消えゆきつつあった女性の自我にとっては、この文化侵略がもたらした偶然の話語の隙間は、たしかにある種の牢獄の中の自由であった。自由についていえば、淪陥区の女性作家の周囲には、もはや国家や大衆や民族主体を代表する主導意識形態による女性の規範や女性への要求は存在しなかった。（中略）彼女らはまたひとつの無秩序時代に入り、侵略者の統治を除いては、以前それらの都市で要求された伝統的性別役割はもはや秩序ある威力を失った。（第一二章、二）

　第三回大会に出席した梅娘は、張愛玲と並んで「南玲北娘」と称された人気作家であり、この大会で第二回大東亜文学賞を授与された。第二回大会に出席した関露は、晩年の田村俊子を助けて雑誌『女聲』を発行したことで知られている。地下共産党員であった彼女は、日本の宣撫工作の一翼に組み込まれた雑誌の中で、中国の女性読者にむかって、社会に目を向け自己を確立せよというメッセージを送り続けた。これもまた、女性ジャーナリストによる「偶然の隙間」の活用といえるかもしれない（前山加奈子「雑誌『女聲』と関露——フェミニズム的見地からの再検討」『中国女性史研究』第三号、一九九一）。

　外国軍隊による占領・植民地という政治的空白状態を利用して自我を表現するのが女性作家たちのひとつの戦略であったとしたら、民族としての被抑圧とジェンダーとしての被抑圧をひとつのテクストに重ね合わせて描くことも、彼女たちのもうひとつの戦略だった。上海や北京よりもさらに孤立した空間である「満洲国」の作家・呉瑛は、自分が女性作家であることを強く意識していた。作家であると同時に編集者としても活躍していたせいか、呉瑛はとりわけ「満洲女性作家」をまとまった存在として意識し、自分をその流れの中に位置づけようという姿勢を示している。

　一九四四年に書いた「満洲女性文学の人と作品」（『青年文化』五月号、『東北現代文学大系』第一集、瀋陽出版社、一九九六、所収）で、呉瑛は一九三三年に悄吟（蕭紅）と三郎（蕭軍）のカップルが合作で出版した短篇集『跋渉』を、満洲文学の最初の成果として評価している。じつは『跋渉』は発禁処分にされ、それをきっかけに蕭紅と蕭軍は「満洲国」を後にした。そして三五年、上海で魯迅の後盾を得て、東北農民の抗日の戦いを描く『八月の郷村』（蕭軍）、『生死場』（蕭紅）でデビューする。呉瑛の文中ではむろん語られていないが、中国人文学者の間では当然知られていたこれらの経緯をふまえた上で、呉瑛は蕭紅から自分までを「満洲女性文学」の流れとして次のようにとらえている。

　私は満洲の郷土に生長し、そして満洲郷土に生活してゐる。知識の無かった時代にも、青春にも、文学の友情の花園に結ばれて来、又それによって郷愁と飢渇とを癒して来た。

　学校で、私は蕭紅の作品を読んだ。社会で私は梅娘と永久の友情を結んだ。この二人の満洲女性文学活動の先輩は私に啓蒙と輔育とを与へた。蕭紅が南粤に客死したと聞き、私は荒野たりし満洲女性文学を開拓した志士に対して言ひようのない苦痛を抱く。(「文学の栄凋」『満洲現代女流作家短編選集』序、一九四四、引用は『朱夏』第二号、一九九一による)

呉瑛が蕭紅を自分の先達と捉えたとき、蕭紅のテクストの中に錯綜する民族とジェンダーの抑圧を、はっきり意識していたかどうかはわからない。たとえば、抗日文学第一号と中国文学史に位置づけられ、それゆえに評価されてきた『生死場』を、フェミニズムの視点から読み直す試みは、一九七〇年代ころから国外で、中国ではごく最近になって行われるようになったにすぎないのだから。

東北農村での抗日義勇軍結成をクライマックスとするこの小説は、前半の三分の二が「満洲国」成立から一〇年前にさかのぼる平凡な村の日常描写にあてられている。そこでは人間や動物の出産と死が、くりかえしくりかえし語られる。従来の中国における正統的批評では、前半の冗長さは構成上の未熟さと片づけられ、評価の中心は後半に置かれてきた。

これに対するフェミニズム視点からの読み直しの代表的なものとして、米国在住の劉禾による「再び『生死場』にもどる――女性と民族国家」(『性別与中国』三聯書店、一九九四、所収)がある。ここで劉は、この小説における「生」と「死」の場とは、女の身体そのものであるとして、従来の正統的批評――劉によれば男性批評家のナショナリズム言説――から『生死場』をとりもどそうと試みた。

「蕭紅にとって生命は、国家・民族・人類の大意義圏にはいって初めて意味を持つものではない。女の世界では、身体こそが生命の意義の出発点であり帰着点なのだ。」

劉は、同じ時期に書かれた蕭軍の『八月の郷村』と『生死場』を対比し、前者の中でパルチザン兵士が回想する故郷がのどかな田園風景であるのに対して、蕭紅の描く一九二〇年代の農村が、女たちの出産と死をめぐる血に彩られていることを具体的に指摘する。さらに、『八月の郷村』においては、日本兵による強姦が描かれて中国人による抗戦の情熱をかき立てる役割を果たしたのに対して、『生死場』においては具体的な強姦は中国人の男によって引き起こされ、被害者が「おらは中国人が憎らしい」とつぶやく場面があることを指摘する。この独白は抗日の気運が盛り上がってゆく『生死場』の後半部にポンと投げ出すようにおかれており、私はこれを蕭紅が「きたるべきフェミニズム批評に向けてしかけた時限爆弾」と評したことがある。『生死場』はそれほどに輻輳したメッセージを伝えるテクストなのである(秋山洋子「蕭紅再読」『世界文学』八四号、一九九六)。

呉瑛は「満洲女性文学の人と作品」の中で、「満洲農民を素材とした作品」として『生死場』の名をさりげなくあげている。公然と読めたはずのないこの作品を呉瑛がどうやって目にしたのか興味深いが、それにもまして、東北の風土に根ざした農民文学であり、抗日文学であり、フェミニズム文学としても読めるこの作品のメッセージを呉瑛がどう受け取っていたか知りたいところである。

蕭紅の作品には、貧しさと性によって二重に苛酷な運命にさらされる女たちが登場するが、呉瑛の作品世界もそれを受け継いでいる。代表的な作品としては「あんたたちと違うのは、あたしが女だってこと、女だからどうした、女だって生きなきゃならない」という抗議から始まる『翠紅』だろう。もと娼妓である翠紅の一人語りで構成されるこの短編の語り口は、追いつめられた状況にありながら、不思議なほどにカラッとしてたくましい。蕭紅を超える呉瑛の可能性は、このような強さに秘められていたのかもしれない。

また、没落してゆく旧家の中での女たちの運命を描く『墟園』の世界も、蕭紅が捨て去った（そしてしばしば回顧の中に登場する）父の支配する冷たい家と重なりあう。呉瑛は、清末に始まる『墟園』の続編を同時代まで書き継ごうと数万字の草稿を書きあげていたというが、それは日の目を見ることなく終わった。

植民地とジェンダーの問題を考えるときに、短いが気になる呉瑛の作品がある。一九九六年に中国で編纂された『東北現代文学大系』の解説の中で、この作品は抗日の意図を秘めたものとして呉瑛の作品の中では唯一政治的に高い評価をされている。

呉瑛の『鳴』は、暗示的手法を用いて、夫で日本を比喩し、妻で満洲を比喩し、父で中国を比喩することで、ひとつの家族の壊滅を通して、日本の「満洲を占領し、さらに中国を侵略するとともに、中華民族を滅ぼそうとする」飽くことのない貪婪な野心を暴いている。（李春燕「東北現代文学大系・散文巻　導言」）

一九四三年に発表された『鳴』は、酔って眠りこけている夫にうらみつらみをぶつける「わたし」のモノローグとして書き出される。

「あんたは、あんたは犬よ、わたしのすべてを奪い、わたしのすべてを占領した、そのうえゆっくりわたしの肉をさいなみ、慢性の殺人手段でわたしを征服しわたしから奪う、わたしには何もなくなった」

「あんたはまた、私の実父と仲違いし、私と実父との関係を断ち切った、わたしと父が会うことを禁じ、文通も禁じ、わたしに自分の血族を認めぬようにさせた。ああ、何という世界だろう」

このような夫に対するむき出しの憎悪を、前掲の「導言」のように侵略者日本に対する憎悪と読み替えることはたやすい。じつはこの読みは、「導言」筆者のオリジナルではなくて、同時代の満洲国特高警察による文芸界の思想調査報告でなされている分析なのである（「資料　偽「満洲国」特効警察秘密報告書」『「昭和」文学史における「満洲」の問題　第二』、早大杉野研究室、一九九四）。呉瑛が大東亜文学者大会に出席したことによって漢奸のそしりを受けたとするならば、公開されたのがあまりに遅かったとはいえ、日本側の資料が汚名をそそぐ一助になったのは、いささかの救いといえるかもしれない。

とはいえ『鳴』のテクストの中にも、単純な抗日の暗喩をこえて、民族とジェンダーの抑圧は複雑に絡み合っている。

「そのとき、わたしの心は辛かった、わたしの半生の境遇を辛く思った、わたしは思いをめぐらしはじめ、自分がなぜ女なのかと責めた、女の一生は苦しみばかり、わたしの祖母から母へ、ずっとわたしまで、みな同じような目に遭わなければならなかった。祖母は死に、母もこうして命を終えた、わたしはなぜこのような時代に生を受けなければならなかったのだろう」

祖母から母へ、母から娘へと伝えられてきた女の苦しみは、腹の中の胎児にも投影される。最後の一ページで執拗に語られる流産のいきさつ（彼女はなぜか胎児が女だと確信している）、苦痛と流れる血の描写は、『生死場』

における出産の場面と呼応する。ここでのヒロインの意識は、「満洲国」の暗喩を超えて、女の歴史につながっている。最初に引用した「淪陥区の人々がみな前途がわからぬという生命の無常観を抱いているとすれば、女性はさらに女性の運命についての無常観を抱いている」という『歴史の地表に浮かび出る』の評語が、ここにはぴったりと当てはまる。

日本帝国の行く末も見えてきたこの時期、呉瑛の作品に反映される心情は暗澹としている。翌四四年に書いた「文学の栄涸」にも、「文学に従ふだけの力が無く眼前に文章の涸渇を覚える」と不安な心情が吐露されている。

大東亜文学者大会に出席した女性作家たちは、自分の行為にどういう理由付けをしていたのだろう。余儀なく強制に従ったのか、政治を超えた文学者の国際的連帯を信じたのか……。彼女たちの立場は、侵略戦争という認識を持ちながら戦地慰問に参加した佐多稲子ら日本の左翼作家の裏返しといえるかもしれない。しかしその行為に対して、彼女たちは文学者としての後半生を失うという、あまりに大きい代償を支払わなければならなかった。

呉瑛は、一九六一年、四七歳の若さで南京で病死したという。この年は、数百万の餓死者を出した三年間の「自然大災害」（実は極左路線の誤りという人災だったのだが）の三年目にあたる。第二回大東亜文学者大会に出席した夫の呉郎も、同じ年に死亡している。

地下党員であった関露は、漢奸の汚名を受けて通算十一年にわたる獄中生活を送り、精神分裂病を二度わずらった。七九年に一応名誉回復されたが、地下党時代の複雑な事情により、八二年に死亡するまで完全な復権はなされなかったという。梅娘も夫を失い子供をかかえて、文学とは縁のない肉体労働に長年従事させられたが、幸いに文革の時代を生き延びて、再評価される日を迎えることができた。

［秋山洋子（あきやまようこ）駿河台大学・日本女性学会］

●読みかえる視座

君は〈ソヴェート・ロシア〉を見たか

——露西亜文学者昇曙夢の一九三〇年前後——

米田綱路

一　エセーニンの死と詩の周辺

君は見たか
野をこえて
湖の霧につ、まれつ、
鐵の鼻を鳴らしながら
鋼鐵の足もて駆けてゆく
汽車を！
そして彼を追うて
大きな草の上を
絶望の競技のやうに
細い足を頭の上まで上げながら

鬣赤い小馬が駆けて行くのを!

藏原惟人は一九二六年二月、「都新聞」に寄せた「詩人セルゲイ・エセーニンの死」において、一九二〇年に書かれたエセーニンの詩《Сорокоуст》（ロシア正教で、死後四〇日の間死者に祈りを捧げること）の一部を引用し、この小馬を「云ふまでもなく彼エセーニン自身の姿である」と記した。藏原は続けて引く。

愛する　愛する　可笑な馬鹿者よ
何処にお前は駆けてゆくのだ?
まことにお前は知らないのか——
鐵の騎士が生きた馬に打勝ったのを

「鐵の騎士」が鋼鉄の足で疾駆する草原を、生きた馬はもはや自由に駆け回れはしない。当時二四歳の藏原は、三〇歳の若さで自ら死を遂げたエセーニンを「古きもの、亡むのを嘆きつゝ、それと共に彼は死んで行つたのである」と解したのであった。

ソヴェート・ロシアで「エセーニン死す」の報に接した藏原が、エセーニンより一歳年長の作家ボリス・ピリニャークに会ったのは、「新ロシヤ作家の印象」(1)によれば「エセーニンがあの悲劇的最後を遂げてから数日目」のことだ。そうして、藏原と入れ替わるかのように、今度はピリニャークが来日する。藏原が引いた同じ詩を、ピリニャークが「現代ソヴェート文学と社会性」（昇曙夢訳で、昇の『革命後のロシヤ文学』所収）で引用するのは、藏原と会った数ヶ月後のことであった。

ピリニャークが来日した頃は、彼ら「革命同伴者」（попутчики）と称された作家達が、ソヴェート・ロシアでプロレタリア文学者達から激烈な批判を浴び始めた時期と重なる。しかも労働と技術と組織による物質的建設の時代にあっては、自然や草原、野花を謳うエセーニンは、ピリニャークによれば「都市と機械と機械の哲学」に破れざるを得ない。ならばこそ、一九二五年の末に縊死したセルゲイ・エセーニンの運命は、ピリニャークにとって我が身のこととして受け止められたに違いない。彼は、先述の「現代ソヴェート文学と社会性」で述べている。「エシェーニンは勿論革命家であつた。……彼が自殺したのは、つまり都市の哲学、機械の哲学を受け入れることが出来なかつたからである」。

エセーニンは鋼鉄の足で駆ける汽車と競争しようとする小馬、すなわち「可笑な馬鹿者」の運命と妥協しなかった。そのために、彼は自ら命を絶ったのである。そして、残された者としてピリニャークは記す。「我々生存している文学者は、生活から逃避するか若くは機関車の哲学を承認するか、その一つを選ばねばならぬ」。彼のいうこの二者択一は、エセーニンのみならず、革命を謳ったシンボリスト詩人たち、そしてまた、のちに未来派詩人たちが直面した岐路を予示している。詩人たちを襲うことになる政治と暴力の影が、このとき早くも、彼らの足下近くにさし込みはじめていたのである。

ピリニャークが引いたエセーニンのこの詩は、昇曙夢の訳では次の如く締めくくられている。それは、のちに昇曙夢が畢生の大著『ロシヤ・ソヴェート文学史』（一九五五年）で「愛唱しておかない」と引いた、その詩でもあった。

ところが運命は、いつか
鐵の軋り音で呼び覚まされた我等の平原を

一変した。
そして一千プードの馬皮と馬肉で
　今は機関車を買っている……

二　「革命の道伴れ」ピリニャーク

　ピリニャークが来日していた一九二六年、露西亜文学者昇曙夢（一八七八～一九五八年）は「新ロシヤ・パンフレット第七編」として、新潮社より『無産階級の理論と実相』を刊行している(2)。この書の巻頭には、ピリニャークの肖像写真と、彼が寄せた「プロレタリヤ文学について――昇曙夢氏の新著に寄す」の原稿写真が口絵として掲げられている。内容的には、ほぼ同時期に書かれた先述の「現代ソヴェート文学と社会性」とも重複しているが、そのことがかえって、一九二六年というこの時期、ピリニャークが直面していた問題の在処を物語っている。

　昇曙夢の書に寄せた「プロレタリヤ文学について」でピリニャークは、ソヴェート・ロシアで「長い間熱烈に且つ口やかましく」論議されてきたプロレタリア文学の問題は、いまのところまだ解決されておらず、しかもそうした論議は「創作のビオロギイ」に触れるものではない、とする。「創作のビオロギイ」すなわち独立した精神で現代を「如何に」書くかを至上のものとする彼にとって、労農階級やソヴェート・ロシアのプランに従って「何を」書くかを問題にしているプロレタリア作家達は、「創作のビオロギイ」を思想に置き換えているに他ならない、と。

　ピリニャークは「革命の道伴れ」（попутчики）として、自分の他にアレクセイ・トルストイ、ザミャーチン、イリヤ・エレンブルク、バーベリ、レオーノフ、アンドレイ・ベールイらの名前を挙げ、先述の「現代ソヴェート文学と社会性」では自分がさらに「百姓式に考える者」（мужиковствующие）、「形式派」（формарист）とも称されていると書くが、エセーニン亡き後「機関車の哲学」を承認したピリニャークにとっては、そうした区分は形式的なものに過ぎない。トロツキイの説に同意しながら、彼はプロレタリア文学や「革命の道伴れ」といった区分を超えて、階級的束縛を脱した人類的な労働文学を創造し得るという考えを、昇曙夢の書に寄せるのである。

　だが、こうしたピリニャークら「革命の道伴れ」に対するプロレタリア作家達の激しい攻撃をソヴェート・ロシアでまのあたりにした藏原惟人は、ピリニャークに「末期的形式と小ブルジョア的イデオロギー」の行き詰まりを見た。しかるに、日本の自称プロレタリア文学者たちは、来日したピリニャークを諸手を上げて歓迎している。これはむきになってピリニャークを警戒する日本の官憲と同様に、皮肉な有様ではないか。藏原は、ピリニャーク訪日を報じたロシアの新聞に載った風刺詩を引いて言う。ロシアでは、ピリニャークは革命の「追随者」（попутчики）に過ぎないにもかかわらず、日本では《не по пути》（通りすがりの者＝追随者 попутчики として扱われていない）だと。彼は、ピリニャークがソヴェート文壇から姿を消すことがソヴェート文学の健全な発達にとって好ましい、とさえ書き記している。それは、ソヴェート・ロシアにおけるピリニャークら「革命の道伴れ」批判をそのまま反映したものに他ならなかったが、皮肉にも藏原のこの言葉が現実のものとなり、後年、大粛清の嵐のなかで、ピリニャークはマンデリシュタームやメイエルホリドと同じ運命をたどり、ついに消されることになるのである。

ソヴェート・ロシアにおけるこうしたピリニャーク批判を、昇曙夢はよく知っていたにちがいない。おそらくそのことを知った上で、彼は『革命後のロシヤ文学』所収の「ピリニャークとエレンブルグ」に次のように書き記している。「ピリニャークは頭から足の爪先まで、ソヴェート・ロシヤの精神と動乱とに貫かれた『ソヴエート流』の作家でありながら、革命に対しては特に賛美するやうなこともない代りに呪詛するやうなこともなく、極めて冷静に革命の現実を観察し、写実主義的立場から革命ロシヤの積極的方面と共にその消極的方面を隠さず如実に描いてゐる」。そして昇は、こうしたピリニャークの「中間的無所属的微温的態度」が、ソヴエート・ロシアにおいてプロレタリア文学者達から激しい批判を受ける原因となっていることを、「極めて冷静に」付け加えるのであった。

三　昇曙夢が見たソヴェート・ロシアの陰翳

ピリニャークら「革命の道伴れ」とプロレタリア文学者達の論争を踏まえながら、昇曙夢は『無産階級文学の理論と実相』において、プロレタリア文学をめぐる理論、とりわけトゥローツキイ『文学と革命』所収の「プロレタリヤ文化とプロレタリヤ芸術」を引用し、そして同時に「共産党の芸術観の本質を最も明白に表明」するものとしてボグダーノフの芸術観を紹介している。さらに彼は、ソヴェート・ロシアにおけるプロレタリア文学の「実相」を伝えるプロレタリア詩人達の作品を訳出し、解説を加えながら紹介している。またこの書の巻末には、一九二五年一月に開催された「全ソヴェート連邦プロレタリヤ文学者協会」の大会決議「プロレタリヤ独裁と文化問題」が訳出収録されている。

その後も、昇曙夢はリアル・タイムでソヴエート・ロシアの文化や芸術を精力的に紹介し続けている(3)。一九二八年には、主著『露國現代の思潮及文学』に続いて革命後一〇年間の芸術思潮を網羅した『革命後のロシヤ文学』を執筆する一方で、プロレタリヤ文学をめぐるソヴェート・ロシアでの議論を紹介するために、同年コーガン『プロレタリヤ文学論』やルナチャールスキイ『マルクス主義芸術論』をともに白楊社より翻訳出版している。また、翌年には『ソヴェートロシヤ漫畫・ポスター集』(4)を編纂し刊行するなど、革命後のプロレタリア文学芸術に対する昇の目配りは極めて広い範囲に及ぶものであった。

その一方で、昇曙夢の視点はそこにとどまることはなかった。彼は『革命後のロシア文学』で「ソヴェート・ロシヤに於ける新宗教運動」と題する一章を設け、ソヴェート・ロシアで起きた「新正教運動」の考察を行っている。この当時、日本におけるソヴェート・ロシアの紹介としては、革命を成就した後の社会建設の肯定面とその華々しき未来を論うものが大半を占めるなかで、昇が新宗教運動に一章を割いたことは、当時としてはおそらく他に類を見ないであろう。それは、彼がソヴェート・ロシアの陰翳をより深く見ていたことを物語るものとして、非常に興味深い一文である。

昇によれば、革命前のロシア正教会は帝政と密着し、現実の生活から逃避して神秘主義に堕した。しかも革命に際して、ただただ困惑狼狽するばかりで、ボリシェヴィキを否定するより他、目下の生活に対して何ら肯定すべき教えを伝えることも出来なかった。そうした旧き正教会が革命によって帝政とともに破壊された後、かつての旧弊な形式主義を脱した「神を信ずる現実主義者」たちによる実生活のための信仰、それが新正教運動に他ならない。昇はこの運動とドストエフスキイ及びキリスト教的社会主義とのつながりを指摘し、またこの運動の中心人物として、哲学者ニコライ・ロッスキイとアレクサンドル・カルサーヴィンの名前を挙げている。

そこで昇は、ソヴェートト・ロシアにおける一光景を描写している。場所は古い会堂、そこには労働者の男女が大勢詰めかけている。聖障には細い蝋燭が数本灯り、その光のもと、老教授ロッスキイが神について労働者達に語りかける。深く落ちくぼんだ目は輝き、彼の声は聴衆の心に沁み入るかのよう、会堂内は静まり返り、聴衆は彼の話に耳傾けていた。

その後、今度は若い共産党員が現れ、ロッスキイに反論して言った。「宗教はブルジョアジイの残骸である。宗教は哀れむべき無用な空想である」。騒ぎ出す聴衆達、彼らは賛美歌「主よ救ひ給え」を合唱し出した。居合わせた共産党員の一群は「インターナショナル」をもって応酬するが、賛美歌は会堂内に響きわたり、遂にそれを圧倒したのである。今にも燃えつきんとする蝋燭は、その光景に不思議な陰翳を添える。そして昇は結んだ。「正しくソヴェートト・ロシヤの宗教的生活を象徴している光景である」と。

四　ソヴェート・ロシアに「亡命的精神」を見た

一九二四年、尾瀬敬止の『革命ロシヤの芸術』が実業之日本社出版部から刊行され、この時期早くも「革命ロシヤ」芸術が鳥瞰的に紹介されるその一方で、前年の一九二三年には、昇曙夢の『露国現代の思潮及文学』増補改版が改造社より刊行されている。七五〇頁を超えるこの大著は、前編がチェーホフからゴーリキイ、ソログーブやザイツェフらを扱う一三章から成り、後編はメレジュコーフスキイやヴャチェスラフ・イヴァーノフ、ベールイやブローク、さらにはツヴェターエワやアフマートヴァ、ロシア未来派やアクメイズムの詩人達に加えて、革命後ソヴェート・ロシアの文学を一三章にわたって紹介している。この書はまさに、一九世紀後半から革命後にいたる「露國現代の思潮及文学」の万華鏡と言っても過言ではない。そして、同年に出た彼の『新ロシヤ文学の曙光期』とともに、この書の、とりわけ後編のロシア詩人達と革命後の文学紹介を一読すれば、昇曙夢がいかにロシア文学の奥行きを見取り、同時代の動きとしてそれを吸収していたかが理解されよう。

なかでも「ソウェート・ロシヤの文学」と題された章を読むと、一九一七年の革命から五年を経たこの時期に、昇がソヴェート・ロシアと「亡命ロシア」との分裂を、革命を分水嶺とするボリシェヴィキの勝利とロシアを追われた帝政派あるいはメンシェヴィキら反ボリシェヴィキの敗北といった政治レベルの問題でなく、ロシアの精神文化の問題として既に着目していることが分かる。ソヴェート・ロシアにおける亡命者＝反革命、裏切りといった宣伝や評価を不動のものとする観点からは、こうした視点は出てこない。そのことは強調されてよいだろう。

そこで昇は、ロシアの作家や学者たちの世界各地への離散と、ロシア国外での雑誌や書籍出版業の勃興に注目している。彼はソヴェート・ロシアと亡命ロシアとを対立項としてとらえてはいない。一九一七年から二二年までのソヴェート・ロシアを注視するなかで、彼は双方の文化的つながりを見、その間で絶えざる行き来があることのみならず、ソヴェート・ロシア内でも「内部的移住」が絶えず行われていたことを指摘している。昇は革命と誕生したソヴェート・ロシアの表象面にのみ目を奪われることなく「ロシアのディアスポラ」に視点を置き、彼言うところの「亡命的精神」の発露を、同時代的に感受していたのであった。

そうした視点を、どのようにして昇は持つにいたったのであろうか。それには、彼がロシア語出版物の流れを追っていたことが大きく影響していると言えよう。彼によれば、一九二一年中の『ルースカヤ・クニーガ』、そして二二年中の『ノーヴァヤ・ルースカヤ・クニーガ』のロシア語出版物雑報欄を一読するだけでも、ソヴェート・ロシア外でいかにロシア語出版物が多数刊行されているかが分かるという。当時ベルリンで発行されていた『ルースカヤ・クニーガ』(Русская Книга)については、昇と同時代を生き、一九二八年に四四歳で急逝した露西亜文学者片上伸も『露西亜文学研究』所収の「詩人ブロックについて」で言及しているが、昇は革命の後内戦が始まり、多くのロシア人が世界中に離散する過程で、外国で出版されたロシア語の新聞や雑誌、書籍の行方を見ていた。そしてロシア亡命者の中心地となったベルリン、パリ、プラハ、ニューヨーク、ストックホルム、コンスタンチノープル、リガ、ハルビン、上海などでロシア語の新聞や書籍出版が活発に行われ、なかでもワイマール共和国の首都ベルリンが、その当時ロシアの「第三の都会(知識上の都会)」となっている、と書き記している。

ソヴェート・ロシアの樹立と、コミンテルン創設によって国境を越えたインターナショナルな共産主義運動が世界に広がるのと同時並行的に、ロシアのディアスポラによる国境を越えた亡命ロシア人とロシア語出版物の行方を、昇曙夢はこの時期、日本から見ていたのであった。

五　同時代の露西亜文学者片上伸

昇曙夢が『革命後のロシヤ文学』を刊行した一九二八年、この三月に死去した片上伸の遺著『露西亜文学研究』が第一書房より刊行されている。この書は片上のロシア文学研究の集大成といえるもので、六〇〇頁を超える大著であるが、論じられている対象も、昇の前著『露国現代の思潮及文学』と重なるところが多い。ここには一九一八年、片上が革命直後のロシアより帰国して書いた「ロシヤ精神の発露としてのボリシェヰーズム」および「ロシヤ魂の神秘」も収められているが、これらを読むと、片上が当時ボリシェヴィキを「ロシア精神」の観点からとらえていたことがうかがい知れる。

「ロシヤ精神の発露としてのボリシェヰーズム」において片上は、ボリシェヴィズムに「反キリスト」の現れを見る。こうした視点は、ロシア・ルネサンスの宗教哲学、とりわけドミートリイ・メレジュコフスキイら革命後に亡命して「亡命ロシア思想」を形作る思想家達のボリシェヴィキ観を彷彿させるものがある。そして、さらに片上は、ボリシェヴィキとスラブ派との類似をも指摘している。

片上はまた「ロシヤ魂の神秘」でニコライ・ベルジャーエフに言及し、ロシアにおける自由は国家から自由になるというアナーキスティックなものであることを、ベルジャーエフの所説をもとに述べている。「ロシヤ魂の神秘」は内容的にベルジャーエフが一九一八年にまとめた『ロシアの運命』所収の論文「ロシアの魂」[5]に添ったものだが、彼は一度目の訪露中に、ベールイ、ブロークらシンボリストのみならず、ベルジャーエフらロシアの宗教哲学者たちも含めたロシア・ルネサンスの思潮に触れ、ロシアの革命をロシア精神の発露であり顕現であるという視点を、終末論的な宗教思想とともに感受するに至ったのであろう。

　ベルジャーエフが「ロシアの魂」において引用しているチュチェフの詩を、片上も「ロシヤ魂の神秘」で引用し訳出している。

知識でロシヤは会得されない
ありふれの尺度では計られない
ロシヤには特別の姿がある――
ロシヤにはただ信ずることができる。

　片上が革命直後の時点で、ボリシェヴィズムに「ロシア精神の発露」を見るようになったのはどのようにしてだろうか。ベルジャーエフは「ロシアの魂」の中で、「アナーキズムはロシア精神の顕現であるが、それは様々なかたちで、我々の極右と極左に等しく本質的なものである。スラブ派とドストエフスキイは、バクーニンあるいはクロポトキンと同じく本質的にアナーキストである」[6]と述べている。おそらく、片上がこうした思想を自ら目にしたボリシェヴィズムと重ね合わせ、そこに一九世紀以来のロシア思想を通底する「ロシア精神」の発露を見たのだと考えることができるだろう。

　さらに片上は、一九二二年一月号の雑誌「新潮」によせた「ドストイェーフスキーとロシヤ思想」において、ドストエフスキイが一八八〇年に行ったプーシキン講演のなかの「ロシヤの心は、全世界の、全人間的同胞的の融合のために、或ひは凡ての国民の中で最も多く天命を享けてゐるのかも知れない」という「全人」（всечеловек）思想について言及している。これはスラヴ派から、ロシアこそは神に選ばれた民であるという宗教思想にも結びつき、またロシアこそは世界革命の橋頭堡となるのだという二〇世紀ロシア革命思想をも彷彿させる。そしてまた、先に述べたベルジャーエフの「ロシア精神」を形づくるものでもあるが、片山は、ここで「全人」思想がはたしてソヴェート・ロシアにおいて可能か、という問題について語っているのであった。

　このような、ボリシェヴィキをロシア精神との関わりで論じた片上伸に対して、とりわけマルクス主義者から厳しい批判が向けられている。一九二八年、藏原惟人は都新聞に寄せた「片上伸の遺著『露西亜文学研究』を読む」で片上の「観念的、神秘的傾向」を批判した。また、宮本顕治は翌年「過渡時代の道標――片上伸論」において、片上の「主観主義」「観念論的方法」を批判している。

　だが、片上の『露西亜文学研究』には、前述の論文と同時並行的に書かれた革命期の文芸思潮やプロレタリア文学に対する論文も収録されている。ちなみに片上は、「新潮」一月号に「ドストイェーフスキーとロシヤ思想」を書いた翌月号に「階級芸術の問題」を寄せている。つまり、ロシア精神における問題と同時に、片上は「第四階級」の芸術、プロレタリアートの芸術をめぐる問題について論及していたのであった。

こうした姿勢は、同じロシア文学者として昇曙夢にも共通するものであった。彼は無産者階級文学について論及していたほぼ同じ時期に、反ボリシェヴィキの亡命者としてソヴェート・ロシアで批判の的となっていたメレジュコフスキイの『トルストイとドストエーフスキイ』を翻訳していた。このことからもうかがえるように、革命・反革命といった断層に切り裂かれずに、革命前から保ち続けたロシア文学思潮に対する視点をソヴェート・ロシアの芸術や文学に向け得たという、この二人の文学者に通底する姿勢がここに読みとれるのではないだろうか。そしてまた、宮本顕治が片上を「過渡時代の道標」ととらえたのとはちょうど裏返しのかたちで、ソヴェート・ロシアと亡命ロシアとが文化的かつ思想的にみてロシア精神を基軸につながっているという事態、このいわゆる「過渡時代の道標」を、二人のロシア文学者昇曙夢と片上伸はとらえることができたのだといえるかもしれない。

六　昇曙夢訳『トルストイとドストエーフスキイ』

昇曙夢がメレジュコーフスキイ『トルストイとドストエーフスキイ（その生涯と芸術）』を東京堂から翻訳出版したのは、一九二四年のことである。すでに一九一四年に森田草平と安部能成によって、ドイツ語版から『人及芸術家としてのトルストイ並にドストイエーフスキー』が重訳されていたが、昇はロシア語原書にはある緒論がドイツ語版では欠けていることを序で指摘し、一九〇九年ペテルブルグ発行の第四版から翻訳したと付記している(7)。

メレジュコーフスキイ『トルストイとドストエーフスキイ』がロシア本国で刊行されたのは一九〇一年のことであるが、この書は、彼が唱道した「新たなる宗教意識」(новое религиозное сознание)とあいまって、今世紀初頭のロシアで文化、芸術及び思潮が全面的に開花したロシア・ルネサンスに大きな影響をもたらした。この影響のもとで思想的成長を遂げたベルジャーエフは、一九二一年に出版された『ドストエフスキイの世界観』の冒頭部分で、この書がそれまでのドストエフスキイ論のなかでドストエフスキイをもっともよく描いており、それまでは閉ざされていたドストエフスキイがこの書によって開示されたのだと述べている(8)。

昇曙夢の『トルストイとドストエーフスキイ』への言及は早く、既に一九一七年末、ロシア革命の余韻まだ熱き折に新潮社より刊行された『トルストイ十二講』において、「メレジュコフスキイの評語――肉の洞観」及び「肉を通じて霊を描くこと――魂的人間」という項目を設け、メレジュコフスキイがトルストイ芸術の本質であるとした「肉の洞観」について書いている。また、一九二三年に刊行された増補改版『露國現代の思潮及文学』で一章を設け、ベルジャーエフによるメレジュコフスキイ批判なども紹介しながら(9)、その人物や作品の特徴などを論じている。

そこで注目されるのは、昇曙夢が『露國現代の思潮及文学』にメレジュコフスキイについて述べた章の冒頭、宗教と革命とが結びつくというメレジュコフスキイの思想を示した一文を掲載していることだ。つまりここでいわれているのは、いままでロシアの革命運動は宗教意識と断絶しており、いわば「神なきの自由、若くは自由なきの神」であった。だが、いまこそこの二つを結合する時であるとして、メレジュコフスキイは次のように述べている。「今やロシヤ国民は神と自由とを結合するの暁に達した。革命運動の目的と世界的宗教運動の目的とを結合するの時となつた。則ちロシヤ国民は是等の二大運動に於て唯一の理想を発揮すべき使命を持つて居るのだ。それは天国を地上に建設することである」。

　革命と宗教、とりわけ「新たなる宗教意識」をめぐって展開されたこうした考えは、一九〇五年の革命ののち、一九〇九年に刊行されたロシア・インテリゲンツィア批判論集『道標』においても一大争点になるが、革命前のメレジュコフスキイの思想を物語るこの一文を、一九一七年の革命を経てソヴェート・ロシアの樹立を見た後も、昇曙夢はメレジュコフスキイの章の冒頭に掲げた。だが、メレジュコフスキイが反ボリシェヴィキとして亡命を余儀なくされていたことを、この時昇曙夢は知っていたにちがいない。そのことに対して具体的な言及はないが、『トルストイとドストエーフスキイ』の序において、彼は次のように書き記している。「一九〇五、六年の第一次革命運動期にメレジュコーフスキイが体験した所のことは、凡て彼の内的発展の上に決定的意義を有してゐる、最近の第二次革命はさらに深刻な体験をもたらしたであらう。彼は革命後パリーに亡命して、今も猶ほ不自由な異国の空で、その体験を静かに味はつてゐる」。

　当時メレジュコフスキイはソヴェート・ロシア内でもすでに批判にさらされており、一九二二年の「新潮」五月号には、早くも青野季吉が「心霊の滅亡」と題する一文を寄せ、亡命ロシアの反ボリシェヴィキ達、すなわち「メレヂュコフスキーを以つて代表される芸術家が、無産者の大衆とどんなに厚い壁で隔てられてゐるか」を論じている(10)。青野が「日本のブルジョア文壇が余程早い頃から担ぎ上げてゐるメレジュコフスキー」をその代表格として論じていることは、翻って、当時日本に於いてメレジュコフスキイがどれほど知られていたかを示す証左だとも言えるが、そこで青野が引いているメレジュコフスキイの「ボルシェビキに反対しない者は、則ち賛成する者だ」という言葉は、内戦後の亡命ロシア人たちの反ボリシェヴィキ感情をとらえたものとして興味深い。

　こうした内外のメレジュコフスキイ評価を、おそらく昇曙夢も読み知っていたであろう。それに、青野流に言えば、昇こそはメレジュコフスキイを「余程早い頃から担ぎ上げている」人物の一人に他ならないのであった。

　昇は一九三五年の『トルストイとドストエーフスキイ』改版に際して、「改版に序して」という一文を巻頭に添えている。だがそこには、メレジュコフスキイら亡命ロシア思想家たちに対するソヴェート・ロシアでの評価や、あるいはプロレタリア文学者からするこうした否定的見方について、特に言及は見られない。代わりに、そこには政治的な評価の次元との混同を避けるかのように、この書それ自体の価値を認めた次の一文が記されている。「本書は未だ嘗て何人によつても試みられなかつた両文豪の深く閉された秘密の扉を叩いて、人類文化の未来を啓示した点に於て、他の追随を許さない予言的・象徴的意義と詩的魅力とを持つてゐる」。

　この一九三五年の改版に際して昇曙夢は、「あとがき――両文豪の現代に於ける意義」を新たに加え、一九〇一年の原著刊行より三〇年以上を経て、とりわけ革命後のソヴェート・ロシアにおけるトルストイとドストエフスキイ評価の変転を中心に論じている。そこで昇は、トルストイやドストエフスキイが革命後、一度はレフ（芸術左翼戦線）の合言葉のように「現代性の汽船」から投げ出されはしたが、プロレタリア・リアリズムや社会主義リアリズムが盛んに唱道されるようになる中で、思想家としては何処までも排斥すべきでありながらも、芸術家としては両文豪から大いに学ばねばならない、といった二重の態度で再評価が進んでいることを解説している。

　ちなみに、その前年の一九三四年、昇はソヴェート・ロシアにおけるマルクス主義文芸批評家達のドストエフスキイ論文をまとめた『ドストエフスキイ再観（マルクス主義の照明のもとに）』をナウカ社より編訳し刊行している。昇は先の「あとがき――両文豪の現代に於ける意義」のドストエフスキイ再評価を、とりわけこの『ドストエフスキイ再観』をもとに執筆しているが、なかでもペレヴェルゼフ「ドストエーフスキイの様式と方法」「ドストエーフスキイ評価の再検討」に多くを拠っている(11)。

　この「ドストエーフスキイ評価の再検討」には、ペレヴェルゼフによるメレジュコフスキイ批判、すなわちドストエフスキイ作品で繰り広げられる分裂の深さと悲劇的意義とをメレジュコフスキイは理解できずに、単にこの分裂を形而上学的に解釈し、作品とは別のかけ離れたものにしてしまった、との批判がなされている。昇曙夢はこうした批判に直接は言及していないが、ソヴェート・ロシアにおけるドストエフスキイ評価の変遷に目を配りながら、作品構成としてのヒステリックな緊張、痙攣的な焦燥、陰惨な破局主題の発展を見るペレヴェルゼフの見解を、『トルストイとドストエーフスキイ』に寄せたあとがきで紹介しているのであった。

七　一九三五年前後、亡命ロシア思想の隆盛下で

　昇曙夢が『トルストイとドストエーフスキイ』の「改版に序して」を書いた前年の一九三四年には、河上徹太郎と阿部六郎の共訳でシェストフの『悲劇の哲学』が芝書店より出版されている(12)。河上と阿部はそれぞれフランス語訳とドイツ語訳からこの『悲劇の哲学』を重訳し日本に紹介したのであるが、この書の出版は、日本の読書界を席巻したいわゆる「シェストフ現象」「シェストフ的不安」の烽火ともなった。一九〇三年、革命を遡る今世紀初頭にロシアで出版された『悲劇の哲学』が、亡命ロシア経由でこの時期に日本に入り精神史的「事件」を巻き起こした意味について、ここでは論及できない。ただ、昇曙夢は戦後の一九四七年に刊行した『ロシヤ文学の鑑賞』（耀文社刊）に「シェストフとその時代」の一章を設け、シェストフの思想と今世紀初頭に『悲劇の哲学』が生まれた時代背景について触れた上で、次のように記している。「シェストフの生きて来た時代のロシヤのインテリゲンチヤと我邦のインテリゲンチヤとの間には思想上・人生観上社会観上同じ不安と悩みがあつた」。マルクス主義からファシズムに至る思想と思想運動とが魅力と幻影を失った日本に蔓延した「世紀末的不安」、それに形を与えたのがシェストフである、そう昇は述べているのであった。

　「これほどの有毒の書を、露西亜文学者が拋つておくじれつたさに堪へず、重訳までして現代日本に贈らうといふのは、吾々の誠実

な悪意である」。『悲劇の哲学』の訳者序にはそう書かれている。そして、同年に書かれた「レオ・シェストフについて」で河上徹太郎は、シェストフについてこう語る。それは、当時彼が亡命ロシアに触れた一瞬を示している。「だいぶ以前から彼はフランスに居住し、パリで彼の講演を聴いたといふ人のことも耳にした。そんなことから或は政治上反ソヴィエット的な意見の人だらうと推察されるが、しかしその論文が一種無政府主義的色彩を帯びてゐるため、最初発表された当時は進歩的な人々から歓迎され、革命思想家の一人にさへ数へられてゐて、彼が反ソヴィエット的な言明をはっきりした時には可なり多くの者が驚いたといふことである」(13)。

シェストフの『悲劇の哲学』が、一九三四年という時期に日本で翻訳出版されたことを考えれば、翌年に改版されてさらに普及することとなったメレジュコフスキイの『トルストイとドストエーフスキイ』と併せて、一九〇五年革命以前の今世紀初頭に生まれたロシア思想、そして十月革命後に亡命ロシアへと追われたこうした思想が符節を合わせたかの如く、この時期日本の読書界に大きな影響をもたらしたことになる。けれどもこのとき、ロシア・ルネサンスの代表的思想家であったシェストフとメレジュコフスキイの思想は、スターリニズムが文芸路線をイデオロギー的に支配し終え、キーロフ暗殺を経て大テロルの気配を漂わせ始めた一九三五年前後のソヴエート・ロシアにおいては、もはや完全に抹殺されていた。しかしながら、まさにその思想が、奇しくも一九三五年すなわち「昭和十年」前後の日本を席巻したのである。

さらにこの時期は、改造社から三木清の監修で『シェストフ選集』全二巻が刊行され、「シェストフ現象」が熱心に論じられるという、一時的な「シェストフ・ルネサンス」ともいえる様相を呈した。さらには、昇曙夢訳の『トルストイとドストエフスキイ』のみならず、『悲劇の哲学』が翻訳出版された同年の一九三四年には、メレヂュコフスキー『宗教家としてのトルストイとドストイエフスキー』が刊行され、一九三〇年に出ていたメレジコーフスキイ『ロシヤ革命の予言者――文芸論集』の普及版が出されるなど、他方で「メレジュコフスキイ・ルネサンス」が時を同じくして到来した時期ともなったのであった。

この同じ一九三四年には、ショーロホフ『静かなるドン』の訳者外村史郎と田村三造の共訳で「ソヴェート作家大会に於ける報告及び討論」が『文学は如何なる道に進むべきか』『今日及び明日の文学』の二分冊として翻訳されている。また、翌年にはゴーリキーの完訳『文学論』が改造社より刊行されるなど、ソヴエート文学が次々と訳出され、ソヴェート・ロシアの文芸路線がいち早く紹介されていた時期でもあった。このように、ソヴェート文学やソヴェートの文芸理論の訳書などと併存して、亡命ロシア思想の書が、ロシア革命から時を経たこの時期に日本の読書界を席巻したことの意味は大きい。そうしてこの時、ソヴェート・ロシアと亡命ロシア双方をともに紹介する稀有な一人として、露西亜文学者昇曙夢は存在したのであった。

昇曙夢において、「ロシア」と「ソヴェート・ロシア」とが、革命を分水嶺としてどのように重なり、あるいは異なったものとして見えたのか。それは、メレジュコフスキイやシェストフらが亡命し、政治的のみならず文化的かつ思想的に見て亡命ロシアが形成されたことを知っていた昇曙夢が、「ソヴェート・

ロシア」と「亡命ロシア」とを同時的に見、つき合わせる視点を自らの内に有していたことから読み解かねばならないであろう。そのことは、今後日本における一九三〇年前後のロシア文芸思潮研究と、ソヴェート・ロシア経由で摂取された文芸政策や芸術綱領、プロレタリア文芸理論との間のずれと差異、そして重なりを見る視点で、その襞をより綿密に跡づけていく作業によって明らかにされねばならない。

　昇曙夢がソヴェート・ロシアのみならず、亡命下にあったメレジュコフスキイらの亡命ロシア文芸思潮をも同時に見うる視点を持ち得たのは何故か。これを明らかにするのは、昇が「ブルジョア的」研究者であったとしてもはや片づけられない以上、容易ではない。一九世紀後半、チェーホフからロシア・ルネサンスの詩人達、そして革命前後の文学からソヴェート・ロシア文学までを網羅して『露國現代の文芸及思潮』の一書にまとめ得た昇曙夢、そして革命後のソヴェート・ロシアの文化芸術を誰よりも精力的に紹介し、『革命後のロシア文学』『無産階級文学の理論と実相』をまとめプロレタリア文芸理論を翻訳する一方で、メレジュコーフスキイ『トルストイとドストエフスキイ』を訳した昇曙夢。彼の残した仕事を読み解くのはこれからの作業である。だが、いまの時点で予感的に言えば、当時放たれたソヴェート・ロシアのまばゆき光、その光明が明るければ明るいほどに、闇の深さを「同時代」としてともに見る目を、昇曙夢は持ち得たのではないだろうか。

注

(1) 藏原惟人著『芸術論』中央公論社、一九三二年、四九六頁。そこで藏原は、冒頭「ロシヤに来て初めて会つた作家はピリニャークである」と書いている。ちなみに、「詩人セルゲイ・エセーニンの死」も本書に収録されている。

(2) 「新ロシヤ・パンフレット」は全て昇曙夢の筆によるもので、『無産階級の理論と実相』奥付裏の広告によれば、第一編『赤露見たまゝの記』、第二編『革命期の演劇と舞踊』、第三編『新ロシヤ文学の曙光期』、第四編『新ロシヤ美術大観』、第五編『プロレタリヤ劇と映画及音楽』、第六編『第二新ロシヤ美術大観』となっており、一九二四年から翌年にかけて刊行されている。また、第三編『新ロシヤ文学の曙光期』巻末の広告によれば、「新ロシヤ・パンフレット」は昇曙夢の編で第一期三〇冊の刊行が予定されており、続刊として『精神文化と宗教哲学』やイヴァーノフ・ラズムニク『雷と嵐の試練』、ブルガーコフ『神々の饗宴（ロシヤ革命批判）』なども入る予定であった。

(3) 『ソヴェートロシヤ漫画ポスター集』の序で昇曙夢は、十月革命後の漫画とポスターについて次のように述べている。「之によつて藝術と民衆とは密接に結びつけられ、革命の偉大なる標榜の一つであつた藝術の民衆化は立派に実現された」。ここでは、よく知られたマヤコフスキイの「ロスタの窓」やリシツキイの「赤い楔で白を撃て」などの図版がカラーで紹介されているのみならず、ポスター類や煽動宣伝列車の写真、さらには「新モスクヴァ名所」の写真も掲載されている。

(4) 十月革命以後の芸術運動の動きを見ながら、昇曙夢は一九二五年までの文芸思潮を「プロレトカルト時代」と「クーズニツァ（芸術の鍛冶工場）」に分けられる「革命的ロマンチック時代」（一九一八〜二一年）、「新経済政策時代」（一九二一から二二年）、団体「十月」「青年親衛隊」を最前線とする「団体時代」、そして革命同伴者達の「クーズニツァ」や「レフ（芸術左翼戦線）」「十月」を除く文学者達の合同と「全ソヴェート連邦プロレタリヤ文学者協会」結成で始まる「統一時代」（一九二五年〜）の四つに分けている。この区分は『革命後のロシヤ文学』所収の「プロレタリヤ文学の発達」でも踏襲されている。

（5）Николай Бердяев, Душа России; Судьба России, Москва, 1998. 革命と戦争のはざまでロシアの運命を考察したこの書は、ベルジャーエフがロシアで刊行し得た最後の一冊となった。

（6）Там же, С. 274.

（7）昇曙夢訳『トルストイとドストエーフスキイ』は版を重ね、一九二〇年代から三〇年代、そして四〇年代に入り敗戦の後になっても改版されて生き続けた。それ以前から日本に紹介されていた時期も考え合わせると、メレジュコーフスキイのこの書が日本のトルストイ及びドストエフスキイの受容に果たした役割は計り知れない。昇訳の『トルストイとドストエーフスキイ』は一九二四年に東京堂の世界名著叢書第七編として上製箱入で刊行され、一九三五年には第四刷を機に改版している。私の知る限りでは、この一九三五年の改版において、内容を同じくする二種類の本が造られた。いま手元にあるその双方の奥付を見ると、一方は敗戦を経た一九四六年八月二〇日に同じ紙型を用いて重版している。他方は一九四一年一一月五日七刷発行となっている。さらに、この昇訳『トルストイとドストエーフスキイ』は戦後、一九五二年には上下二冊本で創元社の創元文庫に加えられている。

（8）この書はベルヂャーエフ『ドストイェフスキイの世界観』として香島次郎訳で一九四一年に刊行されているが、香島次郎は同年、メレジュコフスキイ『トルストイとドストエーフスキイ』ロシア語原書の後半部分にあたる『トルストイとドストエフスキイ（宗教思想篇）』を翻訳出版している。

（9）昇曙夢は一九一六年に書かれたベルジャーエフのメレジュコフスキイ批判である「新たなるキリスト教——メレジュコフスキイ」を参照したと思われる。Николай Бердяев, Новое христианство. Д. Мережковский, Москва, 1994, С. 366〜389.

（10）H・G・ウェルズが革命後のロシアを訪問し、レーニンとの会見記やロシアの印象をまとめ一九二〇年に出版した『影のなかのロシア』に対してメレジュコフスキイの出した公開状は、青野季吉に言わせれば「反動革命者」の本性を遺憾なく露見させるものであった。ウェルズは『影のなかのロシア』で、「イギリスの亡命ロシア人は政治的に卑劣である。彼等は『ボルシェビキの暴虐』について際限のない話を繰り返す」と書いている。おそらく、そこでウェルズが「ではどんな政府に代えたいのかと彼らに聞いてみるがよい。おそらく、まるでくだらない一般論しか返ってこないであろう」と述べていることを受けて、青野はその同じ問いをメレジュコフスキイに対して向けている。H・G・ウェルズ著『影のなかのロシア』（生松敬三・浜野輝訳）一九七八年、みすず書房。青野季吉が「心霊の滅亡」で引いているウェルズの「現在では労農政府より以外の政府は、露西亜にはあり得ない」という意味の言葉は、同書一一〇頁に見られる。

(11) 昇曙夢が訳した「ドストエーフスキイの様式と方法」及び「ドストエフスキイ評価の再検討」の内容を含むペレヴェルゼフのドストエフスキイ論の邦訳がある。ペレヴエルゼフ著『ドストエフスキーの創造』（長瀬隆訳）一九八九年、みすず書房。ペレヴエルゼフは昇によって「ドストエーフスキイ学者として夙に有名な」と紹介されている文芸学者・文芸批評家であったが、昇曙夢がこれを書いた一九三四年の時点では、ペレヴェルゼフは既に「メンシェヴィキ的観念論」という批判を受け、共産主義アカデミーから追放されていた。

(12) 一九三四年に芝書店より刊行されたシェストフ著『悲劇の哲学』は、三ヶ月後には早くも三刷に及んだ。また、一九三九年には創元社の創元選書に加えられている。

(13) 『河上徹太郎全集』第二巻、勁草書房、所収。河上はここで、シェストフの著作がロシア語原版ではほとんど手に入らないが、英仏独語にはほとんどが訳されていると書き添えている。シェストフやベルジャーエフら亡命ロシア思想家達の著作はほぼ全てが訳され、両大戦間期のヨーロッパにおいて、とりわけ実存主義思想とのつながりで幅広く読まれていた。

書評

〈おんな／こども〉のための文化史

田村　都

『紅一点論――アニメ・特撮・伝記のヒロイン像』　斎藤美奈子著

はじめて『妊娠小説』（一九九四年、筑摩書房刊）を読んだときの衝撃をいまも忘れることができない。ここで試みられた斎藤美奈子の方法をいささか乱暴に要約すれば、それは、文学の〈世俗〉化であった。〈世俗〉という言葉に語弊があるなら、具体性への転換といいかえてもよい。きわめて現世的な事実である「妊娠」を、過剰に意味づけ、ともすれば不毛な観念の遊戯に堕する文学――そしてこの遊戯では、多くの場合、具体的に傷つくのはつねに「女」であり、「男」は、その受けた傷を内面的に横取りすることで被害者の面を被る。そして、その擬いの傷の深さに応じて「優しさ」や「愛」の度合いが測られてきた。だが、そのような尺度で測られた、あるいはそのような尺度でしか測ることのできない価値とはそもそも何か。また、そのような価値を自明のこととして流通させてきた文学市場の幻想はどこに由来するのか。伝統的な文学の限界確定として、島崎藤村、森鴎外から村上春樹、村上龍以後まで近代～現代小説に通底する「男の論理」の変遷を著者が描きだした時、私はおのれの性を見つめ直さざるをえなかった。影のようにしつこくこびりついて離れようとしない、内なる肉の起伏＝マチズモ――それゆえ、私にとって『妊娠小説』とは、既存の文学的価値に対する破産宣告であったばかりでなく、否定の手段によって肯定的なものを実現することは可能か、という意味での批判として理解し、いわば来るべき文学のプログラムといった期待をも抱かせたのである。大袈裟な、という評は、甘んじて受けよう。これも私がもって生まれた悲しい性のひとつである。

大袈裟ついでにいえば、もし〈文学史を読みかえる〉という試みが、十全といえなくとも、決して立ち戻ることのできない一歩を刻むことができるとすれば、それは彼女の営みを、一種の飛び道具としてではなく、真に革新的な構力として受け止めることができたときはじめて可能となるであろう――と、私はひとり勝手に息巻いていたのである。そしていま私はやはりひとり勝手に苛立っているのであろう。現在、彼女の仕事が「正当に」理解されているとは言い難い。朝日新聞の書評委員を務める一方で、相変わらず「誰も悪くいわない本」を悪くいう、天に唾する実験にいそしむ著者、そしてその当の著者の本がいまや「誰も悪くいわない本」の仲間入りを果たしつつあるという逆説的状況の進行とともに、彼女の批評がもつ〈強度〉もまた形骸化されつつある。たとえば東浩紀はアカデミズムとジャーナリズムの分離、メッセージ的批評とメディア的批評の棲み分けの後者の例として彼女の仕事を取り上げ、浅田彰との対比において次のように述べる。「したがって彼ら（＝斎藤と福田和也：筆者注）の仕事は、社会的効果への強い自覚に支えられているにもかかわらず、あるいはそれゆえに、批評文そのものの知的緊張を半ば欠いている。言い換えれば彼らの批評行為は、書かれたものの内容よりもその効果、メッセージよりむしろそれが伝えられるメディアを重視する選択として成立している」(『郵便的不安たち』、一九九九年、朝日新聞社刊)。

そうだろうか。優れて批評的な東にとってはいささか退屈な空間の出来事かもしれないが、書評や時評といった小さなステージも含めて演じられる彼女のパフォーマンスには、扱う対象が発散する現在の「気分」を規定しているところの、ある構造を浮き彫りする透視の芸が一貫して見られる。そして、その構造がもたらす抑圧や顛倒は、東のような〈インテリゲンチャ〉にとっては自明のものかもしれないが、そうしたある種、愚鈍にも見える道化を演じさせ、あたかも〈大衆〉に対する〈前衛〉という虚空に彼女を追い立てているかのような、いわばこの時代の強風は、では一体どこから吹き上げているのか。そもそもそうした見立て自体が、えせ客観主義者の得意とする宙吊り技ではないのか。だからこういう風にもいうことができるだろう、なるほど東が指摘する批評の二極化については、確かに私もまた同意してよい。スタティックな構造把握と解釈すれば、だ。また、かかる状況の当事者としての危機感に裏打ちされたニュアンスがその指摘に含まれていることを認めてもいい。冷静な自己省察と解釈すれば、だ。けれども「九〇年代の記号的条件から導かれるほとんど論理的な相補的帰結」の実態としての批評の複数化(多様性)を認めるところから始めよ、とする彼が、自分でも本気で信じているとは思えない新しい語り口、「アカデミズムとジャーナリズムを同時かつ横断的に説得できる別の文体」がありうるかのような空手形を見せ金にして論を結ぶとき、自身もまた、批評の棲み分けを攪拌するどころか、状況の空洞化に加担する側とすれすれの位置にいることは自覚すべきであろう、と。

前置きが長くなり過ぎた。私はただ、斎藤美奈子という「優れた」批評家が、こうしたいわば二重の疎外に置かれている時、本書はまず「正当に」批判され、かつ「正当に」評価されねばならない、ということがいいたかったのだ。遅ればせながら、まずはオーソドックスに内容紹介から始めることにしよう。

本書で著者は、戦後の日本で育った子どもが必ず出会うポピュラージャンルである子ども向けの《テレビ番組》と《伝記》を考察する。ここでも彼女の方法=〈世俗化〉は冴えている。すなわち「個々の作品評は目指さず、あくまで作品の表層にあらわれた意匠に注意を向け」た結果、フィクションとノンフィクション、一見異なっているように見える二つのジャンルも、そこに登場するヒロインに照明をあてて見た場合、ある共通項が浮かび上がる。そこに描かれる女性の像がきわめてよく似ているのである。これを著者は「紅一点」という問題として捉える。本書における著者の独創は、まさにこの点にある。「紅一点とは第一に数、第二に質の問題である」。たとえば特撮ドラマやアニメに登場する女性のみならず、ジャンヌ・ダルクを嚆矢とする伝記ジャンルの女性たちが、いかに男性側の一方的な視線に晒されて描かれてきたか。男社会に都合のいい女性像は「ヒロイン」になり、都合の悪い女性像は「悪の女王」に仕立てあげられたのだ。ここから明らかになるのは「伝記の国もアニメの国と同様、大人の女が実は嫌い」という事実である。著者は、「伝記の国」の三大ヒロイン、ナイチンゲール、キュリー夫人、ヘレン・ケラーの一般的なイメージ（天使、聖母、聖女）がそれぞれ「すご腕実務派ばばあ」「田舎出のガリ勉娘」「戦略的エンターテイナー」として読みかえうることを論証する。つまり、彼女たちのプラス・イメージのプラスたる部分とは、男に都合の悪い部分が修正されたものの謂にすぎないのである。ただ著者の提起する問題はその先にある。本来史実に忠実なはずのフィクションがなぜ物語化によって人物像が平板にされるのか。つまり「人間を描けといったところで、『人間』とは何かという新たな疑問にぶつかるだけだろう。問題は実像か虚像かではない。虚像が必ずひとつの方向に収斂されていくのはなぜか、なのである」。この問いは、「たくさんの男性と少しの女性」でできている世界＝男性社会の構造をどのように解体していくのか、という実践の契機をさぐる試みとして著者の出発点であり、同時にまた、その構造のもとで生きてゆかざるをえない現実の彼女や彼にとって共通の、つまり、われ―われ自身の問題として捉え直されることとなる。

その前に、本書の問題点を挙げておこう。『妊娠小説』に較べて本書が物足りないのは、前半でなされるアニメや特撮ドラマに対する批判が、ある程度以上の「オタク」たちにとっては、いわば、わかりきったことを図式化し整理したにすぎない点にあるだろう。それぞれの作品のファンからすればＰＣ的な「一面的」非難としてやりすごされてしまいかねない問題がそこにはある。とりわけ男の子向けの番組のヒロイン像が紋切り型であるという議論では、女性の商品化批判（それ自体が間違っているわけではないが）という、その批判自体の紋切り型ゆえに、後述される女の子向けの番組のヒロイン像批判の部分よりもかなり見劣りがする。これは、世代的にも性差的にも、著者がここで語られるテレビ文化の直接的享受者ではなかったことに由来すると思われる。著者自身認めているように、「当時、私はもう小学校の高学年だったから、『（ウルトラ）セブン』をリアルタイムで見たのは2～3度あったかなかったかだ。わりと最近レンタルビデオで視聴はしたけど、子ども時代に熱心に視聴した人たちとは自ずと感覚が違うだろう」（『読者は踊る』、一九九八年、マガジンハウス刊）。そう、確かに違うのだ。

著者の手際は鮮やかである。子ども向けテレビ番組を「男の子の国」と「女の子の国」に見立て、それぞれ「モモタロウ文化の国」と「シンデレラ文化の国」と呼称、その特性を「軍事大国／恋愛立国」、「科学／魔法」の対比で整理し、また、そこで展開される人間関係の違いをいわばクラブ（＝軍隊／企業のアナロジー）とサークル（＝仲良しグループの延長）の差として捉える。そして、男の子の国のヒロイン＝闘う「紅の戦士」は名誉白人ならぬ名誉男性に、また女の子の国のヒロイン＝魔法少女は伝統的な性役割を受け入れた恋の奴隷として定義される。だが、これらの分析が論理との整合性を見せれば見せるほど、そこにある決定的な要素が抜け落ちていることが「男の子」には直観されるのも事実である。この「男の子の国」にはローン・ヒーローの系譜が欠落しているのである。すなわち『ウルトラマン』の系譜があって『仮面ライダー』の系譜がない（アニメの文脈に置けば『科学忍者隊ガッチャマン』があって『新造人間キャシャーン』がない）。これは「男の子の国」の文化で育った者には重大な問題である。孤独な一匹狼への憧れ（本当に一匹であることは少ないとはいえ）という、一種の貴種流離譚的ナルシズムを育む温床が見過ごされている点をあえて指摘するのは、著者があらかじめ釘を刺しているような、重箱の隅的知識をひけらかしたいためではなく（と敢えて言おう）、「男の子の国」の組織論を考えるうえで大変重要であると考えるからである。著者の整理の仕方では、たとえば『水滸伝』がそうであるように、（「孤独」な）反逆がどのようなプロセスを経て（「国家」的）体制へ回収されていくのか、そしてある種のロマン的反抗と軒を接するように思われる「子どものチャンバラ」的ヒロイズムに「男の子」が魅せられるのは何故か、というマチズモの問題にはついに届かないのである。

　また『宇宙戦艦ヤマト』は「日本が勝つように書き直された第二次大戦の物語」であるという指摘（蛇足を承知でいえば、この指摘を著者は佐藤健志の論文から引用しているが、このフレーズは本来、SF作家高千穂遙の発明である。もっとも佐藤自身、このことを論文中では一切ふれていない。単に彼が「大人」になって忘却したのか、あるいは「大人」として意図的に無視したのかはわからないが）を受けて、著者は『機動戦士ガンダム』を「全共闘が勝つように書き直された物語」と規定しているが、なるほどこうした物言いは確かに面白いけれどもやはり無理というものであろう。このような括り方から見えてくる新たな視点というのもなくはないが、そもそも作品の深層には触れないという著者の最初の断りからすればフライング気味の発言であり、また実際の作品構造や総監督である富野喜幸（＝現、由悠季）の作家としてのメンタリティー（六〇年安保当時、氏は日大の学生だったが、「ノンポリ以前」でむしろ御用自治会に属していたことを後年苦々しく回想している）から考えてみても、著者のまとめ方はかなり強引で、あらかじめ用意した図式に作品を当てはめようとしているのではないか、という不審が芽生える。

　このように、一編の論文として本書を読んだとき、論の対象となる素材の取捨選択が恣意的であることや、論の展開の背丈に合わせてテキストを裁断するようなところが、前作以上に目立つ。以前には「妊娠小説」の系譜を辿るという視線によってのみ捉えうる微視的な構造というものがあり、またその観測地点からのみ視覚しうるパースペクティヴの圧倒的な斬新さによって瑕瑾となりえなかったが、今回は、著者の方法論上の問題点がいささか表面に出過ぎてしまったきらいがある。

　にもかかわらず、本書における著者のスマートすぎる論理展開は、逆に、この問題を決して他人事として受け流すことができない鋭い痛みの自覚によってもたらされた痙攣の跡ととらえることができる。それは、「女の子の国」批評およびその延長線上での「伝記の国」批判の徹底性と裏表の関係にある。そこでは自己嫌悪にも似た苦みすら文章全体に感じられ、理想のヒロインとのハッピーエンドに浮かれる、「男の子の国」で調教された種馬どもの甘っちょろい舌先を痺れさせるには充分すぎるほどだ。

　本書に先立って書かれたエッセイ「セミと女王バチ」は、そうした著者のスタンスを示す好個の一例であろう。このなかで、彼女は、自分がはじめて「クインビー・シンドローム＝女王蜂症候群」という言葉と出会ったころのことを次のように語っている。

「私がこのレポートを呼んだのは、ずいぶんむかし。二〇歳になったかならぬかのころです。正直、ゾッとしました。自分もそうなりそうだ、と思ったのです。／じっさい、社会に出てみると、それっぽい大人の女の人がハイヒールでカツカツ歩きながら、『女もプロ意識をもたなければダメだ』みたいなことを朝から晩までゆうていました。これが噂の女王蜂か、と横目で観察しながら、私は笑っちゃいそうでした。女王蜂のつもりで、やってることは男の働き蜂といっしょじゃんかい」（『あほらし屋の鐘が鳴る』所収、一九九九年、朝日新聞社刊）。

なぜあなた（女性）は、総体としてみれば圧倒的に少数派の女性であるにもかかわらず、この社会で「成功」できたのか。すなわち、あなたは誰に選ばれたのか。結局それは男の子の国の論理の内側で成功したにすぎないのではないか、と著者は問いかける。その一方で、男社会で余計な苦労を背負うのはご免と考える女性は、従来の女の子の国の論理で生きようとしているだけなのだ、として、本書では、著者から「バタフライ症候群」と名づけられる。

いうまでもなくこの一見対立するふたつの群には、ある共通の質と構造が見受けられる。萬緑叢中紅一点――この「構造のもとで、アニメの国は、クインビー症候群の女とバタフライ症候群の女ばかりを『理想のヒロイン像』としてせっせと提出しつづけてきた」。そしてここに観察される構造は「実社会にも、もちろん共通したものである」。

たとえそれが紅の戦士＝クインビーであろうと、魔法少女＝バタフライであろうと、「男性」の視点から規格化された「女性」として生きなければならない世界。そこでは「女という性に生まれた子どもたちは、進学や就職という局面に立つたびに、いわば、男の子の国と女の子の国との二者択一を迫られるのである」。そしてこの究極の選択は、正確には、日常生活のさまざまな時あらゆる場面において、つねに迫られているのだ。それは著者も例外ではない。

同時にまた、アニメの国のヒーローたちが「一律に『闘え！』と命じる男の子の国の論理と自分とのギャップに悩みはじめた」ように、男性もまた、女性の側とは逆の二者択一を迫られていることに気づかざるをえない。だからこそ、ここで語られる（不）自由の問題を「女性」の問題として捉えるのではなく、われ―われ自身の問題として捉えなければならない必然がある。無論、前提が違う。違いすぎるであろう。が、いずれにせよ、この世界では「自分」で自分の首を絞める苦しみを味わうことなしに生き延びることができない以上、一方的な他者を想定して語るわけにはいかないのである。前提を無視するのではなく、この前提を踏まえたうえで、語り出すこと。当たり前といえば当たり前のことであろう。だが、この当たり前のわれ―われの不自由を現実の自由へと変革するにはどれほどの困難が待ち受けていることか。

「たくさんの男性と少しの女性でできた世界に鉄槌を！」。この、強いエモーションの漲った言葉で本書は結ばれている。この言葉は、それ自体としては圧倒的に正しい。にもかかわらず、この言葉がこの社会で本来もつべきはずのアクチュアリティーを獲得するためには、著者が通らねばならなかった迂回路の険しさを、ポップな文体に装われた上機嫌さの背後に押し隠さねばならなかった。だから、この言葉がもつ直接性は、まるで祈りのように熱く、そして、はかない。これはまた東浩紀がいう九〇年代の社会的・文化的環境（「ポストモダン」）が強いた空洞化状況に対応するだけでなく、アニメの国や伝記の国のヒロイン／ヒーローたちの辿る運命にも言えることなのだ。たとえば『新世紀エヴァンゲリオン』、『美少女戦士セーラームーン』、『もののけ姫』といった作品は、アニメの国のヒロイン／ヒーロー像の革命を遂になしえなかったいわば挫折の象徴なのである。たとえばヒーロー不在という時代にヒーローを提示しようという困難に挑んだ宮崎アニメの限界を著者は次のように指摘する。「宮崎アニメは『男の子の国』への批判と『女の子の国』の描き直しをやってみせた。……だが、ヒーロー像・ヒロイン像が抱える矛盾に関して自覚的だったとはいえない」。その結果が、「近代（男性性）が救えなかった世界は、反近代（女性性）によって救われるのではないか、という勘違いである」。（著者は注記で、「文明＝男性性／自然＝女性性という二項対立じたい、何の根拠もないものである」と念入りにダメ押しをしている。）『未来少年コナン』のラナからナウシカを経て『もののけ姫』のサンに到る宮崎アニメのヒロイン像の変遷は、同時に、宮崎による人と自然との共生可能性の模索の系譜でもあるが、ついに新しいヒロインは生まれなかった。数は増えても、紅一点の質を変えることはついにできなかった。「最後は野獣＝原始の姿に戻るしかな」かったのである。「近代を直視していない反近代は、前近代と同じだからだ」。

ここで彼女が述べようとしているのは、だから、単に決意の問題でも、意識転換だけの問題でもない。まごうかたなく、著者は自由と革命と、そしてその可能性の問題を語ろうとしているのだ——与えられたものとほかのものとの関係を変えるだけではない、そのもの自体が変えられなければならない、という意味で。すなわち「男」あるいは「女」から解放され、その存在を革命してゆくには、近代を超えてゆかねばならないのである。だから著者は現在をいわば革命の過渡期とみなす。そのイメージは絶滅寸前の白亜紀のころのアンモナイトだ。「きれいな渦巻状だったはずのアンモナイトが、進化できるだけ進化したあげく、最後には、まるで長い紐をごちゃごちゃに丸めたような異様な形状のものへと姿を変えていった」。だが、この迷宮とも混沌ともつかぬ袋小路を超えて進むことは可能か。どのような未来に向けてわれ—われは歩んでいるのか。

「……どんな社会も、たくさんの女性の参入で何かが変わるはずである。……数と質をともなった新しいヒロイン像は、数と質をともなった現実社会に生きる女性の中からきっと生まれてくるだろう」。これを単なるオプティミズムであるとして鼻白む優しい彼、強い彼女たちに幸多かれ。だが、結果的にとはいえ、既成のシステムに奉仕することで自動的に抑圧者に顛倒してしまう、あまりに素朴といえば素朴なジレンマに、いささかの痛みも覚えない鈍感さを、少なくともそれを鈍感さとして認知することのできない鈍感さを微笑でもって覆い隠すのが、日本の近代において「大人」になることの謂であった。無論、彼らの作り笑いはまったく根拠のないものではない。本書の結論にもあるように、アニメの国では量は質に転化しなかった。そこにいまだ自由は訪れず、革命は成就していない。では、著者の主題もまた、現実世界においては、遠い未来のプログラムでしかないのか。確かに、この新しいヒロインのテーゼの残酷さを真に理解するほどにも時代は進んでいるわけではない。ただ、未来はいまも彼女の背後にある。そしてその視線には、来るべき新世紀に潜勢する微かな期待と可能性を見通し、つかのまであれ、閃かせるような開示の力が備わっている。それが彼女の批評の力だ。
概念としての「男らしさ」「女らしさ」のカタストローフを見つめながら、男たちが進歩と呼んだ強風によって、彼女は背中を向けている未来のほうへ、不可抗的に運ばれていく。その時、彼女の眼には何が写っているのだろうか。

[ビレッジセンター出版局刊、一七〇〇円＋税]

書評

現地体験の誘い

『日本植民地探訪』大江志乃夫著

橋本正志

「これが日本人の足跡だ！」と帯に記された本書は、大江志乃夫氏が戦後五〇年を経た旧帝国日本植民地・委任統治領の「現状」について詳細に触れたルポルタージュである。「敗戦前の植民地生活の経験はない」という著者は、途中失明の危機に瀕したり（二〇七頁）、旅行中にホテルで「二十数針」を縫うという大けがをしながらも（四〇一頁）、一九九五年から精力的に「サハリン」「南洋群島」「関東州」「朝鮮」「台湾」といった旧植民地を「探訪」して歩いた。何よりもまず、こうした著者の姿勢に深く敬意を表する次第である。本書の目次は以下の通りである。

著者は「あとがき」において、「解放された日本の旧植民地の五〇年後を歩いて現地でその歴史を振り返ってみたい」（四八一頁）との所懐を旅の動機として表明している。すでに川村湊氏は、こうした著者の姿勢について、「大江氏が複雑な政治構造の社会を旅しながら、政治的バイアスから自由に、一定の姿勢を貫かれたのは、「歴史家」の透徹した視線と共に「普通の人間」の存在をしっかりと見ているからである」と評価し（裏表紙）、本書を「ポスト・コロニアリズムの見事な達成」（同）と意義づけている。

たしかに、本書において大江氏は、終始積極的に現地の人々に話しかけ、その時の様子から政治・社会の変動の内実を見い出し、それらの国々の「現状」を浮かび上がらせる手法を一貫してとっている。たとえば、「一」においては「日本の手によってサハリンに置き去りにされ、戦後五〇年の風雪に堪えてきた」在留韓国人の姿を描き、その歴史に向き合う自らの旅を「残酷な旅」であったと回想する（四七頁）。また、「二」では、「戦場体験世代は生々しい体験を語るが、自分の戦争体験の客観的な位置付けをきちんとしていないので、口先は別として、戦争にたいする本質的な省察がなく、結局は戦場体験の自慢話になってしまう」と、戦争体験を単なるノスタルジーといった次元に還元してしまう視点を厳しく批判し、あくまで個々の体験の客観的な意味づけの必要性を説いている（一二二頁）。

亀井秀雄氏は「文学としての戦後」（『国文学――解釈と教材の研究』特集「文学・戦後五十年」、一九九五・七、学燈社）の中で、

植民地化した土地で日本人がおこなった非道な行為は折に触れて報告されてきたし、いまもなお掘り起こされつつある。だがそれは「外国」を侵略した「戦争」への反省という枠組みを出ていない。当時の日本的な論理にもどってみれば、少なくともそれは「多民族国家日本」のその時期その地域における政治・経済・言説・文化工作の総体的な歴史のなかで起こった事件であり、またその認識をもって把え、記述しなければならないはずだが、そういう意味での空間的・複合的な歴史認識が落ちてしまったのである。

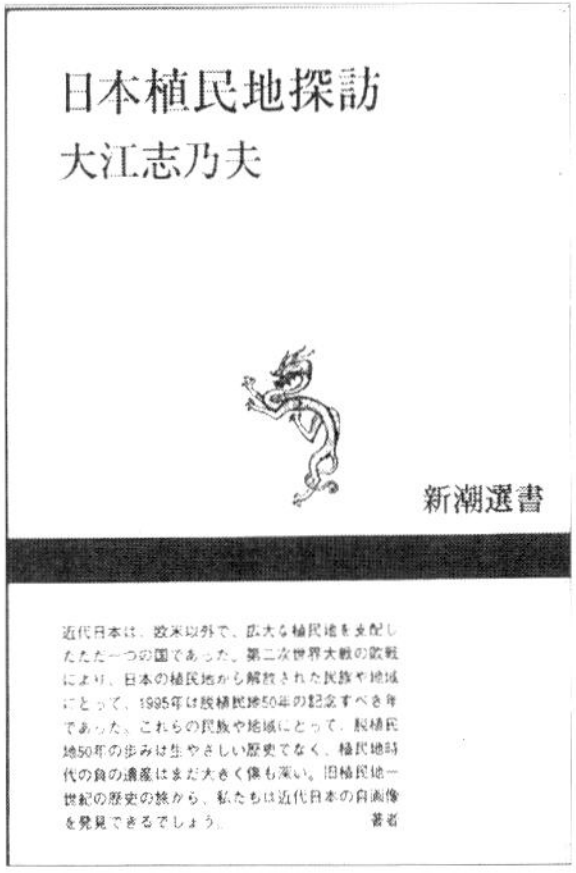

と述べているが、この提言は、アジア太平洋戦争開戦前後にこれらの地域を訪れた文学者の行動の軌跡を探る際にも有効である。たとえば、「南洋群島」の中心地コロールにわたった文学者に中島敦がいる。大江氏は、中島が国語教科書の編纂者であったことについて触れ、「「日本帝国臣民」の国籍が与えられていない島民に皇民化教育をほどこすことの滑稽さに、『南洋群島国語読本』の編纂者たちが気付かなかったところに、この群島での日本語教育の悲劇があり、それを感じとったところに中島の絶望があった」と述べている（一七八〜一七九頁）。

しかし、『公学校本科国語読本』（大江氏は『南洋群島国語読本』としているが、こちらの方がより正確であろう）の編纂過程で中島が感じとった「絶望」とは、実際に「皇民化教育をほどこす」側にあり、また、中島の編纂作業にも参加した現地の「公学校」教員の意見に直接触れたことで生み出されたという側面も同時に持ち合わせているように思う。中島は、「皇室尊厳に関するものの如き、島民の真の理解を得ること難し」「全然国語を知らざるものに教ふるものなることを考慮に入れられたし」といった一部の「公学校」教員の率直な意見をメモに書き取って、自らの編纂にあたっての参考としていたからである。つまり、「南洋群島」教育史における中島敦の感慨を一口に「皇民化教育」へ批判として還元し終わりにしてしまうのではなく、そうした批判に至る経緯を一つ一つ明らかにしていく作業が今後必要であるといえるのではなかろうか。

ところで、五〇〇ページ近い分量の本書を、私が途中で頓挫することなしに読了した理由の一つに、おそらく大江氏自らが撮影したであろう豊富な写真がふんだんに掲載されており興味深かったことがある。とくに、ラバウル沖で空爆で沈没した日本船の船体に土を盛り込んで埠頭として蘇らせ、その付近の岸壁で民俗舞踊を披露する人々の力強い様子（一六五頁）は非常に興味深かった。また、「五」では、立命館大

学法学部教授・徐勝氏の救援活動に関わって長らく著者が訪れることができずにいた韓国を「心理的に最も遠い国の一つ」（三一九頁）であったとうち明ける。様々なエピソードに加えて、交通の手段、食事についての詳細を取り混ぜており、読者を惹きつける試みが随所に散見される。こうした点から、本書は旅行書としての側面も持ち合わせている。本書が「この本を手に、読者の皆さんも私といっしょに近代日本の植民地の歴史を旅してみませんか」（四八三頁）という呼びかけの実践であると捉える所以でもある。

「あとがき」において大江氏は、「旧植民地のこれらの地域を旅して、いまさらのように新しく歴史を発見し、見直すことができた」（同）と述べている。長年近代史に取り組んできた著者のこの言葉は、現地体験が従来の歴史観を根底から覆す可能性を秘めていることを示唆しているように思われた。旅行中、終始現地の人々との交流を積み重ねてきた大江氏の言葉は、今後、旧帝国日本植民地各国といかなる関係を築き上げていくのかという点において、非常に重い提言として真摯に受け止めざるを得ないであろう。

［新潮社、一六〇〇円＋税］

書評

「故郷」と「都市」と「人びと」をめぐる卓抜な物語

森本　穫

『「故郷」という物語・都市空間の歴史学』成田龍一著

一

実績ある歴史学者による魅力的なテーマの書を、楽しみながら読んだ。

著者には不本意かもしれないが、はじめに、ごく大まかに、本書の述べているところを要約してみたい。

一九世紀後半から二〇世紀初頭にかけて――つまり明治になって、激しい文明の進化と産業構造の拡大が生じ、それにともなって、人びとの大移動がはじまった。

すなわち、「故郷」から「都市（主として東京）」への移動である。そして都市空間内で生きはじめた人びとの共通のアイデンティティ（共同、連帯）のよりどころとして、「故郷」の概念が謳われ、それは同郷の人々の靭帯として機能した。

そうした現象のなかでも特に注目されるのが同郷会、郷土会である。多くの場合、旧藩主の後援により、郷土の子弟に高等教育を授けて人材を養成することを目的としたこれらの会は、共通の「故郷」なるものの概念を仮構した。それは日本の国民国家成立と同心円をなしている。

こうして仮構された「故郷」を実体化するために、さまざまの装置が工夫される。新聞雑誌の刊行、運動会、等々。

これらによって人びとは「都市的なるもの」「故郷的なるもの」から成る複合的な「都会的アイデンティティ」を獲得し、それを根拠として都市に生活しつづけることになる。

以上のような、いわば立身出世につながる階層の人びとの「出郷」にたいして、そのような

後ろ盾を持たぬ「離郷」者もあった。その一つの特異な例として、石川啄木が語られる。確かな「故郷」をもたぬ啄木の内部で仮構された「渋民」、あるいは林芙美子のような「離散」。つまり、より多くの読者――心ならずも「故郷」を喪なった人びとの物語を、啄木の背後に見ることができる。さらに、言語化の機会さえ奪われていた女性たちの問題。

最後に、「故郷」からの旅立ちの可能性への言及。

二

まことに我田引水になるが、九七年に「阿部知二　原郷への旅」（林道舎）を刊行した私は、しばしば自分の書いたことと重ね合わせながら本書を読みすすんだ。

私は、昭和初期に文壇に登場した阿部知二（一九〇三～一九七四）というひとりの作家を、中央へ送り出した「故郷」の人びとの、それ以前の数代にわたる歴史を書いたつもりであった。それは、おそらく戦国期のころ武器を捨てて土着し、土地の農民層の代表的な家として江戸時代を生き延び、近代に入ると、一方で堅実な農業をつづけながら、一族のなかから、「故郷」を捨てて都市（特に東京）へ出ることを夢見た、あるいは実践して挫折した若者たちを輩出した、ひとつの典型的な一族と思われた。

知二より何世代か早く、たとえば綱島梁川、正宗白鳥、近松秋江など、明治大正の文学を担った人びとも、比較的よく似たところから出発したように思われた。ただ、彼らが隣国の備前備中の出身であるのに対して、知二は、草深い美作の、しかも津山からやや離れた山間の出身であった。私が興味深く思ったのは、知二の夭逝した兄公平（一八九八～一九二三）の墓誌に「六歳ニシテ出郷ス」と記した父良平の意識である。

現在では津山市に編入されている河辺村日上の、よく似た上層農家原田家の三男であった父良平は、勝田郡中山の阿部家に入り婿として入った人である。努力家で、高等小学校を出ると、あとは一つ一つ資格を得て、知二の生まれた明治三十六年には、念願の中等学校教師の検定（いわゆる文検）に合格して、鳥取県第二中学（のちの米子中学）教師の地位を得た。そこで生まれたばかりの知二と六歳の兄公平、母もりよと祖母一家が、公平知二の生誕地であるこの地から米子に向かったのだが、そのときのことを父良平は、長男の「出郷」と誌したのである。つまり彼の意識では、それは（より草深い山陰の町への移動であったにもかかわらず）長男の立身出世への第一歩を意味したのである。（こののち公平は、父の期待にそって広島高等師範に学び、高等女学校の教師になったが、結核のため二十六歳で亡くなった。）

本書との関係でいえば、もし明治七年生まれの父良平が、津山郊外の河辺村の農村の出身ではなく、本書に描かれたような津山藩の士族であって、津山青年協和会会員であり、鶴山館の在館生として東京で青春時代を送っていたとしたら、その人生はどのようなものとなったのだろうか。

また、知二の家系と血縁の関係にある、隣村勝間田出身の木村毅が少年時代、文学上の決定的な影響を受けたという阿部舜次は、前述の正宗白鳥より三歳下だが、中学途中から上京し、青山学院中等部に編入（因幡出身の生田長江と寄宿舎で同室だったという）、東京高等商業を出て、日本銀行に就職した。やはり結核で帰郷したのち夭逝したが、このひとにも、明らかに東京への「出郷」の意識はあった。

これらの縁故者をもつ知二にもまた、同様に「出郷」して、何らかの形で身を立てたいという思いはあったはずである。

私の本は、いわば、ひとりの青年を中央へ送り出した側——故郷の側から、江戸末期から大正年間にわたる人びとの営みを描いたものだが、そのようにして送り出された知二の意識のうちに、「故郷」は、どのような形で生きていたのだろうか、というのが、本書を読みながら私の内部に湧きだした新しい問題意識だった。

もちろん知二は、「故郷」の自然風土や肉親一族について、多くは脚色を加えながらも、時には率直にその一部を語った。知二は、本書に取り上げられた多くの作家たちから、ひと世代かふた世代遅れた人ではあるが、これらの作家たちと比較しつつ知二の「故郷」意識を探れば、それは、近代日本の、なだれを打つような階層の解体と再構成の模様を、描きだす手がかりになるのではないか、としきりに思ったことであった。

三

本書に取り上げられ、分析された文学者は、いずれも興味深い側面を見せてくれたが、なかでも強い関心を抱かされたのは、明治二十三年に『帰省』を書いた宮崎湖処子と、まことに複雑な「故郷」を内部に抱いていた石川啄木である。

前者は比較的幸福な「出郷」者であるといえるが、一方、啄木の場合は、本来の「故郷」が欠落していた。その点を著者成田氏は、「離散（ディアスポラ）」という概念を援用して説明している。

著者によれば啄木は「故郷的なるもの」と「都市的なるもの」を併せ持った複合的アイデンティティを解体し、「渋民」という仮構の「故郷」を言語で創出した人である。その、同郷会のエリートたちとは別の形の実践——「故郷」に捨てられたという感覚を表現した啄木の営為——が、近代日本における大多数の人びとの体験と重なり、啄木の短歌を読む読者たちの体験に重なった、とするのである。

近代日本の核として構築されてゆく都市空間と、その住民を送り出し、さまざまな要素を彼らに送りつづけた「故郷」なるものについて、本書は構造的に、空間的に、多様な角度から分析し、その像を提示してみせた。そのような構造を頭において、いま一度、明治以降こんにちに至る膨大な文学者たちの生涯や作品群を考え、彼らひとりひとりが内部に逃れようなく抱えていた「故郷」の意味を検討すれば、日本の近代について、いっそう深い理解に近づけるのではないかと、本書の読後、新しいテーマを得た思いであった。

［吉川弘文館刊、二六〇〇円＋税］

書評

批評家の性別とフェミニズム批評

水田宗子

『語りかける記憶――文学とジェンダー・スタディーズ』中川成美著

アメリカのフェミニズム批評をリードしてきたエレイン・ショーウォールターは、フェミニズム批評の発展を、男性文学テキストの批判を主としたフェミニスト・クリティーク、女性作家の作品と創造を分析するガイノクリティシズム、そしてテキストの性差と政治学を批評の対象とするジェンダー批評、という区分けで整理している。

しかし、これらをフェミニズム批評が領域としてきたものというのはよいが、これらをあたかも異なった対象やテーマや方法であるかのように区分したり、また、それをフェミニズム批評の歴史的（時間的）な展開であるかのように叙述するのは妥当ではない。フェミニズム批評は、これらが互いに関連しあうところで、同時的に成り立ってきた批評だからである。

男性作家の作品の中に描かれる女性像や女性観、男女の関係や主人公の男性中心的な世界観などの女性蔑視を分析することは、たんにその作品だけではなく、作家の思想や深層意識をふくめて、そうしたテキスト生成を支える文化の構造を分析することである。また、女性作家の表現の軌跡を辿るのに、女性の表現を規制し、限定する文化の中で、個々の作家がどのようにして表現への道を見つけ、開拓してきたか、あるいは近代の女性が抱え込んだ母性と自立の対立にどのように対処してきたかなどへの考察を迂回して、女性作家の作品を分析することは不可能である。

そして、このようなフェミニズム批評に必要なのは、批評家の性別ではなく、性差への想像力と理解力、洞察力であることは言うまでもない。フェミニズム批評は、性差を、生物学的、解剖学的身体の機能と特徴によるものではなく、歴史的、社会的、文化的に構築されるものと考えたことから始まっている。ジェンダーとよばれるその歴史・社会・文化的性差は、たんに並列的な差異なのではなく、男性の性を基準として、男性ではない性を劣位に位置づけるために差異化された性差なのである。男性の性が普遍的人間の性であり、それとは異なった性を排除していくシステムがジェンダーであり、ジェンダー化される性は女性だけではないが、差異化された性をすべて「女性」という総称でまとめてきたのである。

フェミニズム批評は、性差別の構造、つまり、性の差異化のシステムを成り立たせ、再生産していくことに、文化のテキストが大きな役割を果たしてきたという認識から生まれている。第二波といわれるフェミニズム思想の展開の中で、フェミニズム批評が文学批評の分野でまず大きな成果をあげたのはそのためである。文化のテキストには、神話や伝説、民話、物語のような作者不祥のテキストから、作者のはっきりした文学作品、批評、思想、あるいはそれ自体では自己完結した世界を提出しない記号的な断片にまでいたる、広範なテキストがある。それらがジェンダーによる文化の構造の所産であると同時に、その再生産を担っているという認識は、フェミニズム批評を、社会の中の「性の政治学」から「テキストの政治学」の解明へと向かわせ、そこに文学批評とフェミニズム批評の「幸福な結婚」が成立したのである。

テキストが産み出すものは、視覚的なもの、聴覚的なもの、情緒的、美的なものなどとさまざまで、テキストの性格、特徴によって、ジャンルとも関わってくるが、その中で、すべてのテキストに共通しているものは、それが内包し、表現し、提示する言説である。言説はテキストなくしてありえず、ジェンダー構造の生産と再生産をになう性差の言説は、テキストを通して、私たちのジェンダーに関する意識や感情や思考を作り上げていくのである。

このように、フェミニズム批評は元来ジェンダー批評なのであって、フェミニズムのある段階で、それ以前のフェミニズム批評と区別されるものとして、フェミニスト・クリティーク、ガイノクリティシズム、ジェンダー・スタディーズが別個に擡頭してきたというものではない。フェミニズム批評にはさまざまな見解と方法の違いがあるが、フェミニズム批評がジェンダー構造の言説をテキストにおける表象を通して分析するものである点において、過去も現在も共通している。フェミニズム批評からジェンダー・スタディーズに進展したから、フェミニズム批評に男性批評家も参入できるようになったというようなことではないのである。

元来、フェミニズム批評は女性が女性のために女性を研究をするものだという定義があって、それが説得的であったことも事実であった。ごく最近まで、女性作家の作品は、文壇、出版、言論界の周辺に位置づけられ、近代日本の文学と教養を形づくるカノンは、女性表現を無視したところで成り立ってきたのだった。日本のように女流作家の作品が古典となっている文化でも、近代文学がそれをどのように継承してきたかということは（例えば、谷崎潤一郎と『源氏物語』などは恰好の題材であるのに）、ほとんど考察されてこなかった。

女性作家研究は、女性史研究と同じように、まったくないわけではなかったが、それが歴史や文学の構造を作ってきたものという認識はなく、あくまでも周辺的な、あるいはザブ・カルチャー的なマイノリティの表現としてしか扱われてこなかった。そのような状況の下で、女性作家の研究が、女性研究者たちによる女性のためのものとなったことは必然的だったともいえるだろう。

しかし、フェミニズムが大きな影響を受けてきた精神分析や現代思想の分野では、フーコー、デリダ、ラカン、イーグルトン、ジジェックなど、ジェンダーやセクシュアリティを視座の核においた人々が、注目すべき仕事をしてきている。ジェンダーの言説と文化の構造を分析する視点をぬきにして、フェミニズム批評はもちろん、現代社会や文化、思想の分析や批評がありえないことは、それらの思想家たちに共有された認識である。女性表現とその思想への視点を欠落させてきた日本の文学批評だけが特殊なのであり、女性批評家の仕事と男性批評家の仕事、批評と文学研究の乖離も、そうした日本の特殊性の一つなのである。

だが、その乖離がやっと埋められはじめていることが、中川成美の刺激的な『語りかける記憶――文学とジェンダー・スタディーズ』を読むとよくわかる。テリー・イーグルトンの『クラリッサの凌辱』（一九八二年）が出たとき、男性批評家がフェミニズム批評をできるのかと、欧米のフェミニストの間で論議されたことがあった。エレイン・ショーウオールターもふくめたフェミニスト批評家たちの多くが、女性たちが開拓した領域に、男たちがあとから入ってきて、女性が差別の中で成し遂げてきたせっかくの成果を体制側に持ち帰り、一般化して、そのラディカル性を骨抜きにしてしまうことへの危惧を表明したのだった。

日本でも、ジェンダー・スタディーズという言葉の持つ非攻撃的な響き、男も女と同じ性差別制度の被害者だという示唆などが、昨今さかんに提唱されている「男女協同参画社会」を推進する政府や自治体にとって、フェミニズムという言葉を忌諱しても、ジェンダー・スタディーズなら違和感がないもの、という印象を与えているようなことがある。しかし、中川成美の『語りかける記憶』には、そのような雑念を払いのけるに十分な、良質で深いフェミニズム批評の実践を見つけることができるだろう。

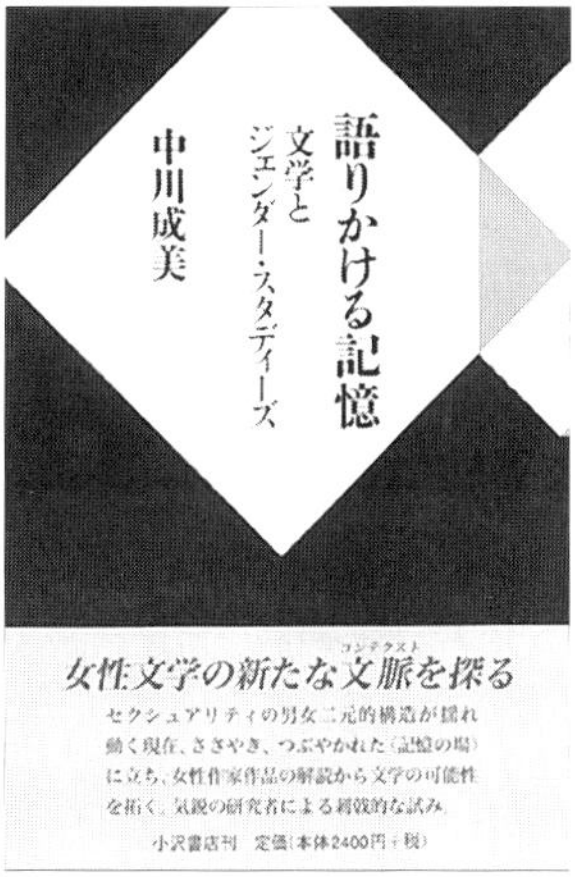
語りかける記憶
文学とジェンダー・スタディーズ
中川成美
女性文学の新たな文脈《コンテクスト》を探る
セクシュアリティの男女二元的構造が揺れ動く現在、ささやき、つぶやかれた〈記憶の場〉に立ち、女性作家作品の解読から文学の可能性を拓く。気鋭の研究者による挑戦的な試み。
小沢書店刊　定価（本体2400円＋税）

本書の八章からなる第一部は、女性の語りへの欲望とその回路の模索の軌跡を、樋口一葉にはじまる日本近代・現代女性作家の作品を横断して分析する。女性表現が無視され、セクシュアリティが二元論的に分離されてきた日本社会で、近代の女として自己認識を形成しょうと悪戦苦闘する女性たちが、表現への欲求をさまざまな迂回を経験しながら表出していく過程が、文化のジェンダー構造を変容させていく過程ともなることを、女性作家の深層へ踏み込んだ分析で明るみに出している。

なかでも、巻頭論文の「放浪・自己語り・女性――近代女性文学と語る欲望」と、七章「こわれゆく女――ジェンダー・イデオロギーとしての愛の言説」は、近代女性の自己意識が表現することと愛することに過大な幻想を抱き、その苦悩を背負うことになった軌跡を、明晰なテキスト分析で示している。

近代女性表現は、一方で、家と「女」の深層への沈潜から物語の世界へ突き抜ける回路を見つけ、他方では、未知の語りの回路を見つける可能性を求めて、家や愛を放棄する放浪にその模索の軌跡を辿ることができる。本書では、六章「居場所のゆくえ」と八章「何がセクシュアリティに起こったか」で、現代でのその行き着くところを、笙野頼子や松浦理英子の作品分析を通して考察していて興味深い。

第二部は、日本文学のテキストを離れて、世界的なポスト・コロニアル状況の下でジェンダー構造とその言説を検証しようとしたエッセイが多いが、なかでも、「従軍慰安婦」問題に関して、慰安婦たちの「無言」を、抑圧され、権力によって搾取された者の語りの問題として論じている「不条理なまでに無力であること」というエッセイは、ジェンダー化された存在に関する言説の陥穽を的確に衝いていて、説得力がある。

ジェンダー構造は、差別する性による差別される性の差異化構造であるのだから、男性も女性もそれを回避して、現代社会と文化への批評に関わることはできないだろう。差別する性にしがみつこうとする者たちだけが、今日の性をめぐる状況を無視したいと考えているのであるから。

［小沢書店、二四〇〇円＋税］

「表現の隠蔽」と「隠蔽の表現」

金子光晴の「反戦・抵抗詩」の意義

柴谷篤弘

一　金子光晴との出会い

　私はもともと生物学の専攻で、文学・文芸批評、とくに近代・現代詩の知識はきわめて限られていた。しかし戦時中の芸術作品が戦後に隠蔽されてきた経過と、現代の科学技術（医学を含む）・教育・歴史そのほかの営為における隠蔽との関係をたどる仕事を、自らに課して戦後五十年を迎え、その結果を小著『われらが内なる隠蔽』（径書房、一九九七年）にまとめた。その本のなかに、経験と知識の乏しさをかえりみず、戦争画と戦争詩歌の隠蔽の問題をも含めた。そこでの私の問題意識は、戦後五十年にあたって、作者の戦争推進の責任を問うのではなく、戦争芸術、そして逆に平和祈念の芸術についても、その主題やイデオロギーと独立して、芸術としての質を論ずる、とすれば、どういう条件が求められるのか、ということであった。そしてひいては、戦前から戦後にかけての日本の芸術活動のなかで、戦争芸術や反戦・平和芸術のもつ意味を問うことをめざした。

　このような批評活動をまともに行ううえで、戦争協力と見える作品と、その他の作品、とくに平和推進の願いをこめて制作された諸作品とのつながりを見出すためには、作品が隠蔽されてはならないことを、私はまずは強調した。この仕事をするために、私は主としていろいろの二次資料をあたることからはじめたが、現代詩の歴史に疎いために、見落としの危険が大きかった。はたして本が出版された後で、畏友・花崎皐平氏から、金子光晴に注目せよと助言を受けた。

そこで、種々の資料を当たって、私はこの詩人についていろいろなことを初めて学んだ。日本の現代詩人たちのなかで、この詩人の占めた位置が、詩壇から離れてかなり特殊であったこと、戦後とくに、反戦・抵抗詩人として名声をはせたこと、しかし戦後五十年に向かう諸企画のなかで、ふしぎにこの詩人のことはあまり問題にされなかったこと(1)、最近ようとう現れた・戦争詩を日本の現代詩の中に位置づけるべきだ、という私の願望を満たすに足る労作——若い世代の坪井秀人による『声の祝祭』(2)でも、金子光晴は周辺的にしか扱われていないこと、そして自身詩人でもある櫻本富雄が精力的に戦時中の詩人の作品・言説を掘り起こし、戦後活動との矛盾・齟齬・不一致を分析していること(3)、また私よりはほぼ四半世紀早く生まれた金子光晴の人生と外国遍歴の中で、私個人にもいくつかの接点があること(4)など。

二　二編の詩・「泡」と「どぶ」

最近ようやくその作品にふれることができた金子光晴に対する、私の右のような特殊な思いいれの理由については、あとで書く。まず私は、花崎の助言にもとづいて、即座に参照できた光晴の死後に出版された数冊の詩／詩文集で、彼の中期の『鮫』(一九三七年初版)を通読した。それはもちろん、原詩集出版の時期から判断して、まず彼の「戦争詩」を探そうとしたからである。この詩集は、現在までにすでに多くの人びとによって、彼の詩の最高の集約ともみなされている。初心者の私が、そのことを知る前に、まずはこの詩集に強く印象づけられたのは、当然のことであったろう。なかでもそのなかの「泡」と「どぶ」、そして有名な長詩「鮫」が、とくに私の注意をひいた。最後のものは、戦前の東南アジアにおけるヨーロッパの植民地主義がもたらした現実を象徴したものであるが、はじめの二つは、そのような現実に対して日本が取った植民地主義的・軍国主義的な対応を描いた作品、という印象を私はもった。しかしそればかりでなく、私はこの二つの詩が、数年前から現在までしばしば論ぜられてきた南京大虐殺と従軍慰安婦の問題の「先取り」(prefiguration)になっているのではないか、という「予感」をもいだいたのである。「先取り」というのはもちろん、詩集『鮫』がすでに一九三七年八月、日中全面戦争がはじまった一ヶ月あとに発行され、ほとんど捌けぬままに残されて、一部は空襲で焼失した、という経過に照らしてのことである。後に起こることになる事件の本質を、当時はやくも見通した作品だった、といまの時点で言えるのではないだろうか。その問いが私をとらえたのであった。

私がなぜそれにこだわったか、といえば、「泡」には長江

（揚子江）支流の黄浦江が本流に合流する地点にある・当時砲台の存在で日本人にも知られていた・上海の北にある呉淞《ウースン》（図1）とならんで、「下関《シャーカン》」が詩のなかに詠みこまれていたからである。後者の地名は、私が南京大虐殺事件当時につくられ・のちに歌集『南京』秀文閣書房（一九四〇）に収

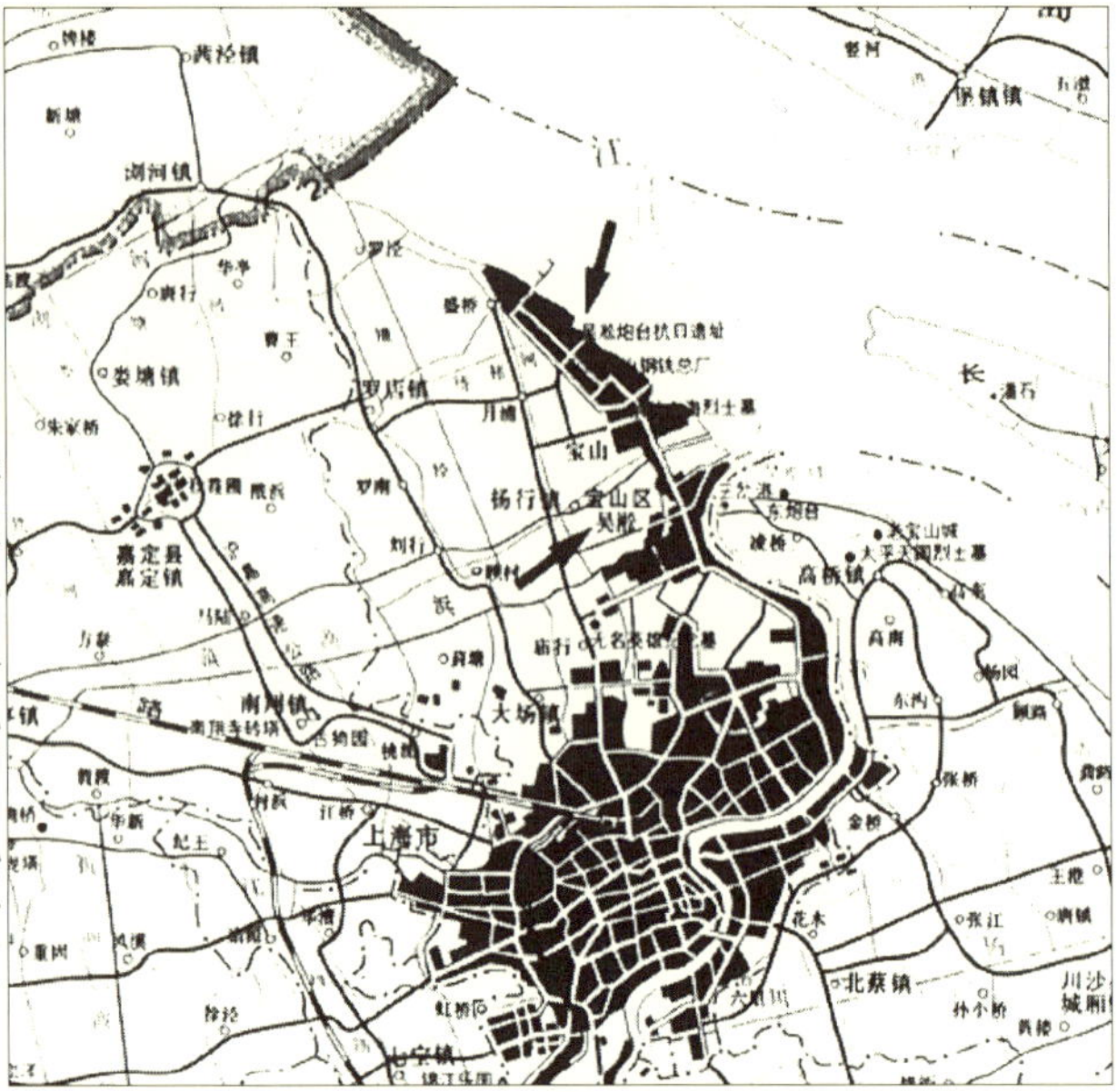

図1　呉淞（矢印）と上海。長江（揚子江）ぞいに「砲台」のあとが、「抗日遺跡」として記録されている（矢印）。上海を貫いて流れるのが黄浦江。［注47］p.236にもとづく。

められた短歌「遺棄死体八万というそのかずの夥しさは言ふに言はれず」の見出し「下関」で私の記憶にあった。またの作者である憲兵大尉・堀川静夫の、事件当時の動きを調べたときにも、この地名が出てきた(5)。それは、南京の城壁北西の突端の外側にあって長江に面した地点の名であり、そして最近また繰り返されている、南京大虐殺の事実へを疑う言説に対する批判(6)のなかで、またその六〇周年を記念する行事その他の言説のなかで、この地名が虐殺の現場として、しばしば言及・参照されたからである（図2）。

最近の数年間にようやく戦争詩歌についてすこしは意見を形成しえた私が、一九九七年にはじめてこの詩を読むにいたった個人的な事情が、一般の読者にくらべてかなり特殊であったことに留意すれば、右に書いた点は、過去の光晴のおおよその読者には読み過ごされてしまっていたのではないか、とも想像される。私はそこで、これらの詩の正確な発表時期と、それを作った金子光晴のその時点までの経歴をしらべるために、彼の自伝その他を通読し、それなりに光晴の人となりや散文にも強く印象づけられた。

三　いくつかの版のあいだの違い

しかし、このようなこだわりは、以下にくわしく書く事態が存在しなかったならば、私の心には萌さなかっかもしれな

い。というのは、そのときに読んだ光晴没後の出版にかかる彼の三冊の詩集(7)のうちの一つにあった詩の字句が、他の二つのそれと、きわどい(criticalな)ところで意味ありげにすこし違っていたからである。しかもその差は、おなじ出版社が出した光晴についての二冊の詩集の間にも見られた。その差がどこからきたのか、を知ろうと思い、私は手始めにこの二つの本の出版社に問い合わせたら、両方の本の編集にたずさわった人物はすでに退社して、連絡が絶えているので、異同の生じたいきさつについては、いま明らかにしえない、という回答をえた。してみると、この異同の存在は、これまでそれほど問題にされず、光晴のこれらの詩を二度までも刊行した出版社の責任者にも、そのことは知られていなかったように思われる。そこで自分でしらべてみて、いろいろなことがわかってきた。それを書くのが、この小論の前半の目的である。後半では、ここで明らかになった事実にもとづき、政治的な抑圧のもとでの芸術表現について、何が問題になるか、を考えてみたい。

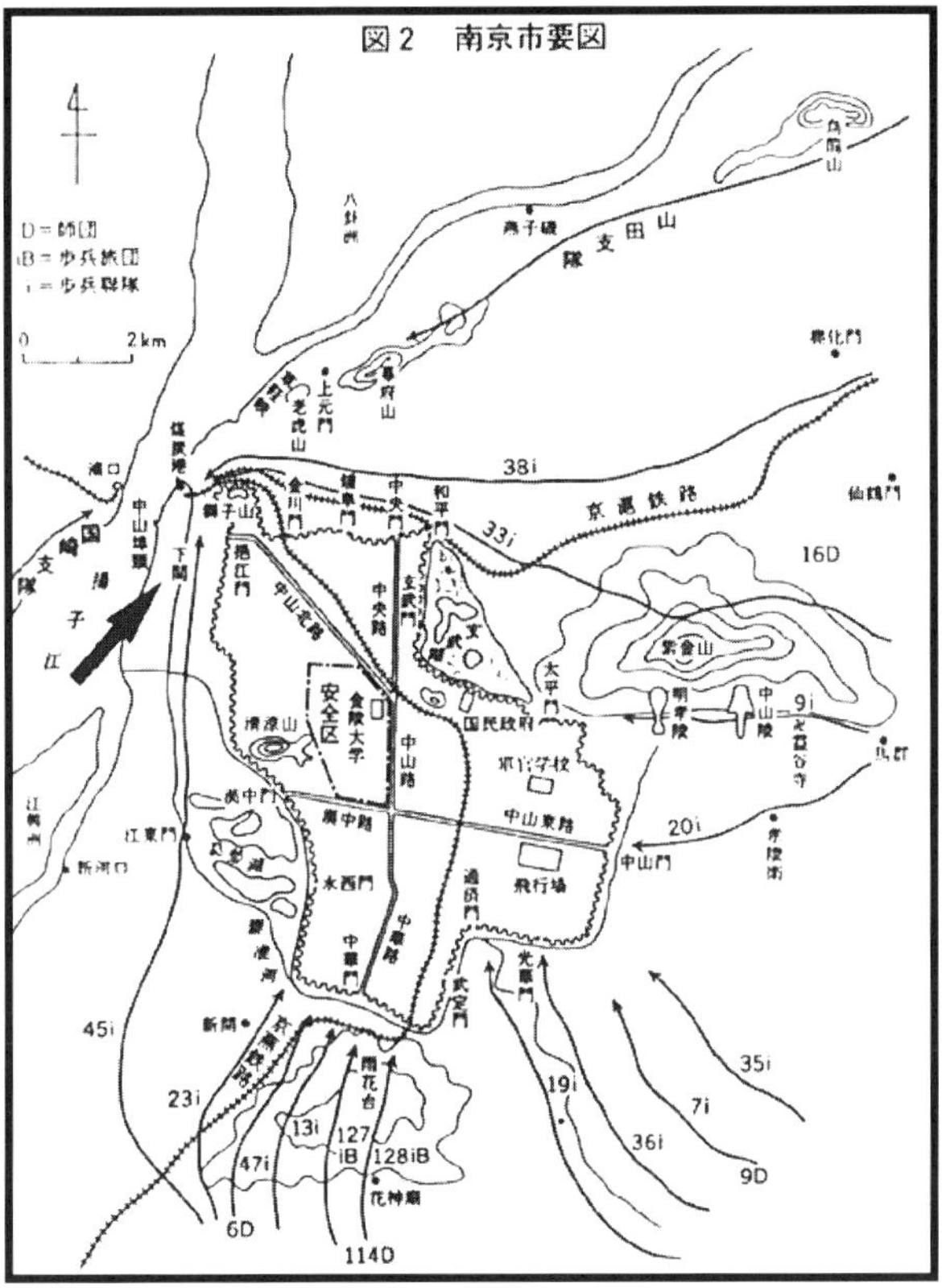

図2　南京、とくに下関(矢印)と長江。[注6]の『めもりある南京1997』にもとづく。矢印のついた多くの曲線は日本軍の移動の経路。

　まず資料1と2に、詩集『鮫』にはいっている、問題の三つの詩の字句の変遷の経過の概略を記録する。資料の提示にあたり、原作がはじめて雑誌に発表された時のものを、「泡」(一九三五)と「どぶ」(一九三六)のふたつの詩について、ともにV1(ヴァージョン1の意味)とし、それ以後の主な変遷の段階をV2〜V4と呼ぶことにして、その出版状況をまとめると、つぎのようになる。「鮫」については初出を参照できなかったので、V2以後のものを比較するにとどめる。

V1「泡」『文学評論』二巻（七月号）一八一〜一八三（一九三五）［昭10］
「どぶ」『詩人』三巻（七月号）六八〜七一（一九三六）［昭11］
「鮫」『文芸』（九月号）未見（一九三五）

V2『詩集　鮫』人民文庫（一九三七）［昭12］八月
『金子光晴詩集』（秋山清編）創元選書（一九五一）［昭26］四月
『金子光晴全集』第二巻　中央公論社（一九七五）［昭50］十月
『金子光晴』［現代詩読本　新装版］思潮社（一九八五）［昭60］九月
『金子光晴詩集』岩波文庫（一九九一）［平3］十一月

V3『日本現代詩大系』（中野重治編）河出書房（一九五一）［昭26］一月

V4『金子光晴全集』第二巻　昭森社（一九六二）［昭37］十一月
『金子光晴』［現代詩文庫 1008］思潮社（一九七五）［昭50］九月

ただし版ごとに誤字・誤植の訂正や、仮名づかいの異同があるために、同じV群にまとめた各版の印刷された字句が全く同一なわけではない。

現在もっとも広く流布しているのは、詩集『鮫』（一九三七）に印刷されたものを底本として、漢字仮名づかいを現代風に修正した、秋山清編集にかかるV2の一冊・中央公論社刊の『金子光晴全集』の版である。これは、V1の原作との明示的な字句の違いが、わずかの点で確認できる（たとえば資料1「泡」の①）。しかし、『詩集　鮫』の初版以来、このような加（補）筆・訂正については、現代の慣習と異なって、光晴はなにも注記していない。この詩集初版が、光晴の没後発行された右記の全集で表記法を改めて採用され、「定本」となって現在にいたっているわけである。しかし、光晴存命のときに行われた『鮫』初版からの二回にわたる変更が、V3とV4に見られる。この点を明らかにするのが、本稿前半の作業である。

V3のなりたちは、中野重治編集にかかる『日本現代詩大系』（一九五一）の凡例に、「詩篇の若干について発表当時、検閲その他の考慮から伏字を余儀なくされたものは、現在保存されてゐる原稿に拠り、或は作者に問合す等可能な限りの方法によってこれが原型に戻すことに努力した。原型に復した箇処はその横に＊印［資料では傍点とした］をもって示した。」

とあるところから見ると、はじめて雑誌に発表されたときの紙面に散見される、作品文中の点線の部分のすくなくとも一部は、当時の検閲による強制的な削除によるものか、あるいは作者があらかじめそれを配慮して、故意に自発的に字句を伏せたか、のどちらかの理由で、作者の本来の意図に反して、原作の一部が初出印刷のときに修飾を受けたのだ、と推定される。実際、「泡」の原作に先行する位置で同じ雑誌に発表された、当時の左翼運動の気分をあらわした壺井繁治の生硬で型にはまった詩「ある街角にて」（資料6）には、詩としてのかたちを損なうまでに、多数の点線の部分がはいっており、その一部については、削除されたとおぼしい字句の見当もつけられる。すなわち、資料6の点線部分の①②③は、それぞれ、「赤旗」、「赤旗を」、「万国の労働者よ」にあたることが容易に推定できる。もしそうだとするならば、「泡」原作の点線の一部も、詩の完成後、故意に省略された字句を代表している可能性がある。しかしたとえば、同じ『鮫』に収められた「燈台」（資料4）には、V3はもとより、V4でも、V2に含まれていた点線のうちのあるものは、原型のままで残されている。これは、詩作における視覚的な効果をねらって、作者がわざと句読点つきの長い点線で形にあらわした、言語的に表現しえない内容を代表している、とも読めるわけである。

　そういう制限が全部除かれるわけではないが、定本には記録されていないが、それ以後著者の意図にもとづいて行われた「修正」として、「泡」（資料1）の②③の部分や、「どぶ（一）」（資料2）の全文、その特に①の部分、あるいはさらに「鮫」（資料3）の①を、V4によって鑑賞と分析の対象にすべきである、というのが、私のさしあたっての考えであった。以下この考えにそって、書き進むことにする。

四　上海と南京での戦闘

『泡』の内容は――戦争のある「揚子江」Yangzijiang に「おいら」の乗った船が寄港し、春か夏らしく、呉淞《ウースン》Wusongのみどりや「下関《シャーカン》」Xiaguanのカラスの声が言及されている。「外国」の軍艦が「支那」に砲口を向けている。砲撃もある。小銃の弾丸のうなりも聞こえる。この国・この土地（湖南）の留民は、生きるためにやむをえず兵《ピン》bingになり、転々と東へ西へ戦線に輸送されたが、戦争でつぎつぎに殺された。死骸は川にすてられ、忘れられた。外国から来た船の上にいる「おいら」の心は、川の水面に死骸をさがし、「くらいやみのそこのそこから」「あがってくる」死骸の鼻や耳から出てくる泡を「待って」いる――。

　原作V1や『鮫』の初版、さらに現在の「定本」（ともにV2）では明示されていないが、V4によれば、こうして彼らを殺し、川へ捨てたのは、「リーベン」である。ここに「リーベン」というのは、北京官話、つまり標準の中国語では、「日本」をピンインでRiben[8]と発音する。詩作に三年先立った一九三二年ごろ、光晴はマラヤの中国人たちの間に「はびこって」来ていた「排日」の気分にたじろぎ、悩まされ、憂慮したことを、後年記述している[9]が、そのとき日本人のことを時おり中国人の立場から「リーベン」と表現している[10]。これは「抗日・反日・排日・侮日」の気分をたかめて来ていた華僑・中国人の立場で、光晴が日本を見ていたことを示唆している。実際そこでの「リーベン」は読んで字の通り「日本」であるだけでなく、V4に「リーベンたち」とあるように、日本兵、日本人個人をも「サベツ的に」呼びなしていると見られる。つまり、「リーベン」と発音する呼び名の後ろで、それまで日本（軍・兵・人）によってなされたあらゆる悪行（真偽とりまぜ、でもいい）が、中国人の話し手から聞き手にむかって、沈黙のうちにも容易に流されたのであろう。つまりクィア理論における文言のパーフォーマティヴperformative（英語の名詞として使われる――私のいう「二・三人称演出形」の言語）[11]であったわけである。そういう意味での「リーベン」が、彼の後年の自伝的著作でも使われた。そして「泡」のV4では、それが（むしろ前駆的に）、晩年に書かれた自叙伝に先立って、同じ意味あいで中国人から日本人にむけられた演出形で使われた、ということになる。

　さらに中国兵たちの死骸は、日本兵によって、（V1では「軍用」）トラックに積まれて、川に棄てられたということがV4で明示されている。光晴が外国の放浪の旅から日本へ帰ったのは、前にも書いたように一九三二年の五月で、その同じ年の一月には、前年の九月に日本の関東軍がしかけた満州事変に次ぐ、上海事変がはじまっていた。光晴がシンガポールから帰国する船は、平常時のように中国の港には寄港せずに、神戸へ「直行」したようである。しかし資料7―1と資料8に示した後年の光晴の「記録」によると、船は一応呉淞から上海の埠頭までゆき、船客の上陸を許さず、上海事変の戦闘を恐れて避難する日本人の居留民を乗船させてすぐ出帆したという。そのとき砲声も銃声も聞こえた、と書かれているから、この経験が、「泡」の描写の下敷きになっている、と見ていいだろう。たしかに一九三二年五月、光晴は、詩にあるように呉淞《ウースン》のみどりを見ただろう。しかし、上海事変は右に書いたように、すでにその年の一月にはじまっており、五月には大規模な戦闘はすでにおさまっていたのではないだろうか。

　この点はまあいいとして、問題はその次の行に出る「下関《シャーカン》」である。これは、すでに述べたように、南京大虐殺がなされた地名の一つである。ひょっとして上海にも別に同じ地名があるか思ってしらべたが、そういう証拠はえられなかった。また、一九九七年十二月に、南京大虐殺六十周年で日本を訪れた中国の代表団の方がたにも質問したが、上海には、この地名の場所は知られていない、ということであった。他方光晴は一九二六年、最初の上海旅行のおり、すでに南京を見物しているので、当然南京の長江ぞいの下関《シャーカン》は見知っていたはずである。だから、ここは詩作における虚構設定の必要上、上海に加えて南京の川沿いの地名を登場させたのかもしれない。

　そういう次第で、「南京大虐殺」の虚実についての言説が渦巻いた一九九七年の日本で、日本兵の中国人に対する行動が象徴的に描かれているこの詩に「下関」の二字を発見することは、私にとっては過去における予言者のことばを見せられるる思いであった。しかし従来は、この「泡」の世界は、光晴が単に中国のことをうたったものとして解釈されていたようなのである[12]。しかし光晴は、もちろん、この詩で日本(とくに日本軍の「暴状」)を象徴的に描いた(資料7—2)のであった。だが、彼は二度目の渡欧の往路、旧知の上海に一九二八年十一月から二九年五月の間、二ヶ月近い不在をはさんで滞在したので、第一次世界大戦後の軍国主義拡大中の日本の軍艦を、他の帝国主義「列強」の軍艦のあいだに、当時これらの国の主権があって中国の政治権力の外におかれていた租界のあった「国際都市」上海で、見ていたのかもしれない。実際、一九三七年十二月、南京を(おそらく市民を無差別)爆撃[13]していた日本空軍が、中国人が南京を脱出する船と「誤認」して、砲艦をふくむアメリカ合州国籍の船二隻を撃沈している[前掲注6参照]くらいであるから、それ以前の時点では、よその国の軍艦が上海付近の河すじ(長江、黄浦江)で、にいくつも見られたことであろう。「泡」で「呉淞のみどり」と南京の「下関」とを、「おいら」の乗った船から頭をめぐらせて同時に眺めやることができたように仮構して描いてあるのは、もちろん、中国と日本の関係を描く上で、詩作上の自然な象徴表現であった、ともいえるであろう。光晴の記憶が混乱していたのだ、とも考えられるかもしれないが、後年彼が、何冊もの自伝的著作で示した、異常に鋭い旅の記憶の証拠(たとえば、いつどこで何を買い何を食べたか、その品々や料理の名前などの詳細な記録——これも仮構だったといえば、それまでである)に照らせば、この仮説には躊躇をおぼえる。

　実際、光晴は一九三五に発表した詩「蚊」[14]については、「軍人を蚊にたとえた」/「非常時をわきまえぬ」として当局から注意をうけたという[15]が、この詩の字句そのものからは、作品に描かれた蚊が、塹壕のなかの日本兵を襲う蚊なのか、当時の中国の「軍閥」どうしの戦闘に参加した中国兵士、たとえば蒋介石国民政府の軍隊〔前掲注9参照〕の兵を襲った蚊なのかは、区別ができない。同様に「泡」V1〜3にある・殺された中国兵が、日本軍との戦いの犠牲者として描かれたのかどうかは、一九六二年に発行されたV4を見るまでは、わからないようになっていた。戦死者を大河の底に棄てるのは、上海事変当時の日本軍もやったことなのかもしれず、いずれにせよ満州事変・上海事変以後（ただし日中全面戦争開始以前）の想像と伝聞による記述であろう。したがって、それはそのまま後年の南京での情景にも適用できるはずだろう。そのときの何「万という遺棄死体」（既出堀川憲兵大尉の短歌の文言）は、とにかく「処理」されねばならなかった。

一九四三年、私が二三歳の青年として、対中国の戦争に参加して生還した元兵士から聞いた話では、南京とは特定されなかったが、多数の生きた中国人たちを鉄条網で数珠つなぎに縛って、針金の棘で傷ついて泣いているのなどかまわずに、鉄条網の端末をつないだ船が河中に出ていって、その人たちを鉄条網ごと河に沈めてしまったという。光晴の想像力はそこまでは及ばなかったようである。

要約すると、光晴は対中国十五年戦争初期の上海と、その数年前の南京は実見したが、長江ぞいの地で日本との関係でおこったこと（そのあとでもおこりうること）を、想像をまじえて詩作し、後に起こるべき南京大虐殺を象徴的に予言したのだが、そのことを推定できる鍵になる言葉が省略されているV2が、詩の定本として日本で広く出まわっているために、このことが正当に評価されていないのではないか、と思われる。

五　マーケットをたてた元性労働者の女性

つぎに資料2にその前半（一）を引いた「どぶ」は、戦前の性労働者女性を主題にしたもので、二部にわかれれ、前半は彼女が住む・物質的にも汚辱に満ちた環境の描写によって、彼女の絶望的なこころを象徴する。そして後半では彼女とその胎児の妊娠中絶による悲惨を描く。ふたつの部分はかならずしも有機的につながっているわけではなく、二つの独立した作とみてもいいようだ(16)。（一）では、V1とV2とのあいだに、大きな書き改めが施されている。後半（二）にもすこし改作のあとがあるが、その差は（一）のように大きくはない。（一）の主人物になっている性労働の経歴を持つ女性は、V4ではじめて出てくる鍵言葉「皇后様」によって、日本生まれの女性であることが、決定できる（V3ではまだ、そこまでは特定できない）が、場所の設定は、日本ではないようである。それは、V1でしかあらわれないもう一つの鍵言葉「マーケットをたてて」によって、たとえば、上海と推定できる。種々のいきさつから、そこへ流れついた日本うまれの女性が、少しは経済的余裕のある生活を送れるようになったものの、自分の肉体に張り付いた「汚辱」と一生いっしょに暮らしてゆかねばならぬ、と思う情況がうたわれている。

私が詩の舞台を上海と推定する理由は、すくなくとも日本人に「マーケット」と呼ばれる場所が「昭和」のはじめ（一九二〇年代のおわり）に、上海にあったことが、光晴の自伝(17)からも、光晴の第二回外国旅行と同時代に書かれた・横光利一の小説『上海』(資料5)でも読みとられること、また、同じ「どぶ」の名称で描写される光景も、小説『上海』に見つかり、それが詩「どぶ」の内容とよく対応すること(同じく資料5)、さらにまた一九二〇年代後半、現在の阪急電車の大阪梅田終点にある「阪急百貨店」の前身として、そこに「阪急マーケット」があったが（マーケットという語は当時日本では目新しかったのだろう）、国内で「ハイカラな」「マーケットをたてる」ことは、当時一般人が単独にできることではなかっただろうこと、などである。ただし「どぶ」に描かれた、ごみや人間の排泄物のまじった汚辱にまみれた環境は、後年光晴が散文で描写した・当時の上海あるいは東南アジアでの情景(18)にも通ずることであったらしく、ここで上海以外の外国を詩の舞台に想定することは、必ずしも差し支えないだろう。そこで生計をいとなむ性労働者あがりの日本人女性は、東南アジアの底辺とも見える一画に生きた日本女性（後年光晴が「娘子軍」あるいは「からゆきさん」とも記述した）(19)「天草」あたりから出向いた（送り出された）の像ともむすびつく。

「どぶ」のなかに、「やみのそこのそこをくぐっては、つとうかびあがってきて」といううくだりがあり、これは、(四)のはじめのほうで引いた「泡」の一節と、非常によく似た表現である。もちろんこの詩の内容は、外国人（日本出身でない人）の従軍慰安婦、という現実とは合わないけれども、光晴は幸薄い「底辺」の男性と女性の立場から、これらの詩を書いた、と読めるので、それはただちに、戦争犠牲者としての従軍慰安婦や、彼女らをおかした兵士たちのうけていた心理的抑圧への分析を進めた、彦坂諦の『男性神話』(20)での言説につながる、と私は思う。このあたりに、詩という虚構の世界(21)を創造できる詩人の特権がある、と思われるので、科学育ちの私にはまことにうらやましい気がする。

六　櫻本富雄の批判

金子光晴は、一九三七年の『鮫』以後戦争中につくった反戦・抵抗の詩をまとめて、戦後まもなく出版した詩集『落下傘』［日本未来派発行所（一九四八）］そのほかの作品によって、太平洋戦争中批判的姿勢を貫き、なおかつそのような精神をこめた作品を、出版が不可能になるまで発表し続けて、かなりの期間沈黙には退避しようとしなかった日本希有の詩人として、戦後その声価が著しくあがった、というのが、一般の見方であったようだ（資料7—2、3）（戦後私はながく生物学の営為に明け暮れて、彼の名をまったく知らなかった）。しかし戦後三〇年たって、一九三三年生まれの詩人・櫻本富雄[22]が、金子光晴だけでなく、戦争批判の精神の明瞭な作品によって評価されたといわれる少数の詩人たちについても、彼らが戦争中に発表した作品、あるいは参加した団体などを克明に調べ、これらの詩人たちも無傷なのではなく、明らかに戦争協力の旗を振った経歴もあり、個々の作者において、その事実、また、それと、彼らの戦争批判とも見える作品との間に存在した言動の不一致が隠蔽されたままで、戦後の反戦詩人の虚名が流されてきた、という主張をするにいたった[23]。

櫻本のこの分析は、ある意味では確かに私の『われらが内なる隠蔽』の思考と合致するところがあるが、櫻本の主張を読み、また光晴の作品を読んで、私はこの問題がまだ十分に分析され切っていない、と感じる。そのところをこれから論じたい。

櫻本の主張の芯には、詩人たちの戦争責任の追求が、存在する記録にもとづいて、まだ十分になされてはいない、という基本線があり、この点を曖昧にして金子光晴を持ち上げて来た戦後の日本の言論界への批判の筋が明白に通っている。これに対して私は、戦後五十年を迎えて、日本の戦争・反戦詩歌が、それぞれ芸術的にどのような意味をもったかを、まずは明らかにすべきであり、そのためにこそ、戦争中の作品も隠蔽されてはならない、という主張をしたのである。現在の表現者にとって必要なことは、なによりも表現の内容と形式の一致であり、戦時中の戦争推進の責任云々よりもむしろ、過去の例から見て、現代のわれわれがいま何ができるか、何をすればいいか、の問いに切り替えて、現実を見すえることであるはずだ、ともいってきた。つまり、戦争責任ではなく、戦後責任、あるいは新たな未来への責任こそが、いま問われねばならず、そのためにこそ、過ぎた戦争時代の表現の問題を、整理しておかねばならない、と考えるわけだ。逆にいえば、戦後かなり時間がたって、戦時の戦争詩集であった「辻詩集」に集められた戦争賛美の愛国詩と、戦後ビキニ環礁における核実験に抗議して編まれた『死の灰詩集』の「反戦詩」とが、その詩の作風と社会にむかう意識において、まったく変わらない古風なもの[24]、という、芸術作品におけるリアリズム[25]、すなわち作品の表現と内容との関係についても、櫻本の提起には問題があるように思われた。

金子光晴の「戦争責任」についての櫻本の主張は、つぎのような論点によっている。①戦後に「反戦詩」として流布した光晴の作品のなかには、戦時中に戦争推進詩として読める形で発表されたものを大幅に書き直したものがある（例・「弾丸／タマ」、「洪水」）。②作品につけられた年月日が矛盾しており、そこに粉飾がほどこされた疑いが残る。③戦争協力の文学者の団体に加入し、あからさまな戦意高揚の詩や書物のいくつかの存在は、戦後隠蔽されたままである。④よく言って光晴の抵抗・反戦詩は、たとえば「落下傘」（一九二八）の例にみるように、戦争推進と反対の、どちらともとれる形に仕上げてあって、せいぜいのところ、光晴はは日和見の姿勢をとっていたにすぎない。

まず最初に、これらの論点について検討しておこう。まず①について。たしかに私も小著において、戦争詩歌・文学を手広く収録した高崎隆治、矢野貫一に同調して、まず戦争中に発表されたものの戦後における再版については、あくまでも原作の再現を原則とせねば、芸術家の戦争に対する姿勢を徹底して分析できない、という意味のことを書いた[26]。そしてたとえば斉藤茂吉や三好達治の作品が戦後の作品集や全集で完全に脱落したままでおかれたことは、批判せねばならない、と考えた。しかし光晴の場合、状況はもっと複雑である。まず、当時のおおくの作家と同様、光晴も雑誌などの初出から、作品集として単行本のまとめるばあいに、種々の程度に手を入れたことは、すでに見た「泡」や「どぶ」の例からあきらかである。しかしこれらの例では、変更は「戦前」にほぼ完成していたし、残った部分は検閲制度の影響があとへ引いたとも解される。しかし現在慣習となっているように、単行本にまとめるにあたって、字句の訂正や改作をおこなったことの明示は、光晴の生前の詩集のどれについても、検出しえなかった。わずかに中野重治が光晴を含むおおくの詩人の作品をあつめて詩集を編んだとき、戦時中の検閲の結果を一部補正する試みをしたことが、記されているだけである。金子自身による注記の完全な欠如が、単なる無作為の結果か、それとも微妙な作為によるものか、にわかには定めがたい。その理由はあとで書く。

つぎに②の、光晴が詩へ書きこんだ年月日の矛盾[27]については、他にも例がある。詩集『落下傘』（一九四八）（テキストは上記V2、V4を参照）におさめられた「短章三篇」の「A　北京」には「一九三六・一二」という日付がつけられ、「C　八達嶺にて」には、「一九三七年正月元旦」に八達嶺にのぼって、「中国兵がゐて折々射ってくるといふ話をきくつ」と注記がほどこされている。これらは明らかに、日中全面戦争が一九三七年七月にはじまり、その年の暮れから、翌年一月にかけての金子光晴と彼の連れ合いの森三千代が華北を旅行したときの作品である。詩に注記されている、その前年には、このような華北の一部の日本軍による占領と、戦闘状態の継続なあどは当然ありえなかった。だから詩集におさめられた時日は、勘違いで一年前にずれているのにちがいない。このような客観的にも明瞭な誤りが訂正されぬまま、最近の光晴の詩集の定本（V２・一九七五年発行の全集）におさめられているということは、光晴に関するかぎり、作品の編集が、没後入念になされてはいなかったことを示す。作者自身、このような「些事」には、あまり拘泥しなかったのかもしれない。だから、櫻本の試みたような批判のためには、このような点にも留意する必要があり、存在する文書の鵜呑みは避けるべきであろう。しかし、この点については、さらに微妙な注意が必要なのかもしれない。つぎにそれについて記す。

七　表現の隠蔽か、隠蔽の表現か

櫻本の三番目の点。もちろん、敗戦前に発表された詩作品の初出における省略は、詩人みずからの手によってなされたのかもしれない、という可能性がいつまでも残るだろう。当時、公刊された文書における省略が検閲の結果であることは、削除された字数を表す×印の数に基づいて判断できるのが、通例であった。つまり、検閲による文書字句の「隠蔽」の事実は、検閲当局によっては「隠蔽」されなかったのである。

しかしすでにふれたように、たとえば「泡」では初出以来、いろいろな長さの点線（………）で「省略」の部分が示されていた、という気配があり、しかもその点線の長さが、版ごとにすこしずつ変化した、という事実（資料１、２）がある。光晴と同時代の詩人壺井繁治の作品の、すでにふれたように、検閲に関わる「省略」が点線であらわされた、とおぼしい実例があるから、光晴の作品の点線の一部も同じ事情によったものだ、とも考えられる。しかしここですでに、詩の原文初出の時に、検閲による削除があったのかどうかが、意図的に、曖昧にされ・隠蔽されてしまっていたのかもしれない。しかもこれは、次に私が述べようと思う・表現における「抵抗」の技法なのかもしれないのである。ところが、そのような省略を、戦後の版（たとえばV４に示されたもの）に従って補っても、なお詩集『鮫』に収められた諸作品には、いくつかの点線が残ってしまう。だから一九三七年までに発表されたこれらの詩では、検閲による伏せ字と、作者による「韜晦」とが、区別しようもなく、詩本来の表現技法と一体化して埋めこまれており、後世それを区別することは、原則的に不可能になっているのだ、という結論にならざるをえない。つまり「大いなる抑圧」のもとで公表を意図した作品では、故意にこれらが区別できないように、もともと仕組まれ、そもそものはじめからそのように構築されたことが、作者による

「遂行的」performativeな表現行為になっている、と受けとらねばならないのかもしれない。そのあたりのことを、われわれは、与えられた各種のテクストで、推測しながら進むしかないようである。そして、さらにそのようなかたちでの「抵抗」を試みるひとつの戦術として、最低限、時局に迎合的したように響く作品を混ぜて発表する、という戦法もまた、表現手段の一つとして、採用されたのではなかったか。

たしかに、金子光晴が戦後書いた自伝の中には、この推論に該当する記述が、存在する。資料7―3を読めば、検閲に対する挑戦的な撹乱あるいは韜晦のために、いわば、二重底仕立ての詩を発表するという手法が、危険をおかして意図的に採用されていたことを示している。櫻本は、当時一体、誰がそれを、金子の意図通りにまっとうに解釈しえただろうか、と疑っている(27)が、このような「抵抗」の方法では、あえてそれをやるかやらないか、にすべてかかっているのであって、後世いつか誰かが読み解くかもしれない、という仮定のもとに、あえて可能な限りそれを実践することだけが、当時の緊急の問題であった、とはいえないであろうか。逆にこのことは、従軍慰安婦「制度」の被害当事者の心理と行動について、当時の強者(すなわち男性)による「文書中心主義」の過ちを、われわれが現在になってなおくりかえしかねない、という現実(28)とも、これは照応する事態なのではないだろうか。

またここで、戦争中戦争推進を鼓舞する言説は、文書の形だけでなく、日常の発話としてたえず行われ、国民は常に相互監視のもとにさらされていたことを無視してはならない。これは「従軍慰安婦」との関わりとは逆の意味で、当時決して文書にとどめられなかった無理強いの戦争推進の言説の責任を、いまどうとらえるのか、の問題に発展する。ある種の知識人が、戦争協力の言辞を媒体に発表しても、読者の「国民」はそれを密かに無視する自由をもつことができた。しかし隣組や町内会で「張り切った」中年男性や愛国婦人会の活動家とは、日常面と向かわねばならなかったから、彼らの言辞を無視することは、個人的な反感だけでなく、糾弾・密告の心配をしなければならなかった。あるいは、軍需工場で働くという「戦争協力行為」は、生活の糧を得る手段であったから、戦後でも許されるはずだ、としても、表現者も表現の結果を売って生活の糧を得なければならなかった点では同じことであった、といえるのではなかろうか。

八　抵抗のなかの「隠蔽」

つぎに、これまで考えてきた「抵抗」の表現法は、決して金子光晴一人、また過ぐる太平洋戦争の時代に限らず、ひろく一般化できることを指摘しよう。そのためには、私が小著

『われらが内なる隠蔽』で公表した、「歴史や現在の社会などにおける『隠蔽』に向けて、それに抗しての『脱隠蔽』[29]を対置する思考だけが、考察に値する」という考えかたを修正せねばならない。

いま資料がなくて参照できないけれども、一九七・八〇年代に合州国で仕事をしていた丸山孫郎は、人類学的な野外調査で民族的な少数者とかかわる経験を基盤にして、さらに当時アメリカ合州国の黒人社会では、警官に対して決して真実を告げない、という実践上の基本的な認識が共有されていることを発見した。この点で、この世界には、白人あるいは西欧的な合理性を基盤として運営されている社会とは、対蹠的な人間社会が厳然としてあることを認識したわけである。なぜならば、警察は、決して彼ら黒人たちを保護するわけではなく、たえず抑圧し・迫害するものであることを、彼らは自身の経験から身にしみて感じている。というか、むしろそれが、彼らにおける究極的な真実になっている。だから、「事実」という概念そのものが、彼らの意識では、そもそも成立しえない、ということになる。これはいみじくも、ミシェル・フーコー以来のポスト構造主義的思考と合致するようである[30]。こうした実践的認識を基盤とする「生」においては、隠蔽こそが、正常な・まさに現実に即した行動であり、それに反する行動は反人間的である、ということになるだろう。

この事情は、黒人社会だけに限らない。ナチの占領のもとにあった、フランスやポーランドやチェコで、抵抗運動に従っていた人びとの間でも、また東西統一前の東ドイツで暮らしていた人びとのあいだでも、おそらく同じことが言えたのではあるまいか。また、旧ソ連邦での考え方については、資料9が示唆に富む。ここに、隠蔽は「悪」である、という一般論は成り立たないことを、あらためて直視しなければならない。

このような、「隠蔽」が選択すべき行動の規範となる状態がつづいてゆくときに、表現者はどうすべきか、という問題に、正面から向きあうことが、ここで基本的な課題になる。きびしい「抵抗」への姿勢が一切の表現活動から撤退する、という選択をとることもあるだろうが、人生のある時期まで、ひたすら表現を磨くことによって、自身の「生」を形づくってきた人間にとって、表現行為を棄てることは、自分の「生」を拒否することに等しいのかもしれない。そのときに、ひそかに表現の実践を行って、だれにも見せず、自分だけのものにしておく、という方法もあるかもしれない。しかし、もう一つ、あくまでも公表することを通じて、表現行為を全うする、という方針を取った場合、どういうことが可能なのであろうか。この問いに答える解を探ってみよう。

ここで、私事になるが、私自身の戦争末期におけるほとんど唯一の、戦争に関する公的な発言を記録しておこう。一九四五年六月はじめ京都大学在学中に、私は現役入隊の命令をうけて、当時籍をおいていた京都大学の動物学教室で、型どおりの「壮行会」の儀式を通過せねばならなかった。私はそこで、おおよそつぎのように挨拶した、と記憶する。

……私はあしたから、軍隊の拘束のもとで、自由な思考をゆるされない身となるであろう。これはある意味では私にとって、「楽な」「幸せな」ことと思う。なぜならば私は、多くの同年輩の人びとをさしおいて、毎日の思考の自由を確保していたこれまでの大学の生活で、国家と戦争のためにいまなにをせねばならぬか、を絶えず考え、その実行を選択する自由に恵まれてきた。私はこの日ごろ連日の生活を、この自由な選択の責任を果たすことで費やそうとしてきた、と思う。しかし私にはもうその選択の自由はないであろう。国家に酬いるために戦争協力に力をつくすか、敗戦・厭戦の言辞をもてあそんで日々をすごすか、私はいまその選択をする自由を奪われて、軍隊に向かう。みなさんは私の分もそれぞれ自由に考えて、行動していただきたい……

私自身もしらずしらず二重の表現で、自分の、まだ十分に割り切れていなかった「抵抗」[31]の意志を積極的に伝えよう、としていたのであった。

九　『万葉集』における表現の重層

ここに取りあげる『万葉集』は、現代文学にはほど遠いが、漢字だけで書かれたこの八世紀の原典を、韓国語によって読み解こうという試みが、最近日本と韓国の研究者によって幾度もこころみられている。私が直接に見ることのできたのは、藤村由加が代表する日本のグループ[32]と、日本語に堪能な韓国の作家・李寧熙（イ・ヨングヒ）[33]で、ともに女性であることが、印象的であった（もちろんほかに同様の試みをした両国の男性研究者にもこと欠かないが）。

とくに李は、音訓併用した古代朝鮮語の漢字表現法である「吏読」や、新羅、百済などの古方言にも通じていて、その解読は日本人の研究者には及びがたい（従って批判も困難である）。彼女は従来解読不可能であった作品の解読成功をふくめ、難解をもって知られたいくつかの例を用いて、彼女の方法を示した。彼女によれば、『万葉集』には、本来朝鮮語で詠まれたものを、場合によっては漢字の日本語読みをまじえた（時に偽装的な）漢字表記で示したもの、日本語（または朝鮮語）のオモテ表現に重ねて、ウラの朝鮮語で、政治的、個人的、性的意味をあらわした二重表現のもの、それに部分的に韓国語でウラの意味を暗示したものなどが、ふくまれている、という。また解読作業を通じて、『万葉集』におびただしく見出されながら、従来日本語ではほとんど意味不明であった多数の「枕言葉」の由来が、はじめてわかってきた、と主張する。これらの結論は、藤村ら日本人グループによる解読作業で得られた結果とよく一致しているが、解読内容は、両者の間でかならずしも常に一致したわけ訳ではなかった。李の多岐にわたる解読法は、時にはひとつの漢字を古朝鮮語の音と訓との二度読みにする、など、ほとんど強引とも響くところがあるが、押韻までふまえた「権威」あるものである。しかし当時（五―八世紀）の日本の作家群が、中国語（漢字文化）のほかに、極めて多数の渡来人たちの朝鮮語と「やまとことば」の両者に通じ、作歌にもそれらを併用しはずだ、という李の主張は、鋭い指摘である、と思う(34)。

私は直感的に長い間、『万葉集』は、撰者の大伴家持《おおとものやかもち》が、編纂にあたって、個々の作品にはじめて漢字表記法をわりあてたのだ、というように早合点していたが、ここに収められた三世紀にわたる四千五百首をこえる長歌・短歌作品は、あらかじめ原歌作者あるいは記録者によって、それぞれの時代に、適宜漢字によって書き留められていた資料を集めたものであった、と解釈すべきであるらしい。それでなければ、全二十巻のはじめのほうは、短歌などの表記が短く、後へ行くと長くなる（資料10）のは、どういうわけであろうか？ 特にはじめの方の作品には、日本語としては解読不可能で、原漢字文から直接古朝鮮語として読むべき歌（例・巻一―九、額田王《ぬかがのおおきみ》作）あるいはそのような部分をふくむ歌が、少なくなかったためかもしれない。また漢字を一応日本語読みにして、その音韻を朝鮮語に読み替える例もあるようだ(35)。

このようにして、程度はともかくとして、『万葉集』にはおおくの朝鮮語がうずめられているらしい。しかしそれは作者たちが朝鮮渡来人であったことをかならずしも意味しないことは、現代日本におけるヨーロッパ言語と文字の普及・混用をみれば、推察がつくだろう。李は、古代朝鮮の百済《くだら》と関連が深かった、といわれる雄略天皇だけでなく、柿本人麻呂、額田王、山上憶良《やまのうえのおくら》などが、二重の意味を込めた歌の作者として指摘している。

このように、発音も意味も異なった二つの言語が、しばしば音と意味の両方に依拠した漢字表記法を介して結びあわされるために、一つの歌謡の意味が二重になることができた。漢字だけで書かれた一つの歌を日本語で朗唱できると同時に、古代朝鮮語でもうたうことができる例が少なくない、と藤村らはいう。実際歌謡の文言に二重の意味をこめることは、回文palindromeなどによって、英語にも日本語にも実例がある(36)。

万葉初期の作品に、日本語と朝鮮語の間での語呂合わせに相当するものが、多くあることが、右の業績で指摘されていることに関連して、中世・平安朝の和歌に頻発する日本語だ

図3　エッシャーの作品の一例。『夜と昼』（ウッドカット,1938年）。ホフスタッター［注37］49図にもとづく。

けの掛け言葉は、この種上古の慣習の遺産でもあったろうか、とも考えられる。

　このようにして、表面的に日本の社会と政治をたたえる歌が、裏では他の文脈での感懐を述べる手段になっている、という指摘がなされた。そして、『万葉集』の中心的歌人のひとりでありながら、経歴・出自に不明な点の多い柿本人麻呂の歌に、藤村も李も一致して、当時の宮廷の抑圧的な政治への批判をこめたウラの意味を読みとっている（資料10）。さらに藤村は山部赤人などの歌にも、そのようしるしを認めているし、李は百済の王女ともいわれる斉明天皇（額田王代題詠）の戦争予告の歌（巻一―七）を解説している。

十　「表現」に具わった本質的な多義性

　芸術において、二重の意味をもつ表現が試みられることは、決してまれではないのかもしれない。そのことを模式的にかつ明示的に例証したのは、だまし画などで有名なエシャーM.C.Escherである（図3）。その作品をたとえば、バッハのフーガなど複雑な対位法による楽曲と比較して、天才的な制作者が、あらかじめ決められた枠組みのなかで、どうしてひとつの作品に二つ以上の意味の流れをこめることができたのか、を分析して見せた労作[37]もある。

　さらに著しいことは、遺伝情報を物質的に担い、その構成が線形で言語的になっている遺伝子物質DNAの塩基（文字）配列は、生物体で機能するタンパク質のアミノ酸配列の暗号であることがわかっている。ここでは、暗号単位が塩基の三連子であるうえに、相補的に結合する二対・四種の塩基（A

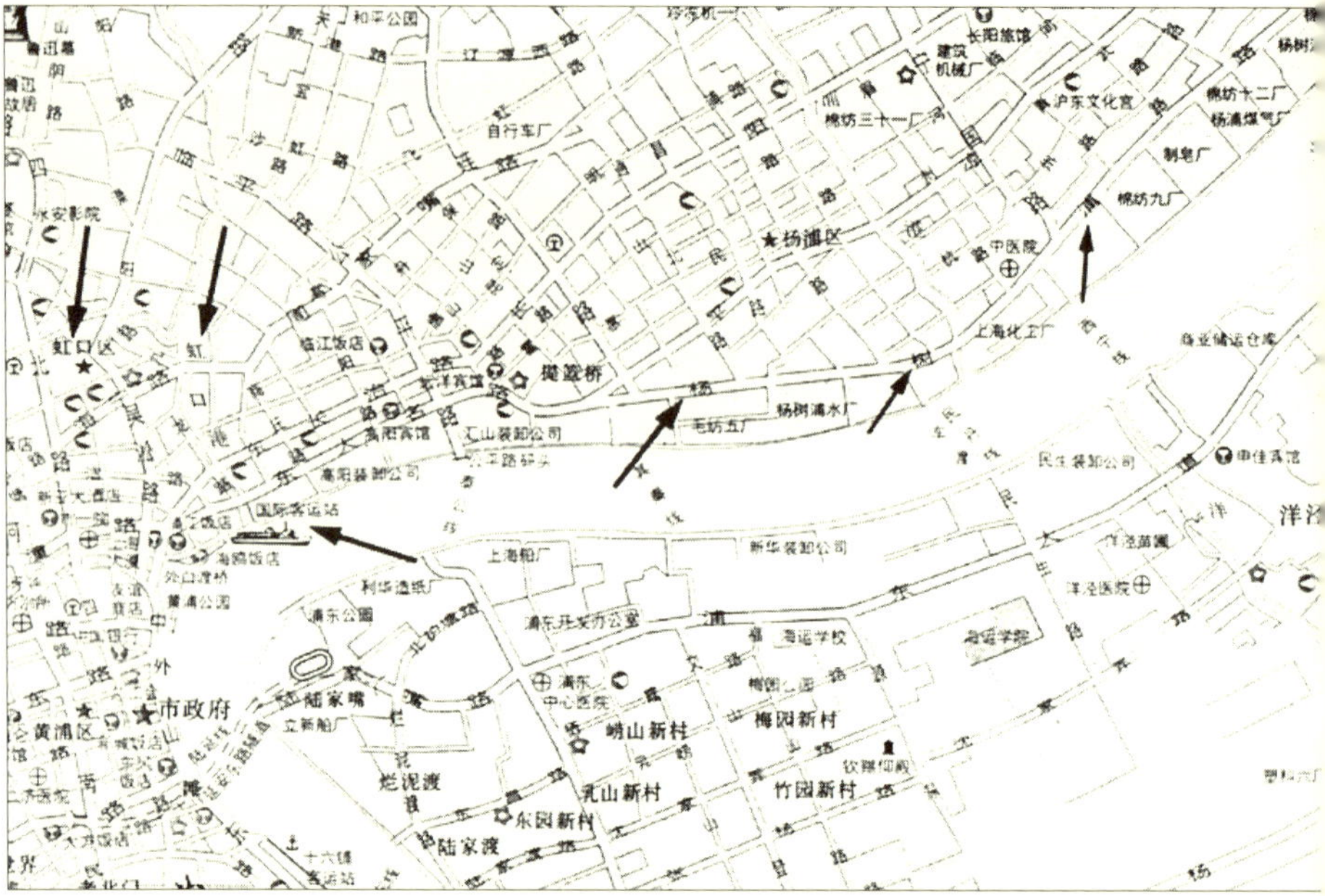

図4　上海市街。虹口[区・港]、楊樹浦[路]などの地名の位置を矢印で示す。　淮山碼頭の位置は不明だが、現在の国際航路の埠頭（国際客運站・矢印）に相当するものだろうか。［注47］p.239にもとづく。

—T、G—C）をつらねた二本どりの構造に乗っている（例—方向を持ったオモテ配列が〈↓A—G—C〉ならば、ウラ配列は逆向き方向で相補的に〈T—C—G↑〉となる）。そのために、DNA塩基配列のどの部分でも、原理的には、一列に並んだ塩基を一つずつずらせながら三つずつまとめて読み進むことができる（例—オモテ配列〈↓A—G—C—C—T〉は、三通りの三連子↓AGC、GCC、CCTを含む）。ここで、一本の暗号文に三通りの読み方が可能になる。それが二本取りなので、表ウラ合計六通りの異なった「文書」（例—前記オモテ配列のウラは〈T—C—G—G—A↑〉でやはり三通りの三連子↓AGG、GGC、GCT（矢印の方向に注意））を、一続きの暗号配列のなかに埋めこめることが、理論的に推定できる。そして、実際に、さらに複雑な「文書編集」の方法（テキストの一部の切り取りと張り付け—つぎはぎ）を併用して、一本のDNA「遺伝文書」は、さらに幾通りもの遺伝暗号を同時に担いえることが、分子生物学ではすでに実証されている[38]。であれば、文字で書かれた一つの文書がいくとおりかの意味をもちえることは、そもそも原理的に人為的ですらなく、むしろ「自然な」状況である、とさえいえるではないか。そしてその他に、もっと入り組んで分析しにくい芸術作品が、

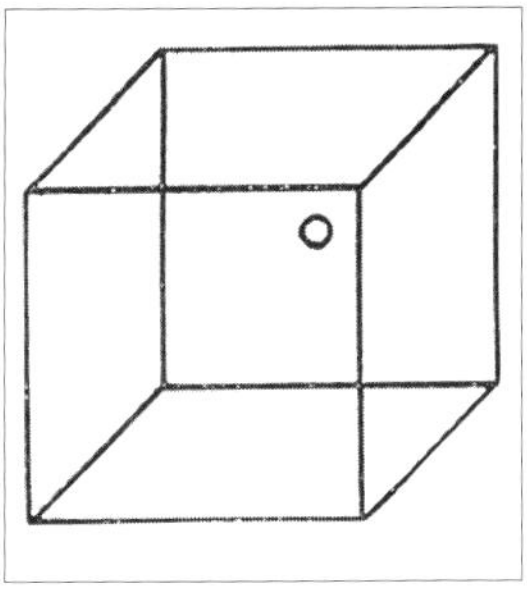

図5-A

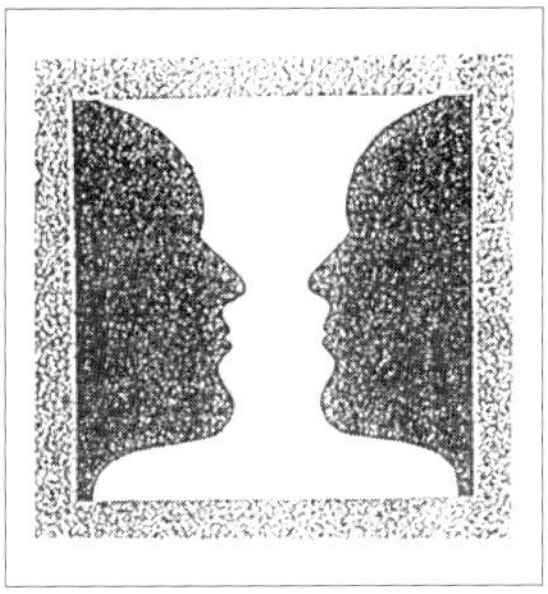

図5-B

図5--C

図5　櫻本富雄の引いたルビンの盃 の範疇にはいる・図形表現の二重性。(a)を立方体の図と見るのは人間の脳にある認識の形式によるもので、描かれたものは、実際には、一定の組み合わせと位置に存在する12本の直線にすぎない。小さい円をこれに組み合わせることによって、4通りの架空の実体を想定できる。(b)「ルビンの盃」では、対面する二つの顔（黒）と、白い盃とが図と地を交換すれば成立する。(c)も基本的におなじ仕組みで、左斜め手前の方向を向いた老女性の横顔と、左奥の方向をむいた若い女性の斜め後ろから見た頭部との両方が、解釈の分かれ目になる。前者の左目は、後者の左耳になる。これらの画は、ひとつに複数の意味がこめられているが、脳での解読による認識では、二つが同時には成立せず、すみやかなフラッシュ状の変換・交替で、交互に成立するもののようである。

基本的にさずかる（endowed）多義性が、人為作品に本質的に内在してしまう、という事態をも考えあわせる必要があるだろう。

もともと、描かれた図形を現実の代替物とするのは、人間の脳に、記号を扱う能力があるからである。問題は、一人の表現者が、人間にとってすでに事物の本性として張りついてしまっている・記号の担荷体である文章や造形芸術や音楽などを、どのように手玉に取って、それに一つ以上の意味を含ませることができるか、という、表現上の課題に帰着するように思われる。こうして表現されたものは、しばしば本質的に多義であり、またしばしば制作者の意識や意図を越えて、読者や観衆が、それを制作当時以後のの政治的・文化的文脈に照らしてさまざまに脱構築できる。こういうことは、われわれが現代になって、はじめて理解しうるようになった事情である。

このような現状に対して、櫻本[39]が「二重の意味にとれる画」の例のひとつである「ルビンの盃」（図5b）のたとえで、戦時中の金子光晴の作品を批判したのは、記号や芸術と事物の本質、それにそれらを見て解釈する人間の脳の本性がかかわる・「多義性」を含みこんだ・ひとつの伝統的な表現方法の存在と、その意義や価値を無視し、また抵抗運動のなかで発生しうる生活のスタイルのひとつを、故意におとしめ・矮小化したものだ、と考えたほうがいいように、私は思う。

実際、戦時中の軍部による統制経済は、物資の浪費を防ぐために導入された一種の社会主義的な計画経済であった(40)が、同時に、支配層による非協力的な言論をとりしまるための効果的な方法でもあった。つまり、幾通りにも分立できる競合的な同種業者の間の重複を禁止し、製造工業や、食料生産・消費における、物資の節約を目的とするような構えを見せながら、物資の消費の面ではそれほど大きい意味を持たぬ文化的な活動においても、すべての同種団体の整理統合による国家的一元化をはかり、それによって、批判的な言論のたかまるのを事前に(民衆の間の相互規制によって)止めようとしたものである。したがって、単に物質的な活動だけでなく、精神的な活動であっても、何らかの内容を公にするためには、政府(軍部)「指導」(実はしばしば利益の独占)のもとに一元化された民間団体に依存する以外に、実現の道がなかった(資料7―3)。それは同時に、そのような活動に必要な物資(たとえば、紙、画材)の入手という壁によって、政府の統制に服従することを、(少数の支配者集団をのぞき)すべての国民に強いたのであった。このような状況のもとで、表現者は、完全に沈黙を守るか、あるいは、収入の道を確保するために、一元化されている団体に加入して、戦争への協力をある程度うたいあげるような発言をしなければならなかった。

問題はそれを本心で(斎藤茂吉が『アララギ』でやった(41)のは、そのいい例であろう)、あるいは単なる演技にしても、それを闇雲に(多くの上昇志向の発言者はこの範疇にはいったであろう)、またはほどほどにやる(大部分の積極発言はこの範疇にはいっただろう)か、あるいは、政府の検閲の眼をごまかすためのカムフラージュとして、最低限にとどめるて意図的にやるか、の選択しかなかったようである。

このようにして、われわれは、金子光晴の戦時中の発表活動や、それからの撤退(資料7―4、5)の事情を理解することができる。問題は、戦時中の発言・発表について、軍と戦争を支持する部分をすべて除き去ったあとに、その表現者の作品群に実質的な何かが残るのか、なのであり、これが判断の分かれ目になるだろう、ということである。そのほかの諸活動は、抵抗の方法をさまざまに選んだ、個々の表現者の個人的な事情にかかわり、一元化された批判の対象にはなりにくい。そしてこの点において、金子光晴は、深い内容を豊かにたたえた、芸術的に優れたかつ独特の作品を数多く提供しただけでなく、そのような「抵抗」をおこなう範例(パラダイム)を遂行的(42)に示した、一連の作品をも残しえたのであった。

当局の眼をあざむくために、いろいろな傾向の戦争協力の姿勢を陽動的に示して、本来の批判的な作品の公表をはかるという方法は、斎藤史によっても積極的になされた、という証言がある(43)。実際にこのことを分析した、歌人・塚本邦雄の一節を資料13に引く。その作品の実例は、すでに小著『われらが内なる隠蔽』で引いたが、ここに改めて、他の例も含めて、資料12をつくった。また私があの本を書く動機になった、洋画家今井憲一の『穿壕指揮』を含め、京都精華大学の「ギャラリー・フロール」での「今井憲一遺作展・表現者の苦悶」(一九九八年二月)で、この画が、やはり二重底の作品であることを説明する文章を、私が担当して書いた。そのときはからずも、それより早く一九九一年に京都市美術館で今井の作品展を催したときの解説で、廣田孝が同じ趣旨の解説を、今井の戦時中の他の作品について書いていたことがわかったので、資料11にその一部を引いておいた。

美術表現における抵抗としての二重性の例は、他にもあって、私も小著でいくつかの候補を示唆した(44)。たとえば戦争画家藤田嗣治は、初期にノモンハン事件の記録画を描いたが、公開された作品、日本軍の戦争の建前をあらわした「ハルハ河畔の戦闘」(一九四一)とは別に、秘密裡に同じ題目で、戦争における真実として凄惨な敗戦の様相——ウジ虫のはい回る日本兵の死体をソ連邦の戦車が蹂躙する——を描いた作品を秘密裡に制作し、後者を隠匿しおおせたという(45)。しかし彼はそれ以後最後まで、表現の二重性を利用せずに、敗戦前は一億玉砕のイデオロギーの芸術的表現にのめりこんでしまったようである(46)。

このようにみてくると、私がここで分析した内容は、すでに金子光晴以外の表現者によっても実践されており、また戦後櫻本とは違って、その二重底の表現による抵抗そのものが、評価されているともわかった。また注意すべきは、今井憲一の場合も、斎藤史の場合も、戦後における改訂などが、一切なされていないことである。この点を考えると、光晴の詩が、ここで分析した作品を含めて、戦後彼の手によって改訂され、V2だけでなくて、V3、V4など、比較的あとの時期までも、その作業がつづいたことを、改めて問題にしなければならない。ここまでの分析で見えて来たことは、V4によって、作品「泡」や「どぶ」の今日的な意味がわかるようになったけれども、「抵抗」の詩としては、むしろ現在定本となっている「不完全な」V2の価値をそのまま認め、これが、実際に「抵抗詩」として実践的に公表された作品なのだった、ということの意義を受け止めるべきではないか、と私は思うようになった。つまり、V4があればよく分かるけれども、それがない状態でも、われわれは、その内容を推定しつつ鑑賞せねばならないのではないか、ということなのである。ポスト構造主義によるテクスト解読ということは、つまり、そこまでを要求し、また文芸批評はそれを実際に実践しているのであろう。だとすれば、櫻本の試みた批判は、二重の意味で不十分であった、という疑いも出てくる。現に櫻本は、彼の分析の終わりで、光晴の詩のもっとも優れたものは、あまり注目されていないやさしい一篇である、と書いている。しかし、私はやはり、戦時中に作られた、西欧の古典的な詩の形式を踏まえた、正統的な作品「寂しさの唄」などがそれにあたる、と指摘したい。とくにこの詩の最後の節（資料14）は、光晴の時代と今日との比較において、意義深い。この詩における光晴の嘆きは、たとえ満足な状況ではないにしても、現在ではずっと軽減され、世界とともに歩こうとしている人びとが、決して少なくないことを、指摘できるように思う。

結論として、私は、金子光晴の戦争中の作品を、櫻本のように、言論の首尾一貫性を欠いた、あるいは日和見的な行為の産物とは見ずに、むしろ意図的に実行された抵抗の一つの方法であり、後世に一つの模範を提示するものであった、と強く主張したい。そしてそのためには、「隠蔽」が積極的に、少数者・弱者による「抵抗」の一つの方法にもなりうることを、明瞭に意識にとどめることをも提起しておきたい。そしてさらにつけ加えるべきこととして、金子光晴は、戦後になってはじめて、戦争への抵抗を自らの詩業において戦時中から貫いてきたことによって、高く評価されたけれども、戦後社会のそのような「安易な」付和雷同性の言説の危うさを、彼自身はいち早く感じとって、すでに一九七一年に、未来への不安をあきらかに指摘してもいた（資料7―6）。今日、戦後五〇年をすぎた日本で、あらゆる危機の徴候が現れ始め、光晴が戦後まもなく抱いた・そのような感懐の意味を多くの人がかみしめられる時期に来てしまった、と思う。

謝辞

この批評を構想し、完成するまでに、若い世代の細見和之氏と坪井秀人氏にお教えとはげましを受けた。またいつもながら、花崎皋平・白鳥紀一の両氏には、作品鑑賞の上でおおくの示唆をいただいた。資料の調査には、京都精華大学情報館に大いにお世話になったほか、大阪府内の公共図書館を利用させてもらった。ここに記して感謝の意を新たにする。

注

（1）平野謙他編『戦争文学全集』毎日新聞社（一九七二）、高崎隆治『戦争詩歌集事典』日本図書センター（一九八七）、矢野貫一『近代戦争文学事典』一～五輯和泉書院（一九八八～九六）などには、金子光晴の記載がない。秋山清他編『日本反戦詩集』太平出版社（一九六九）には光晴の反戦詩四篇が収められているが、戦後もっとも高く評価された・戦争そのものを批判的にうたった個性的な作品は、ひとつもふくまれておらず、他の詩人との質的な差が見えにくいようになっている。

（2）坪井秀人『声の祝祭』名古屋大学出版会（一九九七）

（3）櫻本富雄『空白と責任』未来社（一九八三）八七〜一三〇ページ「金子光晴論の虚妄地帯　ルビンの盃と戦後の詩人たち」／『探書遍歴』新評論（一九八四）／『日本文学報告会』青木書店（一九九五）などがある。

（4）金子光晴の有名な詩集の一つに、八つの連詩からなる「蛾」をふくむ『蛾』［北斗書院（一九四八）］がある。日本鱗翅学会というチョウやガの収集や研究に興味を持つ人びとの集まりがあり、私は古い会員で、私の姓を冠した日本産のガの属名*Sibatania*が存在するくらいである。したがって私は、この一連の詩、あるいは晩年（一九七一）の「蛾」［『金子光晴全集』五巻、中央公論社（一九七六）三八六ページ「詩拾遺」のなかにある］などに盛られた感性に、自分に親しい実物の像を重ねて共感できる。金子光晴の経歴は、自伝的な著書群のほかに、原満三寿《まさじゅ》「金子光晴年譜」［『現代詩読本――新装版　金子光晴』思潮社（一九八五）二〇八〜二四四ページ］（以後「年譜」）に詳しい。これによれば、光晴は戦時中から敗戦までミノファーゲン製薬本舗の宣伝部嘱託として、社長宇都宮徳馬の援助を受けていたというが、私はその翌年からしばらくこの会社に勤務し［柴谷篤弘『私にとって革命とは何か』朝日新聞社（一九九六）三六〜五二ページ］、それ以後も反戦の思想を進める上で宇都宮と近い関係にあった。金子と宇都宮の仲介をした、と「年譜」に記されている金子の義弟・菊地克己を、たぶん私は戦後ミノファーゲン勤務のあいだに見知っていた、と思う。また私は戦後比較的早く（一九五五〜五六年）東南アジア経由でヨーロッパへ船で往復し、独立前のイギリス保護領（protectorate）であったマラヤ（戦前の「マレー半島」から戦時中の「マライ」を経て、戦後の当時このように呼ばれていた・現在の独立国マレーシアの一部――ただしシンガポールは現在別の国である）のいくつかの地点（シンガポール、ジョホール・バル、ペナン）そのほかのアジア各地を見、「マラヤ」独立後も同国の森林にチョウの採集に入ったので、戦前、特に日貨排斥・排日の気分の濃かったころの金子光晴のこの地域の旅行・放浪の記録［『マレー蘭印紀行』中公文庫（一九七八）、『西ひがし』同（一九七七）］に描かれた人情風物に、一般日本人以上に感情移入できる、と感じている。ただし私には、光晴が各地で食い詰めて、「できるかぎりのことは、なんでもやってみた。しないことは、男娼ぐらいのものだ」［『詩人　金子光晴自伝』平凡社（一九五七）一七二ページ・『金子光晴全集』六巻、中央公論社（一九七六）一八〇ページ］という、よく引用される文言には、「性サベツ」の要素があることを認める時代に生きている、という自覚がある［柴谷篤弘『比較サベツ論』明石書店（一九九八）］。

（5）柴谷篤弘『われらが内なる隠蔽』径書房（一九九七）一三六〜一四〇ページ、洞富雄『決定版・南京大虐殺』徳間書店（一九八二）五二ページ／『南京大虐殺の証明』朝日新聞社（一九八六）一一三〜一九〇ページ。「下関」という地名は、雲南省にもあるが、上海の地名としてもあるかどうか、手近な資料ではすぐにはわからなかった。
(6) 笠原十九司『南京事件』岩波新書（一九九七）。南京大虐殺60ケ年関西・大阪実行委員会編『めもりある南京1937』（一九九七）。
(7) 金子光晴『現代詩文庫1008金子光晴』思潮社（一九七五）／『現代詩読本――新装版　金子光晴』（一九八五）思潮社／『金子光晴詩集』岩波文庫（一九九一）。
(8) 中国語の語頭に来る〝r〟は、しばしば日本語の漢音語頭のn（日、人、熱、軟、若、入、などに見出される）に相当し、難しい発音で、舌を巻かず、平たくして上顎に押しつけて出す摩擦音をあらわす。何とかこれができるようになってから、私は、この発音で正しく四声の声調をきかさないと、中国語「リーベン」の気分が出なくなった（本文後段参照）。
(9) 金子光晴『詩人　金子光晴自伝』平凡社（一九五七）・講談社文芸文庫（一九九四）／『ねむれ巴里』中央公論社（一九七三）・中公文庫（一九七六）、一五、二九七ページ・『金子光晴全集』七巻、中央公論社（一九七五）、一六〇、三二七ページ／『西ひがし』中公文庫（一九七七）四九、八七、一五一ページ・『金子光晴全集』七巻［前掲］、三五六、三七九、四一六ページ。ここに記された旅行は、一九二九年から三二年にかけてのことで、満州事変のおこったのが、三一年九月、つづいて上海事変のおこったのが、翌年の一月で、この外国旅行の時期と重なっている。ついでにいえば、中国の辛亥革命は一九一一年、清《しん》朝がたおれて孫文の中華民国が成立したのが翌一二年。中国の統一にむけて各地に「軍閥」（中国共産党がそのなかにあった）が相争う時期にはいるが、日本はこの空白時に西欧諸国、とくにロシヤ／ソ連邦が中国に勢力を張るのを恐れ、それを排してみずからの帝国主義的領土野心をアジア大陸にむけ、軍国主義にのめりこんだ。これに対して中国の人びとは、民族主義・反日思想を強めた。広東から発した蔣介石の国民党政府軍は、北上の試みをくりかえし、その間に、第一次大戦で敗れたドイツの旧植民地であった山東省の空白地帯への日本軍の出兵があり、蔣介石軍と衝突して、一九二八年済南《チーナン》事件を起こしている。これが後に一九三六年の二・二六事件に、ひいては三七年の日中全面戦争につながるのである。その間中国の反日本感情は、日貨排斥という貿易ボイコットや度重なる日本人襲撃事件として噴出したが、それがもともと中国人蔑視の感情を国家的にたきつけられていた国民感情を刺激して、世界全体の動きを冷静に判断する余裕を日本人は次第に失っていった。金子光晴はこのような推移の中で、アジアとヨーロッパを旅行・放浪し、幾重にも重なる国と民衆の営みと相互作用を底辺から見たのであった。私も若いとき、国内で次第にたかまる中国国民の排日運動の報道を聞いていた。いま憂慮されるのは、その当時と同様な視野の狭い日本の国家・民族主義（反米感情を含む）が、「歴史修正主義」として再生したことで、その理由で金子光晴の仕事は今日とくに再評価される必要がある、と私は思う。その後の発展については、河内孝「日米関係長い視点で」［記者の目］『毎日新聞』（一月一四日号）四（一九九八）、武藤一羊「『ねじれ』を解く　戦後国家をどう超えるか」『戦後論存疑』［レヴィジオン

〔再審〕第一輯」（栗原幸夫編）社会評論社（一九九八）、一三～三五ページ。

(10) たとえば、金子光晴『西ひがし』前掲注9（一九七七）六〇～六一ページ。

(11) 柴谷篤弘『比較サベツ論』（一九九七）［前掲注4］九八～九九ページ。

(12) 実際当時は、前記注（9）に記したように、中国はまずは内戦の場でもあり、流民たちが西に東に転戦させられた、という詩の文脈は、そのことをも示唆しているので、V1～V3の文面では、湖南出身の「兵」たちは誰との戦争で殺されたか、わからないようになっている。現に中野孝次の「解説」（金子光晴『ねむれ巴里』一九七六［前掲注9］、二九八～三〇四ページ、とくに三〇三ページ）は、『泡』に被侵略下のシナを見る視点」と書いて、これを主として中国のこととして受け止めていたようだ。

(13) 槌田敦「原子爆弾と世界大戦の終了、そして被爆国日本の核開発」『インパクション』（一〇九号）七二～九七（一九九八）。

(14) 金子光晴「詩拾遺」『金子光晴全集』第五巻　中央公論社（一九七六）、一三九～三八二ページのなかの二二〇～二二一ページにある。もともと戦後詩集『落下傘』（一九四八）に収録される予定でまぎれて落ちた作品である、という。

(15) 金子光晴『詩人　金子光晴自伝』（一九九四）前掲注9、一九八ページ／原満三寿《まさじゅ》「金子光晴年譜」（一九八五）［前掲注4］、二二〇ページ。

(16)『金子光晴全集』六巻（一九七六）三二八～三三六ページ「新雑事秘辛［対談］『鮫』のまわりのこと」での編集者［秋山清］の発言（「――」であらわしてある）からもわかるが、「どぶ」の（一）と（二）は相互に独立性が高く、ここでは（二）については問題にしない。

(17) 金子光晴『どくろ杯』中央公論社（一九七一）の復刻［『金子光晴全集』七巻　中央公論社（一九七五）五～一五一ページ］の八二、八三ページには「虹口《ホンキュウ》［Hongkou］マーケット」「日本人のたまり［日本租界］の虹口」などとある（図3参照）。奥泉光『「我輩は猫である」殺人事件』新潮社（一九九六）、三三ページによれば、一九〇六年には、そこの「三角マーケット」というのが一番大きい商店であったという。このように、「マーケット」は当時「施設」の意味で使われ、今日の「青空市」などのような開いた空間に立つ市場の意味はなかった、と思われる。

(18) 金子光晴『どくろ杯』（一九七五）［前掲注17］五～一五一とくに八三、九〇ページ／『西ひがし』（一九七七）［前掲 注9］一五八～一六二ページ。

(19) 金子光晴「新雑事秘辛［対談］『鮫』のまわりのこと」（一九七六）［前掲注16］三三三ページ／『マレー蘭印紀行』中公文庫（一九七八）一一一～一一三、一一六、一四九ページ／『西ひがし』（一九七七）［前掲注9］（一九七七）一六二ページ。

(20) 彦坂諦『男性神話』径書房（一九九一）。

(21) 光晴の有名な戦争抵抗詩「落下傘」は、そのような虚構の典型である。

(22) 櫻本富雄『空白と責任』（一九八三）［前掲注3］。

(23) 櫻本の注22にある提起の初出〔『文芸展望』一月号（一九七六）〕に対しては、いくつかの反論があり、櫻本もそれにこたえている——嶋岡晨「詩人論＝金子光晴〝虚妄地帯〟とは何か?」『詩人会議』（九月号）四四～四九（一九七六）、暮尾淳「戦争下の詩と真実——『金子光晴論の虚妄地帯』反論」同（一月号）二五四～二七三（一九七七）、櫻本富雄「ゆがんだ部屋　『金子光晴論の虚妄地帯』への反論を読んで」同（二月号）六六～七三（一九七七）、宮崎清「『虚妄地帯』論への疑問」同（八月号）六〇～六五（一九七七）。しかし全体として、単なるやりとりに終わり、新しい見地をつむぎ出すにはいたらなかったように思われる。最近でも、櫻本の仕事は、事実の「発掘」としては、それなりに評価されているが、その論旨は詩の表現を考えるうえではむしろ不毛であったように受けとられている——坪井秀人『声の祝祭』（一九九七）〔前掲注2〕一〇、一六五～一六六ページ、吉本隆明『週刊読書人』九月一九日号（一九九七）。さらに本誌でも、吉川麻里が「櫻本富雄を読む」『文学史を読みかえる』（二号）インパクト出版会（一九九八）、二五九～二六五ページで、櫻本の業績を評価しつつ批判している。戦時中から戦後への詩人たちの戦争協力批判をすることだけでは、戦後抵抗詩人たちや彼らを賞賛して彼らの戦争を支持した責任を隠蔽し・見過ごした詩壇の「空白」を、「ぬりつぶす」ことにしかすぎず、戦争中に戦争詩が受けた熱狂的な支持の本質は解かれぬままに残ることなどを、彼女は指摘している。

(24) 鮎川信夫「『死の灰詩集』の本質」『東京新聞』五月一五日号（一九五五）／『鮎川信夫詩論集』（一九七〇）、四二九～四三四ページ。

(25) 針生一郎　柴谷篤弘『われらが内なる隠蔽』（一九九七）〔前掲注5〕八八ページに引用。

(26) 柴谷篤弘『われらが内なる隠蔽』（一九九七）〔前掲注5〕一〇九ページ。

(27) 櫻本富雄『空白と責任』（一九八三）〔前掲注3〕九五～九六ページ。

(28) 上野千鶴子「歴史の方法論をめぐって（1）現在進行形で続く被害者の沈黙を聞く」『論座』（十二月号）一七七～一八〇（一九九七）

(29) 柴谷篤弘『われらが内なる隠蔽』（一九九七）〔前掲注5〕二九四～二九五ページ。

(30) 上野千鶴子「記憶の政治学」『インパクション』（一〇三号）一五四～一七四（一九九七）、柴谷篤弘『比較サベツ論』明石書店（一九九八）九七ページ。

(31) このときに志向すべき目標が何であったか、は、私にとって長い間不明のままであった。きわめて最近、栗原幸夫の『戦後論存疑』（編著）社会評論社（一九九八）四～一二、とくに一一ページ〕また「文学史を読みかえる会」（一九九八年七月一九日、飯田）における夏の合宿での指摘によって、この問題は初めて一挙に明瞭に解かれた、と私は思う。実際一九四五年二月、私たち京都大学理学部の学生の一部は、敗戦間近と見えた日本の状況に対して、社会的に何ができるかを問う学生運動をはじめていた〔柴谷篤弘『私にとって科学批判とは何か』サイエンスハウス（一九九四）六四〜六五ページ」。しかしわれわれは、「自分たちの手で戦争を終わらせる」、という展望（少なくともその方向性）をもつことができず、無為に天皇による「終戦」の宣言を待たねばならなかった。これに反してイタリアでは、自主的に内戦にもちこんで戦争を終え、自国の指導者の戦争責任を追求する「一斉蜂起」があった、と理解する。ここに日本と常に比較されてきたドイツとイタリアとの差がある。同じ文脈でイタリアと日本の「終戦」処理の比較をする試みを、私は知らない。

（32）藤村由加『人麻呂の暗号』新潮社（一九八九）。

（33）李寧熙《イ・ヨングヒ》『もう一つの万葉集』文芸春秋（一九八九）。

（34）当時の表記法では、漢字以外は使用できるものがなかった。これを現代の日本語表記事情と比較すると、漢字、カタカナ、ひらかな、欧文を自由にまぜ書きできる、という差が大きい。詩歌ではなく、商品流通を目的とした品名やコピーの表現などに、外国語の混用・掛けことば化の傾向が顕著である。例をあげれば、トンカツ（豚＋カツレツ＝cutlet）、活（串カツ料理店の名）、カルピ焼き（galbi 肋《あばら》の焼き肉）、冷《レイ》コー（大阪弁「冷やしコーヒー」）、ラーメン（拉麺）、風土（Food）記、撮りみんぐ（trimming、新聞かこみ記事）、釣リズム（tourism）、かもめーる（鴎＋メイル mail、郵便局発売の書簡用紙）、サンディーヌ（Sunday＋フランス語風語尾、東京駅構内喫茶店名）、Traing（train＋ing、ただしtrainingではない、JR東海のポスター）、Be You（正確な意味不明、米国産紙巻きたばこ Virginia Slimsの広告）、B-ing（求人情報雑誌）、Set's（摂津信用金庫のロゴ）。日本語というのは、結局こういう言語であったのか？

（35）有名な『万葉集』巻一の一、雄略天皇作、従来「妻問歌《つまといのうた》」として知られて来た「籠《こ》もよみ籠もち」ではじまる長歌は、李によれば、朝鮮からの渡来人とヤマト系の両方の民衆に、自分の即位を知らせる歌として、解読しなおされた。この歌の末尾を例にとって、解読の方法の一部をたどると、「我許曽歯告目家呼毛名雄母」（まるでパソコン／ワープロで、でたらめに漢字変換したように見えるではないか）は、従来「我こそは告らめ家をも名をも」と読まれていた。しかし李はこれをつぎのように読んだ。「我」は韓国語の訓で「な」（「私」の意味）、「許」は韓音読で「オ」、「曽」は日本音読で「セ」、「歯」は日本訓で「ば」または「は＝わ」で、韓国語母音の複雑さのために「なオショ（＝ソ）わ」は、韓国語で「吾急ぎ来て」の意味。「告」は韓国動詞訓で「にる」、「目」は韓国音で「モク」、語尾の子音kがぬけて「モ」だけになり、あわせて「にるモ」は「告げよう」の意。「家」は日本訓「いえ」で韓国語としては「ここに」を意味し、「呼毛」は日本訓「おも」で古代朝鮮語の「来る」、「名雄母」は日本訓「なを（＝お）も」を古朝鮮語として「出てくる」となる、という。現代日本語の外来語混用をさらに上まわるようでもあるが、これは、日本語と韓国語とに二重の意味をかけた、という解釈で、一応は乗り越えられるだろう。しかし私見によれば、最近まで日本語では「を」woと「お」oとは別の音であり、現在助詞としてwaと発音される「は」は、古代日本語ではpa（現代韓国語ではbaと区別されない）と発音されて、「わ」waとは別の音をあらわしたはずだ、という点から、李の解読の一部の「牽強付会」を批判することも許されるかもしれない。

(36) 拘束の多い回文(palindrome)の例はすくなくない。 **A Man, a Plan, a Canal Panama** 、「大阪咲かそ(Osaka Sakaso)」、「長(なか)き夜の遠(とお)の眠(ねふ)りのみな目覚め波乗り船の音のよきかな」(古歌)、「白雪もやはらかなれば(は)冬の日の夕(ゆふ)晴れなが(か)ら早も消ゆらし」(柴谷自作)。いろは歌も音を拘束された詩文の例である。他の48音(50音—3[や行「い」・「え」、わ行「う」]+1「ん」)の回文歌の例は、「鳥啼く声(こゑ)す夢覚ませ/見よ明けわたるひんかしを/空色映えて沖つ辺に/帆船群れ居(ゐ)ぬ靄のうち」(作者不詳)。

(37) ダグラス・R・ホフスタッター『ゲーデル、エッシャー、バッハ』(一九七九/野崎昭弘ほか訳)白揚社(一九八五)。

(38) 柴谷篤弘「生命・遺伝・DNA」『現代思想』二二巻(一〇号[特集「時間と生命」])一一八〜三二(一九九四)、ロバート・ポラック『DNAとの対話』(一九九四/中村桂子他訳)早川書房(一九九五)。

(39) 櫻本富雄「ゆがんだ部屋　『金子光晴論の虚妄地帯』への反論を読んで」(一九七七)[前掲注23]/『空白と責任』(一九八三)[前掲注3]一一六ページ。

(40) 実際、日本人は、戦争中、中央の官僚が行った「統制経済」が、日本人の心性と両立せず、社会的に決してうまく行くものではないことを、身をもって体験し、その結果共産主義政治の効果に深刻な疑いをもった、といえるであろう。

(41) 斎藤茂吉が「大東亜戦争」開始にあたって、『アララギ』会員にとばした戦争鼓吹の激越な檄文を、最近岡井隆が掘り出してきたのを見せてもらったことがある。

(42) 柴谷篤弘『比較サベツ論』(一九九七)[前掲注4]、九八〜九九ページ。

(43) 斎藤史「歌・歴史・人生」[桶谷秀昭との対談]『新潮』(一月号)三八六〜四〇七(一九九八)、その四〇一ページ。

(44) 柴谷篤弘　『われらが内なる隠蔽』(一九九七)[前掲注5]六三〜六五ページ、図22　向井潤吉「影」と図24 松本竣介「航空兵群」。

(45) 田中日佐夫　『日本の戦争画』ぺりかん社(一九八五)、一五一〜一五二ページ。

(46) 柴谷篤弘　『われらが内なる隠蔽』(一九九七)[前掲注5]、五八〜六三ページ、図18、21　藤田嗣治作品。

(47) 『中国城市地図集 上冊』同名地図集編輯委員会(編)、中国地図出版社(一九九六)、紀伊国屋書店発売。

資料
（引用にあたっては、改行を／で、一行あきの改行を／／で示す。）

1．金子光晴「泡」

V4　昭森社版『金子光晴全集』（一九八二）

（一）／天が、青つぱなをすする。／戦争がある。／／だが、双眼鏡《めがね》にうつるものは、鈍痛のやうにくらりとひかる揚子江《ヤンツーキャン》の水。／そればかりだ。／／

①［おりもののやうにうすい水……がばがばと鳴る水。］

／捲きおとされる水のうねりにのつて／なんの影よりも老いぼれて、おいらの船体のかげがすすむ。／／らんかんも、そこに佇んで／不安をみおろしてゐるおいらの影も。／／　愛のない晴天だ。／日輪は、贋金《しんこう》だ。

（二）／呉淞《ウースン》はみどり、子どものあたまにはびこる、疥癬《くさ》のやうだ。／／下関《シャカン》はただ、しほつから声の鴉がさわいでゐた。／／うらがなしいあさがたのガスのなかから、／軍艦どものいん気な筒ぐちが、／「支那」のよこはらをじつとみる。／／ときをり、けんたうはづれな砲弾が、／　濁水のあつち、こつちに、／ぽつこり、ぽつこりと穴をあけた。／／その不吉な笑窪を、おいらはさがしてゐた。／／水のうへにしゆうしゆうきこえた小銃の雀斑《そばかす》を。／もぐりこむ曇日《どんじつ》を、／なみにちつてゆくこさめを、／／頭痛にひびくとほくの砲轟。／「方図もない忘却」のきいろい水のうへを……冬蠅のやうに、おいらはまひまひした。

V1

①［をりもののやうにうすい水。不浄な水……がばがばと鳴る水。］

V2、V3①＝　V4

(二) ／――乞食になるか。匪になるか。兵《ピン》になるか。／……さもなければ、餓死するか。／／づづぐろい、萎びた顔、殺気ばしつためつき、くろい歯ぐき、がつがつした湖南なまり、ひつちよつた傘、ひきずる銃。／流民どもは、連年、東にやとはれ、西に流離した。／がやがやといつてやつらは、荷輌につめられて、転々として戦線から戦線に輸送された。／／辛子のやうに痛い、ぶつぶつたぎつた戦争にむかってやつらは、むやみに引金をひいた。／いきるためにうまれてきたやつらにとつて、すべてはいきるためのことであつた。／それだのに、やつらはをかしいほどころころと死んでいつた。／

②［リーベンたちは一つ一つへそのある死骸をひきずつてトラックにつみ、］

／夜のあけきらぬうちにはこんで川底に、糞便のやうに棄てた。／ふるさとのあるやつも、ふるさとのないやつも。／／そのからだどもはやつぱり、寒がつたり、あつがつたりするからだだつたのに。／いまはどれも、蓮根のやうに孔があいて、肉がちぎれて百ひろがでて、かほがくつしやりとつぶされて。／あんまりななりゆきに、やつらは、こくびをかしげ、うではひぢに、ひぢはとなりのひぢに、あわてふためいてたづねる。／――なぜ、おいらは、こんな死骸になんかなつたのかしら。／／だが、いくらかんがへてみても駄目だ。やつらの頭顱には、むなしいひびきをたててひとすぢに、濁水がそそぎこむ。／氾濫する水は、――「忘れろ」といふ。／／

③［こんなことをしたやつはいつたい誰だ。誰なんだ。］

／おいらは、これで満足といふわけか。／だが、水は、やっぱり

V3
②［……………一つ一つへそのある死骸をひきずつてトラックにつみ。］

V2
②［……………一つ一つへそのある死骸をひきずつて……
……………。］

V1
②［…………は、…………一つ一つへそのある…をひきづつて、
軍用トラックにつみ、］

V3
③［こんなことにしたやつはいつたい誰だ。誰なんだ。］

V2
③［……………いつたい誰だ。誰なんだ。］

「忘れろ」といふ。／／混沌のなかで、川蝦が、一寸づつ肉をくひきっては、をどる。／コレラの嘔吐にあつまる川蝦が。／／水のうへの光は、／／一望の寒慄をかきたてる。／／白痴――／／蕭殺とした河づらを、／跛足《びっこ》のふね、らんかんにのつて辷りながら、おいらはくらやみのそこのそこからはるばると、あがってくるものを待ってゐた。／それは、のろひでもなかつた。／うつたへでもなかつた。／／やつらの鼻からあがつてくる／大きな泡。／／やつらの耳からあがつてくる／小さな泡。

2．金子光晴　「どぶ（一）」

V4（1962）昭森社版『金子光晴全集』

おしろいをぬるのをおぼえてから、女は、からだをうつていきるやうになった。／そのよごれた化粧のあかが、日夜、どぶにながれこんだ。／どぶには、傘《からかさ》の轆轤《ろくろ》や、藁くづ、猫の死骸、尿《いばり》や、吐瀉物や、もつとえたいのしれないものが、あぢきないものが、かたちくづれ、でろでろに正体のないものが、ながれるあてのないものが、うごくはりあひのないものが、誰かがひろひあげようとおもひつくにはもう遠すぎるものが、やみのそこのそこをくぐっては、つとうかびあがってきて、あつちこつちでくさい曖気《おくび》をした。／女は、わが血にもその汚水がまざり、めぐって、はだのいろにもどんよりと滲みでてゐるとおもった。どぶにかこまれた一郭で女は、てすりから水をながめくらし、なま唾をはいた。乱杭にひつかかって、すてられ、ただようてゐるごみ芥《あくた》と、つまりはおなじ流れもので、ねたつて、起きてみたつて、わらつたつて、死んだつていきたつて、ど

V1

③「――おいらを……………いつたい誰だ。誰なんだ。」

V1

おしろひをつけはじめてから女は、じぶんをうつてはいきるやうになつた。／そのよごれた化粧のあかが、日夜、どぶにながれこんだ。／どぶには、尿や吐瀉物や、もっとえたいのしれないものが、あじきないものが／かたちくづれ、せうたいのないものが／ながれるあてのないものが、うごくはりあひのないものが／誰かがひろひあげやうとおもひつくにはもう、遠すぎるものが／底の底をくぐつてはつとうかびあがつてきて、あつち、こつちにくさい曖気《おくび》をした。／／女はじぶんのからだぢうの血にもそのきたない水がながれ、めぐつて、はだのいろにもどんよりと滲み出てゐるのだとおもつた。どぶにかこまれた一劃にマーケットをたてて女は水をながめくらした。つばきを吐いた。そして、枕にひつかかつてるもの、すてられた［だ］よつてゐるごみあくたと、つまりはおなじながれもので、ねたつて、起きてみたつて、わらつたつて、死んだつていきたつて、どうでおなじことなのだとじぶ［ん］をおもひこんだ。／――なに

うせおなじとわが身をおもひこんだ――なにもひけ目はねえ。
①［皇后さまだって、］
女はからだをうつていきるほかはないのだから。／うれしがらせをささやきにくるこんにやくどもも、女とねて、女をしやぶりまはしたあとでは、こんな女とねてしみついたきたならしさを、どう洗ひおとしたものかといらだちながら、おのれにあいそをつかしていつた。／――女ぢやねえ。いや人間でもねえ。あれは、糞壺なんだ。

V3
①［王后をはじめ］

V2
①［…………］

3．金子光晴　「鮫（四）」［部分］

V4
「（どこから流れついたんだ、きまぐれな、へうきんな奴。／EMDEN／いや、もっとルンペンさ。それは、／浮流水雷だ。／［中略］／一ミリか、二ミリのちがひでこの爆発物に、鮫の鼻つ先がふれずに、ゆきちがふ。／知ってゐるのだ、／だまし了せた得意さで、鮫の奴、針の目をして嗤ってゐるのだ。／／□だが、この鮫は、すかりと頭をはすかひにそがれてゐた。／奴は、総督クリッフォードのつらつきをしてゐたし／
①［ヒットラーにも似てゐた。］／／」

もひけめになることはねえ。
①［××××だって、］
女はつまりじぶんのからだをうりものにいきるほかないものだ。／などと、うれしがらせをさゝやきにくるこんにやくどもも、女とねて、女をしやぶりまはしたあとでは、こんな女とねてしみついたきたならしさをどう一体あらひをとさうかといらだちながら、じしんにあひそをつかしていつた。／――女ぢやねえ。いや。人間でもねえ。うまれながらのこいつらは糞壺だつた。」

V3
①［ヒトラアルにも似てゐる］。

V2
①［………………］。

4．金子光晴　「燈台（三）」［部分］

V4（1962）昭森社版『金子光晴全集』、V3(1951)『日本現代詩体系』、V2（1985）『現代詩読本』
「おいらたちのいのちは、神の富であり、犠となれば、すすみたつてこのいのちをすてねばならないのだ。／…………………。／

……………………。／／」

5．横光利一　『上海』（1928―1932）（『横光利一全集』第三巻（1981）（抜粋）

1　「お杉は漆喰の欄干にもたれたまま、片手で額を圧へてゐた。［中略］彼女の見てゐる泥溝上では、その間にも、泡の吹き出す黒い芥《ごみ》が、徐々に寄り合ひながら、一つの島を築いてゐた。その島の真中《まんなか》には、雛の黄色い死骸が、猫の膨れた死骸と一緒に首を寄せ、腹を見せた便器や、靴や菜つ葉が、じつとりと積もつたまま動かなかった。」（p.51）

2　「朝からひとは働きもせず、自分と同様、欄干からぼんやり泥《どぶ》溝の水の上を見てゐるのだ。水の上では、朝日がちらちら水影を橋の脚にもつらせてゐた。縮れた竿の影や、崩れかけた煉瓦のさかさまに映つてゐる泡のなかで、芥や藁屑が船の櫂にひつかかつたまま、じつと腐るやうにとまつてゐた。誰が棄てたともわからぬ菖蒲の花が、黄色い雛鳥の死骸や、布きれなどの中から、まだ、生き生きと紫の花弁を開いてゐた。／お杉はさうしてしばらく、あれやこれやとい物思ひにふけつてゐるうちに、今日はすこし早い目から、客を捜しに街へ出ようと思った。それに、一度何より日本の鰤が食べてみたい。／――さうだ、今日はこれから市場《マーケット》へ行かう。――」（p.155）

6．壺井繁治　「ある街角にて」　『文学評論』2巻（7号）180―181（1935）［部分］

「私は待つてゐる／群衆にまぢつて／行列の近づくのを今かいまかと／／今日の行列に加はれぬ多くの仲間よ！／私も………身となつて三たびメーデーから引き離された／そして、今日／われ等の…………示すべき日／………よって…………二つのメーデーを見なければならぬ／だが、私は待つてってゐる／行列の近づくのを今かいまかと／［中略］／おお、旗が、①……が見える／たかく揚げよ②………！／強く振れよ、組合旗を！／［中略／］③…………団結せよ！／［後略］」

7．金子光晴　『詩人　金子光晴自伝』（一九七一初版）講談社文芸文庫　（一九九四）、

第三部「棲みどころのない酋長国」、「新しい解体と空白」から

7-1「［前略］上海では上陸できなかった。上海事変というのがはじまって、碼頭《めとう》［Matouドック、現在の国際客運站Yunzhanターミナルに相当するか？］から楊樹浦［Yangshupu? 別の場所での金子のルビはヤンジッポ］の方向へかけてバリケードが築かれ、銃剣をもった陸戦隊の兵士が並んでいて、無理に上陸したものも、舟へとってかえさねばならなかった。呉淞《ウースン》の方向に、砲声がきこえた。」（p.183）（図1,4）

7-2『『鮫』は、禁制の書だったが、厚く偽装をこらしているもので、ちょっとみては、検閲官にもわからなかった。鍵一つ与えれば、どの曳き出しもすらすらあいて、内容がみんなにわかってしまうのだが、幸い、そんな面倒な鍵さがしをするような閑人が当局にはいなかったとみえる。なにしろ、国家は非常時だったのだ。わかったら、目もあてられない。「泡」は、日本軍の暴状の暴露、「天使」は、

徴兵に対する否定と、厭戦論であり、「紋」は、日本人の封建的性格の解剖であって、政府側からみれば、こんなものを書く僕は抹殺に価する人間であるわけだ。」(p.189)

7−3 「[前略] 詩が難解ということも、僕にとっては有利だった。その上、僕の詩の鍵をにぎった連中は、概して、僕を外界から護ってくれた。多くの正直な詩人達が、沈黙を守らせられている時、僕に語らせようという、暗黙のあいだの理解が、めだたぬ場所で僕を見まもっていてくれたのだ。文学報国会というものがうまれ、その会員でないものは、非協力者として、文筆の仕事がもできないような窮屈な時代がきて、文士全体がなにか積極的な国家の提灯持の役を引受けなければ、一括して存在を許されなくなりそうな危機に臨んだ。[後略]」(p.190)

7−4 「文学報告会では、大東亜共栄圏内の文士たちを日本に招く相談でいそがしかった。[中略] まず、宮城遙拝をさせ、八紘一宇《はっこういちう》の思想をたたきこむためのパンフレットをよませるという案が出た。八紘一宇は、彼らにとってなんの意味もないし、到底理解できないだろうから引きさげた方がいいと僕が意見を出すと、それは何故だと中山[省三郎]がつめよった。ただ、名前を忘れたが一人の中国研究学者が、僕の意見に賛成しただけで、妙に気まずい空気になって、僕は途中から退散した。もう一度、マレー人に日本語を普及するための教科書をつくるという議事があって、よばれたことがある。マレー人に対する考えかたが、会場の人と僕とは反対なので、そのうえ出席しても無駄とわかったので、僕はもういっさい、報国会の仕事にかかりあわないことにした。」(pp.197-198)

7−5 「終戦前から、僕に対して、軍当局の目は、いら立っているのがわかっていたが、彼らは、新たな抵抗にかかずらっている暇がなかったのだ。放送協会から依頼された、十編ばかりの唄のはいったマレー案内のようなものが、作曲から何から出来あがって、いざ放送という前にさし止められたことがあった。革むちはピシピシとひびいて我身にこたえ、いずれはそれが僕の肩に、背に、食い込むときがあることを考えずにはいられなかった。[後略]」(p.217)

7−6 「僕は、詩の世界で、少々過分な待遇を受けるようになったが、それに乗ってゆくには、過去の苦しみがひどすぎた。軽佻な大衆を信用できなくなってしまっていたのだ。戦争中、戦争詩を書いていた連中は、丁度いまの僕のように、ちやほやされた。そして、チューインガムのようにカスは吐きすてられた。僕は、おもちゃにされたくないという気持ちから、できるだけジャーナリズムから遠ざかって生きてゆくようにした。僕は、僕を甘やかすもののなかに敵を見ないわけにはゆかなかった。そればかりか、僕の性格は、あれほど僕がまもりつづけた筈の自由のよろこび、ヒューマニズムと名のつくものに対してさえ、猜疑の目をむけずにはいられなかった。それがあまりにたやすく使われ、おしつけがましく横行しはじめたとき、一億玉砕の時期以上に、人間に対する不信が輪をかけたものになってきはじめた。/僕の心のなかで、世界の信義への期待は裏切られ、人間の本質に根ざした不信や、憤りが、憎悪が、ふたたび将来のない人類のゆく先に対する絶望感となって、僕を蝕《むしく》いはじめた。そして、僕には、個人しか信じられず、団結した人間の姿に、自然悪しかみることができなかった。戦後の僕の新しい解体がはじまっているのに、僕は、過去の作品を通して、あいかわらず安手な抵抗派の一員として待遇されることになった。［後略］」（pp.217-218）

8．金子光晴　『西ひがし』（一九七四初版）中公文庫　（一九七七）「世界の鼻唄」から

「妙なことに、当然、停泊する筈の香港にも、上海にも、船は立寄らず、そのまま直行して、一すじに関門海峡を通り、瀬戸内海から神戸港に着いてしまった。支那の二つの港を船が立寄らなかったのは、日本と中国の国際関係がよくないことを物語っていた。香港はただ、素通りしたが、上海では、わざわざ呉淞《ウースン》から黄浦江［Huangpujian］に右［左？］折し民間の在留邦人を収容して帰ることになった。彼らの口から、中国での事情は、ほぼわかった。日本海軍陸戦隊と、十九路軍との市街戦がはじまって、銃声がきこえていた。淮山《わいさん》［Huaishang］碼頭は木材を縦に並べてそのうしろに土嚢をうず高く積み上げ、船客の上陸はいっさい禁止されていた。避難の際は、混雑を極め、黄浦江の濁水に墜ちて溺死したダンサー、酌婦など、眼のあたりにして救う手だてがなかったと言うものもいた。［後略］」（p.227）［図4参照］。

9．アンソニー・ハイド　『レッド・フォックス消ゆ』（一九八五／村上博基訳）文芸春秋（一九八六）p.283から。

「［前略］考えてみろ……ほんとのことをしゃべって、なんの得がある。なんにもない。だが、ほんとのことを知っていながら偽ったら、ひとつ秘密が自分のものになる。真実は秘密になるんだ。ばあいによっては、こいつはなかなか貴重だ」

10．『万葉集』柿本人麻呂の作品　藤村由加（『人麻呂の暗号』（一九八九）、pp.73-97、110-120 および李寧熙（イ・ヨンヒ）『もう一つの万葉集』（一九八九）pp.123-144 から引用。

A．

原文

1　東野炎立所見而反見為者月西渡（巻一の四八）（六八九・持統三年）。

2　安胡乃宇良尓布奈能里須良牟乎等女良我安可毛能須素尓之保美都良武賀（巻十五の三六一〇）（七三六・天平八年。遣新羅使たちによって誦詠せる古歌）

従来の読み方

1　東《ひむがし》の野に炎《かぎろひ》の立つ見えて反見《かへりみ》すれば月傾きぬ

2　英虞《あご》の浦に船乗りすらむ少女《をとめ》らが赤裳の裾に潮満つらむか

B．

原文

釼着手節乃埼二今日毛可母大宮人之玉藻苅良武（巻一の四一）（伊勢国に持統天皇が行幸された時に、京にとどまって作った歌三首のうち第二）

従来の読み方

くしろつくたふしの崎に今日もかも大宮人の玉藻刈るらむ

従来の解釈

腕輪をつけ手節《たふし》の崎に今日あたりは大宮人が玉藻を刈っているだろ

う
古朝鮮語での読みの意味による解釈
○かんざしを挿して操を守るタフシの崎にきょうもまた大宮人たちは美しい妻たちを狩っているのだろうか（藤村らによる解読）
○腰にさし刀を帯び「操を守る」ゆかりの手節の崎に今日も行くのだ、官吏をやっつけるのだ（李による解読）

11．廣田 孝「今井憲一の世界・シュルレアリスムとナチュラリスムの狭間で」『京都市美術館ニュース』163／3月号（1991）［部分］
［前略］シュルレアリスムは戦争中、軍部から危険思想として取締られていたのですが、当時の作品のなかにもその特徴が表れています。具体的に作品をみてみましょう。取りあげる作品は「湿地帯」（写真）です。これは昭和15年、今井が33歳の時の作品で、独立美術協会展で最高賞の独立美術賞を受賞していて、この時期の代表的作品とみなしていい作品です。写真で見る通り、池の中に割れた竹と矢車が落ちて水に浸っています。竹は元来池に植えないのでこれらの竹は放りこまれたということになります。矢車もまた同様でしょう。竹と矢車は五月の節句飾りをおもい起こさせます。端午の節句祝いは、江戸時代以後男児のある家で、鯉のぼりを立て、甲冑、刀、武者人形を飾って将来を祝う民間の儀式です。鯉のぼりは「鯉の滝登り」になぞらえて男児の立身出世の象徴としてあったわけですから、矢車は鯉のぼりの竿の先にあるべきもので、暗い水面に落ちているのを描くのはどういう意図なのでしょうか。／その前にこの時期の情勢を見ておきましょう。昭和14年3月、国民精神総動員委員会が設置されて国民生活の戦時統制がきつくなり、翌年には大政翼賛会が結成され、さらに11月10日には起元2600年祝典が挙行された。時局は戦争へ向かってゆき、昭和16年12月大平洋戦争に突入してゆきました。／このような状況の中で「湿地帯」は制作されました。作品には確かに鯉のぼりの矢車が描かれているので、鯉のぼり、甲冑を通して想起される「尚武」の精神故に軍部や戦争賛美者からクレームをつけられることはありません。しかし地上（水面）に落ちた矢車はけっして「戦意高揚」をめざすものではありません。逆に戦争に批判的な心情を表現しているものととるべきでしょう。作品の図柄と意図が別々の二重構造になるような仕掛けは「矢車」を「水面に描く」という状況の組み合わせにみてとれます。／このような仕掛けは同年、同展に「湿地帯」と一緒に出品された「尚古」という作品にもみられます。「尚古」では古びた鎧を描いていますが、鎧はなかば崩れ、頬当てなどの武具が鎧櫃のまわれに散乱しています。画面には「鎧」という武具が描かれているので時局にあったものとして批判されることはありません。しかし画面の印象は「武道」の崩れた残骸のようなものと受けとめられる。ここでも画面の二重構造が指摘できると思います。［後略］

12．斎藤史『魚歌』ぐろりあ・そさえて（1940）より。『斎藤史全歌集』大和書房（1997）にもとづく
濁流だ濁流だと叫び流れゆく末は泥土か夜明けか知らぬ
花のごとくあげるのろしに曳かれ来て身を焼けばどつと打ちはやす

声

暴力のかくうつくしき世に住みてひねもすうたふわが子守りうた

いのち凝らし夜ふかき天《あめ》に申せども心の通ふさかひにあらず

幾世の後歴史の墓をあばくものありやあらずやただにねむりぬ

ああといふまにわれをよぎりてなだれゆくものの速度を見つつすべなし

身に及ぶあかりも今は消えたれば鞭上げて追へ追はれゆくなり

13．塚本邦雄「残紅黙示録」『斎藤史全歌集』大和書房（1997）「Ｉ沈魚」、pp.889～913より

［前略］知識人とは、生の何たるかを識り、日本の未来に暗い予感を抱き初めた人達をさす。彼女の呪詛はその意味で普遍性の高みに達してゐた。黙示録的な文体は、ここでも一つの使命を達成したのだ。面従腹背を強ひられる時、彼女はそのどす黒い憎悪を、刹那に詞華と化して見せた。心ある人はその照り翳る言葉の彩の底に、イペリットよりも激烈な毒を見て、破顔一笑したらう。奸智にたけた、詩人的素質ある憲兵ならば、愛すべき「赤」の教則本などより、『魚歌』を懼れ、このしたたかな告発と弾劾を阻まうとしたことだらう。／［引用歌略］／鞭打つ、すなはち当時の独裁者とその領袖らが、これらの歌を解読しえたなら、一瞬青ざめたことだらう。［中略］退引きならぬ「聖戦！」に巻き込まれて行く。最早面従腹背さへ許されぬ世となってゐた。／沈黙とは最も徹底した象徴技法であることを、彼女はこの時期くらゐ沁みて思ったことはなかったらう。沈黙は難い。なまじ歌い続けて来た身は、口噤《つぐ》むことも許されない。［後略］」（pp.901～903）

14．金子光晴「寂しさの唄」詩集『落下傘』（一九四八）より、その終結部。『金子光晴』［現代詩読本］思潮社（一九八五）にもとづく。

「僕、僕がいま、ほんたうに寂しがってゐる寂しさは、／この零落の方向とは反対に、／ひとりふみとゞまって、寂しさの根元をがっきとつきとめようとして、世界といっしょに歩いてゐるたった一人の意欲も僕のまはりに感じられない、そのことだ、そのことだけなのだ。（昭和二〇・五・五　端午の日）」

［柴谷篤弘（しばたにあつひろ）一九二〇年大阪府生まれ、生物学者。］

戦後「知識人」の北米体験

上野千鶴子

北米体験と日本回帰

きょうは、広い意味で戦後日本「男性知識人」の「転向」について議論することになると思います。「転向」といっても、何から何へ「転向」するのか。リベラル、近代合理主義、あるいは普遍主義的立場にあった人たちが、北米体験を転機として、ある種の日本主義へ「転向」する、それをわたしは戦後知識人――とくに男性知識人とあえて限定しますが――の「転向」の、ひとつの道筋として捉えたいと思います。というのも、わたしは、戦後日本男性知識人の北米体験の「思想史的系譜」が、誰かの手によって書かれるべきだと以前から感じていました。これはそのための試論ともいうべきものです。

きょうこれから論じる人々は、戦後北米体験を持った知識人のすべてを網羅してはいません。また、対象は戦後知識人のなかでも必ずしも「代表的」な人物ではなく、わたしが関心をもってその人の思想的な道筋を見つめてきた人たちに限られています。この考察は、同じように北米体験を持ったわたし自身にとっての内省への旅でもあります。

戦後日本の思想史について日本と外部という主題を設定すれば、ふたつの書かれるべき思想史的なテーマがありますが、それはどちらもまだ書かれていません。ひとつは戦後知識人の海外体験の系譜、もうひとつは植民地生まれの知識人の思想的な系譜です。英語圏にスチュワート・ヒューズというたいへん優れた思想史の研究者がいます。かれは『ふさがれた道』（みすず書房、一九七九年）という黙示録的予言に充ちたタイトルの著書で、戦後ヨーロッパ大陸からアメリカに亡命した知識人の系譜を描きだしています。そのような仕事に匹敵する植民地生まれの戦後日本の知識人の系譜、例えば安部公房さんや森崎和江さん、五木寛之さんといった方々について、誰かがきちんと論じるべきだと思っています。

もうひとつの主題、戦後海外体験、とりわけ北米体験を持った知識人の系譜について、わたし自身はずっと考えてきました。わたしがその方たちの道筋をじっと見つめてきたというとき、そこにある問いは「何がかれらをそうさせたか」です。「そうさせたか」という内容は広い意味で「日本への回帰」と言えるかも知れません。どうして日本の男性知識人は北米体験を転機として、ブーメランのごとく日本回帰をするという道筋を、くりかえし「ブルータス、おまえもか！」とばかりに再生産していくのでしょうか。この問いの背後には、では、誰が日本回帰し、誰が日本回帰しなかったのかという問いがあります。同じ問いは、何がわたしをそうさせなかったのかという内省にも向かいます。「上野もとっくにそうなってるじゃないか」という声が出るかもしれませんが（笑）、少なくともわたし自身は、これから論じる方々と自分自身との距離を図りながら、何がわたしをここに踏み留まらせているのか、と自問しています。わたしだっていつ同じ轍を踏まないとも限りません。将来、上野が日本主義者的なことを言い出さないとは限らない、その保証はどこにもありません。先達として見守ってきた知識人たちの系譜を見れば、「一寸先は闇」というのが日本の知識人の現状です。

以下の報告は、わたし自身の北米体験と重ねながら、なかばは個人的な内省の旅、なかばは戦後思想史をたどる憂鬱な旅になりますが、よろしければ最後までお付き合いください。

アメリカ留学を可能にする背景

戦後知識人にとって北米体験とはどういうものだったでしょうか。北米に限りません。明治以降の日本の知識人の在外体験には、鴎外・漱石から今日にいたるまでの長い系譜がありますが、その体験がほとんどの知識人にとってトラウマとして経験された、というのは否定しがたい現実です。とりわけ戦後は、敗戦国である日本国民としてアメリカ合州国に出かけたことは圧倒的なトラウマ体験でした。敗戦国・戦勝国という関係の違いだけではありません。圧倒的な物質文明の違い、物量の差もありました。わたしがはじめてアメリカを訪れたのは一九八二年のことでしたが、飛行機の中からあの広大な大陸を見下ろしながら、「こんな国と戦争して一瞬でも勝つ気でいたとはキチガイ沙汰だ」とまで思いました。

もうひとつ、「言語」という大きな壁があります。日本の戦後知識人たちがそれほど充分な語学力を持ってアメリカに渡ったとは思えません。日本の英語教育がモノにならないことはみなさんご存じのとおりです。日本人がなぜ英語が上手くならないかというと、日本が英語圏の諸国に植民地化された経験がないからだと、わたしはアメリカ人にいばって説明していますが、いくら強がりを言っても、言語の壁は大きく立ちはだかります。

言葉が話せないということは、自分の欲求を相手に伝える手段を奪われることであり、まったく無力な存在になることを意味します。レヴェルの低い言語で話せば、頭のなかもレヴェルが低いと思われますし、子ども扱いされかねません。どんな知識人でも無力な状態に投げこまれ、日常的に自尊心の低下を屈辱的な思いで味わわなければなりません。

しかし、こうした無力な存在と化す経験は、自分がどのような立場にいたかという文脈によって大きな違いが現われます。留学生として行ったのかそれとも移民労働者として入ったのか？　さらに五〇年代の体験なのか七〇年代の体験なのか、という日米関係の変化や時代背景の違いも影響します。また、それを何歳で経験したかという年齢や、男女の性別、つまり「女・子ども」として経験するかどうかも関係します。日本で保っていた生活水準や、地位も関係するようです。日本で地位も名誉も確立したあとで無力感を経験したのか、それとも日本でもまったく無名な状態だったのか、によっても違います。こうした無力感を経験させられる北米体験を、それぞれの個人がどのように経験したかを考えてみましょう。

敗戦前の四〇年代の例として、鶴見俊輔さんと鶴見和子さんのごきょうだいを挙げたいと思います。『日本評論家事典』から抜き出したデータによると、このごきょうだいは両方とも戦前のアメリカに留学し、アメリカで高等教育を受けました。こういう人たちはアメリカが青年期と結び付いていますから、American Way of Thinking——アメリカ的思想が血肉化して、それが自分の思想の一部となる経験を持っていると考えられます。

いまでも留学生としてアメリカを経験する大学生や大学院生と、成人してから研究者として渡米する人との間には違いがあります。アメリカで青年期を過ごすと、自分の「知」や人格をアメリカ的なものとして形成する傾向があります。同時に子ども同然のまったく無力な存在として外国を経験しますから、面子や経歴にこだわって肩肘はる必要がありません。無力感は年齢や地位の無力さと結びつきますから、価値剥奪の経験を味わわずにすみます。

あとになって増えてきた帰国子女の場合はもう少し複雑です。在外日本人コミュニティが一定の規模を占めるようになると、全日制日本語学校なども普及するようになり、かえって日本人コミュニティの中だけで一〇〇%日常生活が送れるようになってしまいます。在外日本人人口の増加が、必ずしも国際化に結びつかない、という逆説がここにはあります。またあまりに幼少期に在外経験をしても記憶に残らないとか、小中学校などの児童期の経験では帰国してから「外国はがし」のような同調圧力もありますからかんたんには言えません。帰国子女の在外体験は、「親の仕事のつごう」といった非選択的なものです。さまざまな調査によると、日本に対して批判的なスタンスをとり外国の流儀に積極的に同化しようとする傾向は、選択的な在外経験を持つ人々に強いことがわかっています。ここでは青年期もしくは成人になってから選択的に北米体験を持った人々に対象を限りましょう。

留学生としてのアメリカ経験は、日本の円高と不可分につながっています。時代背景を見ますと、七三年までの対ドル円相場は一ドル＝三六〇円の固定レートでした。しかも外貨持ち出し限度額五〇〇ドル、これは海外に出ると、当時の物価で一～二ケ月間暮らしたら底をつく額です。したがって外貨五〇〇ドルを持って出ても、着いた途端に明日からの生活を心配をしなければそれ以上居続けることはできません。つまり、ドル建でアメリカの大学あるいは財団から奨学金をもらうなどの財政保証がないかぎり日本を出ることができません。ロックフェラーやフルブライトのような財団から選ばれた超エリートか、親が金持ちで財政基盤があるか、どちらかの条件がなければ戦後アメリカを青年期に経験することはほぼ不可能でした。それが八〇年代に一ドル＝二五〇円になり、八〇年代後半のバブル景気時には一夜にして、というくらい急速な変化で日本円の価値が倍になり、一ドル＝一二五円時代を迎えます。一時は一〇〇円を割って、短い期間でしたが九〇円台が続きました。当時は一ドル＝七〇円台になっても日本経済は大丈夫、と豪語するエコノミストもいました。こんな円高は歴史上、二度とふたたび来ないだろうと思いますが、学生たちが「ウッソー！　安い」というこの時期にアメリカ留学はいっきょに大衆化しました。親にしてみれば、東京の大学へ仕送りするよりはアメリカの方が仕送り額が安く済むとさえ思われた時代です。アメリカ留学はいまや不登校や浪人より外聞がいいというので、大学に行きそびれた、あるいは志望校に行けなかった子どもたちが、とりあえず緊急避難先として行ったりしました。円高の時代になるまで、アメリカ留学はごく限られた人々の特権であり、大衆的なものではなかったことを最初に言っておきたいと思います。

わたしは一九八二年から八四年まで二年間を、国際文化会館の新渡戸フェローとして北米で過ごしました。そのときわたしの語学力があまりに低かったものですから、スポンサーから六週間にわたって語学の集中コースを受けるようにいわれてコーネル大学の夏期講座に放り込まれました。そのコースの同期生だった男性たちと二年後に再会したとき、最低ランクだったわたしの語学水準はかれらと逆転していました。妻子を帯同して北米に来ていたある男性が言ったことをよく覚えています。

「家族持ちで外国に行くというのは、首までお風呂に浸かったまま、頭だけ外国に出しているようなものだ。」かれはわたしの語学力が伸びたことを称して「女は恥を知らないからね」と付け加えました。わたしはそれを正しいと思います。

語学は失敗しないと身に付けることができません。恥をかきながら覚えるのですから、「女・こども」というプライドのない存在なら恥を怖れませんが、プライドが邪魔して恥がかけない、恥がかけないから上手くなれないという男性はたくさんいます。日本に来ている中国人にボランティアで日本語を教えている日本語教師が、それと同じことを言ったことがあります。中国人の夫妻を教えると、妻の方がメキメキと日本語能力が上がるのに対して、夫の方はいっこうに上達しない。そのうち夫婦の力関係が語学力で変わってしまい、夫婦間葛藤が深刻化する、と(笑)。男性の方はプライドを棄てきれず、自分が非力な存在であることを受け入れて一から学ぶことができなかったのです。

アメリカを体験する「立場」の問題

もうひとつは経済的格差、階層の問題です。経済的弱者として北米体験をするかしないかという問題です。ひとくちに北米体験といっても、戦前から出稼ぎ労働者として出かけていった日経移民は大量にいます。ただし、この方たちは自分の北米体験を言語化することをしませんでした。これまで北米体験を言語化してきた日本人たちはエリートに限られました。自分の体験を言語化し思想化することができたのは、高学歴の知識人たちでした。たとえば藤原正彦さんという、作家の新田次郎さんの息子が著した『若き数学者のアメリカ』(新潮社、一九七七年)という清冽で感傷的な留学体験記はその代表的なものでしょう。戦後日本人の北米体験記の出版物を年代ごとに論じてみるのも面白いと思います。そのなかで、経済的弱者としての北米体験を、すなわち上からではなく下から見たアメリカとしてはじめて言語化したのが石川好さんの『ストロベリー・ロード』(早川書房、一九八八年)でした。

これはカリフォルニアの苺摘み移民労働者だった若者が、その眼の高さから描きだしたはじめての北米体験記でした。石川さんのこの本が出る前は、誰ひとりそういう体験を言語化して来なかったと言えます。もちろん移民史の研究者は多くいるし、オーラル・ヒストリーもあります。ですが当事者による経験の思想化は、なかなかなされて来なかったように思います。

日本人の海外体験についてもいろいろな研究書が出ましたが、オーストラリアの日本研究者、杉本良夫さんのパートナーである佐藤真知子さんが書かれた『新・海外定住時代』（新潮社、一九九三年）という本は、「国境の壁を超えることはできても、階級の壁を超えることはもっと難しい」という実にリアルな結論に達しています。一定の学歴や象徴資本を持っていれば、外国に行っても同じ階層、同じ知識人のサークルに入ることができるけれども、たとえば板前や労働移民として行く場合、ホスト社会のなかでも出身階層と同じに地位が固定されてしまう傾向があります。国境の壁を超えても階層上昇はかならずしも伴いません。この本は、階層の壁を超えることは国境の壁を超えることよりも難しいということを、克明なインタビューに基づきながら結論づけています。日本の知識人たちは、たとえ言語の壁があっても、そのまま横すべりでアメリカの知識人社会に受け入れられ、そのなかで非力な存在として扱われながらトラウマを経験しました。

日本の戦後国際社会における地位の変動も影響しました。戦後の早い時期の日本人は、いわば「第三世界知識人」としてアメリカを経験しました。これは五〇年代から六〇年代はじめの初期フルブライターたちの体験を見るとよくわかります。五〇年代にアメリカに行った人たちは、日本の戦後の貧しさや飢餓状態をつぶさに知っています。かれらはアメリカで「蛇口を捻るとお湯が出る」といって、物質文明の豊かさに圧倒されて帰ってくるのですが、あるときわたしの同僚から、七九年にＡＦＳでアメリカへ行った女の子が帰国後に書いた作文を読んだ仰天したと聞いたことがあります。その女子高生は「アメリカに行って驚いたのは、アメリカ人の生活水準が日本と同じことだった」と書いているんだそうです（笑）。蛇口を捻ればお湯が出る、という同じ状況に対して、三〇年のあいだにそのくらい感じ方が変化したのです。

初期フルブライト留学組のなかには、その後アメリカに定着した研究者がおどろくほど多いようです。アメリカでプロフェッサーのポストを獲得した人々は、そろそろ引退しつつありますが、ほとんどが五〇年代に日本を出た人たちです。現在でも中国やアフリカといった発展途上国の知識人たちは、アメリカに出たら背水の陣で勉強します。というのは、帰国しても条件に合うアカデミック・マーケットが存在しないからです。とくに理工系だと研究費も設備もなく、情報も入りません。自分の研究者としての未来が一〇〇%祖国にないということがわかれば、背水の陣をしいて勉強します。語学力のハンディは日本人もほかの第三世界知識人たちもたいして違いがありません。背水の陣で頑張るか頑張らないかで差がつくのは、帰れば「お里」があるかないかという違いなのです。

この「お里」という言い方は、一九七六年に『新西洋事情』(北洋社、一九七五年)で大宅壮一賞を獲った深田祐介さんから借りた言葉です。かれが描いた七〇年代の南アフリカの日本人駐在員たちは、陰で「バナナ」と蔑まれながらも、「名誉白人」として白人コミュニティのなかで暮らすことができました。在外日本人たちがそういう態度で暮らせる理由を深田さんは、「実家の良いお嫁さん」と表現しています。じつにうまい表現だと感心しました(笑)。実家の良いお嫁さんが婚家先で威張っていられるように、高度成長期以降の成り上がり国民である日本人は、国力を背景に世界をのし歩くことができたのです。うらがえして言えば、高度経済成長期以前の日本では、「お里」が貧しいからこそ婚家先で歯を食いしばって頑張らなければならない状況が、留学生たちを待っていました。実家に戻るという選択肢がないからこそ、そのままそこに居つこうとしたのでしょう。ところがそのあと「お里」が豊かになると、国内でアカデミック・マーケットのパイが拡がりました。戻れば選択肢があるということがわかれば、苦しい思いをして差別に耐えてまでアメリカにいつづけようと思わなくなるし、日本に顔を向ける人がだんだん増えてくるのも無理はありません。

それに加えて、研究の専門分野の違いも影響してきます。たとえば戦後のアメリカで、「初めての日本人教授」といったポストを獲得した人たちの専門領域は主として自然科学や経済学の分野でした。すなわち言語的なパフォーマンス能力によって差をつけられなくてすむと同時に、数学のような普遍言語が通用する分野です。しかし、文学や社会科学は、言語的なパフォーマンスによって伝達されるものです。わたし自身アメリカへ行ってつくづく思ったのは、「社会科学というものはけっして一義的で普遍的な「サイエンス」ではなく、言語的なパフォーマンスだ」ということでした。となると言語に応じて異なった思考回路に自分の思考を乗せないかぎり、自分自身のアイディアや思想を伝えることが本当はできません。たとえ翻訳マシンができても、解決できるものではありません。

多くの日本人研究者はホスト社会における言語的なパフォーマンスの能力の低さから、二流の研究者として生きていくことのキツさをしたたかに味わってきたはずです。

アメリカで「研究する」ということ

もうひとつは、ホスト社会としてのアメリカという国の特異性です。フランスやドイツにも、フランス研究者、ドイツ研究者は出かけます。これは言ってみれば本場にまがいものが学びに行くようなものですから、初めからまがいものが本場を凌駕できるわけはありません。輸入代理店よろしく、文化紹介業に従事していればよいでしょう。したがってアメリカで比較的非力感に打ちのめされず、日本にすんなり帰って来ることができる研究者は、皮肉なことにアメリカ研究者たちなのです。日本人のアメリカ研究者たちはアメリカ人アメリカ研究者と互角に勝負する必要もなければ、最初からそれに対する要求もありません。アメリカ史やアメリカ文学の日本人研究者はアメリカでは二流の研究者として扱われますが、それに屈辱を覚える理由もありません。日本でアメリカ研究を教育するのが日本人アメリカ研究者の使命ですから、背水の陣を敷いてアメリカ研究者としてアメリカ国内のアカデミック・マーケットで生きて行くことを要請されません。

とはいえ、フランスやドイツとちがって、アメリカには文化のオーセンティシティ(正統性)が存在しません。日本人のフランス研究者やドイツ研究者が、フランスやドイツ国内でナショナル・スタディズの担い手として対等に扱われることは期待できませんが、他方自国の国内マーケットでフランス研究、ドイツ研究の担い手となるという言い訳があります。日本人のアメリカ研究者も同様でしょう。ですが、それ以外の分野で行った人々にとって、アメリカという国は建前上、どのような人にもつねに「いつかアメリカ人になる」ということを可能にする国だと考えられています。これは移民国家アメリカの特異性です。ということは「アメリカ人になれない」ことに対する言い訳がないということでもあります。こうして「第三世界知識人」たちは「アメリカ人になる」という選択をし、アメリカという社会を作ってきました。

アメリカで英米文学を学ぶ「第三世界知識人」はたくさんいますが、驚くべきことにアメリカの大学はかれらを教壇に立たせています。例えばコロンビア大学の英文科では、エドワード・サイードのようなパレスチナ出身の知識人や、ガヤトリ・スピヴァクのようなインド出身の知識人をはじめ、英語を母語としない第三世界知識人を英文学のプロフェッサーとして採用しています。それを可能にするのがアメリカという社会です。日本の大学で「国史」「国文」の教授に外国人を採用する可能性を考えて見て下さい。

サイードやスピヴァクが英文学を講じる職を得てアメリカ

で生き延びているのに、なぜおまえはそれをやらないんだという問いは、日本の知識人にも同時に投げかけられます。しかし日本人には、国内にアカデミック・マーケットのパイがあります。そのいっぽうで、日本研究のインフォーマントとしてアメリカで生き延びる道もあります。とくに七〇年代以降円高が進行し、グローバル・エコノミーにおける日本の経済的プレゼンスが大きくなるにつれ、アメリカにおける地域研究のなかでの日本研究のパイがどんどん増えてきました。日本人の研究者にとっては、たとえば経済学・社会学・歴史学などの自分自身の分野で、同じように他の研究者と競合するという選択肢のほかに、アメリカの日本研究者の世界でインフォーマントとしてサバイバルするという、もうひとつの選択肢が生まれたわけです。これは結構居心地がいい。ただしあくまでも、アメリカにおける日本研究の情報提供者にすぎず、けっして同じポストを争うライヴァルではありません。あくまでもお客様扱いです。七〇年代以降、円高とアメリカの大学の財政事情の逼迫のおかげで、日本のファンドへの依存度が高まり、日本研究者の在外派遣は急速にその数を増します。

戦後の日本人論の変貌とトラウマ

戦後の日本人論の変化をいくつかの段階に分け、マゾヒスティックな自己否定から自己肯定への変貌ととらえたのは、青木保さんの『「日本文化論」の変容』（中央公論社、一九九〇年）でした。日本人論の論調が自己否定から自己肯定へと変わる転換点は、七〇年代半ば、濱口恵俊さんの『日本らしさの再発見』（東洋経済新報社、一九七六年）の刊行でした。

戦後日本人論のマゾヒスティックな基調は、丸山真男がつくりました。丸山の議論は、日本人の集団主義と個我の弱さを批判するものでした。近代的個人を作り出せなかった日本の近代化は二流の近代化であり、日本人は二流の市民にしかなれない、したがって戦争犯罪者としても二流の悪しか犯せないという自虐的なものでした。これが戦後日本人論の基調を決めたわけですが、まったく同じ論理を使いながら、その価値を一八〇度逆転したのが『日本らしさの再発見』でした。日本人には個我がない――イエス、わたしたちは集団主義だ。日本人は個人ではない――イエス、わたしたちは個人ではない。では、個人ではない人々をどう呼ぶのか？――「人間」と呼ぶ。人間は「ひとのあいだ」と書く。他人ともたれあって生きているのが人間のありかただ。もしヨーロッパ人を「個人」と呼ぶならば、それに対応する日本人の人間類型を「間人」と呼ぼう。日本人は「個人」ではないが、「個人」になる必要も必然もない。「個人」と「間人」とのあいだに優劣の差はなく、ただ文化によって自我の類型が異なるだけだ……という主張です。

日本生まれの「間人」という概念を英語圏に輸出するために、濱口さんは英語訳を作りました。「個人」は「これ以上分割不可能」という意味の Individual ですが、「間人」を the contextual――「文脈依存的」と訳しました。これはオポチュニズム、日和見主義とスレスレの概念です。これまで日本人は状況主義だと言われてきたことに対しても、濱口さんは――イエス、それのどこが悪い、と応えています。かれは、個人と間人との違いを、パイロット用語でインサイド・アウト、アウトサイド・インという行動原理の違いとして説明します。インサイド・アウトというのは自分自身の原理を外部の環境に適用すること、それに対してアウトサイド・インは、環境や文脈に応じて自分の対応を臨機応変に変えていくことを意味します。そして個人と間人、インサイド・アウトとアウトサイド・イン、どちらの行動原理がより成熟しているかという問いを立て、もちろん状況原理のなかに生きるほうが大人であり、日本人の方が成熟している、われわれは自己卑下する必要もなければ変わる必要もないんだと主張しました。

これはちょうどオレンジ戦争、コメ戦争、その後の自動車戦争にいたる日米貿易摩擦の最中の出来事でした。自動車戦争で結局勝利を占めた日本は、日本型経営を正当化し、日本人論や日本文化論が日米貿易戦争の「勝利」を正当化するために動員されました。日本研究者はこういうナショナリスティックなイデオロギー――ベフ・ハルミさんはこれを「消費財」と呼びます――の供給に貢献してきました。

ところで戦後日本人論の質的な変容をドルと円の為替相場の動きと対応させてプロットしてみると、みもふたもない結論が出ます。円が固定相場から自由相場になったのが七三年、それから円高基調が続いてアメリカ・ドルの価値は後退の一途をたどります。青木さんが四期に分けて論じた日本人論を、あっさり「円安日本人論」と「円高日本人論」との二種類に分類して見せたのは石川好さんでした。今から思えば、濱口さんの『日本らしさの再発見』は、「円安日本人論」から「円高日本人論」への転期を画していたと言えるかもしれません。

ところで世界における日本の経済的プレゼンスの増加につれて、西欧各地の地域研究のなかでも日本研究のシェアは拡大してきます。そうなれば在外日本人研究者にはホスト社会の研究者と同じディシプリンの中で競合する道を選ばなくても、日本研究の領域で情報提供者として生きるという新しい選択肢が登場しました。それはいわばゲットーのなかの安住を選ぶことでした。数学のような普遍言語のない、言語的パフォーマンスによって行なうしかないような社会科学や文学の分野の人々が、北米体験を深いトラウマとして経験したことは否定しようのない事実だと思います。わたし自身も程度の差こそあれ、そのトラウマを経験しなかったとは言えません。こうした北米体験は、まず不当な経験として受けとめられ、ルサンチマンと怒りを招きます。そのルサンチマンと怒りはどこに向かうのでしょうか。

それは、かつて理想化してきた「自由と民主主義のアメリカ」が、じつはそうではないという現実に向かいます。アメリカに一歩足を踏みいれてみればただちにわかることですが、自分自身がアジア人として人種差別の対象になるということを、日々マイノリティとして経験することになります。「アメリカの正義」というものがどんなに絵に描いた餅であるかがわかれば、理想化は反転してアメリカの仮面を剥がそうとする方向に向かいます。と同時にアメリカの理想と現実の落差は、「力によって押しつけられた正義」という戦後日米関係のスタートにある、加藤典洋さんの言葉を使えば「ねじれ」に目を向けざるを得なくさせます。というのも、そのような「アメリカの正義」を押しつけられることからしか戦後日本は出発できませんでしたし、アメリカの理想化自体がその産物だからです。かつ、自分がアメリカに滞在していること自体が、「アメリカの正義」がもたらしたおこぼれであることを自覚せざるを得なくなります。そのトラウマがアメリカにだけでなく、自分自身の出自にも向かう、二重のトラウマ体験となります。そうした体験を戦後知識人たちがどう味わってきたのか、また、それがその人たちの思想的軌跡をどう規定していったのかを、時代を追って考えてみたいと思います。

一九四〇年代——鶴見俊輔、鶴見和子の場合

四〇年代にアメリカに行って、開戦と同時に移送船で送り返された人に、鶴見俊輔さんと鶴見和子さんがいます。俊輔さんはアメリカン・プラグマティズムを戦後日本のなかに持ち込んだ人です。かれにとってアメリカは理想化された社会である以前に、すでに自分にとって血肉の一部であり、そのプラグマティズムはアメリカ生まれのものを日本に移植したというよりも、かれ自身が生きるための知恵として身に付けたものでした。かれはそれをさらに「大衆」という戦後の記号のなかに持ち込んでいくわけですが、かれはこの「大衆」という言葉を、戦後知識人として肯定的に使いました。その後、六〇～七〇年代にかけて大衆の変貌がはっきりするようになってきました。

わたしは鶴見さんにやむことのない敬愛を捧げていますが、敬愛は、批判しないということではありません。七〇年代以降、いわゆる爛熟大衆消費文化が出てきたころ——鶴見さんの著書でいうと、『限界芸術論』が登場したあと——低俗にこそ希望があり、未来があるんだと言って、低俗の象徴でもあった「ガキデカ」の全面擁護を始めたあたりから、違和感

を感じ始めました。というのも、かれが擁護してきた「大衆」は、あくまでも「虚構としての大衆」であって、かれ自身が同一化するものではなかったからです。「ガキデカ」の登場とフェミニズムの登場は時期的にほとんど重なっています。鶴見さんは「女・子ども」を擁護しましたが、かれが擁護している「女・子ども」は「虚構としての大衆」でした。京都でかれの周囲にいる「家の会」のメンバーは、大衆と呼べるような人々ではありません。鶴見さんはどこにもいない「大衆」を虚構化しましたが、かれにとって「大衆」と「日本」とが重ならなかったのは、知識人のなかでは希有なことに思います。「大衆」を語る多くの知識人がそのまま土着と日本へと回帰するあまりに多くの先例を見るにつけ、鶴見俊輔さんはいつでもわたしのなかでは、北米体験が日本回帰に結びつかなかった希有な例としてきわだっています。

いっぽう鶴見和子さんは、六〇年代にプリンストン大学の大学院に入学し、リーヴィさんのもとで博士号を取得します。鶴見和子さんの社会学的な業績では、「内発的発展論」が評価されていますが、そこでは西洋モデルの単線型発展論を複線化し相対化しようとする意思がはたらいています。鶴見和子さんはアメリカをくぐったいわば「他者の目」で柳田國男と南方熊楠を再発見するのですが、それが「日本」の神秘化へは結びつかず、かえって「自然」や「環境」へとクニを越境したことには、彼女の目線の低さと比較社会学の視野の拡がりを感じます。柳田と南方を扱いながら、鶴見さんは「国学」へ向かうことを避け得たのです。

おもしろいことに柳田と南方という二人の民俗学者は、海外事情に通じ、在外体験を持っていました。小熊英二さんが『単一民族神話の起源』（新曜社、一九九五年）のなかで柳田の西洋体験について、少しだけ触れています。一九三〇年代に柳田は政府の任命を受けて、特命全権大使としてウィーンの国連会議に出席します。しかし、会議でかれの語学力はまったく通用せず、大変ミジメな思いをした。そればかりかヨーロッパ外交のしたたかな駆け引きのなかにまきこまれ、情報もノウハウも経験もなく無力感を味わって帰ってきた「ようである」と書いています。あれだけ著作の多い柳田が、自分の著作の中でこのことについて触れていないから推察するほかないのですが、触れていないこと自体が、この体験がかれにとって一種のトラウマであり、触れられたくない過去ではなかったかと小熊さんは推理しています。柳田が外国語文献をよく読んでいたことは知られています。かれは決して語学力がなかったわけではありません。しかし、自分が読んでいた外国語文献について、自分が書いたもののなかで決して言及しません。あれだけ読んでいたにもかかわらず、それについて触れないという禁欲を自らに課しています。戦後、日本民俗学会がスタートしたあと、日本民俗学の担い手として育ってきた若い人に、真偽はともかく次のように言ったというエピソードがあります――「日本の民俗学を担っている人たちは外を知らないから困る」。柳田が日本的なものに向かった背景には、そういう西洋体験があったのではないでしょうか。

民俗学者は外を知らずに日本だけを相手にしていればいいように考えられているようですが、柳田がドイツ語の**Volkskunde**を「民俗学」と日本語訳し、日本へ輸入していたことがヨーゼフ・クライナーさんなどによって立証されており、かれがドイツの民俗学を相当勉強していたこともわかっています。南方も大変語学ができましたし、外国体験に晒されてきた人でした。日本民俗学を作り上げた人々が外国を知らなかったわけでありません。外国に対抗し、外国との差異化として「日本的なるもの」を構築するという系譜は、戦前にまでさかのぼって論じることができるでしょう。

六〇年代――江藤淳の『成熟と喪失』

六〇年代にはいると、「戦後知識人の北米体験」の代表格としてわたしの念頭にある江藤淳さんが登場します。その後、西部邁、加藤典洋、栗本慎一郎のような人々が続きます。江藤さんは訪米以前に、すでに評論家としての地位を確立していました。わたしは江藤さんの、熱心な読者でした、少なくとも『夜の紅茶』（北洋社、一九九〇年）までは。『一族再会』（講談社、一九八八年）を書いてからの江藤さんは、わたしの眼からは日本回帰をはじめたように写りました。そのときから、わたしはかれの読者であることをやめました。

共著『男流文学論』（筑摩書房、一九九二年）のなかで、小島信夫を論じる際に、わたしは江藤さんの『成熟と喪失』（講談社、一九八八年）を引き合いに出しました。わたしは、江藤さんを通じて小島信夫を読みました。小島の『抱擁家族』は、発表された当時、妻に姦通されて右往左往するだけの、こんなに魅力のない夫、こんなに魅力のない妻、こんなに魅力のない小説もめずらしいと評論家たちをして言わせ、惨憺たる不評を買いましたが、これを最大級に評価したのは江藤さんでした。文芸評論家の役割は、テキストの「読み」を規定する力によって――これは権力の行使でもありますが――作品を時代の文脈に位置づけることですが、小島信夫は江藤さんという読み手を得た幸運によって、戦後文学史に残る仕事をしたと思います。その当時、さんざんクサしておいて、あとになって「実は自分の評価が間違っていた」などと言う批評家もあらわれるほど、江藤さんの影響は大きなものでした。

『成熟と喪失』には「母の崩壊」というタイトルがついて

いますが、戦後日本が近代化――ここではアメリカ化と同じ意味ですが――したことは、日本的な「母」の崩壊と同義でした。「国破れて山河あり」といいますが、破れた先に、もはや「自然」に代わるべき「母」はすでにありませんでした。「女」ということを、かれはそのときすでに宣言したのです。「女」という記号はしばしば「自然」や「伝統」や「祖国」と同義に使われるために、すべてのものが滅びても帰っていくべき、抱かれるべき懐として象徴化されやすいのですが、明敏な江藤さんはさすがにそんな脳天気なことは言いませんでした。近代化とは「内なる自然」をみずからの手で扼殺することを意味したからです。女にとってもそれは例外ではありません。男が自然を壊そうとしているときに、女ばかりがそれから超然と自然を守りつづけるなどという虫のいい望みを持つことはできません。産業社会は女性嫌悪の社会です。女性嫌悪とは、男にとっては自分と異なる性に属する集団を他者化することを意味しますが、女にとっては自己嫌悪、自己否定を意味します。そのような女自身による自己否定や自己嫌悪が近代家族の核にあることを、『抱擁家族』のなかにめざとく見つけて、切実に論じたのが江藤さんでした。その切実さに打たれ、わたしは『成熟と喪失』を「涙なしには読めない」と感じたのです。江藤さんはこのとき、文学という同時代のテキストを材料にしながら、時代と文明を論じるという文明批評をやったと思います。『成熟と喪失』は戦後史に残る仕事だと最大級のオマージュを捧げました。だからといってある思想家に最大限のオマージュを捧げることは、その思想家に批判を持たないこととイコールではありません。わたし自身は江藤さんの理解者であるとともに呵責のない批判者でもあると思っていますから、江藤さんがどのように日本回帰していったかを批判的に検討してみたいと思います。

江藤淳の思想史的系譜をたどる

江藤さんは六二～六四年にかけて、ロックフェラー財団の研究員としてプリンストン大学に滞在しますが、これはめぐまれたポジションでした。そして帰国してすぐに『アメリカと私』(朝日新聞社、一九六五年)を書きます。このあと六七年、アメリカ体験から『成熟と喪失』を発表し、七六年の『一族再会』では、かれ自身の個人史をたどりながら「日本的なるもの」のルーツ探しを始め、急速に「日本的なるもの」へUターンして行きます。

かれは七九～八〇年にかけて再度ワシントンを訪れますが、この七九年には重要な意味がありました。というのも、七〇年代後半になってからようやく占領政策関連の資料が研究者に解禁され始めるからです。冷戦構造がゆるむまでは、東京裁判関連の資料に対するアクセスがありませんでした。ちょうど国立公文書館でそれが解禁される時期が、七九年という年だったのです。東京裁判研究が画期的な飛躍を見せたのは八〇年以降のことで、それまでは資料そのものが公開されていませんでした。江藤さんはワシントンの国立公文書館へ通い、それをもとに書かれたのが『一九四六年憲法―その拘束』（文藝春秋社、一九八八年）でした。そのあと江藤さんは、押しも押されぬ保守の論客として知られていくことになります。

それ以前の江藤さんの思想史的な経歴のなかでは、出発点でかれはすでに夏目漱石を論じています。夏目漱石は日本人の西洋体験のひとつの原点にあたります。そして六七年には小林秀雄を論じています。わたしは江藤さんの小林秀雄論を、とても痛切な気持ちで読みました。それはわたし自身が小林の熱心な読者だったからです。評論とは何か――それは自分が魅惑され、魂を掴まれた対象と格闘し、さようならを言うために書くものだということを、江藤の『小林秀雄』（講談社、一九七二年）を読んだときほど強く感じたことはありません。

それと同時期、すでにかれは『西洋の影』（新潮社、一九六二年）という本を書いています。のちに加藤典洋さんが『「アメリカ」の影』（河出書房新社、一九八五年）という本を書きますが、これは江藤淳論でもあるこの本の書名が、『西洋の影』を意識していることはすぐに見てとれるでしょう。『「アメリカ」の影』は文芸批評というより、アメリカの占領政策研究といっていいほどの本です。加藤さんにとって江藤淳は乗り越えるべき対象であり、大きく立ちはだかる壁だったということがよくわかります。わたしは加藤さんの『「アメリカ」の影』をポスト『成熟と喪失』として高く評価してきました。『成熟と喪失』のようにエポックメイキングな文明批評は、その時代に応じてさまざまな書き手によって書かれます。六〇年代に江藤さんが『成熟と喪失』を生み出したとするなら、七〇年代の記念碑的作品は三浦雅士さんの『私という現象』（冬樹社、一九八一年）だとわたしはひそかに思っています。八〇年代には加藤典洋の『「アメリカ」の影』、九〇年代には何が残るでしょうか……。

七〇年代――西部邁と大衆社会論

七〇年代には、西部邁が登場します。かれは渡米する直前まで「自称」構造主義者でした。いまのかれからは信じられないと思います。年譜を見るとわかりますが、『ソシオ・エコノミックス』（中央公論社、一九七五年）というバリバリの経済学者として登場しています。マルクス義経済学を批判し、京都大学の青木昌弘さんたちと肩を並べる近代合理主義者で、当時日本で流行りかけていたレヴィ＝ストロースの構造主義を経済学に応用するとこうなる、という応用問題を解いてみせた若き知性でした。

わたしはかれがアメリカに行く直前までは、西部さんが書いたもののファンでした。かれは一年をイギリスで過ごし、そのあと一年をアメリカで過ごしますが、『蜃気楼の中へ――遅ればせのアメリカ体験』（日本評論社、一九七九年）という、江藤さんの『アメリカと私』に匹敵する抒情的な美しい文体で体験記を書いています。イギリス暮らしの牧歌的な調子に比べると、アメリカではトーンが変わります。イギリスには文化のオーセンティシティがあり、そこではよそものはいつまでたってもブリティッシュになれません。さきほど申しましたように、アメリカという国はアメリカ人になることを許され、認められ、要求される社会です。しかも「おまえは何者なのか」ということをライヴァルとして問われる国です。イギリスでは二流国からのお客様として、差別されながらも安逸に暮らすことができますが、アメリカではそれができなくなります。

西部のアメリカ体験はその後どうなったでしょうか。かれはホイジンガと同一化します。ホイジンガは大衆社会論の論者ですが、大衆社会論は戦後日本の社会科学のなかで一大ブームを呼びました。大衆社会論にはふたつの系譜があります。ひとつはエリート的大衆社会論、もうひとつはマス的大衆社会論です。論者が自分を大衆に同一視するかしないかで、立場が変わってきます。大衆を他者と見なし、勃興する大衆を脅威として論じるのがエリート的大衆社会論です。そのとき自分が同一化しているのは、滅びゆく者としての貴族やエリートです。これを貴族主義的大衆社会論とも言いますが、その代表的な人物がホイジンガです。他方マス的大衆社会論は大衆の時代の登場を、肯定的に評価します。ヨーロッパで生まれた大衆社会論が定着したのはアメリカと日本でしたが、それは「大衆社会」の名に値する社会が実現したのは戦後のアメリカと日本だけであったことと関係があると思います。西部さんはホイジンガと同一化することで、アメリカとアメリカの影響下にある戦後日本を大衆社会と見なし、それに反時代的なスタンスをとろうとしました。かれは『大衆への反逆』（文藝春秋社、一九八三年）のなかで、「いまや目の前で爛熟大衆消費社会が幕開けしようとしているそのトバ口で、自分はあえて滅びゆくものの側に立つ」と宣言しました。そうして「危機の言説」としての保守主義のイデオローグを自任し、負け犬の遠吠えをみずからの役割として課すに至りました。

保守の言説とは、保守の基盤が揺らがないときにはけっして登場しません。保守がメインストリームの地位を保っているときには、保守は保守として言挙げされる必要がありません。保守が危機の時代にだけ、保守が保守主義として言語化される必要が生じます。したがって保守主義の言説とはつねに危機の言説であり、だからこそ危機に反応する（in reaction to）「反動」の言説になってゆくのです。かれはそのような時代錯誤のパフォーマンスを、それと承知の上で引き受けた人物です。そして論壇で保守主義がどのような市場価値を持つかを見きわめながら、今日にいたるまで評論活動を続けて来ていると言えましょう。しかし、少なくとも渡米以前の西部さんから、現在の西部さんの言語的パフォーマンスを予測することは不可能に近かったと思います。北米体験は、たしかに西部さんを変えたのです。

八〇年代——加藤典洋の登場と『「アメリカ」の影』

その後、八〇年代に入って加藤典洋さんが登場します。そういえば栗本慎一郎さんにも北米体験があります。栗本さんが「じつはアメリカに行こうと思うんだけど」とわたしに言ったときから、「危ないなあ、帰ってくるとどうなるか予測できそうだな」と、思ったらそのとおりになりました（笑）。

加藤典洋さんは七八〜八二年にかけて、国会図書館の司書としてモントリオール大学に滞在しています。このときここで講義していた鶴見俊輔さんと出会います。そして帰国後に『「アメリカ」の影』を書き、これが契機となってかれは司書から評論家へと転身を遂げ、明治学院大学の教授へと転職するに至ります。

『「アメリカ」の影』は、前述した通り江藤淳の影を色濃く曳いています。ここでかれは戦後占領政策と天皇制について論じています。これまで天皇制は、日本的統治のシステムとして占領政府が利用するために温存した伝統的支配とされて来ましたが、加藤さんが『「アメリカ」の影』で論じたことはまったく逆でした。すなわち、マッカーサー支配は天皇制統治の方式とまったく同型性を持っていたからこそ、天皇制は占領政策のなかで生き延びたのだと論じています。つまり天皇制は占領統治にとって外在的なものだったのではなく、内在的なものだった、むしろそれに下属するものだったという発見です。この言い方は、酒井直樹さんのポレミカルな発言を思いださせます。酒井さんは、「どうして日本の保守派、とりわけ自由主義史観を唱える連中は天皇制に反対しないのか。戦後天皇制こそは占領政策の創作だというのに」と指摘します。加藤さんの立論は、それとぴったり対応しています。となると、『「アメリカ」の影』で戦後日本の基調をつくった占領政策を論じた著者が、一二年後に『敗戦後論』（講談社、一九九七年）を書くに至ったという経緯は、じつによく納得できます。「戦後」という体制は、かれの一貫した関心の対象にありました。

また、加藤さんも江藤さんと同じく「女」という記号を忘れませんでした。「母の崩壊」とは、もちろん現実の女ではなくて、男がつくりだした「女」という自然や秩序、伝統の記号が崩壊していくということでした。かれはここで、富岡多恵子さんの『波打つ土地』という、高度成長期の自然の崩壊と、女における女性性の崩壊とをオーヴァーラップさせて書いた小説に言及しながら、やはり「女の崩壊」を論じるのを忘れていません。保守主義者がどんなにありもしない過去にノスタルジーを抱いたとしても、もはやその懐に還るべき「母」も「自然」も存在しないことを江藤さん同様、加藤さんもじゅうぶんに自覚しています。

加藤さんの『敗戦後論』は大変評判になりました。それを読むと、戦後日本の出発点にある「ねじれ」が、すでに『「アメリカ」の影』で論じられていることがよくわかります。戦後日本のアイデンティティがジキル博士とハイド氏のように人格分裂していると加藤さんは言いますが、これは加藤さんのオリジナルではなく、通俗フロイト主義者である岸田秀さんの焼き直しに過ぎません。人格分裂を論じるためには、日本人なるものを「集合的人格」――いったい何の権利があってそんな共同性をあなたは想定することができるのか、と問いたい思いですが――として措定しなければなりません。そのような虚構を立てた上で、おせっかいにもその分裂の止揚のしかたまで加藤さんは示唆します。

ここには幾重にも畳み込まれた倒錯があります。ひとつには、なぜ日本がただひとつの同一性として措定されなければならないのか。ふたつには、それが分裂しているとして、なぜ分裂が統一される必要があるのか。「日本」もまた四分五裂したさまざまな主体の集合に過ぎないなら、分裂が分裂のままであって何が悪いのか――。「日本」がただひとつの同一性を持つ集団的主体でなければならないという所与の前提そのものを、疑ってみる必要があります。同一性を持ち得ないような境界の不確定な領域として「日本」を考えることは、この前提からは最初から排除されています。その点は姜尚中さんが加藤さんとの対談の中で、「弔うべき日本人の死者300万人」のなかに、朝鮮半島の出身者は入っているのかと詰め寄ったことにもあらわれています。

こういう前提を組み込んだシステムを、社会学では調和モデルと言いますが、もちろん調和モデルばかりがモデルではありません。葛藤と矛盾を抱え込んだままシステムをとらえる葛藤モデルというものもあります。そして調和モデルを採用する人々の政治的な保守性については、言うまでもありません。先取りして結論を言うなら、江藤さんの日本回帰のなかにも、あるいは加藤さんの日本人の集団的人格分裂の統一というおせっかいな言説の背後にも見えてくるのは、「治者への道」あるいはそれへの誘惑です。「父への道」と言い換えても構いません。江藤さんの思想に通奏低音のように、鳴り響いているモデルは夏目漱石です。夏目漱石にあるのは「治者への道」であったと江藤さんは読んだうえで、それをみずからの範とし続けてきました。加藤さんにも「責任をとれる国民主体」の同一性を、頼まれもしないのに引き受けようとする欲望があるのではないでしょうか。それが加藤さんを近代主義と戦後思想の嫡子としているように思います。

九〇年代――湾岸戦争以後の思想状況

九〇年代に関して言うと、藤岡信勝と高市早苗というふたりの人物が、偶然の一致とはいえない時期、つまり湾岸戦争期にアメリカ体験していることを重く見たいと思います。藤岡は「自由主義史観」なるものを標榜し、高市は新進党時代に国会で「戦後生まれのわたしには、戦争責任を感じる義務はありません」と公式に発言して大顰蹙を買いました。宮崎哲弥さんは、この人の発言で怒り心頭に発して『ぼくらの「侵略」戦争』(洋泉社、一九九五年)という一書を編んだと発言しています。宮崎さんは高市とほぼ同世代ですが、戦後生まれがすべて同じような反応をするとはかぎりません。

藤岡は湾岸戦争の時期にアメリカに留学しており、高市は松下政経塾を修了したのち、一年間アメリカ上院議員の議員秘書として研修をしていました。この湾岸戦争期は、ブッシュ大統領がアメリカのナショナリズムを内側から操作しようとしていた時期でした。サダム・フセインという世紀の悪玉をフレームアップすることで、国際社会における「世界の警察」としてのアメリカの役割を正当化し、国内的には落ち目になった大統領人気を回復しようとするみえすいたシナリオでしたが、結果は大成功に終わりました。世論調査によれば、アメリカ国民の七割が湾岸戦争を支持し、国内で反戦を言いにくい雰囲気だったとアメリカ人の友人は証言しています。国民の七割が戦争支持というのはファシズムじゃないかと言ったら、「ファシズムという言葉の使い方が間違っている」と言って、アメリカ人と大激論になりましたが(笑)。

高市早苗はこの時代をアメリカの政策決定の内側から経験し、虚構としての「アメリカの正義」がどのように作り出されるのか、その舞台裏を目撃したと言っています。

そうなると彼女が小沢一郎の「普通の国」論に惹かれていくのは当然のことと言えるでしょう。アメリカの正義も虚構であるなら、そこにあるのはナショナリズムとパワーの論理だけです。日本がそれをやって何が悪い、というロジックにつながります。バブル期の日本のパワーへの過信がそれを支えます。こういう新しいナショナリズムの担い手に、ジェンダー非関与的に、若い女性が登場してきました。これをもってフェミニズムのゴールというのでしょうか――。わたしはそうは思いませんけれども。

加藤典洋さんと他の同世代の知識人たちとのずれもまた、湾岸戦争の時期に始まっています。「湾岸戦争に反対する文学者声明」をめぐって、柄谷行人さんたちと加藤さんとが対立したことを、加藤さんは『敗戦後論』の「あとがき」で、次のように書いています。――文学者による「湾岸戦争反対声明」の理由のなかに「憲法第九条を持つわたしたち日本国民は」とある、そうか、そうか、憲法九条がなかったら戦争に反対しないのか。ところでその憲法九条は戦勝国アメリカによる押し付けだったことを、あなたがたはどう引き受けるのか。そう、加藤さんは議論を組み立てています。湾岸戦争は加藤さんにとっては、戦後のねじれの踏み絵のようなものでした。かれはそのときのオトシマエを、この『敗戦後論』でつけたのだと思います。

わたしがいぶかしく思うのは、『敗戦後論』の第三部にあたる「語り口の問題」という、アーレントを換骨奪胎した文章が、かれのフランス滞在中に書かれていることでした。かれは九四～九五年に一年間フランスに滞在しています。フランスにいながらよくこんなことが書けたものだ、フランスという「外部」にこの人は本当に晒されてきたんだろうかと思いました。下宿で人と口も聞かず、ひたすら日本語で文章を書き続ける留学生の姿を想像してしまいました。この時期のフランスはシラク政権のもと、ムルロア環礁で核実験を強行した、大国ナショナリズム丸出しの国家でした。そのようなナショナリズムの圧力に晒されながら、なおかつナショナルなものを無防備に語ることがどうして可能なのでしょう。これらの外国体験がねじれにねじれて日本回帰を生み出しているならば、この問題はちゃんと系譜をたどって論じるに価する問題だと思います。

結論はすでに述べましたが、こういった軌跡のなかであらわれてくるのは、戦後知識人の「成熟」（だとかれらが思っているもの）への道、ことばを変えれば「治者への道」です。この日本をどうするかなんて、あんたにどうしろって頼んでないよ、とひとこと言えばおしまいなんですが（笑）。この問いに応えねばならぬと、勝手に責任を背負った人たちが落ち込んだ罠のなかに待ち受けていたのが「日本」というマジックワードの誘惑でした。その「日本」に同一化するかしないかで、知識人のスタンスが変わります。そして多くの知識人をその甘美で安直な罠にプッシュするのが、北米体験というトラウマ体験だと言ってよいかもしれません。「日本」とは、ほかならぬ「アメリカ」がかれらに与えた指定席であり、それと同時に「アメリカ」に抗してたてこもることのできる最後の塹壕に対して与えられた記号の名称なのですから。アメリカにその対抗を許されているという「ねじれ」の様式そのもののなかに、戦後的な地政学の反復があります。

どうすればこの誘惑に抗することができるでしょうか。それとも同じ状況に対して、「日本」という記号を避けるべつな戦略的な選択肢はありうるでしょうか。わたしの念頭には、北米体験が重要な意味を持つ人物、柄谷行人さんや酒井直樹さんがありますが、このひとたちについては稿を改めて論じる必要があるでしょう。九九年末現在の時点で、橋爪大三郎さんがアメリカに滞在中ですが、かれがこのあまりにも陳腐なシナリオをくりかえさないように祈るような思いです。

（本稿は一九九八年一月一一日、神田パンセで行われた文学史を読みかえる研究会主催のシンポジウム「〈転向〉をフェミニズムで読む――30年代と現代」における講演に加筆していただいたものである。）

［**上野千鶴子**（うえのちづこ）一九四八年富山県生まれ。社会学。著書に『家父長制と資本主義』岩波書店　一九九〇年、『近代家族の成立と終焉』岩波書店　一九九四年、『発情装置』筑摩書房　一九九八年など多数］

『文学史を読みかえる』原稿募集のお知らせ

会員のみなさん、左記の要領で原稿をお寄せ下さい。

テーマ・自由（ただし、「文学史を読みかえる」という本研究会の趣旨にふさわしいもの）。

枚数・四〇〇字×五〇枚以内。（ワープロ、パソコンの場合は、MS-DOSテキストファイルで、プリントアウトしたものを付けて下さい。）

原稿の採否に関しては、編集委員会が決定します。場合によっては手直し、加筆などをお願いする場合もありますのでご了承下さい。

送り先・〒606－8501 京都市左京区吉田二本松町 京都大学総合人間学部現代文明論・池田研究室気付「文学史を読みかえる」研究会　TEL&FAX075-753-6664

◆第5巻以降の刊行予定と責任編集者
第6巻　転機としての60年代　栗原　幸夫
第7巻　リブ以後・ジェンダーの発見　加納実紀代
第8巻　「この時代」の終わり

文学史を読みかえる

関東大震災、大正デモクラシーを起点に、現代文学の誕生を論考し、新たな文学史の創出を展望する。

編集委員／池田浩士・加納実紀代・川村湊・木村一信・栗原幸夫・長谷川啓

第1巻 廃墟の可能性

現代文学の誕生

栗原幸夫・責任編集　定価2200円＋税

◆始まりの問題──文学史における近代と現代／栗原幸夫◆それは多義的な始まりだった──福田正夫の大震災とその後史／池田浩士◆村山知義の「マヴォ」前夜／林淑美◆前衛芸術のネットワーク／和田博文◆新感覚派という〈現象〉／中川成美◆メディア・ミックスのなかの通俗小説──新聞小説「真珠婦人」と「痴人の愛」の周辺／中西昭雄◆「大正」時代の「姦通」事件を読む／江刺昭子◆〈悪女〉の季節／長谷川啓◆滅亡する帝都／竹松良明、他。

第2巻 〈大衆〉の登場

ヒーローと読者の20～30年代

池田浩士・責任編集　定価2200円＋税

◆座談会・〈大衆〉の登場──ヒーローと読者の時代／紀田順一郎・池田浩士・川村湊・栗原幸夫・野崎六助◆〈大衆〉というロマンティシズム／池田浩士◆出郷する少女たち──1910～20年代 ／黒澤亜里子◆『赤い恋』の衝撃──コロンタイの受容と誤解／秋山洋子◆馬海松と『モダン日本』／川村湊◆叛逆する都市の呂律──武田麟太郎の〈下層社会〉／下平尾直史◆「馬賊の唄」の系譜／梅原貞康◆「大衆化」とプロレタリア大衆文学／栗原幸夫、他。

第3巻 〈転向〉の明暗

「昭和十年前後」の文学

長谷川啓・責任編集　定価2800円＋税

◆座談会・〈非常時〉と文学／小沢信男、栗原幸夫、加納実紀代、中川成美、長谷川啓◆「女性的なもの」または去勢（以前）──小林・保田・太宰／井口時男◆女性無用の作品世界 ── 島木健作論／竹松良明◆プラクティカルなファシズム──自力更正運動下の『家の光』のもたらしたもの／加納実紀代◆転形期の農村と「ジェンダー」──中野重治「村の家」をよみかえる／中山和子◆高良とみの1935年前後／高良留美子◆小林秀雄と田河水泡／山崎行太郎、他。

第5巻 「戦後」という制度

戦後社会の「起源」を求めて

川村湊・責任編集　定価2800円＋税

◆座談会・堕落というモラル──敗戦後空間の再検討／井口時男、中川成美、林淑美、川村湊◆ポスト植民地主義への道──日韓の戦争（解放）直後の文学状況をもとに／川村湊◆『朝鮮文藝』にみる戦後在日朝鮮人文学の出立／高柳俊男◆戦後沖縄文学覚え書き──『琉大文学』という試み／新城郁夫◆戦後文学はどこへ行ったか──やくざ小説の諸相／野崎六助◆「満州文学」から「戦後文学」へ──牛島春子氏インタビュー◆「戦後文学」の起源について──“最後の頁”からの出発／栗原幸夫◆大阪という植民地──織田作之助論／川村湊◆日・独・伊・敗戦三国の文学／栗原幸夫、池田浩士、和田忠彦◆戦時下の大佛次郎の文学表現──従軍体験を中心に／相川美恵子◆文学における「土人」──中河輿一と村上龍／土屋忍、他。

「文学史を読みかえる」研究会
読みかえ日誌 Feb.99〜JAN.2000

▼99年4月10日

関西例会（研究会。於・京都大学）報告は黒田大河「〈放送〉と文芸、再論」。前年十月の報告をさらに拡充深化させた。坪井秀人『声の祝祭』という重い先行研究を生かしながら、独自の資料発掘に意欲を燃やす報告者の成果は本号に示されている。

▼5月20日

『文学史を読みかえる・3――〈転向〉の明暗』刊行（奥付は5月25日）。三五〇頁を越える大冊となった。いろいろなところで書評や新刊紹介に取り上げられ、ようやくこの会の活動と成果が注目を惹きはじめたようだ。全巻の基調は「フェミニズムで転向を読む」だが、どこまで編集意図が実現できているかは、読者の評価に待たねばなるまい。

▼6月19日

第3号刊行記念シンポジウム（於・早稲田「日本基督教会館」）「〈転向〉の明暗」をテーマにして。渡邊澄子と井口時男の発題講演。それを受けて3号編集責任者の長谷川啓が問題提起を行ない、参加者からの活発な発言が相次いだ。〈転向〉という、すでに論じつくされたかのようなテーマが、じつはまだ未解決・未発掘の問題を多く孕んだままであることに、あらためて襟を正す思い。終了後アイヌ料理店で痛飲しながら、議論の果てるところを知らなかった。

▼7月20日前後

例年、天皇がらみの「国民の祝日」のひとつ「海の日」を含む合宿を行なってきたが、今年は、常連のK氏ご不例のため、秋に延期とし、結局、果たせぬままに終わってしまった。毎回のすさまじい成果に感銘を受けている会員・会友が少なくないだけに、今年はぜひとも合宿復活を実現したい。

▼9月4日

関東例会（研究会。於・文京区民センター）。報告は林淑美「中野重治と朝鮮」。一九七〇年代の中野が『緊急順不同』その他でこだわりつづけた〝朝鮮と日本共産党〟という問題を軸に、プロレタリア文学における「朝鮮」を歴史的にとらえなおそうとする意欲的かつ刺激的な報告だった。

▼10月4日

関西例会（於・京都大学）。『文学史を読みかえる』第4号（つまり本号）の編集責任者である木村一信が、「ジャワの小野佐世男」を報告。画家であり漫画家である小野の『ジャワ従軍画譜』の意義を、同時代の横山隆一や、阿部知二らの作品に描かれた小野の姿と照らしあわせながら解明する試みである。成果は本号に。小野佐世男の作品のひとつが、『文学史を読みかえる・2――「大衆」の登場』二九ページにも載っているので、あらためてご覧いただきたい。

▼11月7日

「きょうは何の日？」というクイズでも、正解者が少ない部類の日となり果てたのだろうか。その記念すべき今日、関東例会は川村湊の報告（於・文京区民センター）。テーマは、第5号（戦後文学）の特集テーマに関する基調報告である。戦争が終わったのは八月十五日だったのか？――という問いから、敗戦後論どころか敗戦前論とでもいうべき視点で「戦後」を読みかえる。第5号こそ、予定の初夏には見事刊行してほしい。

▼11月18日

しばらく休止していた「通信」を、「月報」として久々に発送。ただし、たった二ページのほんの「お知らせ」である。今後、徐々に、上向きの変貌をとげるはず。

▼12月4日

関西例会（於・京都大学）。田村修一の「阿部知二の戦後」。参加者はやや淋しい人数だったが、「月報」（99・12／00・01合併号）にあるとおり、報告者もコメンテーターも、大いに空気が入っていた。今後、研究会の様子は「月報」でヴィヴィッドにお伝えしたいので、皆さまのご協力を!!

▼00年1月13日

「月報」（通巻7号、99・12／00・01合併号）発送。何とか八ページに。訃報が重なって、悲しい号になってしまった。

なお、「月報」は、会員・会友の気楽なフォーラムをめざしている。どうか積極的に原稿や意見をお寄せいただきたい。

追記

毎回の東西例会に先立って、世話人会と編集会議を行なってきた。今後もその予定。例会開始時刻の一時間前から始めているので、現在世話人でないかたも、ご参加を。

追悼　井手文子さん

江刺昭子

「わたくしはね」、「わたくしは思いますのよ」、「あなたはそうおっしゃいますけれど、わたくしは違うと思いますよ」。

井手さんと初めて会ったとき、東京の山の手育ちらしい折り目正しい言葉遣いで、決して押しつけがましくはないけれど、「わたくし」軸を譲らない人だと思った。その印象は、晩年にも変わらなかった。

井手さんは、戦時下、神田のYWCAで開講された羽仁五郎の世界史講座の参加者たちと作ったサークルが、治安維持法に引っかけられ、敗戦の年の八月には被疑者身分であった。「どうってことない会だったのよ」と聞いたことがあるが、治安維持法というのは、そういう無茶苦茶なものだったということだろう。

自由を得た敗戦直後、井手さんは、新橋の街角で目にした看板をたよりに自由懇話会に参加し、一九四七年秋には同じビル内にあった民主主義科学者協会（民科）へ正式入会したと、『共同研究　集団』に書いている。やがて民科の中にできた婦人問題研究会で女性史の学習を始め、五七年に民科が解体したのちも、女性史研究会と改名して三井礼子、村田静子、隅谷茂子、永原和子らと共同研究の場を持ち、その成果として『現代婦人運動史年表』を共同で著し、井手さん自身は六三年に『青鞜』という題名の本を世に問うた。井手さんの『青鞜』が、今の『青鞜』やらいてう研究のさきがけになったのは言うまでもないが、井手さん自身もここに研究の焦点を置き、以後の『「青鞜」の女たち』（一九七五年）も、『自由それは私自身―評伝・伊藤野枝―』（一九七九年）も、『平塚らいてう―近代と神秘―』（一九八七年）も、その熟果である。

民科で井手さんは、生涯を賭けるにたる研究対象と出会い、伴侶となった人とも出会ったのだろうが、組織というものの怖さもしたたかに味わったらしい。組織を嫌悪し、以後は組織からは自由なスタンスを取り続けている。そうだからか、組織やアカデミズムと無縁な女が勉強することに、とても優しかった。女性史研究にまるでしろうとだった私が、『大正デモクラシーと女性』（一九七七年）の共著者として名を連ねているのは、井手さんのそういう優しさ、寛大さに根ざしている。何も知らない者をバカにしないし、だからといってお節介に手をかそうともしなかった。その頃井手さんは、年下の恋人と別れたか、別れ話の渦中にあって、煩悶していた。「つらいのよね」と身を投げかけるように訴えられたが、私にどうすることができたろう。

晩年、たまに会う井手さんは山姥のごとき風貌になった。ギロリと目をむいて、制度にとらわれている女たちを嗤い、自由を生きる山姥の闊達さがあった。山姥は、山の奥深くに身をひそめたのだろうか。一九九九年一二月一〇日逝去、七九歳。

編集後記

ミレニアムを意識して世の中が浮き立っているようだ。イエス・キリストの誕生したとされる年を紀元元年とする西暦が、ほぼ世界中で使用、流布されている状態の下で、一〇〇〇年代から二〇〇〇年代への移行は、特別の事件がなくとも大きな転換期という思いを人々に抱かせるであろう。

我が国の千年前はどのようであったかと、ふと思って手元にあった『日本文学史年表』を開いてみると、清少納言の『枕草子』が一〇〇一年頃に出来あがっている。また、それから六・七年位の時間をおいて、紫式部の『源氏物語』が世に知られはじめたらしい。ほぼ、ちょうど千年の間、我々はこの平安期の時代に出現した二人の女性文学者の作品を愛読してきたのだ、と考えることは楽しい。

しかし、もっと身近なこの百年の我が国の歴史を振り返ってみると、「楽しい」などと言っていられない出来事に満ちている。出来事のみならず、我が国の対外的、もしくは我々自身の内的な対応にしても、徹底的に「総括」を加えなければならない状況が数えきれないほどあるだろう。

その代表的な事柄として、帝国主義的膨張政策ゆえのアジア・東南アジアへの対応がある。戦争責任や植民地支配の問題は、「記憶」の風化や「自虐」史観といった見方とはまったく関係がない。また、内においては、人権・差別に関わってのあまりに前近代的な制度や、それゆえの人々の無自覚な言動といった問題が挙げられよう。

この百年の区切りを迎えて、他の国々や、またマイノリティの人々に対して、我が国が辿ってきた「黙殺」や「抹殺」の歴史への無自覚を告発する声が、それほど多くはないにしてもあがってきている（たとえば、国際シンポジウム「記憶・記録・責任」における徐京植、川村湊さらに高橋哲哉らの発言。『世界』九七年一〇月号参照）。

三年近く前の『文学史を読みかえる』創刊号の「編集後記」において、栗原幸夫は、「専門領域とジャンルをこえた、文化批判の総合的な運動への突破口にこの雑誌がなることを夢見る」と記していた。あらためて、「文化批判」との言葉を想起したい。アジア太平洋戦時期を中心に、我々はその試みを成したが、あとは読者の「批判」を待たなければならない。早くから原稿を寄せられた方々に、編者の事情で発行が遅れたことをお詫びする。発行人にも多大の迷惑をかけたが、この人の忍耐と努力とに感嘆と感謝の意とを表わしたい。

（木）

戦時下の文学——拡大する戦争空間

文学史を読みかえる④

2000年2月25日　第1刷発行

2002年8月25日　第2刷発行

4巻責任編集・木村一信

編集委員　池田浩士・加納実紀代・川村湊
木村一信・栗原幸夫・長谷川啓

発行人　深田卓

装幀者　貝原浩

発行　㈱インパクト出版会

〒113-0033　東京都文京区本郷2-5-11服部ビル2F

電話03-3818-7576　Fax03-3818-8676　E-mail:impact@jca.apc.org

郵便振替00110-9-93148

http://www.jca.apc.org/~impact/